Tanja Kinkel

IM SCHATTEN DER KÖNIGIN

Roman

Droemer

Anmerkung der Autorin:
Bitte wundern Sie sich nicht, dass ich in diesem Buch durchgehend auf die in Deutschland üblichen Schreibweisen »Mylady« und »Mylord« verzichte und stattdessen »my lady« und »my lord« verwende. Ich möchte mich bewusst an der englischen Schreibweise orientieren. Auch bei den Namen habe ich die englische Form vorgezogen: »Elizabeth« statt »Elisabeth«, »Henry« statt »Heinrich«, »Mary« statt »Maria«.
Tanja Kinkel

Besuchen Sie uns im Internet:
www.droemer.de

Wenn Ihnen dieser Roman gefallen hat, empfehlen wir Ihnen gerne weiteren spannenden Lesestoff aus unserem Programm. Schreiben Sie einfach eine E-Mail mit dem Stichwort »Kinkel« an: guteunterhaltung@droemer-knaur.de

Deutsche Erstausgabe Februar 2010

Ein Unternehmen der Droemerschen Verlagsanstalt
Th. Knaur Nachf. GmbH & Co. KG, München

Umschlaggestaltung: ZERO Werbeagentur, München
Umschlagabbildung: The Death of Amy Robsart in 1560, William Frederick Yeames, 1879 / Nottingham City Museums and Galleries (Nottingham Castle) / Bridgeman Berlin
Corbis / Stapleton Collection / Philip Spruyt
Satz: Adobe InDesign im Verlag
Druck und Bindung: CPI – Ebner & Spiegel, Ulm
Printed in Germany
ISBN 978-3-426-19817-9

2 4 5 3 1

1509 Henry VIII. heiratet seine erste Ehefrau, Katharina von Aragon.

1516 Geburt von Katharinas Tochter Mary.

1533 Henry VIII. lässt sich von Katharina von Aragon scheiden, um Anne Boleyn zu heiraten; dies führt zum Bruch mit der römisch-katholischen Kirche. Im selben Jahr wird Anne Boleyns Tochter Elizabeth geboren.

1536 Hinrichtung von Anne Boleyn. Elizabeth wird für illegitim erklärt.

1537 Geburt von Edward, dem Sohn Henrys VIII. mit seiner dritten Ehefrau, Jane Seymour.

1542 Hinrichtung von Henrys VIII. fünfter Ehefrau, Catherine Howard.

1544 Auf das Bestreben seiner sechsten und letzten Ehefrau, Catherine Parr, setzt Henry VIII. Elizabeth wieder in die Thronfolge ein.

1547 Henry VIII. stirbt; Thronfolger wird sein noch minderjähriger Sohn Edward, dem ein zehnköpfiger Thronrat zur Seite steht, der vorerst die Regierungsgeschäfte wahrnehmen soll. Zu den wichtigsten Mitgliedern des Rates gehört John Dudley.

1553 Edward stirbt. John Dudley bringt Jane Grey, Großcousine der Prinzessinnen Mary und Elizabeth und Ehefrau seines Sohns Guildford, auf den Thron. Viele Mitglieder des Hofstaates, Teile des Heeres und vor allen Dingen das englische Volk sind nicht bereit, dies zu akzeptieren.

Nach nur neun Tagen wird Jane gestürzt; sie wird, so wie John und Guildford, hingerichtet. Mary wird zur Königin gekrönt. Sie will das Land mit aller Gewalt in den Schoß der römisch-katholischen Kirche zurückführen, was ihr die Beinamen »die Katholische« und »die Blutige« einbringt.

1558 Mary I. stirbt kinderlos. Elizabeth wird zur Königin gekrönt.

Stammbäume der Familien Tudor, Dudley und Blount finden Sie auf den Seiten 416–419.

KAPITEL 1

MONTAG, 9. SEPTEMBER 1560

Gott vergebe mir, aber das Erste, was ich dachte, als Robin Dudley mir sagte, seine Gemahlin sei tot, war: *Warum jetzt?*

Für mich und die Meinen war es eine gute Zeit, und eine, auf die wir lange hatten warten müssen. Seit meine Base Jane vor vierzig Jahren John Dudley geheiratet hatte, waren wir miteinander im Rad der Fortuna gefangen gewesen und hatten uns nicht mehr lösen können, ganz gleich, ob es uns hoch oder abwärts trug.

Ich wurde an Janes Hochzeitstag geboren, und sie hat das immer als Grund gesehen, sich wie eine Patin um mich zu kümmern. Da meine eigene Mutter von Fehlgeburt zu Fehlgeburt immer schwächer wurde und starb, noch ehe ich acht Jahre alt war, gab es lange Zeit niemanden, der für mich so wichtig war wie Jane.

Es gab einen Lehrer, John Ferlingham, der mich bis aufs Blut quälte. Es bereitete ihm offensichtlich Spaß, bei jedem noch so kleinen Fehler, den ich im Unterricht machte, seinen Rohrstock auf meinem nackten Hintern tanzen zu lassen. Doch schlimmer als der Stock war es, seine Hände auch dort zu spüren. Ich wusste damals noch nichts davon, dass manche Männer es auch mit Jungen treiben wollten, aber mir war klar, dass irgendetwas nicht stimmte. Sosehr ich es auch versuchte, ich fand keine Ausrede, die mich davor schützte, nach der Schule zu ihm zu gehen, um meine Gebete mit ihm zu sprechen, wie er das wünschte. Mein Vater bemerkte nichts; eine Tracht Prügel zur rechten Zeit habe noch niemandem geschadet, so lautete seine Überzeugung, die er noch von seinem Urgroßvater hatte, der über Jahrzehnte Sheriff von Shropshire gewesen war. Ich wäre damals lieber gestorben, als ihm einzugestehen, dass ich nicht Angst vor den Schlägen hatte, sondern vor den Händen des Lehrers an meinem Arsch. Jane dagegen gab sich nicht damit zufrieden, meine wirkungslosen Ausreden als kindliche Bockigkeit abzutun. Es gelang ihr, die Wahrheit aus mir herauszulocken.

»Das, was er tut, ist Unrecht«, sagte sie mit ernster Stimme.

Ich spürte, dass ich den Tränen nahe war. »Ich … ich kann nichts dagegen tun.«

»Nun, Tom, nicht jedes Unrecht kann aus der Welt geschafft werden – aber das heißt nicht, dass man es nicht versuchen muss.«

Mein Vater konnte sich keinen persönlichen Lehrer leisten, das wusste Jane, und ihr war auch klar, dass er ein Angebot ihrerseits, für einen Lehrer zu zahlen, nicht angenommen hätte; mein Vater war ein stolzer Mann. Ihr war auch bewusst, dass er mir nie verziehen hätte, wenn sie mit mir zu einer Amtsperson gegangen wäre; er hätte es als den Versuch seines Sohnes gesehen, sich mit einer besonders abenteuerlichen Lüge vor dem Unterricht zu drücken und Schande über seinen Namen zu bringen. Also brachte Jane einen gelehrten Schützling ihres Gemahls dazu, sich in meinem Heimatort Kidderminster niederzulassen und der Gemeinde seine Dienste als zweiter Lehrer anzubieten. Dann gab sie mir einen Rat bezüglich Master Ferlinghams.

Nachdem ich sein Haus über viele Abende beobachtet und durch das Fenster gesehen hatte, was er dort mit anderen Jungen tat, lief ich zum nächsten erreichbaren Mitglied des Stadtrats und bat ihn, meine Base Jane bei Mr. Ferlingham zu treffen, just zu dem Zeitpunkt, als der sich am kleinen Nick zu schaffen machte. Mr. Ferlingham hat das nicht lange überlebt.

Das Gefühl, sich durch eigenes Handeln gegen ein Unrecht

wehren zu können, war weit befriedigender als die Aussicht, nicht länger von Ferlingham verprügelt zu werden. Damals schwor ich mir, meiner Base Jane immer zu helfen, sollte sie jemals in Not geraten, koste es, was es wolle.

Nicht, dass es in meiner Jugend danach aussah, als ob Jane meine Hilfe je brauchen würde. Ihr Gemahl war zwar der Sohn eines hingerichteten Verräters, aber er arbeitete sich Schritt für Schritt an die Spitze des Königreichs hoch: John Dudley zeichnete sich auf dem Feld und zur See aus, fand mit viel Geschick die richtigen Förderer zur richtigen Zeit – von Kardinal Wolsey über Thomas Cromwell bis zum König selbst – und wurde schließlich zum Herzog von Northumberland und mächtigsten Mann im Königreich.

Der einzige Kummer, den Jane in dieser Zeit hatte, war, dass nicht alle ihrer dreizehn Kinder überlebten. Anders als meine eigene Mutter erholte sie sich jedoch sehr schnell von jeder Geburt. Trotz der sieben Kinder, denen es gelang, heranzuwachsen, fand sie auch immer noch Zeit für mich. »Du bist eigentlich mein Ältester, Tom«, pflegte sie zu sagen. Als ich erwachsen war, sorgte sie dafür, dass ihr Gemahl mir eine Stelle in seinem Haushalt gab. Zu diesem Zeitpunkt wusste jeder in ganz England, wer John Dudley war, und mein eigener Vater in Kidderminster sonnte sich im Glanz der Verwandtschaft. Ich nahm ihm das damals fast ein wenig übel, hatte er doch nichts getan, um seinerseits zum Aufstieg unserer Familie beizutragen. Für mich, das nahm ich mir fest vor, sollte das anders sein. Ich würde mir meinen Platz an der Sonne verdienen. Wenn John mich förderte, dann sollte es nicht nur geschehen, um seiner Gemahlin einen Gefallen zu tun, sondern weil ich ihm durch harte Arbeit unentbehrlich geworden war.

Das ging so lange gut, bis John vor sechs Jahren versuchte, die Thronfolge zu bestimmen. Er verlor seinen Kopf, und seine Familie stürzte mit ihm.

Es war das Jahr 1554. Johns Söhne warteten im Tower darauf, das gleiche Schicksal zu erleiden wie ihr Vater. Ich hatte Glück, selbst nicht als Verräter im Kerker zu sitzen, aber meinen Besitz war ich dennoch los, und meiner Base Jane erging es noch übler: Sie verlor mit dem Tod ihres Gemahls sämtliche Güter und verbrachte ihre Zeit damit, mittellos nach Fürsprechern bei Hofe zu suchen, um wenigstens das Leben ihrer Söhne zu retten.

Ich hätte damals nach Worcestershire zurückkehren können, zu meiner Gemahlin Margery und dem Kind, das sie erwartete, denn Margerys Mitgift hatte die Krone nicht eingezogen. Aber Jane brauchte mich. Wann, wenn nicht in dieser dunklen Stunde, war die Zeit gekommen, um ihr dafür zu danken, dass sie mir geholfen hatte, ein Mann zu werden, den andere achteten, und der sich selbst achten konnte? So viele der Schranzen, die sich in den letzten Jahren um John Dudley geschart hatten, waren verschwunden, und Jane musste jeden Morgen mit der Furcht erwachen, dass der beginnende Tag der letzte für ihre verbliebenen Söhne sein könnte; Guildford, der Jüngste, hatte schon für den Ehrgeiz seines Vaters mit seinem Kopf bezahlt.

Also blieb ich an der Seite meiner Base und versuchte, ihre unerschütterliche Hoffnung zu teilen, während sie von einem Höfling nach dem andern abgewiesen wurde, Tag auf Tag, immer wieder. Es lag nicht nur an den Feinden, die sich John Dudley durch seinen raschen Aufstieg gemacht hatte. Sich bei der neuen Königin für die Witwe und die Söhne des Mannes einzusetzen, der sein Bestes getan hatte, um zu verhindern, dass sie auf den Thron kam, bedeutete, viel für nichts zu riskieren, denn dass ein Dudley unter Mary Tudor je wieder zu Ansehen und Ehren kam, war wirklich nicht zu erwarten.

Jane pflegte damals vor jedem vergeblichen Bittgang die Namen ihrer lebenden Söhne zu murmeln wie ein Gebet – *Ambrose, John, Robin und Henry.* Als sie erfuhr, dass John im

Tower an einem Fieber dahinsiechte, das ihn noch vor dem Henker vom Leben in den Tod befördern würde, brach sie zusammen und weinte in meinen Armen. Da ich meine Base während meines ganzen Lebens nie anders als stark erlebt hatte, fühlte ich mich einen Moment lang, als hätte sich die Welt von unten nach oben gekehrt und der Boden unter meinen Füßen aufgetan, um uns alle zu verschlingen.

»My lady«, sagte ich schließlich zu ihr, absichtlich so formell wie möglich, um ihr Selbstbewusstsein wieder zu stärken, denn ihr Titel als Herzogin von Northumberland war eines der wenigen Dinge, die Jane nicht genommen worden waren, »wenn kein Engländer Euch helfen will, dann sollten wir es mit einem der gottverfluchten Spanier versuchen.«

Jane sah mich ausdruckslos an.

»Die Spanier, my lady, sind schließlich nicht nur hier, um uns mit ihrer Arroganz den letzten Nerv zu rauben, sondern als Teil der Gefolgschaft des Prinzgemahls gewissermaßen Gäste in unserem Land«, erinnerte ich sie.

Sie verstand, und das rief ihre Lebensgeister zurück. »Darum brauchen sie um keine eigenen Güter zu fürchten, wenn sie für uns sprechen«, vollendete Jane meinen Satz.

»Außerdem weiß doch jeder, dass die Königin Wachs in Philipps Händen ist. Vielleicht gilt das auch für die Edelleute aus seinem Gefolge.«

Jane legte mir ihre Finger auf die Lippen und sagte mir, ich sollte nicht so respektlos von der Königin sprechen, aber sie hörte auf mich. Nach einer Woche, in der sie jeden spanischen Edelmann und jede spanische Hofdame aufsuchte, die sich in unserem Land herumtrieben, weil ihr Prinz unsere Königin geheiratet hatte, zeigte sich das Schicksal endlich wieder etwas gnädiger. Das Schicksal – und das Interesse der Spanier an Informationen, mit denen sie ihren portugiesischen Rivalen eins auswischen konnten. Ich übergab meiner Base daher einige Briefe über die Nordostpassage nach China und Indien, die mir John Dudley während der letzten Wochen an der Spitze des Kronrats überlassen hatte, weil er zu beschäftigt damit war, seinen Staatsstreich vorzubereiten. Meine Aufgabe war es gewesen, Geldgeber für eine Gesellschaft zu finden, die bereit waren, für die Suche nach diesem Seeweg Summen in beträchtlicher Höhe zur Verfügung zu stellen, um mehrere Schiffe auszurüsten.

John der Jüngere starb zwar dennoch in der Gefangenschaft am Fieber, ehe die Spanier auf unseren Vorschlag eingingen, aber für Ambrose, Robin und Henry war es noch nicht zu spät. Sie wurden freigelassen. Allerdings nicht ohne Bedingungen.

Binnen kurzem sollte ich mich gemeinsam mit ihnen im französischen Schlamm vor St. Quintin wiederfinden, wo sechstausend Engländer für Philipp von Spanien fochten. Manchmal träume ich noch heute davon, und es sind keine guten Träume. Ich tat damals mein Bestes, um nicht nur meine eigene Haut zu retten, sondern auch auf Janes Jungen achtzugeben. Das war ich ihr schuldig.

Janes so lange Jahre unerschütterliche Gesundheit war dahin; die Freude, ihre Söhne frei zu sehen, währte nur kurz, und die Angst, sie gleich wieder durch den Krieg zu verlieren, zehrte an ihr. Sie konnte sich von uns allen nur auf dem Krankenbett verabschieden. Margery war aus Kidderminster gekommen, um sie zu pflegen, und gradlinig, wie es ihre Art ist, sagte sie mir, ihrer Meinung nach stünde es nicht gut um Jane. »Sie ist alt genug, um deine Mutter zu sein, Tom«, schloss sie. »Ich glaube, das vergisst du manchmal.«

»Wenn es ihr so schlechtgeht, dann sollte ich bleiben«, überlegte ich.

Margery schüttelte den Kopf. »Was, und die Jungen alleine nach Frankreich gehen lassen? Dann sinkt sie mit Sicherheit bereits morgen vor Sorge ins Grab. Wenn zudem einer von ihnen in Frankreich stirbt, dann wirst du für den Rest deines

Lebens glauben, du hättest es verhindern können. Ich kenne dich, Tom.«

Hoffte ich insgeheim trotzdem, Jane würde mich bitten, bei ihr zu bleiben? Doch es ist müßig, darüber nachzudenken; sie drückte meine Hand und flüsterte, wie zu den Zeiten ihrer Bittgänge, die Namen ihrer noch lebenden Söhne vor sich hin. *Ambrose, Robin, Henry.* Da wusste ich, dass Margery recht hatte.

»Ich werde mich um sie kümmern«, versprach ich ihr, und Jane lächelte.

»Das weiß ich. Du bist doch mein Ältester«, murmelte sie. Dieses Lächeln ist es, was mir von ihr am besten in Erinnerung geblieben ist. Wie sich später herausstellte, hatte ich sie an jenem Tag zum letzten Mal gesehen, denn sie starb, während wir in Frankreich kämpften, und nach meiner Rückkehr fand ich nur noch ihr Grab vor. Wenigstens hat sie nie erfahren, dass ich einen weiteren ihrer Söhne verloren habe.

Ambrose, Robin und Henry waren zu jung, um mit ihrem Vater auf dem Feld gewesen zu sein, wie das bei mir der Fall gewesen war, obwohl sie natürlich wie die meisten jungen Edelleute bereits in Turnieren gefochten hatten. Doch die lange Zeit im Tower hatte sie Kraft und einen Teil ihrer Behendigkeit gekostet. Ein Feldzug bietet keine Gelegenheit, um beides wieder zurückzugewinnen, ehe es ernst wird. Ambrose, der nunmehr Älteste, focht immerhin bedachtsam; Robin und Henry schienen beide beweisen zu wollen, dass dem Henker entkommen zu sein ihnen Unsterblichkeit verliehen hatte. Vielleicht waren es aber auch die höhnischen Bemerkungen von Seiten ihrer Kameraden über die Feigheit ihres Vaters, die sie vorantrieben. John hatte am Ende versucht, durch den Übertritt zum Katholizismus sein Leben zu retten, obwohl es doch die ganze Rechtfertigung für seinen Eingriff in die Thronfolge gewesen war, dass er keine Katholikin auf

Englands Thron sehen wollte. »Heute hier, morgen dort, aber nie da, wenn man auf sie zählt«, so spottete mehr als einer im Heer, »so sind die Dudleys.« Oder: »Was ist der Unterschied zwischen einem Wurm und einem Dudley? Aus dem Dreck kommen beide, aber der Wurm hat mehr Rückgrat!«

Ambrose stellte sich taub, Robin fing Streit mit den Betreffenden an, und Henry, Henry meldete sich freiwillig, um in St. Quintin in vorderster Front zu stehen. Als ich das hörte, schnappte ich mir seinen Befehlshaber und schrie etwas davon, dass Henry einfach nur jung und dumm war und auf keinen Fall so eingesetzt werden dürfte. »Das gilt für die meisten in diesem Heer«, sagte der Spanier unbeeindruckt. »Und wer glaubt Ihr zu sein, dass Ihr Euch diesen Ton herausnehmt? Ich glaube, es wird Euch guttun, zusammen mit Eurem jungen Vetter zu stehen. Euch und seinen Brüdern. Dann lernt Ihr vielleicht, was für ein Privileg es für die Überbleibsel eines toten ketzerischen Verräters ist, ihre Schande im ehrenhaften Dienst für die heilige Sache wiedergutmachen zu dürfen.«

Die Erinnerung an jenen Tag ist noch so lebendig in mir, als wäre er erst gestern gewesen, und ich wünschte, es wäre nicht so. Das Wetter war schlecht bei St. Quintin; in der Nacht hatte es wie aus Eimern geregnet, und noch der Morgen war diesig, feucht und kalt. Pferde und Männer stakten knietief durch den Schlamm, während ich Henry nicht zum ersten Mal den Kopf wusch ob seiner Tollkühnheit, die uns alle das Leben kosten konnte.

»Unsinn, Vetter Blount«, sagte er übermütig, »es wird alles gut werden. Wir kehren als Helden zurück!« Er preschte zum Flaggenträger und griff sich die Flagge. »Für England!«, rief er und hielt sie hoch. »Für Sankt Georg!«

»Er ist verrückt«, entfuhr es Ambrose entgeistert.

»Nein, er hat recht«, sagte Robin heftig und machte Anstalten, sich zu Henry zu gesellen. Ich schaffte es gerade noch, seinen Arm zu packen.

»Lass mich los«, rief er aufgebracht – und in diesem Moment hörten wir das Donnern. Die ersten Kanonenkugeln schlugen in unserer Nähe ein.

Keiner von uns hat Henry schreien hören. Er hatte nicht mehr die Zeit dazu.

Henry wurde direkt getroffen, und anschließend blieben nur noch Fetzen von ihm. Dafür schrie sonst eigentlich jeder, weil die Franzosen mit ihrem Angriff schneller als erwartet begonnen hatten. Die feuchte, kalte Luft dröhnte vom Gebrüll unserer Männer, die fluchten, wirre Befehle zu geben versuchten oder nach ihren Vätern und Müttern schrien. Schon nach wenigen Augenblicken roch es wie in einem Schlachthaus.

Nach der Schlacht bestand Robin zuerst darauf, dass Henry noch am Leben war. »Die Kugel ist nur in seiner Nähe eingeschlagen, und dadurch wurde er fortgeschleudert«, beharrte er. »Henry ist bewusstlos und liegt irgendwo unter den Leichen. Wir müssen ihn finden.«

»Rob, er ist tot«, sagte Ambrose tonlos und wischte sich mit der Hand über das Gesicht. »Wir haben doch gesehen, dass …«

»*Nichts* haben wir gesehen!«, wies Robin den Einwand scharf zurück. »Er ist nur fortgeschleudert worden und wartet darauf, dass wir ihn finden. Oder er ist in französischer Gefangenschaft.«

»Wir werden ihn suchen«, sagte ich begütigend, »und finden, so oder so.« Natürlich wusste ich, dass Ambrose recht hatte. *Jane,* dachte ich, *Jane, verzeih mir.* Margerys Brief über ihren Tod war erst am Vortag eingetroffen. Ich hatte es den Jungen noch nicht gesagt, weil ich es selbst nicht wahrhaben wollte. Und nun hatte ich mein letztes Versprechen an sie nicht einhalten können.

Wir waren beileibe nicht die Einzigen, die auf dem Schlachtfeld nach Leichen suchten; einige Männer hatten gesehen, was mit Henry passiert war, und so ernteten wir verwunderte Blicke, doch keinen Hohn. Dann fand Ambrose eine Hand, nichts als eine Hand, mit einem Ring, den wir alle erkannten. Wie alle Dudley-Söhne hatte Henry jung geheiratet, in den Zeiten, als John Dudley der erste Mann im Königreich gewesen war, und seine Gattin, Lady Audley, hatte ihm diesen Ring geschenkt, der eigentlich der Siegelring ihres Vaters gewesen war; die Brüder hatten Henry deswegen immer geneckt. Ambrose fiel auf die Knie und begann, sich die Seele aus dem Leib zu würgen; ich muss gestehen, dass auch meine Knie weich wurden. Robin dagegen stand ganz einfach neben mir und sagte: »Das beweist noch gar nichts. Es ist nur die Hand. Man kann den Verlust einer Hand überleben.«

Janes Tod, Henrys Tod und das ganze Elend schlugen über mir zusammen, und mir riss der Geduldsfaden. Ohne darüber nachzudenken, hob ich meine Hand und schlug Robin ins Gesicht, nicht mit der Faust, sondern mit der geöffneten Handfläche, wie man es bei einem Kind tut. »Wach auf«, schrie ich. »Dein Bruder ist *tot*.« Ich bin nicht stolz darauf; es war das Einzige, was ich tun konnte. Plötzlich beneidete ich Ambrose, der seiner Übelkeit wenigstens Ausdruck verleihen konnte.

Robin starrte mich an. »Nein«, sagte er dann unbeirrt, »nein, ich werde ihn finden. Du wirst sehen.« Er wandte sich von mir ab und begann, weiter das Schlachtfeld abzusuchen.

Ich schickte Ambrose in das Zelt zurück, das wir alle teilten, und folgte Robin.

Wir fanden kaum genügend Überbleibsel für ein christliches Begräbnis. Henrys Kopf gehörte nicht dazu. Bei manchen Gliedmaßen war ich mir nicht sicher, ob sie ihm gehört hatten, und ich vermutete, dass Robin es auch nicht war. Aber nachdem er sich eingestehen musste, dass es keine Hoffnung mehr für Henry gab, bestand er darauf, dass es sich bei dem, was wir fanden, um den Oberarm, um die Füße, um das Bein seines Bruders handelte.

»Meine Mutter«, begann er, und sein starrer Gesichtsausdruck machte mir mehr Sorgen, als es Ambrose' offener Zusammenbruch getan hatte, »meine Mutter hätte gewollt, dass Henry ein ordentliches Begräbnis bekommt.«

Es lag mir auf der Zunge, ihm die Wahrheit über Jane zu sagen, da fiel mir auf, dass er in der Vergangenheitsform von ihr gesprochen hatte, und ich begriff, dass er bereits wusste, was geschehen war.

»Woher …«

»Du bist nicht der Einzige, der Briefe aus England bekommt, Vetter«, sagte Robin, und die steinerne Haltung, in die er sich seit Beginn der Schlacht geflüchtet hatte, begann endlich etwas aufzubrechen, als er einen blutbefleckten Hut, der tatsächlich Henrys gewesen sein konnte, vom Boden auflas. Er hielt ihn in den Händen, und ich konnte sehen, dass er wiederholt schluckte, als versuche er mit Gewalt, Tränen zu unterdrücken. Ich dachte daran, wie ich vor meinem Vater nie hatte Schwäche zeigen wollen. Aber wenn es je einen Zeitpunkt gab, an dem mein zwölf Jahre jüngerer Vetter einen Anspruch darauf hatte, vor Gott und den Menschen einmal keine Stärke zeigen zu müssen, dann jetzt. Ich wusste nur nicht, wie ich das zum Ausdruck bringen konnte, ohne die falschen Worte zu gebrauchen und ihn womöglich zu kränken.

»Ich glaube«, sagte ich stattdessen mit einem Blick auf den Hut, »wir haben nun genug gefunden, Vetter.«

Er nickte stumm.

Robin und ich legten das, was von Henry übrig war, in einen Sarg und hörten wenig später einen spanischen Pfaffen um Gottes Segen für ihn bitten. Danach nahm ich, was ich an Geld hatte, und ging mit Robin in den nächstgelegenen Ort.

Dort liebte man zwar weder Engländer noch Spanier, aber sehr wohl klingende Münze; ich besorgte uns Branntwein und zwei Mädchen. Gewiss, Katholiken wie Protestanten sind sich einig, dass unser Herr den Ehebruch verdammt, aber meine eigene Auslegung war immer, dass dies nicht für Männer gilt, die ihre Gattin monatelang nicht zu Gesicht bekommen, und gewiss nicht für Soldaten. Sich im warmen, willigen Körper einer Frau zu verlieren, schafft Vergessen wie kaum etwas anderes, und für mich stand an jenem unseligen Tag fest, dass Janes Sohn und ich dringend Vergessen brauchten. Und sei es nur eine Stunde lang.

In besseren, glücklicheren Zeiten war es einmal an mir gewesen, Robin und seinen Brüdern Ratschläge über Frauen zu erteilen. Als Henry das Mädchen, durch dessen Ring wir heute seine Hand wiedererkannt hatten, schwängerte und im Schnellverfahren heiraten musste, war John Dudley mit dem Coup gegen Edward Seymour beschäftigt gewesen und hatte mich gebeten, dafür zu sorgen, dass seine Söhne ihm keine solchen Streiche mehr spielten. Ich hatte John den Jüngeren, Ambrose, Robin und Guildford zur Seite genommen und ihnen erklärt, dass ein Mann, der seinen Verstand beisammen hatte, niemals ein Verhältnis mit einem unverheirateten Mädchen anfing. »Der Apostel Paulus meinte, es ist besser zu heiraten, als zu brennen«, hatte ich gesagt, »aber er war nicht verheiratet, und ein Heiliger ist ohnehin nicht von dieser Welt. Wenn ihr meine Meinung dazu hören wollt: Wenn man das Feuer nicht kontrollieren kann, so rät es sich doch, den Brand in ein sicheres Gefilde zu lenken.«

Die Jungen, allesamt noch Jahre davon entfernt, als Männer zu gelten, aber durchaus alt genug, um Dummheiten zu begehen, hatten mich großäugig angestarrt und gefragt, wer denn als »sicher« bezeichnet werden könne.

»Erzählt Eurer Mutter nie, was ich jetzt sage«, hatte ich erwidert, »aber die sicherste Frau ist immer eine verheiratete

Frau. Wenn ihr vorsichtig vorgeht und nicht mit der Affäre herumprahlt, dann müsst ihr nicht fürchten, sie in Schande zu stürzen, weil kein Mensch etwas von der Sache erfährt. Wenn sie schwanger wird, dann freut sich der Gatte über einen neuen Erben, und ihr müsst nicht für das Kind aufkommen. Außerdem hat eine solche Frau keine Krankheiten, während man bei einer Hure nie sicher sein kann.«

Es wäre anständiger gewesen zu sagen, dass sie gefälligst ihren Hosenlatz geschlossen halten sollten, bis ihr Vater sie verheiratet hätte, aber dergleichen wäre ihnen zum einen Ohr hinein- und zum anderen wieder herausgegangen. So zumindest hatte ich es empfunden, als mein Vater mir diese Predigt hielt.

Damals schien der erboste Vater einer unverheirateten Tochter die größte Gefahr zu sein, die einem von Janes Söhnen drohen konnte. Nun hatte Guildford der Henker geholt, Henry war tot, Ambrose zusammengebrochen, und Robin und ich konnten noch von Glück sagen, wenn ein paar Französinnen uns halfen, die Nacht zu überstehen, ohne verrückt zu werden.

An den Namen des Mädchens, wenn sie ihn mir denn verriet, kann ich mich nicht mehr erinnern. Aber ich weiß noch, dass sie flachsfarbenes Haar und einen Leberfleck über dem Bauchnabel hatte, und dass ich den Gestank der Leichen und des getrockneten Blutes in ihren Armen nicht mehr roch, sondern den gesunden, milchigen Schweiß einer Frau; den Duft des Lebens, nicht des Todes.

Robin war mit seinem Mädchen bereits fertig oder hatte noch nicht angefangen, als ich wieder in den Schankraum kam; auf jeden Fall saß sie neben ihm, während er aus seinem Becher trank. Sein Gesicht war leicht gerötet, er trug sein Wams nicht mehr, und man konnte sehen, dass etwas von dem Blut dieses Tages einen Weg auf das Hemd darunter gefunden hatte.

»Guildford ist in St. Peter ad Vincula beerdigt«, sagte er abrupt, als ich mich zu ihm setzte. »Der Kapelle im Tower. Als sie ihn holten, sagte er zu uns anderen, er hoffte, er müsse noch lange auf uns warten. Glaubst du, Henry ist jetzt bei ihm?«

»Das weiß Gott allein«, sagte ich müde.

»Meine Mutter ist es bestimmt. Obwohl sie die Einzige in der Familie sein dürfte, die ein Anrecht hat, geradewegs ins Paradies zu kommen. Aber ich – ich kann mir nicht vorstellen …« Er ließ den Kopf sinken, seine Stimme wurde brüchiger, obwohl er sie immer noch zum Gehorsam zwang. »Ich kann mir nicht denken, dass sie ohne ihre Kinder zur Rechten Gottes sitzen wollte.«

»Deine Mutter würde lieber das Fegefeuer in Kauf nehmen, als ohne ihre Kinder zu sein«, bestätigte ich und dachte an Jane, meine Base Jane, die in allem, was zählte, auch meine Mutter gewesen war. Robin hatte ihre Augen geerbt, was ihn, zusammen mit dem dunklen Haar seines Vaters, immer wie einen Südländer aussehen ließ, mehr als so manchen Spanier, den ich kannte. Ich versuchte, mir nicht vorzustellen, wie es sich anfühlen würde, auch noch ihn und Ambrose unter die Erde zu bringen; in jener Nacht schien es, als gäbe es nur Unglück für uns alle. Dann schaute Robin erneut auf, und ich konnte sehen, dass etwas von der Jungenhaftigkeit, die er bis zu diesem Zeitpunkt noch gehabt hatte, verschwunden war. Zum ersten Mal konnte man ihm jedes Jahr seiner über zwei Jahrzehnte anmerken.

»Vetter Blount«, sagte er und schob die Hand des Mädchens zurück, die ihm unter das Hemd fahren wollte, »so etwas wird nie wieder geschehen.«

Es war eine jener Feststellungen, die man macht, wenn man zu viel getrunken hat, und die nüchtern betrachtet keinen großen Sinn ergeben. Jeder Mensch schuldet Gott einen Tod, und ob sein Bruder, seine beiden Schwestern, meine Gemahlin und mein gerade geborener Sohn nun alle hundert Jahre alt wurden oder morgen von uns gingen, sterben würden sie, ganz wie er und ich auch. Aber ich war selbst erschöpft, gebrochen und durchwärmt von Branntwein und dem Mädchen, das in meinen Armen gelegen hatte, und in diesem Zustand verstand ich, was er meinte. Es waren nicht nur die Todesfälle; es war der Umstand, dass die Familie so tief gestürzt war. Jane hätte niemals in die Bedrängnis kommen dürfen, um das Leben ihrer Söhne betteln zu müssen und als Frau eines hingerichteten Verräters auf ihre Verwandten angewiesen zu sein, was ein Dach über dem Kopf und Krankenpflege betraf, weil sie sich keinen Arzt mehr leisten konnte.

»Nun, dein Vater ist tot«, gab ich zurück, gerade noch nüchtern genug, um nicht fortzufahren, dass John Dudley uns durch seinen Ehrgeiz erst zu Verrätern an der Krone gemacht und damit die Folgen heraufbeschworen hatte; es war auch so klar, worauf meine Bemerkung zielte, und seine Söhne hatten schon oft genug gehört, wie andere Menschen ihren Vater in die Hölle wünschten. An jedem anderen Tag hätte ich darum auch die Bitterkeit unterdrückt und mir eingestanden, dass ich John bereitwillig genug gefolgt war, solange er Erfolg hatte. Ja, er hatte sein Versprechen, uns alle auf den Gipfel der Macht zu führen, nicht erfüllt – so wie ich nicht in der Lage gewesen war, mein Versprechen Jane gegenüber zu halten und ihre Söhne zu beschützen, alle ihre Söhne. Gegen wen sollte ich also den größeren Groll hegen?

»Mein Vater«, sagte Robin, und die Bitterkeit, die in mir brannte, fand sich auch in seiner Stimme, »hat die schlimmste Art von Verrat begangen – Verrat ohne Erfolg. Sonst würde man ihn nämlich als Retter des Landes preisen. Aber die Dudleys werden wieder aufsteigen, sie werden sicherer und mächtiger werden, als sie es zu Lebzeiten meines Herrn Vaters je waren, das schwöre ich dir bei allem, was mir heilig ist.«

Mir lag auf der Zunge, ihn darauf hinzuweisen, dass all das

Ansehen und die Macht seinen Vater nicht gerettet, sondern nur auf den Pfad geführt hatte, der seinen Tod, den Tod von Guildford, Henry und John dem Jüngeren und die ganze jetzige Misere erst ermöglichte, aber ich konnte es nicht aussprechen. Und ich wollte es auch nicht. Der Mensch braucht Hoffnung, ich so gut wie er. Ich dachte an meine eigene Familie daheim und fragte mich, ob sie mich wohl dereinst verfluchen würde, weil ich unsere Geschicke so fest an die Familie eines geköpften Verräters geknüpft hatte. Dann erinnerte ich mich daran, dass wir sehr gut alle tot hätten sein können, ich so gut wie Robin, hingerichtet genau wie Janes Gatte und ihr jüngster Sohn oder in Stücke gerissen wie der arme Henry. Aber wir waren nicht tot, sondern am Leben. Dafür musste man Gott dankbar sein und etwas daraus machen.

»Du hast uns immer treu zur Seite gestanden«, sagte Robin, als stünden mir meine Gedanken auf der Stirn geschrieben, »doch wenn es dich zurück nach Worcestershire zieht, würde ich das verstehen. Jetzt, wo du für ihren Gatten gefochten hast, wird die Königin dir gewiss etwas Land zurückgeben, und du und die deinen könntet dort in Frieden leben.«

Es wäre an seinem Bruder Ambrose gewesen, als dem Ältesten und daher neuen Oberhaupt der Familie, mich entweder zu bitten zu bleiben oder mir mitzuteilen, ich könne gehen. Robin war nie mehr als der mittlere Sohn gewesen, weder der zukünftige Erbe seines Vaters noch das verwöhnte Nesthäkchen. Als John Dudley einen seiner Söhne mit dem Mädchen verheiratete, das er zur Königin von England machen wollte, da war es Guildford gewesen, nicht Robin. Was Jane betraf, so bestand sie darauf, keine Lieblinge zu haben und alle ihre Kinder gleich zu lieben, aber insgeheim war ich davon überzeugt, dass Henry ihr Favorit war.

Ein mittlerer Sohn in einer großen Familie muss immer ein wenig aufgeweckter, schneller, besser als die anderen sein, um überhaupt aufzufallen. Es hätte mich also nicht wundern sollen, dass Robin derjenige der Dudleys sein würde, der sich in der Stunde der Niederlage und des tiefsten Verlustes aufraffte und begann, Pläne für die Zukunft zu machen. Die Frage war nun, ob ich ihm dabei folgen wollte.

Er hatte recht. Nach meinem Kriegsdienst hier hatte ich gute Chancen, mein Land wieder zu bekommen und nicht mehr von Margerys Mitgift leben zu müssen. Ich konnte nach Hause gehen und den Rest meiner Tage in Kidderminster verbringen, mit ihr und unserem Kind, und ganz gleich, ob es Robin nun gelingen würde, die Dudleys wieder zu Glanz und Macht zu bringen, oder ob er sich nur ein Todesurteil einhandelte, es würde weder mein Verdienst noch meine Schuld sein. In diesem Moment, an dem knarrenden Holztisch in einem wenig ehrenhaften Gasthof in Frankreich, bot sich mir die einmalige Chance, die Geschicke der Blounts endgültig von denen der Dudleys zu trennen.

Janes Stimme klang mir im Ohr, wie sie die Namen ihrer Söhne rezitierte und mich ihren Ältesten nannte. Kidderminster fiel mir ein, und wie in den zehn Jahren vor Johns Tod jede Heimkehr einem Triumphzug geglichen hatte, während dieser Tage jeder sehr vorsichtig war, wenn er mit uns sprach. *Hoffnung,* dachte ich, *jeder von uns braucht Hoffnung und das Gefühl, nicht allein zu sein.* Ich schaute auf Janes Sohn, dem ich nach dem Tod seines Bruders nicht mehr als Branntwein und ein Schankmädchen gegeben hatte.

Mit dem Geschmack von Niederlage und französischem Branntwein im Mund sagte ich, und gebrauchte zum ersten Mal ihm gegenüber die respektvolle Anrede, die einem höhergestellten Mann gebührt, obwohl er durch den Tod seines Vaters allen Rang verloren hatte und wir gleichgestellt waren: »Ihr seid einer der Meinen … my lord. Wie kann ich in Frieden leben, solange Ihr das nicht tut?« Ich musste einmal schlucken und fügte schnell hinzu: »Außerdem, wenn ich in Worcestershire sitze, während Ihr bei Hofe ein großer Mann seid, werde ich keinen Frieden haben, sondern nichts als Ärger in mir spüren, weil ich das verpasse.«

»Danke für dein Vertrauen, Vetter«, sagte Robin. Dann legte er seinen Kopf auf den schmutzigen Holztisch einer miserablen französischen Schenke und weinte um seine toten Brüder, um seinen Vater, seine Mutter, und ich weinte mit ihm.

Robin und ich sprachen später nie mehr über das, was an jenem Abend passiert war. Aber von diesem Zeitpunkt an ging es tatsächlich bergauf, in kleinen Schritten, zugegeben, aber immer bergauf. Weder er noch Ambrose noch ich selbst wurden in Frankreich verwundet, was auch daran lag, dass Robin und ich unser Talent dafür entdeckten, einander den Rücken zu decken. Als wir das nächste Mal in ein Hurenhaus gingen, war es nicht, um Vergessen vor Trauer und Entsetzen zu suchen, sondern, um zu feiern, dass Königin Mary uns wegen des Dienstes in Frankreich von begnadigten Verrätern wieder zu freien Männern von Rang erhoben hatte. Die französische Dirne, die wir dort trafen, ist mir nicht nur in Erinnerung geblieben, weil sie wirklich hinreißend aussah, sondern auch, weil sie von Robin zu mir schaute und dreist erklärte, wir sollten doch gleich zu zweit zu ihr kommen, denn englische Männer hätten nun einmal einzeln nicht die Ausdauer für eine Frau wie sie. Zuerst war ich gekränkt und drauf und dran, auf dem Absatz kehrtzumachen, aber Robin brach in Gelächter aus. »Sie hat recht, Thomas, sie hat recht«, stieß er zwischen zwei Salven hervor, und erst als ich mich anstecken ließ, wurde mir bewusst, wie lange es her war, dass einer von uns beiden über sich selbst hatte lachen können.

KAPITEL 2

1557

Nach unserer Rückkehr nach England starb der alte Robsart, der Vater von Robins Gemahlin Amy, und da dieser sich nicht an John Dudleys Umtrieben beteiligt und mein Vetter sich gerade erst Königin Marys Begnadigung verdient hatte, wurde Robin erlaubt, die Robsart-Güter in Norfolk zu übernehmen. Nur noch selten hörte ich, wie ihn jemand außerhalb der Familie mit seinem Jungennamen ansprach; stattdessen wurde der neue Aufstieg des *Robert* Dudley mit gespannter Erwartung und der typischen Mischung aus Missgunst und berechnender Freundlichkeit beobachtet. Für mich als seinen neuen Verwalter bedeuteten die Ländereien eine Menge Arbeit und eine Menge Herumreisen, aber auch sichere Einkünfte.

Recht schnell bedeutete es auch einen Streit, denn Robin setzte sich in den Kopf, etwas von seinem neuen Land zu verkaufen, und wollte mir zunächst nicht sagen, wofür das Geld bestimmt war: »Du musst darüber nur eins wissen, Vetter«, sagte er. »Die Erlöse werden nicht für die anderen Güter zur Verfügung stehen.« Seine Gemahlin glaubte mir meine Unwissenheit nicht, befahl mir, ihr die Wahrheit zu sagen, und war mehr als verärgert, als ich darauf beharrte, nichts über den geplanten Verwendungszweck des Geldes zu wissen. Amy war meist fröhlichen Gemüts, aber wenn der Ärger sie packte, dann ließ sie es jeden in ihrer Umgebung spüren. Schließlich teilte Robin ihr und mir die Wahrheit mit; ich glaube heute noch, dass er mich dabeihaben wollte, um einen Ehestreit in Grenzen zu halten. Der alte Robsart mochte kein hochadliger

Herr gewesen sein, aber er hatte seiner Tochter eine gute Erziehung ermöglicht, und ehelicher Zwist vor Dritten ziemte sich nicht, das wusste sie.

»Das Geld ist für die Prinzessin Elizabeth bestimmt«, sagte Robin zu Amy, und sie runzelte die Stirn. Auch mir wurde flau im Magen. Die Prinzessin war eine mögliche Thronfolgerin, gewiss, und da es immer unwahrscheinlicher wurde, dass Königin Mary, ihre Schwester, je ein Kind gebären würde, konnte man durchaus auf ihre Thronbesteigung setzen. Königin Mary und Prinzessin Elizabeth waren die letzten lebenden Tudors; es gab sonst niemanden mehr, der einen direkten Anspruch auf die Krone vorweisen konnte. Henry hatte in seinem Testament zwar verfügt, dass ihre Base Jane Grey die nächste Erbin nach seinen eigenen Kindern werden sollte, doch nachdem sie von John Dudley widerrechtlich für neun Tage zur Königin gemacht worden war, hatte Mary sie hinrichten lassen. Auch die Prinzessin Elizabeth war bereits wegen angeblich versuchten Thronraubs im Tower gefangen gewesen, zur gleichen Zeit, als die Dudley-Brüder ihres Vaters wegen dort einsaßen. Außerdem pfiffen die Spatzen von den Dächern, dass die Königin ihre junge Halbschwester hasste. »Und wen wundert das?«, pflegte meine Gemahlin Margery zu sagen. »Königin Mary hat ihre Mutter und ihre Kindheit durch Lady Elizabeths Mutter verloren.« Wenn Mary zu Ohren kam, dass die gerade erst begnadigten Dudleys Elizabeth unterstützten, dann konnten wir uns alle wieder mittellos im Dreck wiederfinden, oder, Gott bewahre, erneut des Verrats angeklagt.

»Elizabeth hat ein gutes Gedächtnis«, sagte Robin entschieden, »und sie hat noch nie einen Freund im Stich gelassen. Wenn sie erst Königin ist, wird sie nicht vergessen, wer ihr zur Seite stand. Ich kenne sie.«

Amy biss sich auf die Lippe und schaute mich mit ihren schönen, ausdrucksstarken Augen beschwörend an. Ob sie nun wünschte, ich möge mich zurückziehen, oder vielmehr, dass ich blieb und als Erster über die Gefahr sprach, in die Robin sich und die Seinen brachte, damit sie es nicht tun musste, weiß ich bis heute nicht zu sagen.

»Ich kenne sie«, wiederholte Robin, und ich dachte daran, wie stolz meine Base Jane darauf gewesen war, dass Robin, Guildford und ihre Schwestern Kate und Mall mit dem Prinzen Edward, der Prinzessin Elizabeth und Lady Jane Grey unterrichtet werden durften; John Dudley hatte dem alten König die Erlaubnis abgeschmeichelt, als er Mitglied des Kronrats wurde, und natürlich geplant, dass die Kinder freundschaftliche Bande knüpften.

Es war ihm vor allem um den jungen Edward gegangen; keiner hatte damals ahnen können, dass dieser so früh sterben würde, statt England für ein paar Jahrzehnte zu regieren. Doch mehrere Eisen im Feuer schadeten niemandem, und John wollte so viele Mitglieder der Familie Dudley wie machbar an so viele Mitglieder der königlichen Familie wie möglich binden. Vier eigene Kinder und drei mögliche Thronfolger erhöhten für ihn die Hoffnung auf Erfolg in der nächsten Generation beträchtlich.

»Die Lady Elizabeth«, sagte Amy Dudley schließlich, als ich weder den Raum verließ noch gegen den Plan sprach, »hat gewiss reichere, begütertere Freunde, die ihr zur Seite stehen können, wenn sie Geld benötigt. Nun, vielleicht nicht mehr so viele Freunde wie früher, jetzt, wo viele von ihnen hingerichtet worden sind, weil sie eine Königin Elizabeth wollten und ihr Aufstand niedergeschlagen wurde. Mein liebster Gemahl, du bist mir endlich aus großer Gefahr wiedergeschenkt worden. Heißt es da nicht Gott versuchen, wenn du dich erneut in Gefahr begibst? Die Königin wird nicht Freundschaft in einer solchen Leihgabe an ihre Schwester sehen, schon gar nicht, wenn sie vom Sohn John Dudleys kommt.«

»Die Königin wird nie davon erfahren«, sagte Robin unbeirrt. »Es ist eine Investition in die Zukunft.« Dabei schaute er nicht zu Amy, sondern zu mir. »Hab Vertrauen.«

Der einzig sichere Weg in die Zukunft, da war seine Gemahlin ganz im Recht, lag darin, sich auf dergleichen Glücksspiele mit den Mächtigen nicht mehr einzulassen. Doch das war nicht der Weg, der an die Spitze führte. Seit jenem Tag in Frankreich hatte ich nicht daran gezweifelt, dass Robin meinte, was er sagte, als er geschworen hatte, das Rad der Fortuna erneut zu erklimmen, und damals hatte ich geschworen, an seiner Seite zu bleiben. Es ging nicht an, sich jetzt zurückzuziehen, bei der ersten Gelegenheit, meine Treue zu beweisen, und so erwiderte ich:

»Ich habe Vertrauen, my lord. Doch weiß ich, dass Vertrauen und Vorsicht das beste aller Paare bilden, und so bitte ich Euch, mich dafür sorgen zu lassen, dass Euer Geld die Prinzessin erreicht. Niemand außer ihr wird je wissen, von wem es stammt.«

Damit hoffte ich, nicht nur mein eigenes Gemüt zu beruhigen, sondern auch das der Lady Amy, aber der Blick, den sie mir zuwarf, machte klar, dass sie sich auch von mir verraten fühlte. Es berührte mich eigenartig. Ich schuldete ihr nur als Robins Gemahlin Loyalität; sonst gab es keine Bande zwischen den Blounts und den Robsarts. Ehe ich mit Robin aus Frankreich wiederkehrte, hatte ich sie nur auf ihrer Hochzeit und gelegentlich auf Reisen gesehen. Also war es völlig unverständlich, dass sie geglaubt hatte, ich würde für sie und gegen ihren Gatten Partei ergreifen, selbst, wenn ich ihre Meinung teilte. Doch genau davon musste sie überzeugt gewesen sein; anders war ihr Blick nicht zu erklären, noch die verletzte Art, mit der sie den Kopf abwandte und den Raum verließ.

Ich schaute Amy nach und ertappte mich dabei, wie ich dachte, dass ein Anflug von Zorn ihr stand. Bei ihrer Hochzeit war sie ein äußerst hübsches junges Ding gewesen, aber in ihrer ständigen Fröhlichkeit zu kindlich für meinen Geschmack und überdies weit mehr an höfischen Festen interessiert als daran, allen Verwandten der Dudleys die Ehre zu erweisen. Jetzt war sie eine erwachsene Frau; der Ärger hatte Farbe auf ihre Wangen gelegt, und die Art, wie sie den Kopf zurückwarf, als sie ging, straffte ihre Brüste und zeigte, was für eine gute Figur sie hatte …

»Du hast Erfahrung in der Ehe, Vetter«, riss Robin mich aus meinen Gedanken. »Was tust du, wenn Margery dir grollt und du doch überzeugt bist, das Richtige zu tun?«

Der Name meiner Gattin fiel zur rechten Zeit. Ich bin ein Mann wie andere auch und müsste lügen, wenn ich sagte, dass ich seit unserer Rückkehr aus Frankreich keinem anderen Weib als Margery mit Wohlgefallen nachgeblickt hätte. Aber es bestand doch ein großer Unterschied darin, hin und wieder einem Schankmädchen, einer Kammerzofe oder gar deren Herrin nachzublicken oder sich unangemessene Gedanken über die ehrsame Gattin eines Verwandten zu machen. Amy war von einem Mädchen zu einer schönen jungen Frau geworden, sicher; das sollte in mir bestenfalls einen gewissen onkelhaften Stolz hervorrufen.

»Ich bete«, entgegnete ich hastig. »Was bleibt uns Männern anderes übrig?«

»Lügen, Tom, was du gerade wieder ganz überzeugend getan hast!«, spottete Robin.

Gut, ich hätte auch sagen können, dass Abwesenheit das Herz sanfter stimmt und weder Margery noch ich geneigt waren, uns in ehelichen Zwist zu stürzen, wenn ich sie in Kidderminster besuchte. Nach meiner Heimkehr aus Frankreich hatte ich erwogen, sie und unseren Sohn mit mir zu nehmen, wenn ich in Robins Geschäften in Norfolk, Oxfordshire oder in London unterwegs war, doch meine Gemahlin hatte dies abgelehnt.

»Tom«, hatte sie erklärt, »ständig unterwegs zu sein wie die Vagabunden, das bekommt dem Jungen nicht. Außerdem bin ich wieder schwanger, und wenn es Vetter Dudley gelingt, wieder ein Amt bei Hofe zu erlangen, dann müssten wir um jeden kleinen Raum in jeder königlichen Residenz kämpfen und würden wahrscheinlich mit allem möglichen Gesindel zusammen untergebracht. Hier in Kidderminster dagegen wachsen sie gesund auf. Hier ist meine Heimat, und auch die deine. Natürlich ist es meine Pflicht als deine Gattin, dir in allem zu folgen, doch es ist auch meine Pflicht, darauf zu achten, das alles für deine Familie zum Besten steht, und das tut es, wenn du uns in Kidderminster lässt, nicht, wenn wir zwischen Norfolk und dem Süden wie dein Reisegepäck hin und her ziehen. Mehr habe ich dazu nicht zu sagen.«

Und mehr musste sie auch nicht sagen.

Drei Jahre waren seit jenem Tag ins Land gegangen. Vor zwei Jahren starb Mary, und ihre Halbschwester Elizabeth folgte ihr auf den Thron. Es war, wie ich schon sagte, eine gute Zeit für mich und die Meinen, denn Robin behielt recht: Unsere neue Königin vergaß ihre alten Freunde nicht. Robins Schwester Mall wurde Hofdame, Ambrose wurde Feldzeugmeister, und Robin selbst erhielt das Amt des Oberstallmeisters, was ihn verantwortlich für alles Transportwesen bei Hofe machte, nicht nur für die Pferde. Er war es auch, der ihre Krönung organisierte und der beim Krönungszug direkt hinter ihr ritt. Ja, die guten Zeiten der Dudleys waren wieder zurückgekehrt, und das sprach sich bald bis in die Provinz herum. Margery konnte sich in Worcestershire vor gutwilligen Nachbarn kaum mehr retten, die an unsere Tür klopften und auf einmal ihr Herz für uns entdeckten. Einige hatten mich sogar beschworen, bei der Parlamentswahl für unseren Bezirk zu stehen. Schließlich hatte mein Patron das Ohr der Königin; er war ihr bester Freund, ihre linke Hand, die vielleicht auch bald die rechte werden würde, und ich war der wichtigste Mann in seinem Haushalt.

Leider blieb es nicht alles, was man sich erzählte, noch blieb »Freund« die Bezeichnung, die der Klatsch für Robin wählte. Die Königin war jung, weitaus jünger als ihre Schwester, und natürlich fragten wir uns alle von dem Moment ihrer Krönung an, wen sie heiraten würde. Dass sie heiraten musste, stand außer Frage. Frauen konnten schließlich keine Königreiche regieren, und überdies war es ihre Pflicht, die Dynastie ihres Vaters fortzusetzen. Da ich mich nur zu gut erinnerte, wie viele junge Engländer für Spanien im französischen Dreck gestorben waren, hoffte ich inbrünstig, dass ihr Gatte kein Ausländer wie Philipp sein würde, der uns für seine Zwecke ausbluten ließ, und damit stand ich nicht allein.

Angeblich hatte Philipp Elizabeth einen Antrag gemacht, kaum dass seine Gattin, ihre Halbschwester, unter der Erde lag, aber wenn er es tat, dann wurde er nicht angenommen. Er war nur der erste Mann von vielen, die man als zukünftigen König an Elizabeths Seite handelte. Mittlerweile ist es zu einem beliebten Wettsport unter den Adligen bei Hof wie unter den Bürgern in Stadt und Land geworden, darauf zu wetten, welcher Prinz von königlichem Geblüt aus welchem Reich sich als Nächstes um die Hand ihrer Majestät bewirbt. Nicht, dass ich mich an dergleichen Wetten beteilige. Das habe ich nicht nötig, und mein Geld ist mir dafür zu schade. Ich habe einträglichere Nebeneinkünfte. Schließlich bilden sich genügend Leute ein, dass sie sich jetzt an die Rockzipfel der Dudleys hängen müssten, und manchmal sind sie kompetent genug, dass ich sie nicht entmutige, sondern Robin weiterempfehle.

Diese Menschen vor meiner Tür kommen natürlich auch wegen des Klatschs, der nur ein paar Monate nach der Krönung losging, und keine Anzeichen zeigt, zu erlahmen: Dass ihre Majestät keinen Ausländer und auch keinen der zahlreichen Grafen, Barone und Herzöge aus unserem einheimischen Hochadel heiraten wird, die längst ebenfalls ihre Bewerbungen vorgetragen haben, sondern keinen anderen als meinen Verwandten und Patron, ihren Jugendfreund Robin Dudley.

John Dudley hatte sich vom jungen König Edward zum Herzog machen lassen, aber wer wegen Verrates hingerichtet wurde, konnte seinen Söhnen keine Titel und keinen Besitz vererben, und so waren Ambrose und Robin bisher weder Herzöge noch Grafen noch Barone. Wenn sich das ändern und Robin einen höheren adligen Rang einnehmen sollte, würde er das seiner Freundschaft mit der Königin verdanken, nicht seinem Blut, und damit wäre er für unseren Hochadel als Bewerber eine unsagbare Missachtung ihres eigenen Rangs. Dass Robin seit seinem achtzehnten Lebensjahr bereits verheiratet ist und daher gar nicht um die Hand der Königin anhalten kann, ob mit oder ohne neuen Titel, schert die Klatschmäuler dabei wenig. Unsere neue Königin ist selbst nur auf der Welt, weil ihr Vater, der alte König Henry, seine erste Ehe für ungültig erklärte und mit dem Papsttum brach, um ihre Mutter Anne Boleyn heiraten zu können. Aber der Klatsch, der mir ständig zu Ohren kommt, auf den ich manchmal sogar ganz offen angesprochen werde, der behauptet nicht, dass Robin, dem Amy keine Kinder geschenkt hat, beim Erzbischof von Canterbury um eine Auflösung seiner Ehe ersuchen würde, nein. Im April des letzten Jahres kam sogar einer der Leute des spanischen Botschafters zu mir. Da es sich dabei um einen der Männer handelte, die sich bei Königin Mary für die Begnadigung der Dudleys eingesetzt hatten, war ich so höflich wie möglich, auch wenn es schwerfiel, denn was er zu sagen hatte, war allerhand.

»Es heißt, Eure Lady habe eine Krankheit in ihren Brüsten«, begann er unverblümt, »und Lord Robert und die Königin warteten nur auf ihren Tod, um heiraten zu können.«

Ich gab mir alle Mühe, meine Wut über diese unverschämte Behauptung nicht zu zeigen. »Die Leute reden viel, wenn der Tag lang ist.«

»Dann geht es Eurer Lady gut?«, hakte er nach. »Es muss doch einen Grund haben, warum sie nicht als Hofdame der Königin bei Hofe weilt, so wie ihre Schwägerinnen, Lord Roberts Schwestern.«

»My lady bevorzugt das Landleben«, sagte ich steinern, »und da ist sie nicht die Einzige. Warum fragt Ihr nicht Cecils Sekretär nach seiner Herrin? Cecils Gemahlin weilt ebenfalls nicht bei Hofe, und ihm hat die Königin weit wichtigere Ämter übertragen als meinem Vetter.«

Darauf hätte er nun sagen können, dass sich niemand den biederen William Cecil, seines Zeichens Staatssekretär und erster Minister, als Ehebrecher vorstellen konnte, der nur auf den Tod seiner Gemahlin lauerte; von Robin Dudley hingegen, den man inzwischen bei Hofe den »Zigeuner« nannte, wollte man dies nur zu gerne glauben. Immerhin: Der Spanier war nicht entschlossen, auch noch diese Grenze der Höflichkeit zu überschreiten.

Andere hatten keine solchen Skrupel.

Der Frühling wurde Sommer, der Sommer Herbst, der Herbst Winter, ein neuer Frühling kehrte ein, und noch immer hatte die Königin keinem Freier ihr Wort gegeben.

Die Klatschgeschichten über sie und Robin wurden immer hässlicher. Inzwischen behauptete man schon, dass die Königin Robin heimlich einen Bastard geboren hätte. Wie sie, die stolz auf ihre schmale Taille war und ständig unter aller Augen, eine Schwangerschaft hätte verheimlichen sollen, das erklärten die Lästermäuler natürlich nicht. Selbst Margery, die sonst die Vernunft in Person ist, bestürmte mich bei einem Besuch in Worcestershire, ihr zu verraten, ob nicht doch etwas an dem Gerede wäre. »Nicht an dem über ein Kind«, setzte sie hinzu. »Wie töricht das ist, weiß ich selbst. Aber kann es nicht sein, dass dein Vetter Robin tatsächlich eines Tages den Thron besteigen wird? Denk dir nur, Tom, dann wären wir verwandt mit dem nächsten König von England!«

Ich dachte daran. Aber nicht gerne.

Das wird mir niemand glauben, aber die Aussicht war einfach zu viel des Guten für mein Gemüt. Die Dudleys wieder als einflussreiche Partei bei Hofe, das war alles, was ich mir erträumt hatte. In die königliche Familie einzuheiraten hatte Robins Bruder Guildford den Kopf gekostet. Wenn ich an die Bewerber um die Hand der Königin dachte, dann auch daran, dass sie zwischenzeitlich eines einte, sosehr sie sich auch voneinander unterschieden: Sie alle hassten Robin. Die Vorstellung, ausgerechnet ein Dudley, Sohn des hingerichteten John, Enkel des hingerichteten Edmund, könne König von England werden, erschien ihnen noch übler als die von einem Ausländer, einem zweiten Philipp als neuem Herrscher. Deswegen begannen einige von ihnen, hinter verschlossenen Türen über Alternativen zu diskutieren.

Ihre Majestät war das letzte überlebende Kind König Henrys, doch das hieß nicht, dass es keine weiteren möglichen Thronanwärter gab, angefangen bei den Enkeln seiner jüngeren Schwester, den beiden überlebenden Schwestern Grey, bis hin zur Enkelin seiner älteren Schwester, Mary Stuart, der katholischen Königin von Schottland und gleichzeitig auch Königin von Frankreich. Um ganz ehrlich zu sein, ich hatte Alpträume, dass wir alle wieder im Tower landeten, während sich die mächtigen Lords hinter die nächste Erbin in der Thronfolge stellten.

Nun hätte ich Margery natürlich enttäuschen und ihr sagen können, dass sich Amy Dudley bester Gesundheit erfreute, auch wenn man sie nun schon ein Jahr lang zur Kranken erklärt hatte. Dass Robin bei allem Ehrgeiz nicht auf den Thron zielte. Aber so einfach lagen die Dinge leider nicht.

So einfach lagen die Dinge nie.

Und dann kam er, jener 9. September im Jahre 1560.

»Meine Gemahlin ist tot«, sagte Robin Dudley, und es lag Ungläubigkeit in seiner Stimme, als habe nicht ganz England, ganz Europa seit mehr als einem Jahr prophezeit, dass sie sterben würde. Und ich? Ich dachte nicht sofort: *Der Herr möge ihrer Seele gnädig sein!* Oder: *Die arme Amy!* Mein erster Gedanke war noch nicht einmal die Frage, die ich sehr bald ein- und ausatmen sollte wie die Luft zum Atmen: die Frage nach der Natur von Amy Robsarts Tod. Nein, ich dachte: *Warum jetzt? Warum ausgerechnet jetzt?*

Das werde ich mir nie vergeben.

Ehe mir Robin von Amys Tod erzählte, hatte ich vorgehabt, mit ihm etwas zu besprechen, mit dem ich wochenlang gerungen hatte. Mein Vater war im vergangenen Jahr hochbetagt gestorben, und niemand war da, um das Land zu verwalten. Dann gab es noch den Parlamentssitz, in den mich die Einwohner von Kidderminster gerade erst gewählt hatten, auch wenn das Parlament selten zusammentrat. Gleichzeitig wurde mir die Arbeit als Robins rechte Hand allmählich zu viel, oder besser gesagt, sie nahm mehr und mehr Züge an, die mir nicht gefielen.

Der letzte Anstoß, dieses Gespräch mit Robin zu suchen, war der Geburtstag der Königin, den sie vor zwei Tagen gefeiert hatte. In den Wochen vorher hatte ich erlebt, wie diverse Höflinge alles, aber auch alles taten, um auf die Einladungsliste zu kommen. Dazu gehörte, mir ihre Dienstmägde zu schicken, um Geld und sich selbst anzubieten, damit ich bei Robin ein gutes Wort für sie einlegte. Da standen mir also eingeschüchterte junge Dinger gegenüber, die noch nicht einmal wie eine Hure bezahlt wurden für ihre Liebesdienste, denen einfach befohlen worden war, für einen Fremden die Beine zu spreizen, nur, damit ihr nobler Herr oder ihre edle Dame später behaupten konnte, sie seien von der Königin persönlich zu ihrem Geburtstag eingeladen worden. Ich bin alles andere als ein Kostverächter, aber ich würde nie eine Frau wollen, die nicht selbst für sich entschieden hat, wofür sie es tut, und der Befehl ihrer Herrschaft, den Rock hochzuschlagen und mit dem nackten Hintern zu wackeln, gehörte für mich nicht dazu. Das Fass zum Überlaufen brachte die für ihre Arroganz bekannte Lady Barrin, die – nach zwei zurückgewiesenen Dienstmädchen – mit ihrem Mann persönlich für eine Einladung bei mir vorsprach.

»Es tut mir leid, aber in dieser Angelegenheit kann ich Euch nicht behilflich sein«, versuchte ich die Unterredung abzukürzen, kaum dass sie begonnen hatte. Daran war eigentlich nichts missverständlich.

Lady Barrin jedoch wollte mich nicht verstehen. Wortlos, aber ohne jeden Versuch, es vor mir zu verheimlichen, fragte sie ihren Mann mit den Augen, wie weit sie gehen solle. Er gab ihr seine Antwort, indem er sich ebenso wortlos aus dem Zimmer verabschiedete. Wenige Augenblicke später schaute ich fassungslos auf die vom Mieder hochgeschobenen Brüste der vor mir knienden Frau, sah den Kopf, der sich meinem Hosenlatz näherte, und fühlte mich nicht angeregt, sondern angeekelt von all diesen Menschen bei Hof. *Ich könnte jetzt daheim bei Margery und den Kindern sein,* dachte ich plötzlich, und der Gedanke ließ mich in den nächsten Wochen nicht mehr los.

Robin und die Dudleys konnten eigentlich nicht mehr höher steigen. Für ein ausreichendes Einkommen aus den von mir verwalteten Gütern hatte ich gesorgt; mein Versprechen, ihm in der Not beizustehen, war erfüllt, und es würde nicht so schwer sein, einen Nachfolger für mich zu finden. Wollte ich denn wirklich enden wie mein Vater, dessen höchster Anspruch auf Ruhm gewesen war, mit den Dudleys verwandt zu sein, auch wenn er das in Zeiten der Verdammung schnell wieder vergaß? Ich hatte einmal aus eigenen Kräften etwas darstellen wollen; was hinderte mich daran, es nun endlich zu tun, nach Kidderminster zurückzukehren und nur noch nach London zu kommen, wenn das Parlament tagte? Ich war nicht mehr der Jüngste, und wenn ich es jetzt nicht tat, dann würde es zu spät sein.

Nachdem sich derlei Überlegungen in mir festgesetzt hatten, wurde ich sie nicht mehr los. Ich ließ den Geburtstag der Königin verstreichen, an dem Robin ohnehin keine Minute für eine ruhige Unterredung hatte, aber am Sonntag danach schien mir der geeignete Zeitpunkt gekommen, um mit ihm über meine Pläne zu sprechen. Bis er den Mund öffnete und jenen einfachen Satz sagte, der meine Welt ein weiteres Mal aus den Fugen hob.

Ganz gleich, auf welche Art Amy gestorben war, ich sah in jenem ersten Moment nur zwei mögliche Konsequenzen aus ihrem Tod für Robin Dudley, und damit auch für mich und die Meinen: die höchste aller Ehren, eine Krone, oder ein erneuter Sturz in die Tiefe, diesmal für immer. In einem wie dem anderen Fall sah ich für mich nur Unglück. Robin war bereits jetzt der meistgehasste Mann unter den Adligen bei Hofe, auch wenn man ihn bisher nur für einen *möglichen* Bräutigam hielt, für ein Hindernis, das einer anderen Ehe im Wege stand. Wenn die Königin ihn tatsächlich heiratete, würde das die Ehe zwischen ihrer Schwester Mary und Philipp von Spanien, die zwei Rebellionen im Land provoziert hatte, im Vergleich beliebt aussehen lassen. Es mochte sehr wohl sein, dass sich der Adel hinter eine ihrer Basen stellte, die Schwestern Grey oder die Königin der Schotten, und dass wir uns alle im Tower und bald tot wiederfanden.

Wenn die Königin Robin aber nicht heiratete, sondern fallenließ, eben weil jeder, aber auch jeder glauben würde, dass Amy keines natürlichen Todes gestorben war, dann war alles dahin, was wir seit jenem Tag im französischen Schlamm gewonnen hatten. Meine Kinder würden in Armut aufwachsen, und ich würde gewiss nicht im Bett sterben.

Natürlich sagte ich nichts dergleichen laut. Es war auch nicht nötig, denn Robin sprach gleich weiter.

»Die Nachricht, die ich aus Cumnor erhalten habe – es steht nur darin, dass sie die Treppe hinuntergestürzt ist. Sonst nichts.« Er sah mich ernst an. »Vetter Blount, ich weiß genau, was die Welt jetzt sagen wird, und du weißt es auch. Ich bitte dich, brich umgehend nach Cumnor auf und finde heraus, was geschehen ist. Ich brauche etwas, was ich dem Gerede entgegensetzen kann. Es wird bestimmt eine offizielle Untersuchung geben, aber du wirst vorher dort sein. Ich brauche die Wahrheit. Du musst, hörst du, du *musst* herausfinden, was dort *wirklich* geschehen ist, und ...« Er sprach immer schneller und schneller, doch dann unterbrach er sich und ergriff meine Hand; seine eigene war kalt. »Die Wahrheit, Vetter. Ohne Ansehen der Person, ganz gleich, was du entdeckst. Ich *muss* es wissen.«

Erst da dachte ich an Amy, an die schöne junge Braut, auf deren Hochzeit ich getanzt hatte, und daran, wie ich sie zum letzten Mal sah. Auch andere Bilder stiegen in mir auf, und ich unterdrückte sie mit aller Gewalt. Es gab Erinnerungen an Amy, die ich nie hätte haben dürfen.

»Mein Beileid, my lord«, sagte ich, um von diesen Erinnerungen wegzukommen, und ich glaube, Robin verstand den Tadel in meiner Stimme sehr wohl: Er hatte kein Wort der Trauer von sich gegeben. Er ließ meine Hand los, und trat zurück.

»Wenn ich selbst nach Cumnor gehe«, sagte er, »wird es heißen, ich wolle mit eigener Hand Beweise beiseiteschaffen.«

Da hatte Robin nicht unrecht, doch wir wussten beide, dass auch ich als sein Mann dem gleichen Verdacht ausgesetzt sein würde.

»Ich verstehe«, sagte ich. »Ihr müsst bleiben, um die Königin von Eurer Unschuld zu überzeugen, und dafür sorgen, dass nicht Eure Feinde in Eurer Abwesenheit ihr Ohr erlangen.«

Robin hatte einmal zu seiner Gemahlin, die nun tot war, gesagt, dass Elizabeth einen Freund nicht im Stich ließ. Doch damals war sie eine Prinzessin gewesen, nicht die Königin. Ich musste an Robins Großvater Edmund denken, den erfolgreichsten Steuereintreiber aller Zeiten, der seinem König ein Leben lang treu gedient hatte. Und doch hatte König Henry ihn bei seinem eigenen Thronantritt hinrichten lassen, nur um beim Volk beliebt zu werden. Hatte Henry nicht nur den Thron, sondern auch die pragmatische Skrupellosigkeit an seine Tochter, unsere jetzige Königin, vererbt?

Andererseits: Elizabeth war, Krone hin, Krone her, eine Frau. Frauen ließen sich von ihren Gefühlen leiten, nicht von ihrem Verstand, das wusste jeder. Aber sollte mich dieser Gedanke nun beruhigen – oder noch nervöser werden lassen? Einer in Liebe entbrannten Frau war alles zuzutrauen; hatte nicht Mary alles für den Spanier Philipp geopfert? Ich dachte daran, wie wir im Schlamm von St. Quintin gekämpft hatten, nicht, weil es England nutzte, sondern nur, weil Spanien mit Frankreich im Krieg lag. Ich dachte daran, wie Mary – die unter der protestantischen Herrschaft ihres Bruders Edward so offen für das Recht darauf gesprochen hatte, in religiösen Dingen seinem Gewissen folgen zu dürfen, dass es ihr im ganzen Land Bewunderung eintrug –, kaum dass sie selbst an der Macht war, im ganzen Land Scheiterhaufen für Ketzer entzündete, um ihrem geliebten Spanier zu beweisen, dass sie aus England wieder ein rein katholisches Land machen konnte. Ja, eine Frau, die ihrem Herzen folgte – und die Macht hatte, zu töten, was ihr dabei in den Weg kam –, die war das Gefährlichste, was man sich vorstellen konnte.

Mit einem Mal kam mir ein anderer Gedanke. Robin war nicht der Einzige, dem man seit über einem Jahr nachsagte, auf den Tod seiner Gemahlin zu warten. Was, wenn die Königin nicht mehr hatte warten wollen? *Ohne Ansehen der Person,* hatte Robin gesagt, doch er konnte unmöglich wollen, dass ich Beweise gegen die Königin fand. Oder benötigte er genau dies, um etwas in der Hand zu haben, was sicherstellte, dass die Dudleys nie wieder fallen würden, wenn die Liebe einmal erkaltete? Das wäre Verrat, und ein sicherer Weg, um seinem Vater und Großvater auf das Schafott zu folgen. Und auch für mich liefe es gewiss auf ein Todesurteil hinaus. Ganz gleich, wie die Königin in Bezug auf Robin Dudley fühlte: Sollte ich herausfinden, dass sie sich wirklich so weit vergessen hatte, Amys Tod zu befehlen, dann würde sie bestimmt nicht zögern, auch Thomas Blount aus Worcestershire aus dem Weg räumen zu lassen.

»Jeder im Land wird mich Mörder nennen, bis ich das Gegenteil beweisen kann«, sagte Robin offen. Erst dann schien er mein Schweigen zu bemerken. »Vetter, ich weiß, was du denkst.«

Das bezweifelte ich.

»Wenn es deine Margery getroffen hätte, dann würdest du nun um sie weinen und mit Recht erwarten, dass ich dich tröste. Ich dagegen stehe tränenlos vor dir, und mein erster Gedanke gilt mir selbst. Du denkst, dass Amy Besseres verdient hat, und das ist wahr.« Er zögerte einen Moment, bevor er fortfuhr. »Wahr ist auch, dass ich in meinem Herzen schon lange von ihr Abschied genommen hatte. Aber mein schlimmster Feind hätte sich nichts Ärgeres für mich wünschen können als ihren Tod auf eine solche Art und Weise, das weißt du.«

Sein schlimmster Feind. Davon hatte er inzwischen eine ganze Menge: Jeden ledigen Mann des Hochadels, der sich eine Chance auf die Hand der Königin ausrechnete; einen Haufen auswärtiger Botschafter, die von ihren Herren mit Heiratsanträgen ausgestattet worden waren und ebenfalls glaubten, die Königin und England würden ihnen so leicht in die Taschen fallen wie ein reifer Apfel, wäre sie nicht in ihren

Jugendfreund vernarrt. Aber ich ahnte, dass er keinen von ihnen meinte. Es gab jemanden, dessen Feindseligkeit er aus vollem Herzen erwiderte, und das war leider der einzige Mann im Königreich, der ihn unbestritten an Ämtern, Macht und Bedeutung übertraf.

»Meint Ihr«, fragte ich, »dass der ehrenwerte Cecil mehr getan hat, als Euch nur Übles zu wünschen? Er scheint mir nicht der Mann zu sein, der sich auf Wünsche verlässt, wenn man seine Laufbahn betrachtet, und von all Euren Feinden ...«

»... ist er der Schlimmste«, vollendete Robin meinen Satz. »William Cecil.« Er dehnte jede Silbe des Namens in die Länge und füllte sie mit Abscheu.

Ich muss zugeben, dass wir dem Staatssekretär, dem wichtigsten Minister im Land, gegenüber beide voreingenommen waren. Der ehrenwerte Cecil war brillant, strebsam, und der Vertrag, den er gerade erst mit unseren streitsüchtigen schottischen Nachbarn ausgehandelt hatte, soll ein Meisterstück seiner Art sein. Aber er war auch berühmt dafür, wie er Menschen ans Messer lieferte, wenn sie ihm nicht mehr nützten. Zuerst war er im Dienst von Edward Seymour gestanden, als dieser noch Lord Protector war. Dann hatte er Seymour an John Dudley verraten. John war dankbar und hatte Sinn für Kompetenz, also machte er Cecil zu seiner rechten Hand. In jener Zeit hatte ich selbst ein paarmal die Ehre, unserem heutigen ersten Minister über den Weg zu laufen. Ein ruhiger, gelassener Mann, den man schnell unterschätzt, mit einem Gesicht, das man leicht vergisst. Das war damals mein Eindruck gewesen.

Meine Base Jane hat nie mit Gewissheit erfahren, wer John an Mary Tudor verraten und sie davor gewarnt hat, nach London zu kommen, als der junge König Edward starb. Aber als der erzprotestantische William Cecil von ihrer höchst katholischen neuen Majestät nicht angetastet wurde, obwohl er ihrem gerade besiegten Feind Dudley doch so nahegestanden hatte, als er in Freiheit, ungebrochenem Wohlstand und Frieden lebte, während John hingerichtet wurde, da machten wir uns alle einen Reim darauf, Robin und seine Brüder im Tower so sicher wie ich und Jane auf unseren vergeblichen Bittgängen um Gnade für ihre Söhne. Wenn es jemanden gab, der einen höchst persönlichen Grund hatte, Robin Dudley auf gar keinen Fall je als König von England sehen zu wollen, dann war es der Mann, den Robin für den Tod seines Vaters verantwortlich hielt.

»Ich … ich bin mir nicht sicher«, entgegnete Robin zu meiner Überraschung auf meine Frage. Er schaute auf seine rechte Hand, auf den Ehering, den er dort trug. William Cecil war bei Robins Hochzeit dabei gewesen, genauso wie ich selbst und unsere jetzige Königin, die damals noch die Prinzessin Elizabeth war. »So eine Tat wäre ein Glücksspiel für Cecil, und ich habe ihn noch nie wetten sehen. Ich würde eher glauben, dass er Gott täglich darum gebeten hat, Amy ein langes Leben an meiner Seite zu schenken. Denn bin ich ein freier Mann und kann ich beweisen, dass ich unschuldig am Tod meiner Gemahlin bin …«

»… dann könnt Ihr die Königin um ihre Hand bitten«, sagte ich und überlegte, ob es sinnvoll war, ihn anzuflehen, dergleichen Gedanken zu unterlassen. Im Gegensatz zu Cecil war Robin dem Wetten nicht abgeneigt, das wusste ich aus eigener Erfahrung.

Robin ließ seine Hand sinken und sah mich an. Seine Mundwinkel zuckten. »Ich kenne die Königin seit ihrem achten Lebensjahr«, sagte er. »Damals sagte sie, sie würde niemals heiraten. Aber ich denke nicht, dass sie dergleichen je zu Cecil gesagt hat oder dass er es glauben würde, wenn sie es sagte.«

Da stand Cecil nicht alleine. Ich glaubte es auch nicht, und ich war sicher, das Gleiche galt für Robin, ganz egal, was er gerade behauptete. Es war unnatürlich. Jede Frau wollte heiraten. Nun, vielleicht nicht jene, die in früheren Zeiten, als wir alle noch katholisch waren, ins Kloster gegangen waren, ohne von ihren Familien dahin abgeschoben worden zu sein, aber nun gab es keine Nonnen mehr, und im Übrigen hatte unsere Königin nichts ausgesprochen Keusches an sich. Sie schmückte sich ständig mit einem Schwarm Verehrer, und ich hatte sie mit Robin die Volta tanzen sehen, einen Tanz, den Margery als rundum unanständig bezeichnete, während die Königin ihn sichtlich genoss. Gewiss, sie war unsere Königin von Gottes Gnaden. Doch ihr Vater, der alte König Henry, hatte Himmel und Hölle in Bewegung gesetzt und alle Seelen im Land gespalten, um Anne Boleyn heiraten zu können, die Frau, die er später als ehebrecherische Hure hatte hinrichten lassen. Wie sollte da die Tochter der beiden nicht alle guten Ratschläge in den Wind schlagen, um ihrem Herzen zu folgen? Die verstorbene Mary hatte es getan, und wenn überhaupt jemand einer Nonne geglichen hatte, dann sie.

»Mit anderen Worten«, stellte ich fest, »unser Staatssekretär meint Eurer Ansicht nach, die Königin würde sich umgehend in Eure Arme stürzen, wenn sie könnte, und Cecil kann deswegen nicht gewollt haben, dass Eurer Gemahlin Böses geschieht. Nun, my lord, das gibt mir Hoffnung, denn wenn my lady nicht durch ein Unglück ums Leben kam, dann wird der Schurke, der verantwortlich war, gewiss nicht davor zurückschrecken, Eure rechte Hand ins Jenseits zu befördern.«

»Wirst du dieses Risiko für mich auf dich nehmen? Du musst mir helfen, Vetter. Wirst du nach Cumnor gehen?«

Es war keine echte Frage, das wusste er so gut wie ich.

»Natürlich«, sagte ich und wusste nicht, ob ich dies als Niederlage für mich empfinden sollte, oder ob ich mich gekränkt fühlen musste, dass er an mir gezweifelt hatte. Ganz egal, was noch vor einer halben Stunde meine eigenen Pläne gewesen waren – der letzte Tag, an dem ich ihn hätte verlassen können, war jener in Frankreich gewesen.

KAPITEL 3

1558–1560

Unter den Gütern, die Amy von ihrem Vater geerbt hatte, war kein ordentlicher Herrschaftssitz gewesen; das Haus, in dem sie geboren worden war, hatte schon vor dem Tod des alten Robsart niemand mehr bewohnen wollen, am allerwenigsten er, und es wieder herzurichten wäre zu teuer gewesen. Nach Robins Entlassung aus dem Tower hatte Amy darum in Häusern von Freunden und Familienangehörigen gelebt, in Hertfordshire, Lincolnshire, Bury St. Edmunds und Camberwell, während er für Philipp kämpfte. Als wir wieder aus Frankreich zurückkehrten, war es nicht anders, mit dem Unterschied, dass Robin nun durch die Robsart-Güter in der Lage war, die Gastfreundschaft zu entgelten. Er und Amy blieben nie länger als drei Monate an einem Ort. So ein Leben führten zwar viele Haushalte, aber ein Mann ohne wenigstens eine ordentliche Residenz, die er sein Eigen nannte, konnte kaum zu Höherem aufsteigen. Eine Zeitlang wollte Robin deshalb ein Haus in Norfolk mieten und ließ mich nach geeigneten Unterkünften suchen, aber das war, ehe Elizabeth auf den Thron kam. Danach änderte sich alles.

Soweit ich das beurteilen kann, hat Amy das Wanderleben an Robins Seite nie etwas ausgemacht; jedenfalls kann ich mich nicht erinnern, dass sie während der Jahre von Marys Herrschaft darüber klagte. Aber von dem Moment an, als Mary im Sterben lag und Robin zu seiner Jugendfreundin Elizabeth nach Hatfield aufbrach, war er ständig an der Seite der neuen Königin. Er war Mitglied des neuen Hofstaats, was bedeutete, zwischen den königlichen Residenzen hin- und herzuziehen, ob nun Hampton Court, Windsor oder Richmond. Amy besuchte ihn ein paarmal in London, sicher; aber das Haus in Kews, das ihm die Königin erst vor kurzem schenkte, hatte sie nie betreten. Dies war nicht ihre Entscheidung gewesen.

»Ich verstehe nicht, warum ich nicht bei Hofe sein kann«, sagte sie zu mir, als ich ihr zum ersten Mal einen Brief Robins überbrachte, der sie auf seinen nächsten Besuch vertröstete. Ich erinnerte mich an das, was Margery einst über das gesunde Landleben und den engen Raum in königlichen Residenzen gesagt hatte, und wiederholte es. Amy hob abwehrend die Hand.

»Das mag auf deine Gattin zutreffen, Thomas Blount, aber mir macht es nichts aus zu reisen, und wenn sich für meine Schwägerin Mall Platz in Hampton Court findet, dann doch gewiss auch für mich. Meinst du denn, Robin hat alleine von der Rückkehr an den Hof geträumt? Wozu hat er der Königin damals Geld geliehen, wenn nicht dafür, dass unsere Zeit des Glanzes zurückkehren sollte? *Unsere,* Tom. Nicht nur seine und die seiner Geschwister.« Doch so schnell ihr Zorn hochgekocht war, so schnell wischte sie ihn auch wieder zur Seite. Ihr Gesicht nahm einen schwärmerischen Ausdruck an. »Oh, ich kann mich erinnern, wie es war, als mein Herr Schwiegervater noch lebte und wir zum Klang der Lauten in den großen Empfangsräumen tanzten! Und vielleicht muss dies für mich nicht nur eine Erinnerung bleiben?«

Ich weiß nicht, was Robin ihr schrieb, doch eine Aufforderung, an seine Seite zu kommen, war es nicht. Er besuchte sie hin und wieder, und sie kam, wie gesagt, im letzten Jahr dreimal nach London, aber nie für lange Zeit. Stets war es an mir, sie dann zu ihrer nächsten Residenz zu geleiten. Auf diese Art verbrachte ich mehr und mehr Zeit mit Amy. Insgeheim dachte ich, dass dergleichen eigentlich nicht zu meinen Aufgaben gehören sollte; es gibt Dinge zwischen Mann und Frau, die nicht von Dritten geregelt werden können.

Amy lebte seit dem Frühling dieses Jahres bei Anthony Forster in Cumnor Place. Cumnor gehörte eigentlich der Familie des verstorbenen königlichen Leibarztes, Doktor Owen. Anthony, der genau wie ich schon seit Ewigkeiten ein Mann der Dudleys war, hatte sich bei mir einmal darüber beklagt, dass er das Haus nur unter der Auflage hatte mieten dürfen, der Witwe des guten Doktors weiterhin Obdach zu gewähren.

»Es ist nicht nur, dass sie den lieben langen Tag plappert wie ein Wasserfall«, sagte er. »Mein Weib liegt mir in den Ohren damit, dass Mrs. Owen sich immer noch als Hausherrin gibt, und da Mrs. Owen das Haus nun einmal gehört, lässt sich daran nichts ändern. Wie eine Magd kommt sie sich vor, sagt mein Weib, nicht wie die Herrin. Und nun bringst du uns auch noch my lady hierher, Blount? Das macht meine Gattin zur *dritten* Frau im Haus! Mein Leben wird zur Hölle werden, das schwöre ich dir. Warum kann my lady nicht bei dir und Margery in Worcestershire bleiben?«

»Weil my lady es so wünscht.«

Anthony schnaubte. »Du meinst, weil deine Gemahlin es so wünscht, sei ehrlich! Frauen sind doch alle gleich. Teilen will keine. Nun, mein Freund, ich kann es dir nicht verdenken, dass dir dein Hausfrieden wichtiger ist als meiner.«

Ich verkniff mir die Bemerkung, dass er sich auch einen anderen Patron suchen konnte, wenn ihm sein Hausfrieden so wichtig war. Damit hätte ich ihm unrecht getan. Genau wie ich selbst hatte Anthony Forster bereits John Dudley gedient, und wenn er sich auch während der Gefangenschaft der Dudleys im Tower bedeckt gehalten hatte, so war er doch bereits nach Robins Rückkehr aus Frankreich zu ihm gestoßen, nicht erst nach dem Thronantritt unserer jetzigen Königin. Als Wendehals, dem jeder Patron recht war, konnte man ihn also nicht bezeichnen.

Ich dachte nicht gerne an den Frühling zurück, aus mancherlei Gründen.

Cumnor liegt zwischen Abingdon und Oxford, und seit ich Amy Dudley dorthin eskortiert hatte, war ich nicht mehr dort gewesen. Von Windsor aus, wo sich die Königin mit dem Hof befand, konnte man bei einem schnellen Ritt das vierzig Meilen entfernte Cumnor innerhalb eines Tages erreichen. Aber es war bereits nachmittags, als ich aufbrach, und ich war nicht mehr der Jüngste. Wenn es nicht so heikel und wichtig gewesen wäre, hätte ich sogar noch länger gewartet und wäre mit einem ordentlichen Tross gereist, in einem Wagen. Im Gegensatz zu Robin, der mittlerweile nicht zu Unrecht als bester Reiter im Land galt, konnte ich mit meinen vierzig Jahren durchaus ohne das ständige Herumrutschen auf einem Pferderücken leben. Außerdem suchte ich mir gewöhnlich die Knechte aus, die mir auf Reisen zur Hand gingen, um keine unliebsamen Überraschungen zu erleben, weder unterwegs noch nach der Ankunft. Diesmal lag mir vor allem im Magen, dass ich nicht die Zeit hatte, darüber zu rätseln, wer von der Dienerschaft bei Forster sich mit dem Spionieren für einen anderen hohen Herrn ein nettes Zusatzgeld verdiente.

Am Ende saß ich alleine auf einem Gaul und hatte noch nicht einmal ein Maultier für mein Gepäck dabei. Immerhin war das fragliche Pferd gehorsam und schnell. Es hat eben gewisse Vorteile, wenn man der Vetter des Oberstallmeisters der Königin ist.

Es waren viele Leute in Richtung Windsor unterwegs; das war zu erwarten, wenn die Königin dort residierte. Es war auch nichts Ungewöhnliches daran, eine Menge Menschen außer mir von der Residenz aus aufbrechen zu sehen. Ich hatte allerdings ein Auge auf diejenigen, die noch in die gleiche Richtung wie ich unterwegs waren, als wir Windsor längst hinter uns gelassen hatten. Nach Norden und Oxfordshire treibt es längst nicht so viele Leute wie von Windsor nach London. Außerdem maße ich mir an, ein guter Menschenkenner zu sein und zu wissen, wer am Spätnachmittag etwas auf einer Landstraße zu suchen hat und wer nicht. Wer zu Fuß unterwegs war, konnte ruhig als einer abgeschrieben werden, der sich ein neues Leben bei Hofe oder in London erträumt hatte und gescheitert war; wer in einem Tross nach Norden zog, hatte seine Reise gut vorbereitet und ging wahrscheinlich nur Geschäften nach, die nicht meine Sache waren. Berittene wie ich selbst dagegen, nun, das war etwas anderes.

Ich wurde von zwei jungen Spunden überholt, die niemandes Farben trugen, aber eindeutig nicht so aussahen, als könnten sie sich in ihrem Alter die Tiere selbst leisten, die sie ritten. Der erste von ihnen war die Art von Kerl, die Hunden in den Hintern treten, wenn sie sich langweilen, groß und grobklotzig. Er rief doch tatsächlich »Zur Seite, Alter!«, als er an mir vorbeiritt. Nein, ich ließ mich nicht auf ein Wettrennen ein. Wie gesagt, es gibt Dinge, für die ich inzwischen zu alt bin. Wenn auch noch nicht *so* alt.

»Du hast jedes graue Haar in Ehren verdient, aber es sind längst nicht so viele, als dass du dir darüber Gedanken machen müsstest. Sie sind wie Pfeffer und Salz, Thomas«, hatte Amy einmal gesagt; sie hatte nie die Angewohnheit von Robin und seinen Geschwistern übernommen, mich *Vetter Blount* zu nennen.

»Sie spricht dich mit Vornamen an, als wärest du nur ihr Diener, nicht ein Verwandter«, kommentierte Margery dies, als sie davon hörte, und ich hatte ihr erklärt, dass my lady nichts dergleichen implizieren wollte, im Gegenteil. »Nun, *mich* wird sie jedenfalls Base nennen, solange sie hier ist«, hatte Margery erklärt, »und mir jeden Respekt zollen, der mir als deiner Frau gebührt.«

Da Erinnerungen an den kurzen Aufenthalt einer toten jungen Frau unter meinem Dach nichts fruchteten und die Gegenwart wichtiger war, drängte ich sie zurück.

Der zweite Reiter, der sich sein gutes Pferd nie und nimmer hätte selbst leisten können, war ein dürrer, flachsblonder Kerl in einem Wams, das wohl elegant aussehen sollte. Wenn er nicht beachtete, dass man dergleichen nicht auf einer Reise trug, wo es nur verdreckte, dann konnte er allerdings auch nicht arm sein. Außerdem drehte er sich ständig nach mir um, als er mich einmal überholt hatte, und ließ sein Pferd sogar langsamer laufen, so dass ich ihn hätte einholen können. Wer auch immer ihn als Spitzel ausgeschickt hatte, musste wirklich über ein hoffnungslos schlechtes Urteilsvermögen verfügen. Damit schieden Cecil und der spanische Botschafter bereits aus, aber der Herzog von Norfolk war plötzlich eine echte Möglichkeit.

Kurz vor Wallingford wartete der Reiter tatsächlich darauf, dass ich ihn einholte, und ich konnte es nicht mehr verhindern, es sei denn, ich hätte eine Rast eingelegt, so wie er.

»Ihr seid Tom Blount, nicht wahr?«, rief er mir in einem Ton entgegen, der fröhlich und daher vollkommen unnatürlich klang. Niemand, der ein paar Stunden im Sattel verbracht hat, ist fröhlich gestimmt, das schwöre ich bei all den Heiligen, die wir in England nicht mehr verehren, bis irgendwann wieder ein Katholik auf den Thron kommt.

»Hm«, knurrte ich, ohne Anstalten zu machen, mein Pferd zu zügeln, und war schon an ihm vorbei.

»Der Tom Blount, der Lord Robert Dudleys Hauswesen vorsteht?« Er schnalzte mit der Zunge und versuchte, sein Pferd wieder zum Traben zu bringen, aber der Gaul erkannte mangelnde Kompetenz wohl so gut wie ich und zog es vor, im Schritt den lieben Gott einen guten Mann sein zu lassen.

»Wenn Ihr nämlich der Tom Blount seid, den ich meine, dann hat das Schicksal Euch dazu ausersehen, mir meine Träume zu erfüllen!«, rief er mir nach.

Das sollte mich wohl neugierig machen. Ich muss zugeben, er fing zumindest an, mich zu belustigen. Aber ich war heute nicht zu meinem Vergnügen unterwegs.

»So wartet doch, Sir! Wollt Ihr denn gar nicht wissen, warum Ihr und ich füreinander bestimmt sind?«

»Nein«, rief ich über die Schulter und schloss meinen Mund sofort wieder. Schließlich hatte ich gar nicht beabsichtigt, ihn zu öffnen.

»Aber dann vielleicht, warum Lord Robert und ich füreinander bestimmt sind?«, brüllte er mir hinterher und schaffte es irgendwie, sein Pferd anzutreiben, so dass ich es aufschließen hörte.

»Du meine Güte«, sagte ich und war ärgerlich auf mich selbst, weil ich kostbare Zeit darauf verschwendet hatte, ihn für einen Spitzel zu halten, wo die Wahrheit doch offenkundig war. »Ihr seid ein Bittsteller.«

»Ganz recht«, sagte er, nicht im Geringsten zerknirscht, und schaffte es zu meinem Unglück, sein Pferd mit meinem auf eine Höhe zu bringen.

Nun bin ich mir natürlich bewusst, dass es gar nicht so lange her ist, dass meine Base Jane und ich selbst Bittsteller waren und von Tür zu Tür liefen, um Fürsprecher zu gewinnen. Aber Kreaturen wie der blonde Hanfstengel, der sich wie eine Schmeißfliege an meine Seite setzte, waren nicht darum bemüht, für Leben oder Freiheit ihrer Lieben zu bitten, nein. Er wollte auch mit Gewissheit nicht, dass Robin für seinen Wollhandel oder seine Weinfässer ein gutes Wort einlegte; niemand, der gut zu rechnen verstand, hätte den Fehler mit dem Wams begangen. Nein, dieser Kerl gehörte zu den Männern, die einen Patron brauchten, damit ihr Geschreibsel gedruckt werden konnte oder damit ihr Lautengeklimper bei Hofe gespielt wurde. Seit Robin wieder zu Ansehen gekommen war, liefen uns solche Leute haufenweise über den Weg. Mittlerweile sind ihm ein paar medizinische Abhandlungen und ein Buch über die Schönheit der italienischen Sprache gewidmet. »Aber was habt Ihr davon, my lord?«, hatte ich zu ihm gesagt, als ich mir die Kosten ansah. Wenn es wenigstens religiöse Schriften gewesen wären, das hätte ich noch verstanden; nachdem sein Vater dem Protestantentum abgeschworen hatte, um Mary zu seiner Begnadigung zu bewegen, dennoch geköpft wurde und somit nicht nur als Verräter, sondern außerdem noch als Feigling galt, hatte Robin einiges zu beweisen. Aber wenn ein Arzt die Zeit hat, ein Buch zu schreiben, statt Kranke zu heilen, dann kann er nur ein schlechter Arzt sein, und wen interessiert es schon, was die Welschen von ihrer Sprache halten?

»Ansehen«, sagte Robin damals. »Bücher werden noch gelesen, nachdem wir alle längst tot sind.«

Manchmal denke ich, John Dudley hätte seine Kinder von den königlichen Erziehern fernhalten sollen, ganz gleich, was für nützliche zukünftige Freundschaften da geschlossen werden konnten. Natürlich hat jeder von den Herren Scholaren damals seinen Zöglingen eingebleut, wie wichtig es sei, Künstler zu unterstützen. Schließlich wollten sie auch später von ihren Schülern finanziert werden.

»John Frobisher, zu Euren Diensten«, sagte mein unwillkommener Reisegefährte unterdessen. »Und zu Lord Roberts. Meine Freunde und ich streben nur danach, den Musen zu dienen und Freude in das Leben aller Menschen zu bringen, aber das grausame Schicksal will es, dass verständnislose Amtspersonen uns zu Vagabunden erklären. Als Lord Roberts Diener, als Mitglieder seines Haushalts dagegen könnten wir unserer Berufung nachgehen, ohne durch solch schnöden Schimpf davon abgehalten zu werden.«

Mein Hintern tat mir weh, es fing bereits an zu dämmern, und wir waren noch viel zu weit von Cumnor entfernt. Immerhin gab er mir die Möglichkeit, den wachsenden Grimm in mir, der sich bei weitem nicht nur durch unsere Begegnung speiste, ein wenig loszuwerden.

»Mit anderen Worten«, sagte ich feindselig und ging dazu über, ihn zu duzen wie den Diener, der er sein wollte, »du und deine Freunde, ihr seid fahrendes Gesindel und wollt euch mit Lord Roberts Namen schmücken, damit ihr nicht aus der nächstbesten Stadt vertrieben werdet. Da bist du bei mir aber an der falschen Adresse, mein Junge. Ich habe für Lautengezupfe nichts übrig, Fastnachtspiele langweilen mich, und als wir während der Krönung Ihrer Majestät ein Gedicht nach dem anderen hören mussten, da wäre ich fast eingeschlafen. Wenn ich Lord Robert empfehle, seinen guten Namen für etwas herzugeben, dann wird es gewiss nicht der Schutz von so überflüssigem Volk wie dem deinen sein. Er kann sich einen dieser Vögel anschaffen, die alles nachplappern, das kommt billiger.«

»*Blunt* bis zuletzt«, erwiderte Frobisher unverdrossen und gab mir einen weiteren Grund, ihn nicht zu mögen. Wortspiele sind beliebt, bei Hof und in der Stadt gleichermaßen, und mein Name hat schon oft zu Witzeleien mit dem Wort für »grob und offen« gedient, als ich hinter meinen Ohren noch nicht trocken war. »Ich lebe in der Hoffnung, Euch zu überzeugen. Deswegen bin ich Euch auch nachgeritten. Das sollte Euch ein erster Beweis für meine Talente sein.«

»Was, dass du mehr schlecht als recht auf einem Pferd sitzt, das dir nie gehören kann?« Ich beäugte ihn. »Wirklich mehr schlecht. Viel mehr schlecht.«

»Nein«, sagte er mit einem unverschämten Grinsen. »Dass es eines von Lord Roberts Pferden ist. Ich habe die Knechte überzeugen können, dass ich Euch nachgeschickt wurde, weil Ihr bei Eurem überhasteten Aufbruch allerlei vergessen habt. Die Überredung war, mit Verlaub, eine viel bessere Darstellung als alles, was während der Krönung dargeboten wurde. Mein Freund Burbage und ich waren geradezu empört über die Mimen damals und beschlossen sofort, selbst im Dienst der Musen viel Besseres zu leisten.«

Wenn schon zu nichts anderem, dann hatte er mir zu einer Einsicht verholfen, wer unter den Stallknechten es nach meiner Rückkehr verdiente, ersetzt zu werden. »Das macht dich vielleicht zu einem talentierten Lügner, mein Junge«, sagte ich, »aber es gibt mir noch lange keinen Grund, meine Meinung zu ändern. Ich bin in Geschäften für Lord Robert unterwegs. Wichtigen Geschäften. Da kann ich keine Ablenkung gebrauchen.«

Er umfasste die Zügel seines Pferdes noch fester.

»Aber vielleicht braucht Ihr ja jemanden, der für Euch alle anderen ablenkt und die Augen offen hält, während Ihr in Cumnor Euren Geschäften nachgeht.«

»Ich bin nach Oxford unterwegs«, sagte ich langsam und nachdrücklich.

»Nein, nach Cumnor, wo Lord Roberts Gemahlin lebt«, antwortete er so freundlich, dass es mir unmöglich war, ihm vorzuwerfen, er würde mich einer Lüge bezichtigen. »Ich kann zwei und zwei zusammenzählen, Sir. Das abgekämpfteste Pferd im Stall war von einem gewissen Bowes aus Anthony Forsters Haushalt in Cumnor geritten worden. Seht Ihr, wie gut ich darin bin, Augen und Ohren offen zu halten?«

»Und eine lose Zunge zu haben«, vollendete ich. Das hieß bedauerlicherweise, dass ich ihn wirklich nicht nach Windsor zurückschicken konnte. Wahrscheinlich wusste spätestens morgen ohnehin jeder, dass Amy Dudley tot war, aber wenn er es jetzt schon herausgefunden hatte, dann war er entweder wirklich so talentiert, wie er vorgab, oder doch jemandes Spitzel mit einer Quelle in Robins Haushalt. Im einen wie im anderen Fall, das musste ich zugeben, lohnte es sich, ihn in der Nähe zu behalten. Als John Dudley noch an seinem Aufstieg in den Kronrat arbeitete, sagte er mir einmal, man müsse seine Freunde nahe und seine Feinde noch näher halten. Im Fall William Cecils hat ihm das zwar nichts genützt, aber gemerkt hatte ich mir den Ratschlag trotzdem. Jemand, der einem die Ohren vollredet, kann einen zumindest nicht gleichzeitig in den Rücken stechen.

»Meine Zunge, genau wie ich selbst, wartet nur darauf, in Lord Roberts Dienste zu treten. Ihr kennt ja das Sprichwort: *Wes Brot ich ess, des Lied ich sing.* Und meine Lieder locken die

Vögel von den Bäumen, Master Blount, das werde ich Euch beweisen, ich schwöre es. Gebt mir nur die Möglichkeit dazu.«

»Deine Ohren sind gefragt, nicht deine Stimme, das solltest du nicht verwechseln. Aber sei's drum«, sagte ich. »Ich gebe dir eine Woche, um dich nützlich zu machen, mein Sohn. Wenn du hältst, was du versprichst, dann sehen wir weiter. Wenn nicht, nun … die Franzosen haben ein paar üble Kniffe, wenn sie Leute verprügeln, sonst hätten sie uns Calais niemals weggeschnappt, und ich habe sie alle gelernt.«

Es wurde bereits dunkel, als wir Abingdon erreichten. Kein vernünftiger Mensch auf Gottes Erdboden reitet im Dunkeln, wenn er es vermeiden kann; so mancher hat sich oder seinem Gaul dabei den Hals gebrochen. Im Übrigen wollte ich frisch und ausgeruht sein, wenn ich mit Forster und seinem ganzen Haushalt sprach, nicht von Gliederschmerzen und einem leeren Magen gequält.

Meine Margery, wäre sie bei mir, hätte mir auf den Kopf zu gesagt, dass ich es auch nicht eilig hatte, die Leiche von Amy Dudley zu sehen, und ganz unrecht hätte sie da nicht gehabt.

»Frobisher, wir kehren im nächsten Wirtshaus ein«, sagte ich zu meinem neuen Anhängsel. »Kümmere dich darum, dass die Pferde ordentlich versorgt werden. Wir werden sehen, wie gut du darin bist, die Ohren offen zu halten, denn ich will wissen, was man sich alles erzählt.«

Viel erkennen konnte man von seinen Gesichtszügen in der Dämmerung nicht, aber nach der Art und Weise zu schließen, wie er sich an seinen Sattel klammerte, musste er mehr als erleichtert sein, dass es mit der Reiterei vorbei war. Immerhin klagte er nicht, was für ihn sprach.

Natürlich hatte ich nicht die Absicht, mich auf ihn zu verlassen.

Das Wirtshaus, in das wir einkehrten, war nicht mit denen in London zu vergleichen, sondern gerade mal zweistöckig, aber immerhin war der Innenhof anständig gepflastert und die Ställe wirkten gut gefüllt; es macht mich immer misstrauisch, wenn ein Wirtshaus des Nachts keine Gäste hat. Der Wirt klagte denn auch sofort, er habe eigentlich kein Zimmer mehr, aber schielte dabei schon nach dem Geldbeutel, den ich am Gürtel trug. Am Ende bekam ich einen ordentlichen Raum, sauber gekalkt, mit frischen Binsen ausgelegt. Das Brot war steinhart, aber man kann nicht alles haben, und zumindest das Bier war gut. Irgendwann murmelte der Wirt etwas von einer lebenden Bettpfanne. Die Vorstellung, für eine Weile den Anlass vergessen zu können, der mich nach Abingdon gebracht hatte, war verlockend, aber ich hatte die Dienstmägde bei Hofe noch in zu lebhafter Erinnerung – die Art, wie sie freudlos und auf Befehl den Wunsch ihrer Herren vorgetragen hatten –, und so lehnte ich zunächst ab. Immerhin gab mir das Angebot die Möglichkeit, das Gespräch in die gewünschte Richtung zu lenken.

»Was gibt es Neues in Abingdon?«, fragte ich, als der Wirt den Teller mit besagtem Brot vor mir absetzte. »War's nicht hier, dass der Teufel in eines Eurer Mädchen gefahren ist, vor zwei Jahren? In London haben sie Schriften darüber verkauft. Ein Glück, dass der Dämon ausgetrieben werden konnte. Die Papisten hätten sie sonst verbrannt.«

»Drei Jahre ist das schon her, und es war nicht eine meiner Mägde«, sagte der Wirt abwehrend. »Kein Mensch spricht mehr darüber, und so soll es auch sein. Wenn Ihr meine Meinung hören wollt, Herr, der Teufel, der in dem Mädchen saß, ist in die Studenten in Oxford gefahren, so, wie die sich heutzutage aufführen. Leider ist es von dort nur ein Katzensprung hierher, und so müssen wir ausbaden, was den jungen Spunden so alles einfällt.«

»Studentenstreiche sind keine Neuigkeiten«, sagte ich und merkte, wie mein Gesicht sich unwillkürlich gequält verzog. Da Cecil nach dem Kanzleramt für Cambridge strebt, hat

Robin begonnen, sich um das für Oxford zu bemühen. Zu den Pflichten gehört es dann, sich Klagen von Dozenten und Bürgern anzuhören, und ich, Gott sei's geklagt, bin derjenige, der sie schon im Vorfeld anhören muss, um zu entscheiden, welche Leute dabei für Robin wichtig sind.

»Wohl wahr, Sir, wohl wahr. Aber keine fünf Meilen von hier ist ein großes Unglück geschehen, am Sonntag erst, und davon habt Ihr gewiss noch nicht gehört.«

»Ein Brand?«, fragte ich, und er schüttelte den Kopf. Aus dem Innenhof drang plötzlich Gemurmel zu uns hoch und einige beifällige Rufe. Ich fragte mich, ob nach mir noch Gäste angekommen waren, aber das würde ich später herausfinden.

»Lord Robert Dudleys Gemahlin ist tot«, erklärte er mit einer Mischung aus nicht sehr glaubwürdiger Betroffenheit und neugieriger Erwartung meiner Reaktion. Er fügte keine Erklärung hinzu, wer Lord Robert Dudley sei und warum der Tod seiner Frau eine solche Neuigkeit war. *Noch vor zwei Jahren,* dachte ich, *hätte niemand erwartet, dass irgendein Reisender von Amys Existenz wusste, und selbst das Wissen, dass nicht alle Söhne John Dudleys tot waren, wäre nicht sehr weit verbreitet gewesen, geschweige denn ihre Namen.* Das hatte sich gründlich geändert.

»Grundgütiger«, gab ich mich erstaunt. »Der Herr möge ihrer Seele gnädig sein. Wie ist sie gestorben?«

Der Wirt zuckte die Achseln. »Sie soll die Treppe hinuntergestürzt sein«, sagte er.

Sie soll *die Treppe hinuntergestürzt sein?*

»Soll?«, fragte ich. »War es ein Unfall, oder war es keiner?«

»Das weiß man nicht«, entgegnete er. »Die einen sagen dies, die anderen das. Dabei war keiner … versteht Ihr?«

»Aber wie kann das sein? Eine vornehme Dame hat doch gewiss ihre Dienerschaft um sich gehabt. Weiß denn ihr Gesinde nicht genau zu sagen, was sich zugetragen hat?« Vor allem wollte ich wissen, was sie anderen erzählt hatten. Ich war bereit, zu wetten, dass sie mir morgen nicht das Gleiche erzählen würden.

»Ha!«, rief der Wirt triumphierend. »Das möchte man meinen. Aber denkt Euch, nicht einer war bei ihr, keine ihrer Frauen, kein Knecht. Sie waren alle zum Jahrmarkt gegangen, und als sie zurückkamen, da war die Lady tot. Könnt Ihr Euch das vorstellen, Sir?«

Das Murmeln und Rufen im Hof wurde lauter. Aber ich durfte mich jetzt nicht ablenken lassen. Das waren üble Neuigkeiten, mit denen ich nicht gerechnet hatte. Keine Dame von Rang war jemals ganz allein. Das ziemte sich nicht. Allein in einem Zimmer vielleicht, aber dann wartete im Vorzimmer ihre Zofe oder sonst jemand vom Gesinde. Im Übrigen war Cumnor ein volles Haus – neben Amy und ihren Leuten lebten dort auch Anthony Forster und die Seinen mit ihrem Gesinde, nicht zu vergessen Mrs. Owen, die Witwe des königlichen Leibarztes, der das Haus noch gehörte. Es erschien mir unmöglich, dass Amy tatsächlich alleine gewesen sein sollte.

»Nein«, sagte ich entschieden, »das kann ich mir nicht vorstellen. Das muss Gerede sein.«

»Und doch war es so! Es heißt, sie soll am Sonntag sehr früh aufgestanden sein und allen ihren Leuten befohlen haben, ohne Ausnahme auf den Jahrmarkt zu gehen. Nun frage ich Euch, Sir, wer tut so etwas und ist tot, noch ehe die Sonne untergeht, hm?«

Ich sah Amys Gesicht vor mir, den vorwurfsvollen Blick, den sie mir an jenem Tag zugeworfen hatte, als mir zum ersten Mal auffiel, wie hübsch sie war. Nicht jung genug, um meine Tochter sein zu können, aber jung, viel zu jung, um zu sterben. Ich merkte, wie sich mein Magen zusammenzog.

»Ja, wer«, sagte ich schleppend.

Vielleicht übertrieb der Wirt. Wahrscheinlich übertrieb er. Es mochte wohl sein, dass Amy *einige* ihrer Leute auf den Jahrmarkt geschickt hatte, aber gewiss nicht alle, nicht den gesamten Haushalt; nach allem, was Anthony Forster gesagt hatte, als ich sie zu ihm brachte, war seine Gattin ohnehin zu stolz, um Befehle anzunehmen.

Ich war müde, mein Bauch rebellierte, und als jetzt draußen gelacht und in die Hände geklatscht wurde, riss mein Geduldsfaden. Ich sprang vom Stuhl auf, in dem ich gesessen hatte, um das Bier zu trinken, das der Wirt mir gebracht hatte, und riss die Tür auf, um herauszufinden, wer um diese Zeit mit so viel Lärm eingetroffen war und keine Ruhe geben wollte.

Im Innenhof stand mein Bittsteller und Vielleicht-Spitzel, Frobisher, und war dabei, zwei Fackeln in die Luft und von einer Hand in die andere zu werfen. Andere Gäste, die wie ich ein Zimmer für die Nacht genommen hatten, lehnten am Geländer, das den Holzgang zum Hof hin abgrenzte, und waren für das Geraune, Gelächter und Geklatsche verantwortlich, das ich gehört hatte. Im Innenhof selbst stand Gesinde, das zum Wirtshaus gehören musste, und lärmte nicht minder.

»Euer Mann, Sir?«, fragte der Wirt amüsiert.

»Nicht, solange ich es verhindern kann«, knurrte ich zurück.

»Vielleicht sprecht ihr Vagabundenvolk ein anderes Englisch als unsereins«, sagte ich zornig, als Frobisher später in meinem Zimmer auftauchte, »aber bei mir bedeutet *sich umhören* nicht, alle Aufmerksamkeit auf sich zu ziehen wie ein bunter Hund.«

Frobisher machte ein zerknirschtes Gesicht, zu dem seine fröhliche Stimme allerdings nicht passen wollte. »Nun, Herr, Ihr habt nichts davon gesagt, dass Ihr mich bezahlt in der Woche, in der ich Euch zu Diensten stehe, und ich muss von irgendetwas leben. Die Darbietung heute Abend war den Leuten einige Münzen wert, und mit Verlaub gesagt erzählt man einem bunten Hund viel mehr als einem grauen Löwen.«

Ich fasste mir unwillkürlich an mein Haar. *Pfeffer und Salz,* dachte ich, *nicht grau.*

»Ach wirklich? Und welche Neuigkeiten hat du erfahren, wenn du nicht gerade dabei warst, mit Feuer zu spielen?«

Er schaute sich in meinem Zimmer um, entdeckte das harte Brot, zog aus dessen ungegessener Existenz die richtige Schlussfolgerung und beäugte sehnsüchtig den Bierkrug, den ich noch nicht ganz geleert hatte.

»Master Blount, meint Ihr nicht, dass ich mir für solche Kunde vorher die Kehle netzen sollte?«

Wenn ich das verneinte, dann würde er mit seinen neuerworbenen Münzen wahrscheinlich ein Stockwerk tiefer gehen, und ich würde heute Nacht nichts mehr erfahren. Ich war mir nicht sicher, ob ich diese Aussicht begrüßte oder nicht. Aber da es mir wirklich wichtig war, zu wissen, was so bald schon über den Tod von Amy Dudley geklatscht wurde, jetzt, ehe die gerichtliche Untersuchung losging, nickte ich, und Frobisher stürzte sich auf mein verbliebenes Bier.

»Ah, das ist Ambrosia vom Himmel. Da nimmt man es in Kauf, dass es am Manna hapert.«

»Frobisher«, sagte ich in einem drohenden Tonfall, »übertreib es nicht und sprich endlich.«

»Aber Ihr werdet nicht gerne hören, was ich zu sagen habe.«

»Mir hat noch *kein* Wort behagt, das ich von dir gehört habe, seit du mir auf der Straße aufgelauert hast, aber ich lebe immer noch in der vagen Hoffnung, dass all die Versprechungen von Nützlichkeit nicht ganz gelogen sind, also rede!«

Er setzte den Bierkrug ab, schob sich eine schmutzig-blonde Haarsträhne aus dem Auge und sagte: »Tja, hier scheint sich niemand entscheiden zu können, ob sie Lord Robert einen Mörder nennen oder jemand anderem die Schuld geben sollen. Fast jeder zweite Satz beginnt mit: Hast du schon von my lady Dudley gehört, die arme Seele, und wenn das ein Unfall war, dann fress ich einen Besenstiel!«

Sie starb gestern, dachte ich. *Gestern. Und heute ist das schon die feste Überzeugung der meisten Leute in der Umge-*

bung! In einem Monat spätestens würde die ganze Welt so denken, wenn ich nicht Beweise für das Gegenteil finden konnte.

Warum hatte sie ihre Bediensteten nur fortgeschickt? Das war es, was mich nicht zur Ruhe kommen ließ. Das Gerede war zu erwarten gewesen, aber nicht, was der Wirt mir über das Gesinde in Cumnor erzählt hatte. Selbst, wenn es übertrieben war, wovon ich ausging, musste sie doch die Mehrzahl ihrer Leute fortgeschickt haben, und das sah ihr überhaupt nicht ähnlich. Amy war nie gerne alleine gewesen, und sie hatte es durchaus genossen, nach der schlechten Zeit, in der sie Robin höchstens im Tower besuchen konnte und sich mit meiner Base Jane eine Zofe teilte, wieder so viel Dienerschaft zu ihrer Verfügung zu haben, wie es einer Lady zustand.

»Hast du mit jemandem gesprochen, der in Forsters Haushalt arbeitet, oder nur mit den örtlichen Klatschbasen?«, fragte ich Frobisher.

»Mit den Knechten im Stall und mit denen, die unterhalten werden wollten, Master Blount. Wenn jemand davon tatsächlich zu Forsters Haushalt gehört, dann haben sie es nicht gesagt, und ich bin sicher, sie hätten damit angegeben.« Er räusperte sich. »Der Wirt bringt Euch gewiss noch einen Bierkrug, wenn Ihr darum bittet, Herr.«

Ich überhörte diese Bitte. Mir taten immer noch alle Glieder weh, ich war erschöpft, und der Gedanke an Amys Tod schmeckte immer bitterer in meinem Mund.

»Es gibt einen Jahrmarkt hier«, sagte ich. »Da sollte es für dich ein Leichtes sein, dir ein Zubrot zu verdienen.«

Er machte ein bestürztes Gesicht. »Ich wusste, dass Ihr nichts Schlechtes über Lord Robert hören wollt, Sir, aber Ihr habt mich darum gebeten, und Ihr habt mir eine Woche versprochen …«

»Himmelherrgott noch mal«, blaffte ich ihn gereizt an, »hör auf zu greinen! Ich höre mich morgen in Cumnor um. Alleine. Du gehst auf den Jahrmarkt und findest heraus, ob am Sonntag tatsächlich der gesamte Haushalt von Lady Dudley dort war. Und ob sich sonst jemand dort herumgetrieben hat, der nicht aus der Gegend stammt. Muss man dir denn alles erklären?«

Um die Wahrheit zu sagen: Wenn ich ihm das nicht hätte erklären müssen, obwohl ich ihm nichts von den Äußerungen des Wirtes gesagt hatte, dann wäre ich wieder sicher gewesen, dass er ein Spitzel sein musste, und nicht meiner, aber das ging ihn nichts an.

»Ich kann Könige und Bettler spielen, jonglieren und ein Lächeln auf die Lippen der ernstesten Maid zaubern«, sagte Frobisher so leichthin, als habe er meinen scharfen Ton gar nicht wahrgenommen. »Hellsehen kann ich nicht.«

»Wie beruhigend. Königin Marys Statuten hinsichtlich schwarzer Magie sind nie aufgehoben worden, und ich habe schon genügend junge Leute deswegen sterben sehen.«

Es waren jedoch nicht die Scheiterhaufen, zu denen meine Gedanken zurückkehrten, als Frobisher endlich in das von mir gewünschte Schweigen verfiel. Es waren die Erinnerungen, denen ich den ganzen Tag lang ausgewichen war, und die Vorstellung von dem, was mich in Cumnor erwartete. Abrupt sagte ich zu Frobisher, er solle dem Wirt ausrichten, ich habe mir die Angelegenheit mit der Bettpfanne noch einmal überlegt. Zu meiner Überraschung verzichtete er auf eine Nachfrage oder eine Witzelei und folgte tatsächlich kommentarlos meinem Befehl.

Die Magd, die bald hereinkam, wiegte sich in den Hüften und hatte ein gewisses Funkeln in den Augen, was wohl mehr dem versprochenen Geld und weniger meiner Person galt, aber auf jeden Fall wirkte sie willig, und die kräftigen Schenkel, die sich unter ihrem Rock abzeichneten, versprachen das Vergessen, das ich suchte. Nur junge Mädchen und Königinnen trugen ihre Haare offen, und sie war gewiss nur zehn

Jahre jünger als ich; die roten Flechten, die zum Vorschein kamen, als ich ihre Haube löste, zeigten, wenn man genau hinschaute, hier und da einen Hauch von Grau, und durch ihr breites, großzügiges Lächeln sah man, dass ihr ein Eckzahn fehlte. Das Sprichwort sagt, dass jedes Kind eine Frau einen Zahn kostet, und plötzlich fragte ich mich, ob sie Kinder hatte, die sie ernähren musste. Ob sie verheiratet war, mit einem Mann, der anderswo als Soldat diente?

In Frankreich hatte ich dergleichen nie gedacht. Aber hier, in einer Schenke in Abingdon, stand ich, mit einer Hand, die bereit war, vom warmen Nacken eines hübschen Weibes zu ihrem Busen zu gleiten, und was ich vor mir sah, war nicht Vergessen, sondern die Vergangenheit. Da wurde mir klar, dass ich auf diese Weise nicht mehr entkommen konnte.

Ihre eigene Hand war schon zu meinem Hosenbeutel geglitten, um daran zu nesteln, und ich hielt sie mit meiner Linken fest.

»Du bekommst das versprochene Geld«, sagte ich. »Aber lass es für heute sein.«

»Oh, der Herr ist schüchtern«, gurrte sie pflichtschuldig und ignorierte, was ich gesagt hatte.

»Nein, ganz gewiss nicht«, sagte ich, und ihre Hand löste sich aus meiner. Ihre Körperhaltung änderte sich und verlor alles Verführerische. Sie trat einen Schritt zurück und hielt die Hand auf, die sich gerade an meinen Hosen zu schaffen gemacht hatte.

»Dann hätte ich gerne das Geld, wenn's beliebt«, sagte sie nüchtern.

Stumm legte ich ihr eine Münze in die Hand. Sie war schon an der Tür, als sie sich noch einmal umdrehte.

»Nichts für ungut, Herr, aber an Eurer Stelle würde ich mir gründlich überlegen, was ich eigentlich will.«

ERSTES ZWISCHENSPIEL

Kat«, sagte die Königin zu mir, als ich ihre anderen Hofdamen entlassen hatte, »du glaubst, dass er es getan hat, nicht wahr?«

Ich hatte sie aufgezogen, seit sie vier Jahre alt war. Oft wusste ich trotzdem nicht, was sie dachte, aber manchmal lagen ihre Gedanken vor mir wie ein offenes Buch.

»Ihr wollt von mir hören, dass ich ihn für unschuldig halte, Madam«, sagte ich und las ihren Fächer, den sie voller Zorn an die Wand geworfen hatte, vom Boden auf. Ich war nicht mehr die Jüngste, und seit meiner Zeit im Tower spürte ich meine Knochen stärker als manch andere Frau meines Alters, aber das Bücken gestattete mir, ihr zumindest nicht in die Augen schauen zu müssen, bis ich mich wieder erhob.

Elizabeth war schon als Kleinkind scharfsinniger, als gut für sie war, und es war immer sehr schwer gewesen, ihr etwas vorzumachen. Als der verstorbene König Henry ihre Mutter hinrichten ließ und sie zu einem Bastard erklärte, gab es Streit darüber, wer es ihr sagen sollte. Meine Vorgängerin als ihre Gouvernante, Lady Bryan, sagte, dass man es vielleicht auf sich beruhen lassen sollte: »Das Kind ist drei Jahre alt, es wird nichts merken, zumindest eine Weile lang nicht.« Als aber Lady Bryan sie am Morgen begrüßte, da sagte das kleine Ding: »Gestern nanntet Ihr mich Euer Gnaden, aber heute bin ich nur my lady Elizabeth. Was ist geschehen?«

Lady Bryan war sehr froh, als der König von seiner nächsten Gemahlin einen Sohn bekam und sie zur Gouvernante dieses Jungen machte. Sie wollte einen Thronfolger erziehen, kein Kind, das je nach Laune des Königs heute ehelich, morgen unehelich und auf jeden Fall die Tochter einer hingerichteten Hexe war. Was mich betrifft, ich war mit den Boleyns verwandt, genau wie mein späterer Gatte, der verstorbene Mr. Ashley, der von Anne selbst dem kleinen Haushalt ihrer Tochter zugeteilt worden war. Doch natürlich war dies geschehen, bevor sie angeklagt und hingerichtet worden war. Wir konnten nicht mehr darauf rechnen, je wieder vom König begünstigt zu werden, und wahrscheinlich wäre es klüger gewesen, eine neue Anstellung zu suchen. Aber mir lag das Kind am Herzen, das aufgeweckte kleine Mädchen, das jemanden brauchte, der kein höheres Amt bei Hofe im Auge hatte. Auf mehr, als dass der König einmal milder gestimmt sein und sie mit einem guten Edelmann verheiraten würde, war nicht zu rechnen, nicht nach der Schande ihrer Mutter und nicht bei den zwei Geschwistern, die in der Thronfolge vor ihr standen. Und so war ich einfach nur froh, Elizabeths Gouvernante werden zu dürfen, um ihr beizustehen. Was dies einmal bedeuten würde und was für uns beide in der Zukunft lag – die Gefangenschaft im Tower, gemeinsam und getrennt, die große Angst, die kühnen Hoffnungen und nun der Thron für sie –, das konnte ich damals noch nicht ahnen.

»Ich will die Wahrheit von dir hören«, sagte Elizabeth, als ich mich wieder aufrichtete. Sie hatte erst vor zwei Tagen ihren siebenundzwanzigsten Geburtstag gefeiert, und niemand war stolzer auf sie gewesen als ich, ganz gewiss nicht; mein Mädchen war jetzt jeder Zoll eine Königin. Aus dem Stein, den die Bauleute fortgeworfen haben, ist das Fundament eines Turms geworden, *hatte sie bei ihrer Thronbesteigung gesagt, und bei dem Glanz, der sie nun umgab, könnte man mit Fug und Recht auch von einem Edelstein sprechen; sie war nicht mehr der unerwünschte »kleine Bastard«, wie sie die Botschafter ganz offiziell genannt hatten, sondern ein unzerstörbarer Diamant.*

Trotzdem hatte es an ihrem Geburtstag Streit zwischen uns gegeben, und das nur Robin Dudleys wegen. Eigentlich begann dieser Streit ein paar Wochen vorher, als ich von ihr die Gästeliste erhielt und den Namen seiner Gemahlin Amy durchgestrichen fand. Ich versuchte es zuerst vorsichtig und meinte, gewiss sei es ein Irrtum ihrerseits, denn es bestünde doch kein Grund, die Gemahlin ihres alten Freundes nicht an ihrem Geburtstag zu empfangen.

»Wenn du nach einer Entschuldigung für den Hofklatsch suchst, dann greif auf Lady Amys zarte Gesundheit zurück«, sagte Elizabeth schnippisch. Ich entgegnete nichts, sondern musterte sie nur, und sie runzelte die Stirn. »Es ist mein Geburtstag, und nun, da ich Königin bin, habe ich weiß Gott das Recht, mir die Gäste selbst auszusuchen, wenn es sich nicht um ausländische Botschafter oder unseren lieben Hochadel handelt. Und ich will sie nicht dabei haben. Das ist Grund genug.«

»Das ist vielleicht gerade der Grund, warum Ihr sie einladen solltet«, gab ich zurück. Klatsch, der einmal entbrannt ist, kann nie wieder vollständig aus der Welt geschafft werden, aber es hätte doch viele Mäuler gestopft, wenn sie sich ein wenig um Amy Dudley bemüht hätte.

In den so lange zurückliegenden Zeiten, ehe Anne Boleyn in das Leben des Königs getreten war, da hatte er viele Geliebte gehabt, und diese Mätressen waren alle Hofdamen seiner ersten Königin gewesen. Henry hatte sie alle mit seinen Freunden verheiratet, die er danach in der Regel besonders bevorzugt behandelte. Bei einem König, so pflegte mein verstorbener Mr. Ashley zu sagen, ist dergleichen normal. Just das gleiche Verhalten war für eine Königin natürlich undenkbar, und die einzige Frau, die vor Elizabeth auf dem Thron saß – die verstorbene Mary –, hatte umgehend geheiratet und dem Spanier weiß Gott nie Anlass zur Eifersucht gegeben. Ich wusste, dass ich meinem Mädchen diese beiden kaum als Vorbild nennen *durfte – der eine hatte ihre Mutter töten lassen, die andere ihr Leben in Gefahr gebracht –, aber dass es zu nichts Gutem führen konnte, wenn sie Robin Dudley offen bevorzugte und seine Gemahlin vom Hof fernhielt, das konnte auch eine Blinde sehen. Ich bemühte mich, eine Lösung zu finden, aber in dieser Beziehung gab sie sich störrisch wie ein Maulesel. Keine Amy an ihrem Geburtstag.*

Vielleicht hätte ich nichts weiter sagen sollen. Doch nun ist sie die Königin, und es gibt sonst niemanden, der etwas sagen kann, niemanden, auf den sie hört und von dem sie weiß, dass er nicht aus Eigennutz spricht.

Es gab eine Zeit, in der habe ich in einer sehr ähnlichen Lage erst gar nichts gesagt und dann das Falsche. Da war sie fast noch ein Kind, und es hätte uns beide beinahe das Leben gekostet. Das werde ich mir nie verzeihen. Also dachte ich mir, dass der richtige Zeitpunkt dafür, ihr ins Gewissen zu reden, vielleicht an ihrem Geburtstag selbst war, um klarzumachen, dass es nicht mehr um Gästelisten oder eine bestimmte Gelegenheit ging, sondern um das Prinzip. Also sagte ich ihr, nachdem sie sich von den Festlichkeiten zurückgezogen hatte, dass ihre Vertraulichkeit mit Robin Dudley aufhören musste, weil das ganze Land sie jetzt schon eine ehrlose Ehebrecherin nannte und nichts als Unheil dabei herauskommen würde.

Elizabeth hat von ihrem Vater nicht nur die roten Haare, sondern auch das Temperament geerbt. Anfangs zügelte sie es noch und entgegnete, dann irre sich das ganze Land eben.

»Deswegen wolltet Ihr my lady Amy auch nicht an Eurem Geburtstag dabeihaben. Weil das ganze Land sich irrt«, sagte ich tadelnd.

»Kat, fang mir nicht wieder davon an. Lass uns nicht streiten, nicht heute. Ich bin kein Kind mehr, und du brauchst mich nicht mehr zu erziehen.«

»Wenn Ihr noch ein Kind wäret, Madam, dann bräuchte ich Euch nicht zu sagen, was ich Euch sagen muss. Gerade, weil

Ihr nun Königin seid, ist das anders. Es gibt weiß Gott genug, die Euch nun nach dem Mund reden.«

»Weniger, als du glaubst«, sagte sie düster. »Wer unter meinem Bruder Edward zu Macht und Ehren gekommen ist, liegt mir damit in den Ohren, es sei meine Pflicht als Protestantin, die Katholiken zum Teufel zu schicken. Diejenigen, die meine Schwester Mary in ihre Ämter eingesetzt hat, predigen mir, ich könnte mir die Exkommunikation durch den Papst ersparen, wenn ich Marys Politik weiter betreibe und mich endlich zur wahren Religion bekenne.« Damit wollte sie das Gespräch auf ein Gebiet lenken, von dem sie wahrlich mehr verstand, doch dergleichen Ablenkungsmanöver waren mir wohlvertraut, und ich wusste genau, wie ich sie beenden konnte.

»Protestanten und Katholiken werden Euch gleichermaßen verdammen, wenn sie glauben, dass Ihr eine unehrenhafte Beziehung zu Lord Robert unterhaltet«, sagte ich. »Und was sollen sie sonst glauben, wenn Ihr seine Gemahlin nicht empfangt? Was sonst, als dass Ihr eifersüchtig seid?«

»Ich habe nie *vorgegeben, eine Heilige zu sein oder eine Nonne«, entgegnete sie scharf, und ihre Augen blitzten. Mittlerweile war sie zornig, doch zumindest versuchte sie nicht mehr, mir auszuweichen. »Das macht mich noch lange nicht zu einer Dirne. Was ich von Robin haben kann, ist wenig genug, auch ohne täglich die kleine Gans aus Norfolk zu sehen, die er unbedingt hat heiraten müssen.«*

»Sie ist seine rechtmäßige Gemahlin«, sagte ich leise. »Ihr seid seine Herrscherin. Mehr als ein Untertan darf er für Euch nicht sein.« Es sei denn, seine Ehe endete auf die eine oder andere Weise, wie das Land nun schon ein Jahr lang spekulierte, aber auf dergleichen Fragen wollte ich mich gar nicht erst einlassen, nicht nach dem großen, großen Fehler, den ich in der Vergangenheit gemacht hatte.

»Eine Herrscherin, gewiss. Aber ich bin auch *eine Frau«, gab sie heftig zurück. »Mein Vater hat wahrlich nicht aufge-*

hört, ein Mann zu sein, als ihm die Krone aufgesetzt wurde, und kannst du mir den König in Europa nennen, der wie ein Priester lebt und nur Gefühle für Gott und sein Land hat?«

»Solange eine Frau noch nicht verheiratet ist, so lange muss sie als Jungfrau leben, ganz gleich, wie anders es die Männer halten. Das wisst Ihr doch, mein Kind.«

»Du wagst es, mir zu unterstellen …«

Ich schnitt ihr das Wort ab. »Ich erinnere Euch an nichts anderes als an das, was Ihr selbst nur zu gut wisst.«

»Zum Teufel!« Elizabeth stemmte die Hände in die Hüften; ihre zornige Stimme war mittlerweile laut genug, um noch durch zwei Nebenzimmer gehört zu werden. »Vor meiner Schlafzimmertür stehen Wachen und Minister und Höflinge, die ganze Zeit! Wann sollte ich da die Gelegenheit haben, ein unehrenhaftes Leben zu führen? Aber ich werde dir etwas sagen, Kat Ashley: Wenn ich je den Wunsch haben sollte, ehrlos zu leben, dann wüsste ich niemanden, *der es mir verbieten könnte!«*

An diesen Streit dachten wir wohl beide, als sie mich jetzt, zwei Tage später, aufforderte, ihr die Wahrheit zu sagen. Ich will nicht verhehlen, dass es mir eine gewisse Genugtuung hätte bereiten können zu sagen, ich habe es ja von Anfang an gewusst. Wenn man eine kleine Madam Besserwisserin aufzieht, die zu allem und jedem eine Meinung hatte und sie auch schon gerne verkündete, bevor sie Königin wurde, dann ist das nur natürlich. Aber es ging um etwas zu Ernstes. Deswegen hätte ich viel dafür gegeben, um im Unrecht zu sein.

»Ich denke, er könnte es getan haben«, sagte ich bedachtsam. »Aber viel wichtiger ist, das alle Eure Untertanen ihn für schuldig halten werden, ob er es nun ist oder nicht, und wenn Ihr ihn jetzt heiratet, dann wird bis zum Ende aller Tage jeder glauben, dass es mit Eurem Mitwissen geschah, selbst wenn Gott seine Engel heruntersenden würde, um Eure Unschuld zu verkünden.«

Die Königin saß vor ihrem Spiegel, wo ihre Damen ihr das Haar gekämmt hatten, und entledigte sich der Ringe, die sie trug, einen nach dem anderen. Sie legte sie sorgfältig auf das Tischchen, das zwischen ihr und dem Spiegel stand, bis auf den Ring, den sie niemals ablegt, ihren Krönungsring. Als er angefertigt wurde, musste ich dem Juwelier eine geheime Anweisung geben: Die mit kleinen Rubinen eingefasste Perle lässt sich abnehmen und verbirgt ein Miniaturporträt von Anne Boleyn, ihrer hingerichteten Mutter. Elizabeth hat mich nie gefragt, ob ich ihre Mutter für schuldig oder unschuldig hielt, und auch sonst niemanden, soweit ich weiß, obwohl sie ihre Boleyn-Verwandten und die Nachkommen der Männer, die mit Anne hingerichtet wurden und bis zum Schluss auf ihrer Unschuld bestanden, offen begünstigt. Aber sie hat mich um das Porträt gebeten. Nun ruht es im Inneren des Rings, der das Erbe ihres königlichen Vaters symbolisiert, des Mannes, der den Befehl zur Hinrichtung ihrer Mutter gegeben hat.

»Gott schickt seine Engel niemals, um irgendjemandes Unschuld zu beweisen«, sagte sie bitter und drehte den Ring einmal um, so dass die Perle, die das Medaillon in sich barg, unter ihren Fingern verborgen wurde. »Und ich weiß, dass die meisten Robin für schuldig halten werden, wenn ich den Hof morgen von Amy Dudleys Tod unterrichte. Aber du kennst ihn, Kat, für dich ist er kein Fremder, und er steht dir nicht im Weg. Du kennst ihn genauso lange, wie ich es tue. Von dir hätte ich etwas anderes erwartet.«

Da hatten wir es. Ich wusste doch, dass sie von mir hören wollte, dass ich ihn für unschuldig hielt. Nun war Robin Dudley gewiss ein netter kleiner Junge, als er und mein Schützling acht Jahre waren. Aber was sagt das schon darüber, wozu er jetzt imstande war? Als ich ein junges Ding von vierzehn Jahren war, da sah ich den verstorbenen König Henry zum ersten Mal aus der Ferne, mit seiner ersten Gemahlin, der Spanierin, und er schien mir der liebevollste Gatte, der ritterlichste Herr-

scher zu sein. Zehn Jahre später hatte er das Land in zwei gespalten, seinen Mentor, den Kardinal, ins Grab getrieben, seinen Lordkanzler und besten Freund ebenso hinrichten lassen wie seine zweite Gemahlin, und dabei wuchs seine Leibesfülle so sehr, dass er, den man einmal den bestaussehenden Herrscher Europas genannt hatte, zum Schluss wie ein wandelndes Fass aus Fett aussah. Die Menschen ändern sich, und wenn es um Macht oder Liebe geht, dann noch schneller als unter allen anderen Umständen.

»Madam«, sagte ich mit sanfter Stimme, »wenn Ihr so sicher seid, dass er unschuldig ist, warum habt Ihr ihm dann befohlen, sich vom Hof zu entfernen, bis eine Untersuchungskommission über die Ursache des Todes seiner Gemahlin entschieden hat?«

»Weil ich mir keine Fehler leisten kann«, gab sie heftig zurück und erhob sich ruckartig. Das Nachtgewand, das sie trug, war nicht prächtig und neu wie viele der Roben, die sie seit der Krönung trug, sondern ein Überbleibsel aus unseren alten Tagen in Hatfield, wo schon die Tatsache, dass Anne Boleyns Tochter noch am Leben war, von vielen bei Hofe als Fehler betrachtet wurde. Wenn man jederzeit damit rechnen muss, vom Bruder oder der Schwester in den Tower geschickt zu werden, dann achtet man mehr darauf, warme als schöne Kleidung zu haben, und mein Zögling ist zwar so eitel wie nur je eine Frau, aber vor allem auch praktisch. Sie sagte einmal zu mir, sie wolle auch überleben können, wenn sie in ihren Unterröcken aus dem Königreich vertrieben würde, und so habe ich sie erzogen. Die Franzosen haben angeblich Hemden aus Seide, und darin mögen sie schlottern, wenn kein Kamin brennt, aber Elizabeths Nachtgewand war aus dickem Leinen, und sie trug Wollsocken, nicht die Seidenstrümpfe, mit denen sie tagsüber ihre schlanken Beine betonte.

»Für alle katholischen Länder in Europa bin ich ein Bastard«, fuhr sie fort, »und selbst unsere Protestanten hierzu-

lande haben ihre Zweifel an meiner Rechtmäßigkeit. Und wer will es ihnen verdenken? Seit mein Vater sich von Rom getrennt hat, ist das Land nicht mehr zur Ruhe gekommen, die Staatskasse ist leer, und unsere letzten Besitzungen in Frankreich haben wir auch verloren. Aber etwas habe ich noch, mit dem ich handeln kann, Kat, und das ist meine Hand.« Sie sah mich ernst an, doch im Gegensatz zu vielen anderen Menschen bei Hofe hatte ich gelernt, dem standzuhalten. »Solange sich einer der Herren aus unserem Hochadel Hoffnung machen kann, König von England zu werden, so lange wird er keinen Aufstand anzetteln. Solange die Fürsten Europas glauben, sie könnten sich England einfach erheiraten, wie es Philipp bei meiner Schwester gemacht hat, werden sie kein Geld in Feldzüge stecken, um das Land zu erobern. Aber wenn diese Männer glauben, dass ich Robin heirate, dann ist es mit dem Frieden vorbei. Und kein Mensch würde daran zweifeln, dass ich ihn heirate, wenn er hierbleibt, solange der Tod seiner Frau ungeklärt ist.«

Das klang alles sehr vernünftig und nach meinem Mädchen, von dem dieser aufgeblasene Gelehrte Roger Ascham sagte, sie könne mit jedem Professor in Oxford und Cambridge debattieren, als er ihr Schulmeister wurde, aber wenn man sie so lange kannte wie ich, dann hört man auch auf das, was sie nicht sagte. Ich setzte ihr die Nachthaube auf, die auf dem aufgeschlagenen Bett bereitlag, so, wie ich es in all den Jahren ihrer Kindheit getan hatte, und sagte leise: »Dann seid Ihr also auch nicht sicher, dass er unschuldig ist?«

Ihr Vater hatte wie die meisten Rothaarigen blaue Augen, aber Elizabeth hat die schwarzen Augen ihrer Mutter geerbt, und in dem schwachen Licht der Kerzen, die ihr Schlafzimmer erleuchteten, konnte man nicht sehen, wo die Pupillen aufhörten und die Iris begann. Das ließ ihren Blick sehr eindringlich und unschuldig wirken. Genauso hatte sie auch dreingeblickt, wenn ich ihr verboten hatte, Süßigkeiten zu essen, und sie es hinter meinem Rücken doch tat, obwohl ich ihr sagte, dass sie im Alter nur noch schwarze Zähne haben würde.

»Ich bin sicher, dass Robin mein Freund ist«, gab sie zurück. »Bei keinem anderen Mann kann ich sicher sein, dass er nicht nur meine Krone im Auge hat, wenn er mir Komplimente macht. Robin wäre auch mein Freund, wenn meine Schwester heute noch auf dem Thron säße. Ob er dann allerdings auch mehr als Freundschaft wollen würde …« Sie zuckte mit den Schultern. Ihre Mundwinkel sanken herab, und in ihrer Stimme lag ein Zynismus, für den sie noch viel zu jung war. »Es hat weiß Gott nie einen Mann gegeben, der nicht bereit gewesen wäre, seine Frau zu opfern, wenn ihm der Gewinn dabei nur wichtig genug erschien. Denk nur an meinen Vater oder …« Sie verstummte jäh. Ich wusste genau, welchen Namen sie nicht nannte, und es stach mir ins Herz.

Es gab eine Zeit, in der sie vertrauensvoller war, was Männerschwüre betraf, trotz ihres Vaters. Sie war noch nicht vierzehn Jahre alt, als der alte König starb. Die sechste und letzte Gattin des Königs, Catherine Parr, heiratete kurz danach wieder, den Lord Admiral Thomas Seymour, und wir lebten in ihrem Haushalt. Was dann passierte, werde ich mir nicht verzeihen, solange ich lebe. Ich war keine vierzehn Jahre alt wie mein Mädchen, sondern bereits vierzig, und ich war für sie verantwortlich.

»Nein«, sagte Elizabeth und beantwortete nach all dem Ausweichen damit endlich die Frage, die ich ihr gestellt hatte. »Ich bin mir nicht sicher, ob er unschuldig ist.« Sie griff nach meinem Handgelenk, und ihr Griff war schmerzhaft fest. »Aber ich muss es sein, Kat. Ich muss. *Ganz gleich wie, wir müssen die Wahrheit herausfinden.«*

Ich hatte ihren Gesichtsausdruck heute Nachmittag gesehen, als Robin Dudley ihr von der Nachricht erzählte, die ihn aus Cumnor erreicht hatte. Es war der gleiche wie damals, als ein Brief von Thomas Seymour eintraf, dass ihre Stiefmutter

Catherine gestorben war, nach jenem unseligen Sommer, der ihre Kindheit endgültig beendet hatte, und danach noch ein Brief, in dem der neue Witwer keiner anderen als ihr einen Heiratsantrag machte. In jenen Tagen hatte ich einen furchtbaren Fehler gemacht, doch ich hatte daraus gelernt.

Diesmal würden wir nicht blind darauf vertrauen, was uns ein ehrgeiziger Mann zu erzählen hatte.

Diesmal nicht.

KAPITEL 4

DIENSTAG, 10. SEPTEMBER 1560

Ich wachte auf und musste feststellen, dass der Wirt vergessen hatte, mir einen Nachttopf in mein Zimmer zu stellen. Nun hatte ich nicht vor, länger als eine Nacht hierzubleiben; Anthony Forster konnte mich in Cumnor unterbringen. Aber in die Binsen zu pinkeln würde mir den Wirt zum Feind machen, und wenn es eines gibt, das ich in meinem Leben gelernt habe, dann dies: Man kann es sich mit jedem verscherzen, nur nicht mit den Leuten, die im Ort das Bier verkaufen. Also schlüpfte ich in meine Sachen und schlich nach draußen, um mich im Innenhof zu erleichtern.

Der Himmel wurde bereits heller, doch die Sonne war noch nicht aufgegangen. Die verfluchten Stiegen knarzten, und ich konnte nicht anders: Ich musste mir all die verschiedenen Arten vorstellen, wie man eine Treppe herunterfallen und sich den Hals brechen konnte. Wie lange es dauerte, bis man starb, wenn es niemanden gab, der in der Nähe war – oder ein Narr zu Hilfe eilen wollte und den Körper bewegte, was einem nach einem Genickbruch gewöhnlich den Rest gibt.

Wie lange hatte es bei Amy gedauert?

Ich hatte meinen Hosenbeutel noch nicht wieder zugeschnürt, als sich herausstellte, dass ein anderer Gast sehr wohl einen Nachttopf bekommen hatte, einen Nachttopf, den er nun vom ersten Stock aus geradewegs über mir ausleerte. Früh am Morgen mit Pisse durchtränkt zu werden ist Grund genug, dem Täter den Hals umzudrehen, vor allem wenn man wie ich nur mit dem nötigsten Gepäck reist und daher keine Kleidung zum Wechseln hat. Ich stank schlimmer als die Eier eines Esels. Wütend stapfte ich ins Haus und wollte mir den Übeltäter schnappen, um ihn zumindest um ein frisches Hemd zu erleichtern. Wie sich aber herausstellte, handelte es sich um einen dünnen Strich in der Landschaft, der überdies mit seiner Gemahlin und einem Kind reiste. Das Kind brüllte, die Frau blickte mich mit schreckgeweiteten Augen an, und obwohl ich doch der Geschädigte war, meldete sich bei mir das schlechte Gewissen. Ich überließ die Familie sich selbst und griff mir stattdessen den Wirt, dessen Schultern breit genug waren, damit mir seine Hemden passten. Das einfache Wollhemd und das Wams aus Schafshaut statt aus ordentlichem Rindsleder waren nichts, mit dem sich ein Mann von Stand bei Hof hätte blicken lassen können; Leinen war dort selbst für Bedienstete selbstverständlich, und niemand über dem Rang eines Grafen verzichtete auf sein Seidenhemd. Aber für jetzt und Cumnor würde es genügen.

Der Wirt versuchte, so viel Geld wie nur möglich für seine Sachen herauszuschlagen. Entweder hatte er inzwischen eins und eins zusammengezählt, oder Frobisher hatte geplaudert; in jedem Fall vertrat er auf einmal entschieden die Meinung, er könnte für das Zimmer mehr Geld verlangen, als ausgemacht gewesen war, da ich doch »direkt vom Hof der Königin« gekommen sei. Immerhin stellte das klar, dass ihm noch keine echten Höflinge begegnet sein konnten; solche Zechpreller gibt es sonst nirgendwo auf dieser Welt. Ich selbst bin ein ehrlicher Mann, der seine Schulden begleicht, aber ich kann rechnen.

Cumnor war früher ein Klostergebäude gewesen, wie so mancher heutige Herrschaftssitz; das Haus für die Kranken und Genesenden, um genauer zu sein. Anthony Forster hatte eine ordentliche Summe für die Renovierung ausgeben müssen, was doppelt bitter für ihn war, da der Leibarzt des alten Königs es seinerzeit natürlich fast umsonst bekommen hatte, als die Klöster aufgelöst wurden. Soweit ich mich erinnerte, waren die Räume, wie in Klöstern üblich, sehr hoch und die Treppen entsprechend lang.

Der Himmel war diesig, und da Cumnors Mauern alle aus grauem, solidem Stein bestanden, rieb ich mir die Augen, als ich dort eintraf, um den Eindruck zu verlieren, dass dieses Gebäude direkt in den Himmel überging.

Der erste Beweis dafür, dass ich erwartet wurde, ließ nicht lange auf sich warten; Anthony Forster war bei mir, noch ehe ich abgesattelt hatte. Er musste auf glühenden Kohlen gesessen haben, seit sein Bote aufgebrochen war, und redete sofort los. Seine Pferdeknechte wären wohl auch ohne seine Gegenwart wesentlich weniger auskunftsfreudig als diejenigen im Wirtshaus zu Abingdon gewesen; sie kamen sehr schnell ihren Pflichten nach und verschwanden dann eilig, während Forster klagte, was für ein Unglück das alles doch sei und wie sehr er mit Lord Robert fühle. Als wir alleine in der Stube saßen, wo die Klosterärzte früher ihre Instrumente aufbewahrt hatten, wechselte er die Tonart.

»Blount, ich möchte nur klarstellen, dass nichts davon mein Fehler ist«, sagte er scharf, »und ich bin nicht bereit, irgendeine Verantwortung zu übernehmen. Sie wäre in deinem Haus nicht sicherer gewesen, und wir haben alles getan, um es ihr so angenehm wie möglich zu machen. Mein Weib ist vor Wochen schon zu ihrer Schwester nach Suffolk gegangen, nur, damit my lady mehr Raum für sich hatte.«

Ich ging nicht auf seine Unschuldsbekundungen ein. »Im Ort erzählen sie, dass my lady alles Gesinde am Sonntag aus dem Haus geschickt und ihnen befohlen hat, auf den Markt zu gehen. Warum?«

»Woher soll ich das wissen?« Forster warf wütend die Hände in die Luft. »Aber was hätte ich tun sollen, Blount? Sie hatte sogar einen Streit mit Mrs. Odingsells deswegen.«

Er begann, mir gehörig auf die Nerven zu gehen. Aber immerhin: Mrs. Odingsells, eine mir wohlbekannte Witwe und seine Schwägerin, hatte ich als zäh wie Leder in Erinnerung und konnte mir nicht vorstellen, dass sie so einfach nachgegeben hatte wie ihr Schwager. Mit etwas Glück hatte Amy ihr einen Grund für diesen Befehl genannt, der mir weiterhalf.

»Also war sie tatsächlich alleine?«, hakte ich noch einmal nach.

»Mrs. Owen war im Haus«, sagte Forster. »Sie ist zu alt für Jahrmarktsbesuche, und my lady wollte mit ihr zu Mittag speisen. Natürlich war auch Agnes hier, das ist Mrs. Owens Magd, aber die war die ganze Zeit bei ihrer Herrin, und keine von beiden hat etwas gehört, weder einen Sturz noch Hilferufe, bis das restliche Gesinde vom Jahrmarkt nach Hause kam und my lady tot vorfand. Niemand hätte etwas tun können, niemand.«

»Und du, Forster?«, fuhr ich ihn an und schaffte es gerade noch, nicht laut zu fluchen. Ich konnte jahrelang die Ruhe selbst sein, aber wenn ich einmal anfing, dann würde ich so schnell nicht mehr aufhören, das wusste ich, und das half niemandem. »Erzähl mir nicht, dass sie dir auch befehlen konnte, auf den Jahrmarkt zu gehen. Du bist der Hausherr und ihr Gastgeber.«

Sein Gesicht verschloss sich. »Ich hatte … anderweitig Geschäfte zu erledigen.«

»Forster!«

»Hör zu, Blount, es waren *meine* eigenen Angelegenheiten, denen ich nachging. Es hatte nichts mit my lord zu tun, nichts mit my lady oder mit dir. Ich bin erst am Abend zurückgekehrt, deswegen habe ich Bowes auch nicht früher nach Windsor schicken können. Und damit genug!«

Ich überlegte mir, ob es sich jetzt schon lohnte, ihm die Daumenschrauben anzusetzen. Wahrscheinlich nicht. Wenn ich Pech hatte, dann waren seine Geschäfte tatsächlich nichts, was mich etwas anging. Aber darauf konnte ich mich nicht verlassen.

»Mein lieber Freund«, sagte ich, »ich bin sicher, dass einen in unserem Alter das Gedächtnis noch nicht im Stich lässt. Dir steht gewiss noch lebhaft vor Augen, wie es war, gebrandmarkt wie ein räudiges Schaf zu sein, nur weil wir für John Dudley gearbeitet haben. Andere mögen sich von Lord Robert absetzen können, sollte das Schicksal sich jetzt gegen ihn wenden, aber du nicht. In deinem Haus ist my lady Amy gestorben. Wenn ich du wäre, würde ich alles, aber auch wirklich *alles* tun, um zu beweisen, dass ich nichts damit zu tun hatte.«

Seine Augen verengten sich. »*Hattest* du etwas damit zu tun?«, entgegnete er.

Zuerst dachte ich, dass ich mich verhört hatte. Dann schalt ich mich töricht und tat mein Bestes, den Zorn zu unterdrücken, der erneut in mir aufwallte. Es war ein alter Fechtertrick, einem Treffer auszuweichen, um dadurch den Angreifer in eine Verteidigungsposition zu bringen.

»Ich schreibe heute meinen ersten Bericht an my lord«, sagte ich kühl. »Ob darin steht, dass du hilfreich oder im Wege bist, wenn es darum geht, herauszufinden, wie my lady zu Tode kam, das ist deine Angelegenheit. Überleg es dir gut. Du hast noch ein paar Stunden Zeit. Wo finde ich Mrs. Owen und Mrs. Odingsells?«

Wie sich herausstellte, leisteten sich die beiden Witwen in Amys Zimmer Gesellschaft. Auf dem Weg dorthin stieg ich die Treppe hoch, von der sie gestürzt sein musste. Eine gewöhnliche Treppe, nicht gewunden, ein einfacher Aufstieg in den ersten Stock. Die Mönche mochten sie über Jahre ausgetreten haben, aber bereits Dr. Owen hatte das Innere des Hauses renovieren lassen, als er es übernahm, und Forster hatte weiteres Geld hineingesteckt, seit er es gemietet hatte. Die einzelnen Stufen waren gut verkeilt und fest, mit einer größeren Plattform in der Mitte der Treppe, weil die Räume im Erdgeschoß mindestens so hoch wie zwei erwachsene Männer waren. Ein unglücklicher Sturz war möglich, zumal, wenn er sich auf den obersten Stufen ereignet hatte. Vielleicht hatte sich Amys Fuß in ihrem Kleid verhakt? Wenn Frobisher hier aufkreuzte, würde ich einen kleinen Versuch machen, was Geräusche von dieser Stelle und ihre Hörbarkeit im Rest des Hauses betraf; sich einfach nur auf Forsters Wort zu verlassen war weniger, als ich der Toten schuldete.

Als ich Amy Dudley zum letzten Mal lebend sah, stand sie in dem Zimmer, das ich nun aufsuchte, während ihre Zofe Pirto sich um die Truhen und Körbe voller Gepäck kümmerte. »Danke für dein Geleit«, sagte sie, und nur, wer sie kannte, hörte die Bitterkeit in ihrem Ton. *»Vetter Blount.«*

Ich war dieser besonderen Erinnerung bisher mehr oder weniger erfolgreich aus dem Weg gegangen; jetzt wurde es schwerer mit jedem Schritt. Glücklicherweise glich keine der beiden Frauen, die ich stickend in Amys Gemach vorfand, der verstorbenen Gattin meines Vetters Robin auch nur im Mindesten.

»Tom Blount!«, rief Mrs. Odingsells. »Das ist ein starkes Stück, sich hier blicken zu lassen, jetzt, wo my lady tot ist. Ich wette, nun können wir auch Euren Herrn erwarten, wenn er nicht zu beschäftigt ist, sich Krönungskleider anmessen zu lassen? Tote Frauen sind stumme Frauen, bei denen kann man sich blicken lassen, da muss man nicht antworten, wenn sie klagen und fragen, was aus all den Schwüren geworden ist, die ein Mann vor Gott geleistet hat. *Hah!«*

Sie war nur zwei Jahre älter als ich, aber sie benahm sich, als wäre ich ein junger Nichtsnutz im Alter von Frobisher. So benahm Edith Odingsells sich jedem gegenüber. Offen gesprochen, habe ich lieber mit Franzosen gefochten und mit Spaniern getrunken, als Zeit mit dieser kleinen, dicken Frau verbracht, die immer noch keine Anstalten machte, sich aus dem dunkelpolierten Eichenholzstuhl zu erheben, in dem sie saß. Aber unsere Familien kannten sich schon sehr lange, und damit meine ich nicht nur die Dudleys und ihre Schützlinge, sondern die Blounts. Ich hatte Edith Odingsells schon gekannt, als sie noch ein kleines Mädchen mit Zöpfen gewesen war, aber bereits so unerträglich wie heute. Mag sein, dass gemeinsame Kindheitserinnerungen ein Band zwischen Robin und der Königin schufen; zwischen Mrs. Odingsells und mir schufen sie nur unsere gegenseitige Abneigung.

»Man möchte meinen, dass Ihr im Zimmer einer Toten Eure Zunge besser im Zaum hieltet, Mistress«, sagte ich frostig. Frauen mochten andere Waffen als wir Männer besitzen, aber das hieß nicht, dass sie weniger verletzen konnten.

»Ich lasse mir doch von Euch nicht den Mund verbieten, Tom Blount«, sagte sie ungehalten.

»Ich bin schon froh, wenn Ihr mich überhaupt zu Wort kommen lasst«, entgegnete ich und fand es ein wenig unheimlich, wie leicht es nach all den Jahren war, wieder in ein Wortgefecht mit ihr hineinzugleiten.

»Hah!«, rief sie wieder. »Ich habe mit ihr gelebt in den letzten Monaten, im Gegensatz zu Euch und Lord Robert, also erzählt mir nicht, wie ich um sie trauern soll, Tom Blount. Ich wette, Ihr habt noch nicht einmal ein Gebet für sie gesprochen oder gefragt, wo man ihren Leichnam aufgebahrt hat. Nein, denn dann müsstet Ihr sie ja anschauen.«

Ich beherrschte mich nur unter großen Mühen. Mrs. Owen, die wie ein gebrechlicher alter Vogel wirkte, ganz Knochen, ledrige Haut und staubiges Gefieder in ihren dunklen Kleidern, die schon dreißig Jahre aus der Mode waren, legte den Kopf schräg und hörte zu, ohne sich einzumischen.

»Es stolpern mehr Menschen über ihre Zunge als über ihre Füße, Mistress, also passt auf, dass Ihr nicht hinfallt. Hier ist so etwas gefährlich.«

»Das hättet Ihr wohl gerne, Tom Blount.« Sie faltete die Arme vor der Brust und funkelte mich an; ich konnte nicht erkennen, ob es abschätzig oder herausfordernd war. Doch dies tat im Moment auch nichts zur Sache, und ich musste mich darauf konzentrieren, die Wahrheit zu finden und nicht einen Weg, das zänkische Weib zum Schweigen zu bringen.

»Mrs. Odingsells, es ist wichtig, dass Ihr mir genau erzählt, was an jenem Sonntag hier vor sich ging«, sagte ich so ruhig wie möglich. »Ich habe den Auftrag, herauszufinden, wie my lady zu Tode gekommen ist, und ich werde ihn erfüllen.«

»Wichtig für wen? Für Robert Dudley? Für den ist nur wichtig, dass es jemand anderen gibt, dem er die Schuld geben kann, nicht, dass die Wahrheit ans Licht kommt. *Mir* könnt Ihr nichts vormachen, Tom Blount. Seit der letzten Krönung habt Ihr wie die Made im Speck gesessen, Ihr und Euer Herr, und Ihr wollt nur nicht, dass es damit vorbei ist.«

Es hatte einmal Pläne gegeben, uns miteinander zu verheiraten. Wenn ich, so wie gewisse andere Leute, immer noch heimlich dem papistischen Aberglauben anhinge, würde ich geneigt sein, eine Kerze zu stiften, weil unsere Eltern rechtzeitig andere Pläne ins Auge fassten. Immerhin, ein scharf geschliffenes Messer konnte man in mehr als eine Richtung wetzen.

»Und was wollt Ihr, Edith Odingsells?«, fragte ich leise. »Wollt Ihr nicht darüber nachdenken, dass Ihr im Streit mit my lady auseinandergegangen seid? Dass Ihr sie hättet retten können, wenn Ihr nicht auf sie gehört hättet und im Haus geblieben wäret?«

Sie riss die Hand hoch, und einen Augenblick lang sah es so aus, als würde sie aufspringen und sich auf mich stürzen. Dann sackte sie wieder in sich zusammen.

»Niemand hätte sie retten können«, murmelte sie.

»Wie meint Ihr das?«

»Ich meine, dass wir zurückkehrten, ihre Zofe Pirto allen voran, und sie tot auffanden. Ich meine, dass ihre Haube und ihr Haar so ordentlich und adrett geordnet waren, als wäre sie gerade erst aufgestanden, und der Sturz hätte beides doch etwas verschieben müssen, nicht wahr?« Sie sah mir fest in die Augen. »Ich meine, dass sie ihren Gatten seit Monaten nicht mehr hier gesehen hat und damit leben musste, dass jeder Spatz von den Dächern pfiff, wie sehr er sie von sich geschieden oder tot wünschte. Das meine ich.«

So kamen wir nicht weiter. Ich biss die Zähne zusammen.

»Edith«, fragte ich so sanft wie möglich, »was hat sie zu Euch gesagt?«

»Mrs. Odingsells«, verbesserte sie mich herrisch, obwohl die Bitterkeit der letzten Sätze nicht mehr ganz so schwer in ihrer Stimme lag. »Für Euch immer noch *Mrs. Odingsells,* Tom Blount. Nun, my lady hat viel zu mir gesagt. Die Tage waren lang, und es gab viel zu erzählen. Wenn weder Ihr noch Euer Herr in all den Monaten Geduld hattet, sie zu hören, dann verdient Ihr es auch jetzt nicht. Aber vor zwei Tagen, da hat my lady Amy gar nicht viel gesagt. Nur, dass es ihr gleich sei, wie viel Volk auf den Jahrmarkt ginge, aber wenn ich nicht auch dazu gehöre, dann sei ich hier nicht länger willkommen.« Sie schüttelte den Kopf. »So oft war sie unter unserem Dach zu Gast, als mein Seliger noch lebte, und dann das. Aber es war Euer Lord Robert, der sie so weit getrieben hat, Tom Blount, er und kein anderer! Sie kannte sich selbst nicht mehr.«

In dem Schweigen, das einkehrte, bildete ich mir ein, selbst die Holzwürmer hören zu können. Ganz gewiss hörte ich die heftigen Atemzüge von Edith Odingsells, die flachen von Mrs. Owen und meine eigenen. Ich hörte das Schleifen von Absätzen, während jemand, der sich festes Schuhwerk leisten konnte, den Gang entlangging, fort von diesem Raum. Es erschien mir unmöglich, dass ein heftiger Wortwechsel oder Hilferufe von der Treppe aus hier nicht gehört worden wären.

Sie kannte sich selbst nicht mehr, hatte Mrs. Odingsells gesagt.

Wir hören alle, was wir wollen, dachte ich, aber just diesen Satz hatte ich nicht hören wollen.

»Mrs. Owen«, sagte ich schließlich, »wann habt Ihr my lady zuletzt gesehen?«

Die alte Frau legte ihren Kopf noch ein wenig schiefer.

»Anthony Forster sagte mir, dass sie mit Euch essen wollte.«

»Mr. Owen war der Leibarzt des Königs, wisst Ihr«, entgegnete sie mit einer hellen, zirpenden Stimme. »Das ist eigentlich unser Haus.«

»Und Lady Dudley?«, hakte ich nach. »Wann habt Ihr sie zum letzten Mal gesehen, Mistress?«

Sie verzog abschätzig den Mund, ehe sie antwortete. »Jane Dudley nennt sich doch Herzogin von Northumberland dieser Tage, nicht wahr? Sie wird schon sehen, wohin das führt, sie und John Dudley. Es ist nicht gut, wenn einfache Leute zu hoch hinauswollen. Sein Vater hat auch schon zu hoch hinausgewollt. Der Schuster soll bei seinem Leisten bleiben. Nein, nein, das wird nicht gut enden. Und schaut euch Janes Kinder an: Teilen sich Lehrer mit dem Prinzen, mit Lady Elizabeth und der ältesten Grey-Schwester. Das kann ihnen doch nur Flöhe ins Ohr setzen.«

»Nicht Jane«, sagte ich, doch noch während ich sprach, wusste ich, dass es vergeblich war. »My lady Amy. Lord Roberts Gemahlin.«

»Aber John Dudleys Vater hieß Edmund«, protestierte sie verwirrt und blinzelte. Edith Odingsells erhob sich aus ihrem Stuhl, kniete sich mit einem kleinen Schnaufer neben den der alten Dame und ergriff besänftigend ihre Hände.

»So ist es«, murmelte sie. »Stickt weiter, Mrs. Owen. Es hat schon seine Ordnung.« Dann wandte sie sich zu mir um. »Sie lebt in der Vergangenheit, Tom Blount. Von dem, was hier und heute geschieht, nimmt sie kaum noch etwas wahr, sie merkt nur, ob jemand sanft oder zornig mit ihr spricht. Von ihr werdet Ihr nichts erfahren.«

Unterdessen tat Mrs. Owen, wie ihr geheißen, und begann

wieder zu sticken, während sie ein Lied vor sich hin summte, eines von denen, die der alte König verfasst und die man zu bewundern hatte, als ich noch ein Kind war. Es war hoffnungslos. Selbst wenn sie Amy am Sonntag gesehen hatte, selbst wenn sie irgendetwas gehört hatte und sich darauf besann, so würde niemand ihrer Aussage in diesem Zustand glauben. Wenn sie nicht die wohlbetuchte Witwe eines königlichen Leibarztes wäre, von der jeder erben wollte, dann hätte ihre Familie sie gewiss schon nach Bedlam gebracht, zu den übrigen Irren. Manchmal fragte ich mich, ob es sich wirklich lohnte, so alt zu werden.

Der Raum, den Amy seit ihrer Ankunft bewohnt hatte, war der für Ehrengäste. Mrs. Odingsells und Mrs. Owen saßen in Stühlen, die so sorgfältig geschnitzt waren, dass sie einmal dem Prior gehört haben mussten, jeder mindestens zweiundvierzig Shilling wert. Da Margery und meine Söhne in Kidderminster auch in der ehemaligen Priorei lebten, kannte ich mich in diesen Dingen aus, bis hin zu den Preisen. Mein Großvater hat noch für die Mönche die Mieten eingetrieben, und ich muss gestehen, es hat mir eine gewisse Befriedigung bereitet, just das Gebäude für meine Familie zu erwerben, in dem er einst in so untergeordneter Stellung aus und ein gehen musste. Auch wir hatten Amy das beste Zimmer geboten, die edelsten Möbel, Stühle, die gepolstert waren. Das beste Bett mit einem ordentlichen Baldachin und Laken aus Leinen, nicht Hanf. Margery war es gelungen, ein paar der alten Wandteppiche, die von dem Narren, der die Priorei nach der Auflösung übernahm, als Pferdedecken genutzt worden waren, wieder so herzurichten, dass man sie in die Zimmer hängen konnte, und das hatten wir getan.

Anthony Forster schien so etwas nicht nötig zu haben; in diesem Zimmer gab es zwar nur einen gepolsterten Stuhl, den, in dem Mrs. Owen saß, und keinen Wandteppich, dafür aber ein Bild, so eins, wie sie gerade groß in Mode waren und es sich die Höflinge, die etwas auf sich hielten, gerne in ihre Stadtresidenzen hängten. Mir kam in den Sinn, dass die Geschäfte, von denen er nicht erzählen wollte, gut und gern damit zu tun haben mochten, dass er für sich selbst Gelder abzweigte, die eigentlich seinem Patron oder durch Steuern der Königin gebührten.

»Cumnor ist ein schöner Landsitz«, hatte ich zu Amy gesagt, nachdem sich entschieden hatte, dass sie nicht mehr bei uns leben würde. »Er wird Euch gefallen. Forster ist stolz darauf, was er aus dem Haus gemacht hat, und erwähnt es bei allen möglichen Gelegenheiten.«

»Aber Ihr werdet nicht dort bleiben, in dem schönen Cumnor, nachdem Ihr mich dort abgegeben habt wie eine Truhe voller alter Wäsche, nicht wahr?«, fragte sie mit kalter Stimme. »Ihr werdet auch nicht nach Worcestershire zurückkehren. Nein, *Ihr* werdet an die Seite meines Gatten an den Hof eilen. Es ist doch eigenartig, dass er dort ohne seine Gemahlin leben kann, aber nicht ohne seinen Vetter Blount.«

»My lady ...«

»Ihr habt einmal meinen Namen benutzt«, sagte sie. »Versteckt Euch jetzt nicht hinter Titeln. Das zumindest hat Robin nie getan. Er nennt mich immer Amy, wenn er mir erklärt, warum er seine Schwestern im Dienst der Königin unterbringen kann, aber nicht seine Frau.«

Amy, hatte ich damals gedacht, besaß diese so weibliche Eigenschaft, einem Mann zwar zu verzeihen, aber auch stets daran erinnern zu müssen, dass es etwas zu verzeihen gab.

»Mrs. Odingsells«, sagte ich abrupt und kehrte in das Hier und Jetzt zurück, »ich wäre Euch sehr verbunden, wenn Ihr Mrs. Owen zu einem Gang in den Garten überredet, jetzt gleich.«

Natürlich konnte ich das Zimmer auch in ihrer Anwesenheit durchsuchen, aber ich konnte mir nicht vorstellen, dass Edith Odingsells dabei stumm zusehen würde. Gerade jetzt wollte ich keine weiteren Bemerkungen mehr über mich, über Robin Dudley oder über Amy hören.

»Mmm«, murrte sie. »Und warum sollte ich Euch wohl den Gefallen tun?«

»Weil es nicht mehr viele schöne Septembertage geben wird, wenn Anthony Forster dieses Haus verkaufen muss, weil er Geld braucht, um sich bei einem neuen Patron einzuschmeicheln«, sagte ich so freundlich wie möglich. »Nutzt den Garten und die Muße, solange es noch geht. Und schickt mir Mrs. Owens Dienerin, ich möchte mit ihr sprechen. Annie, Agnes, so heißt sie doch?«

Mrs. Odingsells rümpfte die Nase und murmelte etwas darüber, dass Mrs. Owens Dienerin für Mrs. Owen da sei, aber sie kam meinem höflichen Vorschlag nach, brachte Mrs. Owen dazu, die Stickerei beiseitezulegen, und lockte sie mit sanfterem Gegurre, als ich es je von ihr gehört hatte, erfolgreich zur Tür hinaus.

An der Schwelle drehte sich die alte Frau plötzlich zu mir herum und sagte: »Die Flammen der Hölle werden sie alle umschließen. Das hat sie gesagt!«

Edith Odingsells erstarrte. Mir selbst wurde kalt und heiß zugleich.

»Wer, Mrs. Owen? Lady Dudley? My lady Amy? Wen meinte sie mit *alle?*«

Aber was auch immer sie dazu gebracht hatte, sich umzudrehen, erlosch, und sie versank wieder in der Vergangenheit.

»Ich mag es nicht, wenn die Leute auflösen wollen, was Gott zusammen gefügt hat. Gott helfe mir, der König ist unser aller Herr, aber er tut unrecht daran, unsere Königin zu verstoßen für die Boleyn und ihre schwarzen Augen. Das ist nicht recht.«

»Es wird alles nach Gottes Willen geschehen, Mrs. Owen«, sagte Mrs. Odingsells. »Kommt mit mir in den Garten.«

Wie ich bald herausfand, hatte jemand die Truhen mit Amys persönlicher Habe verschlossen, ohne den Schlüssel dazulassen, und auf dem kleinen Tisch, der vor dem Fenster zum Garten stand, lagen keine Briefe, obwohl eine stumpfe Feder mit alter getrockneter Tinte bewies, dass sie welche geschrieben haben musste. Mir war immer ein Rätsel geblieben, warum Frauen bei jeder Gelegenheit schrieben oder dem nächstbesten Schreiber diktierten. Wenn ich mir Margery ansah, ging es dabei oft um für sie ungeheuer wichtige Dinge, die ich schon vergessen hatte, während ich sie noch erledigte. Mir fehlten oft Knechte im Stall, weil solche Briefe über verlorene Stricknadeln jedes Mal umgehend auf den Weg gebracht werden mussten.

Ich ertappte mich dabei, wie ich auf das Bett starrte. Halbwegs hatte ich erwartet, Amy dort aufgebahrt zu finden, aber natürlich war das nicht der Fall; Forster musste angeordnet haben, sie in die Kapelle zu bringen. Als sie das letzte Mal in diesem Bett lag, hatte sie noch gelebt, früh am Sonntag, ehe sie aufstand und allen Leuten befahl, sie alleine zu lassen.

Mir fielen nur zwei mögliche Gründe ein, die sie für diesen Befehl gehabt haben konnte, und keiner von beiden war etwas, was ich wahrhaben wollte. Ich schloss aus, dass sie tatsächlich nur hatte allein sein wollen. Manchen Menschen mochte Eigenbrötelei und Melancholie im Gemüt liegen, doch Amy war nie gerne alleine gewesen. Sie konnte lesen und schreiben, doch anders als ihr Gatte und seine Geschwister konnte sie mit Büchern nichts anfangen. Sie liebte Musik, aber sie spielte kein Instrument und genoss es nur, den Musikern zu lauschen. Sie tanzte mit Begeisterung und hatte zu Beginn ihrer Ehe, als John Dudley der mächtigste Mann im Land war und seine Familie ständig bei Hofe Feste gab, jede dieser Feiern genossen; nur Robins Schwester Mall war eine begehrtere Tanzpartnerin als sie gewesen. »Man fühlt sich wie die Königin der Herzen«, hatte Amy einmal lachend erklärt, auf der

Hochzeitsfeier von Guildford und Lady Jane Grey, die den Anfang vom Ende für uns alle bedeuten sollte.

Amy liebte Gaukler und hätte jemanden wie mein neues Anhängsel Frobisher gerne für sich spielen lassen, und wenn ein Jahrmarkt stattfand, dann hätte es ihr ähnlich gesehen, Anthony Forster zu bitten, sie dorthin zu eskortieren oder die besten Gaukler in sein Haus zu holen, nicht, alle anderen dorthin zu schicken und alleine zurückzubleiben.

Nein, wenn sie plötzlich die Einsamkeit suchte, dann steckte mehr dahinter als nur eine dunkle Stimmung. Ich konnte mir vorstellen, dass ein Brief sie erreicht hatte, ein Brief, in dem sie gebeten wurde, all ihre Dienerschaft fortzuschicken. Ein Brief, in dem sich Besuch ankündigte, der vorgab, auf keinen Fall gesehen werden und Anlass zu Klatsch geben zu wollen. Ein hoher Herr bei Hofe zum Beispiel, der Amy versprach, seinen Einfluss zu nutzen, um ihren Gatten aus dem Umkreis der Königin zu entfernen und so zu ihr zurückzuführen? Oder, Gott bewahre, die Königin selbst?

Niemand, der einen königlichen Umzug mitgemacht hat, würde glauben, dass sich Ihre Majestät ohne weiteres heimlich nach Oxfordshire begeben könnte, ohne gesehen zu werden, aber Amy war nie Mitglied des Hofstaats gewesen. Im Übrigen sind Frauen von ihren Gefühlen bestimmt, nicht von ihrem Verstand. Mein Blick wanderte zu den beiden Truhen. Wenn eine von beiden einen Brief enthielt, der den Namen der Königin trug, ob gefälscht oder echt, dann wurde eine meiner schlimmsten Befürchtungen wahr, seit ich gestern von Amys Tod erfahren hatte.

Nicht die schlimmste, nein. Die andere Möglichkeit war noch schlimmer. In den Jahrzehnten meines Lebens habe ich in Latein zu den Heiligen gebetet und in gutem Englisch zu Gott dem Herrn; wie seine Lehre auszulegen sei, darüber änderte sich die allgemeine Meinung mit den Herrschern, die uns regierten. Aber in einem waren sich Römlinge wie Protestanten einig: die einzige Sünde, die nie vergeben werden kann, weil der Sünder nicht in der Lage ist, sie noch vor seinem Tod zu bereuen, ist der Selbstmord. Hand an sich selbst zu legen, verdammt einen auf ewig. Wenn Amy selbst ihrem Leben ein Ende gesetzt hatte, dann konnten sie alle Gebete dieser Erde nicht mehr retten.

Nicht sie noch die, die sie dazu getrieben haben, hätte Edith Odingsells gesagt. Ich schüttelte unwillig den Kopf, denn just deswegen hatte ich sie aus dem Gemach entfernt. Um ihr zänkisches Gerede nicht zu hören, in dem ich doch den wahren Kern nicht überhören konnte.

Amy konnte nicht so unglücklich gewesen sein. Mrs. Odingsells irrte, wenn sie sagte, Amy habe sich selbst nicht mehr gekannt.

Meine Base Jane hatte mir erzählt, dass der alte Robsart, der seine Tochter nur zu gerne mit Robin verheiratet hatte, als John Dudley der neue große Mann im Königreich war, später bei den Bischöfen schöntat und Erkundigungen über Eheannullierungen einzog, als John und seine Söhne im Tower saßen. Damals stand Amy vor der sicheren Aussicht, die junge, güterlose Witwe eines Verräters zu werden, aber Jane schwor, dass sie nicht einen Moment den Mut verlor und darauf beharrte, ihre Ehe sei gültig und vollzogen; eine Annullierung kam für sie nicht in Frage. Amy war keine Frau, die leicht der Verzweiflung verfiel; das war sie einfach nicht.

»Sir«, sagte jemand, und ich drehte mich zur Tür hin um. Dort stand eine hagere, große Frau mit so derben Gesichtszügen, dass sie gut und gerne als Mann hätte durchgehen können, wenn man sie in Hosen und Wams gesteckt hätte. Sie deutete einen Knicks an. »Agnes Cross, Sir.«

Mrs. Owens Dienerin. Wie es schien, hatte Mrs. Odingsells nun schon zweimal an einem Tag etwas getan, um das ich sie gebeten hatte. Das Alter musste sie weicher gemacht haben.

»Hast du den Schlüssel für die Truhen in diesem Zimmer,

Cross?«, fragte ich, obwohl ich sie eigentlich aus einem anderen Grund hatte sprechen wollen.

»Nein, Sir. My ladys Zofe hat sie, Pirto.«

Das hätte ich mir denken können, wenn mir nicht meine zwei Möglichkeiten im Kopf herumgeschwirrt wären, die mir beide wie Mühlsteine im Magen lagen und Übelkeit verursachten. Pirto war die Nächste, mit der ich sprechen musste.

»Wie lange bist du bei Mrs. Owen, Cross? Hast du schon im Haus gedient, als die Familie noch hier lebte?«

Sie nickte. »Zehn Jahre werden es bald sein, Sir. Es gibt niemanden mehr, der länger hier ist, weil Mrs. Owen Geld sparen musste, ehe Mr. Forster kam, und dann hat der auch seine eigenen Leute einstellen wollen.«

Agnes Cross zog ihre A lang, wie es die Menschen aus Oxfordshire taten. Als Mann aus Worcestershire kann ich nicht über Dialekte klagen, und außerdem klingt es allemal besser als das, was in London als Englisch gilt. »Du stammst aus der Gegend, oder?«

»Ja, Sir. Mein Bruder ist Vorsteher des Hauses für Kranke und Arme, das König Edward gegründet hat, um das Hospital des Klosters zu ersetzen, und einem meiner Vettern gehört das Wirtshaus zum golden Stier in Abingdon.«

Ihr Vetter hatte gutes Bier, steinhartes Brot und hübsche Mägde, aber das war jetzt bedeutungslos.

»Nun, Cross, dann, denke ich, können wir sicher sein, dass du jeden Fleck dieses Hauses kennst und dass dir Leute, die dort nichts zu suchen haben und nicht aus dieser Gegend stammen, sofort auffallen würden?«

Ihre Augen senkten sich. Sie hatte sehr helle Wimpern, und in dem dämmrigen Licht, das durch das aufwendige Glasfenster in Amys Gemach fiel, sah es einen Moment so aus, als habe sie gar keine, wie ein Kaninchen. Dann schaute sie mich wieder an.

»Gewiss, Sir. Aber Mrs. Owen und ich, wir waren am Sonntag nur in Mrs. Owens Zimmer und im Garten.«

»Und du warst immer mit Mrs. Owen zusammen? Den ganzen Sonntag?«

»Ja, Sir. Es gab niemanden sonst hier, bis auf Latimer in der Küche. Alle anderen waren auf dem Jahrmarkt, und da ist es meine Pflicht, Mrs. Owen zur Seite zu stehen, in ihrem Zustand.«

Ich versuchte mich daran, das Fenster zu öffnen. Natürlich hatte sich Forster nicht lumpen lassen und für das Glas bezahlt, aber das machte es nicht einfacher. Schließlich ließ ich es sein und betrachtete den Garten durch die zahllosen kleinen, rundgeschliffenen Flächen, die von Metallringen umgeben waren und es unmöglich machten, etwas anderes als Fragmente zu erkennen. Wenn Edith Odingsells und Mrs. Owen meinem Vorschlag nachgekommen waren, konnte ich sie inmitten der grünen und hellen Flecken nicht ausmachen.

»Zweifellos, Cross, aber du wirst ihr doch zwischendurch einen Becher mit Bier geholt oder Obst gebracht haben. Außerdem habe ich dich noch gar nicht danach gefragt.«

»Verzeihung, Sir. Es ist nur, ich dachte, Ihr wolltet wissen, ob ich jemanden gesehen habe, der nicht ins Haus gehörte, und das habe ich nicht, aber ich kann auch nicht schwören, dass niemand da war. Mrs. Owen und ich, uns ist niemand begegnet, das ist alles.«

»Nicht einmal my lady Dudley? Anthony Forster hat mir erzählt, dass sie mit Mrs. Owen essen wollte, und ich würde doch meinen, dass sich ihr Unglück erst nach dem Essen zugetragen haben kann. Sonst hättest du dich doch gefragt, wo sie bleibt, und nach ihr gesucht. Und sie gefunden, versteht sich. Der Treppenaufgang in der großen Halle ist unübersehbar.«

Sie starrte mich mit ihren wimpernlos scheinenden Augen an. »Ja, Sir.«

»Ja *was?*«

»Der Treppenaufgang ist unübersehbar. Ich hätte my lady gefunden, wenn ich nach ihr gesucht hätte.«

»Aber?«

»Aber ich habe nicht nach ihr gesucht«, sagte Agnes Cross ausdruckslos. »Nachdem das Gesinde zum Jahrmarkt aufgebrochen war, ist sie zu Mrs. Owen gegangen und hat sich entschuldigt, weil sie keinen Hunger verspürte. Sie hat gesagt, es ginge ihr nicht gut und Mrs. Owen möge allein speisen.«

Meine Hand um den Fensterriegel verkrampfte sich. »Dann hat sie ihre Meinung aber sehr schnell geändert.«

»Nun, Sir, es ging ihr wirklich nicht gut. Sie hatte Schmerzen in der Brust. Die hatte sie schon, als sie hierherkam. Ich habe ihr manchmal Kräuterumschläge gemacht. Da kenne ich mich aus, wegen meines Bruders. Doktor Owen, Gott habe ihn selig, hat immer gesagt, ich hätte eine gute Hand für Kranke, deswegen hat er mich auch eingestellt, um Mrs. Owen zu dienen.«

Amys Schmerzen in der Brust kamen und gingen seit eineinhalb Jahren und waren einer von vielen Gründen, warum überall so lange schon über ihren möglichen Tod geklatscht worden war, aber ich hatte nie daran geglaubt, dass es sich wirklich um eine ernste Krankheit handelte. Diese Brustschmerzen neigten dazu, immer dann aufzutauchen, wenn sie mit Robin über die Zeit stritt, die er bei Hofe verbrachte, oder darüber, dass sie einmal gemeinsam in Norfolk hatten leben wollen, oder dass seine Schwester Mall die liebste Hofdame der Königin war und Amy das letzte Mal während der Krönungsfeierlichkeiten von ihr empfangen wurde. In den zwei Jahren danach plagten sie die geheimnisvollen Schmerzen in immer kürzeren Abständen. Sie waren auch aufgetaucht, als sie erfuhr, dass ich sie nach Cumnor bringen würde.

»Mrs. Owen hat mir das Gespräch mit Lady Dudley etwas

anders geschildert«, sagte ich. »Sie meinte, es sei von Höllenfeuer die Rede gewesen. Nicht von Brustbeschwerden.«

Ich erwartete, dass Agnes Cross nun versuchte, so respektvoll wie möglich zu sagen, dass Mrs. Owen ihren Verstand nicht mehr beisammen hatte, doch zunächst einmal blieb sie stumm und biss sich auf die Unterlippe. Ich hakte nicht nach und überließ es ihr, als Nächste zu sprechen, während das Schweigen zwischen uns länger wurde. Wenn es um jemand anderen gegangen wäre, hätte mich das an eine Jagd erinnert, an die Kunst der Pirsch, aber die Stille, die uns umgab, war zu sehr von meinen eigenen Erinnerungen durchtränkt, um sie zu genießen. Als ich meine Arme verschränkte und darauf wartete, dass Agnes Cross ihre Selbstbeherrschung verlor und zugab, in einem oder mehreren Punkten gelogen oder wichtige Dinge verschwiegen zu haben, veränderte sich ihr Gesichtsausdruck. Zu meinem ungläubigen Staunen spielte tatsächlich ein kleines Lächeln um ihre Lippen.

»Sir, es gibt so viel Schlimmeres als Brustbeschwerden«, entgegnete sie, und obwohl ihre Stimme nicht im mindesten anders klang, war es doch, als würde eine andere Frau zu mir sprechen. »Wenn eine edle Lady wie eine Verbrecherin am Kreuzweg beerdigt werden müsste, weil sie nicht in geweihter Erde ruhen darf, das wäre schlimmer. Oder wenn ihr Witwer in solcher Erde ruhen muss, weil man ihn als Mörder hingerichtet hat. Oder, wer weiß, ihres Witwers Vetter, seine rechte Hand, die nicht weiß, was die Linke getan haben mag.« Ich war zu überrascht, um sie scharf zurechtzuweisen, weil sie mich so offen angriff, und ehe ich fragen konnte, ob sie mit Robins linker Hand auf Anthony Forster anspielte, fuhr sie fort: »Nein, Sir, ich denke doch, manche Dinge bleiben am besten ungesagt, denn wenn man einmal beginnt, von ihnen zu sprechen, wer weiß, wie das dann endet, und mit wem?«

Ihr Lächeln wurde breiter. Dann drehte sie sich um und verließ den Raum, ohne von mir zurückgehalten zu werden.

Hätte sie sich an Ort und Stelle in einen Vogel verwandelt, der mir mit seinen Klauen das Gesicht zerfetzte, hätte ich es mit weniger Bestürzung aufgenommen. Es gab Höflinge, die zwei Könige und eine Königin überlebt hatten und sich weniger unverfroren an Erpressung versuchten als dieses hagere Weib aus dem hintersten Oxfordshire.

Vielleicht war Erpressung das falsche Wort; sie hatte schließlich kein Geld verlangt. Noch nicht. Aber sie hatte mir gedroht, hatte klargemacht, dass sie glaubte, mit dem, was sie wusste, Robin Dudley, Anthony Forster, mich oder uns alle in der Hand zu haben. Was gab ihr diese Selbstsicherheit? Einen Moment lang fragte ich mich, ob es irgendwelche Vereinbarungen zwischen Robin und Forster gegeben hatte, von denen ich nichts wusste. Doch nein, das war absurd. Forster hatte zwar ebenfalls für John Dudley gearbeitet, war der Familie aber nie so nahegestanden wie ich, und außerdem wäre es sinnlos für Robin gewesen, mich hierherzuschicken, wenn er mir nicht in allem vertraute. Und doch gab es etwas, was Agnes Cross wusste, und ich hatte keine Ahnung, was es sein könnte.

Weit davon entfernt, widerlegt worden zu sein, schienen mir meine schlimmsten Befürchtungen wahrscheinlicher denn je. Ehe ich wieder mit ihr sprach, musste ich mehr von dem wissen, was in diesem Haus geschehen war.

KAPITEL 5

DIENSTAG, 10. SEPTEMBER 1560

Man sah der Küche von Cumnor an, dass keiner der Vorbesitzer bei ihrer Ausstattung gespart hatte. Es gab nicht nur einen, sondern zwei offene Feuerstellen, eine an jedem Ende des Raumes, einander genau gegenüberliegend. Bei seinem Umbau des alten Klosterhospitals musste bereits Doktor Owen für moderne Rauchfänge und Schornsteine gesorgt haben. Von den Wänden hingen Kupferpfannen, die sauber gescheuert waren, und der große Kessel, der über einer der Feuerstellen hing, machte auch den Eindruck, als sei er frei von jedem Dreck und Rost. Es roch nach Knoblauch, der ebenfalls von den Wänden hing, und geräuchertem Schinken, der in der anderen Feuerstelle verankert war. Als ich die Küche betrat, hatte ich allerdings kaum Gelegenheit, mehr wahrzunehmen, denn zwei der drei Männer, die sich in ihr befanden, waren damit beschäftigt, sich anzubrüllen, während der dritte Mann und die einzige Frau sich vergeblich in der edlen Kunst des Friedensstiftens übten.

»... Hundsfott!«, schrie der ältere der beiden Männer. »Niemals!«

Eigentlich hatte ich vorgehabt, mir sofort Gehör zu verschaffen, aber nun blieb ich natürlich still. Alles, was ich hörte, war »Dreckskerl«, »Hurensohn«, »Schleimscheißer«, während die Frau rief: »Fred, Hal, nein«, und der ältere Weißbart etwas davon brüllte, dass die Töpfe vier Shilling gekostet hätten. Außerdem war erkennbar, dass keiner von beiden ein unbeschriebenes Blatt bei Raufereien war.

Als der Ältere Anstalten machte, seine Daumen in die Augen des Jüngeren zu bohren, entschied ich, dass es genug war. Allerdings würde es nicht viel bringen, in das allgemeine Gebrüll einzustimmen. Mein Blick fiel stattdessen auf die Pfannen an der Wand, ich nahm mir eine – und setzte den Älteren durch einen kleinen Schlag auf den Hinterkopf vorübergehend außer Gefecht.

»Zunächst einmal«, sagte ich, während mich alle in der jähen Stille überrascht anstarrten, »möchte ich wissen, wer von euch Latimer ist.«

Der jüngere Mann, dem noch nicht einmal ein Bart gesprossen war und der sich seine gerade geretteten Augen rieb, ließ die Hand sinken und schaute erst zu der Frau, dann zu mir. Doch sie war es, die sprach.

»Ich bin Claire Latimer, und das ist mein Bruder Hal Latimer. Nichts für ungut, aber wer zum Kuckuck bist du, Gevatter, und was bringt dich zu uns? Der Herr wird so schnell niemanden mehr einstellen, nicht nach dem, was mit Harkness geschehen ist.«

Zuerst stutzte ich ob der vertraulichen Anrede, doch dann fiel mir ein, dass ich Wams und Hemd des Wirtes trug, was offenbar dazu führte, dass ich nicht mehr sofort als Mann von Stand eingeordnet wurde. Das konnte nützlich sein. Bei Gott, an diesem Tag griff ich inzwischen nach Strohhalmen, aber manchmal entdeckt man tatsächlich ein Goldkorn in einem Misthaufen. Nicht, dass es mir je passiert ist, aber man kann nie wissen.

»Seid ihr da sicher?«, fragte ich. »Mir hat man erzählt, dass vielleicht Stellen frei werden … nach dem letzten Sonntag.«

Bruder und Schwester wechselten wieder Blicke.

»Wer hat das gesagt?«, stieß Hal Latimer hervor.

Der Mann, den ich niedergeschlagen hatte und der noch am Fußboden lag, stöhnte leise. Ich entschied mich für ein weiteres Glücksspiel.

»Agnes Cross«, entgegnete ich.

»*Agnes Cross?* Das – das ist – oh, *sie* wird sich selbst bald nach einer Stelle umschauen müssen, so, wie es Mrs. Owen geht.« Claire Latimer stieg die Zornesröte ins Gesicht. »Wenn sie sich einbildet, dass der Herr sie behält, wenn es so weit ist, dann täuscht sie sich, da kann sie noch so geheimnisvoll tun.«

»Deswegen hat es keinen Sinn, hier nach einer neuen Stelle zu suchen, Gevatter«, sagte der dritte Mann, der bisher geschwiegen hatte, nachdem seine Töpfe gerettet waren. »Wenn überhaupt, dann wird es weniger Stellen geben, jetzt, wo my lady tot ist und Mrs. Owen so gut wie. Glaub mir, Agnes Cross hat dich belogen. Sie stiftet gerne Unfrieden.«

»Wenn ich den lieben langen Tag das Gerede von Mrs. Owen anhören müsste, dann würde ich auch gerne anderen Leuten den Tag vergiften«, stimmte Claire zu. »Aber es ist trotzdem nicht recht, dass sie andere die Zeche dafür zahlen lässt, dass aus ihren Plänen nun nichts mehr wird.«

»Was hat sie denn geplant?«, fragte ich und versuchte, enttäuscht und zerknirscht auszusehen. »Sie schien mir nur eine hilfsbereite Christin zu sein.«

»Agnes Cross?« Hal Latimer lachte. »Die tut nie etwas ohne Hintergedanken. Dass Mrs. Owen nicht mehr lange unter uns weilt, kann sich jedes Milchmädchen ausrechnen, und der Herr und seine Gnädige, die werden Agnes Cross bestimmt nicht übernehmen. Deswegen hat sie ja Himmel und Hölle in Bewegung gesetzt, um sich bei Lady Dudley lieb Kind zu machen. Klebte wie ein Schatten an ihr, dass man sich fragte, wem sie denn diente, Mrs. Owen oder Lady Dudley, und wer hier die Zofe ist, Pirto oder Cross.«

»Halt's Maul, Latimer«, schnauzte sein Angreifer ihn an und erhob sich langsam vom Boden. Ich hatte die Pfanne weggelegt; meinen Degen trug ich im Haus natürlich nicht. Nun ja, es war zwar eine Weile her, seit ich in eine Rauferei verstrickt gewesen war, aber die viel tödlicheren Schlammfelder von Frankreich lagen erst drei Jahre zurück, und dort hatte ich mit Männern gekämpft, die mich umbringen wollten. Der blendlustige Mann war muskulös genug, um im Feldbau eingesetzt zu werden, oder im Stall; vielleicht auch als Metzger, um die Tiere auszuweiden. Ein Koch war er jedenfalls bestimmt nicht. Wahrscheinlich hatte einer der beiden Latimers diesen Posten inne, doch das verriet mir nicht, welcher von beiden am Sonntag hiergeblieben war. Was sie über Agnes Cross zu sagen hatten, war allerdings aufschlussreich.

»Halt's Maul«, wiederholte der Raufbold. »Kannst du nicht sehen, dass das ein Herr ist? Der will hier keine Stelle. Das ist Lord Roberts Mann, der, der im Frühjahr my lady hierhergebracht hat.« Er wandte sich an mich. »Manche Leute bleiben eben nicht ständig in der Küche, sondern sperren die Augen auf. Ich muss mich für das Verhalten der anderen entschuldigen, Sir.« Er musterte mich, und die Feindseligkeit in seinen Augen strafte seine höflichen Worte Lügen. »Wie können wir Euch weiterhelfen?«

Während er sprach, begriffen die Latimers und der andere Mann ihren Fehler. Sie standen nun etwas gerader, schauten zu Boden und hatten die Lippen zusammengepresst. Ich wusste, dass es nun nur noch sehr wenig gab, was sie mir freiwillig sagen würden.

»Ihr könnt mir verraten, was mit Harkness geschehen ist«, erwiderte ich, obwohl ich immer noch nicht wusste, wer das war. Mit etwas Glück würden sie lange genug mit der Auskunft beschäftigt sein, um ihre Zungen wieder etwas zu lockern, so dass ich sie erneut nach den Ereignissen vom Sonntag befragen konnte.

»Oh, nichts, Sir, nichts von Belang«, sagte Claire Latimer.

»Ich kann auch Mr. Forster fragen«, drohte ich, »aber dann müsste ich erklären, wer mir von Harkness erzählt hat.«

Sie schaute auf, doch nicht zu mir, sondern zu ihrem Bruder. Er nickte unmerklich.

»Harkness war einer der Stallknechte und ungeschickt mit

den Pferden, obwohl er geschworen hat, dass er sich auskennt, als der Herr ihn einstellte«, begann sie, vorsichtig abwägend, was sie verraten durfte und was nicht. »Eines von ihnen hat ausgekeilt, und da hat es ihn am Schädel erwischt. Deswegen meinen wir, dass der Herr jetzt viel vorsichtiger ist mit neuem Gesinde, das ist alles.«

»Wann ist das geschehen?« Ich glaubte ihr kein Wort.

»Im letzten Jahr, Herr.«

Also lange, ehe Amy hierherkam. Das würde bedeuten, dass es tatsächlich nicht von Belang für mich war, aber ich musste bei der derzeitigen Stimmung im Haus wohl zunächst einmal davon ausgehen, immer angelogen zu werden.

»Hmmm ... Und für Harkness wurde kein Ersatz eingestellt?«

»Nein, Sir. Hughes hier teilt sich die Arbeit mit den anderen«, entgegnete sie und wies auf den Mann, der mich erkannt hatte. »Er hat schon unter Dr. Owen gedient, er kennt sich aus.«

»Ich bin der Stallmeister, Sir«, bestätigte Hughes eilfertig. »Und war mir nie zu schade, für zwei mit anzupacken.«

»Das ehrt dich. Nie ein freier Tag, wie?«

Er brummte, ein Laut, der vage zustimmend klang.

»Noch nicht einmal an Feiertagen«, fügte ich, scheinbar anerkennend lächelnd, hinzu. »Dann besonders nicht, weil alle anderen auf den Beinen sind.«

»Hmmmm.« Er nickte zögernd.

»Ohne Ausnahme.«

»Mmmm.«

»Weißt du, Hughes, das wundert mich dann doch. Nachdem mir jeder hier lang und breit erzählt hat, dass my lady am Sonntag alles Gesinde zum Jahrmarkt geschickt hat. Warst du nun dabei, oder bist du hiergeblieben?«

»Wir waren auch hier, Sir«, sagte Hal Latimer. »Claire und ich.«

»Das weiß ich«, sagte ich freundlich. »Danach habe ich nicht gefragt.«

Hughes warf Claire einen Blick zu, dann zuckte er die Achseln. »Manchmal hat man schon frei. Mehr oder weniger.«

»Das heißt?«

»Ich hab im Ort ein Auge auf die Pferde und den Karren von Mrs. Odingsells halten müssen, während die anderen umherschwirrten.«

»Du scheinst ein wahres Musterbeispiel der Arbeitswilligkeit zu sein. Da wundert es mich, dass dieser – wie hieß er noch? – Harkness überhaupt erst eingestellt wurde.«

Die beiden Latimers schauten immer noch zu Boden, aber ihre Mundwinkel zuckten, als seien sie versucht, zu grinsen. Der älteste Mann im Raum, der bisher nur einmal gesprochen hatte und hauptsächlich um das Geschirr besorgt gewesen war, sagte: »Es war jedenfalls friedlicher, als Harkness noch hier war. Es gab weniger Schlägereien in meiner Küche.« Das unterstrich er mit einem grimmigen Blick.

»Apropos«, sagte ich. »Latimer, wenn Hughes sich regelmäßig für den Rest des Gesindes aufopfert, dann erscheint es mir sehr merkwürdig, dass du ihm diesen Edelmut mit Raufereien lohnst und dir dabei fast seine Daumen in die Augen bohren lässt. Oder will mir jemand erzählen, was sich hier wirklich zugetragen hat?«

Auf einmal waren sich alle einig darin, ausdruckslos dreinzuschauen und zu schweigen. Noch nicht einmal stumme Blickwechsel gab es mehr. Es war klar, dass ich sie einzeln würde befragen müssen, vielleicht sogar mit Schlägen oder Kerker drohen, um klarzumachen, dass man Lord Robert Dudleys Mann Respekt zu zollen hatte.

»Fein«, seufzte ich. »Dann macht mir etwas zu essen. Da Lady Dudley nun tot ist, wird mein Freund Anthony gewiss seinen Haushalt wieder etwas zurückstutzen können. Ich würde ihm gerne mit Rat und Tat zur Seite stehen, was das betrifft, aber leider kenne ich keinen von euch und habe bisher niemanden getroffen, der seinem Herrn helfen will, das Unglück aufzuklären, so dass ich nicht sagen kann, wer auf keinen Fall seine Dienste verlassen sollte. Ein Imbiss wäre ein Anfang. Ruft mich, wenn es so weit ist; ich werde im Garten sein. Wenn einer von euch Pirto sieht, schickt sie zu mir hinaus.«

»Pirto ist in der Kapelle, Sir, wo man my lady Dudley aufgebahrt hat.« Claire sah mich forschend an. »Wollt Ihr denn nicht auch für my lady beten?«

Auf diesem Haus musste ein Fluch ruhen. Bisher hatte es jede Weibsperson, die hier lebte, fertiggebracht, mich vor meinem eigenen Gewissen zu beschämen, ganz gleich, was sie selbst auf dem Kerbholz haben mochte.

»Gewiss«, sagte ich und machte mich auf den Weg zur Kapelle, um das zu tun, dem ich die ganze Zeit ausgewichen war: die Leiche der Gemahlin meines Vetters Robin zu sehen.

Die Leiche von Amy Robsart, die ich bei ihrer Hochzeit hatte tanzen sehen.

Von Amy, die ich viele Jahre später in einem unbedachten Moment geküsst hatte.

Zehn Jahre war es her, dass ich ihren Namen zu ersten Mal hörte. »Robin hätte es besser treffen können«, sagte John Dudley in jenen Tagen, als er zum mächtigsten Mitglied des Kronrats geworden war. Wir befanden uns in Hampton Court, wo der junge König Edward Hof hielt. »Die Ländereien des alten Robsart sind nicht schlecht, aber er hätte es besser treffen können, wenn er gewartet hätte. Der Teufel soll den Jungen holen, und seine Amy direkt dazu. Nun wird es Guildford sein müssen.«

Im Nachhinein betrachtet, weiß ich natürlich, was John meinte, als er sagte, »nun wird es Guildford sein müssen«, aber damals erläuterte er seine Absichten nicht. Er bat mich nur, nach Norfolk zu reiten, um mit dem alten Robsart die

Mitgift auszuhandeln. Zuerst machte ich aber meiner Base Jane die Aufwartung und fand heraus, dass sie im Gegensatz zu ihrem Gatten von der Aussicht auf Amy Robsart als Schwiegertochter entzückt war. Nicht, wie sich herausstellte, weil sie das Mädchen kannte – was sie nicht tat –, sondern weil Robin in sie verliebt war. »Natürlich weiß John am besten, was gut für die Familie ist«, sagte Jane, »aber wenigstens eines meiner Kinder soll aus Liebe heiraten.«

»Ehen, die aus Liebe geschlossen wurden, haben dem alten König viel Ärger bereitet und zwei Frauen den Kopf gekostet«, sagte ich und spielte den herzlosen rauhen Kerl vom Land, um Jane zu necken; Edith Odingsells pflegte zu sagen, dass ich mich dazu nicht zu verstellen brauchte. Jane schlug lachend mit ihrem Gebetbuch nach mir.

Ihr Sohn auf Freiersfüßen fand sich kurz nach mir bei ihr ein. Wie sich herausstellte, hatte er mich gesucht. Robin war damals siebzehn Jahre alt, wahrlich jung für eine Ehe, aber kein Naivling mehr. Niemand, der von seinem Vater von klein auf in die Umgebung der königlichen Kinder gedrängt worden war und Aufstieg und Fall mehrerer Königinnen miterlebt hatte, konnte sich Unschuld und Naivität bewahren. Aber er war noch grenzenlos optimistisch und davon überzeugt, dass ihm und den Seinen das Schicksal immer gewogen bleiben würde. Robin war noch weit von dem Mann entfernt, der einen seiner Brüder geköpft und einen anderen von einer Kanonenkugel zerrissen sehen würde.

»Ich weiß, dass Vater es nicht ungern sähe, wenn die Verhandlungen scheitern«, sagte er zu mir. »Aber Vetter Blount, Amy ist die Dame meines Herzens. Vergiss das nicht. Ich will es dir eines Tages lohnen.«

»Robin, du Schafskopf«, wies ich ihn zurecht, denn damals sprach ich zu ihm noch wie zu einem jüngeren Bruder, »wenn dein Vater dir die Ehe verbieten wollte, dann hätte er das getan. Er würde nicht seine und meine Zeit verschwenden und mich nach Norfolk schicken.« Dann kam mir ein Gedanke, und ich räusperte mich. »Ich will doch hoffen, dass es keinen … nun … *dringenden* Grund für eine baldige Hochzeit gibt?«

»Ich weiß, was sich gehört, Vetter«, sagte Robin beleidigt, aber dann grinste er. Er sah von klein auf aus wie ein halber Zigeuner, mit seinem dunklen Haar und der olivfarbenen Haut; deswegen wirkte sein Grinsen immer doppelt hell. »Aber ich kann nicht schwören, dass es auch in Zukunft keinen Grund geben wird, wenn sich die Verhandlungen zu lange hinziehen, also denk an Amys und mein Seelenheil und mach es kurz!«

»Da ist es wohl besser, wenn du hierbleibst«, sagte ich und hatte Mühe, nicht ebenfalls zu grinsen, obwohl ich seine Worte missbilligen sollte. Aber Robin hatte eben ein Talent dafür, einen zum Lachen zu bringen.

»Oh, das werde ich«, sagte er. »Ich habe volles Vertrauen zu dir, Vetter. Außerdem kann ich jetzt den Hof ohnehin nicht verlassen.«

Mir war nicht bewusst, dass in den nächsten Wochen irgendwelche wichtigen Ämter vergeben oder Dudleysche Familienangelegenheiten außer Robins Heirat geregelt werden würden, also schaute ich einigermaßen überrascht drein.

»Der König hat die Prinzessin Elizabeth zu sich gerufen«, sagte Robin und klang plötzlich unerwartet ernst. »Zum ersten Mal, seit Thomas Seymour hingerichtet wurde. Über die Hälfte der Leute, die bei ihrem Empfang dabei sein werden, wollten sie genauso tot sehen wie Seymour. Ich glaube, da kann sie einen Freund in der Nähe gebrauchen.« Seine Miene wurde wieder spitzbübisch. »Außerdem schulde ich ihr noch etwas, wegen all der Lateinaufgaben, die sie für mich geschrieben hat, als wir zusammen unterrichtet wurden.«

Die Kapelle war ein Überbleibsel des alten Klosters. Forster hatte die Heiligenbilder behalten, was mich nicht weiter wunderte. Unter König Henry war es genauso gefährlich gewesen, als rigoroser Protestant zu erscheinen, wie den Papst immer noch als Oberhaupt der Kirche anzuerkennen: Henry hatte Protestanten verabscheut, als er noch Streitschriften wider Luther schrieb und ein treuer Sohn Roms war; später hatte er sie gebraucht, als Gott ihm offenbarte, dass er, nicht der Papst, das Oberhaupt der englischen Kirche sein sollte, doch er hatte sich nie wirklich mit den Lutheranern und Calvinisten vom Kontinent anfreunden können. Für unsereins war das nicht einfach gewesen, denn wenn es in einem Monat wider die Bischöfe und Mönche ging, so im nächsten gegen die Priester, die Gottesdienste in Englisch halten wollten statt in Latein. Meine Gemahlin Margery stammt aus einer katholischen Familie; unsere Kinder mit lateinischen und englischen Gebeten gleichermaßen zu erziehen, war eine Überlebensmaßnahme meinerseits. Die Regenten für den jungen König Edward – erst der Herzog von Somerset und dann John Dudley – hatten versucht, uns wirklich zu Protestanten zu machen, aber dann war Mary gekommen, und mangelnde Achtung den Heiligen gegenüber war zum ersten Zeichen für Sünden geworden, die einen auf den Scheiterhaufen bringen konnten. »Ihr Engländer«, sagte Diego Vargas einmal zu mir, »könnt gar keinen richtigen Glauben mehr haben. Ihr seid alle *Marranos*. Gott helfe euch.« Er erklärte mir das Wort nicht. Später fand ich heraus, dass die Spanier damit die Juden und Moslems bezeichneten, die Christen geworden waren und trotzdem weiter heimlich ihrem alten Glauben anhingen. Nicht, dass es von den einen wie den anderen noch welche in Spanien gab, das sagten mir jedenfalls die Leute in Philipps Gefolge. Wenn ich mir überlegte, dass Königin Mary aus England ein zweites Spanien machen wollte, verursachte es mir mehr als Magengrimmen, als *Marrano* bezeichnet zu werden. Zumindest diese Gefahr war halbwegs gebannt: Philipp war der erste von Elizabeths Freiern gewesen, der erste Ausländer, der sie um ihre Hand bat, und sie hatte ihn abgewiesen. Ein

Dienstagmittag war keine Zeit für eine Messe. Trotzdem schlug mir der Geruch von brennenden Kerzen und Weihrauch entgegen, als ich die Kapelle betrat. Amy hätte das gefallen. Der alte Robsart war nie mehr als ein lauwarmer Anhänger der Reform gewesen, was sich als Glück herausstellte, als die Dudleys unter Mary im Tower landeten, aber seine Tochter doch zu einem Kuckuck im Nest ihrer neuen, protestantischen Familie machte. Ich weiß, dass die Leute heute denken, John Dudley wäre nur ein Anhänger der Reform gewesen, weil es ihm Einfluss im Kronrat einbrachte und weil es die Lady Jane Grey beeindruckte, die er schließlich zur Königin machen wollte, nachdem er sie mit Guildford verheiratete. Nun, niemand kann in eines anderen Mannes Seele blicken, und John versuchte sich am Ende zu retten, indem er zum alten Glauben zurückkehrte. Aber vorher sorgte er dafür, dass seine Kinder Bischof Cramners neues Gebetsbuch in und auswendig kannten und niemand sie Römlinge nennen konnte.

Amy konnte bestenfalls zwei Gebete auf Englisch; ansonsten betete sie auf Latein, obwohl sie kein Wort davon verstand. Robins Schwester Mall versuchte ihr so freundlich wie möglich zu sagen, das in Gegenwart der Familie sein zu lassen, weil es John Dudleys Protestantismus unglaubwürdig wirken ließ, wenn seine Schwiegertochter wie eine Katholikin betete. Amy nahm dies als Spott und Zurückweisung. Das weiß ich, weil sie es mir erzählte, Jahre später, als sie zu mir und Margery nach Kidderminster kam und manche Worte getauscht wurden, die besser nie gesagt worden wären.

Ich atmete einmal tief ein und aus. Dann trat ich an sie heran.

Man hatte Kerzen um Amy herum aufgestellt, um sie in ein warmes Licht zu tauchen. Um den Hals trug sie ihre Lieblingskette mit dem juwelenbesetzten R als Anhänger. Das Licht, der Schmuck ... beides sollte wohl dazu dienen, den Eindruck zu erwecken, als habe sie sich nur kurz zur Ruhe gelegt. Wer auch immer es versucht hatte, es war ihm nicht gelungen, und das lag nicht nur an den Wachsflecken auf dem grünen Samt ihres Kleides.

Natürlich sah Amy nicht so aus, als ob sie schliefe; keine Leiche tat das, und ich hatte genügend in Frankreich gesehen. Aber der plötzliche Tod hinterlässt uns Sterbliche meist mit verrenkten Gliedern, mit verzerrtem Mund und aufgerissenen Augen. Wenn es derlei bei Amy gegeben hatte, dann hatten Forster und die Seinen dafür gesorgt, dass nichts davon zurückgeblieben war. Ihre Stirn war glatt, bis auf zwei feine Falten, dem einzigen Zeichen dafür, dass sie nicht mehr das junge lebenslustige Mädchen war, das ich vor vielen Jahren kennengelernt hatte. Ihre Augenlider mit den langen, dunklen Wimpern waren geschlossen, und desgleichen ihr Mund, feingezeichnet, doch viel blasser, als ich ihn je im Leben gesehen hatte. Die Grübchen, die sich immer in ihre Wangen gruben, ob sie nun lachte oder weinte, waren verschwunden; die makellos glatte Haut über ihrer Wange schien mir mehr als alles andere zu zeigen, dass Amy tot war und sich nie wieder Leben in ihre Miene malen würde, die doch sonst immer jede ihrer Gefühlsregungen verraten hatte. Ihre Nase, die immer nach oben strebte, eine kleine Stubsnase, die ihr von den Dudleys den Spitznamen »Kätzchen« eingebracht hatte, war das Einzige, was nicht in das friedliche Bild passte, das gleich so als Marmorfries über ihrem Sarg hätte angebracht werden können. Statuen hatten niemals solche Nasen.

Es hatte seine Gründe, warum ich dem Anblick ihrer Leiche bis jetzt ausgewichen war. Ich durfte mich nicht in Erinnerungen und Reuegefühlen verlieren, die mich lähmen würden, wenn ich sie zuließe; nicht hier und nicht jetzt. Ich räusperte mich, und die junge Frau, die neben mir in der Kapelle stand und mich sofort erkannt haben musste, wandte sich mir zu.

»Master Blount«, sagte Pirto. »Master Bount, wollt Ihr mit mir beten? My lady hat jeden Tag gebetet. Jeden Tag lag sie auf ihren Knien und bat Gott, sie aus der Verzweiflung zu befreien.«

Ich schaute auf Amys stilles Gesicht mit dem Ausdruck eines unvollendeten Lebens vor mir, und die Kehle schnürte sich mir zu. Ob wir Engländer nun ordentliche Protestanten sind oder nicht, in einem waren wir uns stets mit den Katholiken einig, und das war der tiefste Kreis der Hölle, der auf Selbstmörder wartete. Wer durch eigene Hand starb, hatte nicht das Recht auf eine christliche Beerdigung, und alle Gebete der Welt würden Amy nicht mehr helfen.

»Was willst du damit sagen?«, fragte ich leise. »Ich kann nicht glauben, dass sie sich verdammen wollte.«

Pirto, die erst nach dem Tod des alten Robsart Amys Zofe geworden war, presste ihre Hände ineinander. »Nein, Master Blount«, entgegnete sie. »Dergleichen will ich gewiss nicht sagen, niemals, und das sollt Ihr nicht aus meinen Worten machen, sonst täte es mir leid, dass ich etwas gesagt habe.«

Leider beruhigte mich das nicht im Geringsten. Pirto war nicht so scharfzüngig wie Edith Odingsells oder Agnes Cross und gewiss nicht das aufgeweckteste Menschenkind; trotzdem, sie musste wissen, was es bedeutete, wenn sie mir Grund gab, zu glauben, dass Amy Hand an sich gelegt hatte. Sie konnte nicht wollen, dass ihre Herrin am Wegesrand mit den Gesetzeslosen beerdigt wurde.

»Wie kam sie dann zu Tode? War es ein Unfall oder … oder etwas anderes? Was glaubst du?«

»Gewiss war es ein Unfall«, sagte Pirto sanft. »Kein Mensch hat Hand an sie gelegt, weder ein Fremder noch sie selbst. Wollt Ihr nun mit mir für sie beten, Master Blount?«

»Ja«, sagte ich schweren Herzens.

Pirto stolperte durch das Vaterunser in englischer Sprache, und ich sprach es mit ihr. Amy selbst hätte wohl auch ein Ave-Maria gebetet und die Dudleys mit dem katholischen Brauch verärgert. »Bis auf Robin«, sagte sie einmal zu mir. »Bis auf

Robin. Es kümmerte ihn nicht, und das kümmert mich. Wenn er mich noch liebte, dann machten ihm meine Gebete an die Gottesmutter Kummer.«

Die Worte kratzten mich im Hals, und ich versuchte, an nichts anderes als Amys Seelenheil zu denken, nicht an die Folgen, die ihr Tod für uns alle noch haben mochte, und nicht an das, was hätte sein können. Wenn ich sie weiter anblickte, war das unmöglich, also wandte ich mich von ihr ab und kniete mich für die letzten vier Zeilen des Vaterunsers vor die Statue des heiligen Georg in der Ecke, was es mir erlaubte, Amys Leiche den Rücken zuzuwenden.

Das Schweigen, das zwischen Pirto und mich fiel, als unsere Worte verklungen waren, machte es nicht einfacher. Nichts ist so widerspenstig, wenn es darum geht, falsche Gedanken abzuwehren, wie das Schweigen in der Nähe des Todes.

»Ich habe gehört, du hast den Schlüssel zu my ladys Truhen«, sagte ich nach einer Weile und drehte mich wieder zu ihr um. Angestrengt blickte ich über ihren Kopf hinweg, was es mir ermöglichte, die aufgebahrte Frau zu übersehen. »Wohlgetan, aber nun brauche ich ihn.«

»Es sind nur ein paar Briefe von ihrem Schneider in London darin, und ihr Schmuck«, sagte Pirto. »Aber … nicht jeder ist ehrlich in diesem Haus. Ich wollte nicht, dass jemand etwas von my ladys Schmuck stiehlt. Könnt Ihr das my lord sagen, Master Blount? Dass ich auf solche Dinge geachtet habe? Dann empfiehlt er mich vielleicht einer seiner Schwestern, Lady Sidney oder Lady Huntington. Hier in Cumnor bedarf es keiner weiteren Zofe, und zur Milchmagd tauge ich nicht.«

Ich war mir nicht sicher, ob ich gerade eine Bitte oder eine Forderung gehört hatte. Robins Schwestern Mall und Kate waren beide Hofdamen der Königin, und von einem Haushalt in der Provinz zum Hof überzuwechseln hieß wahrlich, sein Glück zu machen … es sei denn, eine ganze Familie fiele in Ungnade und verlöre so ihre gerade wieder errungenen weltlichen Güter. Aber Pirto war mir nie so vorausschauend erschienen. Eher wollte ich glauben, dass sie einfach nur um ihre Zukunft besorgt war, und das konnte ich verstehen. Amy hatte nur noch einen Halbbruder mütterlicherseits, John Appleyard, und der würde ihre Bediensteten gewiss nicht übernehmen. Damit blieben ihr nur die Dudleys.

»Kannst du lesen, Pirto?«

»Nein, Master Blount«, sagte sie mit geschlossenen Augen, während ihre Finger immer noch wie im Gebet ineinandergefaltet waren. »Ich mache immer ein Kreuz, wenn ich irgendwo meinen Namen setzen muss.«

»Woher weißt du dann, dass in my ladys Truhe nur Schneiderrechnungen sind?«

»Weil sie es mir gesagt hat«, entgegnete Pirto ruhig. »Noch vor vier Wochen hat sie sich eine neue Haube und rosafarbenen Taft für ein Kleid bestellt.«

Das klang nicht nach einer Frau, die sich dem Elend ergeben hatte und ihrem Leben ein Ende setzen wollte, und soweit es Amys Seelenheil betraf, war es das Hoffnungsvollste, was ich heute gehört hatte; über die anderen Möglichkeiten verriet es mir nichts.

»Wir werden sehen, ob sich nicht doch noch etwas anderes dort findet«, sagte ich und kam dann auf etwas zu sprechen, das mir im Magen lag, seit ich davon gehört hatte. »Pirto, stimmt es, dass my ladys Haar ordentlich zurechtgemacht war, als man sie gefunden hat?«

Ich konnte mir nicht vorstellen, dass jemandem, der durch einen Sturz von der Treppe zu Tode gekommen war, nicht auch Haar und Haube verrutscht wären.

»Das war es, aber …« Pirto schlug die Augen nieder. »Sir, ich war so entsetzt, als ich sie gefunden habe, auf dem Boden und tot, da kann es schon sein, dass ich selbst ihr das Haar zurechtgemacht habe, damit man sie nicht anders als würdevoll sieht.«

»Was meinst du damit, dass es sein kann?«, fragte ich mit schlecht verhohlener Ungeduld, denn das war nun wirklich ein wichtiger Punkt. »War es so, oder war es nicht so?«

»Es tut so weh, mich daran zu erinnern«, flüsterte sie. »Aber seid unbesorgt, bis die Leute kommen, die den Unfall untersuchen, wird es mir schon wieder ganz genau einfallen.«

Ich entschied mich, das nicht als Drohung, sondern als gut gemeintes Versprechen aufzufassen. Wenn ich sie jetzt noch weiter bedrängte, sich für eine der beiden Möglichkeiten zu entscheiden, dann wählte sie vielleicht aus schierer Furcht eine, ob diese nun der Wahrheit entsprach oder nicht. Es war wohl besser, zunächst andere Fragen zu klären, sonst bekam ich am Ende überhaupt nichts weiter aus ihr heraus. Überdies kannte ich Pirto, im Gegensatz zu den übrigen Bediensteten hier; sie hatte in diesem Frühjahr unter meinem Dach in Kidderminster gelebt, als Amy dort zu Gast war, und musste wissen, dass sie mir vertrauen konnte. Mit ein wenig Geduld würde sie sich mir gewiss öffnen.

»Warst du ebenfalls auf dem Jahrmarkt am Sonntag?«

»Ja, Master Blount. My lady hat darauf bestanden.«

»Wenn du sagst, dass nicht alle in diesem Haus ehrlich sind«, fuhr ich fort, »denkst du da an jemand Bestimmten?« Ich erinnerte mich daran, wie Hal Latimer davon gesprochen hatte, dass Agnes Cross versucht habe, sich bei Amy lieb Kind zu machen und sich als zweite Zofe anzudienen, und erwartete, ihren Namen zu hören.

»Ich will niemand etwas Böses nachsagen«, entgegnete Pirto sofort. »Es ist hart, keine Stellung zu haben, Master Blount.«

»Ich werde es für mich behalten.«

Sie benetzte ihre Lippen. »Ich will aber wirklich keine böse Rede führen. Es ist nur … ein paar Dinge sind verschwunden. Nichts von my ladys Sachen«, setzte sie hastig hinzu, »aber doch das eine oder andere aus dem Haushalt. Mrs. Odingsells hat sich darüber bei Master Forster beschwert, und wir haben es alle gehört.«

»Hm. Auch, was er dazu gesagt hat?«

»Er hat ihr gesagt, er kümmere sich darum, und wir haben nichts mehr darüber erfahren.«

»Und es gibt niemanden, den du im Verdacht hast?« Sollte sie Agnes Cross im Verdacht haben, würde sie es mir nun sicher sagen; Pirto musste schon eine Heilige sein, um die Frau zu schützen, die es auf ihre eigene Stellung abgesehen hatte.

»Ich kann Euch dazu nichts sagen«, beharrte sie störrisch, und ich seufzte. Also musste ich eine andere fragen, von der nicht zu erwarten war, dass sie ein Blatt vor den Mund nehmen würde – aber die Aussicht auf noch mehr Gespräche mit Edith Odingsells verbesserte meine Stimmung nicht.

»Wie bist du am Sonntag zum Jahrmarkt gekommen?«, fragte ich, das Thema wechselnd.

»Mit Mrs. Odingsells, Sir. Sie hat mich auf ihrem Karren mitfahren lassen, und das letzte Stück sind wir gelaufen.«

»Warum?«

»Es waren gar so viele Leute, die auf den Jahrmarkt wollten, Master Blount. Da sind wir mit dem Karren nicht weitergekommen. Hughes hat uns alle abgesetzt und ist mit dem Karren und den Pferden auf ein Feld vor den Ort gezogen, bis Mrs. Odingsells einen Burschen nach ihm schickte. Die meisten anderen sind ohnehin gelaufen und mussten nicht auf ihn warten.«

»Wie viel Zeit war bis dahin vergangen, was meinst du?«

»Vier Stunden, Sir, oder doch mehr als drei.«

Das klang etwas anders, als Hughes es erzählt hatte. Er hätte in der Zeit zurück nach Cumnor reiten können, falls jemand anders auf den Karren achtete. Vorausgesetzt, er hätte einen Grund dazu gehabt.

KAPITEL 6

DIENSTAG, 10. SEPTEMBER 1560

Ich konnte riechen, dass die Latimers und der alte Koch etwas davon verstanden, eine schmackhafte Mahlzeit zuzubereiten, aber es dauerte noch eine Weile, bis ich in der Lage war, ihre Künste zu genießen. Nach dem Besuch in der Kapelle hätte ich nichts meine Kehle hinunterzwingen können, also ließ ich mir von Pirto den Schlüssel geben und ging den Inhalt von Amys Truhen durch.

Tatsächlich war das Erste, was ich fand, ein angefangenes Schreiben an einen Londoner Schneider, in dem sie ein Taftkleid im gleichen Schnitt wie ihr Samtkleid bestellte. Samt und Taft war den Hofdamen vorbehalten sowie Ehefrauen eines Mannes, der mindestens den Rang eines Ritters hatte. Solche Kleider, wie Amy sie bestellte, wären genau richtig für einen Empfang bei Hofe gewesen; hier, in der Provinz, hätten sie gewiss übertrieben gewirkt. Sie musste bis zum Schluss gehofft haben, dass Robin sie an den Hof holen würde. Aber warum hatte sie das Schreiben nicht abgeschickt?

Ich fand keine Briefe von Robin, und der Ärger, der mich deswegen erfüllte, war unerwartet heftig. *Sie war seine Gemahlin,* dachte ich, *und das nicht, weil ihn irgendjemand zu der Ehe hätte zwingen müssen. Er hat ihr sein Wort vor Gott gegeben, verdammt noch mal; er hätte sie nicht behandeln dürfen wie ein abgelegtes Spielzeug.*

Es war nicht so, dass er kein gutes Vorbild gehabt hätte. Ich war sicher nicht der Mann, der John Dudley heiligsprechen würde, aber er war meiner Base Jane immer ein guter Gatte, durch fünfundzwanzig Jahre Ehe. Jane war nur während der letzten Wochen ihrer dreizehn Schwangerschaften und zu Kriegszeiten nicht an Johns Seite geblieben, und Johns brennender Ehrgeiz war gewiss nicht geringer, sondern immer größer als der seines Sohnes gewesen.

Natürlich war John nicht Robins einziges Vorbild gewesen. Es war mir nur zu gut bewusst, dass ich derjenige war, der Robin Ratschläge über Huren und verheiratete Frauen erteilt hatte. Und er hatte mir zugehört. Was genau zwischen ihm und der Königin vor sich geht, das habe ich absichtlich nie gefragt, doch ich weiß, dass er Amy schon untreu war, als Königin Mary noch regierte, und nicht nur in Frankreich, als wir beide zwischen Scharmützeln Vergessen suchten. »Sie sind verheiratet«, hatte er zu mir gesagt, als ich einmal eine Frage andeutete, »also mach dir keine Sorgen, Vetter.«

Darauf hinzuweisen, dass ich meinen Ratschlag auf die Zeit vor seiner Ehe bezogen hatte, nicht danach, klang selbst in meinen eigenen Ohren reichlich heuchlerisch. Dennoch, wenn er Amy noch nicht einmal Briefe geschickt hatte, dann war ich dafür nicht verantwortlich; das zumindest konnte ich mir nicht vorwerfen. Nach all dem, was in diesem Frühjahr passiert war, hatte ich Robin mehrmals gebeten, Amy zu schreiben, und er hatte mir versichert, es bereits getan zu haben. *Lügner,* dachte ich zornig, *gemeiner Lügner,* und mein gerechter Zorn wurde erst getrübt, als mir bewusst wurde, dass Robin nicht der Einzige war, der Amy Briefe versprochen und nicht geschickt hatte. *Aber ich habe mir immer Zeit genommen,* meiner *Gattin zu schreiben,* sagte ich mir; es war leichter, auf ihn zornig zu sein, als mir Gedanken über meine eigene Schuld zu machen.

Dann fiel mir auf, dass sich überhaupt kein persönliches Schreiben bei Amys wenigen Papieren befand: kein Brief ihres Halbbruders, keiner von ihren Schwägerinnen, keiner von Freunden, und sie hatte Freunde gehabt. Außerdem hatte Margery erst vor zwei Wochen in einem Brief erwähnt, dass sie von my lady Dudley gehört habe, und meine Gemahlin wusste, was sich ziemte. Sie würde ein solches Schreiben sofort beantwortet haben, aber hier fand sich keine Zeile von Margerys Hand. Hatte jemand alle an Amy gerichteten Briefe, in denen Persönliches zur Sprache kam, entfernt?

Die Hauptverdächtige dafür war selbstverständlich Pirto, auch wenn sie gerade darauf bedacht gewesen war, mich wissen zu lassen, sie könne nicht lesen und damit eine solche Unterscheidung gar nicht treffen. Pirto, die darum gebeten hatte, ihr eine neue Stelle bei den Dudleys zu verschaffen. Ich starrte auf den Brief, in dem von Taft und Samt die Rede war, und stellte mir vor, wie Pirto mehr tat, als nur darum zu bitten.

Doch nein. Pirto war mir immer als ein sanftmütiges, vielleicht sogar ein wenig zu sanftmütiges Mädchen erschienen. »Treu wie ein Schaf und gerade so klug«, hatte Margery ein wenig herzlos gemeint, als Amy bei uns lebte. Es wollte mir nicht in den Kopf, dass die gleiche Pirto nun wie ein Höfling Intrigen schmieden sollte. Agnes Cross mit ihrem wimpernlosen Blick oder Edith Odingsells mit ihrer offenen Abneigung mir gegenüber, aber nicht Pirto.

Diese Gedanken brachten mich nicht weiter. Also griff ich mir den nächsten herumstrolchenden Diener und befahl ihm, meine Satteltaschen aus dem Stall hierher zu bringen.

»In diesen Raum, Sir?«, stammelte er.

»Es ist das Zimmer für den Ehrengast«, sagte ich kalt. »Ich bin hier in Vertretung my lord Dudleys.«

»Aber …« Ob er nun dagegen protestieren wollte, dass ich im Gemach einer Toten nächtigte, oder ob Forster andere Anweisungen erteilt hatte, wusste ich nicht; mein Blick ließ ihn so oder so verstummen. »Sehr wohl, Sir.«

Um ganz offen zu sein, ich war sicher, dass ich in jedem anderen Raum besser schlafen würde, aber wenn sich hier noch ein Hinweis auf Amys letzte Tage befand, den jemand übersehen hatte, wollte ich ihn selbst finden, statt noch mehr Dieben die Chance dafür zu geben.

Meinen Befehlen wurde gehorcht, und Claire Latimer brachte mir bei dieser Gelegenheit auch das Essen, um das ich gebeten hatte. Ich war gerade dabei, zu entdecken, dass ich wieder Hunger hatte, und zu versuchen, Claire etwas mehr als fünf Worte über den Vorfall in der Küche zu entlocken, als ihr Bruder dazukam und erklärte, ein gewisser Frobisher gäbe vor, Lord Robert Dudleys Diener zu sein, und würde um Einlass bitten.

»Mir kommt er wie ein Vagabund vor, Herr«, sagte Hal Latimer, »aber er schwört Stein auf Bein, dass Ihr für ihn einsteht.« Nachdem er mich selbst für einen Diener gehalten hatte, war er wohl vorsichtig geworden.

Einen Moment lang zog ich in Erwägung, Frobisher zu verleugnen und von Forsters Knechten fortprügeln zu lassen. Ich war nicht in der Stimmung für Narreteien, und ich bezweifelte, dass er wirklich etwas Nützliches herausgefunden hatte. Aber ich hatte ihm eine Woche versprochen, um sich zu bewähren, und das Wort eines Mannes sollte etwas gelten.

»Er …« Ich seufzte. »Er gehört zu mir.«

Wenig später kam Frobisher herein, das Wams halb aufgeknüpft, sein Hemd darunter voller Flecken, aber der Hut auf seinem Haupt so unbeschädigt und federprächtig, als gehöre er einem Höfling. Kein Wunder, dass Latimer ihm den Diener nicht abgenommen hatte. Frobisher zog den Hut und machte einen Kratzfuß, der sich durchaus mit anständigen Verbeugungen messen ließ, nur war er mir gegenüber zu übertrieben, und daher konnte ich nicht umhin, meine Augen zusammenzukneifen und Spott zu argwöhnen.

»Durchlauchtigster«, rief er aus, »wertester Master Blount, Ihr könnt Euch nicht vorstellen, was ich für einen Tag gehabt habe! Oh, ist das ein Kapaunschlegel? Wonnige Maid, darf ich Euch bemühen, mir hungernden Unwürdigen ebenfalls etwas zu bringen? Vielleicht mit etwas Nektar, obwohl der Blick Eurer Augen genügt, um meine Seele mit Tau zu benetzen, und …«

»Schon gut«, knurrte ich und nickte Claire Latimer zu, die so aussah, als ob sie entweder mit einem Tränenausbruch oder einem Lachanfall kämpfte. »Du kannst gehen.«

»Ich bringe noch etwas kaltes Bier«, sagte sie mit einem Blick auf Frobisher. Ihre Mundwinkel zuckten, als sie sich umdrehte und gemeinsam mit ihrem Bruder ging.

»Verrate mir eines«, fuhr ich ihn an. »Willst du my lord als Schutzpatron, damit dich deine Zuschauer für ein derartiges Gesabere nicht umbringen?«

»Das sagt Ihr jetzt, Sir«, entgegnete Frobisher würdevoll. »Wenn ich Euch das Leben rette, weil mich hier keiner ernst nimmt und deswegen nicht beachten wird, dann werdet Ihr ein anderes Lied darüber singen. Es gibt Schlimmeres, als in einem Haus, wo vielleicht ein Mord begangen wurde, für harmlos und verrückt gehalten zu werden, Master Blount.«

Ich musterte ihn erstaunt, denn natürlich hatte er recht. Ich sollte ihn nicht unterschätzen. Immerhin war es ihm auch gelungen, mich dazu zu beschwatzen, ihm eine Chance zu gewähren, obwohl ich wahrlich kein weichherziger Einfaltspinsel bin.

»Vorerst ist dies ein Haus, in dem my lady Dudley durch ein *Unglück* zu Tode kam«, sagte ich streng. »Es sei denn, du hast auf dem Jahrmarkt etwas erfahren, das dem widerspricht.«

»Außer dem Gerede der Leute, meint Ihr? Nun, davon gibt es sehr viel. Genügend, um Dutzende an den Schandpfahl zu bringen. Zwei waren sich gewiss, dass unsere Königin guter Hoffnung ist und my lord Dudley binnen eines Monats heiraten wird, zwei schworen, dass er sie mit Hilfe schwarzer Magie behext hat, und dann gibt es noch die, die sicher sind, dass sie selbst eine Hexe ist, weil Anne Boleyn eine war, und ein

Püppchen von my lady Dudley angefertigt hat, um sie zu Tode durch Nadelstiche zu bringen. Außerdem«, er machte eine kleine Pause, »war ein Mann sicher, den Teufel um Cumnor Place streichen gesehen zu haben.«

Ich horchte auf. »Ach. Und woher wollte er wissen, dass es der Teufel war?«

»Weil der Mann schwarze Haare und eine Haut hatte, die dunkel wie die eines Zigeuners war«, sagte Frobisher so freimütig, als sei nichts dabei, nur um dies im nächsten Moment Lügen zu strafen. »Sagt mir, edler Blount, ist dies nicht auch zufällig eine Beschreibung, die auf unseren gemeinsamen Herrn zutrifft? Ich hatte ja noch nicht das Glück, ihm zu begegnen.«

»Einmal abgesehen davon, dass my lord es nicht nötig hätte, um Cumnor herumzustreichen, und in den letzten Wochen ständig an der Seite der Königin in Windsor oder Hampton Court war«, sagte ich so gelassen wie möglich, »gehe ich davon aus, dass man ihn hier erkennen und nicht mit dem Teufel verwechseln würde. Er hat die Gegend hin und wieder besucht. Die Geschichte mit dem Teufel könnte trotzdem wichtig sein, Frobisher. Wer war es, der den Leibhaftigen gesehen haben will?«

»Ein Mann, der schon bessere Tage erlebt und nun zu viel Zeit hat, ganz zu schweigen von zu viel Ale auf seiner Zunge. George Harkness. Wenn Ihr ihn braucht, könnte ich ihn wieder für Euch auftreiben.«

»Hmm«, brummte ich. »War er auch am Sonntag auf dem Jahrmarkt?«

»Nein. Er sagte mir, dass er gehört habe, dass der gesamte Haushalt von Anthony Forster kommen würde, und es gibt wohl böses Blut zwischen ihm und denen. Deswegen ging er erst heute.«

»Ach wirklich. Er hat dir nicht zufällig verraten, wo das böse Blut denn herrührt?«

»Nun, er wurde entlassen.«

»So viel weiß ich auch«, sagte ich ungeduldig. »Aber weswegen?«

»Davon war nicht die Rede, Master Blount«, gab Frobisher zurück, statt von auskeilenden Pferden und Tritten an den Schädel zu sprechen, wie ich es hier gehört hatte. Ich war nicht sehr überrascht. »Er hat nur über Undankbarkeit als Wurzel allen Übels geflucht, und dann war auch schon vom Leibhaftigen die Rede. Der soll ja schon vor zwei, drei Jahren einmal Abingdon heimgesucht haben und in irgendein Mädchen gefahren sein, nach dem, was die Leute erzählen. Da wunderte es nicht viele, dass er wieder zurückgekommen ist.«

Ich erinnerte mich an mein Gespräch mit dem Wirt; einige Pamphlete über den Vorfall waren selbst in London herumgereicht worden: *Dämonen in Oxfordshire.* Nun glaube ich durchaus, dass es böse Geister auf uns Menschen abgesehen haben können, aber es schien mir doch andere Erklärungen für ein junges Mädchen mit gewölbtem Bauch zu geben, die mit Gegenständen um sich warf und alle um sich herum anschrie. Gewiss, gewöhnlich schrien Dienstmägde nicht in Latein, und in fremden Zungen zu sprechen, war eines der Zeichen für das Wirken des Teufels, aber die Universität von Oxford liegt nahe genug, dass sich ein loser Scholar die Zeit mit mancherlei vertreiben konnte, einschließlich damit, seinem Liebchen ein paar Ausdrücke beizubringen, die nicht in Gebeten vorkamen. Wie auch immer, der Dämon wurde vertrieben, und was aus dem Mädchen geworden war, hatte ich nicht erfahren; eine Hinrichtung hätte wohl ebenfalls Pamphlete und Balladen hervorgebracht, also ging ich davon aus, dass sie noch lebte.

»Vielleicht sollte man das Mädchen befragen«, sagte ich. »Als jemand, der den Teufel erkennen kann, wenn sie ihn sieht, könnte sie hilfreich sein. Gewiss würde sie es wissen, wenn er wieder hier ist.«

Zum ersten Mal erlebte ich Frobisher unsicher. »Meint Ihr das ernst, Sir?«

»So ernst wie deine Anstellung, mein Freund. Und nun lass mich den Rest meines Kapauns verzehren. Dann werde ich meinen ersten Bericht an my lord schreiben. Er wartet darauf.«

»Mit dem Kapaun könnte ich euch helfen, Master Blount. Ich bin mir nämlich nicht sicher, ob die holde Küchenfee dem Ruf meines Magens wirklich nachkommen wird. Und ich habe Euch noch mancherlei zu erzählen, aber ich fühle mich schwach, so schwach ...«

Bis Claire Latimer sein Ale brachte, war von dem Kapaun nichts mehr übrig, aber ich war tatsächlich um einiges an aufschlussreichem Geschwätz reicher. Leider nicht, soweit es Amy betraf, aber Anthony Forsters Haussegen schien schon schief gehangen zu haben, ehe Robin ihn bat, Amy bei sich aufzunehmen. Sein Weib besuchte ihre Schwester in Sussex nicht zum ersten Mal, und er begleitete sie nie.

»Ich selbst bin weder verheiratet noch reich«, meinte Frobisher unschuldig, »und daher vermag ich nicht zu sagen, ob man mehr der Anwesenheit als der Abwesenheit frönt, wenn man in jenem Stande ist. Was meint Ihr, Master Blount?«

»Meine Meinung tut hier nichts zur Sache«, sagte ich und wies ihn an, zu der Treppe zu gehen, von der Amy gestürzt war, und dort in verschiedenen Lautstärken zu rufen. Auf diese Weise fand ich heraus, dass man von Amys Zimmer aus nur einen sehr lauten Schrei hätte hören können, von den meisten anderen Räumen dagegen bereits einen mittleren Ruf. Es half mir nicht weiter, aber es schützte mich davor, an Margery zu denken, an unsere Söhne und daran, dass ich in den letzten Jahren von ihnen weniger gesehen hatte als von Robin Dudley. Es hätte ein größeres Opfer für mich sein müssen, hätte mein Herz mehr beschweren müssen, aber wenn ich zurückdachte, dann erinnerte ich mich nicht daran, anfangs in den Tagen, Wochen und manchmal Monaten, die ich ohne Margery und die Kinder verbracht hatte, wirklich unglücklich gewesen zu sein, nicht, bis das alltägliche Bestechungsgeschäft bei Hofe anfing, mich anzuekeln, und mir bewusst wurde, dass meine Söhne weniger von mir wussten, als Robin es tat.

Ich schrieb Margery, schrieb ihr sogar regelmäßig. Alles, was ich tat, war zum Besten unserer Familie, für meine Söhne, die eines Tages der Königin vorgestellt werden würden, vielleicht sogar Teil des Hofstaats werden konnten, so wie die Dudleys jetzt. Das war gewiss kein Grund, sich schuldig zu fühlen. Natürlich war ich Margery in der Ferne nicht immer treu, aber mein Herz würde ihr keine andere je streitig machen; ich hatte mit keiner der Frauen, mit denen ich mir die Zeit verkürzte, mehr als ein paar Stunden verbracht.

Bis auf eine Ausnahme.

Frühjahrswahnsinn, sagte ich mir beschwörend, *das war nichts als der Frühjahrswahnsinn,* doch meine Worte klangen mir selbst hohl. Ich stellte mir Margerys Gesicht vor, wenn sie erfuhr, wessen Tod ich hier untersuchte, und ich wusste, sie würde nicht glauben, dass ich nur meine Pflicht tat.

Vielleicht hatte sie recht.

In meinem Brief an Robin berichtete ich von Pirto und von Amys Befehl, sie am Sonntag allein zu lassen und zum Jahrmarkt zu gehen, der bisher von jedem bestätigt worden war. *Ich bedauere sehr, dass es eine Weile dauern wird, um zu entschleiern, was mit Eurer Gattin vor sich ging,* warnte ich ihn. *Bisher gibt es aber keinen Hinweis auf den Zaunkönig.* Das war der Spitzname, den wir für Cecil hatten. Ich zögerte, dann setzte ich hinzu: *Was ich von ihr höre, lässt mich glauben, dass ihr Seltsames auf der Seele lastete; ich werde Euch mehr darüber berichten, wenn wir uns sehen.* Von Anthony Forsters Angelegenheiten und den Zwistigkeiten in seinem Haushalt erwähnte ich nichts; das war erst dann für Robin wichtig, wenn sich zeigte, dass es in einem Zusammenhang mit Amys Schicksal stand.

»Soll ich den Brief für Euch nach Windsor bringen?«, fragte Frobisher, und ich schüttelte den Kopf. Er war enttäuscht, sei es, weil er gehofft hatte, sich auf diese Weise bei Robin vorstellen zu können, sei es, weil er lesen wollte, was ich geschrieben hatte, um es jemand anderem zu berichten.

»Wenn in den nächsten zwei Stunden kein Bote von my lord hier eintrifft, der einen Brief für mich hat und meinen mitnehmen kann, dann sollte mich das wundern«, sagte ich. »Er wartet ungeduldig auf Nachricht von mir, und er wird sie niemand anderem als seinen vertrauten Dienern übergeben sehen wollen.« Dabei fiel mir etwas ein. »Außerdem gibt es etwas Wichtigeres, das du hier für mich tun kannst«, setzte ich hinzu. »Finde heraus, wer hier im Haushalt lesen und schreiben kann und wer nicht. Wenn möglich, ohne direkt zu fragen. Ich gehe davon aus, dass du selbst dazu in der Lage bist?«

»Blountester aller Toms, edler Mäzen«, sagte Frobisher, »wenn ich nicht lesen könnte, dann wäre ich nicht in der Lage, die Worte nachzusprechen, die sich manch ein Poet für unsereins ausdenkt, und wenn ich nicht schreiben könnte, dann könnte ich sie nicht ändern, um sicherzugehen, dass man sie auch sprechen kann, ohne sich wie ein Narr anzuhören.«

»Ein einfaches Ja hätte genügt«, gab ich zurück und fragte mich einmal mehr, was Robin in diesem Künstlergelichter eigentlich sah.

Ich behielt recht: Medwen brachte mir eine Botschaft und hatte Befehl, sofort mit einer Antwort zurückzureiten, aber nicht nach Windsor. Die Königin hatte Robin befohlen, sich nach Kew zurückzuziehen, wo sie ihm im letzten Jahr ein Haus geschenkt hatte, und dort zu bleiben, bis eine Runde von Geschworenen zu einem Urteil über die Umstände von Amys Tod gekommen war.

»Wenn my lord ein Haus in Kew hat, warum lebte my lady dann nicht dort, sondern hier?«, fragte Frobisher am Abend. Er hatte sich ohne weiteres befugt gefühlt, sich das kleine Bett für Dienstboten im Zimmer des Ehrengastes zu nehmen, das tagsüber unter das große Bett geschoben wurde und in dem bis heute Pirto genächtigt haben musste.

»Das Gebäude musste erst wiederhergestellt werden und ist erst in diesem Monat fertig geworden«, erwiderte ich. Der andere Grund war, dass Kew London erheblich näher lag als Cumnor, aber davon sagte ich nichts. Robin schrieb in seinem Brief nichts darüber, ob die Königin ihm weiterhin gewogen war und nur vorsichtig sein wollte, oder ob das der erste Schritt zu einer Verbannung war; natürlich nicht. Er hätte so etwas nie dem Papier anvertraut und mir wahrscheinlich auch nicht mündlich gesagt, es sei denn, die Dinge stünden wirklich schlimm. Was er schrieb, war, dass die Königin, wenn die Geschworenen nicht bis zum sechzehnten zu einem Urteil hinsichtlich der Ursache von Amys Tod gekommen seien, sich »weitere Schritte vorbehalte«, eine Bemerkung, die mich unangenehm an das Schicksal seines Großvaters erinnerte. Wenn Elizabeth nicht die von Liebe entbrannte Frau war, die der Klatsch aus ihr machte, dann konnte es sehr wohl sein, dass sie sich ein Vorbild an ihrem Vater nahm. Eine der sichersten Methoden, wie ein Fürst die Gunst des Volkes erhalten kann, ist die, einen unbeliebten Höfling zu opfern und dem Mann dabei alle Schuld an vorhergehenden Fehlgriffen zu geben. Unser alter König Henry hatte nach diesem Prinzip Kardinal Wolsey geopfert und Staatssekretär Cromwell hinrichten lassen, aber der Erste, der nur um der Beliebtheit des Königs beim Volk willen starb, war Edmund Dudley gewesen, der für Henrys Vater die Steuern erfolgreicher als jeder andere eingetrieben hatte und dafür zutiefst gehasst wurde. »Ich war neun

Jahre alt«, hatte John Dudley mehr als einmal bitter in meiner Gegenwart zu seinen Söhnen gesagt, »und ich kann mich erinnern, wie die Menge ihrem guten König zujubelte, als der Kopf meines Vaters fiel. Nichts ist wetterwendischer als Fürstengunst, merkt euch das. Und sorgt dafür, so viele Anhänger zu haben, dass man es sich nicht leisten kann, euch ohne weiteres zu opfern.«

Robin hatte Anhänger. Aber sie waren entweder nutzlose Scholaren und Dichter oder Leute wie ich und Anthony Forster, die mit ihm standen und fielen. Solche Anhänger hatte sein Vater nicht gemeint. Soweit es den Rest des Landes betraf, hatte Robin nie den Eindruck gemacht, mit weniger als der Hand der Königin zufrieden zu sein, und ein Mann, der sich anschickte, König zu werden, würde nie Freunde haben, sondern nur Bittsteller and Gegner.

Ich lockerte meinen Kragen, weil mich auf einmal eine Stelle am Hals juckte, und versuchte, mir von der Erwähnung eines festen Datums keine Furcht einjagen zu lassen. Der sechzehnte, wie? Das waren gerade noch fünf ganze Tage für mich. Verdammt!

Robin schrieb weiter, er habe Amys Halbbruder John Appleyard und »einigen ihrer Freunde« Nachricht geschickt, damit sie nach Cumnor kommen konnten, um »selbst Zeuge zu sein, wie die Untersuchung vorwärtsgeht«. Das bedeutete, dass ich morgen mit Appleyard rechnen musste, was mir nicht eben Freude bereitete. Ich hatte den Mann in Norfolk getroffen, als ich mit seinem Stiefvater über Amys Mitgift verhandelte, und keine guten Erinnerungen an ihn. Mit Amys Freunden meinte Robin mutmaßlich ebenfalls Leute aus Norfolk, nicht Freunde seiner eigenen Familie, denn das Ziel dieser Maßnahmen war offensichtlich, der Welt zu beweisen, dass er nichts zu verbergen hatte und im Gegenteil sein Möglichstes tat, um die Wahrheit über Amys Tod ans Licht zu bringen. Ich wünschte nur, das liefe nicht darauf hinaus, dass ich mich mit

Menschen herumschlagen musste, die um Amy trauerten, im Gegensatz zum hiesigen Haushalt aber keinen Grund hatten, sich zurückzuhalten, und daher mit Sicherheit Robin und wahrscheinlich auch mir als seinem Mann die Schuld an dem Unglück geben würden.

Wenn ich John Appleyard wäre, dann würde ich ohnehin mit so viel Gold kommen, wie ich zur Verfügung hatte, und es in Cumnor wie in Abingdon verteilen, um sicherzustellen, dass die Geschworenen Amys Tod für einen Mord und Robin für den Schuldigen befänden. Dadurch würden für ihn zwei Fliegen mit einer einzigen Klappe erschlagen: Welchen Kummer Robin Amy auch bereitet hatte, sie wäre gerächt – und als ihr nächster Verwandter würde Appleyard ihren Besitz erben, wenn Amys Gatte des Mordes an ihr überführt wurde.

Das war kein Gedanke, um einen auch nur einigermaßen vernünftig schlafen zu lassen, und wenn ich nicht daran dachte, dann dachte ich an das Höllenfeuer, in dem Amy brannte, wenn sie nicht durch einen Unfall oder Mord zu Tode gekommen war. Und daran, dass die Laken des Bettes noch nach ihr rochen, und dass ich wünschte, ich wüsste das nicht so genau zu beurteilen.

Frobisher schien nichts auf der Seele zu liegen. Er schnarchte leise; ich hörte ihn durch die dichten Vorhänge, die das große Ehrenbett umgaben. Ich wusste, wie unbequem die kleinen Betten waren, auf denen ich selbst oft genug genächtigt hatte, und beneidete ihn trotzdem. Wenn der verfluchte Kerl sich nicht an meine Fersen geheftet hätte, dann könnte ich wenigstens dem vertrauten Duft entkommen, der sich einmal mehr an meine Haut heftete wie ein vorwurfsvoller Kuss.

Ich versuchte, mich abzulenken, indem ich in Gedanken die Namen aller Abgeordneten durchging, die ich kannte, und ihrer Patrone bei Hof. Im Kopf dergleichen Listen aufzustellen war das Nüchternste und Einschläferndste, das mir einfiel, und irgendwann tat es endlich seine Wirkung. Ich dämmerte in einen Halbschlaf hinein, in dem ich träumte. Es war kein guter Traum, aber wenigstens handelte er nicht von Amy und den Dudleys.

Mir war, als befände ich mich wieder hilflos in den Händen jenes Lehrers, den ich als Junge so gehasst hatte. Der Schutz von mehr als drei Jahrzehnten, die seither vergangen waren, wurde vom Schlaf weggerissen, und ich war wieder ein Kind, dessen Hände von den Schlägen des Rohrstocks aufgeschwollen waren, das die blutigen Striemen auf seinem Rücken und, noch demütigender, auf dem Hintern spürte.

Blount, zischte die verhasste Stimme, die ich durch all die Jahre nie vergessen hatte, *Blount, du hast schon wieder das Wesentliche übersehen. Was hat er gesagt?*

Wer, Sir?, fragte ich in meinem Traum, und meine Stimme war nicht die eines Mannes, sondern die eines Kindes. *Bitte, Sir, ich weiß nicht, wen Ihr meint.*

Der Knecht, du Tölpel, gab mein Lehrer zurück. *Wenn du nicht lernst, auf den Knecht zu hören, wie willst du verstehen, was sein Herr gesagt hat?* Und wieder zischte sein Rohrstock nieder, zerschnitt die Luft und …

Ich schrak auf; Schweiß lief mir den Rücken hinunter, nicht Blut, und das Schnarchen in dem Raum, in dem ich mich befand, stammte nicht von einem der anderen Jungen aus Kidderminster, sondern von dem Gaukler Frobisher. Aber es dauerte eine Weile, bis mein Herzschlag sich wieder beruhigte. Mir wurde etwas bewusst, und es war nicht, dass der alte Dreckskerl, der schon längst unter der Erde lag, mich noch immer verfolgte.

Dem schwachen Licht nach zu urteilen, welches durch das Fenster fiel, musste es gegen Morgengrauen sein. Ich setzte mich auf, erhob mich mühsam und stapfte zu dem Dienstbotenbett.

»Frobisher, wach auf!«, sagte ich laut. Als dies keine Reaktion zeigte, versetzte ich ihm einen Tritt gegen seinen Allerwertesten; nicht so fest, dass er vor Schmerz aufschreien müsste, aber doch so stark, dass er das Reich der Träume verließ.

Frobisher stieß einen halb stöhnenden, halb knurrenden Laut aus, wie ein junger Hund, den man aus dem Schlaf riss, und rieb sich die Augen. Auf einmal mochte ich ihn um einiges lieber. Zumindest gehörte er nicht zu den Menschen, die sofort nach dem Aufwachen muntere Bemerkungen machen können und die man deswegen am liebsten umbringen würde, vor allem, wenn man selbst nicht in der Lage gewesen war, ein Auge zuzutun.

»Frobisher, hat George Harkness wirklich zu dir gesagt, er hätte gehört, dass der gesamte Haushalt von Cumnor den Jahrmarkt besuchen wollte? Dass er ihm deswegen am Sonntag ferngeblieben sei?«

»Ja, Sir«, gähnte er.

»Dann würde ich wirklich gerne wissen, woher, denn so, wie hier jeder die Geschichte erzählt, war das eine Laune, die Amy erst am Sonntagmorgen gekommen ist.«

ZWEITES ZWISCHENSPIEL

Ich hätte es nie für möglich gehalten, doch an manchen Tagen sehne ich mich fast in den Tower zurück.

Nun, natürlich ist dies nicht ganz die Wahrheit. Als ich zum ersten Mal dorthin gebracht wurde, während der Herrschaft des jungen Königs Edward, hat man mir mit der Folter gedroht, und beim zweiten Mal, unter der verstorbenen Königin Mary, wachten Elizabeth und ich täglich mit der Möglichkeit auf, dass sie hingerichtet werden könnte. Ich war auch noch ein drittes Mal in Haft, immer noch unter Mary. Offiziell, weil sie eine Durchsuchung veranlasst hatte und ketzerische Bücher bei mir gefunden wurden, und in Wirklichkeit, um noch einen Versuch zu machen, ihre jüngere Schwester in Angst und Schrecken zu versetzen. Dieses dritte Mal brachte man mich nicht in den Tower, sondern ins Fleet-Gefängnis. Unter den Wächtern waren einige Protestanten, die sich nur aus Furcht katholisch gaben und sehr freundlich mit Leuten wie mir umgingen. Doch das änderte nicht viel: Ich war kein Gast, ich war eine Gefangene; ich schwebte in der Gefahr, schwer für etwas bestraft zu werden, was ich getan oder auch nicht getan hatte. Und natürlich wünsche ich mir diese fürchterlichen Zeiten nicht zurück. Aber damals hatte ich, im Gegensatz zu heute, zumindest nicht mit all den Hofdamen zu tun, die unaufhörlich über die verstorbene Lady Dudley klatschten und versuchten, von mir zu erfahren, ob man bei der Königin besser fuhr, wenn man sie nicht erwähnte oder wenn man sie betrauerte. Oder sollte man vielleicht der Hoffnung Ausdruck verleihen, dass die Vermählung der Königin mit Robin Dudley nun bald möglich sein würde? Die einzige Ausnahme war Lady Mall Sidney, doch mit ihr konnte ich nicht sprechen, ohne Anlass zu neuem Klatsch und Mutmaßungen zu geben: Sie war Robin Dudleys Schwester.

Nachdem Elizabeth dem Hof Lady Dudleys Tod verkündet hatte, ging das Geschnattere wie erwartet los, aber noch schlimmer waren diejenigen, die sich ungeniert nach dem nächsten ausländischen Botschafter umschauten, um gegen ein Entgelt Auskünfte darüber anzubieten, was ihrer Meinung nach zwischen der Königin und Robin Dudley vor sich ging. Mit dergleichen muss man natürlich immer rechnen, denn diese Art von Gelderwerb war bei Hofe zu allen Zeiten gang und gäbe.

Aber in einer Zeit, in der ein Skandal die Königin ihren Thron kosten konnte, da durfte man nicht wohlwollend ein Auge zudrücken und sich sagen, es sei gleich, was die Hofdamen den Botschaftern erzählten. Umso mehr, da die Hofschranzen gerade alle Zeit der Welt dazu haben, weil die Königin jede Veranstaltung, die nicht der Staatsführung diente, abgesagt hatte. Wenn man ihr nicht vorwerfen sollte, dass sie Amy Dudleys Tod mit höfischen Festen feierte und sich bereits die Schuhe für ihre eigene Hochzeit eintanzte, hatte sie gar keine andere Wahl.

»Aber Mrs. Ashley, warum sollte ich kein Boot nach London nehmen? Ich muss doch meinen Schneider aufsuchen, um mir Trauerkleidung für Lady Dudley zu bestellen.« Dergleichen bekam ich Dutzend Male zu hören, noch ehe es Mittag wurde. Gewöhnlich kam dann als Nächstes: »Soll das heißen, dass die Königin keine Trauer für Lady Dudley wünscht? Doch? Nun, dann muss ich wirklich …«

»Ihr könnt einen Diener in die Stadt schicken, my lady. Um inzwischen Eure persönliche Trauer um Lady Dudley zu zeigen, steht Euch die Schlosskapelle von Windsor zur Verfügung.«

Die Gräfin Lennox erwischte ich mit dem französischen Botschafter, und das war ganz und gar nicht gut. Lady Lennox war eine Base ersten Grades der Königin; sie war die Tochter von Margaret Tudor, der älteren Schwester unseres verstorbenen Königs Henry. Sie war die beste Freundin der verstorbenen Königin Mary gewesen, so stolz und katholisch wie der Teufel und sich nur zu bewusst, dass bei einem Sturz Elizabeths sie und ihre Söhne dem Thron ein gewaltiges Stück näher sein würden. Wie erwartet, beeindruckte mein Hinweis, an dem Gedenkgottesdienst für Lady Dudley in der Kapelle teilzunehmen, sie nicht im Geringsten.

»Natürlich bedauere ich das arme Ding«, sagte sie herablassend, »aber letztendlich muss man mit so etwas rechnen, wenn man in eine Familie von Emporkömmlingen einheiratet, wie es die Dudleys sind, nicht wahr? Wenn Ihr mich fragt, alles Unheil der letzten Jahrzehnte lässt sich auf den Ehrgeiz von Emporkömmlingen zurückführen, die sich nicht mit dem Platz bescheiden wollten, den die gottgewollte Ordnung für sie vorgesehen hat.« Der Hohn in ihrer Stimme war unverkennbar, als sie schloss: »Emporkömmlinge wie die Dudleys ... die Seymours ... die Boleyns.«

Ich war nicht eitel genug, anzunehmen, der letzte kleine Dolchstich sei für mich gemeint gewesen. Was mich aber sehr wohl betroffen machte, war, dass sie sicher damit rechnete – nein, dass sie hoffte –, dass ich es Elizabeth gegenüber wiederholen würde. Das konnte nur bedeuten, dass sie und ihresgleichen sich gewiss waren, dass die Königin nicht mehr fest genug auf ihrem Thron saß, um dergleichen Unverschämtheiten sofort zu bestrafen. Es führte mir einmal mehr vor Augen, in welche Gefahr uns der Tod dieser harmlosen jungen Frau gebracht hatte, an deren Gesicht ich mich kaum erinnern konnte.

Der französische Botschafter betrachtete mich sehr aufmerksam und wartete darauf, was ich entgegnete. Seine junge

Herrin, die Königin von Frankreich, war eine Enkelin Margaret Tudors und gleichzeitig auch Königin der Schotten. Wenn Lady Lennox und ihre Kinder eine makellose eheliche Abstammung von Margaret Tudor nachweisen konnten, so konnte das Mary Stuart erst recht, mit dem doppelten Vorzug, sogar mit einem König verheiratet zu sein und damit die Armeen zweier Länder zur Verfügung zu haben. Ich bin kein Diplomat, kein Staatssekretär, überhaupt keine Mannsperson, aber wenn man als Gouvernante eines lernt, dann, wann es Zeit ist, nicht nachzugeben, weil man sonst seine Autorität ein für alle Mal verloren hat. Also straffte ich meinen Rücken und schenkte Lady Lennox ein sehr dünnes Lächeln.

»Man möchte meinen«, sagte ich, »dass die Schwiegertochter eines Herzogs Euch hochrangig genug wäre, um ein paar Gebete für sie zu sprechen.«

Wie ich erwartet hatte, rümpfte sie die Nase und entgegnete höhnisch: »John Dudley hat sich selbst zum Herzog von Northumberland gemacht. Das lässt sich mit Adel von Geblüt kaum vergleichen.«

»Natürlich fehlt mir Euer Verständnis für die Einschätzung von Rang«, sagte ich milde, »aber soweit ich mich erinnere, wurde ihm der Titel verliehen, weil er die Franzosen wiederholt zur See besiegte, entscheidend zu unseren Siegen über Eure schottische Heimat beitrug und in Norfolk erst höchste Tapferkeit vor einer feindlichen Übermacht und dann Gnade gegenüber den besiegten Rebellen zeigte. Kurzum, für seine Taten. Entschuldigt das Gedächtnis einer Frau, die ihre Jugend bereits hinter sich hat, aber wann hat sich das letzte Mal ein Stuart oder ein Graf Lennox durch persönlichen Einsatz ausgezeichnet? Gewiss irre ich mich, wenn ich meine, dass es ein paar Jahrhunderte her sein muss.«

Ich hätte nicht gedacht, dass ich einmal den verstorbenen John Dudley verteidigen würde, aber zu seinem Aufstieg war es tatsächlich nicht etwa wegen eines Talents zur Schmeichelei gekommen, über das jeder Höfling verfügte, sondern wegen seiner Leistungen, was nun eine sehr gute Waffe gegen die Gräfin Lennox abgab. Während sie noch empört nach Luft schnappte, fuhr ich fort: »My lady, Frauen in unserem Alter hat der Herr leider so manche Gebrechen geschenkt. Ein schlechtes Gehör gehört bei mir dazu, und ich bin gewiss, Euch geht es ähnlich, denn offenbar habt Ihr nicht verstanden, dass die Königin Eure Anwesenheit in der Kapelle wünscht. Verzeiht mir, wenn ich diesbezüglich zu leise gesprochen habe, genau wie Ihr, denn ich habe wirklich kaum begriffen, was Ihr da vorhin gesagt habt. Wir werden eben leider allesamt nicht jünger. An Eurer Stelle würde ich sofort gehen, denn für Frauen in unserem Alter ziemt es sich einfach nicht, zu rennen, und Ihr wollt Euch doch gewiss nicht verspäten.«

Sie starrte mich an, jeder Zollbreit in ihrer Gestalt Empörung, und ich starrte zurück, obwohl mir der Schweiß den Rücken herunterlief. Wenn ich mich irrte und sie tatsächlich bereit war, einen königlichen Wunsch ganz offen zu verweigern, dann konnte das der Anfang vom Ende sein. Unter der verstorbenen Königin Mary hatte es zwei Aufstände zugunsten Elizabeths gegeben. Begannen nun die Aufstände zugunsten der nächsten Thronfolgerin? Die Menschen lieben die aufsteigende Sonne immer mehr als die dämmernde, *hatte mein Schützling damals gesagt.* Wenn ich je Königin werde, dann benenne ich ganz gewiss nie einen Nachfolger. Genauso gut kann man sich ein Leichentuch schneidern lassen und allen Unzufriedenen im Land einen Popanz geben, hinter dem sie sich versammeln können.

Sollte Lady Lennox wirklich gewiss sein, dass Elizabeths Tage gezählt waren, würden sie und ihre Söhne den Hof verlassen, um Gleichgesinnte zu finden und einen Aufstand zu schüren. Wenn Lady Lennox dagegen nachgab, dann spielte sie zumindest auf Zeit und hielt es für möglich, dass ihre ungeliebte Base an der Macht blieb. Aber sie war stolz, so stolz, und die Verachtung, mit der sie vorhin gesprochen hatte, war nicht gespielt gewesen.

»Madame«, sagte der französische Botschafter in seiner eigenen Sprache zu Lady Lennox, »es ist jetzt nicht die Zeit.«

Dass er mich des Französischen für unkundig hielt, stellte eine kleine Beleidigung dar, doch eine, die mir nutzte. Ich mag kein Gelehrter wie Roger Ascham sein, doch ich war die erste Lehrerin, die mein Mädchen hatte, und ich habe ihr nicht nur Sticken und Tanzen beigebracht, wie der Gesandte das offensichtlich glaubt, sondern neben Französisch auch Spanisch, Italienisch und Flämisch. Ohne erkennen zu lassen, dass ich ihn verstand, schaute ich weiterhin Lady Lennox an.

»My lady, wollen wir gemeinsam gehen?«

Sie presste die Lippen zusammen, dann nickte sie knapp, und ich bemühte mich, nicht erleichtert aufzuatmen. Um ihrem Rang und königlichem Blut Respekt zu erweisen, ging ich einen halben Schritt hinter ihr. Sie drehte sich nicht zu mir um, doch sie sagte mit gesenkter Stimme: »Warum ein wertloses Frauenzimmer noch am Leben ist, das es noch nicht einmal fertigbrachte, seine Schülerin aus dem Bett ihres Stiefvaters fernzuhalten, das werde ich nie verstehen.«

Diesmal waren ihre Worte für mich bestimmt, niemand anderen, und sie träufelten wie flüssiges Salz in eine kaum verheilte Wunde. Lady Lennox wusste, dass ich wieder so tun würde, als hörte ich sie nicht; es war ihre Rache dafür, gerade vor dem französischen Botschafter den Kürzeren gezogen zu haben, und absichtlich so formuliert, dass sie leugnen konnte, die Königin beleidigt zu haben, wenn ich je etwas sagen sollte. Schließlich hatte sie keine Namen genannt. Das brauchte sie nicht.

Es fiel mir schwer, in der Kapelle darauf zu achten, wer von den Hofdamen anwesend und wem es trotz all meiner Vorsicht gelungen war, sich um den hastig anberaumten Gottesdienst zu drücken, doch ich nahm mich zusammen und zählte.

Nur zwei waren nicht hier; es hätte schlimmer kommen können, und ich wusste, wer sein Privileg auf ein Zimmer im Palast demnächst verlieren würde. Mein Platz wäre eigentlich zwischen Catherine Carey – Mary Boleyns Tochter und Elizabeths Base von der mütterlichen Seite – und Mall Sidney gewesen, aber diese beiden brauchten mich nicht als Erinnerung daran, zu beten statt zu klatschen. Zwischen zwei der jüngsten und dümmsten Hofdamen war ich heute von weit größerem Nutzen. Sie hatten bereits die Köpfe zusammengesteckt, verstummten aber sofort eingeschüchtert, als ich mich zwischen ihnen niederließ. Ich muss wohl sehr grimmig dreingeschaut haben. Dabei galt es zur Abwechslung nicht ihnen, so wenig, wie ich nun für Robin Dudleys tote Frau betete, als ich die Augen schloss und die Hände faltete. Ich war zu beschäftigt damit, Gott zu bitten, er möge mir das verzeihen, was mir von Lady Lennox mit Recht gerade vorgeworfen worden war.

Am Anfang wusste ich wirklich nicht, was sich anbahnte, das schwöre ich. Thomas Seymour, der Lord Admiral, war ein Bruder des Lord Protectors Edward Seymour und der verstorbenen dritten Gemahlin des alten Königs, Jane Seymour. Das machte ihn natürlich auch zum Onkel des neuen Königs, dem kleinen Edward. Niemand hatte Elizabeth oder mir verraten, dass er sofort nach dem Tod König Henrys nichts Besseres zu tun hatte, als beim Regentschaftsrat um ihre Hand oder die ihrer Schwester Mary anzuhalten; das haben wir erst viel später erfahren, und es stellte alles, was folgen sollte, in ein ganz anderes Licht. Der Regentschaftsrat – oder besser gesagt, Thomas Seymours älterer Bruder Edward als dessen Vorsitzender – hielt ganz und gar nichts davon, und lehnte beide Möglichkeiten sofort ab. Daraufhin machte Thomas der Witwe des Königs einen Antrag, und der wurde sofort angenommen. Catherine Parr war ihm schon vor ihrer Ehe mit dem König zugetan gewesen und hatte Henry nur unter sehr großem

Druck geheiratet. Bestimmt hatte auch sie nicht gewusst, dass Thomas Seymour zuerst eine ihrer Stieftöchter hatte haben wollen und es ihm gleich gewesen war, welche es sein sollte.

Mein Mädchen hielt die neue Wendung im Leben ihrer Stiefmutter für eine wahr gewordene Romanze: Die Königinwitwe war ihr die liebste unter ihren Stiefmüttern gewesen, eine kluge, belesene Frau, eine Reformerin, die dem alten König mehr Krankenpflegerin als Ehefrau gewesen war und nun den Mann heiratete, den sie seit ihrer Jugend geliebt hatte. Ein glückliches Ende für alle. Als Catherine Parr mich bat, mit Elizabeth nach Chelsea zu kommen und dort mit ihr und ihrem neuen Gatten zu leben, da sagten wir beide begeistert ja.

Ich gebe es zu, ich hatte selbst eine Schwäche für den Lord Admiral, obwohl ich verheiratet und nicht mehr jung war. Eine harmlose Schwäche, die ich mit fast allen Frauen des Hofes teilte. Thomas Seymour galt als einer der bestaussehenden Männer im Königreich, und es war nicht ungewöhnlich, für ihn zu schwärmen, so wie man für den König in seiner Jugend oder für die Helden von Ritterepen schwärmte. Wie John Dudley hatte er sich zur See hervorgetan und war zum Admiral gemacht worden, doch anders als Dudley war er unverheiratet, und bei den Turnieren, die der König gelegentlich veranstaltete und bei denen er glänzte, trug er jedes Mal die Farben einer anderen Dame, so dass offenbar keine sein Herz besaß. Ein fleischgewordener Sir Gawain, das war alles, was ich in ihm sah. Genauso, dachte ich, ging es meinem Mädchen, zumal er sich wirklich ins Zeug legte, um sie für sich zu gewinnen; und was war verwerflich daran, er war doch jetzt ihr Stiefvater. Er überraschte sie morgens in der Frühe und veranstaltete Kissenschlachten mit ihr. Er kitzelte sie, bis sie vor Lachen atemlos war. Er veranstaltete Wettrennen mit ihr und seiner Gemahlin. Kurzum, er gab ihr die Kindheit, die sie bei ihrem Vater und den Stiefmüttern, die der König ins Grab brachte, wenn er sich nicht von ihnen scheiden ließ, nie gehabt hatte – das dachte ich. Und ich bewunderte ihn dafür. Bestimmt jeden zweiten Tag sagte ich Elizabeth, was es doch für ein Glück für sie war, solche Stiefeltern gefunden zu haben. Thomas Seymour, da war ich dummes Ding sicher, würde sich um sie kümmern wie um seine eigene Tochter, er würde eine gute Ehe für sie arrangieren, wenn sie alt genug war. Seinem Bruder Edward und dem Rest des Regentschaftsrats traute ich nur zu, einen Mann auszusuchen, der ihnen möglichst wenig Ärger bereitete, und ich kannte mein Mädchen; sie würde mit so einem Schattenmann nie zufrieden sein.

Eine erste Ahnung, dass etwas nicht stimmte, beschlich mich, als eines der Wettrennen damit endete, dass Thomas Seymour ihr schwarzes Kleid mit seinem Messer in Stücke schnitt, als er sie einfing, so dass sie nur noch in ihrem Hemd dastand. Bild dir nichts ein, *sagte ich mir,* die Königinwitwe war dabei und hielt sie fest, das war nichts weiter als ein merkwürdiger Scherz … *aber im Grunde wusste ich, das kein Mann auf diese Weise mit einem Kind spielte. Nein, das war etwas, das ein Mann mit einer Frau tat, und spätestens an jenem Tag hätte ich aufwachen und schleunigst mit Elizabeth abreisen müssen, ganz gleich, ob zu ihrem Bruder Edward, zu Mary oder zurück nach Hatfield, wo wir immer dann vom alten König hingeschickt worden waren, wenn er Anne Boleyns Tochter nicht um sich sehen wollte. Aber alles, was ich tat, war, Catherine Parr zu bitten, my lord Seymour möge doch etwas weniger übermütig im Umgang mit Elizabeth sein und daran denken, dass sie bald erwachsen sein würde und sich daher auch so verhalten sollte. »Tom ist selbst nie erwachsen geworden«, sagte die Königinwitwe und lächelte nachsichtig. Sie erwartete ihr erstes Kind von ihm und war genauso blind wie ich. Bis zu dem Tag, an dem sie ihren Gatten mit meinem Mädchen im Arm ertappte, und was er tat, das hatte nichts mehr mit väterlicher Neckerei zu tun. Danach gab es für uns wirklich nur noch die Rückkehr nach Hatfield, aber leider war das nicht das Ende dieser Affäre, und dass alles nur noch schlimmer wurde, dazu trug ich meinen Teil bei.*

Ich bin immer eine Frau gewesen, die sich bemüht, aus Scherben neue, gekittete Krüge zu machen, statt sie wegzuwerfen. Nicht endlos über etwas klagen, sondern versuchen, das Beste aus einer Lage machen, *das ist mein Leitspruch. Als wir also ein paar Monate später vom Lord Admiral hörten, Catherine Parr sei im Kindbett gestorben, da sagte ich mir, dass es hier eine Gelegenheit gab, Schaden wiedergutzumachen.*

»Ihr werdet sehen, mit dem nächsten Brief kommt ein Heiratsantrag, und den solltet Ihr annehmen«, sagte ich zu Elizabeth. »Und zwar sofort. Wenn es dann noch Gerede über den Lord Admiral und Euch gibt, nun, dann seid Ihr seine Frau vor Gott und der Welt, und alles wird sich im Sand verlaufen.«

»Heiraten?«, *wiederholte sie und klang so entsetzt, dass mir wirklich hätte dämmern sollen, dass es immer noch Dinge gab, die ich nicht wusste. Stattdessen dachte ich, sie spiele nur den sturen Maulesel, wie sie es hin und wieder zu tun pflegte, immer schon.*

»Nun, so, wie Ihr Euren Ruf mit ihm aufs Spiel gesetzt habt, habt Ihr ihn doch gern«, sagte ich ungeduldig und verstand nicht, warum sie sich jetzt auf einmal zierte. Das schlechte Gewissen, *dachte ich,* das muss es sein; sie hat die Königinwitwe gerngehabt, aber nun ist sie tot, und Elizabeth wird sie nie um Verzeihung bitten können.

»Ich habe ihn früher einmal gerngehabt«, sagte sie brüsk. »Aber heute würde ich ihn noch nicht einmal heiraten, wenn er der letzte Mann auf Erden wäre.«

Das schlechte Gewissen, *dachte ich wieder, drang nicht weiter in sie, doch beharrte darauf, sie solle Thomas Seymour heiraten, vor allem, als tatsächlich ein Heiratsantrag kam, ein direkter Antrag diesmal, der nicht an den Regentschaftsrat gerichtet worden war. Zu dieser Zeit begann auch der Klatsch.*

Auf einmal fragten sich die Leute, warum Elizabeth zur Zeit des Todes ihrer Stiefmutter nicht mehr in deren Haushalt gelebt hatte, nachdem sie ihr doch vorher so nahegestanden hatte; hinzu kam, dass Thomas Seymour seine neuen Heiratsabsichten nun ganz offen deutlich machte. Ich glaubte wirklich, dass eine Heirat die bestmögliche Lösung wäre. Der alte König hatte Elizabeth zwar in seinem Testament wieder in die Thronfolge eingesetzt – nach ihren Geschwistern –, ohne sie jedoch wieder für ehelich zu erklären, und so war es fraglich, ob sie selbst unter guten Voraussetzungen eine günstige Partie machen konnte. Wenn ihr Ruf ruiniert war, dann ganz gewiss nicht, und der einmal ruinierte Ruf eines jungen Mädchens kann nie wiederhergestellt werden. Ich sah schon vor meinem geistigen Auge, dass der Regentschaftsrat sie mit einem alten mittellosen Baron verheiraten würde, der nie jemandem gefährlich sein konnte und zu dankbar war, selbst den Bastard eines Königs zu bekommen, um sie wegen eines zerstörten Rufes zurückzuweisen. Thomas Seymour dagegen mochte vielleicht doch nicht der fleischgewordene Gawein sein, für den wir alle geschwärmt hatten, aber ich war immer noch geneigt, sein Verhalten mit Elizabeth zu entschuldigen, Gott vergebe mir! Seine Gemahlin war schwanger gewesen, und weil sie nicht mehr die Jüngste und es ihr erstes Kind war, wussten wir alle, dass ihr Arzt eheliche Beziehungen untersagt hatte. Das Fleisch ist schwach, und wer weiß, *dachte ich damals,* vielleicht hat ihn wirklich die Liebe zu meinem Mädchen überwältigt. *Außerdem war er als Lord Admiral und Onkel ihres Halbbruders, des kleinen Königs Edward, immer noch der zweitwichtigste Mann im Reich, gleich nach seinem Bruder, dem Lord Protector. Eine bessere Partie konnte sie nicht machen. Also bedrängte ich Elizabeth, seinen Heiratsantrag anzunehmen, und ermutigte alle anderen Mitglieder ihres kleinen Haushalts, sich ebenfalls für den Lord Admiral auszusprechen. Kein einziges Mal kamen mir die zwei offensicht-*

lichsten Dinge in den Sinn: Zum einen, dass jede Eheschließung eines Mitglieds der königlichen Familie, die ohne Genehmigung des Königs erfolgt – oder, solange der kleine Edward noch minderjährig war, des Regentschaftsrats –, Hochverrat war. Und zum anderen, dass ein Mann, von dem ich doch bereits wusste, dass er nicht zögerte, seine Stieftochter zu verführen, nicht der Mann war, den mein Mädchen verdiente.

Es gab eine Frage, die ich Elizabeth damals nicht stellte, die ich ihr immer noch nicht gestellt habe. Vielleicht, weil ich im Grunde nicht wissen wollte, wie weit genau die Dinge zwischen ihr und Thomas Seymour gegangen waren. Wenn Gott mir gestatten würde, die Uhren rückwärts laufen zu lassen, würde ich so vieles anders machen.

Elizabeth weigerte sich weiterhin, ja zu sagen, Thomas Seymour wurde ungeduldig und versuchte, seinen Neffen, den kleinen König, zu entführen, um seinen Bruder auf diese Art auszumanövrieren und selbst Lord Protector zu werden; er wurde dabei überrascht und verhaftet. Wenig später fand ich mich im Tower wieder, zusammen mit Elizabeths Haushofmeister, Master Parry. Der Regentschaftsrat wollte, dass wir ihnen bestätigten, von Seymours Plänen gewusst zu haben, nicht nur von den Eheplänen, sondern auch von den Entführungsplänen, von allem. Dabei erfuhr ich auch endlich, dass er bereits vor seiner Ehe mit Catherine Parr versucht hatte, die Hand einer der beiden Prinzessinnen zu bekommen. Der Rat wollte, dass wir ihnen bestätigten, dass auch mein Mädchen über diese Dinge Bescheid gewusst habe, und da erst begriff ich, dass es um unser aller Köpfe ging, auch um ihren. Der einzige Unterschied war, dass sie nicht im Tower unter Arrest stand, sondern in Hatfield, aber dort wurde sie verhört, und es war niemand mehr von uns bei ihr, die wir sie durch ihre Kindheit begleitet und beschützt hatten. Sie war völlig allein.

Ich dachte damals, wir würden alle sterben, ich gebe es zu. Man zeigte mir die Folterinstrumente, die Beinschienen, die

Streckräder, und mich packte das blanke Entsetzen. Gott vergebe mir meine Schwäche. Ich gestand ein, dass ich mit Master Parry über eine Ehe mit dem Lord Admiral gesprochen hatte. Ich erzählte von den Vorkommnissen zu Lebzeiten der Königinwitwe, wie aus morgendlichen Kissenschlachten zerschnittene Kleider geworden waren. Genau das war es, was sie von mir hören wollten. Was ich in meiner Angst aber dennoch nicht sagte, war, dass mein Mädchen einverstanden mit Thomas Seymours Heiratsplänen gewesen wäre. Darauf bin ich nicht stolz, denn es war die reine Wahrheit, und alles andere war schon schlimm genug. Ich hätte schweigen und überhaupt nichts sagen sollen, aber ich hatte solche Angst.

Thomas Seymour wurde hingerichtet, und als ich davon hörte, dachte ich: Wenn der Lord Protector willens ist, seinen Bruder hinzurichten, dann ist es auch um mich geschehen, um Mr. Parry und um Elizabeth. *Daran, dass ihr kleiner Bruder sie retten würde, glaubte ich nicht mehr; er war ein Kind, und es war nicht seine Entscheidung.*

Aber dann wurde ich entlassen, und Mr. Parry auch. Wir erfuhren, dass wir dies Elizabeth verdankten. Sie hatte nicht nur auf ihrer eigenen Unschuld bestanden, ganz gleich, wie oft man sie verhörte, sondern auch darauf, dass ihre Dienerschaft nicht schuldig sein könne, wenn sie selbst unschuldig sei. Sie hatte den Regentschaftsrat aufgefordert, sie entweder selbst für schuldig zu erklären und hinzurichten, oder mich und Mr. Parry für unschuldig zu befinden und freizulassen. Außerdem bestand sie darauf, dass ich wieder in ihre Dienste gestellt wurde, obwohl der Rat längst eine andere Frau bestimmt hatte, die sich ihrer annehmen sollte: »Ich habe keine andere Gouvernante als Mrs. Ashley.« Ich war noch nie so stolz auf sie gewesen, und gleichzeitig so beschämt, denn ich hätte sie beschützen sollen, nicht umgekehrt. Sie war immer noch keine sechzehn! Nie wieder, *das schwor ich mir,* werde ich sie so im Stich lassen.

Als wir uns wiedersahen, versuchte ich ihr das zu sagen, aber sie hielt mir den Mund zu, noch ehe ich meine Entschuldigung beenden konnte.

»Du hast mich nie gefragt, was ich wirklich wollte, und ich habe es dir nie gesagt. Wir werden nie mehr davon sprechen, Kat«, sagte sie. »Von nichts, was mit diesem Mann zu tun hat.«

Sie hat schon zu viele Dinge, von denen sie nicht spricht, *dachte ich und musste an das Ende ihrer Mutter denken. Sie war drei Jahre alt, als der König Anne Boleyn hinrichten ließ, und lange dachten wir alle, Elizabeth habe ihre Mutter einfach vergessen. Doch als die vierte Frau des alten Königs, die kleine Kitty Howard, genau wie Anne Boleyn hingerichtet wurde, da war mein Mädchen acht Jahre alt und vergaß ganz gewiss nichts, aber wieder bestand sie darauf, nie mehr von Kitty zu sprechen. Den Lord Admiral ebenfalls in diese Reihe einzuordnen schien mir der falsche Weg zu sein, um seinen Geist zu bannen, gemessen daran, wie Elizabeth zwar nie von Kitty gesprochen hatte, doch sich jedes Mal, wenn wir nach Hampton Court beordert wurden, weigerte, die Galerie zu betreten, wo sie Kitty zum letzten Mal lebend gesehen hatte. Also entgegnete ich:*

»Er mag sich letztendlich als unwürdig erwiesen haben, doch Ihr braucht Euch nicht zu schämen, wenn Ihr um ihn trauert, mein Kind. Weint Euch nur bei mir aus.«

»Um ihn trauern?«, *stieß sie hervor. »Ich bin froh, dass er tot ist. Ich habe ihn* gehasst!«

Erschrocken schlug ich meine Hand vor den Mund.

»Kein Mensch hat mich je gefragt, ob ich einverstanden war mit dem, was er tat«, sagte sie bitter. »Er sagte, ich schulde ihm Gehorsam, da er doch mein Stiefvater sei, und er wolle mich nur etwas besser auf die Ehe vorbereiten.«

Und da, in diesem schrecklichen Moment, begriff ich endlich, was ich so lange hätte sehen sollen. »Kind!«, stieß ich leise hervor. Ich weiß nicht, ob sie es hörte; sie sprach einfach weiter.

»Wenn ich versucht habe, mit dir über ihn zu sprechen, dann hast du mir immer noch sein Loblied gesungen und gemeint, wie dankbar ich ihm doch sein müsste. Er fand das ungeheuer komisch. Er sagte, natürlich würden alle jungen Mädchen sich zieren, aber im Grunde wollten es doch alle, kein Weib würde nein meinen, wenn sie nein sagt. Wenn das die Ehe ist, dann will ich nichts mehr davon wissen, nie.«

Ich versuchte, sie zu unterbrechen, streckte eine Hand nach ihr aus, aber sie schlug sie fort.

»Mein Herr Stiefvater hätte immer so weitergemacht, wenn ich nicht dafür gesorgt hätte, dass die Königinwitwe uns erwischte. Dass sie ihn dabei sah, wie er mir sein lebendes Zepter in die Hand drückte. So hat er es genannt: sein lebendes Zepter. *Da musste sie mich fortschicken, und es hat endlich aufgehört!«*

Gut zehn Jahre ist das jetzt her, und wir haben in der Tat nie mehr darüber gesprochen. Aber seitdem ist kein Tag mehr vergangen, an dem ich nicht gebetet habe, Gott der Herr und Elizabeth mögen mir meinen Fehler verzeihen. Ich habe spät geheiratet und hatte nie eigene Kinder. Sie ist das Kind meines Herzens.

Ich saß in der Kapelle von Windsor zwischen den jungen Damen, die gehorsam die Lippen bewegten, um für Amy Dudley zu beten, und dachte daran, dass ich damals besser daran getan hätte, Thomas Seymour Gift in den Becher zu mischen, als er und die Königinwitwe uns zu sich einluden. Ich dachte daran, dass vielleicht das Beste, worum ich beten konnte, ein baldiges Ableben von Robin Dudley sein mochte. Wenn Robin Dudley seine Frau umgebracht hatte, dann war er nicht besser als der Lord Admiral und eine noch größere Gefahr, denn ihm vertraut mein Mädchen, und ihn, das weiß ich, auch wenn sie es nie ausgesprochen hat, ihn liebt sie wirklich.

Robin Dudley hatte sich immer einer eisernen Gesundheit

erfreut. Wenn ihn nicht gerade ein Unfall ereilte, würde er gewiss noch Jahrzehnte leben. Ein Unfall, *dachte ich – und erschrak, als ich merkte, wohin meine Gedanken mich führten.* Nein, *sagte ich mir wieder und wieder,* nein. Mord ist eine Todsünde. Nein!

Aber ich erinnerte mich auch, wie die Äbtissin des Klosters, in das mich mein Vater in lange vergangenen Tagen gesteckt hatte, uns lehrte, dass Krieg dem Herrn ein Greuel sei, es sei denn, er würde um einer gerechten Sache willen geführt. Ich erinnerte mich daran, wie viel Unheil hätte vermieden werden können, wenn jemand Thomas Seymour in seiner Wiege erwürgt hätte.

Als ich betete, wusste ich nicht mehr, ob es für die Errettung meines Mädchens aus allen Gefahren war, für Robin Dudleys Tod oder für meine eigene Seele.

KAPITEL 7

MITTWOCH, 11. SEPTEMBER 1560

Es regnete. An manchen Morgen finde ich es trübselig, zu diesem eintönigen Rauschen aufzuwachen, aber nach einer schlaflosen Nacht war frischer, kühler Regen genau das Richtige für mich. Ich ließ Hemd, Wams und Kragen zurück und ging mit bloßem Oberkörper hinaus in den Garten, um ihn auf meiner Haut zu spüren. Margery hätte gesagt, dass ich für solche Narreteien inzwischen zu alt war, und mir prophezeit, dass ich das Ergebnis schon sehr bald in meinen Knochen spüren würde. Wahrscheinlich hätte sie recht behalten.

Der Garten von Cumnor war nicht nach einer dieser neuen Knotenmoden angelegt, sondern in Form von ordentlichen, rechteckigen Beeten, meist voller Gemüse, Salat, Endivien, Lauch und Karotten, ein paar Rosen als Zierde und Knoblauch, um dadurch die Schädlinge fernzuhalten. Einige der Rosen waren bereits verblüht, aber andere besaßen sogar noch Knospen, obwohl der September bald die zweite Woche vollendet hatte. Es waren rote und weiße Rosen, um nach alter Tradition das Haus Tudor zu ehren; ich hatte nicht gewusst, dass es auch gelbe Rosen gibt, ehe John Dudley Herzog von Northumberland wurde und Jane sie auf seinen Gütern anpflanzen ließ.

Der Anblick der üppigen Beete erinnerte mich an eine Narretei der Königin Mary; als die Spanier mit ihrem Prinzen hierherkamen, gab sie den Befehl, Orangen anzupflanzen, um Philipp an seine Heimat zu erinnern, auch wenn niemand sonst so recht glauben wollte, dass Orangenbäume in unserem Klima gedeihen würden. Nach Marys Tod versuchte es kaum jemand mehr, außer Margery, die es als Herausforderung betrachtete und mich jedes Jahr erneut daran erinnerte, von den Leuten der spanischen Gesandtschaft die nötigen Samen zu kaufen.

Ich habe erst einmal in meinem Leben eine Orange gegessen. Sie kommen aus Portugal und Spanien zu uns und sind so teuer, dass sich nur die königliche Familie und der höhere Adel den Luxus leisten können. Als John Vorsitzender des Regentschaftsrates wurde, konnte er natürlich nicht widerstehen und brachte seiner Frau und jedem seiner Kinder eine Orange mit. Ich hatte damals etwas für ihn erledigt – was, das weiß ich nicht mehr – und war bei der Gelegenheit in den Ställen Robin über den Weg gelaufen, der beim Fohlen einer Stute mithalf. Von Janes Kindern war er derjenige, der ihre Tierliebe nicht nur geerbt, sondern noch übertroffen hatte. Jane hing an ihren Vögeln und sollte noch in ihrer ärmsten Zeit nach Johns Tod ihren Papagei behalten. Bei Robin waren es Pferde und Hunde. Und deswegen nahm er nicht Reißaus, wie es die meisten Jungen taten, sondern bestand darauf zu helfen, als die Stute Pandora ihr Fohlen warf. Sein kleiner Bruder Guildford kam, um ihn zu holen, und rief, dass es Orangen gäbe, aber Robin war nicht von der Stute wegzubekommen. Wir halfen dem Fohlen gemeinsam mit dem Stallmeister auf die Welt und gingen anschließend Apfelwein trinken, weil wir fanden, dass es Bier für ein solches Prachtpferd nicht tat.

Robin war noch dabei, Namen für das neue Fohlen vorzuschlagen, als seine Schwester Mall uns aufstöberte und aus ihren Röcken eine Orange hervorzog, die sie für ihn aufbewahrt hatte. Mall war immer eine freundliche Natur, Gott segne sie, und dank ihrer frühen Ehe mit Henry Sidney, dem besten Freund des jungen Königs Edward, die Einzige, um die man sich nach Johns Sturz keine Sorgen zu machen brauchte.

Ich muss gestehen, so eine Orange aus der Nähe zu betrachten machte mich neugierig, wie sie wohl schmeckte. Natürlich ließ ich mir dies nicht anmerken, während Mall Robin zeigte, wie man die Schale entfernte. Wahrscheinlich war mein Gesichtsausdruck aber doch nicht so beherrscht, wie er hätte sein sollen, denn Robin hielt auf einmal inne und fragte: »Bist du hungrig, Vetter Blount?« Ohne meine Antwort abzuwarten, hielt er mir die Hälfte der Orange hin.

Ich habe selten etwas gegessen, was besser schmeckte.

Und nun, da ich im Garten eines alten Klosterhospitals stand, im Zimmer einer toten Frau geschlafen hatte und wusste, dass es keine guten Antworten auf die Fragen geben konnte, die mich hier plagten, da konnte ich an Robin eben nicht nur als den ehrgeizigen jungen Mann denken, der sich mit seinem Stolz in den letzten zwei Jahren reichlich Feinde geschaffen und seine Gemahlin schamlos vernachlässigt – oder sich womöglich noch ganz anders gegen sie versündigt – hatte. Ich konnte es nicht nur, weil ich Amys wegen auf eine Weise in seiner Schuld stand, von der er nichts wusste. Nein, ich konnte es nicht, weil seine Fehler auch die meinen waren, und ich konnte es nicht, weil ich zu viele andere Erinnerungen an ihn hatte.

All die widerstrebenden Gefühle, die mich seit dem gestrigen Tag quälten, all die Unsicherheiten, die Wut und die Erinnerungen liefen im Grunde nur auf eines hinaus: Ich konnte ihn jetzt nicht im Stich lassen.

Anthony Forster teilte mir mit, dass er an diesem Tag die inzwischen ernannten Geschworenen aus Abingdon erwartete, die Amys Tod offiziell untersuchen würden. »Keiner von ihnen ist ein Freund von mir«, sagte er trübsinnig.

»Umso besser«, entgegnete ich.

»Blount, ich habe dir doch schon einmal gesagt, ich habe mein Bestes für my lady getan!«

»Aber gewiss doch«, entgegnete ich kalt. »Nach allem, was

ich gestern gehört habe, hat sie hier um ihr Eigentum fürchten müssen.«

»So eine Unterstellung verbitte ich mir!«, brauste er auf.

»Dann hat deine Schwägerin sich nicht beschwert, weil ihr die eine oder andere Kleinigkeit abhandenkam?«

»Frauen haben immer etwas zu nörgeln«, sagte er ausweichend, »das weißt du doch. Vor allem, wenn sie mit einem verwandt sind. Außerdem kennst du doch Edith Odingsells und weißt, wie du ihre Behauptung zu verstehen hast. Wenn my lady mehr als ein Fingerhut fehlte, dann will ich verdammt sein. Und sie selbst hat sich niemals bei mir beschwert, niemals!«

Da ich nur Pirtos Aussage in Bezug auf verschwundene Kleinigkeiten hatte und nicht ihren Namen nennen wollte, weil Forster sonst mutmaßlich sofort losstapfen und sie so anbrüllen würde, dass sie ihre Aussage vor den Geschworenen sicher deutlich anders machen würde, beließ ich es fürs Erste dabei, und sprach ein wichtigeres Thema an.

»Wenn die Geschworenen dich befragen, dann hoffe ich, dass du eine bessere Antwort hinsichtlich deines Verbleibs am Sonntag bereit hast. *Fort in Geschäften, die niemanden etwas angehen* klingt, als wolltest du gleich ein Geständnis unterschreiben.«

Der Blick, den er mir zuwarf, war mörderisch. »Es sind Angelegenheiten, die niemanden etwas angehen«, knurrte er. »Herrgott, Blount, wir ziehen doch am selben Strang. Wenn die Geschworenen hier auftauchen, dann fall mir um Himmels willen nicht mit solchen Bemerkungen in den Rücken.«

»Wenn die Geschworenen hier auftauchen, werde ich nicht anwesend sein«, gab ich zurück. »Zumindest nicht heute Vormittag. Ich habe meine eigenen Geschäfte im Ort zu erledigen.«

Er sah mich verdutzt an. »Aber – hast du mir nicht gesagt, dass heute auch John Appleyard und ein paar Begleiter eintreffen werden? Wer kümmert sich dann um die?«

»Du, Forster, du. Bis ich wieder da bin.«

Seinem Gesichtsausdruck nach zu schließen war dies eine Aufgabe, die ihm alles andere als behagte. »Und wen willst du im Ort aufsuchen?«, fragte er ärgerlich. »Alle, die etwas über my ladys Tod wissen, sind hier in meinem Haus.«

»Wie schön, dass du dessen so sicher bist. Das wird die Geschworenen erfreuen und ihnen weitere Wege ersparen«, entgegnete ich und nahm meinen Abschied von ihm. Wir hatten beide bereits Robins Vater John Dudley gedient und standen nicht auf Kriegsfuß miteinander, aber Freunde waren wir nie gewesen, und ich nahm ihm sein Schweigen über das, was er am Sonntag getrieben hatte, wirklich übel. Wahrscheinlich hatte es nichts mit Amys Tod zu tun, sonst hätte er sich schon längst eine gute Ausrede einfallen lassen, aber solange er mir nicht die Wahrheit erzählte, konnte ich das nicht beurteilen, und es lenkte mich ab, weil ich es als ungelöstes Rätsel empfand.

Frobisher hatte George Harkness gestern auf dem Jahrmarkt getroffen und wusste daher nicht, wo genau der Mann lebte, doch Hal Latimer konnte mir weiterhelfen, als ich in der Küche auftauchte. Ich hatte damit gerechnet, erst wieder Blicken auf den Boden und Ausreden zu begegnen, doch Latimer war damit beschäftigt, seine Schwester im Auge zu behalten, mit der Frobisher zu tändeln begonnen hatte, und halb abgelenkt, wie er war, antwortete er mir sofort auf meine Frage nach Harkness' Bleibe.

Wie sich herausstellte, musste sich Harkness seit seiner Entlassung sein Geld als Tagelöhner verdienen. Pferdeknechte, von denen es hieß, sie hätten sich den Schädel einschlagen lassen und seien seither ohnehin nur noch halb bei Sinnen, waren für kaum eine andere Aufgabe gefragt. Daher schlief er dort, wo man ihm für ein oder zwei Tage eine Arbeit gab. Derzeit war das beim Bauern Humphrey, der Hilfe bei der

Ernte brauchte. Ich ließ Frobisher in Cumnor, um die Dienstboten weiter auszuforschen – und, um ehrlich zu sein, damit er nicht Zeuge von dem wurde, was auch immer Harkness zu sagen hatte –, und machte mich auf den Weg.

Ich war noch nicht weit gekommen, da bekam ich Grund zu der Annahme, dass der Himmel mich erneut für mancherlei Sünden bestrafen wollte, denn ich ritt John Appleyard geradewegs in die Arme. Wie sich herausstellte, hatte er in Abingdon genächtigt, genau wie ich es am Abend meiner Ankunft getan hatte.

»Blount, wie?« Er musterte mich abfällig. »Ich dachte, Ihr hättet den Auftrag, den Tod meiner armen Schwester zu untersuchen. Das hat mir jedenfalls ihr windiger Gatte in seinem Brief versichert.«

»Das tue ich, Sir«, sagte ich so freundlich, wie es mir möglich war. »Ich bin unterwegs zu einem Mann, der vielleicht Licht auf einige Umstände werfen kann.«

»Schön«, sagte Appleyard unwirsch, »dann werde ich Euch begleiten. Wir wollen doch nicht, dass eine wichtige Aussage von Euch möglicherweise missverstanden wird.«

Statt also allein und wenig auffällig beim Hof des Bauern Humphrey einzutreffen, tat ich es in Gesellschaft von John Appleyard und seiner zwei Knechte mit ihren Maultieren und dem nicht wenig umfangreichen Gepäck. Ich hatte vorgeschlagen, zumindest die Knechte nach Cumnor zu schicken, aber Appleyard murmelte etwas über Dudleysche Handlanger, die für ihre Messerfertigkeit bekannt seien, und machte deutlich, dass er mich verdächtigte, ihm die Kehle durchschneiden zu wollen, sobald wir beide allein waren, und es als Tat eines Wegelagerers auszugeben. Er übertraf damit all meine Befürchtungen noch um Meilen. Ob es ihm nun um seine Schwester zu tun war, oder um ihr Erbe, das wusste nur er allein.

»Wenn wir in solchem Staat eintreffen, kann es sein, dass

Harkness Reißaus nimmt, Sir«, gab ich zu bedenken. »Wenn er etwas zu verbergen hat, was ich vermute.«

»Ihr wollt nur nicht, dass ich dabei bin, wenn Ihr diesen Kerl befragt, Blount«, sagte Appleyard, womit er natürlich nicht ganz unrecht hatte. Robin hatte mich angewiesen, seinem Schwager gegenüber offen zu sein, auch wenn ich glaubte, dass es nichts nützen würde: In seinem Herzen hatte Appleyard bereits einen Schuldspruch gefällt.

Ich musterte ihn, während wir auf den Humphrey-Hof zuritten. Er sah Amy nicht sehr ähnlich, bis auf die Grübchen, die bei einem Mann eher kindisch als reizend wirken. Ansonsten kam er wohl nicht auf die Mutter, die sie geteilt hatten, sondern auf seinen Vater, Lady Robsarts ersten Gatten. Der alte Robsart hatte John Appleyard einmal »den schlechteren Schatten seiner Mutter, Gott hab sie selig« genannt, und während ich mit ihm über Amys Mitgift verhandelte, war es zu mehr als einem Streit mit Appleyard gekommen, der glaubte, ihm stünde ein gewisses Mitspracherecht zu, was den Gatten seiner Halbschwester betraf. Was auch immer Amy von ihrem Halbbruder hielt, hatte sie mir nie anvertraut. Dafür war Appleyard jetzt umso gesprächiger.

»Ich habe es gleich gesagt, von Anfang an. Verheiratet sie mit einem von uns, habe ich gesagt, mit einem Mann aus Norfolk. Nicht mit dem dritten Sohn eines Ehrgeizlings, dessen Vater als Verräter hingerichtet wurde.« Es wäre schon unhöflich gewesen, dies vor sich hin zu knurren, doch stattdessen sprach er so laut, als wolle er es nicht nur mir, sondern auch den Knechten und jedem anderen mitteilen. »Und das war noch, ehe der elende John Dudley sich selbst als Verräter entpuppte, und seine Söhne genauso. Drei Generationen schlechtes Blut.« Er spuckte aus. »Wenn der Henker gründlichere Arbeit geleistet und die ganze Brut hingerichtet hätte, dann wäre meine Schwester noch am Leben, das weiß ich genau. Sie war so ein hübsches Märchen und wäre nicht lange im Witwenstand geblieben. Jeder wollte sie haben. Sie hätte sich einen der reichsten Männer der Provinz aussuchen können. Der wäre vom Hof ferngeblieben, und wenn er doch alle paar Jahre einmal nach London gegangen wäre, dann hätte er sie mitgenommen.« Appleyard seufzte, als läge die Last der Welt allein auf seinen Schultern, und ich wünschte, es wäre so, denn das würde ihm nicht die Gelegenheit geben, immer weiterzusprechen. »Ich hätte sie mit einem anständigen Kerl aus der Nachbarschaft verheiratet, der uns kennt und dem es nichts ausgemacht hätte, dass sie einmal Lady Dudley war, und wahrscheinlich hätte sie nun ein Kind. Das hat ihr mein lieber Schwager ja auch noch angetan, nicht wahr? Noch nicht einmal ein Kind konnte er ihr machen, nein, dazu hätte er sich ja sehen lassen müssen, statt sich bei Hof herumzutreiben und um die Königin herumzuscharwenzeln. Und außerdem …«

Es war eine nicht enden wollende Rede, wie sie ein Karfreitagsprediger nicht grimmiger hätte halten können. Ich zwang mich, jedes Wort anzuhören. So unsinnig einiges von dem war, was er sprach, so hatte anderes doch einen wahren Kern; manchmal brachte Appleyard es sogar fertig, mit der falschen Beschimpfung doch das Richtige zu treffen. So etwa, als er wetterte, eine Schönheit wie Amy hätte die Königin aller Feste sein können, wenn Robin sie nur an den Hof geholt hätte, aber er sei wohl zu geizig gewesen, ihr nach der Krönung der Königin auch nur eine Robe zu bezahlen, wo doch jeder, der Amy gekannt hatte, wusste, wie sehr sie es liebte, sich herauszuputzen; nach ihrem klaglosen Verzicht auf dergleichen Luxus während Robins Zeit im Tower wären prächtige Kleider das mindeste gewesen, was ihr Gatte ihr geschuldet habe. Nun kannte ich mich mit Robins Rechnungen bestens aus, und auch mit denen von Amy. Daher war mir genau bekannt, dass Robin Amy mit Schmuck und den Dienstbarkeiten von Londoner Schneidern geradezu überhäuft hatte. Immer dann, wenn es so aussah, als ob sie die Geduld verlor und sich nicht mehr auf den nächsten Besuch vertrösten ließ, sondern darauf bestand, an den Hof zu kommen. Jedes Mal, wenn sie wieder von ihren geheimnisvollen Krankheiten schrieb und offensichtlich erwartete, dass er daraufhin an ihre Seite eilte. Es waren lauter Versuche gewesen, sich loszukaufen. Ein Geschenk aber, das nicht mehr aus Liebe erfolgt, sondern aus Gleichgültigkeit, hat keinen Wert für die Empfängerin, ganz gleich, wie sehr sie es sonst genießen würde.

Appleyards Stimme schmetterte mir ins Ohr, während ich an meine eigenen Versuche dachte, mich loszukaufen, und mich fragte, ob meine Bereitschaft, sofort nach Cumnor zu gehen, nichts als ein weiterer solcher Versuch war.

Doch von wem wollte ich mich loskaufen – von Amy, oder von Robin?

Bis wir bei Humphreys Hof eintrafen, bestellte der schon mit seinen Knechten und Tagelöhnern seine Felder. Harkness war, wie wir erfuhren, nicht darunter. *Großartig,* dachte ich, obwohl ich nicht einmal wusste, ob ich mich ärgern oder erleichtert sein sollte. Dann sagte einer der anderen Tagelöhner, dass Harkness am Morgen, als jeder anständige Mann zur Arbeit ging, noch seinen Rausch vom Jahrmarkt in der Scheune ausgeschlafen habe.

»Ich glaub nicht, dass er noch da ist«, meldete sich ein anderer Kerl zu Wort. Mir fiel auf, dass er ein kürzeres Bein hatte, denn er stand etwas windschief da, während er weitersprach. »Was wollt Ihr denn ausgerechnet von Harkness, Sir?«

Ich gab ihm keine Antwort, sondern machte mich auf den Weg zur Scheune, Appleyard immer auf den Fersen. Er prallte gegen meinen Rücken, als ich im Eingang zur Scheune abrupt stehen blieb.

Auf dem Boden lag ein Mann, der nur so lange wie ein schlafender Trunkenbold aussah, wie man nicht auf die Lache unter ihm achtete, die weder Wein, Bier noch Pisse sein konnte. Sie war noch nicht im Heu versickert und angetrocknet, was bedeutete, dass sie erst vor kurzer Zeit entstanden sein konnte. Wahrscheinlich erst, nachdem alle anderen mit Humphrey auf das Feld gezogen waren.

»Ist er …«, fragte Appleyard zum ersten Mal seit unserem Zusammentreffen mit gesenkter Stimme.

»Ja«, sagte ich, ohne meinerseits leise zu sprechen. Es gab keinen Grund mehr dazu. »Er ist tot.«

Appleyard blieb nicht lange still. Ich war noch dabei, mich neben die Leiche zu knien und nach dem Werkzeug umzuschauen, mit dem jemand George Harkness' Leben beendet hatte, als er zu fluchen begann und vor Gott als Zeugen schwor, dass dies bewiese, dass seine arme Schwester ermordet worden wäre.

»Unsinn«, sagte ich zwischen zusammengebissenen Zähnen. »Sie hat diesen Mann noch nicht einmal gekannt. Anthony Forster hat ihn entlassen, bevor sie überhaupt in Cumnor eintraf.«

»Und warum«, donnerte Appleyard, »habt Ihr dann behauptet, Ihr wolltet mit ihm sprechen, um den Tod meiner Schwester zu untersuchen?«

Weil er offenbar die Gedanken Eurer Schwester lesen konnte, dachte ich, *denn er wusste vor allen anderen, dass sie den Haushalt von Cumnor am Sonntag auf den Jahrmarkt schicken würde.* Doch etwas riet mir, dies vorerst für mich zu behalten.

»Keine Antwort, ja? Das kann nur bedeuten, dass …«

Mir riss der Geduldsfaden. »Appleyard«, fuhr ich ihn an, »wenn Ihr helfen wollt, dann geht auf die Felder zurück und schnappt Euch den Kerl, der vorhin behauptet hat, Harkness wäre wohl nicht mehr in der Scheune. Ich schaue noch, ob ich hier irgendetwas Nützliches finde.«

»O nein!« Appleyard verschränkte seine Arme. »Ihr wollt

mich nur ablenken, um Beweise zu verstecken. Aber nicht mit mir! Nicht mit mir, habt Ihr verstanden?«

Damit blieb mir nichts anderes übrig, als selbst zurück auf die Felder zu gehen, denn ich wollte auf jeden Fall vermeiden, dass der andere Tagelöhner erfolgreich das Weite suchte. Wie ich mir gedacht hatte, war er bereits von der Arbeit verschwunden, aber man sah ihn auf den Wald zulaufen, der eine halbe Meile entfernt war, so schnell ihm seine ungleich langen Beine dies erlaubten; zu Pferd holte ich ihn ein.

»Ich war's nicht!«, schrie er, noch bevor ich etwas sagen konnte, »ich war's nicht, ich war's nicht!« Genauso gut hätte er sich selbst als Mörder bezichtigen können.

Ich trieb ihn zum Hof zurück. Die übrigen Knechte, die ständig für Humphrey arbeiteten, berichteten sofort, dass niemand Felton, wie der zweite Tagelöhner hieß, getraut habe, dass er noch nicht einmal aus der Gegend stamme, sondern erst im August aus Devon gekommen war und viel zu oft Streit anfing, um von irgendjemand fest angestellt zu werden. »Wahrscheinlich hat er den Rausch von Harkness ausgenutzt, Gott sei seiner Seele gnädig, um sich seinen Tageslohn unter den Nagel zu reißen«, mutmaßte ein grobschlächtiger Mann, neben dem der zitternde Felton wie ein Hänfling wirkte. »Und wahrscheinlich hat der eine Trunkenbold den anderen dabei überrascht«, fuhr Humphrey, der Bauer, fort, »und musste deswegen sterben.«

Es passte alles nur zu gut.

Und deswegen glaubte ich kein Wort.

Nirgendwo an Felton war ein Blutfleck zu sehen, und als jemand, der im Krieg genug andere Männer getötet hat, kann ich beschwören, dass es unmöglich ist, jemanden zu erstechen, ohne etwas von dem Blut abzubekommen, es sei denn, man tut es von hinten mit einer sehr dünnen Klinge, und selbst dann ist es schwer. Harkness' Wunde aber war breit und auf der Brust.

»Warst du je Soldat, Felton?«

»Nein, Herr.«

Auch das ließ mich zweifeln: Die meisten Männer wissen nicht, wo sich das Herz eines Menschen befindet, wenn sie das erste Mal zustechen. Sie denken vielleicht, sie wüssten es, aber sie stechen mit großer Sicherheit daneben. Beim ersten Mal.

Andererseits konnte der Mörder auch nicht zu erfahren sein, sonst hätte er Harkness zur Sicherheit noch die Kehle durchgeschnitten.

»Sir, ich war es nicht«, flehte Felton, »ich war's nicht, ich war's nicht …«

»Halt's Maul, du blutiger Nichtsnutz«, schrie Humphrey und schlug ihm mit der Faust ins Gesicht. Felton taumelte nach hinten, verstummte und wimmerte nur noch.

Ich dachte an das noch nicht getrocknete Blut in der Scheune und daran, dass die Feldarbeiter kurz nach Morgengrauen mit der Arbeit begonnen haben mussten. Andererseits hatte Felton, der nicht der Klügste zu sein schien, gewusst, was wir finden würden, sonst hätte er nicht versucht zu fliehen. Vielleicht hatte er jemanden aus der Richtung der Scheune kommen sehen. Jemand, von dem er wusste, dass er keine freundlichen Absichten für Harkness hegen konnte, was ihm wohl nur recht war, wenn ich dem Gerede der Knechte über seine Streitereien mit dem Toten Glauben schenken durfte.

»Wenn du es nicht warst, wer war es dann?«, fragte ich.

»Der Teufel«, schluchzte Felton, »der Teufel!«

Das brachte ihm einen weiteren Schlag von Humphrey ein.

»Der *Teufel?*« Appleyard starrte mich an. »Jetzt weiß ich, was wirklich vor sich geht«, sagte er und zeigte mit einem siegelringbewehrten Finger auf mich. »Das hat alles nichts mit Amy zu tun, aber Ihr wollt, dass ich mich hier verzettele, damit ich nicht in Cumnor nach dem Rechten sehen kann!«

Ich unterdrückte einen schicksalsergebenen Seufzer. »Sir, ich hatte Euch vorschlagen, nach Cumnor zu gehen, und …«

»Ja, weil Ihr genau wusstet, dass ich das Gegenteil tun würde!«

Herr, hilf mir, dachte ich. *Ich war nicht immer der gute Christ, treue Gatte und ergebene Vasall, der ich hätte sein sollen, aber hilf mir jetzt und schenke mir Geduld, denn ich will mein Leben ändern. Wenn dies alles vorbei ist, gehe ich nach Kidderminster zurück. Ich werde Robin sagen, dass ich in Frieden mit Margery auf dem Land leben möchte und er eine neue rechte Hand braucht. Schenk mir nur jetzt Geduld, sonst bin ich der Nächste, der des Mordes angeklagt wird, des Mordes an John Appleyard, und dann endet Margery als Witwe, und Robin wird bestenfalls verbannt, weil ihm kein Mensch glauben wird, dass er mir nicht den Auftrag zu Appleyards blutigem Ende erteilt hat.*

Am Ende überließ ich Felton bei Humphrey seinem Schicksal und machte mich mit Appleyard auf den Rückweg nach Cumnor. Ich war mir noch nicht sicher, was ich tun sollte. Wenn Harkness' Tod mit Amys im Zusammenhang stand, dann war beides Mord. Wenn ich aber keinen Mörder finden konnte, dann war ein solcher Zusammenhang nichts als schädlich für Robin, denn ohne einen anderen Schuldtragenden, der eindeutig nichts mit ihm zu tun hatte, würde Robin in den Augen der Welt noch verdächtiger sein als vorher.

Wenn Harkness' Tod nichts mit Amy zu tun hatte, dann ging er mich nichts an. Ganz gleich, welche Vermutung zutraf, in beiden Fällen konnte mir nur daran gelegen sein, wenn außer mir niemand, der Amys Tod untersuchte, in Harkness' Ableben etwas anderes als einen Raubmord unter Tagelöhnern sah. Wenn John Appleyard mich nun bezichtigte, ihn auf vertrackte Weise von Cumnor ferngehalten zu haben, war das immer noch besser, als von ihm aus purer Bosheit beschuldigt zu werden, den unglücklichen Harkness selbst ins Jenseits befördert zu haben. Ja, alles in allem betrachtet, sollte ich Harkness Harkness sein lassen. Selbst wenn Felton den Mann nicht umgebracht hatte, so musste er seinen Tod doch in Kauf genommen haben, und außerdem schuldete ich einem wildfremden Tagelöhner überhaupt nichts.

Aber der menschliche Verstand ist ein vertracktes Ding. Meiner bestand darauf, mich daran zu erinnern, dass es viele Arten von Schuld gab, die nicht immer blutig sein musste, und dass man am besten ein neues Leben begann, indem man gegen jedes Unrecht vorging, wenn man sicher war, dass es begangen werden würde. Außerdem hätte ich nur zu gerne gewusst, woher Harkness' hellseherische Fähigkeiten denn nun rührten.

Es war mittlerweile bald Mittag, und es fing schon wieder zu regnen an. Abingdon lag näher als Cumnor, und außerdem gingen mir Harkness und Felton nicht aus dem Sinn, und wie sie beide darauf bestanden hatten, dass der Teufel sich wieder in der Gegend herumtrieb.

»Sir«, sagte ich unvermittelt zu John Appleyard, »mir ist der Regen zu viel. Ich bin zu alt dafür, den Rest des Tages in nassen Kleidern herumzulaufen. Ich werde nach Abingdon reiten und in dem Gasthaus dort auf besseres Wetter warten. Es steht Euch frei, mit mir zu kommen.«

»Ein weiterer jämmerlicher Versuch, mich von Cumnor und meiner toten Schwester fernzuhalten!«, schnaubte er verächtlich, und unsere Wege trennten sich. Ich schickte ein kleines Dankgebet zum Himmel. Wenn ich in Abingdon fand, was ich suchte, dann würde es zumindest nicht in Appleyards Hörweite geschehen. Natürlich hatte er inzwischen in Cumnor freies Feld, um Gesinde, Geschworene oder beide zu bestechen, doch wenn er im Umgang mit ihnen die gleiche feinsinnige Art an den Tag legte, wie bei mir heute Morgen, dann würde er das entweder so offensichtlich tun, dass jeder mögliche Empfänger Angst hatte, seine Münzen zu nehmen, weil es jeder andere merken würde, oder er würde so überheblich sein, dass er potenzielle Verbündete damit verprellte.

Der Wirt der Schenke, in der ich auf dem Herweg abgestiegen war, gab sich erfreut, mich wiederzusehen, und fragte hoffnungsvoll, ob ich meinen Gaukler mit dabei hätte. Seine Darbietungen vorgestern Abend hätten den Gästen gefallen, und gestern sei er gefragt worden, ob er nicht wieder so etwas bieten könne.

»Ich dachte, ihr habt hier zurzeit Jahrmarkt«, sagte ich mit hochgezogenen Augenbrauen.

»Eben. Wenn den Leuten hier langweilig ist, dann laufen sie mir davon. Wisst Ihr, Herr, ich habe darüber nachgedacht, ja, das habe ich. Ich sollte die Schausteller dazu bringen, dass sie ihre Kunststücke bei mir aufführen, im Hof meiner Schenke. Wie Euer Gaukler das gemacht hat.«

Es war aus seiner Sicht betrachtet wohl keine schlechte Idee. In einem Wirtshaus brauchte er sich nicht darum kümmern, dass ihm Kirche und Ratsherren auf den Pelz rückten, um Königin Marys Statuten gegen Vagabunden durchzusetzen, solange sie noch nicht wieder aufgehoben waren; Wirtshäuser brauchte man immer und zu allen Zeiten, und jedermann ging ohnehin davon aus, dass in ihnen gelegentlich gestohlen und gehurt wurde. Für die Gaukler bedeutete es ein Dach über den Kopf, und wenn ihre Narreteien mehr Leute anlockten und zum Trinken brachten, war ihnen genau wie dem Wirt gedient. Also brummte ich zustimmend und sagte dann so beiläufig wie möglich: »Als ich das letzte Mal hier war, sprachen wir von …«

»… Lady Dudley! Ihr hättet mir ruhig sagen können, dass Ihr für my lord Dudley arbeitet, Sir.« Der Wirt warf sich in die Brust. »Ich hätte Euch nichts anderes erzählt. Ich bin eine ehrliche Haut, ja, das bin ich. Der ehrliche Ned, so nennt man mich.«

»… von dem Mädchen, in das der Teufel gefahren ist, vor

zwei Jahren«, beendete ich meinen Satz, ohne mich um seinen Einwand zu kümmern.

»Drei«, verbesserte der Wirt, wie er es schon einmal getan hatte. »Vor drei Jahren. Taten wir das? Ich kann mich gar nicht mehr besinnen.«

»Ich dafür umso besser. Sag mir, was ist aus ihr geworden? Wo lebt sie jetzt?«

Der Wirt kratzte sich die Bartstoppeln.

»Sir, das ist nun wirklich schon eine Weile her, und ganz ehrlich, das Mädchen hat doch am Ende zugegeben, dass sie die Nägel, die sie ausgespuckt hat, vorher im Mund verborgen hielt, und dass sie das Latein auswendig gelernt hatte, ohne zu wissen, was es bedeutete.«

»Ach, hat sie das?«, fragte ich erstaunt. »Das ist mir neu. Allerdings hat sich damals so viel anderes ereignet, dass es mir entgangen sein wird. Vor zwei Jahren ... oder dreien.«

Der Wirt nickte eifrig.

»Doch, das hat sie, das hat sie. Ihr seht also, es lohnt sich ganz und gar nicht, mit ihr zu sprechen. Sie kann Euch nichts Wahres über den Teufel erzählen.«

»Nun, irgendwer wird sie wohl zum Lügen verleitet haben«, meinte ich freundlich, »und ist der Teufel nicht der Vater der Lügen?«

Mit so einer Bemerkung hätte ich am Hofe sicher jemanden dazu gebracht, mir eine ähnlich geistreiche Antwort zu geben, doch hier, in diesem Gasthaus, verschränkte der Wirt nur seine Arme vor der Brust und nickte bedächtig.«

»Und der gleiche Teufel soll mich holen, weil ich mich nicht auf ihren Namen besinnen kann«, bohrte ich nach. »Nun sei so gut und verrate ihn mir und wo ich sie finde.«

»Warum sollte ich das wissen?«, fragte er misstrauisch. »Ich bin doch nur ...«

»... der ehrliche Ned«, vollendete ich. »Der Wirt, der über alles in Abingdon Bescheid weiß. Oder etwa nicht?«

Statt einer Antwort hob er beide Schultern in die Höhe. Ich seufzte, holte eine Münze aus meinem Säckel und ließ sie zwischen meinen Fingern wandern. Es war eine der neuen, die nicht mehr Marys oder Edwards, sondern bereits Elizabeths Gesicht trugen, und ich fragte mich, ob sie in ein paar Jahren wieder ein neues Antlitz tragen würden, wenn Elizabeth wirklich vorhatte, Robin zu heiraten: das der jungen Schottenkönigin oder das einer der verbleibenden Grey-Schwestern vielleicht? Es mochte mir gelingen, die Wahrheit über Amys Tod herauszufinden, oder auch nicht. Aber wenn Frobisher und der Wirt mich nicht belogen hatten, dann waren die Leute jetzt schon überzeugt, dass Robin seine Gemahlin umgebracht hatte, und würden jedem folgen, der zum Aufstand gegen einen mörderischen Prinzgemahl aufrief, genau wie ich von Anfang an befürchtet hatte.

»Der Name, er liegt mir nun fast selbst auf der Zunge«, heuchelte ich, und der Wirt griff zu. Die Münze mit dem Gesicht der Königin verschwand in seinem Ärmel, und er stieß einen abgrundtiefen Seufzer aus.

»Barbara Cross, Sir«, sagte er. »Barbara Cross. So heißt sie. Ihre Eltern haben damals behauptet, dass sie nach London gegangen ist, aber Paxton, der Wollhändler, schwört, dass er sie erst letztes Jahr in Oxford gesehen hat. Allerdings hat sie so getan, als ob sie ihn nicht erkannt hat, also war er sich seiner Sache nicht wirklich sicher.«

»Cross?« Mir schwante etwas. »Sie ist nicht zufällig mit Agnes Cross verwandt, die bei Mrs. Owen in Diensten steht? Und die Eure Base ist?«

»Eine sehr entfernte Verwandtschaft, Sir«, beeilte er sich, mir zu versichern. »Mit Agnes ist sie sehr viel enger verwandt. Und mir haben die Eltern genau wie allen anderen erzählt, Barbara wäre in London. Ob Ihr sie dort oder in Oxford sucht, bleibt Eure Sache.«

Ich erwog, noch eine Münze oder zwei zu opfern, und entschied mich dagegen. Manchmal muss man auf sein Gefühl hören, und meines sagte mir, dass er mir alles verraten hatte, was aus ihm herauszuholen war, zumindest heute, und er auch mit weiterem Geld nichts mehr hinzufügen würde. Drohungen wollte ich mir aufheben, bis gar nichts mehr ging.

In Oxford war alles andere als eine genaue Ortsangabe, und ich konnte meine Zeit nicht damit vertun, von Tür zu Tür zu gehen und nach jungen Frauen zu fragen, die einmal Barbara Cross geheißen hatten. Trotzdem hatte ich mein Geldstück nicht völlig verschwendet: Ich wusste jetzt von den Verwandtschaftsverhältnissen. Es fragte sich nur, was nötig sein würde, um Agnes Cross zu bewegen, mir den genauen Aufenthaltsort ihrer Nichte zu nennen.

Ich würde ohnehin nach Oxford gehen müssen, denn wenn die Geschworenen ihre Untersuchung erst einmal beendet hatten, dann galt es, Amys Beerdigung in die Wege zu leiten, und die konnte unmöglich in Abingdon stattfinden. Die Stadt war seit der Auflösung der Abtei heruntergekommen, und erst seit ihnen Königin Mary das Recht auf einen Bürgermeister zuerkannt hatte, ging es wieder ein wenig bergauf. Da aber unter Mary die protestantischen Geistlichen hatten fliehen müssen und dem Frieden unter Königin Elizabeth noch nicht genügend trauten, um zurückzukehren, gab es noch nicht einmal einen anständigen Pfarrer, nur ein paar Laienschwätzer. Da wäre ein verfluchter katholischer Priester noch besser, aber derjenige, der sich hier einmal herumgetrieben hatte, war nach Marys Tod genauso schnell verschwunden wie seine protestantischen Vorgänger nach Edwards Ableben. Nein, hier in Abingdon konnte es nur ein schäbiges Begräbnis geben, und das hatte Amy nicht verdient. Sie hatte den besten Prediger verdient, den die größte Universität des Königreichs zu bieten hatte.

Wenn die Untersuchungskommission auf Selbstmord erkennte, schoss es mir durch den Kopf, *wird niemand bei ihrer*

Beerdigung predigen. Das durfte nicht sein. Auch das war ich ihr schuldig.

Ehe ich Abingdon verließ, erkundigte ich mich am Ufer nach Booten. Wenn ich es vor zwei Tagen nicht eilig gehabt hätte, wäre es möglich gewesen, in London ein Schiff abzuwarten, das die Themse aufwärts gezogen wurde; der Bootsverkehr zwischen Abingdon und Oxford, die nur fünf Meilen auseinanderlagen, musste sehr viel reger sein, und von Oxford zurück in Richtung London, die Themse abwärts, waren ständig Schiffe unterwegs. Es hatte immer noch nicht zu regnen aufgehört, und die Straßen würden morgen völlig verschlammt sein.

Wie sich herausstellte, hatte ich Glück: Morgen konnte ich bei einem Boot voller Tuchware von Oxford aus an Bord gehen.

In Cumnor bemerkte zunächst kaum einer, dass ich zurück war, nicht nur, weil der nicht enden wollende Regen die meisten im Haus hielt, sondern weil John Appleyard dabei war, sich lauthals mit jemandem herumzustreiten, der, wie ich schnell durch seine Amtskette herausfand, der Bürgermeister von Abingdon war, der erste seines Amtes, den die verstorbene Königin Mary auch gleich noch zum Friedensrichter und Leichenbeschauer gemacht hatte. Ich ging davon aus, dass es sich bei den gediegen aussehenden Männern an seiner Seite um die ausgesuchten Geschworenen handelte. Zudem war mindestens die Hälfte von Forsters Gesinde in der großen Halle versammelt, wo die Auseinandersetzung stattfand, außerdem Forster selbst und – natürlich! – Edith Odingsells. Ich machte Frobisher unter dem Grüppchen aus, das auf der Treppe stand, jener Treppe, die Amy ihr Leben gekostet hatte, neben den Latimers.

»… unerhört!«, rief Appleyard gerade. »Wann wird meiner Schwester hier die gebührende Achtung zuteil? Erst gebt ihr kriecherisches Gesindel Dudley und seinen Lakaien zwei Tage Zeit, um Beweise für seine Schuld zu verstecken, bevor ihr mit eurer Untersuchung anfangt, und dann erlaubt ihr dieser *Kreatur* hier, zu behaupten, meine Schwester sei eine gottverfluchte Selbstmörderin!«

»Niemand hat das behauptet, Sir«, sagte der Bürgermeister besänftigend, doch es lag ein Unterton von Kränkung in seiner Stimme. Erst jetzt erkannte ich, wer da zwischen ihm und dem tobenden Appleyard stand: Es war Pirto. Tränen liefen über ihr Gesicht.

»Nichts dergleichen habe ich behauptet, Sir!«, schluchzte sie. »Ich habe doch nur gesagt, dass sie Gott um die Erlösung aus ihrem Elend gebeten hat, und eine frömmere Christin als my lady Dudley hat es nie gegeben!« Sie hob den Blick flehentlich zu Appleyard. »Sie ist eben von Schmerzen des Leibes und der Seele geplagt worden und hat daher um den Beistand des Himmels gebeten, weil …«

Weiter kam sie nicht.

»Was schert es mich, was ein dummes Ding wie du vor sich hinplappert!«, schnitt Appleyard ihr das Wort ab. »Jeder hier weiß, was wirklich geschehen ist. Mein verfluchter Schwager hat sie von einem seiner Speichellecker auf den nächsten abgewälzt, statt sie an den Hof zu holen, wie ihr das als seiner Gemahlin gebührt hätte, dann hat er sie in dieses gottverlassene Nest geschickt …«

»Gottverlassenes Nest?«, unterbrach ihn der Bürgermeister, dessen Geduld offenbar zu Ende ging. »Sir, ich verstehe, dass Ihr trauert, aber Abingdon hat die Ehre, eine der ältesten Städte in unserem Königreich zu sein, und wenngleich wir schwere Zeiten hinter uns haben, so ist unsere Geschichte doch eine stolze, und ich möchte Euch bitten, sie nicht zu beleidigen.«

»Außerdem haben wir uns größte Mühe mit der Zusammenstellung der Geschworenen gegeben«, setzte einer der Begleiter des Bürgermeisters hinzu. »Keiner von uns ist ein einfacher Bauer, Sir. Master Irsby hier«, er wies auf den Mann neben sich, dessen Kleidung ein wenig feiner als die der anderen war, »hat sogar die Medizin in Cambridge studiert und wird Eure Schwester so gut als irgend möglich untersuchen können.«

Wenn er Oxford gesagt hätte, wäre mir dies wahrscheinlich nicht weiter aufgefallen; Oxford lag in der Nähe, und es war nicht unmöglich, dass der eine oder andere reiche Tuchhändler seinem Sohn dort ein Studium finanzierte. Aber die Universität von Cambridge war die große Rivalin von Oxford, und dass sich jemand, der in Cambridge studiert hatte, in Abingdon niederließ und sofort als Geschworener zur Verfügung stand, *das* war seltsam. Ich grübelte über mögliche Gründe nach und verpasste daher fast, dass Appleyard immer noch damit beschäftigt war, mit den Geschworenen zu streiten.

»Heilige und Könige haben unsere Abtei besucht«, sagte einer von ihnen heftig. »So viele hat ganz Norfolk nicht gesehen!«

»Und jetzt wohnt ein Verräterknecht wie Forster in dem, was von der Abtei noch übrig ist«, erklärte Appleyard unbeeindruckt. »Das sagt doch alles!«

Ich entschied mich, einzugreifen. So gut es für meine Sache war, wenn Appleyard sich hier keine Freunde machte – er war doch Amys Bruder, und ob er sich nun Hoffnungen auf ihren Besitz machte oder nicht, er war von allen Menschen hier derjenige, der sie am besten gekannt und das größte Recht hatte, um sie zu trauern. Während Forster rot anlief, bahnte ich mir einen Weg durch die Halle.

»Der Kummer führt dem ehrenwerten Master Appleyard die Zunge«, verkündete ich so laut wie möglich. »Habt Nachsicht mit einem gebrochenen Herzen, Freunde.«

Ich ergriff Forster am Handgelenk, so hart ich konnte, und

neigte mein Haupt vor dem Bürgermeister. »My lord Mayor, meine Herren Geschworenen: Thomas Blount, zu Euren Diensten. Es ist mir eine Ehre, Eure Bekanntschaft zu machen, doch gestattet mir, Master Appleyard erst in die Kapelle zu führen. Es ist ihm ein inniges Bedürfnis, für my lady zu beten.«

Der Bürgermeister blickte drein, als sei er sich nicht sicher, ob er zwei Rosstäuschern gegenüberstand, doch er nickte. Ich hoffte darauf, dass die Erwähnung der Kapelle Appleyard wenigstens für kurze Zeit zum Schweigen bringen würde, aber die Hoffnung war nicht sehr groß. Daher sagte ich leise zu ihm: »Nur üble Nachrede würde behaupten, Euch sei das Seelenheil Eurer Schwester nicht so wichtig, wie einen Streit in dem Haus anzufangen, in dem sie gestorben ist, Sir.«

Das tat die gewünschte Wirkung. Was auch immer er hatte sagen wollen, Appleyard schluckte es hinunter und folgte mir aus der Halle.

KAPITEL 8

MITTWOCH, 11. SEPTEMBER 1560

In der Kapelle war Appleyard still und gedrückt, zum ersten Mal, seit ich ihm begegnet war, und ich sagte ebenfalls nichts. Ich musterte Amys Gesicht, das im Kerzenlicht leicht gelblich wirkte, und dachte, dass wir sie bald in einen Sarg legen mussten, auch wenn es noch in den Sternen stand, wann die Beerdigung stattfinden würde. Die Zeit war ein erbarmungsloser Feind, gnadenlos mit unseren sterblichen Hüllen.

Ich versuchte, an etwas anderes zu denken, doch alles, was mir einfiel, war, dass es auch mir eines Tages so gehen würde, und Margery, und schon dachte ich an ihr Gesicht, das jedes Mal, wenn ich nach Kidderminster zurückkehrte, ein wenig tiefer von der Zeit gekennzeichnet war, und an Margerys Augen an dem Tag, an dem sie mir sagte, es sei ihr unmöglich, my lady Dudley noch länger unter unserem Dach zu beherbergen. Das Schuldgefühl, das in mir aufstieg, drückte mir die Kehle zu, und ich wandte den Blick von Amy ab, um sie wenigstens nicht mehr direkt vor Augen zu haben.

Appleyard machte keine Anstalten, näher zu treten oder seine tote Schwester zu berühren, aber er stand lange schweigend vor ihr. Schließlich nickte er, drehte sich um, und verließ die Kapelle. Ich folgte ihm, froh, diesen Ort verlassen zu können, und stellte erstaunt fest, dass er vor der Pforte auf mich wartete.

»Blount«, sagte er, »ich traue Euch so wenig wie einem gottverfluchten Spanier, aber es gibt ein, zwei Dinge, die ich zu sagen habe. Gibt es in diesem Haus Branntwein?«

Wir gingen in die Küche, nicht nur des Branntweins, sondern auch der wärmenden Feuerstelle wegen. Ich hatte übertrieben, als ich davon sprach, zu alt für feuchte Kleider zu sein, aber das hieß nicht, dass ich mich nicht allmählich wirklich nach Wärme und Trockenheit sehnte. Der weißbärtige Koch, der die Latimers hierhin und dahin scheuchte, wirkte nicht glücklich über die Aussicht, den Branntwein seines Herrn anzutasten, aber angesichts von Appleyards Status als Amys Bruder blieb ihm nichts anderes übrig.

»Wisst Ihr, warum mein Stiefvater in diese Ehe eingewilligt hat?«, fragte Appleyard und goss sich in den Holzbecher ein, den ihm Claire Latimer entgegenhielt. »Gewiss, John Dudley war damals Herzog und ein großer Mann im Reich, aber Robin war nicht der älteste Sohn oder auch nur der zweitälteste, und mein Stiefvater, Gott hab ihn selig, der hätte es lieber gesehen, wenn Amy einen Erben geheiratet hätte, genauso wie sie eine Erbin war. Und einen richtigen Mann, einen mit Erfahrung, nicht einen jungen Spund in ihrem Alter. Aber Amy, die hatte sich Euren Vetter mit seinem Zigeunergesicht in den Kopf gesetzt. Sie bettelte, sie weinte, tagaus, tagein, und Ihr könnt Euch nicht vorstellen, wie das war, ein so hübsches Mädchen weinen zu sehen. Zum Schluss, da war sie sogar bereit, meinem Stiefvater zu schwören, sie erwarte ein Kind. Das war natürlich eine faustdicke Lüge, aber das wussten wir damals nicht. Später habe ich sie dann gefragt, ob sie sich nicht schämte. Nein, sagte sie, denn ihren Robin, den hätte sie haben müssen, koste es, was es wolle.«

Er warf mir einen feindseligen Blick zu und nahm noch einen Schluck, ehe er mir die Flasche überließ. »Letztes Jahr aber, da schreibt sie mir, dass ich einen Gelehrten oder Bischof fragen müsse, ob heutzutage wirklich eine Ehe ohne Kinder für nichtig erklärt werden kann, wenn einer der Eheleute das vor ein paar Pfarrern und Friedensrichtern wünscht. Heute, wo wir keinem Papst mehr gehorchen müssen und niemand mehr weiß, wer für so etwas zuständig ist – was glaubt Ihr wohl, was ich da gedacht habe?«

Die Schärfe des Branntweins nahm mir einen Moment den Atem. »My lord hat keine Scheidung beantragt. Das wüsste ich.«

»Nein, hat er nicht, aber weswegen wohl? Weil er genau wusste, dass Amy sich mit Zähnen und Klauen gewehrt hätte. Und Amy, die konnte kämpfen. Sah immer aus wie ein lieber kleiner Engel, unsere Amy, aber das kann ich Euch sagen, Blount, einmal habe ich ihr, als wir Kinder waren, einen Kreisel weggenommen, weil ich ihn selbst haben wollte. Da zerbrach sie ihn lieber, als ihn mir zu überlassen. Sie hätte mich dazu gebracht, in ihrem Namen Eingabe um Eingabe bei jedem Bischof im Land zu machen. Niemals hätte sie Robin Dudley gehen lassen. Niemals. Sie war die hingebungsvollste Gattin, die ein Mann sich wünschen konnte, und der Dreckskerl hat es ihr damit gedankt, irgendjemanden damit zu beauftragen, sie umzubringen. Das weiß ich genau. Und Forster, der steht bei mir ganz oben auf der Liste!«

Ich hätte ihm sagen können, dass Amy zumindest in einem Punkt nicht die vollkommene Gattin war, für die er sie hielt, aber das war meine eigene Schuld genauso wie die ihre gewesen, und niemand durfte je davon erfahren. Außerdem wusste ich, dass alles, was vorgefallen war, im Grunde doch auf ihren Zorn zurückging, den sie auf Robin empfand. Auf Robin und die Königin.

»Master Appleyard«, sagte ich, »Eure brüderliche Treue und my ladys Entschlusskraft in allen Ehren, aber my lord hat das Ohr der Königin, und sie ist seit ihrer Krönung das Oberhaupt der Kirche in diesem Land. Damit ein Herrscher dies ist, hat ihr Vater Himmel und Hölle in Bewegung gesetzt. Wenn Robin seine Ehe wirklich auflösen hätte wollen, auf wen, meint Ihr, hätte ein Bischof da gehört, auf my lady oder auf die Herrin des Landes?«

»Gebt mir die Flasche wieder«, knurrte er.

Eine Weile schwiegen wir. Es war mein Glück, dass Appleyard zwar geneigt war, Beschuldigungen in alle Richtungen auszustoßen, aber sich nicht wirklich in höfischen Dingen auskannte. Es hatte lange gedauert, bis überhaupt einer der von Königin Mary eingesetzten Bischöfe bereit war, Elizabeth zu krönen. Sie hatte erst den Titel »Oberhaupt der englischen Kirche«, den sie von ihrem Vater geerbt hatte, zu »Oberste Verwalterin der englischen Kirche« ändern müssen, damit es überhaupt so weit kommen konnte. Und es gab genügend Leute, die sie hinter vorgehaltener Hand immer noch unehelich und einen Bastard auf Englands Thron nannten. Nun wissen wir alle, dass Frauen ihrem Herzen und nicht dem Verstand folgen, aber ich konnte mir trotzdem nicht vorstellen, dass die Königin sich unter diesen Umständen je auf den Skandal einer Scheidungsforderung für Robin einlassen wollte. Sie hätte sich genauso gut öffentlich als Ehebrecherin brandmarken können.

»Aber es ist seine Schuld«, sagte Appleyard schließlich. »Irgendwie *ist* es seine Schuld. Das weiß ich! Und wenn er glaubt, dass ich friedlich nach Norfolk zurückgehe, derweil er in London in Glanz und Ehren auf Amys Kosten lebt, dann täuscht er sich, das könnt Ihr ihm ruhig ausrichten.«

Ich nahm bedächtig einen Schluck und sagte dann, so freundlich und arglos wie möglich: »Nur so aus Neugier, wie genau stellt Ihr Euch denn Eure Zukunft vor, Sir?«

Er kniff die Augen zusammen. »Meine arme Schwester hatte weder ihre Heimat in Norfolk noch einen Platz bei Hofe. Keines von beiden. Eines von beiden hätte sie haben müssen, und nun, da sie tot ist, muss endlich Gerechtigkeit herrschen.«

Dies schien keine Antwort auf meine Frage zu sein, und doch war es eine. Ich nahm mir die Branntweinflasche.

»Und Gerechtigkeit bedeutet, dass Ihr eines von beiden bekommt, nehme ich an?«

»Ich habe gesagt, was ich gesagt habe«, sagte Appleyard. »Und jetzt will ich eine Zeitlang niemanden sehen. Wo ist hier das Zimmer für den Ehrengast?«, schloss er, an Hal Latimer gewandt, der mir einen hilfesuchenden Blick zuwarf.

»Im ersten Stock die zweite Tür links, Herr, aber ... Master Blount ...«

»Ich bin Lady Dudleys Bruder, und ich werde im besten Zimmer dieser alten Mönchsklause übernachten, wie es mir zusteht, und damit Schluss«, verkündete Appleyard. Er sah mich herausfordernd an und konnte nicht ahnen, wie wenig ich protestieren wollte.

»Ich will doch nur, was mir zusteht«, hatte Amy Dudley zu mir gesagt, in diesem Frühjahr, als die Welt noch anders aussah und ich für einen verräterischen Moment lang dachte, ich sei jünger als meine Jahre. »Das ist nur gerecht, nicht wahr?«

Sie lebte seit zwei Wochen bei uns in Kidderminster. Friedlich sei es bei uns in Worcestershire, meinte sie, und bedauerlich, dass mich meine Pflichten so oft kreuz und quer durch das Land und an den Hof führten: »Wärt Ihr nicht glücklicher hier in den Midlands bei Euren Kindern und Eurer Gemahlin, Vetter Blount? Tom?«

»Gewiss«, sagte ich. Ohne jede Vorwarnung hob sie die Hand – und schlug mich auf den Mund! Nicht hart, aber heftig genug, dass ich es spürte. Nicht auf die Wange, nicht auf den Kopf, was beleidigend gewesen wäre, denn so ging man mit Knechten und Mägden um, aber immer noch angebrachter als das, was sie tat.

»Lügner«, sagte sie.

Ich hätte mich verbeugen und zurückziehen sollen. Aber in diesem Moment hörte ich auf, an sie als die Gattin meines Vetters Robin zu denken, die ich in unangebrachten Momenten reizend fand und ansonsten nicht anders als Kate oder Mall betrachtete, Robins Schwestern; eine Verwandte, die im Rang über mir stand. In diesem Moment wurde sie Amy für mich. Sie stand vor mir in ihrem französisch geschnittenen Kleid wie ein halb vertrauter, halb fremdartiger Kuckuck in dem Nest, aus dem ich immer wieder floh und das doch meine Heimat war, mit einem Ausschnitt, der für einen gewöhnlichen Tag ohne Feierlichkeiten eigentlich zu tief war, aber über den sich kein warmblütiger Mann je beschweren würde. Um den Hals trug sie einen Anhänger, wie er unter dem alten König Mode gewesen war, einen in Edelsteinen gefassten Buchstaben, der für die Trägerin von Bedeutung war. Ein *R*. Es mochte für ihren Mädchennamen stehen, Robsart, nicht für Robert, aber in mir wallte trotzdem Ärger auf und der Wunsch, ihn mit meiner Hand zu bedecken. Mit meiner Hand genau zwischen ihren vollkommenen jungen Brüsten.

»Ihr lügt wie er«, sagte sie unterdessen wütend. »Verratet mir doch, Tom, was ist es, das Euch nicht genügt? Warum seid Ihr nicht zufrieden mit dem, was Ihr habt, nun, da Ihr es endlich in Sicherheit genießen könnt? Warum geht Ihr wieder und wieder zu Robin wie ein Hund zu seinem Herrn?« Sie lachte. Vielleicht war es auch ein Schluchzen, das in ein Lachen überging, ich weiß es nicht mehr.

»Genau, wie er zu ihr geht. Wie ihr Schoßhund. Glaubt Ihr, dass er das tut? In ihrem Schoß liegen, wie ein Hund? Gerade jetzt, während wir miteinander sprechen?«

Amy hatte volle, weiche Lippen, und selbst, wenn sie nicht sprach, schien ihr Mund immer leicht geöffnet zu bleiben; niemals wirkte er verkniffen. Warum konnte ich das alles auf einmal nicht länger übersehen. Warum jetzt?

»My lady«, sagte ich und legte ihr die Hand auf die Schulter. Tröstend, das schwöre ich.

»Ist es denn zu viel verlangt? Ein Mann, ein Kind. Ich will doch nur, was mir zusteht«, flüsterte sie und schlang ihre Arme um meinen Hals. »Was jede Frau hat.«

Ich roch den Duft in ihrem Haar, das sich hervorstahl unter

ihrer französischen Haube, die ohnehin viel mehr frei ließ als unsere englische, und spürte die zarte Haut ihrer Hände auf meinem Nacken. Dann verstärkte sich ihr Griff, und ihre Fingernägel, so unvermutet scharf, drangen bis zu meinem Blut.

»Der Tod einer jungen Frau«, sagte der Bürgermeister von Abingdon zu mir, als ich ihn in Forsters Gemach fand, »ist ein furchtbarer Schlag des Schicksals.«

»Eine Prüfung Gottes, wie Ihr sagt.«

»Oder Teufelswerk«, berichtigte er streng. »Master Blount, ich nehme meine Pflichten hier sehr ernst, ganz gleich, was Master Appleyard denken mag. *Alle* meine Pflichten.«

Es war erst früher Nachmittag, und ich fühlte mich bereits müde. Margery hatte doch recht. Mir schlug mittlerweile so viel auf die Knochen.

»Ganz gleich, welchen Standes der Tote ist?«, fragte ich.

»Ganz gleich«, bestätigte er in strenger Selbstgewissheit. *Ein Gerechter weilt unter uns,* dachte ich. *Gott helfe uns.* Ich erinnerte mich an den törichten Felton mit seinen nicht enden wollenden Unschuldsbekundungen und an den toten Harkness und sein kaum getrocknetes Blut. Mag sein, dass mich wirklich der Teufel ritt, aber ich konnte nichts anders: »Auf dem Hof des Bauern Humphrey liegt ein toter Knecht, und ich glaube kaum, dass sonst jemand für ihn sprechen wird, denn er hatte keine Freunde dort. Und der Mann, den sie als seinen Mörder festhalten, ein rechter Einfaltspinsel, der scheint ebenfalls keine zu haben. Wird Euch Eure Pflicht auch zu ihnen führen, Sir?«

Er musterte mich mit einiger Verwunderung. »War es denn Eure Pflicht, die Euch auf den Hof dieses Bauern geführt hat, Master Blount?«

Ich nickte, schwieg aber. Wenn ich musste, dann würde ich erklären, warum ich mit Harkness hatte sprechen wollen; sonst nicht. Was ich mir selbst nicht erklären konnte, war, warum ich trotz bester Vorsätze ausgerechnet den Bürgermeister durch meine Worte auf eine mögliche Verbindung zwischen den beiden Todesfällen hingewiesen hatte. Dies war nicht mein Jahr, um gute Vorsätze umzusetzen. Doch vielleicht konnte ich so in dieser Nacht ein wenig schlafen, und zu den Gedanken an Amy würde sich nicht auch noch ein schlechtes Gewissen wegen des verwünschten Knechts gesellen, auf den mit Sicherheit der Strang wartete.

»Und wie steht es mit Mr. Forster?«, wollte der Bürgermeister nun wissen. »Er ist ein angesehener Mann, aber er hat nicht nur Freunde. Dieses Haus hier gehörte einmal zur Abtei, und mehr als der jeweilige Abt galten nur der König und Gott in Abingdon. Manche Leute nehmen es übel, dass ein – verzeiht meine Offenheit – Handlanger im Dienst eines Emporkömmlings nun diese Stätte bewohnt. Mr. Forster war am Sonntag nicht auf dem Jahrmarkt, obwohl sein gesamter Haushalt dort war. Zuerst dachte jeder, das lag daran, dass er sich zu gut dünkte, um an einem Sonntag zu gehen, aber nun will er uns nicht erzählen, wo er stattdessen war. Zu was mag ihn die Pflicht Eurem gemeinsamen Patron gegenüber getrieben haben?«

»Ich kann nicht für Anthony Forster sprechen«, sagte ich langsam. »Er hat auch mir nicht erzählt, wohin er am Sonntag ging. Doch ich kenne ihn als gottesfürchtigen Mann. Ich glaube nicht, dass er einer unschuldigen Frau irgendein Leid zugefügt hätte.«

Um die Wahrheit zu sagen: Ich glaubte lediglich nicht, dass er Amy ermordet hatte, aber derartig eingeschränkte Versicherungen machten in der Regel keinen Eindruck.

Da Forster genau wie ich selbst Robins Mann war, würde es überdies niemanden geben, der glaubte, er habe auf eigene Faust gehandelt, wenn die Geschworenen ihn für den Schuldigen hielten. Ich beschloss, einen Versuch zu machen, das Gespräch auf ein anderes Thema zu lenken, auf eine Frage, die mich seit dem Streit Appleyards mit den Geschworenen umtrieb.

»Stammt Master Irsby wirklich aus Cambridge?«

»Warum fragt Ihr das?«, entgegnete der Bürgermeister überrascht.

»Nun, es wundert mich, dass ein Sohn Abingdons nicht in Oxford studierte, wenn es ihn zum Studium trieb.«

»Hmmm ...« Der Bürgermeister musterte mich mit einem undeutbaren Gesichtsausdruck. »Wie es sich trifft, stammt Master Irsby nicht aus Abingdon; er besucht jedoch derzeit einen Freund hier und bot sich als Experte der Medizin an, als er von Lady Dudleys Tod hörte.«

»Was für ein glücklicher Zufall«, sagte ich trocken. »Wer ist denn sein Freund?«

»Master Sellers, der unserer Wollgilde hier vorsteht und einer der angesehensten Bürger Abingdons ist«, gab der Bürgermeister zurück. »Er bürgt für seinen Freund. Wie Ihr das für Master Forster tut, nicht wahr?«

Damit hatte er mich vorerst um den Einwand gebracht, der mir natürlich auf der Zunge lag und den ich nun nicht aussprechen konnte. Ich gestand den Treffer mit einem Nicken zu. Der Bürgermeister strich sich zufrieden über seinen Bart.

»Nur Gott allein schaut in die Herzen der Menschen«, sagte er. »Wir Sterblichen müssen uns mit Ahnungen begnügen. Wenn Ihr Euch aber Eures Urteils so sicher seid, Master Blount, dass Ihr an Forsters Unschuld glaubt und mir von Knechten sprecht, die Ihr für Einfaltspinsel, aber nicht für Mörder haltet, dann verratet mir doch dies: Wie lange kennt Ihr my lord Dudley?«

Ich hatte das ungute Gefühl, zu wissen, worauf das hinauslief.

»Eigentlich sein ganzes Leben lang«, sagte ich wahrheitsgemäß. »Er ist der Sohn meiner Base Jane. Es erging mir als junger Mann sehr elend, also bat ich meine Base um Hilfe und trat später in den Dienst ihres Gatten.«

»Und my lady?«

»Seit ihrer Hochzeit.«

»Nun, die liegt wohl mittlerweile auch schon ein paar Jahre zurück, habe ich recht, Master Blount? Man kann also behaupten, dass Ihr beide wahrlich gut kennt, besser als Forster, und ganz gewiss besser als sein Gesinde oder sonst jemanden in Abingdon.«

Bis auf Edith Odingsells, dachte ich, die kannte ich noch länger, aber das ging ihn nichts an, und im Übrigen waren das keine erfreulichen Kindheitserinnerungen.

»Master Blount?«

Ich nickte.

»Dann beantwortet mir doch zwei Fragen.« Der Bürgermeister setzte ein feines Lächeln auf, das nicht darüber hinwegtäuschen konnte, dass er wusste, wie er sein Schwert zu führen hatte. »Haltet Ihr my lord Dudley für fähig, einen Menschen zu töten?« Bevor ich darauf etwas entgegnen konnte, hob er – scheinbar beschwichtigend – seine Hand. »Ich frage Euch natürlich nicht, ob Ihr ihn für fähig haltet, sein Weib getötet zu haben. Tätet Ihr das, so würdet Ihr es als sein Mann sicher nicht zugeben. Aber Ihr habt gerade zwei Männer für unschuldig erklärt, die Ihr längst nicht so gut kennt, also will ich wissen, ob es überhaupt Umstände gibt, in denen Eurer Meinung nach Euer Vetter zu morden fähig ist.«

»Wir waren in Frankreich, er und ich«, sagte ich langsam und bedacht, »und nicht, um die Landschaft zu bewundern. Wenn das eigene Leben bedroht ist, my lord Mayor, oder wenn man die Seinen verteidigt, dann ist fast jeder Mann fähig zu töten. Aber wenn Ihr mich nach my lord fragt, dann solltet Ihr besser fragen, ob ich ihn für fähig halte, einen Mord zu begehen, auf den die meisten Menschen im Land seit fast zwei Jahren warten, und dann lautet die Antwort eindeutig nein. My lord Dudley mag vieles sein, aber dumm ist er nicht.«

Der Bürgermeister brummte, ein Laut, der Zustimmung oder Verneinung sein konnte; was von beiden, ließ sich aus seiner Miene nicht ablesen.

»Da Ihr eine so offene Sprache führt, Master Blount, will ich meine zweite Frage stellen. Habt Ihr die beklagenswerte Verstorbene für fähig gehalten, einen Menschen zu töten?«

»Sie war eine Lady. Sie hat mit Sicherheit noch nicht einmal einer Gans je den Hals umgedreht, um sie auszunehmen, und sie war eine gute Christin, eine gottesfürchtige Frau«, sagte ich, ohne zu zögern, weil ich mit dieser Frage gerechnet hatte. Worauf sie in Wirklichkeit hinauslief, war eindeutig. Aber ich würde auf gar keinen Fall einräumen, Amy sei fähig gewesen, Hand an sich zu legen.

»Nach Gänsen habe ich nicht gefragt«, entgegnete der Bürgermeister und seufzte. »Doch Ihr scheint wahrlich ein loyaler Mann zu sein, Master Blount. Nun gut, wir werden zweifellos noch öfter miteinander sprechen in unserem Bestreben, die Wahrheit herauszufinden. Für jetzt überlasse ich Euch Euren eigenen Wegen.«

Allmählich begann die Kälte des Regentags selbst in diese so festen alten Klostermauern einzudringen; als ich Mrs. Owens Zimmer betrat, sah ich, wie Agnes Cross sie in eine Decke hüllte, obwohl ihr Witwenkleid aus Wolle bestand und sie schon wärmen musste.

»Früher war es wärmer«, sagte Mrs. Owen, als habe sie meine Gedanken gelesen. »Mein Seliger hat gesagt, das liegt an … das liegt an …« Ihre Stimme wurde unsicher, und welcher Funke ihren Geist eben noch erhellt hatte, er brannte bereits wieder aus. Ich machte eine kleine Verbeugung und entbot ihr meinen Gruß, wie es sich ziemte. Dann wandte ich mich an Agnes Cross. Im Halbdunkel des Zimmers ließen die dunkle Haube, die jede Strähne ihres Haares bedeckte und von keinerlei Stickereien geziert wurde, wie das sonst bei Frauen der Fall war, und ihre hagere Gestalt sie mehr denn je wie einen Mann in Röcken wirken. Oder vielleicht wie einen Mönch.

»Cross«, sagte ich anschließend so höflich wie möglich, »ich möchte mit dir sprechen.«

»Sollen wir vor die Tür gehen, Sir?«, fragte sie sofort. Ich schüttelte den Kopf.

»O nein. Ich würde dich nie für so eine Belanglosigkeit aus der Gegenwart deiner Herrin entführen. Schließlich sehe ich, wie gut du für sie sorgst, Cross. Du würdest sie nie alleine lassen, wenn sie dich braucht, und wann tut sie das nicht?«

»Danke, Sir«, erwiderte sie ausdruckslos. Wenn ich Glück hatte, dann wurde sie aus meiner kleinen Rede nicht schlau, was ich hoffte. Sie hatte sich gewiss darauf vorbereitet, von mir noch einmal zum Sonntag befragt zu werden, aber vielleicht erwartete sie die Frage nicht, die ich ihr tatsächlich stellen wollte. »Was kann ich denn für Euch tun, Master Blount?«

»Oh, es geht nicht um das, was du für mich tun kannst. Es geht um das, was ich für dich tun kann.«

War das Verblüffung in Agnes Cross stählernen Augen? Sie warf einen Blick auf Mrs. Owen, als wollte sie sagen, ich möge ihr doch kein Bestechungsgeld vor ihrer Herrin anbieten, dann begann sie zögernd: »Sir …«

»Ich begebe mich morgen nach Oxford, Cross, und als liebende Verwandte möchtest du mir vielleicht eine Nachricht für deine junge Base Barbara mitgeben.«

Fortuna war mit mir. Mrs. Owen hob den Kopf und wiederholte: »Barbara? Barbara ist ein liebes Mädchen. Ihre Blumengewinde, oh, ihre Blumengewinde sind so hübsch. Warum kommt Barbara nicht mehr, um mir Blumen zu bringen, Cross?« Sie blinzelte, und ein paar Tränen begannen, ihr über die faltigen Wangen zu laufen. »Alle lassen sie mich allein. Mein Gemahl ist so sehr beschäftigt … Ich weiß, im Dienst des Königs steht er, oh ja, das tut er, aber ich wünschte, er wäre mehr bei mir. Und Barbara kommt nicht mehr, und Jane habe ich lange nicht gesehen – warum lassen sie mich alle allein?«

»Ihr wisst, weswegen, Mistress«, sagte Agnes Cross beruhigend und tätschelte Mrs. Owen die rechte Hand.

»Wenn *Ihr* eine Botschaft für Barbara habt, Mrs. Owen, übergebe ich sie gerne«, sagte ich schamlos. »Sobald mir Eure Agnes gesagt hat, wo in Oxford ich sie finde. Und ich werde Euch Blumen von ihr mitbringen.«

Agnes Cross presste die Lippen zusammen. Sie wirkte, als würde sie mir liebend gerne die Meinung darüber sagen, was sie davon hielt, die Verwirrung alter Frauen auszunutzen, aber ich hatte nie behauptet, ein Unschuldslamm oder ein rücksichtsvoller Mann zu sein, und das war natürlich der Grund, warum ich sie vor Mrs. Owen angesprochen hatte.

»Cross«, sagte Mrs. Owen denn auch begeistert, »sag dem Herrn, wo er Barbara findet, damit sie ihm Blumengewinde mitgeben kann!«

»Barbara hat eine schwere Zeit hinter sich, Herrin«, entgegnete Agnes Cross tonlos. »Vielleicht …«

Die alte Frau begann erneut zu weinen. »Ich möchte meine Blumengewinde! Barbara soll mir wieder Blumenkränze und Sträuße machen! Ich möchte meine Gewinde!«

»Ihr werdet sie bekommen«, sagte Agnes Cross beschwichtigend. »Master Blount wird dafür sorgen. Er ist ein Mann, der zu seinem Wort steht, und wird gewiss mit Blumen zurückkehren, ganz gleich, was ihm auf dem Weg nach Oxford auch begegnen mag.«

Mit anderen Worten, dachte ich grimmig, *sie wird mir nichts über den Aufenthalt ihrer Nichte verraten, oder nur Lügen. Aber wenn ich nicht trotzdem irgendwo Blumen kaufe, bin ich es, der dann vor Mrs. Owen schlecht dasteht. Das heißt, wenn sie denn in der Lage ist, an ihrem Wunsch lange genug festzuhalten, um gekränkt zu sein.*

»Gewiss wäre es Mrs. Owen eine Freude, ein paar Zeilen von Barbaras Hand zu erhalten«, schlug ich freundlich vor.

»Gewiss«, sagte Agnes Cross, ebenso freundlich lächelnd. »Aber unsere liebe Barbara hat nie gelernt, zu schreiben.«

Am Ende behauptete sie, ihre Nichte sei zwei Häuser von St. Michael entfernt am Nordtor zu finden, und ich wusste, dass ich dort umsonst nach einer Barbara Cross fragen würde.

»Du bist mir eine große Hilfe gewesen, Cross.«

»Es war mir eine Freude, Sir. Darf ich fragen, welche Geschäfte Euch sonst noch nach Oxford führen?«

»Ich will mir den Platz ansehen, auf dem Erzbischof Cramner vor fünf Jahren verbrannt worden ist«, sagte ich – und fügte dann mit harter Stimme hinzu: »Hinrichtungen inspirieren mich dieser Tage.«

In meinem nächsten Brief an Robin schrieb ich von dem Bürgermeister, den Geschworenen und Appleyards Eintreffen, aber erwähnte weder die neue Leiche in diesem Landstrich noch den Umstand, dass mit Pirto und Agness Cross mittlerweile zwei Mägde angedeutet hatten, dass sie eine neue Stelle bei den Dudleys wollten; auch nichts über den Arzt aus Cambridge oder dass Appleyard erwartete, Amys Erbe auf die eine oder andere Weise anzutreten. *Mehr werde ich Euch berichten, wenn wir uns sehen,* schloss ich stattdessen; je nachdem, was sich am morgigen Tag in Oxford begab, würde ich entweder direkt danach oder übermorgen mit dem Schiff nach Kew fahren, um mit ihm zu sprechen. Es kam mir in den Sinn, dass Robin nie gerne stillgesessen hatte, wenngleich er es im Tower hatte lernen müssen.

Ich war noch dabei, mit einem Messer die Feder, die mir Forster geliehen hatte, etwas zu schärfen, als Frobisher auftauchte.

»Der trauernde Bruder hat seine Sachen in Euer Zimmer bringen lassen«, sagte er. »Und wollte den Schlüssel für die Truhen haben. Pirto sagte, den hättet Ihr, also betrachtet Euch gewarnt, denn er wird gewiss bald auftauchen. Wird es nun zu einer Schlacht um Truhen und Zimmer kommen?«

»Mit dem Bruder einer Toten zu streiten, während ihr aufgebahrter Körper nur einen Steinwurf weit entfernt liegt, ist geschmacklos«, sagte ich. »So etwas bringen höchstens Franzosen fertig.« Ich konnte nicht widerstehen: »Oder Vagabunden.«

Frobishers Mundwinkel zuckten. »Oh, ich weiß, was Ihr meint, Durchlauchtigster; in einem Schauspiel wäre es eine packende Szene. Malt Euch doch nur einmal einen feierlichen Begräbniszug aus, Trauerreden, wie sie nun einmal zu einem solchen Anlass gehalten werden, voller frommer Allgemeinheiten. Dabei sagt niemand etwas darüber, wie die Verstorbene wirklich war. Und dann tritt plötzlich der lang verschollene Verlobte aus seinem Versteck, oder besser noch, der heimliche Geliebte, und er schleudert dem Bruder seine Wahrheiten an den Kopf!«

Während er sprach, veränderte er ständig seine Haltung: Erst mimte er eine Amtsperson, die eine Rede hielt. Seine Schultern schienen auf einmal zwanzig Jahre herabzusacken, sein Gesicht wirkte ernst, doch auch leicht selbstgefällig, und ich schwöre, dass er sogar auf einmal ein Ränzlein wie so viele Ratsherren zu haben schien, jenen Bauch, den sich ein Mann in Amt und Würden eigentlich unweigerlich anisst. Dann führte er ein nicht existentes Taschentuch an die Augen und wurde zum trauernden Familienangehörigen, der sich Tränen aus dem Gesicht wischte, aber nur so lange, bis er vorsprang und zu einem heftig gestikulierenden jugendlichen Heißsporn wurde. Ich muss gestehen, bei dem Wort *Geliebter* wäre ich um ein Haar zusammengezuckt und wurde nur dank meiner Selbstbeherrschung davor bewahrt. Frobisher war jedoch zu sehr im Bann seiner selbst ausgemalten Szene, um es zu bemerken. Dennoch schien es mir angebracht, unser Gespräch auf ein anderes Thema zu lenken.

»Das einzige Stück, das ich je gesehen habe, handelte vom Jedermann und endete damit, dass er all sein Geld verlor und keinen seiner Diener mehr bezahlen konnte, also hoffst du besser nicht, dass deine Gaukeleien Ähnlichkeit mit meinem Leben haben.«

»Ihr habt nichts als dieses uralte Stück aus den finsteren Zeiten gesehen?«, rief er entsetzt. »Sir, das muss sich ändern! Unsere Truppe spielt jede Woche wenigstens zwei Stücke, während wir durch die Lande ziehen. Wenn man uns lässt, versteht sich, statt uns fortzuprügeln, weil wir noch niemandes Diener sind. Wenn my lord Dudley uns seine Farben tragen lässt, dann werdet Ihr täglich mit neuen kunstvollen Werken verwöhnt, Master Blount, das schwöre ich.«

»Keine Drohungen. Ich bin ein vielbeschäftigter Mann, Frobisher. Aber wenn du mich unterhalten willst, tu dir keinen Zwang an, und verrate mir, was du von dem Gesinde hier hältst.«

Er grinste. »Kennt Ihr das Sprichwort über Vögel, die man füttert, ehe sie singen?«

Ich legte meine Feder und das Messer weg. »Ich glaube, das lautet eher umgekehrt: Sie singen, um gefüttert zu werden. Aber erzähle mir nicht, dass du hier nichts zu essen bekommst. Die kleine Latimer schien sehr angetan von dir zu sein heute Morgen.«

»Hier hat zurzeit jeder zu viel Angst, um zu stehlen, wie es sonst überall üblich ist«, sagte er zu meiner Überraschung. »Und als Euer Diener bin ich kein wirklicher Gast, also bräuchte sie dazu die Erlaubnis ihres oder meines Herrn.«

Sein Gerede führte schließlich dazu, dass ich mit ihm Äpfel in dem Zimmer teilte, in dem wir nun, nach Appleyards Ankunft, übernachten würden. Es war das von Forster und seiner in Sussex befindlichen Gemahlin und damit das zweitbeste im Haus. Nun sah es nicht so aus, als ob heute noch jemand außer Appleyard aus Norfolk hier eintreffen würde; nicht jeder war in der Lage, sofort aufzubrechen, wenn er die Nachricht von einem überraschenden Todesfall erhielt. Aber morgen standen die Dinge mit Sicherheit anders, und daher fragte ich mich, ob ich nicht am besten von Oxford direkt nach Kew aufbrechen sollte, um dann mit neuen Anweisungen und etwas mehr Gepäck für mich selbst nach Cumnor zurückzukehren.

Bei dem Gedanken an ein paar frische Kleidungsstücke fielen mir Pirtos Worte ein und das Fehlen jeder Art von persönlichen Briefen in Amys Truhe. »Du glaubst also nicht, dass hier gestohlen wird«, nahm ich den Faden wieder auf.

»Nicht *jetzt*«, verbesserte Frobisher. »Früher und im Allgemeinen natürlich schon. Wenn ich ganz offen sprechen soll: Die haben hier alle Angst, dass einem von ihnen die Schuld an my ladys Tod gegeben wird, als Sündenbock. Also will gerade jetzt keiner Aufmerksamkeit auf sich ziehen. Die Latimers glauben sogar, dass Ihr nur deswegen gestern mit ihnen und den anderen so lange geredet habt. Und jedermanns liebster Stallmeister, der reizende und umgängliche Hughes, hat es so zusammengefasst: Entweder hat my lady sich umgebracht, und dann ist es ein Skandal, weil ihr kein christliches Begräbnis zusteht und Schande über die Familie kommt, oder sie ist umgebracht worden, und dann will my lord gewiss nicht, dass länger nachgeforscht wird, wer es war. Im einen wie im anderen Fall ist es doch das Einfachste, einem Diener oder einer Magd die Schuld zu geben und sie aburteilen zu lassen, denn niemand glaubt einem Dienstboten gegen das Wort der Herrschaft.«

Ich hätte sagen können, dass Robin mich ausdrücklich beauftragt hatte, ohne Ansehen der Person nach der Wahrheit zu forschen, aber ich durfte erst gar nicht damit anfangen, mich und ihn vor Frobisher zu rechtfertigen. Außerdem mochten Frobishers Worte auf die Latimers, den obersten Koch und Hughes zutreffen, wohlmöglich auch auf die Stallknechte, doch weder Agnes Cross noch Pirto hatten den Eindruck erweckt, Angst um ihr Leben zu haben. Im Gegenteil.

»Hmmm«, brummte ich und fragte mich, ob Frobisher absichtlich versuchte, mich fehlzuleiten, oder ob er schlicht und einfach nicht dazu gekommen war, mehr als zwei Worte mit den beiden Frauen zu wechseln. »Wie steht es um die Schreibkünste in diesem Haushalt?«

»O großer Blount, ich bin nur ein einfacher Sterblicher, und freundliche Gespräche mit den Menschen zu führen dauert nun einmal länger. Wenn ich als Euer ergebener Diener sie ohne Umschweife frage, ob sie lesen und schreiben können, werde ich sicher angelogen. Doch fürchtet nicht, ich weiß schon, wie ich eine solche Angelegenheit anfangen muss. Als mir die Latimers von ihrer Furcht erzählten, dass nach Sündenböcken gesucht würde und sie als die Einzigen, die außer Agnes Cross nachweislich im Haus waren, als my lady starb, gewiss als Erste in Frage dafür kämen, da wollte ich wissen, ob sie nicht versuchen könnten, eine andere Stelle zu finden.«

Worauf er damit hinauswollte, war mir ein Rätsel, aber ich kannte ihn inzwischen gut genug, um zu wissen, dass es mir nicht viel bringen würde, ihn zu unterbrechen.

»Vielleicht unter anderen Namen. Gar mancher hat schließlich nicht gewusst, dass die Musen ihn zur Darstellung riefen, ehe er das erste Mal den Schurken oder Helden dargeboten hatte, ob auf dem Marktplatz, in einer Schenke oder in der großen Halle eines edlen Hauses.«

»Ich hoffe, bei deinen Lobpreisungen des Vagabundendaseins hast du nicht erwähnt, dass der von den Musen Gerufene sich dann dringend nach einem edlen Herrn als Patron umsehen muss, weil er sonst vom Regen in die Traufe kommt«, sagte ich trocken. »Was weiter?«

»Nun, wie ich Euch bereits sagte, o Verächter der Künste, wir Schausteller müssen unsere Buchstaben zu setzen wissen, also konnte ich die Frage ganz natürlich einflechten.« Er sah mich zufrieden an.

»Und?«

»Hal Latimer und Fred Hughes können beide ihren Namen schreiben, aber nicht viel mehr. Der Koch dagegen kann sehr gut lesen, was ein Glück ist, weil die Mönche, die früher hier waren, einige Rezepte hinterlassen haben.«

»Und Claire Latimer?«, hakte ich nach.

Frobisher zog ein betrübtes Gesicht. »Da keine Frau je die edle Kunst des Schauspielens ausüben wird, konnte ich sie nicht fragen, doch wenn ihr Bruder nur seinen Namen beherrscht, wie sollte sie dann mehr vermögen?«

»Wie steht es mit Pirto?«

»Sir, wie ich schon sagte, ich bin auch nur ein Mensch. Pirto und der Drachen, der Mrs. Owen bewacht, stehen mir noch bevor. Da werde ich mir etwas anderes einfallen lassen müssen.«

Es lag mir auf der Zunge, ihm ungehalten zu sagen, dass diese beiden wichtiger als die Latimers gewesen wären, aber ich schluckte die Worte hinunter. Woher hätte er das wissen sollen? Letztendlich mochte alles hier wichtig sein, und bei Agnes Cross zumindest würde er wahrscheinlich ohnehin auf Granit stoßen, ganz gleich, wann er mit ihr sprach. Stattdessen nahm ich mir einen weiteren Apfel und warf auch ihm einen zu.

Erst als Frobisher verschwunden war, um in der Küche die Bettpfannen zu holen, um die ich für die Nacht gebeten hatte, wurde mir etwas bewusst, was mir früher hätte auffallen sollen: Er hatte mich nicht nach Harkness gefragt. Dabei war er es gewesen, der mir von seiner Begegnung mit dem Mann auf dem Jahrmarkt erzählt und mich somit noch einmal auf ihn aufmerksam gemacht, der mich so gut wie zu ihm geschickt hatte. Es hätte nichts näher für ihn gelegen, als neugierig zu sein und mich zu fragen, wie mein Gespräch mit Harkness verlaufen sei.

Es sei denn, Frobisher wusste, dass es kein solches Gespräch gegeben hatte, weil Harkness bereits tot war, als ich auf Humphreys Hof eintraf …

Ich schüttelte den Kopf. Nein, Frobisher war den ganzen Tag hier in Cumnor gewesen und hatte die Leute in der Küche ausgefragt. Wie sollte er also von dem Mord wissen?

DRITTES ZWISCHENSPIEL

Hofdamen und Minister haben für gewöhnlich nichts miteinander zu tun, wenn sie nicht derselben Familie angehören. Daher hatte ich mit William Cecil seit Elizabeths Krönung keine fünf Worte mehr gewechselt, die über »Guten Tag, Mr. Secretary« oder »Wie befindet sich Ihre Majestät heute, Mrs. Ashley?« hinausgingen. Vor der Krönung indessen war das völlig anders, wenigstens eine Zeitlang.

Als ich nach Thomas Seymours Tod wieder zu Elizabeths Gouvernante ernannt wurde, da war William Cecil derjenige, der mich von London nach Hatfield brachte, was mich ein wenig überraschte, denn ich kannte ihn vorher nicht; er war ein Fremder für mich. Damals arbeitete er noch für Edward Seymour, den Lord Protector, und so nahm ich denn an, dass es sich um einen letzten Versuch handelte, mich auf den Weg nach Hatfield etwas für mein Mädchen Verfängliches sagen zu hören. Doch wie sich herausstellte, tat ich ihm darin unrecht.

Cecil war einer der Männer gewesen, die Elizabeth im Namen des Lord Protectors verhört hatten. Dabei musste sie ihn beeindruckt haben, denn von diesem Zeitpunkt an leistete er ihr auf unauffällige Weise Hilfe, wo und wann er konnte. Als ihr Halbbruder Edward im Sterben lag, war es Cecil, der ihr eine Warnung schickte, auf keinen Fall nach London zu kommen, weil John Dudley plante, ihre Base Jane Grey auf den Thron zu setzen und sie und ihre Schwester Mary notfalls mit Gewalt bei der Thronfolge zu übergehen. Sie hörte auf ihn und entgegnete auf Dudleys Aufforderung, zum Totenbett ihres Bruders zu eilen, sie sei zu krank zum Reisen. Ihre ältere

Schwester Mary dagegen brach zwar auf, doch erst, nachdem sie eine kleine Armee um sich gesammelt hatte.

»Mary ist bestimmt auch von Cecil gewarnt worden«, sagte Elizabeth damals zu mir, und als ich sie fragte, ob sie Cecil denn für einen solchen Wendehals halte, schüttelte sie den Kopf. »Nein, aber für einen klugen Mann und einen, der dieses Land unter der bestmöglichen Regierung wissen möchte. Und die sind gewiss nicht Robins kleiner Bruder Guildford und meine arme Base, wenn sie sich noch nicht einmal gegen John Dudley durchsetzen und diese Ehe verweigern konnte.«

Soweit ich mich erinnere, war dies das erste Mal, dass sie zumindest andeutete, sie wolle selbst auf den Thron, was nicht bedeutet, dass sie es nicht schon vorher wollte; nur hatte sie es nie auch nur ansatzweise ausgesprochen, zumindest nicht in meiner Hörweite.

»Wenn er von Euch als der würdigen Thronfolgerin überzeugt wäre, hätte er die Lady Mary nicht warnen brauchen«, sagte ich kopfschüttelnd. Sie schnitt eine Grimasse.

»Mary ist die Älteste, und das Volk hat ihre Mutter geliebt, während es … andere gehasst hat«, gab sie zurück, wieder den Namen ihrer eigenen Mutter vermeidend. »Wenn ich Cecil wäre, dann würde ich auch nicht gegen sie setzen.«

Am Ende verlor John Dudley seinen Kopf, genau wie sein jüngster Sohn und das Mädchen, das sie für neun Tage zur Königin gemacht hatten. Als wir zu Marys Krönung nach London kamen, fand sich auch Sir William Cecil in der königlichen Gunst, statt mit den Dudleys und ihren Anhängern verurteilt worden zu sein, also musste Elizabeth wohl recht gehabt haben. Ich muss gestehen, dass mir das Ganze doch sehr wetterwendisch vorkam, doch ich änderte meine Meinung, als mein Mädchen von ihrer Schwester in den Tower geschickt wurde. Wenn je ein Moment für einen rechten Wendehals gekommen war, sie im Stich zu lassen, dann damals. Doch es war William Cecil, der mir Obdach bot, als die Königin anordnete, ich dürfe nicht bei meinem Mädchen sein, und bei dieser Gelegenheit lernte ich ihn als guten Familienvater kennen. Seine Gemahlin Mildred gilt als eine der gelehrtesten Damen Englands, und es war eine Freude, sich mit ihr zu unterhalten. Als Elizabeth aus dem Tower freikam und wir wieder vereint waren, lobte ich Cecil voller Dankbarkeit, und sie wiederholte, dass er ein sehr kluger und umsichtiger Mann sei.

Einige der Bücher, die mir Mildred Cecil überlassen hatte, brachten mich danach erneut in Schwierigkeiten, zugestanden; es war die Zeit, in der Königin Mary anfing, Protestanten zu verbrennen. Sie verlangte damals auch, dass mein Mädchen sich zur katholischen Religion bekennen sollte, aber das war unmöglich.

»Als Katholikin bin ich nicht nur unehelich, sondern auch ohne jeden Anspruch auf den Thron, und das weiß sie«, sagte Elizabeth. »Aber das Traurige ist, dass sie es nicht nur deswegen fordert, sondern auch, weil sie tatsächlich meine Seele retten will. Sie will die Seelen von ganz England retten. Als unser Bruder sie aufforderte, Protestantin zu werden, sagte sie, sie wolle lieber sterben, und sie hat es so gemeint.«

»Ihr werdet doch nichts dergleichen zu ihr sagen«, fragte ich beunruhigt. »Sie ist imstande, Euch beim Wort zu nehmen.«

»Ich tauge nicht zur Märtyrerin«, gab mein Mädchen zurück, »für keine Religion. Aber wenn ich mich jetzt zur Katholikin erkläre, dann habe ich ein für alle Mal verspielt und kann gleich in ein Kloster gehen.« Sie grübelte einen kurzen Moment. »Ich werde ihr sagen, dass ich in meiner protestantischen Unwissenheit erst Instruktionen brauche, ehe ich übertreten kann, denn gewiss kann sie nicht wollen, dass ich etwas bekenne, was ich nicht verstehe. Das sollte genügend Zeit herausschinden, um eine Lösung zu finden.«

Um Religionsunterricht zu bitten, erkaufte Elizabeth tatsächlich Zeit, doch natürlich blieb Mary misstrauisch. Eines Tages tauchten Soldaten bei uns auf, die nach ketzerischen Bü-

chern suchen sollten. Dabei fanden sie die von Mildred Cecil in meiner Truhe, und ich verbrachte drei bange Monate im Fleet-Gefängnis. Danach war es mir wieder verboten, zu meinem Mädchen zu gehen, und so lebte ich erneut bei den Cecils. Er brachte mich nach Hatfield, kaum dass die Nachricht von Marys Tod kam, auch wenn ich natürlich weiß, dass dies meinem Schützling galt und nicht mir. Aber trotzdem. Man kann also sagen, dass wir auf recht gutem Fuß miteinander stehen.

Als ich ihn nun nach seiner morgendlichen Sitzung mit der Königin abfing, ehe er in seine eigenen Räume zurückkehrte, war er überrascht, doch er weigerte sich nicht, als ich darum bat, mit ihm allein sprechen zu dürfen.

»Nun, Mrs. Ashley, dies sind wieder einmal schwere Tage«, sagte er zu mir, als wir uns in den Nordgarten begaben, wo man einigermaßen ungestört reden konnte. »Aber so Gott will, werden sich auch diesmal wieder die Wogen glätten. Unser Staatsschiff wird vom Sturm wieder ins ruhige Meer segeln.«

Cecil mochte, wie mein Mädchen immer betonte, ein kluger und fähiger Mann sein, aber er neigte so sehr dazu, in Gleichnissen und Sentenzen zu sprechen, dass ich manchmal meinte, an ihm sei ein Pfaffe verlorengegangen. Also konnte ich der Versuchung nicht widerstehen, eine kleine Spitze anzubringen, hinter der meine ganze Sorge verborgen war.

»Mr. Secretary«, sagte ich, »ich will doch nicht hoffen, dass Ihr diese ruhigere Fahrt durch einen weiteren Kapitänswechsel zu sichern gedenkt?«

Die meisten Männer, die ich kenne, hätten darauf mit Empörung reagiert oder zumindest mit rotem Gesicht erklärt, sie seien ganz gewiss keine Verräter. William Cecil dagegen sah mich nur über seine lange Nase hinweg eindringlich an und entgegnete: »Nein, Mistress Ashley. Ich war lange auf der Suche nach dem besten Kapitän, das gebe ich zu, aber nun, da ich fündig geworden bin, da will ich keinem anderen mehr dienen. Doch es mag sehr wohl sein, dass wir Ballast abwerfen müssen, um den Hafen zu erreichen. Ein guter Kapitän versucht natürlich, die gesamte Mannschaft zu retten. Ein Navigator dagegen sieht die Sache manchmal etwas klarer und weiß, dass harte Entscheidungen getroffen werden müssen.«

Just deswegen hatte ich mit ihm sprechen wollen. Meine Gebete hatten mir nicht dabei geholfen, entweder mein Vertrauen in Gottes Plan für mein Mädchen wiederherzustellen oder mein Herz so sehr zu erhärten, dass ich in der Lage war, Robin Dudley selbst dem Tod zu überantworten. Ich brauchte irdischen Rat und Hilfe. Zuerst war ich froh, dass er mir gewissermaßen die Türe geöffnet hatte, um in dieses verfängliche Gebiet einzudringen, doch dann erwachte ein Funken Misstrauen in mir, eben weil es so einfach war. »Mein William«, *hatte seine Gemahlin Mildred einmal zu mir gesagt, als ich sie fragte, ob sie unter Marys Herrschaft nicht um das Leben ihres Gatten fürchtete,* »hat ein Talent dazu, andere Leute auf eine Weise für sich handeln zu lassen, die sie glauben macht, es sei ihre Idee gewesen, und deswegen mache ich mir auch keine Sorgen darum, dass er unter all den Katholiken bei Hofe überleben wird.«

»Es ist nur sehr schwer zu entscheiden«, sagte ich langsam, »was Ballast ist und was lebenswichtiger Proviant. Das stelle ich mir wenigstens so vor. Eine einfache Frau wie ich versteht natürlich nichts von der Seefahrt und muss erfahrene Navigatoren um Rat in solchen Dingen fragen.«

Ich hatte immer noch nichts von meiner Quelle in Cumnor gehört, und ich konnte nicht einfach den nächstbesten Knecht bitten, nach Kew zu wandern, bei Lord Robert Dudley vorstellig zu werden und um eine Stelle zu bitten. Aber Cecil, Cecil hatte Übung darin, anderswo Spione einzuschleusen. Vom Tod Königin Marys hatte er einen halben Tag vor all den anderen Edelleuten gewusst, die sich danach umgehend auf den Weg nach Hatfield zu meinem Mädchen machten. Ich wusste, dass Cecil sogar eine der Wäscherinnen bestochen hatte, um ihm darüber Bericht zu erstatten, ob die Königin auch regelmäßig ihre Blutungen bekäme, weil mir die Waschfrau das selbst gestand, als ich sie mit Geld in der Schürze erwischte, das sie nicht vom Haushofmeister hatte. Cecil würde es auch fertigbringen, einen Spion bei Robin Dudley einzuschleusen, da war ich sicher.

»Nun, Mistress Ashley, ohne ins Philosophieren zu geraten, möchte man meinen, dass alles, was vielleicht hübsch anzusehen, aber in seiner Wirkung schädlich ist, gewiss als überflüssiger Ballast bezeichnet werden kann.«

Hübsch anzusehen, aber in seiner Wirkung schädlich. *Auf den verstorbenen Thomas Seymour traf diese Beschreibung gewiss zu, und wenn ich das nur rechtzeitig erkannt hätte, dann wäre viel Unheil verhindert worden. Aber ob sie auch für Robin Dudley galt, das konnte ich eben noch nicht mit letzter Sicherheit sagen. Ich musste an den Tag denken, als des alten Königs vierte Gemahlin, die törichte kleine Kitty Howard, wegen Ehebruchs verhaftet wurde. Der ganze Hofstaat befand sich damals in Hampton Court, und es war eine der Zeiten, in denen der König seine gesamte Familie um sich haben wollte, auch mein Mädchen. Kitty Howard entkam ihren Wachen lange genug, um zu versuchen, über die Galerie in die Nähe des Königs zu gelangen, und wir hörten sie alle schreien, er möge sie doch anhören, sie sei unschuldig, er sei doch ihr lieber Gatte und dürfe sie nicht töten. Ich stand damals mit John Dudley zusammen, weil er gerade die Erlaubnis erwirkt hatte, vier seiner Kinder mit Elizabeth, dem kleinen Edward und ihrer Base Jane Grey erziehen zu lassen; er war mitten in einer langen Rede darüber, wie schädlich es doch für alle Menschen, ganz besonders aber für königliche Sprösslinge sei, allein zu sein. In erster Linie sollte diese Rede überspielen, dass die erste Begegnung seiner Kinder mit meinem Mädchen kein Erfolg gewesen war, weil Elizabeth und sein Sohn Robin sofort zu streiten begonnen hatten. Worüber, das weiß ich nicht mehr.*

Aber sie schenkten sich immer noch wütende Blicke, während John Dudley mir über die Vorzüge gemeinschaftlicher Erziehung predigte. Ich hörte nur mit einem halben Ohr zu, als auf einmal ein Rumoren durch die Galerie ging. Dann begannen die Schreie, und alle anderen Gespräche verstummten sofort. Wir wussten, was das bedeutete, vom hochrangigsten Herzog bis zur niedersten Magd; alle Menschen, die sich an jenem Tag in Hampton Court befanden, zweifelten nicht einen Moment daran, dass Kitty Howard nun zum Tode verurteilt war.

Ich dachte an jene andere Königin, die ihren Kopf verloren hatte, meine Verwandte Anne Boleyn, und machte einen Schritt auf mein Mädchen zu, um sie wegzubringen. Elizabeth war weiß wie Schnee geworden. Und da sah ich, dass der dunkelhaarige Junge, mit dem sie gerade noch gestritten hatte, ihre Hand ergriff. Robin flüsterte ihr etwas ins Ohr und zog sie fort, aus dem Gedränge der Höflinge vor der Galerie hin zur nächsten Treppe. Dort begannen sie, zu rennen. Man mochte es für ein Wettrennen zwischen zwei Kindern halten, und John Dudley rief seinem Sohn tatsächlich ärgerlich hinterher, nun sei wirklich nicht die Zeit für dergleichen. Keiner der beiden drehte sich um, und ich war dem Jungen von ganzem Herzen dankbar. Gewiss, seither waren Jahre vergangen. Gewiss, inzwischen konnte der gleiche Freund ein Mörder sein. Er war unbestritten der ehrgeizige Sohn eines ehrgeizigen Vaters. Ein schlechter Ehegatte. Und ein Mann, der mein Mädchen ins Gerede gebracht hatte.

Aber war er ein zweiter Seymour?

»Ein Navigator ist kein Arzt«, sagte ich eindringlich. »Kann er sich da wirklich sicher mit der Diagnose sein?«

»Wäre er sonst zu Rate gezogen worden?«, gab Cecil gleichmütig zurück, und damit hatte er natürlich recht. Ich war zu ihm gekommen, und nicht umgekehrt. Ich sollte mich jetzt nicht zieren, sondern meine Bitte vorbringen.

»Mrs. Ashley«, sagte Cecil, bevor ich den Mund öffnen

konnte, »die Wahrheit ist doch, dass Dinge, die hübsch anzusehen, aber in ihrer Wirkung schädlich sind, schnell ersetzt werden können durch harmlosere Annehmlichkeiten. Aus den Augen, aus dem Sinn, wie der Volksmund zu sagen pflegt.«

Damit hatte er allerdings den Finger auf den wunden Punkt gelegt, doch nicht so, wie er wohl glaubte. Mein Mädchen genießt es, wenn man ihr Komplimente macht, und seit ihrem Thronantritt hat sie weiß Gott nicht nur mit Robin Dudley gelacht und gescherzt. Aber wie sie selbst zu mir gesagt hatte, war sie sich stets sehr bewusst, dass diese Aufmerksamkeiten der Königin galten, nicht Elizabeth Tudor. Ich denke nicht, dass sie auch nur einem der anderen Höflinge vertraute, was die Aufrichtigkeit seiner Zuneigung betraf. Ob sie nach dem Lord Admiral je wieder einem Mann vertrauen konnte, stand ohnehin in den Sternen, selbst wenn es nicht um ihre Krone ginge. Robin Dudley war eine Ausnahme, weil sie ihre Kindheit geteilt hatten. Ja, man konnte hübsche junge Galane ersetzen, aber nicht eine gemeinsame Vergangenheit und nicht eine so alte Freundschaft. Wenn Robin Dudley morgen sterben würde, dann, *dachte ich, und bei dem Gedanken wurde mir sehr kalt,* dann kann es sein, dass sie überhaupt niemanden mehr in ihr Herz lässt. *Wie lange Gott mein eigenes Leben noch währen lässt, das weiß ich nicht, und wenn ich starb, dann gab es niemanden mehr, für den sie nicht ausschließlich die Königin war.*

Cecil musste in meiner Miene gelesen haben, dass meine Gedanken nicht in seinem Sinn verliefen, also setzte er noch etwas hinzu: »Und dann gibt es ja auch schöne Dinge, die nicht nur schädlich sind, sondern sogar vernichten, weil niemand die Gefahr beizeiten erkannt hat. Ich bin weiß Gott nie ein Freund der papistischen Religion gewesen, das wisst Ihr, Mrs. Ashley, und ich trauere um Erzbischof Cramner und unsere anderen Märtyrer, die unter der verstorbenen Königin Mary verbrannt wurden. Aber ich muss gestehen, die Königin selbst dauerte mich auch. Sie war so hoffnungslos in den Spanier vernarrt, den sie geheiratet hat, dass sie alles von ihm hinnahm und alles für ihn tat. Und wie hat er es ihr gelohnt? Er hat sie betrogen und verlassen, sobald er konnte, als deutlich war, dass sie ihm kein Kind schenken würde. Allein gelassen mit dem Grimm des Volkes, den er mit verursacht hatte. Nun, er war schon einmal verheiratet, und da verhielt er sich wohl nicht anders. Was hat man da je anderes erwarten sollen? Aber es gab niemanden, der die Königin Mary vor ihrer eigenen Schwäche schützte.«

Anders als bei seinen vorherigen Sentenzen war er diesmal überdeutlich, und ich begann, mich zu fragen, warum er nicht schon längst etwas gegen Robin Dudley unternommen hatte, wenn er ihn wirklich für eine solche Gefahr hielt. Gewiss hatte er diese Schlussfolgerung nicht erst seit Amy Dudleys Tod gezogen, nicht William Cecil, der – wie mein Mädchen einmal sagte – es fertigbrachte, drei Ecken vorauszudenken. Mein eigener Verstand war nicht mit solchen Windungen vertraut, und mein Herz war immer noch voller Zweifel; ein Teil stimmte Cecil zu, ein Teil stritt dagegen. Und nun kam auch noch ein Drittes hinzu, die Frage, die ich mir stellen musste. Mein Kopf schmerzte.

Auf einmal fielen mir die Bücher ein, die Cecils Gemahlin Mildred mir gegeben hatte. Damals war ich froh darum gewesen und hatte mich geehrt gefühlt, als Frau von Bildung behandelt zu werden und nicht als einfache Gouvernante. Aber man hatte die Bücher bei mir gefunden, und nicht in ihrem Haushalt, und ihr Mann sah immer um drei Ecken voraus.

»Den gab es wohl nicht«, sagte ich langsam. »Aber wisst Ihr, die verstorbene Königin hat nicht immer so ein schlechtes Urteil bewiesen. Es gab Zeiten, in denen ihr jeder Pfaffe in den Ohren damit lag, dass sie ihre Schwester hinrichten lassen sollte, und gewiss hat sie in ihrem Herzen bitteren Groll getragen, aber letztendlich hat Königin Mary unserer Herrin die Mög-

lichkeit gegeben, sich zu rechtfertigen. Sie hat sie nicht ungesehen und ungehört verurteilt und als Ballast über Bord geworfen, obwohl es gewiss so manchen Ratgeber gab, der ihr das riet. Denkt Ihr nicht auch, dass es also wohlgetan ist, jedem erst die Möglichkeit zu geben, sich zu rechtfertigen, wenn er seine Fehler erkannt hat, Sir William?«

Die Dringlichkeit verschwand aus seinem Gesicht, bis es sehr glatt und ausdruckslos wurde. »Gewiss«, sagte er, »gewiss, Mrs. Ashley. Darf ich Euch nun aber fragen, worüber Ihr eigentlich mit mir sprechen wolltet? Es gibt so viel zu erledigen, und die Zeit drängt, wisst Ihr.«

»Das tut sie«, stimmte ich zu und fasste einen Entschluss. »Ich wollte Euch bitten, Robin Dudley in Kew einen Besuch abzustatten, Mr. Secretary. Ihr seid nicht sein Freund, und ein Besuch von Euch kann nicht als geheime Botschaft der Königin missverstanden werden. Es heißt, dass sich in der Not die wahren Farben eines Menschen zeigen. Ein so kluger, umsichtiger Mann wie Ihr kann gewiss beurteilen, was er dort sieht und ob Robin Dudley immer noch nach der Hand der Königin strebt.«

Cecil sah mich prüfend an. Vermutlich wusste er, dass es nicht nur Robin Dudleys wahre Farben waren, die ich erprobt sehen wollte.

KAPITEL 9

DONNERSTAG, 12. SEPTEMBER 1560

Als Frobisher mich am Morgen fragte, was ich in Oxford wollte, sagte ich, ich müsste mich um einen angemessenen Gottesdienst für Amys Beerdigung kümmern. »Es kann sein, dass ich erst in ein, zwei Tagen nach Cumnor zurückkehre«, ergänzte ich beiläufig, mir nur zu bewusst, dass er nicht auf den Kopf gefallen war.

»Weil Ihr my lord persönlich Bericht erstatten wollt«, schlussfolgerte er richtig und fuhr fort: »Dann, Master Blount, sollte ich Euch begleiten. Ihr habt gesagt, Ihr wolltet mir eine Woche geben, aber wie soll ich mich beweisen, wenn ich so gut wie nie an Eurer Seite bin? Ich bitte Euch.«

Was mir auffiel, war, dass er dies ohne seine üblichen Faxen oder Übertreibungen vorbrachte. Nichts als Ernsthaftigkeit sprach aus seinen Worten.

»Frobisher«, sagte ich, »ich habe dir hier einen Auftrag gegeben. Sei unbesorgt, es handelte sich nicht um ein Ablenkungsmanöver. Es ist wirklich sehr wichtig, ungeheuer wichtig sowohl für mich als auch für my lord, zu wissen, wer in diesem Haushalt schreiben und lesen kann und wer nicht. Bisher hast du es mir nur von einem Teil des Gesindes sagen können. Es gibt nichts, was du in Oxford für mich tun könntest, das so wichtig wäre. Was my lord betrifft, die beste Gelegenheit, Eindruck auf ihn zu machen, hast du, wenn du Ergebnisse bringst. Ehe my lady nicht in Ehren unter der Erde liegt und seine Reputation wiederhergestellt ist, wird er bestimmt niemanden in seinen Haushalt aufnehmen, das schwöre ich dir. Und danach gewiss nur, wenn er weiß, dass er immer auf dich zählen kann.«

Frobisher schob sich eine Haarsträhne aus den Augen; Zweifel und Argwohn standen in seinem Gesicht geschrieben.

»Wenn Ihr mich loswerden wollt«, erwiderte er mit mehr Würde, als ich ihm zugetraut hätte, »sagt es mir geradeheraus, Master Blount. Dann werde ich meine Zeit nicht länger hier verschwenden.«

Er war mir seit gestern Abend zwar noch ein wenig verdächtiger als vorher, aber ich wollte ihn nicht loswerden, im Gegenteil. Er hatte sich als hilfreich erwiesen, und ich benötigte Hilfe. Ich hob meine Rechte.

»Bei Gott und allen Heiligen, Frobisher, ich will dich nicht loswerden. Ich stehe zu meinem Wort. Eine Woche ist eine Woche. Ich brauche diese Auskünfte.«

Das Grinsen kroch in sein Gesicht zurück. »Bei allen Heiligen, Sir? Was für ein papistischer Eid! Vergesst bitte nicht, wir sind doch wieder alle aufrechte Protestanten.«

»Daran besteht kein Zweifel«, entgegnete ich knapp. »Im Übrigen wäre ich dir dankbar, wenn du mich die kurze Strecke nach Oxford ruderst, denn nach dem Wetter gestern muss man gewiss durch die Straßen waten wie durch einen Schweinetrog. Aber dann kehr hierher zurück und mach, was ich dir aufgetragen habe.«

Wesentlich besser gelaunt verschwand er in die Küche, um den Latimers Brot, Butter und ein wenig Bier für unser Frühstück zu entlocken. Ich packte meine wenigen Habseligkeiten zusammen. Dann schrieb ich eine kurze Nachricht für Anthony Forster, in der ich darum bat, allen eintreffenden Freunden Amys auszurichten, dass ich in ein, zwei Tagen zurück sein würde und mit ihnen sprechen wollte. Ich unterließ es, Oxford oder Kew zu erwähnen, da Frobisher ihm die Nachricht überbringen würde. Auf dem Papier war noch viel Raum, und ich wusste nur allzu gut, dass so manchem mit gefälschten Ergänzungen der Strick um den Hals gelegt worden war, also fügte ich noch hinzu, Forster möge sich um meinen Diener Frobisher kümmern, und setzte dann schräge Striche darunter, um die Seite gänzlich zu füllen.

Es war früh genug, um mich nicht unberechtigt hoffen zu lassen, ich könne Cumnor verlassen, ohne jemand anderem als vielleicht ein, zwei Knechten zu begegnen, aber Fortuna entschied sich wieder für ein böses Spiel mit mir. Ich war noch auf dem Innenhof, da lief mir Edith Odingsells über den Weg, adrett angekleidet, als sei es sehr viel später, und mit kein bisschen Müdigkeit in den Augen. Es erinnerte mich daran, was für ein grässliches kleines Mädchen sie gewesen war und immer schon vorlaut, ehe ich mir den Schlaf aus den Augen gerieben hatte.

»Tom Blount«, sagte sie, ohne sich die Mühe zu machen, ihre Stimme zu senken, »stehlt Ihr Euch heimlich aus dem Haus, jetzt, wo Euch der Boden heiß wird unter den Füßen? Das überrascht mich nicht.«

Einen Herzschlag lang war ich versucht zu protestieren, aber dann zuckte ich die Achseln. Es war die Sache nicht wert. Wenn ich daran dachte, was ich heute alles erledigen wollte, war es sinnlos, einen Streit mit Edith Odingsells anzufangen.

»Ihr habt in jedem Punkt recht«, sagte ich daher. »Ich bin ein Feigling und laufe davon, ohne jede Absicht, je nach Cumnor zurückzukehren. Wenn Ihr Euch beeilt, könnt Ihr John Appleyard gewiss wecken, ehe ich zu weit von Cumnor entfernt bin, als dass er mich noch einholen könnte. Ich empfehle kaltes Wasser oder den Klang Eurer bezaubernden Stimme. Gehabt Euch wohl, Edith.«

Zum ersten Mal seit langer, langer Zeit hatte ich das Vergnügen, sie sprachlos zu erleben.

Ich verbeugte mich und schritt weiter, wohl wissend, dass ich den seltenen Moment nicht auskosten konnte, denn wenn man dieser Frau Zeit ließ, so hatte man es sich selbst zuzuschreiben, wenn sie einen dann mit ihrer Zunge in kleine Fetzen riss.

Ich hatte sie unterschätzt; die Jahre mussten sie gelehrt haben, ihre Fassung noch schneller als früher wiederzugewinnen.

»Ihr habt zu lange Zeit bei Hofe verbracht«, rief sie mir hinterher. In ihrer Stimme schwang zu meiner Überraschung nicht nur die übliche Feindseligkeit mit, sondern etwas, was sich verdächtig wie Enttäuschung anhörte.

Geh weiter, dachte ich, *geh weiter. Lass dich auf nichts ein.*

Doch ich konnte nicht anders: Ich drehte mich um.

Ediths Miene erinnerte mich an den Tag, an dem sie versucht hatte, die Magd, die auf uns beide achten sollte, mit ihrer Halskette zu bestechen, damit diese sie fortlaufen ließ, und hören musste, dass es sich bei diesem Geschenk ihres Vaters nicht um Gold handelte, sondern nur um Bronze aus Cornwall.

»Ich bin nicht in der Stimmung für Rätsel so früh am Morgen, Mrs. Odingsells. Wenn es etwas gibt, was Ihr mir mitzuteilen wünscht, dann sprecht es klar aus. Es sieht Euch«, konnte ich nicht umhin, hinzuzusetzen, »nicht ähnlich, es bei Andeutungen zu belassen.«

Sie sah mich an und schüttelte den Kopf. »Ich meine genau das, was ich gesagt habe«, gab sie zurück. »Ihr kommt hierher und redet davon, die Wahrheit herauszufinden, dabei wollt Ihr nur vor der Wahrheit davonrennen, denn sie ist doch sonnenklar. Eine Frau ist tot, Blount. Wenn sie Euren Vetter nicht geheiratet hätte, dann wäre sie noch am Leben. Das ist der Wald, den Ihr vor lauter Bäumen nicht sehen wollt. Selbst wenn Ihr morgen herausfändet, dass my lady Dudley sich vom höchsten Kirchturm gestürzt hat oder von einem gesetzlosen Räuber überfallen wurde, dann würde es nichts an jener Wahrheit ändern.«

»Dank sei Gott, dass Frauen nicht zu Richtern bestellt werden«, sagte ich schnell, tiefer getroffen, als ich zugeben wollte.

»Ihr macht es Euch mit Eurem Urteil reichlich einfach. Wollt Ihr denn, dass my lord Dudley und ich die Köpfe verlieren, nur weil er ein besserer Ehemann hätte sein können und ich auf seiner Seite stehe, während vielleicht ein Mörder frei davonkommt? Wäre das Eurer Ansicht nach Gerechtigkeit, Mistress?«

Ihr Gesichtsausdruck veränderte sich, und ich wusste ihn nicht länger zu deuten. »Nein«, sagte sie endlich. »Aber in einer gerechten Welt wäre es Frauen und Männern verboten, zu heiraten, ehe sie einander wirklich kennen. Damit würde viel Unglück vermieden.«

Der Umstand, dass wir einander als Kinder gekannt hatten, mochte gewiss dazu beigetragen haben, sie als Ehefrau für mich undenkbar zu machen, doch ich glaubte nicht, dass sie sich darauf bezog; nein, es waren wohl eher Amy und Robin gemeint.

In diesem Punkt hatte sie nicht ganz unrecht, aber sie gab für meinen Geschmack immer noch zu sehr ihrer weiblichen Tendenz zu Verallgemeinerungen nach.

»My lady Dudleys Wesen lag klar auf der Hand für jeden, der ihr begegnete«, begann ich und wollte hinzufügen, dass eine Ehe mit einem Sohn John Dudleys in jedem Fall eine Ehe mit einem ehrgeizigen Mann bedeutet hatte, auch wenn man jung und verliebt war; so konnte ich Edith Odingsells These widerlegen, dass Wesenskenntnis späteres Unglück verhindert hätte. Doch ich kam nicht dazu.

»Meint Ihr das wirklich, Tom Blount?« Ihre Lippen kräuselten sich spöttisch.

»Selbstverständlich«, sagte ich überrascht.

»Es würde mich wundern, wenn Ihr nur die leiseste Ahnung davon gehabt hättet, was in ihrem Kopf tatsächlich vorging«, sagte Mrs. Odingsells abschätzig. »Wie ich Euch kenne, habt Ihr von Amy Dudley nicht mehr wahrgenommen als den hübschen Augenaufschlag. *Männer!*« Damit raffte sie ihre

Röcke, drehte mir den Rücken zu und schritt über den Hof in Richtung des Küchengebäudes.

Frobisher, der unterdessen aufgetaucht war, sich während dieses kurzen Wortwechsels allerdings erstaunlich respektvolle zwei Schritte weit entfernt von uns gehalten hatte, gesellte sich sofort wieder an meine Seite und stellte mit gesenkter Stimme fest: »Master Blount, nach Eurer Rückkehr solltet Ihr Mrs. Odingsells noch einmal über my lady Dudley ausfragen, und ich bitte Euch auf den Knien meines Herzens, lasst mich dabei sein.«

»Warum?«, entgegnete ich überrascht. »Hast du etwas gehört, dass dich annehmen lässt, sie wüsste mehr, als sie mir bisher erzählt hat?« Unmöglich war das nicht, doch erschien es mir unwahrscheinlich, denn Edith Odingsells hatte niemals dazu geneigt, mit ihrer Meinung zu irgendeiner Angelegenheit hinter dem Berg zu halten, wie sie erst gerade wieder bewiesen hatte.

Frobisher warf mir einen belustigten Blick zu. »Mit Verlaub, Herr, keine Frau, die ich je gekannt habe, erzählt einem sofort immer alles, was sie weiß. Doch ich muss gestehen, dass es mir vor allem auf das Privileg ankommt, Mistress Odingsells und Euer wertes Selbst bei einem längeren Gespräch zu studieren.«

»Warum denn das, bei allen Heiligen?«, fragte ich, zu verblüfft, um ärgerlich zu sein.

»Um der Kunst willen natürlich, Herr, um der Kunst willen! Genauer gesagt, um meiner Kunst willen. Wisst Ihr, was die Leute in Wirtshäusern mehr und mehr sehen wollen? Feurige Dispute zwischen Mann und Weib, widerspenstige Weibsbilder, die vom richtigen Mann gezähmt werden. Noch ein Jahr oder zwei, und ich bin zu alt für Frauenrollen, deswegen ist es mir eilig damit. Mistress Odingsells scheint mir das ideale Vorbild zu sein.«

Ich starrte seine dürre Gestalt an, versuchte, ihn als Edith

Odingsells zu sehen, und scheiterte kläglich. Diego, meine beste Quelle bei der spanischen Delegation, murmelte hin und wieder etwas darüber, wie seltsam es sei, dass in unserem Land die Frauenrollen von Knaben und jungen Männern gespielt werden. Es gehört zu den Seltsamkeiten auf dem Kontinent, dass die Menschen dort Gesetze gegen Frauen auf dem Thron haben, aber nicht dagegen, dass sie sich ungeniert als Gaukler zur Schau stellen. Was mich jetzt ungläubig schnauben ließ, war in erster Linie Frobishers Gestalt und in zweiter das, was seine Worte anzudeuten schienen.

»Bei allem Respekt vor dem verstorbenen Odingsells, den ich zwar nie gut gekannt habe, der aber die Geduld eines Heiligen besessen haben muss, wage ich zu bezweifeln, dass man Mistress Odingsells auf irgendeine Weise als *gezähmt* bezeichnen kann, und ich möchte klarstellen, dass ich dem Schicksal sehr dankbar bin, dass ich niemals in der Lage war – noch je in der Lage sein werde –, mich an einer derartigen Unternehmung zu versuchen«, sagte ich streng.

»Wenn Ihr das sagt, Herr«, gab Frobisher mit einem pfiffigen Gesichtsausdruck zurück. »Aber ich meine trotzdem, dass ein weiteres Gespräch mit Mistress Odingsells für Euch von Nutzen wäre. Mrs. Owen, so heißt es beim Gesinde, hat ihren Verstand nur noch selten genügend beisammen, um sinnvolle Unterhaltungen zu führen, Mrs. Forster ist nicht hier, und damit bleibt Mrs. Odingsells als die einzige Dame von Rang, der sich my lady Dudley anvertraut haben könnte. Meint Ihr nicht, dass unter diesen Umständen …«

»Hm«, knurrte ich, weil ich nicht laut aussprechen wollte, dass er recht hatte. Ich würde noch einmal mit der Kratzbürste reden müssen.

Frobisher deutete mein Geknurre richtig. »Ich verspreche Euch, dass ich keinen Laut von mir gebe. Ihr werdet überhaupt nicht merken, dass ich im Raum bin.«

Ich hätte ihn darauf hinweisen können, dass ich nicht eingewilligt hatte, ihn bei diesem Gespräch zuhören zu lassen, doch das hätte mir gewiss nur weitere leidenschaftliche Bitten eingebracht. Ein wenig erinnerte mich Frobisher an meinen ältesten Sohn, wenn ich Kidderminster besuchte und er genau wusste, dass ich ihm und seinem Bruder eine Kleinigkeit mitgebracht hatte, meist Zuckerwerk, wie es nur von den Köchen bei Hofe und in London hergestellt wurde. Mein Junge hatte sich auch nie gedulden können und bettelte so lange, bis er sein Geschenk bekam.

»Verrate mir eines«, sagte ich stattdessen. »Warum willst du die Rolle des widerspenstigen Weibes spielen und nicht die des siegreichen Mannes?«

Diesmal war der Blick, den er mir schenkte, beinahe mitleidig. »Weil die Widerspenstige diejenige ist, welcher die Aufmerksamkeit des Publikums gehört. Männer, ob nun stark oder nicht, sind im Vergleich dazu langweilig. Frauen sind die besseren Rollen, Master Blount. Die weit besseren Rollen.«

Oxford liegt zwei Meilen von Cumnor entfernt, die wir in dem Ruderboot, das Frobisher besorgt hatte, hinter uns brachten. Der dauernde Regen hatte endlich aufgehört, aber wie ich vorhergesehen hatte, waren die Wege wegen der unzähligen Schlammlöcher kaum passierbar. In London gab es einige Straßen, die mit Backsteinen gepflastert waren, aber davon konnte man natürlich in der Provinz nur träumen.

Die Einzigen, die an diesem Morgen ihr Vergnügen an den schlammigen Wegen hatten, waren die Schweine. Wie überall, so rannten auch in Oxford einige durch die Straßen. Angeblich ist das in Frankreich verboten, oder sie müssen Glöckchen um den Hals tragen, weil irgendein französischer Prinz durch ein Schwein umgekommen ist; in meiner Jugend gab es ein paar gute Witze darüber. Aber als ich in der Stadt eintraf, wäre ich für etwas warnendes Geläut durchaus dankbar gewesen. So ein Schwein kann schnell sein, und ich bin nicht mehr so gut darin, zur Seite zu springen, wie ich es früher einmal war.

In Oxford sind sie stolz darauf, die älteste Universität im Königreich zu sein. Ein Gelehrter aus Cambridge namens Roger Ascham lag mir hingegen lange Zeit in den Ohren, um wie viel besser seine eigene Universität sei. Ascham hatte die älteste der Grey-Schwestern und die Prinzessin Elizabeth unterrichtet, was John Dudley dazu brachte, ihn auch für seine Söhne anzuheuern. »Nun, Cambridge ist auf alle Fälle billiger«, meinte ich, denn Ascham kostete John damals nicht so viel wie ein einziges Gastmahl zu Ehren von Erzbischof Cramner, der in Oxford studiert hatte. Meiner Erfahrung nach hatten Gelehrte, die doch angeblich in erster Linie Bücher wälzen sollen, alle einen nimmersatten Magen, doch Ascham war jung genug, um noch auf seine Figur zu achten, und wandelte überdies damals gerade auf Freiersfüßen. Er litt allerdings unter der Krankheit aller Gelehrten, dem Veröffentlichungswahn. Deswegen hatte er die Stelle bei den Dudleys überhaupt angenommen: Er brauchte einen Patron, der seine Bücher finanzierte, und dazu waren Emporkömmlinge wie die Dudleys besser geeignet als Mitglieder der königlichen Familie, die Lobpreisungen von unnützen Federschwingern nicht nötig hatten. Mit den Gelehrten um uns war es natürlich vorbei, als die Dudleys in Ungnade fielen, und man kann es ihnen nicht verdenken. John und Guildford verloren ihre Köpfe, gewiss, doch es gibt schlimmere Arten zu sterben, gerade, wenn man Bücher geschrieben hat. Bischof Cramner war dafür in Oxford als Ketzer verbrannt worden, und nicht er allein.

Ich kannte einige der in Oxford lebenden Scholaren, da die ganze veröffentlichungswütige Meute Robin als Patron entdeckt hatte, aber es waren fast ausschließlich Mediziner und Mathematiker, keine Theologen. Nebenbei bemerkt: Der verstorbene Roger Ascham prophezeite, dass Robin es nie zu etwas bringen würde, weil er *»die Gleichungen Euklids den hehren Worten Ciceros vorziehe«*. Meine Base Jane hatte Robin in meiner Gegenwart beunruhigt gefragt, was das heißen sollte. *»Mir macht Mathematik mehr Freude«*, verteidigte er sich. Der Witz an der ganzen Angelegenheit ist, dass man nicht meinen möchte, dass Robin rechnen kann, wenn man sich manche der Unternehmungen ansieht, die er heute unterstützt; ich könnte mir immer noch die Haare raufen beim Gedanken an die Veröffentlichung über Pferdemedizin.

Kurzum, ich würde bei meiner Suche nach einem Theologen, der die Predigt bei Amys Beerdigung halten sollte, nicht auf jemanden zurückgreifen können, der in der Schuld der Dudleys stand, aber vielleicht kannte einer der medizinischen Doktoren ja jemanden, der geeignet war.

Auf dem Weg zum ersten der schmarotzenden Scholaren schaute ich bei den beiden Häusern von St. Michael am Nordtor vorbei. Wie ich erwartet hatte, kannte dort niemand eine Barbara Cross. »Eine junge Frau mit einem Talent für Blumengewinde«, ergänzte ich, aber der alte Mann, der die Tür des Hauses geöffnet hatte, schaute noch verständnisloser drein. Nun, ich hatte gewusst, dass ich nur meine Zeit verschwenden würde, als Agnes Cross mir die Straße mit einem Lächeln genannt hatte. Dennoch hätte ich in diesem Fall lieber nicht recht behalten.

»Ich weiß nichts von Blumen«, sagte der alte Mann bedauernd, nur um hoffnungsvoll hinzuzufügen, »aber ich bin Kerzenzieher. Vielleicht braucht Ihr ein paar Kerzen, Sir?«

Ich drückte ihm eine Münze in die Hand und bat ihn, davon zwei Kerzen in St. Michael zu stiften, eine für den Seelenfrieden einer lieben Toten, die andere für die Erleuchtung einer unlieben Lebenden mit der Angewohnheit, Lügen zu erzählen. »Ein Alptraum für sie als Belohnung wäre nicht verkehrt«, schloss ich grimmig, nickte ihm noch einmal zu und war kaum zwei Schritte gegangen, als mich eines der verwünschten

Schweine erwischte und flach auf der Nase liegend im Dreck von Oxford zurückließ.

»Ein böser Fall für einen bösen Wunsch«, sagte die Stimme eines jungen Mannes erheitert. »Doch das mag meine Schuld sein, denn ich hatte dem Schwein gerade einen Tritt versetzt, um es zu verscheuchen. Ich hoffe, Ihr vergebt mir, Sir.«

Ich blickte auf und sah, wie mir ein Mitglied des schwarzgewandeten Gelehrtenvolks die Hand entgegenstreckte, um mir aufzuhelfen. Mühsam schluckte ich den Wunsch hinunter, er möge sich um seine eigenen Angelegenheiten scheren und keine Schweine auf mich hetzen; stattdessen ergriff ich seine Hand, die für einen nutzlosen Schöngeist erstaunlich fest war. Er lächelte mich an.

»Verzeiht, Sir, aber ich kam nicht umhin, Euren Wortwechsel mit Fitz dem Kerzendreher zu hören. Um Euch vor weiteren Stürzen und unschuldige Kerzen davor zu bewahren, für Strafmaßnahmen missbraucht zu werden, wüsste ich gerne, ob ich Euch vielleicht behilflich sein kann, als Ausgleich für meine Missetat.«

Der Dreck an mir war zu feucht, um abgeklopft zu werden; ich würde warten müssen, bis er wieder getrocknet war. Also musterte ich mein Gegenüber, der in Frobishers Alter sein mochte, vielleicht sogar noch jünger, und wie so viele junge Männer versuchte, dem abzuhelfen, indem er sich der Mode entsprechend einen Bart wachsen ließ. *Ein Student,* dachte ich, *oder ein sehr junger Professor.*

»Mich führen zwei Anliegen nach Oxford«, entgegnete ich, »und wenn Ihr mir in einem von beiden helfen könnt, soll es Euer Schaden nicht sein …?«

Ich ließ den Satz fragend ausklingen, denn er hatte sich mir noch nicht vorgestellt oder um meinen Namen gebeten, was hieß, dass er entweder wirklich wegen seines schlechten Gewissens hinsichtlich des Unfalls einem Unbekannten helfen wollte oder mich als Robin Dudleys Mann erkannt hatte.

Letzteres bezweifelte ich. Bei Hofe vielleicht, oder daheim in Worcestershire, und nun natürlich in Abingdon und Cumnor, aber nicht hier.

»Wenn ich mich Euch vorstellen darf: Edmund Campion«, sagte er und machte eine passable Verbeugung. »Fellow am St. John's College und daher nicht gänzlich dazu verdammt, das Leben eines Notleidenden zu führen … wenngleich uns Scholaren Unterstützung natürlich immer willkommen ist.«

Von St. John's hatte ich gehört, weil es erst vor fünf Jahren gegründet worden war. Ein reicher Londoner Pfeffersack namens Thomas White hatte sich das Klagen Königin Marys über den Mangel an jungen katholischen Priestern zu Herzen genommen und eine immense Summe zur Verfügung gestellt, um in Oxford Nachwuchs ausbilden zu lassen. *»Mein seliger John hat gehofft, dass die Katholiken in England einfach mit der Zeit aussterben würden«*, sagte meine Base Jane damals niedergeschlagen, und ich erinnerte sie daran, dass wir zu der Zeit wieder als Katholiken beteten, wenn uns unser Leben lieb war. Nach Marys Tod musste das College seine Aufgabe geändert haben, aber das Gold des Londoner Kaufmanns floss offenbar immer noch.

»Tom Blount aus Kidderminster in Worcestershire«, entgegnete ich, vorerst ohne den Namen Dudley ins Spiel zu bringen, »derzeit ebenfalls nicht unter den Notleidenden, doch bestrebt, ihnen auch in der Zukunft nicht anzugehören, und daher doppelt dankbar für Eure Hilfsbereitschaft. Doch was lernt man am St. John's College darüber, Nadeln im Heuhaufen zu finden, Edmund Campion? Ich fürchte nämlich, die junge Frau, die eines meiner beiden Anliegen ist, gleicht einer solchen Nadel, vor allem, da ich sie selbst nie gesehen habe und ihr Äußeres daher nicht beschreiben kann.«

»In St. John's lehrt man uns das logische Denken«, gab er mit einem Lächeln zurück. »Sir, wenn man sich einmal mit Thomas Aquinas und seinen Gottesbeweisen herumgeschlagen hat, schrecken einen Nadeln nicht mehr so sehr. Wie der große William von Occam einmal gesagt hat: Wenn man alles eliminiert, was unmöglich ist, dann ist das, was übrig bleibt, so unwahrscheinlich es auch klingen mag, die Wahrheit. Erzählt mir mehr von Eurer jungen Frau, und vielleicht lässt sich ein Weg zu ihr finden.«

Ich hatte nicht die geringste Ahnung, wer Thomas Aquinas und William von Occam sein sollten, und bezweifelte sehr, dass sie dabei helfen würden, Barbara Cross aufzutreiben. Aber schaden konnte es nicht, den jungen Mann einen Versuch machen zu lassen. Da ich Cumnor nach der Begegnung mit Edith Odingsells verlassen hatte, ohne etwas zu frühstücken, knurrte mir allmählich der Magen, und ich beschloss, diesen Versuch in einer Schenke stattfinden zu lassen. Edmund Campion war nicht so selbstlos, Fisch und Bier abzulehnen, was mich beruhigte; Menschen, die nur und ausschließlich an andere denken, sind mir unheimlich.

Auf dem Weg zu dem laut Campion besten Gasthaus von Oxford kamen wir an dem Platz vorbei, wo Erzbischof Cramner und seine beiden Gefährten vor ein paar Jahren verbrannt worden waren. Es gab einen Gedenkstein für ihn, und nicht nur, weil Cramner heute statt eines katholischen Ketzers ein protestantischer Märtyrer war. Vielmehr war er auch der Mann, dem Königin Elizabeth ihre Existenz verdankte. Dank ihrer Mutter war er vom einfachen Hauskaplan zum Erzbischof von Canterbury aufgestiegen, worauf er die erste Ehe König Henrys für ihn annullierte und ihn mit Anne Boleyn traute. Vor den Flammen hatte ihn dies später nicht retten können, und ich fragte mich, ob es wirklich ein Trost für ihn gewesen wäre zu wissen, dass man ihn nicht vergaß wie so viele andere.

Campion bekreuzigte sich vor dem Gedenkstein. »Ich habe ihn brennen sehen. Es war ein langer Tod, und qualvoll«, sagte er mit belegter Stimme. »Gott sei seiner Seele gnädig. Ich wünschte nur, er wäre anders gestorben.«

»Durch das Schwert oder die Axt?«, fragte ich und versuchte, nicht daran zu denken, dass auch diese Hinrichtungsart manchmal alles andere als einen schnellen Tod bereitete. Wenn der Henker sein Geschäft verstand, gewiss. Aber bei Robins Bruder Guildford hatte es drei Hiebe gebraucht, und seine Lippen hatten sich bis zum Schluss noch bewegt. *»Wenn ich je auf dem Block ende«,* hatte Robin gesagt, an jenem Tag in Frankreich, als ein weiterer seiner Brüder gestorben war und wir uns gemeinsam betrunken hatten, *»verlange ich ein Schwert.«*

»Nein«, entgegnete Edmund Campion zu meiner Überraschung, »ich wünschte, er wäre reuig und freigesprochen von seinen Sünden gestorben. Ich kann nicht glauben, dass er wirklich bereut hat. Er hat es behauptet, um die Königin Mary dazu zu bewegen, ihn zu begnadigen, aber als sie es ablehnte, hat er sofort wieder auf seine alten Thesen geschworen. Ich weiß, dass es nun nicht mehr schicklich ist, das zu sagen, Sir, aber für mich war Erzbischof Cramner kein Held. Er schwankte in seinen Überzeugungen und hat sich immer von der Angst vor demjenigen, der auf dem Thron saß, leiten lassen, bis zu seiner letzten Stunde. Erst da war er bereit, für das zu sterben, woran er glaubte, und ich wünschte, ich könnte sagen, es wäre das Richtige gewesen.«

»Nun, Ihr führt eine offene Sprache«, sagte ich und dachte, dass von einem jungen Mann, der in einem unter Mary gegründeten College für Priester studiert hatte, vielleicht nichts anderes zu erwarten war. Irgendjemand sollte ihm allerdings klarmachen, dass das Credo von heute immer die Ketzerei von morgen sein konnte. »Und Ihr seid noch sehr jung. Cramner mag nicht immer wie ein Held gelebt haben, aber er hat überlebt, bis vor fünf Jahren, versteht sich, und heute sprechen wir alle die Worte, die er geschrieben hat, wenn wir beten. Mir scheint, das ist ein Sieg und größer als so mancher auf dem Schlachtfeld. Wenn er als junger Mann schon auf dem

Märtyrertod bestanden hätte, dann hätte er der Menschheit nichts gegeben und nur für sich gelebt.«

Campion sah mich nachdenklich an, doch in seinen Augen blitzte bereits die Lust an der Debatte. »Ich finde, Ihr sprecht Cramner und seinen protestantischen Lehren zu leicht den Sieg zu. Es war Gottes Wille, dass wir nach den Jahren unter Henry und Edward wieder eine katholische Königin bekamen: Er wollte gewiss, dass England in den Schoß der Kirche zurückkehrt. Das kann sich wieder so fügen. Königin Elizabeth hat sich von einem katholischen Bischof krönen lassen. Sie ist jung, sie wird bald heiraten müssen, und die wenigen protestantischen Fürsten, die es auf dem Kontinent gibt, die Schweden und den einen oder anderen deutschen Herzog, der sich von Luther bekehren hat lassen, die können ihr und unserem armen England wohl kaum die Macht und den Reichtum bieten, den wir nach all den bitteren Zeiten brauchen. Jeder andere Prinz ist katholisch. Ganz gewiss sind es die in Frankreich und Spanien, und es wird eine der beiden Mächte sein müssen, weil die andere dann unser Feind werden wird, wenn die Königin erst eine Entscheidung getroffen hat. Ein Gatte aber ist das Haupt seiner Ehefrau, und sie wird seine Religion annehmen. Also sage ich Euch: Die katholische Religion wird in England siegen! *Quod erat demonstrandum*«, schloss Campion triumphierend, räusperte sich und fügte noch hinzu: »Was zu beweisen war. Entschuldigt. Ich hatte vergessen, dass ich nicht im College bin.«

»Mein Freund, ich habe zwar nicht studiert, aber ich kann Euch trotzdem beweisen, dass Ihr Unsinn redet«, sagte ich kopfschüttelnd. »Unsere Königin ist für die Katholiken ein Bastard. Sie kann sich nicht zum Katholizismus bekennen, ohne sich selbst für unehelich und ihren eigenen Anspruch auf den Thron für ungültig zu erklären. Niemand sägt an dem Ast, auf dem er sitzt – und damit beende ich *meine* Argumentation.«

»Das … ist logisch«, räumte er stirnrunzelnd ein.

»Es mag ja nicht der studierte Weg sein«, sagte ich zufrieden, »aber ich finde es nützlich, mir den schwierigen Holzklotz, der im Weg liegt, erst einmal genau anzuschauen, bevor ich versuche, ihn auf die Art fortzuräumen, die mir die liebste ist. Dabei erkennt man nämlich häufig, dass man sich nach einer anderen Lösung umschauen muss.«

»Ich kenne ein paar griechische Philosophen, die Euch da zustimmen würden«, sagte er, »nur haben sie es nicht so direkt ausgedrückt. Ihr seid ein kluger Mann, Master Blount.«

»Ich habe überlebt.«

Campion sagte nichts mehr, bis wir den traurigen Ort hinter uns gelassen hatten. Ich hegte auch nicht den Wunsch, weiter über Cramner oder Glaubensfragen zu sprechen. Amy fragte mich einmal, ob ich mich noch an die Zeit erinnern könnte, in der der alte König Henry ein glühender Katholik gewesen war und es in England nur einen Glauben gegeben hatte; sie selbst war natürlich viel zu jung dafür. Ich sagte ihr, dass es auch damals nicht leicht gewesen sei, zu wissen, was einen auf den Scheiterhaufen brachte. In der kurzen Zeit, in der Thomas More Kanzler war, kurz bevor der König sich und uns endgültig von Rom trennte, ließ er sechs Menschen wegen Ketzerei verbrennen. Einer davon war ein weitläufiger Verwandter von mir; auch deswegen halte ich nichts von all der Gelehrsamkeit, die einem bestenfalls nichts nützen und schlimmstenfalls Ärger bereiten kann, dem man hilflos ausgeliefert war. Lesen und Schreiben, das ist nützlich, und auch die Sprache der Franzosen, weil wir sie nun einmal direkt vor unserer Haustür haben und gewiss irgendwann wieder bekriegen werden, vor allem, da ihre derzeitige Königin behauptet, auch die rechtmäßige Herrscherin Englands zu sein. Aber alles andere bringt nur Kummer.

»Wie lautet der Name Eurer Nadel?«, fragte Edmund Campion, als wir in der Gaststube saßen, und ich erzählte ihm das wenige, das mir über Barbara Cross bekannt war. Bis der Wirt an unseren Tisch trat, hatte sich mein Wissen erschöpft.

Campion stützte seine Ellbogen auf den Tisch und presste seine Finger gegeneinander.

»Ein Mädchen also, das erst dämonische Besessenheit vorgibt und später einräumt, gelogen zu haben, statt bei ihrer Geschichte zu bleiben. Und dazu Familienangehörige, die ihren Aufenthalt verschleiern oder falsche Wohnorte angeben. Man muss wahrlich keine Philosophen bemühen, um da eine höchst undämonische Verfehlung zu vermuten, deren Ergebnis nicht so einfach zu verbergen war.«

»Edmund Campion, Ihr erstaunt mich!« Ich konnte einfach nicht widerstehen, ihn mit freundlichem Ton herauszufordern. »Heißt das etwa, was man sich über das gottlose Oxford erzählt, ist wahr, und sie lehren Euch hier auch den Zweifel an den Auftritten des Leibhaftigen?«

Anders als die meisten Gelehrten, denen ich begegnet war, wusste er, wann er geneckt wurde, bewies Sinn für Humor und grinste. Doch dann wurde er schnell wieder ernst.

»Wenn jeder Heller, der für ein Pamphlet über Teufelserscheinungen ausgegeben wird, stattdessen den Armen gespendet würde, dann gäbe es bald deutlich weniger Unglückliche. Der Teufel weilt unter uns, gewiss. Doch ich glaube nicht, dass er Dorfmädchen heimsucht. Ich fürchte vielmehr, in den letzten Jahrzehnten waren Menschen in weit höherer Stellung sein Werkzeug.«

Ich mochte mich irren, doch das schien mir schon wieder auf Cramner und den alten König Henry hinauszulaufen. Nicht, dass ich für die Seligkeit des alten Königs meine Hand ins Feuer legen würde; es heißt, seine Leiche hätte in der Zeit zwischen seinem Tod und der Beerdigung Gase von sich gegeben, die den Sarg sprengten, und die Hunde hätten angefangen, seinen Körper zu fressen, bis man sie verjagte und einen neuen Sarg fand.

Ein solches Schicksal trifft in der Bibel auf Herrscher zu, die für die Hölle bestimmt sind, wie Isebel, die Feindin des Propheten Elias; so viel weiß selbst ich durch all die Predigten, denen ich beiwohnte. Aber darüber sollte man nur mit Menschen sprechen, denen man absolut vertraute, also ignorierte ich Campions letzten Satz.

»Nun, wenn wir uns einig sind, dass die kleine Cross gelogen hat und stattdessen wahrscheinlich ein Kind erwartete, dann fragt man sich doch, warum nicht mehr Leute das glauben. An allen Orten wird viel geklatscht. Und in einer Welt, in der das Gerücht unsere jetzige Königin, die seit ihrer Thronbesteigung ständig von allen Seiten beobachtet wird, mit zwei oder drei Kindern beschenkt, müsste doch jede Klatschbase in Abingdon auf den gleichen Gedanken gekommen sein, was Barbara Cross betrifft.«

Er nickte. »Vor allem, wenn sie die Stadt verließ, während ihr Körper noch geschwollen war. Das bringt mich zu der Eliminierung des Unmöglichen, Sir. Ich stelle die These auf, dass Barbara Cross kein Kind mehr erwartete, als sie Abingdon verließ, und lange genug nach ihrer Behauptung, besessen zu sein, blieb, um der Welt wieder ihren schlanken Körper zeigen zu können.«

»Ich bin Vater von zwei Kindern«, gab ich zurück und schüttelte den Kopf. »Keine Schwangerschaft lässt sich neun Monate lang verbergen.«

»Nicht neun Monate«, sagte Campion. »Es ist eine betrübliche Tatsache, dass manche junge Frau in Leibesnot zu Engelmacherinnen geht. Lasst mich postulieren, dass diese junge Frau desgleichen tat und dass die Symptome ihrer Besessenheit nicht die von Schwangerschaft, sondern des unnatürlichen Endes derselben waren.« Er bekreuzigte sich. »Gott erbarme sich ihrer und ihres Kindes. Natürlich wäre sie vor Gericht gestellt und wegen Mordes hingerichtet worden, wenn ich recht habe und es nachgewiesen hätte werden können, und so haben ihre Familienangehörigen allen Grund, niemandem zu verraten, wo sie sich jetzt befindet.«

Diese Möglichkeit war mir noch nicht in den Sinn gekommen. Ich hatte eigentlich damit gerechnet, Barbara Cross als Mutter eines kleinen Jungen oder eines kleinen Mädchens im richtigen Alter zu finden, unter einem anderen Namen natürlich. Aber selbst wenn ein uneheliches Kind eine Schande für die ganze Familie war und seine Mutter ihr Leben lang als Hure brandmarkte, so war es doch kein Verbrechen; Kindsmord dagegen wurde, wie Campion richtig sagte, mit dem Tod geahndet, nicht nur für die Mutter, sondern auch für alle Mithelfer. Wenn sich die junge Barbara an so etwas schuldig gemacht hatte, ob mit oder ohne Zutun der Ihren, dann würde ich aus keinem Cross je eine wahrheitsgemäße Auskunft herausholen, und auch der ehrliche Ned hatte mich belogen mit dem Hinweis auf Oxford.

Und war es möglich, dass Amy durch einen unglücklichen Zufall, ein unvorsichtiges Wort von Agnes Cross etwas darüber herausgefunden hatte? Sollte ihr dies zum Verhängnis geworden sein, weil der Vater von Barbara Cross' Kind ihrer Neugier ein Ende setzen wollte?

Nein. Ich schüttelte unwillig den Kopf. Ich begann, Gespenster zu sehen, wo keine waren. Oder zumindest nicht diese.

»Hmmm«, brummte ich. »Und was ist damit, dass ein entlassener Stallknecht und späterer Tagelöhner auf einmal ebenfalls den Teufel sieht, ihn genauso beschreibt wie Barbara Cross und plötzlich das Zeitliche segnet? Wie passt das in das Bild, das Ihr mir gerade gezeichnet habt?«

Unser Fisch kam, und mein Magen vollführte Freudentänze. Unter Königin Mary, als die katholischen Feiertage und das katholische Fasten wieder eingeführt wurden, war ich des Fischs manchmal überdrüssig geworden, aber seither nicht mehr und vor allem nicht in dieser Woche, in der ein gut gebratener Bachsaibling genau das war, wonach mir das Herz stand, nach all dem Geflügel und Obst bei Forster.

»Er kann einfach ihre Beschreibung wiederholt haben, die er vor ein paar Jahren mit Sicherheit genau wie der Rest des Ortes gehört hat«, entgegnete Campion. »Vielleicht, um sich interessant zu machen, vielleicht, weil er mehr über die Geschichte weiß und wirklich ein Zusammenhang besteht. Ihr solltet Euch allerdings nicht nur auf eine Spur versteifen, wenn Ihr ein guter Jäger sein wollt.«

Ich kniff die Augen zusammen. »Und was weiß ein Gelehrter von der Jagd, hm?«

»Nur das, was ich gelesen habe«, bekannte er, und seine Mundwinkel zuckten. »Außerdem versuche ich, das anzuwenden, was Ihr mir vorhin über das Durchdenken der Schwierigkeit vor der Lösung gesagt habt.«

Wir machten uns beide an unseren Fisch, und eine Zeitlang war das Einzige, was wir von uns gaben, unser genüssliches Schmatzen. Insgeheim gestand ich mir ein, dass Campions These durchaus möglich war, und selbst wenn nicht, so war der einzige Zusammenhang, der sich zwischen Harkness' und Amys Tod herstellen ließ, der, dass er aus unerklärlichen Gründen offensichtlich bereits am Samstag gewusst hatte, dass sie am Sonntag den gesamten Haushalt auf den Jahrmarkt schicken würde. Diesen Umstand hatte ich Campion bisher verschwiegen, so wie alles, was direkt auf die Dudleys hinwies. Ich dachte an Felton und seine Unschuldsbeschwörungen.

»Den Teufel kann man nicht hängen«, sagte ich, »aber bei dummen Knechten ist das kein Problem. Wenn Harkness tatsächlich nur altes Geschwätz nachgeplappert hat und sein Tod in keinem Zusammenhang damit steht, dann wird man den Kerl hängen, der als Letzter mit ihm sprach, und ich kann mir nicht helfen, ich glaube, er ist unschuldig. Zumindest am Tod dieses Knechtes.«

Campion schob seinen Fisch beiseite. »Ein Zusammenhang

kann durchaus bestehen«, erklärte er energisch. »Es ist, wie ich gerade sagte: Niemand plappert aus heiterem Himmel von Teufelserscheinungen, wenn er nicht etwas damit erreichen oder etwas verbergen will. Nur kann es mehr als eine Erklärung geben, was das gewesen sein könnte. William von Occam sagt, dass unsere Welt nur eine unter einer unbegrenzten Zahl von möglichen Welten ist, die Gott hätte schaffen können. Demnach gibt es eine unbegrenzte Anzahl von Möglichkeiten, warum Euer Knecht so handelte, wie er es tat, und …«

»Er ist nicht mein Knecht«, sagte ich heftig, immer noch das verängstigte Gesicht dieses Tölpels vor Augen, »und er ist kein philosophischer Leitsatz eines toten Schwätzers. Er ist ein Mensch, um dessen Hals es geht.« Woher dieser Ausbruch kam, war mir selbst nicht klar. Schließlich war mir dieser Campion nicht verpflichtet und erhoffte sich, anders als Frobisher, nichts von mir. Er tat nur, was er angekündigt hatte, und durchdachte meine vorgetragenen Probleme. Warum war ich also auf einmal wütend? *Es musste an der Luft hier liegen,* schloss ich, der dünnen Gelehrtenluft, die mich störte. Oder vielleicht hegte ich auch noch Groll gegen das Schwein.

Campion betrachtete mich nachdenklich. »Der Hals des Knechtes ist nicht der einzige, der in Gefahr schwebt, nicht wahr?«, fragte er leise.

»Wie meint Ihr das?«

»Man lehrt uns wirklich das logische Denken in dieser Stadt. Ihr kommt heute aus Abingdon und sprecht von alten Teufelsgeschichten und toten Knechten, aber von dem Tod, der gerade in aller Munde ist, von dem sprecht Ihr nicht.«

Ich widmete mich wieder meinem Fisch. »Vielleicht, weil ich dazu nichts zu sagen habe.«

»Wenn dem so wäre«, versetzte Campion, »dann hättet Ihr mich gemeinsam mit dem Schwein am Nordtor zurückgelassen. Ihr müsst auch nicht darüber sprechen, wenn Ihr nicht wollt, aber Euer Schweigen ist sehr beredt.«

O nein, dachte ich. *Ich bin kein Grünschnabel, der zum ersten Mal zur Beichte geht. Solche Schliche fangen bei mir nicht. Nicht mit mir.* Ich aß weiter.

»Ich bin kein Rechtsgelehrter«, sagte Campion nach einer Weile, als ich nichts erwiderte, »aber ich kenne deren mehrere, und nicht alle plagt die Not so sehr, dass sie nicht hin und wieder etwas nur um der Gerechtigkeit willen täten. Ich könnte einen überreden, nach Abingdon zu gehen und sich des Knechtes anzunehmen, der nicht der Eure ist und wahrscheinlich gehängt wird.«

Das mochte die Art sein, wie er eine Verhandlung eröffnete. »Wenn ich Euch mehr über my ladys Tod erzähle?«, fragte ich bitter.

»Nein«, entgegnete Campion. »Es reicht, wenn Ihr mir den Namen des Knechtes verratet und des Hofes, auf dem er arbeitete, damit ich meinen Freund dort hinschicken kann.«

Ich nannte ihm beide Namen und wartete darauf, dass er trotzdem die Rede wieder auf Amy, auf Robin oder beide brachte, doch er tat nichts dergleichen. Stattdessen aß er den Rest seines Fisches auf, dankte mir und versprach, dass er sich nach jungen Frauen, die vor zwei Jahren nach Oxford gekommen seien, erkundigen würde.

»Manchmal geschieht ein Wunder«, sagte er, »und man findet Nadeln, selbst in einem Heuhaufen.«

»Ihr könntet Euch einen schlechten Ruf einhandeln, wenn Ihr Euch nach jungen Frauen erkundigt«, entgegnete ich trocken und wartete immer noch auf das Anknüpfen von Bedingungen oder die nächste Frage.

»Ich bin erst ein Fellow, also eigentlich fast noch ein Student«, sagte er lächelnd. »Es wird geradezu von uns erwartet, dass wir uns nach jungen Frauen erkundigen. Gibt es sonst noch etwas, was ich für Euch tun kann?«

»Welche Kirche ist Eurer Meinung nach die schönste in Oxford?«, fragte ich, und er erwiderte, ohne zu zögern: »Die

Marienkirche, wo wir unsere Examen ablegen und unsere Titel erhalten.«

»Dann lasst uns dort hingehen.«

Wieder stellte Campion keine Fragen nach dem Warum. Stattdessen erzählte er etwas über sich selbst; er war der Sohn eines Buchhändlers aus London und war als bester Schüler seiner dortigen Schule ausersehen worden, die Rede zu Ehren von Königin Mary zu halten, als sie die Schule damals besuchte.

»Und seid Ihr auch in Oxford der Beste Eures Jahrgangs?«, fragte ich.

Er nickte.

»Nun, an Mangel an Selbstvertrauen scheint Ihr nicht zu leiden«, meinte ich und dachte, dass ich ihn mir auf jeden Fall merken wollte. Wenn Robin sich schon darauf versteifte, den Patron für Gelehrte zu spielen, dann sollten auch solche darunter sein, die neben all dem Universitätswissen auch noch gesunden Menschenverstand besaßen. Vorausgesetzt, dass Robin noch in der Lage war, irgendjemanden zu fördern, wenn die Geschworenen ihr Urteil gefällt hatten.

»Oh, ich habe Zweifel«, gab Campion zurück. »Nur nicht an meinen Fähigkeiten. Das, was wir können, ist es nicht, was wirklich zählt, Master Blount. Es kommt darauf an, wie man seine Fähigkeiten einsetzt.«

Als ich in seinem Alter war, stand ich kurz davor, mein gesamtes Leben für verschwendet zu halten. Damals beschloss ich, einen Neuanfang zu machen, und bat meine Base Jane um Hilfe. Jugend neigt dazu, alles ernster klingen zu lassen, als es ist, doch damals war es mir bitter ernst, als ich zu Jane sagte, wenn ich weiter in Worcestershire bliebe und nichts täte, als Kühe zu zählen, würde ich mich binnen weniger Jahre ins Grab trinken.

»Das mag wohl sein, Master Campion«, sagte ich. »Das mag wohl sein.«

Ob die Marienkirche nun die schönste von Oxford ist oder nicht, weiß ich nicht zu sagen. Ich sah mir noch zwei, drei weitere an, nachdem ich Campion dort zurückgelassen hatte; sie verschwammen irgendwann für mich ineinander. Auf jeden Fall war keine von ihnen so gut besucht wie die Marienkirche.

Die Dudleys hatten keine Familienkrypta; Jane lag in der unseren, und die Knochen von John und Robins toten Brüdern vermoderten entweder im Tower oder in Frankreich. Ich konnte mir nicht vorstellen, dass Robin Amy … dass er Amys Leiche zurück nach Norfolk schicken wollte. Flüchtig kam mir in den Sinn, Robin anzubieten, Amy neben seiner Mutter in unserer Krypta beizusetzen, aber dann dachte ich an Margerys Gesichtsausdruck während des einzigen Gespräches, das wir über Amy geführt hatten, und wusste, dass dergleichen unmöglich war. Also würde es Oxford sein müssen, wo sie ihre ewige Ruhe fand, denn der Teufel sollte mich holen, wenn es Abingdon sein würde. Jedes Gebet, das in einer gut besuchten Kirche gesprochen wird, hilft den Seelen der Menschen, die dort ihr Grab haben, und ich dachte, dass es Amy ein wenig Frieden geben würde, in der beliebtesten Kirche von Oxford zu ruhen und an den Gebeten so vieler Menschen teilzuhaben.

Also kehrte ich wieder zur Marienkirche zurück, um mit dem Klerus dort über eine Grabesstätte zu sprechen, und erst da fiel mir auf, dass die Kirche ganz in der Nähe des Platzes lag, wo man Cramner verbrannt und ich mich mit Campion über Tod und Überleben auseinandergesetzt hatte. Ich versuchte, mich zu erinnern, ob John Dudley seine Schwiegertochter dem Erzbischof je vorgestellt hatte, und kam zu keinem Schluss.

»Euer Anliegen kommt unerwartet«, sagte der Mann, der mir schließlich als zuständig bezeichnet wurde.

»Das ist beim Tod meistens so«, gab ich zurück, und mir

war bewusst, dass es auf Amys Ende nicht zutraf; das ganze Königreich hatte darauf gewartet, dass sie starb, auf die eine oder andere Weise. Es war der am meisten prophezeite Tod in den letzten zwei Jahren.

»Was, wenn ich Kidderminster nicht verlassen will?«, hatte sie mich gefragt, damals, als ich ihr sagte, dass ich sie nach Cumnor bringen würde. *»Ich habe Schmerzen in meiner Brust. Vielleicht ist es nicht gut für mich, zu reisen.«*

Ich sagte nicht, dass sie auch Schmerzen in ihrer Brust gehabt hatte, als Robin sie das letzte Mal besuchte, was seine Rückkehr nach London für zwei Tage hinauszögerte. Es hatte keinen von beiden glücklicher gemacht.

»Eine Luftveränderung wird vielleicht helfen«, sagte ich stattdessen, und sie stand auf, ging zu mir herüber und flüsterte mir ein einzelnes Wort ins Ohr.

»Feigling.«

Während die beiden Silben noch in meinem Ohr widerhallten, dachte ich an Margery und mein eigenes Leben. Ein Schlussstrich musste gezogen werden, und das gründlich. Wenn ich halbherzig sprach und Amy gegenüber auch nur andeutete, ich sähe es im Grunde lieber, wenn sie in Kidderminster bliebe, dann würde ich einen Verrat begehen, der schlimmer war als der, den ich bereits begangen hatte. Also zwang ich mich, alle Wärme aus meiner Stimme und Miene zu verbannen, und entgegnete kühl: *»Ich werde für Eure Genesung beten …* my lady.« Etwas erlosch in Amys Augen, doch ich war sicher, das Richtige getan zu haben.

Während ich mit einem Priester in Oxford über würdige Grabstätten verhandelte, wusste ich immer noch nicht, wie stark oder schwach ihre Schmerzen damals wirklich gewesen waren. Doch ich war mir immer sicherer, dass sie noch am Leben wäre, wenn ich sie nicht aus meinem Haus fortgeschickt hätte.

KAPITEL 10

DONNERSTAG, 12. SEPTEMBER 1560

Auf einem Schiff mit einem Haufen Stoffballen zu reisen war nicht die Art eines Edelmannes; meinen beiden Söhnen, die eines Tages selbst Herren bei Hofe sein sollen statt Verwandte von großen Herren, hätte ich es nicht gestattet. Doch es war entschieden angenehmer für mich, als es der Ritt von Windsor nach Abingdon gewesen war. Natürlich gab es mir auch ausreichend Zeit zu grübeln, wenn die Schiffer nicht gerade versuchten, noch mehr Fahrtgeld herauszuschlagen. Margery, die zu allem einen Meinung hat, einschließlich des Geruchs von Flüssen, ist der Überzeugung, dass die Themse den Gestank von London durch das Land bis zum Meer hin trägt; sie hat die Stadt noch nie geschätzt, vor allem nicht am Abend, wenn der Nebel hochsteigt, und ist glücklich in Kidderminster. An Tagen wie diesen, an denen der Dauerregen von gestern den Fluss ansteigen hatte lassen und all der Dreck und der Schlamm, den man sich vorstellen konnte, auf seiner Oberfläche trieb, verstand ich, was sie meinte. Immerhin begünstigte der gestiegene Wasserspiegel aber auch die Geschwindigkeit unserer Fahrt.

Das Boot, auf dem ich stand, war beileibe nicht das einzige, das unterwegs war. Die Themse ist die Lebensader unseres Landes, und bis ich Kew erreichte, war ich an Windsor und Hampton Court vorbeigekommen, den beliebtesten königlichen Residenzen und Zielen der meisten Boote, die von London her kamen. Windsor mit seinem runden Turm und seinen Festungsmauern aus Sandstein erinnerte mich daran, dass Robin einmal behauptet hatte, der junge König Edward habe es ein Gefängnis genannt. Man hatte die königliche Flagge gehisst, das Wappen der Tudors, die weiße Rose im Kelch einer roten Rose, was hieß, dass sich die Königin dort befand. Ihr Vater hatte Hampton Court vorgezogen, ein Luxusschloss aus rotem Backstein voller zierlicher Erker, das man nie gegen eine Belagerung verteidigen könnte, aber um seine Herrschaft hatte Henry auch nie fürchten müssen, ganz gleich, wen er heiratete.

Kew hat eine eigene Anlegestelle, aber das Haus, das die Königin Robin Ende des letzten Jahres schenkte, lag nicht direkt dort. Ich musste ein gehöriges Stück laufen, um es zu erreichen. Es war gut, wieder Boden unter den Füßen zu haben, der hart war; entweder hatte es hier nicht so sehr geregnet, oder der Schlamm war inzwischen getrocknet. Es war mittlerweile früher Abend, und ich erwartete nicht, dass heute noch andere Besucher außer mir ihren Weg zu diesem Anwesen fanden. Wie bei so manchen Annahmen der letzten Tage irrte ich mich.

Die Anlegestelle war noch nicht außer Sichtweite, da hörte ich einen Bootsführer rufen, dass er Platz bräuchte, und drehte mich um. Ein kleines Boot steuerte auf das Ufer zu, kein Frachtboot, nein, ein Boot von der Art, wie man sie in London ständig benutzte, um von einem Ufer zum anderen überzusetzen, von einer königlichen Residenz zur nächsten zu kommen. Einen Herzschlag lang erstarrte ich und glaubte, die Königin habe tatsächlich alle Regeln der Vernunft zur Seite geschlagen und sei hierhergekommen, um Robin zu besuchen, aber dann erkannte ich, dass die kleine Gruppe auf dem Boot ausschließlich aus Männern bestand. Denjenigen, der als Erster an Land ging, erkannte ich, als ich die Augen zusammenkniff. Ich kannte ihn noch aus der Zeit, als er erst Edward Seymours und dann John Dudleys rechte Hand gewesen war. Bei der unauffälligen, bescheiden gekleideten Gestalt, die sich mir näherte, handelte es sich ganz fraglos um den derzeit mächtigsten Mann im Königreich, den wichtigsten Ratgeber der Königin: William Cecil.

Von allen Menschen war er der letzte, den ich in Kew erwartet hätte. Nun, ein Besuch von Philipp von Spanien wäre mir noch unwahrscheinlicher erschienen, aber gleich nach ihm kam Cecil, den Robin erst vor kurzem als seinen schlimmsten Feind bezeichnet hatte. Ein Mann, der wirklich überall anders zu erwarten gewesen wäre als eben hier. Ich spürte, dass ich zu schwitzen begann, blieb stehen und wartete, bis Cecil und seine Begleiter mich eingeholt hatten. Er erwiderte meine Verbeugung mit einem Nicken.

»Tom Blount, nicht wahr?«

Ich war nicht geschmeichelt; der Mann hatte ein Gedächtnis wie ein Uhrwerk, und ich hätte es vorgezogen, wenn er sich nicht mehr an unsere wenigen Begegnungen oder meinen Namen erinnert hätte. Wahrscheinlich wusste er auch noch, wo mein Heim in Kidderminster lag, und die Namen meiner Kinder.

»Mr. Secretary«, sagte ich und verbeugte mich noch einmal. Sein Blick wanderte über mich, und ich wusste, dass ihm der verdreckte Zustand meiner Kleidung nicht entging. Trotzdem fragte er, als könne ich nur gerade von Robins Haus gekommen sein, um ihn abzuholen: »Wie geht es Eurem Herrn, Blount?«

Ich erwähnte nicht, dass ich selbst gerade erst in Kew eingetroffen war und nicht wusste, ob Robin derzeit tobte, feierte oder – was für uns alle die beste Möglichkeit wäre – trauerte. In keinem Fall ging die Wahrheit Cecil etwas an.

»Der Herr gibt uns zu den Prüfungen, die er uns auferlegt, auch die dafür nötige Kraft, Sir William«, gab ich zurück, und er nickte.

»Die Wege des Herrn sind unergründlich.«

Der Weg von der Anlegestelle bis zu Robins Haus war nicht unergründlich, sondern unangemessen lang; so schien es mir zumindest, denn Floskel nach Floskel mit William Cecil auszutauschen und darauf aufzupassen, nichts zu sagen, was von ihm zu seinem Vorteil interpretiert werden konnte oder womöglich der Wahrheit entsprach, dehnte die Zeit endlos. Ich erinnerte mich gut daran, was der junge Campion heute alles aus Dingen schlussfolgerte, die ich ihm nicht gesagt hatte, und kam noch mehr ins Schwitzen. Campion war ein Springinsfeld von der Universität, der seine Nase noch nie ins wahre Leben gesteckt hatte; Cecil hatte es geschafft, Edward Seymour, John Dudley und die verstorbene Königin Mary alle so richtig einzuschätzen, dass er in ihren Diensten nicht nur überlebte, sondern immer höher stieg.

Aber auch ich habe überlebt, dachte ich trotzig. *Auch ich habe überlebt, auch ich habe mir Familie und Ansehen bewahrt und vermehrt. Mein Kopf hätte so leicht fallen können wie seiner. Ich habe Gebete auf Englisch oder Latein gesprochen, je nachdem, was der von Gott gewollte Herrscher von uns forderte, und niemanden in mein Herz blicken lassen, und ich habe überlebt. William Cecil mag gefährlich sein, aber er ist auch nur ein Mensch, genau wie ich selbst.*

»Ehen, die in Leidenschaft beginnen, enden oft in Bitternis«, sagte Cecil gerade. »Das ist der Grund, warum sie von klügeren Köpfen geplant werden sollten, als junge Mädchen sie besitzen – oder, was das angeht, junge Männer. Meint Ihr nicht auch, Blount?«

»Die Liebe zwischen einem Ehemann und seinem ihm angetrauten Weibe ist dem Herrn ein Wohlgefallen«, sagte ich mit einer weiteren Floskel. Natürlich wusste ich, worauf er anspielte; er war damals gerade von Seymours Lager zu John Dudleys übergewechselt und zur Hochzeit von Amy und Robin eingeladen worden. Der am meisten wiederholte Spruch während der gesamten Feier war: *»Ein schönes Paar, das sich* *in Liebe gefunden hat«*, was seinerzeit nicht nur Margery dazu brachte, mit gesenkter Stimme zu fragen, ob Amy Robsart bereits ein Kind erwarte.

»Was Gott zusammengefügt hat, soll der Mensch nicht trennen«, stimmte Cecil zu, und damit war ich um eine Sentenz ärmer, in die ich mich hätte flüchten können. Ich konnte das Haus schon sehen, also entschied ich mich für einen nicht mehr so allgemeinen Satz.

»Wie geht es Eurer Gemahlin?«

Das war ein Fehler, wie sich sofort herausstellte.

»Ganz ausgezeichnet«, sagte Cecil milde. »Schließlich verbringe ich so viel Zeit wie möglich mit ihr und unseren Kindern, wenn ich nicht im Dienst der Königin unterwegs bin, versteht sich. Ihr seid doch auch verheiratet, Blount, Ihr seht das gewiss genauso. Junge Leute natürlich, die haben da vielleicht eine etwas andere Einstellung, aber dann ist unsereiner ja verpflichtet, ihnen ins Gewissen zu reden. Gerade, wenn wir mit ihnen verwandt sind. Wie betrüblich ist es hingegen, wenn dann so ein junger Verwandter dabei ist, sich einen Ruf als Frauenheld zu erwerben. Von wem er das nur hat, fragt man sich dann doch.«

Das Schlimmste war, dass ich die Absicht hinter seinen Worten vom ersten Satz an spürte und mich dennoch schuldig fühlte. *Dreckskerl*, dachte ich.

»Wenige sind so weise wie Ihr, Sir William«, sagte ich, als ich sicher war, wieder ruhig und freundlich sprechen zu können. »Der Rest von uns Sterblichen ist sich der Leichtigkeit, zu irren, nur zu bewusst. Ich darf behaupten, dass der beste Ehemann und treusorgendste Vater, den ich kannte, der Gatte meiner Base Jane war, doch leider war sein Urteilsvermögen in so vielen anderen Dingen beklagenswert. Sogar bei einigen der Menschen, in die er sein größtes Vertrauen setzte. Gott sei seiner Seele gnädig.«

Keiner der Dudleys konnte je gewiss sein, ob Cecil seinerzeit einen Handel mit Königin Mary eingegangen war oder nicht, aber natürlich glaubten das nicht nur Robin und seine überlebenden Geschwister, sondern auch ich. Und er wusste, dass wir es glaubten.

Cecil verstand meine Anspielung daher nur zu genau. Ein feines Lächeln spielte um seine Lippen. Vielleicht hätte er etwas gesagt, das mich mehr traf, als seine vorherige Äußerung es getan hatte, doch zum Glück hatten wir das Haus erreicht, und Cecil verschwendete keine Geistesblitze mehr an mich. Die Diener, die ihm entgegeneilten, stammten noch aus der Zeit direkt nach unserer Rückkehr aus Frankreich, als sich das Schicksal für Robin gerade erst wieder zum Guten gewendet hatte, nicht aus der Zeit nach der Krönung unserer jetzigen Königin, als sein kometenhafter Aufstieg begann und sein Haushalt sich so schnell vergrößerte, dass ich nicht mehr jeden aus dem neuen Gesinde überprüfen konnte. Das verriet mir, wie sehr Robin sich sicher vor Spionen fühlen wollte. Ich hatte eigentlich vorgehabt, sofort mit ihm zu sprechen, aber Cecils Anwesenheit änderte das. Stattdessen ging ich in die Küche und ließ mir Bericht erstatten.

Es hatte keine Besuche von irgendwem gegeben, wenn man von Knechten absah, die Briefe überbracht hatten; weder die sonst üblichen Bittsteller noch jemand vom Hofe, und – wie mir unangenehm auffiel – auch keine Beileidsbesucher. Cecil war der Erste, der Robin seine Aufwartung machte.

»Wird Sir William zum Abendessen bleiben?«, fragte die Köchin ein wenig beunruhigt. Sie hatte offenbar nicht für ein größeres Mahl geplant, und wenn Cecil blieb, dann bedeutete das ein formelles Essen mit mehreren Gängen für ihn und Robin und Verpflegung für seine Leute hier in der Küche.

»Das weiß ich nicht.« Ich konnte es mir nicht vorstellen. Was auch immer er Robin zu sagen hatte, konnte kaum lange dauern, und er wollte gewiss zur Nacht wieder zu Hause sein, treusorgender Vater und Gatte, der er war. Trotzdem sollte man auf das Unerwartete eingerichtet sein, wenn es um Cecil ging, also wies ich sie an, mit den Vorbereitungen für eine ordentliche Mahlzeit zu beginnen. Danach ließ ich mir frische Hosen, ein neues Hemd und ein neues Wams bringen, und einen Trog mit Wasser. In Frankreich, heißt es, haben sie Blechwannen, um darin zu baden; auf dem Schlachtfeld bekommt man so etwas nicht zu sehen, aber es wurde ab und zu davon geredet, und einige Angehörige unseres Hochadels, einschließlich der Königin, reisen jetzt ebenfalls mit einer solchen Wanne. Da es in Robins Aufgabenbereich fällt, ihre Umzüge und Reisen zu organisieren, kann ich das sogar beschwören. Was mich betrifft, ich bin kein Weib und brauche kein heißes Wasser, aber nach den letzten umtriebigen Tagen konnte etwas kaltes Wasser nicht schaden. Im Übrigen hoffte ich, dass es mir helfen würde, meinen Kopf klarzubekommen.

Robin saß in der gerade erst eingerichteten Bibliothek, als ich ihn später fand. Sie war neu wie das meiste in diesem Haus; es war einmal eine Molkerei gewesen, und dem Mann, der es zu einem stattlichen Herrschaftssitz umgebaut hatte, gehörte es nicht lange; er war unter Königin Mary verbrannt worden.

Eigentlich hatte ich vorgehabt, Robin so formell wie möglich zu begrüßen; nach all dem, was mir in den letzten Tagen durch den Kopf gegangen war, bot es uns die Sicherheit dessen, was sich zwischen einem Vertrauten der Königin und seiner rechten Hand ziemte. Der Umgang zwischen einem älteren und einem jüngeren Verwandten war, wie Cecil heute anmerkte, eine andere Angelegenheit. Doch wie so mancher meiner Pläne in diesen Tagen verlief auch dieser im Sand.

Robin sprang auf, machte ein paar schnelle Schritte auf mich zu und umarmte mich stürmisch. »Tom«, murmelte er, während er meine Schultern umklammert hielt, »verdammt noch mal, Tom!«

Er nannte mich so gut wie nie beim Vornamen. Ich war immer Vetter Blount für ihn. Zum einen, weil Jane mich ihren

Kindern so vorgestellt hatte, zum anderen – so behauptete er immer –, weil es so viele Toms wie Harrys in der Welt gäbe, und fast so viele Roberts und Robins, aber nur einen Blount. Die Anrede verriet mir nun noch mehr als die Umarmung, dass auch für ihn nichts an diesen Tagen normal war. In gewisser Weise beruhigte mich das. Seit ich Windsor verlassen hatte, schwankte ich zwischen Schuldbewusstsein und Ärger, was Robin betraf, und wenn ich ihn so vorgefunden hätte, als sei nichts geschehen, dann hätte der Ärger über ihn womöglich das Übergewicht erhalten.

»Bleibt Mr. Secretary Cecil zum Abendessen, oder ist der große Mann schon wieder fort?«, fragte ich, nicht so sehr wegen der Köchin, sondern weil ich es wirklich wissen wollte. Ich konnte nicht über die Lage in Abingdon und bei Hofe sprechen, wenn sich Cecil und seine Leute noch im Haus befanden.

»Er hat sich bereits verabschiedet«, gab Robin zurück, ließ mich los und trat zu dem kleinen Tisch inmitten des Raums, auf dem ein angefangenes Schreiben lag. »Für das, was er hier wollte, brauchte er nicht lange.«

»Was war das, my lord?«

»Unter anderem hat er mindestens dreimal erwähnt, dass er gleichzeitig mit dir angekommen sei und was für ausführliche Gespräche ihr gehabt hättet«, entgegnete Robin mit einer Grimasse. »Mutmaßlich, um mich auf den Gedanken zu bringen, dass du für ihn spionierst. Im Grunde sollte ich das aufmunternd finden, denn es beweist, dass Cecil es immer noch der Mühe wert hält, mich gegen meine Leute misstrauisch zu machen. Wenn er glaubte, ich sei entweder so gut wie verurteilt oder endgültig bei der Königin erledigt, würde er das kaum tun. Insofern muss ich ihm für seinen Besuch tatsächlich dankbar sein.«

Er zog noch nicht einmal in Erwägung, dass ich ihn an Cecil verraten könnte. Einerseits brachte es mich dazu, ihn noch einmal umarmen zu wollen, andererseits wollte ich ihn deswegen auch einen Dummkopf heißen. Ich hatte eine Wahl, und er hätte daran denken müssen. Je nachdem, wie die Dinge verliefen, könnte es meine einzige Möglichkeit sein, die lebenslange Scharte der Verbindung zu den Dudleys auszuwetzen, indem ich Cecil einen Gefallen tat. Nur so mochte es mir am Ende möglich sein, Margery und meine Söhne nicht nur ein letztes Mal zu sehen, sondern mit dem Kopf auf den Schultern zu ihnen zurückkehren zu können. Mir schauderte bei dem Gedanken.

»In Abingdon und Cumnor haben sie Euch ebenfalls noch nicht abgeschrieben«, sagte ich schnell und hoffte, dass meine Stimme nicht die Gefühle in mir verriet, die verlangten, in Worte gewandet zu werden. »Da halten sie Euch jetzt für den zukünftigen Gemahl der Königin und wollen entweder in Eure Dienste treten oder mit dem Erbe Eurer Gattin abgefunden werden.«

Er zuckte zusammen, und ich sah an dem Ausdruck seiner Augen, dass er diesmal wohl zumindest eine Ahnung von dem hatte, was mich bewegte.

»Dann irren sie sich«, sagte er.

»Tun sie das?« Ich wünschte, ich hätte uns aus der Küche etwas Wein kommen lassen. Dies war die Zeit für Wein. »Mylord«, fuhr ich fort, »Euer Schwager John Appleyard behauptet, Eure Gattin hätte ihn nach den Möglichkeiten gefragt, gegen eine einseitig gewünschte Auflösung der Ehe einzuschreiten. Habt Ihr sie darum gebeten? Oder gibt es einen Brief von Euch, in dem Ihr etwas von Scheidung schreibt?«

»Hast du nicht Amys Papiere eingesehen?«, fragte er. Ich erkannte eine ausweichende Antwort, wenn ich sie hörte, vor allem von Robin.

»Ja, das habe ich«, sagte ich. »Deswegen weiß ich, dass irgendjemand jeden einzelnen Brief, der von mehr als einer Schneiderrechnung oder Reiseplänen handelte, entfernt haben muss. Jemand, der all diese Papiere jetzt vermutlich noch hat. Deswegen frage ich Euch, ob es einen Brief gibt, in dem Ihr zum Ausdruck bringt, dass Ihr ein Ende Eurer Ehe wünscht.«

Robin lehnte sich gegen den Sekretär, und mit der Art, wie sich seine rechte Hand um die Tischkante krampfte, gab er mir die Antwort einen Augenblick, ehe er sie aussprach.

»Ja.«

»Himmelherrgott, Robin!«, fuhr ich ihn an, zum ersten Mal seit der Nacht in Frankreich alle Formalität in den Wind werfend.

»Es ist bereits ein paar Monate her«, verteidigte er sich matt. »Ich habe ihr aber danach geschrieben, dass ich keine derartigen Schritte in die Wege leiten werde.«

»Nun, wenn dieser Brief noch existierte, als sie starb, dann könnt Ihr sicher sein, dass er jetzt verbrannt ist«, sagte ich, und wünschte mir selbst etwas, an dem ich mich gerade festklammern konnte wie er. »Im Gegensatz zu dem Brief, der aller Welt endgültig beweisen wird, wie sehr Ihr Eure Frau habt loswerden wollen.«

»Vetter Blount, meine Ehe war ... ein Fehler.« Robin wich meinem Blick nicht länger aus. »Und sie wäre das auch gewesen, wenn die Königin bereits im letzten Jahr Arundel oder einen der gekrönten Ausländer, die um ihre Hand anhalten, geheiratet hätte. Ich habe mit Amy nie das gehabt, was dir und Margery gegeben wurde. Gott hat uns auch nicht mit einem Kind gesegnet, und es gab nichts Gemeinsames mehr zwischen Amy und mir. Als ich aus dem Tower kam, dachte ich, dass es wieder besser werden würde, und als ich aus Frankreich zurückkam, betete ich dafür. Aber es wurde nie anders. Ich glaube, jeder hat es gewusst, nur Amy wollte es nicht wahrhaben.«

»Egal, was passiert ist: Ihr Herz war stets das Eure«, sagte ich, und was ich nicht sagen konnte, schnürte mir die Kehle zu.

»Ich weiß«, sagte er traurig. »Ich weiß.«

Doch das tat er nicht.

Eine Zeitlang schwiegen wir, und die Stille stand schwer zwischen uns. Ich dachte wieder daran, dass ich eine Wahl hatte, dass ich nicht nach Cumnor zurückkehren musste, um weiter einer toten Frau nachzuspüren, die nicht die meine war. Wenn ich sie geliebt hätte, so wie Robin sie nicht mehr geliebt hatte, wäre dies wohl noch ein größerer Betrug gewesen, als das, was tatsächlich geschehen war, aber so stand ich vor mir selbst ein bisschen besser da, wenn schon nicht vor Gott, unserem Herrn. Doch die Wahrheit ist, dass ich erleichtert war, als ich Amy nach Cumnor brachte und dort zurückließ. Die Wahrheit ist, dass ich nun, da sie tot war, mehr an sie dachte als vorher, als sie noch am Leben war.

Im Jahr von Amys Hochzeit hatte meine Base Jane mich und Margery zum Weihnachtsfest eingeladen, und ich erinnere mich, wie ein bestens gelaunter, siegessicherer John Dudley seine Kinder, Schwiegertöchter und Schwiegersöhne aufforderte, zu sagen, was sie sich vom Leben am meisten wünschten, denn Fortuna sei den Dudleys nun wieder so geneigt, dass sie eine Bitte gewiss erhören würde. Als die Reihe an sie kam, sagte Amy – die Wangen, aus denen damals die Kindlichkeit noch nicht ganz geschwunden war, leicht gerötet –: *»Ich möchte unvergesslich sein. Ich möchte, dass die Menschen mich sehen und sich für den Rest ihres Lebens daran erinnern. Ich wünsche mir, dass sie sich sagen: Heute habe ich die Königin der Herzen getroffen.«*

Das verblüffte die selbst so ehrgeizigen Dudleys so sehr, dass einen Moment lang Schweigen einkehrte, bis Guildford lachte und meinte: *»Donnerwetter, Robin, und ich dachte schon, deine Gemahlin sei schüchtern.«*

»Amy, Liebes, wie viel Punsch hast du getrunken?«, fragte Mall neckend, was ihr einen Rippenstoß ihres Bruders einhandelte, während er erklärte, Amy sei auf jeden Fall die Kö-

nigin *seines* Herzens. Amys Röte vertiefte sich, aber sie senkte den Blick nicht, und John Dudley lächelte beifällig. *»Das ist die richtige Einstellung, meine Liebe«,* sagte er.

Später zog mich Margery zur Seite und meinte, das Mädchen tue ihr leid. *»Sie ist noch so ein Kind«,* sagte sie. *»Ein Kind, das erwartet, ihr Leben würde ein einziger langer Hochzeitstag sein. Es wird ein hartes Erwachen werden.«*

Damit sollte sie recht behalten.

Ich glaube nicht, dass Amy den Wunsch, unvergesslich zu sein, je aufgab, was den Umstand, dass ich zwischen ihrem Frühling in Kidderminster und dem September weniger und weniger an sie dachte, um so bitterer machte. Ganz zu schweigen davon, dass Robin sich in dieser Zeit geradezu überschlug, um nicht an sie denken zu müssen. Jetzt dagegen beherrschte sie meine Gedanken, und ich wäre bereit gewesen, zu wetten, dass Robin mehr über sie nachgrübelte, als er es je seit der Zeit ihrer Verlobung getan hatte. Mit einem Mal fragte ich mich, ob es sie glücklich machen würde, das zu wissen, ganz gleich, ob sich ihre Seele nun im Fegefeuer befand, bei Gott und seinen Heiligen – oder in der Hölle.

»In diesem Brief über eine Scheidung«, sagte ich endlich, weil ich vorwärts- und nicht rückwärtsblicken wollte, wenn es denn ein Vorwärts gab, »ist da auch von Euren weiteren Plänen die Rede?«

»Natürlich nicht!« Zum ersten Mal heute stahl sich Ärger in seine Stimme. »Ich habe es dir bereits einmal gesagt, und ich kann es nur wiederholen: Die Königin hat keine Hochzeitspläne.«

»Ihr habt mir erzählt, dass sie geschworen hat, nie zu heiraten, als sie acht Jahre alt war«, verbesserte ich ihn. »Auch dass sie Eurer Ansicht nach ihre Meinung dazu nicht geändert hat. Aber Ihr habt nie etwas über Eure eigenen Hoffnungen gesagt. Wenn man so lange Seite an Seite mit dem Ehrgeiz gelebt hat, wie ihn Euer Vater hatte und auch Ihr, dann lernt man, auf das zu achten, was nicht geleugnet wurde oder ausgelassen wird oder ungesagt bleibt, my lord.«

»Wenn mein Schweigen für dich so beredt ist«, gab er zurück, und sein Ton wurde noch heftiger, als habe er, genau wie ich, die letzte Woche damit verbracht, jeden Zorn im Gespräch mit anderen zu unterdrücken und könne nun nicht mehr an der Gelegenheit vorbeigehen, sich Luft zu machen, »was für einen Sinn haben Worte dann? Du scheinst doch bereits entschieden zu haben, was du glauben willst und was nicht.«

Ich schaute ihn an, Janes Sohn, mit dem dunklen Haar und den dunklen Augen der Dudleys, die ihn unter den übrigen Noblen mit ihrem blonden, hellbraunen oder roten Haar immer etwas wie ein Wechselbalg wirken ließen.

»My lord«, sagte ich, »ich werde nach Cumnor zurückgehen. Ich werde das Begräbnis Eurer Gattin in die Wege leiten, ich werde mein Bestes tun, um dafür zu sorgen, dass nicht auch Euch von Euren Feinden ein Grab ausgehoben wird. Doch ich will es nicht blind tun. Ein Mann mit einer Binde um seine Augen stolpert in die nächste Grube. Ich muss wissen, was mir begegnen kann und was nicht.«

Robin wandte sich von mir ab. Während er mir den Rücken zudrehte, erwiderte er: »In keinem Brief und keinem Gespräch habe ich jemals den Wunsch geäußert, die Königin zu heiraten. Das schwöre ich bei allem, was mir heilig ist. Also kannst du sicher sein, dass dir dergleichen nicht zugetragen werden wird.« Er zögerte einen Augenblick. »Willst du wirklich wissen, was in meinem Herzen ist, Vetter? Was nützt dir das?«

Ich dachte darüber nach. Soweit es die jetzige Lage betraf, konnte es mir tatsächlich gleich sein, und auch in Zukunft war es gewiss besser, weniger und nicht mehr über Robins Liebesleben oder seinen Ehrgeiz zu wissen. Ich war weder sein Bruder noch der Hüter seines Gewissens, und Vertrauen kann eine Bürde sein, die beschwert.

Doch sosehr ich die Absicht hinter Cecils Worten heute durchschaut hatte, so sehr gingen sie mir nach. Außerdem fragte ich mich, wen sonst es für eine solche Beichte noch gab, an den mein Vetter sich wenden konnte. Robin war nicht der Älteste, doch irgendwann zwischen dem Tod seines Vaters und der Krönung Elizabeths war er trotzdem zum Oberhaupt der Dudleys geworden; selbst sein älterer Bruder Ambrose und seine Schwestern Kat und Mall schauten zu ihm auf, und er war sich dessen bewusst. Er würde ihnen kaum etwas anvertrauen, was sie beunruhigte, denn keiner der Dudleys würde je vergessen, wie der letzte Versuch, sich ehelich mit der königlichen Familie zu verbinden, ausgegangen war.

»Es nützt mir nichts, Robin«, sagte ich leise und verfiel in die vertrauliche Anrede der Zeit, als er noch ein Kind gewesen war. »Es mag auch dir nichts nützen, aber ich würde es trotzdem gerne hören.«

Schweigen folgte meinen Worten, und ich fragte mich, ob ich gerade das Schlusswort zu dem gesprochen hatte, was uns verband, und mich bald in Worcester bei Margery und den Kindern wiederfinden würde. Freiheit lag in dieser Aussicht, doch noch mehr Leere und Verlust. Dann begann Robin zu sprechen, und die Erleichterung, die mich packte, war so stark, dass ich ein paar Herzschläge brauchte, bis ich verstand, was er sagte.

»Als mein Vater mir sagte, dass König Edward im Sterben lag und was er für Guildford plante, da hätte ich mich zuerst fragen sollen, ob das Land wirklich die Lady Jane unterstützen würde statt die Lady Mary, oder ob Vaters Pläne dadurch nicht von Anfang an zum Scheitern verurteilt waren. Ich hätte mich fragen sollen, ob Jane Grey als Königin und mein kleiner Bruder als König überhaupt gut für das Land sein würden. Ich hätte mich fragen sollen, was aus Elizabeth werden würde, denn Vaters Plan sah schließlich vor, sie genauso zu übergehen wie Mary. Und ich habe mich all das gefragt, aber später. Mein erster Gedanke, mein allererster Gedanke, war, dass ich es hätte sein können, dass ich es hätte sein sollen, nicht Guildford. Vater sprach von etwas, was entweder Hochverrat oder die Rettung des Landes bedeutete, je nachdem, ob wir Erfolg hatten, und was ich dachte, war: Warum *Guildford* und nicht ich? Gott helfe mir.«

Mein eigener unrühmlicher erster Gedanke, als er mir von Amys Tod erzählte, kam mir in den Sinn, doch davon konnte ich nicht reden. Wir sind nun wieder alle Protestanten – zumindest alle, die ihren Verstand beisammenhaben –, aber wenn es etwas gibt, was die Katholiken richtig machen, dann ist es die Beichte. Manchmal muss man eine ablegen, nicht nur vor Gott, sondern auch vor einem Menschen. Und sie darf einem weder zu schwer noch zu leicht gemacht werden. Also sprach ich nicht von meiner eigenen Schwäche, sondern sagte: »Ist es dir vorher nie in den Sinn gekommen, was dein Vater damit bezweckte, dich und deine Geschwister so oft in die Nähe der Kinder aus der königlichen Familie zu bringen?«

»Ach, Vetter«, sagte Robin, »erstens war ich damals selbst noch ein Kind, und zweitens hat keiner von uns ahnen können, dass Edward schon so früh sterben würde, mein Vater am allerwenigsten. Noch im Jahr von Edwards Tod wollte er die Lady Jane mit Edward verheiraten, nicht mit Guildford: zwei protestantische Erben zusammen. Ich weiß, dass die Leute später glaubten, Vater habe von Anfang an nichts anderes im Sinn gehabt, als einen seiner Sprösslinge auf den Thron zu befördern, aber so war es nicht. Hat er je versucht, Kat oder Mall mit Edward zu verheiraten? Nein. Er wollte uns an Edwards Seite wissen, nicht mehr und nicht weniger, bis er erkannte, dass Edward nicht überleben würde, und erst da griff er nach den Sternen.«

Meiner Meinung nach verschönte Robin das Bild seines Vaters ein wenig, denn unser verstorbener junger König Edward war immer schon kein robuster Tudor, sondern ein zarter

Seymour gewesen, das wusste sogar ein Mann wie ich, der ihn nur aus der Ferne gesehen hatte. John Dudley musste früh zumindest mit der Möglichkeit gerechnet haben, dass Edward nicht sehr alt werden würde. Doch um John Dudley ging es heute nicht.

»Du wünschtest dich also an Guildfords Stelle, damals«, sagte ich, und er schüttelte den Kopf.

»Ja und nein«, erklärte er stockend. »Ich hätte Lady Jane nie heiraten wollen. Sie hat nie einen Hehl daraus gemacht, dass sie uns Dudleys für frivol und längst nicht protestantisch genug hielt, und Guildford hat sie regelrecht verabscheut. Es müssen zehn bittere Tage für die beiden gewesen sein, bis Mary siegreich in London einzog. Was ich damals wünschte, war etwas anderes, kurz nur, denn es stand ja schon sehr bald fest, dass Vaters Pläne zum Scheitern verurteilt waren.« Er schluckte. »Was ich wünschte und wovon ich nie jemandem erzählt habe, war, dass Vater die Lady Jane bei ihren Studien und Guildford bei seinen Versuchen, ein besserer Reiter zu werden, gelassen hätte und stattdessen Elizabeth unterstützt und mich gebeten hätte, sie zu heiraten.« Nun, da der Damm einmal gebrochen war, brachen die Worte immer schneller aus ihm heraus. »Er wäre dann vielleicht noch am Leben, und Guildford und Jane, und jeder Einzelne, der unter Mary verbrannt wurde. Das Land hat Jane nicht unterstützt, weil sie nur Edwards Base war und Mary die Tochter König Henrys, aber auch Elizabeth ist seine Tochter. Wenn Vater versucht hätte, Elizabeth statt Mary auf den Thron zu bringen, dann hätten wir eine Chance gehabt. Erinnere dich an die letzten Jahre und sag mir, dass es nicht besser gewesen wäre, wenn Mary zu ihren spanischen Verwandten auf dem Kontinent gesandt worden wäre und ihre Herrschaft nie begonnen hätte!«

Ich hatte keine Erziehung durch Gelehrte aus Cambridge oder Oxford erhalten, aber ich erkannte eine Finte, wenn ich sie hörte.

»Um das Schicksal des Landes geht es jetzt aber nicht, Robin«, sagte ich sanft, aber unnachgiebig. »Es geht darum, dass du die Ehe mit einer anderen Frau und dich selbst auf den Thron gewünscht hast, obwohl du nicht frei warst, um das zu tun, nicht als Ehemann und nicht als Untertan.«

Er drehte sich wieder zu mir um, und der Zorn in seinen dunklen Augen war mit Bitterkeit gemischt.

»Ja«, sagte er. »Ja, das tat ich. Und nun verrate mir eines, Tom: Margery ist dein treues Weib. Aber wenn dir ein Gleiches geschehen wäre, wenn dein Bruder mit einer Königin vermählt worden wäre, einer Königin für zehn Tage, und du wüsstest, dass du und die beste Freundin deiner Kindheit so viel mehr aus alldem hättet machen können, kannst du mir dann ehrlich schwören, dass dir ein solcher Gedanke, ein solcher Wunsch, nie gekommen wäre?«

»Die beste Freundin meiner Kindheit war deine Mutter, die mir auch meine eigene Mutter ersetzte«, sagte ich abrupt. »Ich bin nicht derjenige, der Lehrer mit Prinzen und Prinzessinnen geteilt hat, Vetter, aber ich weiß doch, dass Thronanwärter keine besten Freunde haben. Sie haben Untertanen. Und wann immer ein Untertan zu hoch strebt, endet es in Blut und Tränen. Wer nur auf Zehenspitzen stehen will, steht nicht sicher. Denk daran. Denk immer daran!«

»Oh, ich habe diese Lektion inzwischen gelernt«, sagte er. »Ich habe sie gelernt, bevor Elizabeth auf den Thron kam, und sollte ich sie seither vergessen haben, dann wurde sie mir wieder neu beigebracht. Sie hat nicht einen Moment gezögert, als ich ihr von Amys Tod erzählte, Vetter. Sie hat mich sofort aus ihrer Gegenwart verbannt und verboten, dass ich mich aus Kew entferne, bis die Jury zu einem Urteil gekommen ist. Selbst wenn mich jeder Geschworene für so unschuldig wie reinen Schnee erklärt, selbst dann, sagte sie, würde sie mich nicht heiraten, und sie verbiete mir, mir je Hoffnungen darauf zu machen.«

Ich machte einen Schritt auf ihn zu und legte eine Hand auf seine Schulter.

»Du magst mich für diese Worte hassen und Verräter nennen, Vetter, aber das ist nicht die schlechteste Nachricht, die ich heute höre. Als ich dich am Montag verlassen habe, trug ich die Furcht im Herzen, dass die Königin selbst Amys Tod wollte, weil die Liebe zu dir ihr Frauenherz überwältigt hatte.«

Robin lachte kurz auf. Es lag nicht der geringste Funken Humor darin.

»Tom, die einzige Frau, die ich je gekannt habe, die wirklich nur ihrem Herzen statt ihrem Verstand, der Familienpflicht oder der wirtschaftlichen Notwendigkeit folgte und um der Liebe willen alles andere in den Wind schlug, war Amy.«

Ich wollte protestieren und andere Beispiele nennen; da ich ihn um eine ganze Reihe an Jahren und Erfahrung übertraf, kannte ich einige. Doch unvertraute Namen wären ihm leerer Wind gewesen, und wenn ich mich auf die Frauen besann, die wir beide kannten, dann rannen mir meine Beispiele wie Sand aus den gespreizten Fingern. Meine Margery war eine treue und liebende Gattin, doch sie hatte mich seinerzeit genommen, weil ihre Eltern ihr das befahlen. In jener unvergessenen Nacht in diesem Jahr, kurz bevor Amy Kidderminster verließ, hatte Margery mir auseinandergesetzt, dass ich Zeichen und Wunder in meinem Heim erleben würde, wenn sie nicht bei jedem Gespräch mit Lady Dudley an das dächte, was die Vernunft geböte. *»Männer sind nun einmal alle gleich und empfänglich für Schmeichelei«*, sagte sie, *»vor allem von Frauen, die sie über sich wähnen.«* Wenn Margery auch nicht gewusst hatte, was vor sich ging, so hatte sie es doch geahnt, und dennoch war sie es gewesen, die ihren Verstand und ihre Selbstbeherrschung bewahrt hatte. Also schwieg ich, und dachte an Amy und die Gefahren des Höllenfeuers.

»Es gibt schlechtere Grabessprüche für sie, my lord«, murmelte ich, und obwohl meine Hand immer noch auf seiner Schulter lag, brachte die erneute Förmlichkeit wieder etwas Abstand zurück.

»Die gibt es wohl«, stimmte er zu, doch es lag keine Weichheit oder Trauer in seiner Stimme. »Aber die Wahrheit ist, dass sie überhaupt keinen Grabesspruch haben sollte. Noch lange Jahre nicht, bis in ein hohes Alter hinein. Die Wahrheit ist auch, dass ich sie nicht ins Leben zurückwünschen kann, ohne mich gleichzeitig von ihr getrennt zu wünschen, und was ist Bedauern dann wert?« Erneut traf sein Blick den meinen. »Ich habe dir gesagt, dass es dir nichts nützt, zu wissen, was in meinem Herzen ist, Vetter.«

»Und ich sagte Euch, dass ich nicht um des Nutzens willen gefragt habe«, entgegnete ich. Seine Mundwinkel zuckten.

»Vetter Blount, ich glaube, ich war zu lange bei Hofe. Ich glaube, es ist an der Zeit für eine weitere Flasche Wein zwischen uns. Aber erzähle mir zuerst von Cumnor. In deinen Briefen hieß es, du wolltest mir persönlich Bericht erstatten, also gibt es Dinge, über die du nicht geschrieben hast.«

»Die gibt es in der Tat.«

Eine Stunde später saßen wir immer noch in der Bibliothek, mit zwei Bechern und einer halbgeleerten Flasche zwischen uns. Ich berichtete von hellseherisch begabten und doch toten Knechten, stellungssuchenden Zofen, Geschworenen aus Cambridge, merkwürdigen Schauspielern sowie in Oxford verschollenen jungen Frauen. Robin hatte mich nur einmal unterbrochen, als ich auf John Appleyard zu sprechen kam; als ich von dessen Beharren auf dem, was ihm zustünde, erzählte, sagte er geringschätzig: »Was ihm zusteht, ist eine Tracht Prügel. Er hat Amy stets um ihr Erbe beneidet und ihr übelgenommen, dass ihr Vater besser gestellt war als seiner. Aber wenn wir alle erhielten, was uns zustünde, dann wäre ich wohl schon unter der Erde, also wird John Appleyard wohl in Norfolk satt und alt werden. Aber nicht von Amys Erbe.«

Als ich schließlich fertig war, sagte Robin nachdenklich: »Was mir nicht in den Kopf will, ist diese Teufelsgeschichte, Vetter. Für alles andere lässt sich gewiss eine Erklärung finden.«

»Nun«, sagte ich langsam, »es mag ein Zufall sein, dass die Beschreibung des Leibhaftigen der Euren ähnelt, my lord.«

Er zog eine Grimasse. »Um offen zu sein, habe ich darauf gewartet, dass du mich fragst, ob ich vor drei Jahren und in der letzten Woche in Cumnor herumgeisterte.«

»Robin, ich bin kein Gelehrter, aber doch kein Dummkopf«, sagte ich gekränkt, räusperte mich dann und fuhr fort: »Wenn Ihr in der letzten Woche einen Tag lang von Windsor verschwunden wäret, um nach Cumnor zu gehen, wüsste es der gesamte Hof. Und vor drei Jahren hatte Anthony Forster gerade erst genug Geld beisammen, um das Haus zu mieten, und Ihr wart in Norfolk, um für die Lady Elizabeth Land zu veräußern, nicht in Abingdon.«

»Nun, es ist nicht anzunehmen, dass jeder Außenstehende so gute Kenntnisse von meinem Leben hat«, sagte er trocken. »Wie auch immer – glaubst du, der ehrliche Ned oder diese Agnes Cross ließen sich bewegen, mit dem genauen Aufenthaltsort ihrer Verwandten herauszurücken, wenn ich dir mehr Geld mitgebe? Oder ein paar Männer als Verstärkung?«

»Wenn du willst, dass andere deine Geheimnisse bewahren, dann bewahre sie zuerst einmal selber«, erinnerte ich ihn. »Deswegen gehe ich wieder allein. Geld kann natürlich nicht schaden, aber es wird wohl nicht helfen, wenn Edmund Campion recht hat mit seiner Vermutung.« Ich zögerte, dann setzte ich hinzu: »Agnes Cross würde reden, wenn Ihr sie von einer Eurer Schwestern einstellen lasst, da bin ich sicher. Sie würde sich allerdings nicht mit einem Versprechen für die Zukunft zufrieden geben; es müsste gleich geschehen. Doch wenn Ihr das tut, dann könnten Eure Feinde es als einen Versuch verstehen, einen der wenigen Menschen zum Schweigen zu bringen, die im gleichen Haus wie Eure Gemahlin waren, als sie starb. Außerdem mag es sehr wohl sein, dass alles, was Barbara Cross vor Jahren geschah, nichts mit dem toten Knecht zu tun hat, und der tote Knecht nichts mit Eurer Gemahlin. Dann hättet Ihr Euren Ruf für nichts und wieder nichts noch mehr belastet.«

Robin schenkte sich und mir noch etwas Wein ein. »Mein Ruf ist schon ruiniert«, sagte er, »doch ich verstehe, was du meinst. Gut, dann versuche es vorerst noch einmal mit dem Wirt. Aber ehe du nach Cumnor zurückkehrst, möchte ich dich noch bitten, an den Hof zu gehen.«

Ich war müde und mit den Gedanken schon in Abingdon, also fragte ich ohne Umschweife nach dem Grund.

»Offiziell, um William Cecil einen Dankesbrief für seinen Besuch zu überbringen«, gab Robin zurück. »Mir will auch dieser Gelehrte aus Cambridge unter den Geschworenen nicht aus dem Kopf. Wenn es dir möglich ist, dann sprich mit Cecils Leuten. Wenn einer von ihnen in Abingdon war, wird er kaum so dumm sein, das zu erwähnen, aber vielleicht rutscht ihnen etwas anderes heraus, das erklärt, warum Cecil sich die Mühe machte, heute hier aufzutauchen. Es kann nicht gewesen sein, um sich an seinem Sieg zu weiden. Bei Edward Seymour oder meinem Vater hat er sich auch nie wieder blicken lassen, nachdem er sie vernichtet hatte. Nein, er wollte bestimmt wissen, was du bei deinen Ermittlungen herausgefunden hast, oder wenigstens, ob sie weit genug gediehen sind, dass ich mich ihm gegenüber sicher fühlen kann.«

Ich musste an Frobisher denken, der sich zweifellos die Finger danach abgeleckt hätte, an den Hof gehen zu können … falls er nicht längst dort aus und ein ging. Ich würde eine Entscheidung hinsichtlich meines neuen Begleiters treffen müssen, wenn ich wieder nach Cumnor zurückkehrte, und noch mehrere andere; ich wusste nicht, ob ich hoffen sollte, dass die für Frobisher die harmloseste war.

»Wenn wir von merkwürdigen Besuchen sprechen«, begann ich, zögerte und sagte dann geradeheraus: »Anthony Forster will nicht damit herausrücken, was er am Sonntag getan und wo er sich aufgehalten hat. Er ist nicht dumm und muss wissen, wonach das aussieht. Hat er nicht zur gleichen Zeit für Euren Vater zu arbeiten begonnen, wie Cecil es getan hat?«

»Ein halbes Jahr vorher. Aber er würde nicht …« Robin starrte mich an. »Vetter, er hat unter Mary seinen Bruder verloren! Wenn er Cecils Mann gewesen wäre, dann hätte er dies zu verhindern gewusst. Ich weiß, dass ihr beide keine Freunde seid, aber ich kann nicht glauben, dass er so einfach die Seiten gewechselt hat. Gerade jetzt nicht. Vor drei Wochen erst hat er mir geschrieben, dass er für die Gegend als Parlamentsabgeordneter stehen will, wie du es nun für Kidderminster tust. Dazu braucht er meine Unterstützung, nicht meinen Sturz.«

»Er braucht *Unterstützung*«, entgegnete ich und musste nicht hinzufügen, dass Cecils Unterstützung genauso nützlich sein konnte; Robin verstand mich auch so. Um ehrlich zu sein, glaubte ich nicht wirklich, dass Forster für Cecil arbeitete, schon deswegen nicht, weil er dann für seine sonntägliche Abwesenheit eine bessere Erklärung als *»Das geht dich nichts an«* geliefert hätte. Aus dem gleichen Grund hielt ich es für unwahrscheinlich, dass er für Amys Tod verantwortlich war; wie ich selbst gesagt hatte, war Forster nicht dumm, und wenn er vorher gewusst hätte, dass er eine Erklärung für den Sonntag benötigen würde, dann wäre er vermutlich auf dem Jahrmarkt gewesen, wo alle Welt ihn sehen konnte, während ein Handlanger die Drecksarbeit erledigte. Aber eine reine Weste konnte er auch nicht haben, sonst würde er sich nicht so mit der Wahrheit zieren. Wenn er etwas verbarg, das ihm wichtig genug war, um dafür als einer der Hauptverdächtigen am Tod eines Gastes in seinem Haus dazustehen, konnte das nichts Gutes oder leicht Entschuldbares sein.

»Ein Brief von Euch, in dem Ihr droht, ihn fallenzulassen, wenn er mir nicht die Wahrheit erzählt, wäre nützlich«, sagte ich und nahm mir den Weinkrug.

»Nicht, wenn du recht hast und er versucht, sich bei Cecil lieb Kind zu machen«, gab Robin zurück. »Dann kann ihm das gleich sein. Wenn du aber unrecht hast, dann beleidige ich jemanden, der durch schwere Zeiten zu den Dudleys gestanden hat.«

Erneut fragte ich mich, ob es möglich war, dass Forster hinter meinem Rücken für Robin gehandelt hatte; wieder verwarf ich den Gedanken. Es war eine Grundsatzfrage: Wenn ich Robin in diesem Punkt nicht mehr vertraute, dann war es sinnlos, nach Cumnor zurückzukehren. Dann konnte ich gleich nach Kidderminster gehen.

Robin drehte den Becher in seiner Hand. »Wenn ich unrecht habe – wenn er etwas mit Amys Tod zu tun hat –, dann habe ich sie dort in ihren Tod geschickt.«

Und ich auch. Ich war es gewesen, der sie nach Oxfordshire gebracht hatte, aus Gründen, die nichts mit Robin und der Königin zu tun hatten.

»Vetter, es geht mir nicht nur darum, vor Gericht entlastet zu werden«, sagte Robin und schenkte sich nach. »Wenn das alles wäre, was ich will, nun, das nötige Gold hätte bereitgestanden. Aber ich muss wissen, was geschehen ist. Wenn ich Amy sonst nichts mehr geben kann, dann wenigstens die Wahrheit über ihren Tod.«

Er irrt sich, dachte ich. Es gab noch etwas, was er ihr geben konnte. Amys Tod war unwiderruflich, aber das Schicksal, das jetzt noch auf sie warten mochte, das war noch nicht entschieden.

»Angenommen«, sagte ich, und obwohl ich längst nicht genug getrunken hatte, schien mir meine Zunge schwer und schlecht darin zu sein, die nötigen Worte zu formen, »angenommen, die Jury befindet, dass my lady sich das Leben nahm … was dann?«

Er wusste, was ich meinte. Es würde ihn entlasten, gewiss, zumindest, was das Gesetz betraf. Doch es würde bedeuten, dass Amy nie Frieden fand. Ihre Seele wäre verdammt, und selbst Gebete würden sie nicht erreichen. Ganz gewiss würde keine Kirche ihr heiligen Boden für eine Beerdigung gewähren; in ein paar Jahren würden Menschen über den Boden schreiten, in dem sie lag, ohne einen Gedanken an sie zu verschwenden.

Robin setzte den Becher ab, den er in der Hand hielt. »Dazu wird es nicht kommen«, entgegnete er und starrte auf den Tisch.

Ich schüttelte den Kopf. »Wenn uns das Leben etwas gelehrt hat, my lord, dann, dass Gott nicht immer gnädig ist. Es mag sehr wohl sein, dass er Euch erneut vor die Wahl stellt.«

Und mich, dachte ich, ohne es laut auszusprechen, *und mich.*

VIERTES ZWISCHENSPIEL

Anne Boleyn war berühmt dafür, weite Ärmel in unsere Mode eingeführt zu haben; um ihren sechsten Finger an der linken Hand zu verbergen, wie der Klatsch behauptete. Ich habe Königin Anne oftmals aus der Nähe gesehen und kann daher beschwören, dass diese Geschichte über das Wahrzeichen einer Hexe Unsinn war. Sie trug ganz einfach gerne Kleider mit weiten Ärmeln, vorwiegend schwarze, was vor ihr kaum eine Dame tat, wenn es nicht die Trauerpflicht gebot.

Eine schöne Frau ist blond, so heißt es, mit blauen Augen, doch Anne war schwarzhaarig und schwarzäugig, und Schwarz zu tragen, betonte das, statt es zu verbergen. Niemand, der sie auch nur einmal gesehen hat, wird sie je vergessen. Man vergötterte oder verabscheute sie; gleichgültig ließ sie niemanden, und wenn sie einen Raum betrat, selbst als sie einfach nur Thomas Boleyns jüngere Tochter war, dann bemerkte das jeder.

Nach ihrem Tod trugen die Frauen bei Hofe natürlich ganz und gar kein Schwarz; schließlich hatte der König angeordnet, seine neue Heirat mit Jane Seymour zu feiern. Mein Mädchen hat erst Trauer getragen, als ihr Vater starb, und nach dem Vorfall, bei dem ihr Kleid zerschnitten wurde, sofort wieder damit aufgehört. Als Königin konnte sie natürlich jede Farbe wählen, die sie wollte, aber sie ist dem Schwarz weiterhin ausgewichen, von einigen wenigen Teilen einmal abgesehen. Bis jetzt.

Elizabeths Schneider mussten nie viel arbeiten, um ihre Wünsche zu erfüllen, nur neu kombinieren. Schließlich besteht ein Kleid aus so vielen Einzelteilen, die nur von Nadeln zu-

sammengehalten werden: den Ärmeln, dem Mieder, dem Rock, dem Kragen. Da kann man Ärmel für ein Kleid mit dem Rock eines anderem tragen und erweckt so den Eindruck, eine völlig neue Robe zu besitzen, etwas, was wir früher oft taten, weil wir sparen mussten, und jetzt, weil auf diese Weise ein Kleid ganz in Schwarz zusammenkam, ohne ein neues in Auftrag geben zu müssen.

»Ich bin sicher, dass die Botschafter mein Trauerkleid in ihren Briefen nach Hause als den Gipfel der Heuchelei bezeichnen«, sagte Elizabeth zu mir, als ich ihr einen Teller mit frischem Brot brachte. Sie hat immer schon sehr schlechte Eßgewohnheiten gehabt – kaum etwas zu Mittag und zu Abend, wenn jeder vernünftige Mensch seine Mahlzeiten hat, aber dafür dazwischen ungesunde Kleinigkeiten –, doch früher konnte ich sie wenigstens noch zwingen, etwas zu essen. Das ist jetzt unmöglich. Aber sie hatte am Tag vorher so gut wie nichts angerührt, und damit musste jetzt Schluss sein. »Und wer kann es ihnen verdenken: Ich werde Trauer um eine Frau zur Schau tragen, die ich zu Lebzeiten nicht um mich haben wollte.«

Sie hatte gerade Gespräche mit dem französischen, dem spanischen und dem schwedischen Botschafter hinter sich, und ich wusste, dass der Kronrat als Nächstes an der Reihe war. Das bedeutete, dass sie sich bereits auf die nächste Begegnung konzentrierte und abgelenkt genug sein würde, um zu essen, was vor ihr stand, statt wie ein Maulesel zu protestieren. Nach mehr als zwanzig gemeinsamen Jahren weiß man, wie man jemanden nehmen muss.

»Esst«, sagte ich also, und stellte den Teller mit dem Brot vor sie.

Elizabeth lehnte sich zurück und schaute zu mir hoch.

»Hat mein Vater je Trauer getragen?«, fragte sie. »Ich erinnere mich nicht mehr.«

»Esst«, sagte ich wieder. Sie griff tatsächlich nach dem Brot und brach sich ein kleines Stück ab.

»Ich glaube, ich habe sie nur auf Robins Hochzeit gesehen«, sagte sie. »Nur dieses eine Mal. Ich weiß noch, dass ich dachte, dass sie genau wie die anderen Mädchen aussah, in die Robin verliebt gewesen war, bis hin zu my lady Suffolk, als wir zwölf waren und er meine Hilfe bei dummen Gedichten für sie wollte. Blonde Haare, volle Lippen, volle Brüste und den Kopf immer leicht geneigt, als ob Meister Holbein gerade dabei sei, ihr Porträt zu zeichnen.«

Ich schnalzte missbilligend mit der Zunge. »Auf die Toten ist man nicht eifersüchtig.«

»Oh, da wäre ich mir nicht sicher«, sagte sie düster. »Aber ich bin jetzt nicht auf sie eifersüchtig. Damals war ich es auch nicht, ganz gleich, was du denkst. Weißt du, wann ich zum ersten Mal wirklich und glühend auf sie eifersüchtig war? Im Tower.«

Ich schaute mich um; die nächste Hofdame, die vielleicht noch in Hörweite stand, war Mall Sidney, die von allen den besten Grund hatte, nichts weiterzugeben, was sie in diesem Zusammenhang hörte. Auch bei unseren Streitereien über die Gästeliste zu ihrem Geburtstag war Elizabeth eifersüchtig gewesen, doch daran erinnerte ich sie jetzt nicht. Wenn sie endlich bereit war, über ihre Gefühle zu sprechen, dann musste ich es auf ruhige Weise angehen lassen. Also fragte ich mit gesenkter Stimme: »Warum?«

»Wir waren zur gleichen Zeit dort«, entgegnete sie leise und drehte ihr Brotstück zwischen den Fingern. »Robin und ich. Siebzig Fuß zwischen dem Beauchamp-Tower, wo die Dudleys gefangen waren, und dem Bell-Tower, wo meine Zelle lag. Ich dachte mir damals, wenn ich hier sterbe, was war mein Leben dann? Ich verlasse die Welt nicht besser, als ich sie betreten habe, und bin nicht Fisch und nicht Fleisch, gerade so viel Prinzessin, um den Kopf zu verlieren, aber nicht genug, um zu rechtfertigen, warum ich auf dieser Welt war. Der Schließer ließ sich manchmal bestechen, um anderen Gefangenen Bot-

schaften zu bringen, wenn es harmlose waren, weißt du es noch? Robin und ich schickten uns ständig welche. Es stand nichts Wichtiges darin, nichts, was uns noch mehr in Gefahr gebracht hätte, wenn man sie abfing, aber sie gaben mir Hoffnung. Und damals dachte ich, seine Gemahlin, die ich bei seiner Hochzeit so alltäglich gefunden hatte, dieses Mädchen weiß vielleicht nicht, warum die Erde rund ist oder wie man eine Rede auf Latein hält, und sie hat kein königliches Blut in sich, aber wenn sie morgen stirbt, dann hat sie doch vorher ein Leben gehabt. Sie hat geliebt, und sie ist geliebt worden. Da beneidete ich sie und war eifersüchtig.«

Ich hätte sagen können, dass ich und viele Angehörige ihres Haushalts sie liebten und dass es auch wenigstens zwei ihrer Stiefmütter getan hatten, aber ich wusste, dass sie eine andere Art von Liebe meinte, und sie wusste, dass ich es wusste.

»Nun, das war nicht sehr christlich von Euch«, sagte ich, »aber geschehen ist geschehen. Könnt Ihr denn jetzt aufrichtig sagen, dass Ihr sie ins Leben zurückwünscht?«

Mein Mädchen warf das Stückchen Brot achtlos auf den Teller zurück. »Ja, aber nicht aus christlichen Gründen«, sagte sie mit einer Grimasse. »Noch nicht einmal, weil sie mir leidtut, und nur in zweiter Linie, weil ihr Tod einen Sturm ausgelöst hat. Ich glaube nicht, dass du wissen möchtest, warum ich sie wirklich ins Leben zurückwünsche, Kat.«

Damit brauchte sie mir nicht zu kommen. »Wenn Ihr es mir nicht erzählen wolltet, Madam, hättet Ihr erst gar nicht damit angefangen«, sagte ich trocken. »Ihr wollt nur, dass ich frage und damit verantwortlich bin für das, was Ihr mir sagt. Ich bin aber nur dafür verantwortlich, dass ihr etwas esst.«

Elizabeth nahm das Stück Brot wieder auf und warf es nach mir, wohlweislich über meine Schulter hinweg. Anders als der alte König, ihr Vater, hat mein Mädchen früh gelernt, ihre Temperamentsausbrüche so zu inszenieren, dass nichts dabei zu Schaden kam, vor allem kein Kleiderstoff. Der König war nicht immer bereit gewesen, Geld zur Verfügung zu stellen, nachdem er sie einmal für unehelich erklärt hatte, ganz gleich, wie rasch sie wuchs, und in dem Jahr, als ihr Bruder geboren wurde, ließ ich sie deswegen absichtlich zu kleine Kleider tragen, bis sie lernte, dass es für gute Sachen nicht zwangsläufig sofort Ersatz gab. Und wenn sie einen Teller auf den Boden warf, dann durfte sie eben nur noch aus Holzbechern essen. Das hatte gewirkt und hält in manchen Dingen bis heute an.

»Solange Amy Dudley am Leben war«, sagte sie, immer noch leise, und jetzt in der flämischen Sprache, die ich sie gelehrt hatte, so, wie sie mir meine Mutter beibrachte, »so lange musste ich Robin nicht erklären, warum ich ihn nicht heiraten will, und konnte doch darauf bauen, dass er bei mir bleibt.«

Ich dachte daran, was sie zu mir über die Notwendigkeit gesagt hatte, sich den Frieden unseres Landes mit dem restlichen Europa durch das Ausspielen von Bewerbern gegeneinander zu erhandeln, aber ihr Gesichtsausdruck verriet mir, dass es ihr diesmal nicht darum ging. Sie schob den Teller mit dem restlichen Brot zur Seite, stand auf und ergriff meine beiden Handgelenke, so dass meine Finger eine Schale bildeten. Ihre Hände waren sehr warm, obwohl sie nichts im Magen hatte. Das fehlt gerade noch, *dachte ich,* dass sie jetzt krank wird! *Vielleicht war es aber auch kein Fieber, das in ihren Augen brannte, sondern tiefste Überzeugung.*

»Du hast so lange gewartet, um zu heiraten, Kat. Warum?«

»Ich war niemandes Erbin und habe kein königliches Blut«, sagte ich abwehrend, »das war etwas anderes, und im Übrigen hat mein Vater mich schon als Äbtissin gesehen, bis ihm die Nonnen in dem Kloster, in dem er mich erziehen ließ, sagen mussten, dass ich hinter ihrem Rücken die Schriften von Luther und Calvin las.«

Sie ließ meine Hände nicht los, und ich gab nach.

»Es war gut, so lange über mein Schicksal selbst entscheiden zu können«, gestand ich ein. »Aber Mr. Ashley war ein freund-

licher Mann, und ihn zu heiraten hat bedeutet, dass ich nach dem Tod meines Vaters nicht als arme Verwandte auf meinen Bruder angewiesen war.«

»Nach meines *Vaters Tod hatte ich auf einmal sehr viele Väter, die mir sagten, was ich zu tun hatte und was nicht. Zu viele«, sagte sie, immer noch auf Flämisch. »Angefangen mit dem gesamten Kronrat. Aber ich brauche keinen Vater. Ich brauche keinen Ehemann, um mich zu versorgen. Ich brauche kein Kloster.«*

»Aber vielleicht doch einen Mann an Eurer Seite.«

»In unserer Welt gibt es nur eine Weise, in der ein Mann und eine Frau zusammenleben können, Kat: als Eheleute. Aber jede Ehefrau muss ihrem Mann untertan sein, jede, ganz gleich, wie hoch sie geboren ist. Er kann sie betrügen, er kann sie fortschicken, er kann sie schlagen, er kann sie im Kindbett sterben lassen, und wenn er erst einmal der König im Land ist, dann kann er sie sogar hinrichten lassen, und niemand nennt es Mord. Aber nicht mit mir! Jetzt bin ich Königin, und ich werde nie einem Mann diese Macht über mich geben. Keinem. *Es wird an diesem Hof niemals einen Herrn geben, Kat, und nur eine Herrin. Aber ich brauche Zeit, und sie dürfen es erst verstehen, wenn es kein Zurück mehr gibt, vor allem der Kronrat.«*

Mall Sidney schaute so entschlossen nicht in unsere Richtung, dass ich mich fragte, ob sie wohl doch ein wenig Flämisch verstand, aber ich schob den Gedanken energisch beiseite.

»Heißt das«, fragte ich stattdessen so behutsam wie möglich, »Ihr wollt ihn fortschicken, selbst wenn das Gericht ihn freispricht?«

Wenn das so war, dann brauchte ich mir keine Sorgen mehr zu machen. Oh, es würde immer noch eine ganze Weile geklatscht werden, aber mit der Zeit würden sich die Leute dem nächsten Skandal zuwenden, und ob Robin Dudley nun seine Gattin auf dem Gewissen hatte oder nicht, er würde mein Mädchen nicht mehr durch sein Gockelverhalten gefährden. Mei-

nen eigenen Sünden musste auch keine weitere hinzugefügt werden, und schon gar nicht eine Todsünde wie Mord. Welche Rolle Cecil auch immer in der ganzen Angelegenheit spielte, er war nicht der Mann, um noch Feindschaft gegen jemanden zu hegen, dessen Einfluss er nicht mehr zu fürchten brauchte.

»Nein«, sagte sie, und meine jähe Hoffnung fiel in sich zusammen, »nein. Wenn die Geschworenen ihn für nicht schuldig befinden, dann werde ich etwas versuchen, was noch nicht da gewesen ist. Wenn er weiß, dass ich ihn nicht heiraten werde, und dennoch bereit ist, mir das zu sein, was er jetzt ist, dann weiß ich, dass ich nicht nur auf seine Freundschaft vertrauen kann, sondern auch auf seine Liebe. Dann werde auch ich ihn nie gehen lassen.«

Was sie sagte, ergab nur einen verworrenen Sinn für mich, und was ich davon verstand, verstörte mich zutiefst.

»Kein Mann wird so leben wollen!«, protestierte ich. »Als Untertan der Frau, die er liebt, völlig von ihren Entscheidungen abhängig, ohne jede Autorität über sie. Es ist wider alles, was …«

»Es ist die Art, in der jede Ehefrau auf dem ganzen Erdenrund lebt«, sagte sie kühl, ließ mich los und drehte mir den Rücken zu, während sie einen der Briefe aufnahm, die sie gelesen hatte, als ich ihr das Brot brachte. Das stimmte zwar, doch es machte den Gedanken, einen Mann wie eine Frau leben zu lassen, nicht weniger unnatürlich. Im Übrigen gab es etwas, was sie nicht angesprochen hatte. Jeder Mann auf dieser Welt wollte nicht nur den Gehorsam seiner Ehefrau, er wollte auch seine ehelichen Rechte. Ohne eine Ehe fleischlich miteinander zu verkehren, war nicht nur eine Sünde; bei einer gesunden jungen Frau, wie Elizabeth es war, bedeutete es auch mit größter Gewissheit eine Schwangerschaft. Freilich, ein König konnte uneheliche Kinder in die Welt setzen und sie nach Belieben anerkennen oder nicht, so wie es ihr Vater getan hatte, und für ihren Unterhalt bezahlen. Für eine Königin war *das undenkbar. Sie würde in Schimpf und Schande vom Thron gejagt werden. Das wusste mein Mädchen. Ganz gleich, was für Unmöglichkeiten sie sich in den Kopf gesetzt hatte, das musste sie wissen. Also hieß das doch, dass sie von Robin Dudley erwartete, nicht nur auf die Autorität eines Ehemannes und die Macht eines Königs zu verzichten, sondern auch auf das, was jeder Bettler von seiner Frau erwarten konnte!*

Ich öffnete den Mund, um ihr zu sagen, dass sie sich dergleichen sofort aus dem Kopf schlagen konnte, vor allem bei Robin Dudley, denn wenn jemand nicht den Eindruck machte, zum Mönch berufen zu sein, dann er. Ich wollte damit beginnen, dass sie als Jungfrau eben falsche Vorstellungen von der Männerwelt habe – doch dann blieben mir die Worte in der Kehle stecken, ehe ich sie äußern konnte. Auf einmal stand der tote Lord Admiral wieder zwischen uns. Ich habe es nie fertiggebracht, sie zu fragen, was genau Thomas Seymour mit ihr getan hatte; dass sie danach noch virgo intacta *war, weiß ich mittlerweile, weil Elizabeth in dem Brief, in dem sie den Regentschaftsrat aufforderte, mich und Mr. Parry freizulassen – dem Brief, in dem sie verlangte, der Rat solle die Gerüchte, sie erwarte ein Kind von Thomas Seymour, öffentlich zurückweisen –, auch sagte, sie wäre bereit, sich von jedem Arzt bei Hofe untersuchen zu lassen, damit er bestätigen könne, dass sie noch Jungfrau sei. Als verheiratete Frau weiß ich aber auch, dass jene medizinische Art von Jungfräulichkeit nichts über den Zustand der Seele besagt, weil es zwischen Männern und Frauen sehr viel mehr gibt, das getan werden kann, als nur jenen einen Akt. Erst recht für einen Mann wie Seymour, der alle Erfahrung der Welt hatte, um zu handeln, ohne Spuren zu hinterlassen.*

Ich konnte nicht mit ihr darüber reden. Es war undenkbar! Ich konnte sie nicht fragen, ob sie tatsächlich plante, als Jungfrau zwar dem Begriff, doch nicht dem Geiste nach zu leben, weil die Scham mir die Zunge band. Doch zum Glück gab es andere Einwände, die ich aussprechen konnte.

»Kein Mann«, wiederholte ich, »wird so leben wollen, und schon gar kein Dudley. Die ganze Familie ist von Ehrgeiz zerfressen. Denkt doch nur an seinen Vater: Wenn John Dudley Eurem Bruder nicht auf seinem Sterbebett noch eingeredet hätte, Eure Base zu seiner Erbin zu machen, dann würde man ihn heute noch als umsichtigen Regenten preisen. Man sollte meinen, der erste Minister im Königreich zu sein wäre genug für ihn gewesen, doch nein, er wollte sein eigen Fleisch und Blut auf dem Thron sehen. Wie der Vater, so der Sohn.«

»Vielleicht«, sagte sie, hörte auf, so zu tun, als lese sie Briefe, und wirbelte wieder zu mir herum. »Vielleicht. Ich bin nicht blind, weißt du. Aber weil ich selbst im Tower saß und mir sagte, nie wieder werde ich machtlos sein, wie kann ich da nicht verstehen, dass es ihm ganz genauso ging? Ich habe dir gesagt, ich bin seiner Freundschaft sicher, aber ob er nun mich oder meine Krone mehr liebt, das steht auf einem ganz anderen Blatt. Aber siehst du nicht, Kat, die Zeit wird es weisen. Du sagst, dass kein Mann auf der Welt sich auf das einlassen würde, was mir vorschwebt. Nun, einer, dem es ausschließlich um meine Krone geht, der wird es ganz gewiss nicht tun. Die Zeit wird es weisen«, wiederholte sie und setzte sich wieder.

Ich wünschte, ich könnte mich ebenfalls setzen. Mir war schwindlig.

»Und wenn er nun schuldig ist?«, fragte ich schließlich.

»Hast du Neuigkeiten aus Cumnor?«

Ich schüttelte den Kopf. »Ihr habt aus gutem Grund verlangt, dass die Geschworenen erst nach einer Woche ein Urteil sprechen«, sagte ich. »Selbst, wenn ich nichts aus Cumnor hören sollte, werden sie das tun. Was also, wenn sie sagen, dass my lady Dudley durch Gewalt zu Tode kam? Selbst wenn Lord Roberts Name dabei nicht genannt wird, käme das in den Augen der Welt einem Schuldspruch gleich. Werdet Ihr ihn dann aufgeben?«

»Cecil hat mich das heute Morgen auch schon gefragt«,

entgegnete sie, und ihre Augen verengten sich. »Man möchte meinen, ihr beide hättet euch abgesprochen.«

Das Falscheste, was man als Getroffener in dieser Lage tun kann, ist es, zu protestieren, obwohl mich die Unterstellung zutiefst kränkte. Mehr kränkte, weil ein Teil von mir sich schuldig fühlte. Oh, nicht Cecils wegen. Mein gestriges Gespräch mit ihm war alles andere als eine Verschwörung gewesen und hatte mich eher misstrauisch ihm gegenüber gemacht, als mich für ihn eingenommen. Aber ich konnte nicht zu ihr sagen: »Ich würde nie hinter Eurem Rücken handeln«, *wenn mir nach wie vor im Kopf herumging, dass Robin Dudley vielleicht doch besser tot wäre. Ich konnte auch nicht zu ihr sagen:* »Ich würde Euch nie verraten«, *denn wir wussten beide, dass ich es bereits getan hatte, einmal aus Angst vor der Folter, als ich den Herren vom Kronrat alles erzählte, was ich wusste, und vorher, weil ich es überhaupt so weit kommen ließ, statt sie vor Seymour zu beschützen.*

Also sagte ich nichts, sondern knickste nur und machte mich auf den Weg ins Vorzimmer. Ich war kaum an Mall Sidney vorbei, da holte mein Mädchen mich ein und schlang ihre Arme um mich.

»Kat«, murmelte sie, »Kat, es tut mir leid. Ich weiß, dass du es nur gut meinst.«

Sie müssen ihr irgendwann Kopien meiner Aussagen gezeigt haben, damals, als man sie verhörte. Aber sie hat mich nie danach gefragt.

»Als ich gesagt habe, es würde nie einen Herrn hier geben, sondern nur eine Herrin, da hat das auch Cecil mit eingeschlossen«, fuhr sie fort, ohne mich weiter als Armeslänge von sich fortzulassen. »Divide et impera. *Latein ist eine Sprache, die ich nicht von dir gelernt habe, aber das Motto* Teile und herrsche *kennst du doch gewiss genauso gut wie die Gelehrten. Es ist für einen Fürsten nicht gut, wenn es in seinem Hofstaat nur einen mächtigen Mann gibt, nur eine Partei. So ein*

Mann käme immer in Versuchung, sich für den eigentlichen Herrscher zu halten, und sei er auch noch so loyal. Deswegen ist es gut, wenn es mehrere gibt. Hast du daran schon einmal gedacht?«

Ich dachte, dass sie nach Ausreden suchte, um einen anderen Grund als ihre Zuneigung zu ihm zu haben, Robin Dudley auch bei einem Schuldspruch nicht fallenzulassen.

»Der Herzog von Norfolk und Graf Suffolk sind mächtige Männer«, sagte ich und achtete darauf, weiterhin Flämisch zu sprechen, »und waren es auch schon unter Euren Geschwistern und Eurem Vater.«

Sie nickte. »Du sagst es. Und sie schulden mir nichts. Sie können darauf rechnen, auch noch mächtige Männer zu sein, wenn ich morgen stürbe und diese junge dumme Gans von einer Schottin auf dem französischen Thron oder einer von Lady Lennox' Sprösslingen sich die englische Krone aufsetzte. Ich dagegen brauche Männer um mich, die ihre Macht und ihren Einfluss durch mich beziehen, die mir alles schulden, nicht ihrer Abstammung, und in deren Interesse es liegt, mir so gut wie möglich zu dienen, weil niemand sonst ihnen die Gelegenheit geben wird, die ich ihnen biete, statt jedes Mal nach dem nächsten Herrscher Ausschau zu halten, wenn sie unzufrieden sind. Robin ist so ein Mann.«

»Solche Freunde sind teuer«, sagte ich und versuchte, die Angelegenheit von der nüchternen Seite anzugehen. »Das Geld, das er Euch damals gegeben hat, als Eure Schwester noch lebte, das habt Ihr ihm inzwischen mit all den Ämtern und Privilegien doppelt und dreifach erstattet. Ein Mann von ererbtem Vermögen und Rang dagegen, den müsst Ihr nicht erst ausstatten wie eine Maid ohne Mitgift.«

»Ich bin noch keinem Mann begegnet, ganz gleich, ob er von Haus aus reich und berühmt oder ein armer Schlucker ist, der nicht nach einer Anerkennung besser und mehr gearbeitet hätte«, sagte Elizabeth abwehrend, »es sei denn, er wäre ein

Dummkopf, und ich habe keine Narren um mich. Ich mache Robin oder Cecil Geschenke, weil ich sie gerne habe, Kat … nicht nur deswegen. Ich tue es aus dem gleichen Grund, aus dem Robin mir damals das Geld geliehen hat und aus dem Cecil mir half, als der gesamte restliche Kronrat meines Bruders mich den Wölfen vorwerfen wollte. Wir investieren alle in die Zukunft, und bei Gott, ich werde dafür sorgen, dass es eine Zukunft ist, in der jeder von uns sein Bestes gibt!«

Das mochte alles stimmen, aber es gab noch immer etwas, was mir im Magen lag wie Gift. Ich zog sie näher und flüsterte ihr ins Ohr. »Und wenn er sie wirklich getötet hat?«

Ihre Arme sanken von meiner Taille herab.

»Wenn er sie wirklich getötet hat?«, wiederholte ich hartnäckig, da ich spürte, dass ich endlich zu ihr durchdrang.

»Dein Mann in Cumnor hat dir doch noch keinen Bericht erstattet, also wissen wir immer noch nicht mehr«, sagte sie und trat einen Schritt zurück. Ich zögerte, dann gab ich mir einen Ruck und tat etwas, von dem ich wusste, dass es ihr weh tun würde. Es ist nur zu ihrem Besten, sagte ich mir. Genau wie man sie als Kind lehren musste, dass Flammen verbrennen und man daher die Hände vom Feuer lassen sollte.

»Bess«, sagte ich. Es gab nur zwei Menschen, die sie so genannt hatten, und ich gehörte nicht dazu. Der eine war ihr Vater gewesen, wenn er guter Stimmung war, die andere die Königinwitwe, die letzte seiner sechs Ehefrauen, ihre Stiefmutter, die dann Thomas Seymour geheiratet hatte und in dem Bewusstsein gestorben war, von ihm mit ihrer Stieftochter betrogen worden zu sein.

Ihr Gesicht wurde starr, und zum ersten Mal ahnte ich, wie sie wohl aussehen mochte, wenn sie mein jetziges Alter erreicht hatte, wenn ihre Wangen eingefallen waren und ihre lange Nase betonten und das energische Kinn.

»Mord ist immer Mord«, sagte sie tonlos. »Und Mord findet seine Strafe.«

KAPITEL 11

FREITAG, 13. SEPTEMBER 1560

In London bildete man sich viel auf die Austern aus der Themse ein; in Kew, wo viel weniger Leute danach strebten, besagte Austern aus dem Fluss zu klauben, gab es sowohl mehr als auch wohlschmeckendere.

Austern waren nicht mein gewöhnliches Frühstück, aber da ich einen Tag bei Hofe vor mir hatte und möglicherweise ein paar heikle Unterhaltungen, wollte ich gut gestärkt losziehen. Ich habe nie an die Vorzüge eines leeren Magens hinsichtlich des Denkvermögens geglaubt. In meiner Kindheit war es uns wegen all der Fastentage ein gutes Drittel des Jahres lang verboten gewesen, Fleisch zu essen, und wenn ich mir das Schicksal meines Landes in jenen Jahren betrachte, hat das bei niemandem die Weisheit erhöht.

Robin hatte mir seinen Brief an Cecil noch am gestrigen Abend gegeben; ich erwartete eigentlich, dass er mir auch noch einen an die Königin überreichen würde, aber wenn er ihr in jenen Tagen schrieb, ob Bittschriften oder Liebesbriefe, dann nicht mit mir als Boten.

Ich habe Amy nie geschrieben, nachdem sie Kidderminster verlassen hatte. Margery tat es ein paarmal, freundliche, respektvolle Briefe, die sie mir stets zeigte und denen sie meine guten Wünsche hinzufügte. Amy ihrerseits schrieb Margery, und nur Margery. Jedesmal, wenn eines ihrer kurzen Schreiben eintraf, war ich beunruhigt, und jedes Mal, wenn nichts darin stand als Harmlosigkeiten und Klagen über ihre Gesundheit, war ich erleichtert. Nun, ich will es gestehen: ein winziger, törichter Teil von mir mochte manchmal enttäuscht gewesen sein. Doch in Herz und Kopf hatte ich immer gewusst, dass alles, was geschah, nur geschehen war, weil sie sich einsam fühlte und weil sie glaubte, sich auf diese Weise an Robin rächen zu können. Es hatte nichts mit mir zu tun. Natürlich hatte ich dies gewusst – und nicht ungern geschehen lassen.

Der Hof befand sich immer noch in Windsor; die Königin war noch nicht nach Hampton Court oder Richmond weitergezogen. Düster gestimmt, wie ich war, fragte ich mich, ob sie einen zeitweiligen neuen Oberstallmeister ernannt hatte, um Robin zu ersetzen, wenn es zum nächsten Umzug kam. Die Räume, die Robin bewohnt hatte, waren auf jeden Fall schon vergeben, was mich nicht weiter wunderte; es waren ständig viel mehr Leute bei Hofe, als dort Obdach fanden, und diejenigen, die in London logierten, mussten täglich die acht Meilen hin und zurück auf sich nehmen. Immerhin war es ein gutes Omen, dass Robins Räume nicht an Hinz oder Kunz vergeben worden waren, sondern an Henry Sidney, den Gatten seiner Schwester Mall, auch wenn Mall selbst als Hofdame der Königin in deren Vorzimmer schlief.

Henry Sidney war ein stattlicher Mann von dreißig Jahren und neigte bereits zum Bauchansatz, was bei dem neuen Höflingsstil, der für Männer enge Wämser über den Kniebundhosen vorschrieb, besonders auffiel. Für gewöhnlich strahlte er eine entspannte Ruhe aus, daher passte die leichte Fülle zu ihm. An diesem Tag indessen schien sich alles in und an ihm zu sträuben, bis hin zu seinem rotblonden Bart.

»Vetter Blount«, sagte er, als ich meine Verbeugung gemacht hatte, »was für eine Misere! Was für eine gottverfluchte Misere.«

Mir lag eine allgemeine Floskel wie »Der Herr gibt, und der Herr nimmt« auf der Zunge, wohl, weil mir das Gespräch mit Cecil am Vortag noch nachging. Ehrlich zu antworten kam mir nicht in den Sinn. Henry und Amy mochten Schwager und Schwägerin gewesen sein, aber soweit ich wusste, hatte er keine fünf Sätze mit ihr gewechselt. Doch er sprach schon weiter, und ich erkannte, dass es nicht eigentlich Amys Tod war, auf den er sich bezog.

»Warum hat er nicht gewartet?«, fragte er. »Sie siechte doch dahin, das wussten wir alle, schließlich beklagte sie sich oft genug darüber. Warum hat er seine unsterbliche Seele gefährdet und uns alle in Schande gestürzt, statt zu warten?«

Nun war ich der festen Ansicht gewesen, derzeit durch nichts mehr erschüttert zu werden, aber die tiefe Überzeugung in seinen Worten ließ mich nun doch vergessen, den Mund zu schließen.

»Sir Henry«, sagte ich, um Fassung ringend, »seid Ihr allen Ernstes überzeugt, dass Euer Schwager seine Gemahlin *umgebracht* hat?«

»Nun komm du mir nicht auch noch so«, schnaubte Henry Sidney ungehalten. »Hör zu, Blount, Mall ist seine Schwester, da will sie natürlich gewisse Dinge nicht wahrhaben. Aber du und ich, wir sind Männer von Welt und nicht erst gestern geboren. Überdies muss ich gar nichts vermuten, wenn es sogar schon der spanische Botschafter von allen Dächern pfeifen lässt.«

Die morgendlichen Austern hätten mir nicht schwerer im Magen liegen können. Genau wie meine Base Jane und ich war Henry Sidney seinerzeit zu den Spaniern gegangen, um Begnadigungen zu erreichen und so wenigstens einen Teil seiner Güter wiederzubekommen. Um seinen guten Willen zu beweisen, hatte er sogar seinen neugeborenen Sohn nach dem spanischen Prinzgemahl Philipp genannt. Und genau wie ich hatte er deswegen immer noch ein paar Bekannte unter der spanischen Delegation.

»Wie bitte?«, fragte ich wenig einfallsreich, denn das Entsetzen saß mir zu tief in den Gliedern. Natürlich war zu erwarten gewesen, dass alle Ausländer bei Hofe genauso tratschen würden wie jeder Engländer, aber so, wie Henry Sidney das eben formuliert hatte, handelte es sich hier um etwas mehr als bloße Mutmaßungen.

»Bischof de Quadra hat seinem Stab gegenüber so etwas durchblicken lassen«, sagte Henry ungeduldig. »Etwas darüber, dass ein der Königin nahestehender Mann ihn darüber informiert hätte, dass Amy nicht mehr lange leben würde, und zwar noch *bevor* die Nachricht von ihrem Tod Windsor erreichte, nicht hinterher. Ganz ehrlich, Blount, ich hätte Robin weder für so rücksichtslos noch für so dumm gehalten, damit auch noch zu prahlen! Will er diesmal *alle* Mitglieder seiner Familie in den Tower bringen?«

Um ein Haar wäre mir entfahren, auch ich hätte Sir Henry nicht für so dumm gehalten, davon auszugehen, dass Robin den spanischen Botschafter seelenruhig über Mordpläne informierte, aber das wäre Zeitverschwendung gewesen. Also ließ ich ihn einfach stehen und machte mich umgehend auf die Suche nach Diego, mit dem ich in der Vergangenheit ein paar Humpen gehoben hatte und der gelegentlich für de Quadra als Schreiber tätig war. Er hatte mir seinerzeit den Groll darüber, Engländer für Spanier als Kanonenfutter ins Feld ziehen zu lassen, nicht übelgenommen, und ich verdachte es ihm nicht, dass er hin und wieder versuchte, mich über die Absichten der Dudleys auszuhorchen. Für einen Spanier und Papstknecht gab er keinen schlechten Kerl ab. Außerdem hatte er eine Schwäche für die heißen Pasteten, mit denen sich manch einer bei Hofe schnell den Magen füllte, wenn er den ganzen Tag auf seinen Patron oder gar auf die Königin selbst wartete und nicht die Zeit oder Gelegenheit für eine ordentliche Mahlzeit hatte. Solche Pasteten verkauften die Küchenjungen gegen ein Entgelt, etwas, durch das die Köche ihren Lohn aufbesserten und über das der königliche Haushalt hinwegsah. Durch Befragen der Küchenjungen dauerte es denn auch nicht lange, bis ich Diego, ihren besten Patron, aufgespürt hatte.

»Tomàs!« Er zog mich am Ärmel in die nächste einigermaßen abgelegene Ecke. »Wenn Ihr hier seid, heißt das, Euer Herr ist auch wieder zurück? Ich dachte, er dürfe sich bei Hofe derzeit nicht blicken lassen. Oh, sagt nichts, also wird es demnächst wirklich so kommen, nicht wahr? *König* Robert? Und dann, nehmt es mir nicht übel, der Tower, und nicht nur für ihn …« Er schüttelte den Kopf. »Das kann nicht gutgehen. Eure Königin wird als Elizabeth zu Bett gehen und abgesetzt als einfache Madam Dudley wieder aufwachen. Sie hätte unseren Herrscher heiraten sollen. Schließlich hat er gleich nach dem Tod ihrer Schwester um sie angehalten. Das wäre die einzige Möglichkeit für sie gewesen, um sich in diesem Land an der Macht zu halten.« Er spuckte aus. »Nun werdet Ihr alle Untertanen der Schottenkönigin werden und durch sie auch der Franzosen. Ein Jammer.«

»My lord Dudley ist nicht hier«, sagte ich, als er mir endlich Gelegenheit gab, ihm ins Wort zu fallen. Die Leute vom Kontinent waren meiner Erfahrung nach entschieden zu redselig, vor allem die Franzosen und Spanier, und selbst wenn sie sich in einer fremden Sprache übten, schienen sie sich in einem ständigen Wettrennen der Silben gegen die Zeit zu befinden, so schnell ratterten sie stets ihren Gedanken voraus. »Er befindet sich in Kew, wie angeordnet. Und soweit mir bekannt ist, hegen weder er noch Ihre Majestät derzeit Heiratspläne.«

Enttäuschung stand in seinen Augen, nicht über Robins Abwesenheit, sondern über mich. »Tomàs, ich bin kein Narr. Ihr braucht mich nicht mit Höflichkeiten abzuspeisen. Offen gesprochen: Wenn Ihr darauf rechnet, dass Euer Vetter mit alldem durchkommt und hier den Platz einnimmt, den mein König einmal innehatte, dann ist das kein gewagtes, sondern ein törichtes Glücksspiel. Besser, Ihr denkt an alte Freunde, die Euch helfen können, wenn die Herrlichkeit vorbei ist. Obwohl Ihr sie zu Beginn Eurer Freundschaft mit Mittelprächtigkeiten abgespeist habt.«

»Mittelprächtigkeiten?«, wiederholte ich und tat empörter,

als ich mich fühlte. Als meine Base Jane und ich damals von Spanier zu Spanier liefen, mussten wir ihnen natürlich auch etwas anbieten, und das Versprechen, alle überlebenden Brüder Dudley würden für Philipp in Frankreich kämpfen, tat es nicht alleine. Also hatte ich mich darauf besonnen, dass ich für John Dudley öfter Geldgeber gesucht hatte, als es um die Gründung der Handelsgesellschaft gegangen war, die eine von Portugal unabhängige Handelsroute nach China und Indien finden sollte. Die betreffenden Kaufleute hatten zwar nicht China über die gesuchte Nordostpassage durch das Polarmeer erreicht, aber dafür einen offenen russischen Hafen und so Zugang zum Zaren, was uns einen direkten Handel mit den Russen einbrachte, ohne weiter über die Hanse oder die Schweden im Baltischen Meer gehen zu müssen. Was nun die Spanier betraf, so lagen sie sich mit den Portugiesen in den Haaren, seit der Papst die neue Welt zwischen ihnen beiden aufgeteilt hatte, und nahmen uns Engländer als Handelsrivalen ohnehin nicht ernst. Aber für einen Hinweis, wie sie die Portugiesen umgehen konnten, hatten sie sich in der Tat sehr dankbar gezeigt. Natürlich hatte ich gewisse Dinge ausgelassen, wie den Umstand, dass es keine eisfreie Passage und auch keine Flüsse gab, auf denen man von Cholmongory bis nach China reisen konnte, oder die Tatsache, dass die Hälfte der Expedition umgekommen war, als ihre Schiffe in der Nähe von Murmansk vom Eis eingeschlossen wurden.

»Mittelprächtig damals und mittelprächtig jetzt«, sagte Diego enttäuscht. Spanier im Allgemeinen mochte ich immer noch nicht, aber das Leben hat mich gelehrt, dass man sich Widrigkeiten besser zu Freunden macht, wenn man sie sich nicht vom Hals halten kann, und inzwischen hegte ich für Diego tatsächlich so etwas wie freundschaftliche Gefühle, mehr, als für manchen Engländer hier bei Hofe.

Offenbar würde mir die Wahrheit heute nicht weiterhelfen, also machte ich ein geheimnisvolles Gesicht und sagte:

»Diego, auch ich bin kein Narr, und ich bin durchaus bereit, Euch mehr über my lords Pläne zu erzählen … wenn Ihr mir ein wenig Einblick in das Gespräch gewährt, das seine Exzellenz vor ein paar Tagen über my lady führte. Versteht doch, wir Engländer können nicht anders, wir müssen handeln, etwas unternehmen, nicht zurückstehen. Dagegen als Erster frei von der Leber weg zu sprechen, das bringt nur ein Kind latinischer Zunge fertig.«

»Hmmm …« Er neigte seinen Kopf zur Seite. »Ich glaube, ich lebe schon zu lange in England und muss mir Eure Sitten angewöhnt haben. Warum sollte es mich kümmern, was für Pläne ein Mann hegt, der doch wie sein Vater und Großvater enden wird?«

»Weil Ihr mich danach gefragt habt«, gab ich trocken zurück. »Außerdem mag ich ja ein einfacher Mann sein und nicht in der Lage, die Winkelzüge dieser Welt zu durchschauen, doch es scheint mir, dass der König von Spanien gewiss keine Franzosen auf dem englischen Thron sehen will.«

Das war eines der wenigen Pfunde, mit denen ich wuchern konnte. Die nächste Erbin – nun, da es außer unserer Königin keine Tudors mehr gab – war tatsächlich, wie er gerade selbst gesagt hatte, Mary Stuart, die Enkelin von König Henrys älterer Schwester Margaret. Sie war die Königin der Schotten und durch ihre Hochzeit gleichzeitig auch Königin von Frankreich. Es würde die Spanier entsetzlich zum Schwitzen bringen, Frankreich und England zu einem Imperium vereint zu sehen.

»Mir scheint außerdem«, fuhr ich fort und ließ Diego nicht aus den Augen, »dass König Philipp noch immer darauf hofft, dass die Schwester seiner verstorbenen Gattin wenn nicht ihn, dann doch einen Gatten seiner Wahl heiratet, einen seiner österreichischen Erzherzöge zum Beispiel, damit England wieder an Spanien fällt. Ein schlechter Mensch könnte meinen, Ihr wolltet mir die Lage so düster wie möglich ausmalen, damit ich das meinem Herren weitermelde, so dass er das Weite sucht, die Königin sich selbst überlässt und sie, ein untröstliches, schwaches Weib, dem spanischen Bewerber um ihre Hand dann wie ein reifer Apfel in den Schoß fällt.«

Seine Mundwinkel zuckten, dann schnalzte er mit der Zunge. »In der Tat, Ihr seid ein Volk von Krämern.« Er steckte sich ein Stück der Pastete in den Mund, die ich ihm mitgebracht hatte, und schmatzte genüsslich, während er weitersprach. »Nun, wie es sich trifft, diktierte mir seine Exzellenz am Mittwoch den wöchentlichen Brief für Seine Majestät, und in diesem Brief ist davon die Rede, dass Sir William Cecil bei ihm darüber wehklagte, das Königreich befände sich am Rande des Ruins: die Königin sei ganz in Lord Dudleys Hand. Alle beide würden den Tod von Lady Dudley planen, und er befürchte das Schlimmste.«

Obwohl er es war, der aß, war ich es, der sich nun verschluckte und husten musste. Diego klopfte mir hilfsbereit auf den Rücken.

»William Cecil?«, stieß ich hervor.

»Ganz recht«, sagte Diego. »William Cecil, in dessen Haushalt noch kein spanischer Botschafter einen Spion hat einschleusen können, und glaubt mir, wir haben es durchaus und mit sehr viel Gold versucht. Sir William, der nie ein einziges unbedachtes Wort setzt und der uns Katholiken wahrlich nicht freundlich gegenübersteht, vor allem nicht den Spaniern. Dieser gleiche William Cecil war auf einmal die Mitteilsamkeit selbst. Mein Herr war, gelinde gesprochen, überrascht und noch mehr, als die Königin ihm und dem Rest der Welt am übernächsten Tag vom Tod Lady Dudleys unterrichtete. Am übernächsten Tag, versteht Ihr.« Er sah mich vielsagend an und biss erneut in seine Pastete, als hätten wir nur harmlosen Klatsch ausgetauscht. Ich musste ihn trotzdem nicht fragen, ob ihm bewusst war, was er mir da mitteilte. Diego war, wie er vorhin gesagt hatte, kein Narr. Warum er mir aber gerade etwas in die Hand gab, mit dem der erste Minister des Königreichs mindestens der Majestätsbeleidigung bezichtigt werden konnte und außerdem mit einem Schlag verdächtig wurde, selbst die Hand bei Amys Ableben im Spiel zu haben, war eine andere Frage.

Cecil war, wie Diego erwähnt hatte, kein Freund Spaniens. Er hoffte, die Königin mit einem Protestanten verheiraten zu können, dem schwedischen König etwa, und er war von Anfang an der wichtigste Beamte im Staat gewesen. Wenn die Königin durch solche Ränke Cecil und Robin gleichzeitig verlöre, ihre rechte und ihre linke Hand, dann mochte sie sich von diesem Schlag so schnell nicht erholen, und Philipp würde womöglich seinen Willen bei ihr durchsetzen. Ja, es lag durchaus im Interesse der Spanier, eine Lage heraufzubeschwören, bei der sich Cecil und Robin mit Beschuldigungen gegenseitig erledigten.

Doch würde de Quadra etwas Derartiges über Cecil erfinden? Kaum. Botschafter wurden dafür bezahlt, dass sie echte Neuigkeiten an ihren Herrn weitergaben. Würde Diego es erfinden, um es mir erzählen zu können? Das war nicht unmöglich, aber ich hoffte, dass ihm unsere Bekanntschaft ein wenig mehr wert war.

»Zu welcher Stunde genau sprach Cecil mit Eurem Herrn?«, fragte ich schließlich. Mit ein wenig Glück waren sie miteinander beobachtet worden, so dass man wenn auch nicht den Inhalt des Gesprächs, so doch einen Wortwechsel bezeugen lassen konnte.

»Seine Exzellenz hat mir das nicht anvertraut«, sagte Diego milde. »Er diktierte mir den Brief am elften September, doch in ihm berichtet er über die gesamte Woche, vom vierten September angefangen. Tag und Stunde jeder Unterredung pflegt er nicht festzuhalten, wisst Ihr. Nur darin, dass er erst am übernächsten Tag vom Tod Lady Dudleys hörte, darin drückte sich seine Exzellenz ganz genau aus.«

»Gott steh uns bei«, sagte ich, und er bekreuzigte sich.

»In der Tat, mein Freund, in der Tat.«

In dem Schweigen, das folgte, konnte ich Leute auf den Gängen reden hören, ohne ihre Worte auszumachen; nichts als Wellenschläge sich hebender und senkender Stimmen, die Geräusche von Stiefeln und schleifenden Kleidersäumen auf dem Boden. Ich roch den Gestank von zu vielen Menschen in einem Gebäude, wo keine Binsenteppiche die Notdurft auffingen, einen Gestank, den der Geruch der restlichen Pastete, die Diego gerade aufaß, kaum überdeckte. Die Königin würde ihre Residenz bald wieder wechseln müssen, damit diese hier gereinigt werden konnte.

Cecil. Vielleicht sollte ich erleichtert sein; die Möglichkeit, dass Amy ihrem eigenen Leben ein Ende gesetzt hat und sich damit zu einer Ewigkeit in der Hölle verurteilte, war gerade verschwindend gering geworden. Aber ich bezweifelte, dass Diego und noch weniger sein Herr, der spanische Botschafter, bereit wären, diese Aussage vor der Königin oder einem Gericht zu wiederholen.

»Ich glaube, Ihr wolltet mir noch ein wenig von den Plänen Eures geschätzten Vetters erzählen, Tomàs«, sagte Diego.

Welche Pläne Robin auch hegte, diese Neuigkeit würde sie bestimmt ändern. Aber das spielte jetzt keine Rolle; ich hatte ohnehin nicht geplant, dem Spanier mehr als Halbwahrheiten oder Harmlosigkeiten preiszugeben.

»My lady wird in Oxford beerdigt werden«, sagte ich. »In der Marienkirche. Wenn Ihr oder der Botschafter my lord die Ehre Eurer Gegenwart bei dem Trauergottesdienst geben wollt, dann werde ich Euch auch bald den Tag und die Stunde nennen können.«

Er blickte mich abwartend an, und mein Gewissen mahnte mich unbehaglich, dass er mir mit der Information über Cecil etwas wirklich Wichtiges gegeben hatte. Wenn ich ihm nicht ein Gleiches bot, dann war das nicht nur unehrenhaft, sondern würde diese spezielle Quelle zukünftig bestimmt zum Versiegen bringen. Doch was konnte ich sagen, das Robin nicht schaden würde?

»Sie wird ihn nicht heiraten«, murmelte ich. »Davon ist er überzeugt. Er sagte mir, er habe sie schwören hören, niemals zu heiraten, und er sei davon überzeugt, dass sie es so meine.« Den Umstand, dass Robin und die Königin damals noch Kinder gewesen waren, ließ ich aus.

Diego starrte mich an, als warte er darauf, dass ich lachte und bekannte, ihn nur gefoppt zu haben.

»Das ist lächerlich«, sagte er schließlich brüsk, als ich schwieg. »Jede Frau will heiraten. Das ist ihre natürliche Bestimmung, zu heiraten und Kinder zu gebären. Eine gekrönte Frau muss erst recht heiraten, denn jedes Königreich braucht einen Erben und einen Mann, der es regiert.«

»Da bin ich ganz Eurer Meinung«, pflichtete ich ihm bei, »aber Ihr habt mich nicht nach meiner Meinung gefragt, sondern nach der meines Herrn, nach seinen Plänen und danach, was er für die Pläne der Königin hält.«

»Das …«, begann Diego, unterbrach sich und presste die Lippen zusammen. Dann seufzte auch er. »Das ist wahr.«

Cecil, dachte ich. *Aber warum?* Wenn es nur darum ging, Robin loszuwerden, und Cecil nicht vor Mord zurückschreckte, dann wäre es wesentlich einfacher gewesen, Robin einen tödlichen Unfall erleiden zu lassen und nicht Amy. Außerdem konnte ich es mir nicht leisten, die Möglichkeit zu ignorieren, dass Diego mich vorhin belogen hatte, und in diesem Fall wusste ich genauso viel über Amys Tod wie vorher. Ich brauchte weitere Zeugen oder Beweise dafür, dass der überaus ehrenwerte William Cecil, den nie jemand, ob Feind, ob Freund oder Schmeichler, je als einen Mann beschrieben hätte, der seinen Gefühlen freien Lauf ließ und sich dabei verplapperte, William Cecil, der vorsichtigste Mann bei Hofe, der drei Regierungswechsel überlebt hatte, nun sowohl Robin als auch die Königin beim Botschafter einer ausländischen Macht bezichtigt hatte, Amys Tod zu planen. Verglichen mit dieser Ungeheuerlichkeit war die Vorstellung, er hätte Amy töten lassen, um ihrem Gatten seinen Einfluss bei Hof zu nehmen, geradezu plausibel. Vielleicht hatte Cecil auch schlicht und einfach die Tiefe der Verbindung zwischen Robin und der Königin nicht unter Einsatz seines eigenen Lebens prüfen wollen, denn was wäre geschehen, hätte man Robin statt Amy mit gebrochenem Genick am Fuß einer Treppe aufgefunden? Genau wie Robin jetzt der Hauptverdächtige in den Augen der Welt war, wäre es bei seinem eigenen Tod Cecil gewesen. Und Cecil mochte sich nicht sicher gewesen sein, ob die Königin ihn in einem solchen Fall nicht sofort dem Henker übergeben hätte.

»Letztendlich«, sagte ich, um Diego nicht die Gelegenheit zu geben, weitere Fragen zu stellen, während ich mir den Kopf zerbrach, »nützt es nichts, über Pläne zu sprechen, nicht in dieser Angelegenheit. Wir kennen die Frauen, mein Freund. Die Natur wird obsiegen, eines Tages. Doch nicht in diesem Jahr, und vielleicht auch noch nicht im nächsten.«

»Wer weiß, ob Eure Königin dann noch auf dem Thron sitzt«, brummte er, doch er nickte auch. Wir tauschten noch ein paar Bemerkungen aus, die kein größeres Gewicht in sich trugen; er fragte nach Margery und den Kindern und bekannte, selbst seit Wochen auf Nachrichten von seiner Familie in Spanien zu warten. Wenn er das Gefühl hatte, dass als Gegenleistung für seine Information mehr von mir zu erwarten gewesen wäre, so ließ er sich das nicht anmerken. Wenn er insgeheim triumphierte, dass ich seine Lüge geschluckt hatte, dann zeichnete sich auch davon nichts auf seinem Gesicht ab. Wir nahmen in gegenseitiger Höflichkeit unseren Abschied voneinander, und ich machte mich auf in die Höhle des Löwen.

Cecil war für mich nicht zu sprechen, was mich erleichterte; sein Sekretär nahm Robins Brief entgegen. »Sir William befindet sich bei Ihrer Majestät«, beschied er mir.

»Wie schade«, sagte ich, während ich innerlich vor Erleichterung den Atem ausstieß.

Ich wusste nicht, ob ich angesichts von Diegos Enthüllungen bereits für ein weiteres Rededuell mit Cecil ausreichend gewappnet war, und der Versuch, Cecils Vertraute auszuhorchen, war von vorneherein zum Scheitern verurteilt, wenn er selbst in der Nähe war. »Er war so gütig, sich nach meiner Familie zu erkundigen, als wir uns das letzte Mal sahen, und ich wollte ihm dafür noch einmal meinen Dank aussprechen, neben dem von my lord Dudley.«

»Er ist ein vielbeschäftigter Mann«, gab sein Sekretär höflich zurück. Er war ein sommersprossiger Mann mit hellbraunem Haar, in das sich schon ein paar graue Strähnen mischten, weniger als bei mir, obwohl wir sonst in einem Alter zu sein schienen. Robe, Jacke und Hosen waren so unauffällig dunkel, dass man nicht hätte ahnen können, dass es sich bei ihm um die rechte Hand des wichtigsten Ministers handelte, aber die Ringe an seiner Hand waren nicht die eines armen kleinen Schreibers. Nein, der Rubin an der linken und der Goldreif an der rechten Hand verrieten, wie nahe er seinem Herrn stehen musste. Dabei wirkten seine Finger überraschend kräftig, als habe er außer Federkielen auch Waffen in den Händen gehalten und sei nicht ewig nur ein Schreiber gewesen.

»My lord wusste es umso mehr zu schätzen, dass er sich gestern die Zeit nahm, ihm während der schweren Stunden des Verlusts beizustehen.« Ich räusperte mich und senkte die Stimme. »Darf ich offen sein? Das hat mich überrascht und mich dazu gebracht, meine Meinung über Euren Herrn zu ändern. Schließlich ist es kein Geheimnis, dass er und my lord keine Freunde sind. Aber ein Schlag des Schicksals enthüllt eben so manches, und solche menschliche Größe zu zeigen, wie Euer Herr es getan hat, nun, das bringt nur ein wahrer Christ und großer Mann fertig. Ihr seid glücklich zu schätzen, ihm dienen zu dürfen.«

Vielleicht hatte ich es etwas zu dick aufgetragen, doch wenn er glaubte, dass ich mich bereits nach einem neuen Patron umsah und mich deswegen bei ihm einschmeicheln wollte, dann konnte es Schlimmeres geben.

Seine Lippen kräuselten sich ein wenig. »Das tue ich«, sagte er bedeutsam. »Er nimmt nicht jeden. Und er weiß, wer in schwierigen Zeiten zu ihm stand. Als er aus Schottland zurückkam, nach all der harten Arbeit, um uns einen anständigen Vertrag mit den Schotten auszuhandeln, und jedermann um Euren Herrn herumscharwenzelte, da war das deutlich erkennbar. Die Zeiten ändern sich sehr schnell, nicht wahr?«

»Und wir mit ihnen«, sagte ich demütig; der verächtliche Ausdruck in seinen Augen verstärkte sich noch. »Seid Ihr sicher, dass Euer Herr nicht hier und da weitere helfende Hände benötigen könnte? Schließlich sind Verhandlungen mit den Spaniern keine Kleinigkeit. Die Schotten sprechen wenigstens unsere Sprache. Nun, mehr oder weniger.«

»Ach, und Ihr sprecht Spanisch, wie?«

Er fragte nicht, welche Verhandlungen mit den Spaniern ich meinte. Wenn Cecil im Auftrag der Königin mit Philipps Leuten über etwas verhandelte, dann gab es für Treffen mit de Quadra eine völlig harmlose Erklärung, und ich hatte nur Diegos Wort, was den Inhalt dieser Gespräche betraf. Andererseits war es durchaus möglich, dass der Schreiber schlicht und einfach zu gut geschult war, um auf meine kleine Falle einzugehen. Aber der Wortschmied war mir noch nicht begegnet, der nicht der Versuchung erlag, zumindest ein wenig mit seiner Bildung zu prahlen.

»Nur etwas Französisch«, gab ich zurück, immer noch demütig. »Ich bin ein einfacher Mann, Sir. Ihr dagegen wart gewiss auf der Universität?«

Er reckte sich ein wenig. »In der Tat. In Cambridge, wie Sir William.«

»Da beneide ich Euch.« *Cambridge*, dachte ich. So wie Master Irsby, jener gelehrte Mediziner, der rein zufällig in Abingdon einen Freund besuchte und nun einer der Geschworenen war. Den Sekretär nach Irsby zu fragen wäre zu plump gewesen. Außerdem konnte ich mir nicht vorstellen, dass Cecil, wenn Irsby auf seine Veranlassung in Abingdon sein sollte, so unklug gewesen war, jemanden zu wählen, dessen Verbindung zu ihm leicht festzustellen gewesen wäre. In Cambridge hatten viele Leute studiert. Also versuchte ich etwas anderes.

»Mein Vater, Gott hab ihn selig, hat immer gesagt, einmal in seinem Leben sollte man in der Kapelle im King's College zu Cambridge gebetet haben, weil sie die schönsten Fenster auf der ganzen Welt hat.« Mein Vater hatte nichts dergleichen gesagt, aber Robins Lehrer, diesen Ascham, wollte ich hier nicht zitieren. »Stimmt das?«

»Sie sind in der Tat herrlich«, sagte der Sekretär mit leicht verklärtem Blick. »Flämische Arbeit.«

»Heute Morgen habe ich mir sämtliche Kirchen in Oxford anschauen müssen, und ich muss sagen, die Kathedrale dort ist ebenfalls sehr prächtig. Sie haben gerade erst ihre Rosette neu fertiggestellt, und was herrliche Fenster angeht …«

»Ha!«, rief er. »Das ist doch überhaupt kein Vergleich, ich bitte Euch. Erstens ist es unerhört, dass die dort ihre mickrige Christ Church Kathedrale nennen, wo sie doch auch nur eine Kapelle ist, und zweitens lässt sich die Rosette auch im aufpolierten Zustand nicht mit den Herrlichkeiten der Kapelle im King's College vergleichen, ganz gleich, wie verzweifelt die Oxforder auch damit prahlen.«

»Das trifft vielleicht auf die Rosette in früheren Tagen zu«, sagte ich zweifelnd, »aber so, wie sie jetzt aussieht, gerade erst fertig geworden, da muss man wirklich zugeben …«

»Gar nichts muss man zugeben! Ich war erst kürzlich dort und habe mir ihr lächerliches Bemühen, unsere flämischen Fenster zu imitieren, aus der Nähe anschauen können«, schnaubte er verächtlich.

Ach wirklich, dachte ich, *Ihr wart vor kurzem in Oxford? Seid Ihr da auch in Abingdon abgestiegen?* Doch ich hütete mich, es laut auszusprechen. Stattdessen entgegnete ich friedfertig: »Wie Ihr meint. Ihr seid schließlich ein Gelehrter, und ich nur ein einfacher Mann, dem das Glück eine Zeitlang hold war. Eure Bildung, die wünsche ich mir. Gewiss seid Ihr in neuen und alten Sprachen gewandt.« In dem Französisch, das mir dabei gedient hatte, Unterkunft, Wein und weibliche Gesellschaft zu requirieren, aber bestimmt so fehlerhaft war, wie es Soldatensprache immer zu sein pflegt, fuhr ich fort: »Wie ich schon sagte, meine Schule war das Leben, doch ich hoffe, es hat mich einiges gelehrt, was von Nutzen sein kann.«

Mein Französisch löste eine kurze Grimasse aus, doch gleich darauf machte er wieder sein ausdrucksloses Schreibergesicht. Ein Hauch von Argwohn trat in seinen Blick. Ich hatte das ungute Gefühl, dass er allmählich merkte, dass ich ihn auszuhorchen versuchte.

»Nun, *Euch* nutzt es gewiss«, sagte er kühl. »Im Umgang mit Spaniern jedoch empfiehlt sich zumindest Italienisch.«

Ich konnte mich dunkel erinnern, dass einer der Kerle, die sich erfolgreich um Robins Patronage bemüht hatten, ein ganzes Buch über die Bedeutung des Italienischen veröffentlichte. Da ich derzeit die Rolle eines Mannes spielte, der sich für alle Fälle bei Cecil und seinem Sekretär einschmeicheln wollte, konnte ich ihm gegenüber kaum meine Meinung hinsichtlich überflüssiger Dinge in dieser Welt zum Ausdruck bringen.

»Nun, auf meine alten Tage lerne ich es wohl nicht mehr«, sagte ich und versuchte mich an einem hoffnungsvollen Lächeln. »Es sei denn, Ihr stellt Euch als Lehrer zur Verfügung.

Aber dazu seid Ihr gewiss zu beschäftigt. Nützt Euch denn Italienisch selbst etwas mit den Spaniern?«

»Nein, mit den Schotten«, gab er patzig zurück, schaute ein wenig betreten drein und setzte höflicher hinzu: »Sir William ist derjenige, der Verhandlungen führt. Er würde es nie zulassen, dass unsereiner für ihn spricht, und er hat wirklich nicht vor, seinen Haushalt zu vergrößern. Nehmt es also nicht persönlich, wenn ich Euch sage ...«

Ich entschloss mich, alles auf eine Karte zu setzen.

»Aber ich kenne einige Mitglieder der spanischen Delegation persönlich«, unterbrach ich ihn beschwörend. »Ich könnte ihm wirklich dienlich sein!«

»Es gibt keine Verhandlungen mit Spaniern, und damit Punktum. Lebt wohl!«

Als ich ihn verließ, Enttäuschung heuchelnd, stand mir nachträglich der Schweiß auf der Stirn. Schließlich hätte er mich fragen können, welche Spanier ich kannte. Er hätte auf die mehr als begründete Idee kommen können, dass ich ganz andere Dinge wissen wollte. Aber er schien mir wirklich auf den Leim gegangen zu sein, und dafür hatte ich nun zumindest einen Grund mehr, zu glauben, dass Diego die Wahrheit gesagt hatte.

Ich suchte noch ein paar weitere alte Bekannte auf, die in der Vergangenheit vorsichtig genug gewesen waren, um weder für Robin noch für Cecil Partei zu beziehen.

Das waren nicht wenige. Wenn man unter Henry VIII. groß geworden war und danach erlebt hatte, wie erst sein protestantischer Sohn und dann seine katholische Tochter regierten, hatte man nicht nur gelernt, sein Mäntelchen nach dem Wind zu hängen, sondern auch, dass der Wind schon morgen umschlagen konnte und man sich es lieber mit keiner Partei ganz und gar verscherzen sollte. Natürlich überschlugen sie sich nicht gerade vor Freude, mich zu sehen, aber nach einigem

Hin und Her ließen sie sich immer ein paar Würmer aus der Nase ziehen:

»Ich weiß nicht, ob der Vertrag mit den Schotten gut oder schlecht ist, aber es gab keine neuen Ehrungen oder Feiern für Cecil, als er aus Schottland zurückkam, oder könnt Ihr Euch an etwas dergleichen erinnern? Da wundert es mich nicht, dass er in der letzten Woche mit einer sauren Miene herumlief. Nein, soweit ich weiß, war er nie abwesend bei Hofe. In dieser Woche auch nur gestern.«

»Cecil? Der kann sich dieser Tage vor Petitionen kaum mehr retten, aber letzte Woche sah es noch anders aus. Da hatte er sogar Zeit, um mit dem spanischen Botschafter zu parlieren, und der spricht doch so fürchterlich schlecht Englisch, dass es eine halbe Ewigkeit braucht, bis er drei Sätze verständlich gemacht hat. Nein, ich weiß nicht, an welchem Tag das war. Am Freitag oder am Samstag? Vielleicht auch am Sonntag. Am nächsten Tag fand die große Jagd statt, das weiß ich noch.«

»Die Jagd? Lasst mich nachdenken. Eigentlich solltet Ihr das doch wissen, schließlich ist Euer Vetter der Oberstallmeister – oder wurde ihm das Amt wieder genommen?«

»Master Blount! Welche Freude, Euch wiederzusehen. Wann kommt denn Lord Robert zurück? Ja, natürlich weiß ich noch, wann wir für die große Jagd gesattelt haben. Das war am Montag.«

Ich fragte mich, ob es sich lohnte, sich nach Cecils Sekretär und seiner Reise nach Oxford zu erkundigen, aber erstens war er gewiss mit dem Boot unterwegs gewesen, und zweitens nützte es mir nichts, wenn mir jemand bestätigte, dass er vor kurzem dort gewesen war; dafür konnte es eine Menge harmlose Erklärungen geben. Für alle Fälle erkundigte ich mich, ob jemand einen Master Irsby kannte, und beschrieb den Geschworenen, so gut ich mich erinnerte, erntete aber nur allgemeines Achselzucken.

Ich hatte die Ställe noch nicht wieder hinter mir gelassen und durchquerte gerade eine dunkle Ecke, in Gedanken mit meinem Bericht an Robin und dem Problem beschäftigt, dass ich die neuen Informationen über Cecil keinem Brief anvertrauen durfte, sondern nur in einem direkten Gespräch wiederholen sollte, als ich etwas hinter mir hörte.

Ich hatte keine Zeit mehr, um mich umzudrehen.

Der dumpfe, plötzliche Schmerz in meinem Nacken war das Letzte, was ich spürte, ehe es dunkel um mich wurde.

KAPITEL 12

FREITAG, 13. SEPTEMBER 1560

Das Erste, was ich bemerkte, als ich aufwachte, war, dass es nach Pferdepisse stank. Nach Pferdepisse und Duftwasser. Das Nächste, was mir auffiel, war, dass mir jemand kaltes Wasser ins Gesicht schüttete. Ich spie aus und fluchte, was das Zeug hielt.

»Master Blount«, erklärte eine vertraute Stimme belustigt, »ich kann Euch bei Gott nicht aus den Augen lassen. Nicht, wenn die Einsamkeit Euch in solche Schwierigkeiten bringt.« Über mir, mit einem Eimer in der Hand, stand kein anderer als …

Frobisher!

Nun war ich vielleicht nicht mehr so schnell wie früher und offensichtlich in dieser Woche nicht immer vom Glück gesegnet, aber dazu, vom Boden aufzuspringen, mir Frobisher zu schnappen und mein Messer an seine Gurgel zu setzen, brauchte ich nicht länger als er dazu, den Eimer fallen zu lassen. Mein Kopf und mein Nacken schmerzten höllisch, aber das war mir gleichgültig.

»Genug mit den Spielchen!«, sagte ich und drückte die Spitze so fest in sein Fleisch, dass etwas Blut tropfte. »Für wen arbeitest du?«

»Für Euch«, quetschte er erschrocken heraus.

Mein Nacken schmerzte immer noch. »Der Kerl, der für *mich* arbeitet, ist in Cumnor«, sagte ich wütend. »Weil ich es ihm befahl. Du Hundsfott dagegen bist hier, wo ich dich ganz bestimmt nicht hinbefohlen habe, und das heißt, jemand anders hat es getan. Also heraus damit! Wer war es? Cecil?«

»Kann … nicht … sprechen«, quäkte er, und das war wohl noch nicht einmal gelogen. Ich lockerte meinen Griff ein wenig, ohne den Dolch ganz abzusetzen.

»Danke«, sagte er. »Ist Euch klar, dass mein Lebensunterhalt von meiner Stimme abhängt, Master Blount? Ohne sie kann ich gleich verhungern.«

»Ich dachte, dein Lebensunterhalt hängt von dem ab, der dich bezahlt, und das bin nicht ich. Oder geben wir immer noch vor, ein Gaukler zu sein?«

»Schauspieler«, verbesserte er. »Ich bin ein *Schauspieler*. Das ist nicht nur mein Beruf, sondern auch meine Berufung, Sir, das schwöre ich bei allem, was mir heilig ist. Außerdem bin ich Euer Lebensretter, aber Undank ist der Welten Lohn. Es wundert mich nicht, dass Ihr …«

Ich drückte wieder etwas fester zu, und mein Messer konnte erneut beweisen, wie scharf es war.

»Schon gut, schon gut! Ihr würdet Euch wohl nicht damit zufriedengeben, wenn ich Euch versichere, dass es nicht Cecil ist?«

»Nein«, sagte ich hart.

»Aber Ihr werdet mir nicht glauben, wenn ich Euch die Wahrheit sage. Das prophezeie ich Euch, Master Blount. In einer Minute werdet Ihr mich anschreien und möglicherweise doch um die Grundlage meines Lebensunterhalts bringen, aber auf gar keinen Fall werdet Ihr mir glauben.«

»Lass das meine Sorge sein«, knurrte ich und schaute mich um. In unmittelbarer Hörweite befand sich niemand, aber in einiger Entfernung konnte ich Knechte ausmachen, die Pferde abrieben oder in die Stallungen führten. Lange blieben wir gewiss nicht mehr ungestört.

»Ich kann mit dem Messer einer Fliege die Zehennägel schneiden, ohne dass sie es merkt, mein Freund, also versuch lieber nicht, meine Geduld auf die Probe zu stellen. Der Name, Frobisher«, forderte ich. »Verschwende meine Zeit nicht mit langen Erklärungen, die kannst du mir später geben, wenn du überlebst. Jetzt will ich nur den Namen.«

Er hatte die Stirn, mir einen gekränkten Blick zuzuwerfen, als sei ich der doppelzüngige Spion, nicht er.

»Katherine Ashley.«

Ich war auf alles Mögliche gefasst gewesen, aber darauf nicht.

Zunächst einmal, weil es ein weiblicher Name war, und dann, weil er mir nicht das Geringste sagte. Gleichzeitig glaubte ich nicht, dass Frobisher in diesem Punkt log; bei einer Lüge hätte er einen der bekannteren Adligen bei Hofe genannt, denn Robin mangelte es wahrlich nicht an Feinden. Nun, wahrscheinlich musste man eine Frau sein, um auf die Idee zu kommen, einen Gaukler als Spion anzuheuern, dessen Geschäft es eigentlich war, einen mit gefälligen Reimen die Ohren vollzusäuseln.

Trotzdem, wenn es sich um die Gattin eines einflussreichen Adligen handelte, dann hätte mir der Name bekannt sein müssen, und unter den ehrgeizigen Familien bei Hofe gab es keine Ashleys.

»Wie wäre es jetzt mit einer Erklärung für den kleinen Unfall hier?«, fragte Frobisher leise und schaute bedeutungsvoll erst in Richtung meines Dolches und dann in die der Pferdeknechte, welche näher kamen.

»Halt den Mund und komm mit«, sagte ich, ließ seinen Hals los, packte seinen Oberarm und machte mich auf den Weg zu dem einzigen Ort, an dem ich derzeit keine unliebsamen Überraschungen erwartete: Robins ehemaliges Quartier, das derzeit von Henry Sidney bewohnt wurde. Sir Henrys Leibdiener war da und ließ sich leicht verscheuchen, was wohl hieß, dass er bereits über eine neue Anstellung nachdachte. Ich an seiner Stelle hätte entweder darauf bestanden zu bleiben, oder ich hätte zumindest gelauscht. Also stellte ich mit einem Auftrag, meine Satteltaschen zum Stall zu bringen, sicher, dass er nicht vor der Tür herumlungerte, ehe ich sie hinter mir schloss.

Ashley, dachte ich die ganze Zeit, *Katherine Ashley, Katherine, Kathy, Kate …* Woher sollte ich den Namen kennen? Ich hatte das Gefühl, ihn schon einmal gehört zu haben. Mehrfach sogar. Doch von wem?

Endlich, als ich schon versuchte, mich mit der unliebsamen Aussicht anzufreunden, auf Frobishers Auskünfte allein angewiesen zu sein, fiel es mir wieder ein. Es war zu der Zeit, als John Dudley sich als ein Mann im Regentschaftsrat etablierte, mit dem man rechnen musste, und Edward Seymour damit beschäftigt war, seinen Bruder des Hochverrats anzuklagen.

»Tom Seymour wird es den Kopf kosten«, sagte John damals zu mir und ein paar weiteren seiner Vertrauten. Wenn ich mich recht erinnerte, war auch Cecil gegenwärtig, aber vielleicht bildete ich mir das auch nur ein, denn damals musste er noch Edward Seymours Sekretär gewesen sein, nicht der Johns. *»Die Frage ist, wen noch. Die Gouvernante der Lady Elizabeth und ihr Haushofmeister sind schon im Tower, aber die Lady selbst schwört auf ihre Unschuld, obwohl man ihr doch das Geständnis der Ashley gezeigt hat und sie weiß, dass der Rat für die Frau die peinliche Befragung genehmigt hat. Ob Lady Elizabeth je ihren sechzehnten Geburtstag feiern wird, weiß ich nicht, aber Mut hat sie.«*

Katherine Ashley war die Gouvernante der Königin!

Frobisher wirkte angespannt und vorsichtig, aber nicht schuldbewusst, während er darauf wartete, dass ich als Erster sprach. Vielleicht sollte ich seinen Anspruch darauf, die Schauspielerei sci eine Kunst, doch ernster nehmen, als ich es bisher getan hatte. Es konnte durchaus sein, dass er mir gerade den größten Bären aller Zeiten aufgebunden hatte. Doch würde sich ein Lügner dafür nicht einen bekannteren Namen auswählen, den Cecils oder den des Herzogs von Norfolk? Ich hatte mir den Kopf zerbrechen müssen, bis mir überhaupt eingefallen war, um wen es sich bei Mrs. Ashley handelte, und es wäre sehr leicht möglich gewesen, dass ich es überhaupt nicht gewusst hätte. Damit hätte Frobisher rechnen müssen, wenn er so abwegig log.

Andererseits war Frobisher letztendlich daran gelegen, zu Robin selbst vorzudringen, und der hätte natürlich sofort gewusst, wer Katherine Ashley war.

Ich beschloss, den Unwissenden zu spielen, um herauszufinden, was Frobisher als Nächstes vorbringen würde. Daran ließ sich noch am ehesten erkennen, ob er mir gerade die Wahrheit gesagt hatte oder eine sorgsam vorbereitete Lüge.

»Wer zum Teufel«, knurrte ich, »soll Katherine Ashley sein?«

»Mit dem Teufel hat sie gewiss nichts zu tun«, entgegnete Frobisher und hob eine Braue. »Mir kam die Dame im Gegenteil sehr fromm vor.«

»Du hast meine Frage nicht beantwortet. Erzähl mir nicht, dass eine von den Hofdamen sich jetzt schon dafür interessiert, die nächste Lady Dudley zu werden, und dich deswegen gebeten hat, ein Auge auf mich und meine Nachforschungen zu werfen.«

Ich wartete darauf, dass er protestierte und sagte, es handle sich im Gegenteil um die älteste Vertraute der Königin, doch Frobisher grinste nur und meinte: »Da könnt Ihr beruhigt sein. Der Altersunterschied wäre zu groß. Zu Euch würde sie schon eher passen, Master Blount.«

»Wir sind noch längst nicht im Reinen, Bursche«, sagte ich und hob eine Hand, »also achte auf deine Worte!« Doch ich hatte nicht die Absicht, ihn zu schlagen. Er hatte die Gelegenheit nicht genutzt, mit großen Namen Eindruck zu schinden, was wohl hieß, dass er die Wahrheit sprach und nicht allzu erpicht darauf war, seine Verbindung mit Mrs. Ashley an die große Glocke zu hängen.

»Euch werde ich gewiss nicht mehr das Leben retten.«

»Beweise mir erst einmal, dass du es überhaupt getan hast. Woher soll ich wissen, dass nicht du mich niedergeschlagen hast? Immerhin bist du mir hinterhergeschlichen.«

»Master Blount«, sagte Frobisher, »schaut mich an. Ich bin ein Jünger der Musen, ein Mann, dazu geschaffen, nur zur Verschönerung des Lebens beizutragen. Sieht so ein Schläger aus?«

»Mein Junge, die erfolgreichen Beutelschneider dieser Welt gleichen nie Bären in Menschengestalt, sie haben nur Übung darin, aus ihrer Unauffälligkeit Nutzen zu ziehen. Im Übrigen wirst du niemandes Leben mehr verschönern können, wenn du mir nicht endlich erzählst, vor wem du mich angeblich gerettet hast und was es mit dieser Mrs. Ashley auf sich hat.«

Er setzte eine sehr gekränkte Miene auf, die mir inzwischen nur allzu vertraut war und keine Wirkung bei mir hatte. »Nun, ich kann natürlich nicht beschwören, dass der Fettwanst, der sich über Euch beugte, unlautere Absichten hatte, aber er suchte sehr schnell das Weite, als ich aufkreuzte, statt zu bleiben, um sich zu erklären. Und ich bin Euch nicht nachgeschlichen. Ich wollte Eure Abwesenheit nutzen und hier am Hof meinen eigenen Bericht erstatten. Mit etwas Glück, dachte ich, bin ich wieder in Abingdon, ehe Ihr zurück seid. So wäre es auch gekommen, wenn ich Euch nicht in der Nähe der Ställe gefunden hätte. Natürlich hätte ich Euch auch am Boden Eurem Schicksal überlassen können, aber die christliche Nächstenliebe, der Umstand, dass die Woche noch nicht verstrichen ist, und die Gewissheit, dass Ihr mich noch nicht bezahlt habt, ließ mich das Richtige tun.«

»Wenn diese Mrs. Ashley dich angeheuert hat, dann kann sie dich bezahlen. Mir ist nicht ganz klar, warum du my lord und seine Patronage dann überhaupt noch benötigst.«

»Für die Truppe«, sagte Frobisher in dem geduldigen, leidensgeprüften Tonfall, den Margery unseren Kindern gegenüber anwandte, wenn sie ihnen etwas zum dritten oder vierten Mal erklärte. Mein Kopf schmerzte, mein Nacken genauso, und ich versuchte, mich daran zu erinnern, warum ich Frobisher nicht doch einfach ins Jenseits befördern sollte.

»Unsere Truppe von Schauspielern, die den Namen eines Edelmannes braucht, um Spielerlaubnis in allen Städten zu erhalten, das habe ich Euch doch schon erklärt. Was nun Mrs. Ashley betrifft, nun, sie … wie soll ich es sagen … bezahlt mich nicht.«

»Frobisher, ich hoffe, du deutest hier nichts an, was die Ehre einer Dame beleidigt!«

Diesmal schaute er ernsthaft entsetzt drein, und meine Stimmung besserte sich etwas.

»Was? Ganz gewiss nicht, Sir. Nein. Bei allen Heiligen – nein! Es ist nur so, dass ich gewissermaßen nicht nein sagen konnte, als Mrs. Ashley mich aufforderte, Euch zur Seite zu stehen.«

Ich ließ mich auf den Stuhl sinken, der so abgewetzt aussah, als sei er mindestens seit der Jugend König Henrys hier und habe schon unendlich viele Besitzer nach Ämtern streben, steigen und fallen gesehen, alle in Eile, so dass keinem Zeit geblieben war, sich neue Möbel zuzulegen.

»Und woher kennst du diese Dame?«

»Mein Vater ist einer der Wächter in Fleet Prison, Master Blount«, sagte Frobisher. »Ich bin dort aufgewachsen. Mrs. Ashley war dort unter Königin Mary drei Monate in Haft, wegen des Besitzes von ketzerischen Büchern. Daher kenne ich sie. Ganz ehrlich, ich hatte natürlich gehofft, dass sie mir höheren Schutz vermitteln könnte, aber es ging alles sehr schnell. Ich war in Windsor, um sie darum zu bitten, und sie packte mich am Arm und sagte, es sei ein Unglück geschehen und ich sollte mir ein Pferd nehmen und Lord Roberts Mann hinterhersetzen. Es gälte, die Wahrheit herauszufinden, die Wahrheit und, um ehrlich zu sein, ob Ihr in Cumnor seid, um dort die Mäuler zu stopfen. Wenn ich diesen Auftrag gut erfüllte, dann, sagte sie mir, würde unsere Truppe Patronage erhalten, von wem auch immer, aber wir bekämen sie.«

»Und dir genügte das bloße Wort statt einer Anzahlung, weil …«

»Master Blount«, sagte Frobisher sehr ernst, »Ihr wisst, wer Mistress Ashley ist. Ihr braucht nicht länger so zu tun, als wüsstet Ihr es nicht. Mit Verlaub, wenn man wie ich gewohnt ist, auf die Art und Weise zu achten, wie die Menschen mit ihren Körpern sprechen, dann seid Ihr ein schlechter Lügner.«

Ich rieb mir die Schläfen. »Wohingegen du dich als Meister der Kunst siehst, vermute ich. Das macht dich nicht eben glaubwürdiger, Frobisher. Doch selbst angenommen, du hast mir heute zur Abwechslung in jedem Punkt die Wahrheit erzählt – warum sollte ich dich nicht hierlassen? Welchen Nutzen bringt es mir, einen Spitzel an meiner Seite zu haben?«

»Mit Verlaub, Herr, Ihr habt mich von Anfang an für einen Spitzel gehalten und mich trotzdem mitgenommen.«

»Was hindert mich daran, diesen Fehler wiedergutzumachen?«

»O Bluntester aller Blounts, der Umstand, dass es *kein* Fehler war! Habe ich Euch bisher mehr genützt oder geschadet, hm?«

Das fragte ich mich schon die ganze Zeit. Außerdem stellte ich eine kleine Rechnung für mich auf: Wenn Katherine Ashley mir Frobisher hinterhergeschickt hatte, dann konnte sie nur eine halbe oder ganze Stunde, nachdem ich Robin verließ, von Amys Tod erfahren haben. Ehemalige Gouvernanten waren kaum die Art Menschen, die eigene Spione unterhielten. Aber Robin hatte vorgehabt, die Königin sofort zu unterrichten, schon, damit sie es nicht von Cecil oder jemand anderem erfuhr. Mrs. Ashley musste also nur als Mittelsperson für die Königin handeln, und wenn dem so war, dann konnte ich

Frobisher nicht fortschicken, ohne Robin in ihren Augen zu schaden.

»Frobisher«, fragte ich, »wenn ich jetzt Mrs. Ashley aufsuche, würde sie dann leugnen, deinen Namen je gehört zu haben?«

Er kniete sich vor mir hin. Das tat er sehr gekonnt, wie ein Höfling, aber Gaukler waren in dieser Kunst wohl noch weit geübter. »Nein«, sagte Frobisher, »das würde sie nicht, aber es würde Euch nicht helfen und mir nur schaden. Ich würde weder Lord Dudleys Patronage noch die ... höher gestellter Personen je erhalten, und Ihr würdet ungewarnt nach Abingdon zurückkehren, ohne mich an Eurer Seite, der ich Euch nicht nur eines, sondern zwei Geheimnisse enthüllen kann, die ich in Eurem Auftrag dort herausgefunden habe.«

»In meinem oder in Mrs. Ashleys?«

»Mrs. Ashley habe ich noch keines von beiden enthüllt. Wenn ich sie Euch erzähle, werdet Ihr verstehen, weswegen. Aber Ihr werdet begreifen, warum ich damit warten möchte, bis wir wieder in Abingdon sind.«

Ich hörte Schritte auf dem Gang, und da ich keine Absicht hatte, Henry Sidney in meine Ermittlungen einzubeziehen, musste ich kurzfristig eine Entscheidung treffen.

»Geh zurück zu den Ställen«, sagte ich schroff, »und sorg dafür, dass wir frische Pferde erhalten. Du wirst mir dort das erste deiner sogenannten Geheimnisse erzählen, und wenn es dein ganzes Spionieren und Herumgerede wert ist, dann kannst du mich weiterhin begleiten. Aber nur dann. Wenn nicht, dann statte ich Mrs. Ashley doch noch einen Besuch ab, ehe ich Windsor verlasse.«

Henry Sidney kam nicht allein und nicht in Begleitung seines von mir fortgescheuchten Leibdieners; nein, er hatte seine Gemahlin bei sich, Robins Schwester Mall. Seinem Gesichtsausdruck nach war das ihre Idee gewesen.

»Vetter Blount«, sagte Mall, nachdem sie mich begrüßt hatte, »erzähle doch, was du in Cumnor herausgefunden hast. Ich habe nichts mehr von Robin gehört, seit er nach Kew gegangen ist, und ich würde mir eher die Zunge abbeißen, als mit den Tratschmäulern hier bei Hofe über Amy zu sprechen.«

Zwischen Amy und Mall hatte weder warme Freundschaft noch erkennbare Feindschaft geherrscht. Von einem Streit wusste ich nichts, und bei den wenigen Gelegenheiten, bei denen ich sie gemeinsam sah, hörte ich auch keine Untertöne von Sticheleien, wie Frauen sie so gerne untereinander austeilen. Andererseits hatte Mall nie die Gegenwart ihrer Schwägerin gesucht, und als Amy bei uns in Kidderminster gelebt hatte, waren mehr Briefe von Mall an Margery eingetroffen als solche, die an Amy gerichtet waren.

»Ob ich lebe oder sterbe, hat nie einen der Dudleys gekümmert«, hatte sie einmal heftig zu mir gesagt. *»Vielleicht, wenn ich ein Kind hätte. Vielleicht wäre dann alles anders.* Er soll Vater und Mutter verlassen um ihretwillen, *so heißt es in der Bibel über Mann und Weib, aber Robin hat niemanden verlassen, und wenn ich nicht bei ihm bin, dann vergesst ihr, ihr alle, dass es mich überhaupt gibt. Ja, auch du.«*

»Über ihren Tod meint Ihr, my lady«, sagte ich zu Mall, die wie Robin die dunklen Haare ihrer Mutter besaß, aber anders als er John Dudleys graue Augen und seine helle Haut. Das Schuldgefühl, das in mir nagte, ließ meine Stimme verhärten. »Ihr Leben lag kaum jemandem am Herzen.«

Wie ich vorhergesehen hatte, errötete Mall, doch sie zögerte ihre Antwort nicht hinaus und begegnete meinem Blick, ohne fortzuschauen. Die Kinder meiner Base Jane waren nie verlegen darum gewesen, ihre Meinung zu äußern, auch wenn sie noch so unsinnig war.

»Vetter, ich will nicht leugnen, dass es liebere Verwandte für mich gibt als Amy. Doch sie dauerte mich, und ich wünschte ihr nie etwas Böses. Also sag mir, was du über ihren Tod weißt, denn keiner von uns kann sie ins Leben zurückbringen.«

»Mein Herz«, warf Henry Sidney ein und legte einen Arm um ihre Taille, »was geschehen ist, ist geschehen. Lass uns für die arme Seele beten, mehr kann man nicht tun. Was hilft es, zu wissen, wie sie starb?«

Auch ohne unsere vorherige Unterredung wäre mir deutlich gewesen, dass er seinen Schwager des Mordes für schuldig hielt, doch mit Rücksicht auf seine Gemahlin das nicht laut in ihrer Gegenwart aussprechen wollte. Wenn ich den Sinn seiner Worte erfassen konnte, dann musste dies für Mall, die ihm ein Kind geboren und Jahre an seiner Seite verbracht hatte, noch deutlicher sein. Sie löste sich von ihm.

»Die Unschuld meines Bruders zu beweisen und den Mörder seiner Gattin zu finden, hilft nicht nur! Nein, mich dünkt, es könnte gerade jetzt nichts Wichtigeres geben«, sagte sie, und ihre kühle Stimme trug mühsam zurückgehaltenen Zorn in sich. Ich fragte mich plötzlich, ob Henry Sidney sich ähnlich wie Amy zu einem Platz am Rande dieser Familie verdammt sah. Doch nein; er war hier, bei Hofe, und war genau wie alle Dudleys für dieses Leben erzogen worden. König Edward war in seinen Armen gestorben, und Sir Henry, wiewohl unter Edward ein eifriger Protestant, war das erste Familienmitglied gewesen, dem von Mary, der Katholischen, vergeben wurde. Henry Sidney war Amys Widerpart, nicht ihr männliches Ebenbild; er war wirklich Teil der Familie.

Das hieß nicht, dass ihn dieser Umstand gerade jetzt glücklich machen musste.

»My lady,« sagte ich, weil ich nicht Zeuge eines Ehestreits werden wollte, »es mag sehr wohl sein, dass kein Schurke Schuld am Tod Eurer Schwägerin trägt. Ihre Zofe und andere Diener bezeugen seltsame Reden, die sie führte. Sie betete zu Gott, sie von ihrem Elend zu erlösen.«

»Aber damit hätte sie sich für alle Ewigkeit verdammt«, sagte Mall bestürzt. »Das will ich nicht glauben.«

Henry Sidney strich sich über seinen modisch kurzen Bart. »Gott sei ihrer Seele gnädig. Aber werden die Geschworenen das glauben? Bei Hofe glaubt es bestimmt niemand.«

»Die Menschen glauben immer nur das, was sie wollen, unabhängig davon, was die Wahrheit ist, my lord.«

Ich hatte nicht die Absicht, mit ihnen über die wichtigste Entdeckung zu sprechen, die ich hier gemacht hatte: dass nämlich William Cecil derjenige gewesen war, der dem spanischen Botschafter jene Geschichte über mörderische Pläne erzählte, die Henry Sidney mir heute an den Kopf geworfen hatte. Wenn Henry versuchen wollte, Abstand zwischen sich und seinen Schwager zu legen – und danach sah es jetzt ganz aus –, dann war es nicht auszuschließen, dass er damit zu Cecil ging. Was Mall betraf, so schuldete eine Ehefrau ihrem Gatten Gehorsam, ganz gleich, wie eng sie sich ihrem Bruder verbunden fühlte. Doch etwas anderes drängte sich mir auf: Mall war die einzige Hofdame der Königin, die mir ein paar Fragen beantworten würde, die ich sonst niemandem stellen konnte.

»My lady, wie habt Ihr von dem Unglück erfahren«, wollte ich wissen. »Hat Robin es Euch erzählt?«

Ich hoffte darauf, dass dem nicht so war, denn mir kam es auf den Zeitpunkt an. Mall schüttelte den Kopf.

»Nein«, sagte sie, und alles in mir spannte sich in Erwartung. »Er hat mir erst in einem Brief von Kew aus darüber geschrieben.«

»Da wusste es der gesamte Hof schon«, fügte Henry bissig hinzu. »Zumindest warnen hätte er uns können!«

»Er hat den Anweisungen der Königin gehorcht«, sagte Mall beschwichtigend. »Vetter, ich habe es von ihr erfahren, noch ehe sie es dem Rest des Hofes eröffnete. Es war am …« Sie runzelte die Stirn, hob ihre linke Hand und rechnete an ihren Fingern nach. »Am Dienstagmorgen, als wir sie ankleideten. Sie bat die anderen Damen, im Vorzimmer zu warten, und sagte es mir. Zuerst glaubte ich, Amy sei einem ihrer Leiden erlegen. Schau mich nicht so an, Vetter Blount. Du weißt genauso gut wie ich, dass sie sich in diesem Jahr ständig über diese und jene Schmerzen beschwerte. Aber dann sagte die Königin, sie habe Robin befohlen, sich nach Kew zurückzuziehen und dort zu bleiben, bis ein Urteil über Amys Tod gesprochen worden sei, und da«, ihre Hände flatterten hilflos hoch und nieder, »da wurde mir natürlich klar, dass etwas anderes geschehen sein musste.«

Am Dienstag, dem zehnten, war ich in Abingdon in einer Herberge aufgewacht, in der bereits lebhaft über Amys Tod getratscht wurde, aber in Windsor war das gewiss noch nicht der Fall gewesen.

»Hat sie es noch einer ihrer Damen vor dem Rest des Hofstaats erzählt, my lady?«

»Nein. Kate und ihr Gemahl sind schließlich nicht bei Hofe«, erwiderte Mall und bezog sich auf ihre Schwester, die mit dem Earl of Huntington vermählt war.

»Niemand sonst?«, hakte ich nach.

Sie runzelte die Stirn. »Nun … Kat Ashley wirkte nicht überrascht, als sie es später allen Anwesenden verkündete, doch Mrs. Ashley ist nicht irgendeine Hofdame. Sie hat die Königin erzogen. Ich weiß nicht, wie es dir mit deinen Lehrern ging, Vetter; ich kann meiner Gouvernante auch heute noch kaum etwas verheimlichen. Wer uns als Kind gesehen hat, Tag um Tag, der kann uns für immer in die Seele blicken, glaube ich.«

»Auch du hast die Königin als Kind gekannt, Mall«, sagte ich leise und eindringlich. »Sag mir: Was denkt sie über Amys Tod?«

Sie holte scharf Luft. Ich hatte absichtlich ihren Namen benutzt und mit ihr gesprochen, als sei sie noch eines von Janes kleinen Kindern, die mir bei meinen Besuchen entgegenliefen. Henry blickte beunruhigt über seine Schulter, doch sein Bursche befand sich noch immer nicht im Zimmer, und noch dazu hatte ich leise gesprochen.

»Tom«, flüsterte Mall, als befürchtete sie, die Wände könnten Ohren haben, »als Kind hat die Königin ihre Stiefmutter den Kopf verlieren sehen, weil deren Herz für jedermann offen zu lesen war. Sie hat gelernt, wie man sein Herz verbirgt, besser als jeder andere, den ich kenne.«

Ich öffnete den Mund, um sie darauf hinzuweisen, dass sie mit sich selber im Widerspruch stand, hatte sie doch eben erst behauptet, dass Katherine Ashley alle Geheimnisse der Königin kannte. Aber ich kam nicht dazu, etwas zu äußern.

»Himmelherrgott«, fuhr Henry Sidney uns an, »wollt ihr uns um Kopf und Kragen reden? Genügt es nicht, dass der ganze Hof sich fragt, ob die Königin und Robin auf Amys Grab tanzen und ihre Hochzeit feiern wollen? Genug ist genug! Das Beste, was wir tun können, ist, uns so bald wie möglich vom Hof zu entfernen, dringende Geschäfte auf dem Land vorzuschützen und zu hoffen, dass niemand uns beschuldigt, der armen Gans selbst den Hals gebrochen zu haben!«

In der abrupten Stille, die sich zwischen uns senkte, hätte man eine Nadel auf den Boden fallen hören, so laut wie einen Eiszapfen. Dann sagte Mall mit einer Stimme, die mich an ihren Vater erinnerte, als er von Königin Marys Ankunft in London hörte: »Vetter, hast du überhaupt schon etwas gegessen, seit du an den Hof gekommen bist? Du musst hungrig sein.«

Ich erkannte eine Aufforderung zu gehen, wenn ich sie hörte. Da ich weder der Zeuge eines Ehestreits werden wollte, noch Aussicht hatte, danach noch etwas für mich Wichtiges von Mall zu erfahren, log ich, wie es erwartet wurde, und behauptete, in der Tat noch keinen Bissen zu mir genommen zu haben. Wir verabschiedeten uns in aller Höflichkeit, die nicht verbarg, was nach meinem Aufbruch darauf wartete, vom Zaun gebrochen zu werden. Dabei galten Sir Henry und Mall als das glücklichste Paar in der Familie. *Es ist,* dachte ich, *als ströme von Amys Tod Bitternis aus, wie ein dunkler Fluss, der seine Last ins Meer trägt.* Wenn ich heute nach Kidderminster zurückkehre, wie würde mich Margery wohl empfangen? Sie war gewiss nicht glücklicher als Henry Sidney darüber, dass die Nähe zu den Dudleys ihre Familie ein weiteres Mal in höchste Gefahr bringen konnte.

Ich erinnerte mich an die Unterredung, die wir führten, ehe ich Robin den Vorschlag machte, Amy zu Anthony Forster nach Cumnor zu schicken. Margery hat die Anmut, die ihr seit jeher zu eigen war, nie verloren, aber niemand würde sie mehr mit einem jungen Mädchen verwechseln. An jenem Abend, als wir unsere letzte Unterredung über die Dudleys führten, trug sie in der Vertrautheit unseres Schlafgemachs keine Haube, und ich sah graue Strähnen in ihren braunen Flechten aufblitzen. Als ich ihr einen Arm um die Hüfte legte, fühlte ich die Spuren, die zwei Kinder und ein drittes, das uns gestorben ist, an ihr hinterlassen hatten. Die Adern auf ihren Händen zeichneten sich stark gegen ihre Haut ab, als sie meinen Arm zurückschob.

»Tom«, sagte sie, *»du wirst deinem Vetter Robin schreiben müssen, morgen schon, und ihm mitteilen, dass my lady sich nach einem Ortswechsel sehnt.«*

Damals tat ich zuerst so, als wüsste ich nicht, wovon sie sprach, und Margery wurde deutlicher, auf ihre Weise. Wenn man Jahre miteinander lebt, dann kennt man einander gut genug, um in jedem Satz einen unausgesprochenen Gedanken mitzuhören.

»Als ich unseren Sohn Ned heute ins Bett brachte, wünschte er sich, er hätte noch eines der Zuckerwerke, die du ihm immer mitbringst. Du hast es aufgegessen, sagte ich ihm, und du

kannst nicht beides haben, ein Zuckerwerk zum Anschauen und einen vollen Magen. *Entweder das eine, oder das andere.«* Sie schaute mich an, und ihre Augen waren im Dämmerlicht unseres Gemachs groß und dunkel. *»Ein Junge mag sich hin und wieder den Magen verderben, weil er es nicht besser weiß, Tom«*, sagte sie. *»Aber es besteht ein Unterschied zwischen einem Fehler und fortgesetzter Torheit, und ein Mann weiß das.«*

Im Gegensatz zu Amy war Margery keine Schönheit, obwohl ich sie immer als reizvoll empfunden hatte. Aber die Weisheit und Würde, die in ihren einfachen Worten lag, hatte Amy nie gezeigt. Margery klagte nicht an, sie stellte fest, und doch wusste ich so genau, als hätte sie es an die Wand geschrieben, wenn ich jetzt darauf beharrte, Amy weiter im Haus zu behalten, dann würde ich Margery verlieren. Gewiss, eine Ehefrau verließ ihren Gatten niemals, aber sie würde in jeder Weise, die zählte, aufhören, meine Gemahlin zu sein. Sie würde mir nicht mehr vertrauen, sie würde mich nicht mehr respektieren, wir würden nur noch ein Mann und seine Haushälterin füreinander sein, und das hatte ich nie gewollt.

»Ein Mann weiß das«, hörte ich Margery auch jetzt in meiner Erinnerung sagen. Um den Geschmack der Schuld aus meinem Mund zu vertreiben und weil ich einen ganz bestimmten Argwohn hatte, was meine unliebsame Bekanntschaft mit dem Boden betraf, stattete ich einem alten Freund noch einen Besuch ab.

»Tomàs!«, rief Diego und klang überrascht, doch nicht auf unangenehme Weise. »Bringt Ihr mir noch einmal Pasteten?«

Meine Hände waren leer; ich drehte die Handflächen gen Himmel, warf ihm einen vorwurfsvollen Blick zu und erwiderte: »Um offen zu sein, hatte ich darauf gehofft, dass Ihr diesmal derjenige sein würdet, der austeilt, Diego. Ein Abschiedstrunk wäre willkommen. Es wird eine kalte Herbstnacht werden, und ich muss nach Abingdon zurückkehren. Wer weiß, wie weit ich heute noch komme. Ein guter Tropfen würde mir den Magen wärmen.«

»Ah, aber dann muss es ein spanischer Tropfen sein«, sagte Diego. »Was Ihr in diesem Land als Wein bezeichnet, ist ein geschmackloses Gepansche, und mit Eurem Ale und Bier sollte man Verbrecher bestrafen. Gebt zu, dass ich recht habe, Tomàs.«

»Wenn Ihr den Wein herausrückt, dann vielleicht. Doch ich muss Euch sagen, die verfluchten Franzosen mögen zwar alle von Gott verlassen sein, aber ihr Wein lässt sich nicht verachten. Er war das Einzige, was mir die Zeit dort erträglich gemacht hat. Und die italienischen Doctores, die unbedingt my lords Patronage für ihre Schriften haben wollen, die schwören sogar darauf, dass der Wein aus ihrem Land Wunder wirkt und schlimmste Gebrechen heilt. Also weiß ich nicht recht, ob ich ausgerechnet Eurem Land die Krone des Weines geben soll. Ich brauche neue Beweise, mein Freund.«

»Die Suche nach Beweisen kann eine gefährliche Angelegenheit sein«, entgegnete Diego, doch er nahm ein Silberfläschchen, das von seinem Gürtel hing, trank daraus und reichte es mir. »Kann es sein, dass Ihr ein wenig krumm geht, mein Freund? Kostet etwas Weißwein aus Jerez. Es gibt nichts Besseres.«

Damit übertrieb er natürlich heillos, aber sein Wein lief mir tatsächlich wohlig über die Zunge. Er schmeckte nach Mandeln, nach Hefe und ein wenig nach Haselnüssen; wie das zustande kam, wussten natürlich nur die Spanier. Es galt außerdem Wichtigeres herauszufinden.

»Was soll ich Euch sagen, Diego«, versetzte ich, »ein Mann, der niedergeschlagen wird, gerade nachdem er dem Sekretär des einflussreichsten Mannes bei Hofe einen Besuch abgestattet hat, der wird natürlich geneigt sein, zu glauben, dass der

Sekretär oder dessen Herr dahinterstecken. Zumal, wenn der Herr des Sekretärs der größte Feind seines eigenen Patrons ist.« Ich nahm noch einen Schluck. Das, was bei uns als Wein verkauft wurde, war wirklich nicht so gut. »Es sei denn, so ein Mann ist kein Grünschnabel mehr und erinnert sich an zwei Dinge: William Cecil ist nicht dafür berühmt, dass er Stümper beschäftigt. Wenn jemand, der Cecil dient, die Aufgabe hat, einen anderen Mann zu erledigen, dann schlägt er ihn nicht einfach nieder und lässt sich dann von einem kümmerlichen Springinsfeld verscheuchen, und vor allem tut er das nicht in der Nähe der Ställe, wo jederzeit jemand vorbeikommen kann. Wenn allerdings eine dritte Partei die Aufgabe hat, Zwietracht und Misstrauen zwischen dem wichtigsten Ratgeber der Königin und ihrem besten Freund zu sähen, vielleicht gar, einen der beiden zu unklugen öffentlichen Anschuldigungen gegen den anderen zu veranlassen, ja, dann wäre es mehr als sinnvoll, solch einen Angriff vorzutäuschen und sicherzugehen, dass der Angegriffene hinterher noch in der Lage ist, seinem Patron empört davon zu berichten.«

Diego sagte nichts, als ich ihm sein Silberfläschchen zurückgab. Seine Mundwinkel zuckten.

»Und wem ist wohl am meisten gelegen daran, dass die beiden einflussreichsten Männer bei Hofe sich gegenseitig kaltstellen? Es wird doch nicht etwa der Vertreter einer auswärtigen Macht sein, mit dem der Held meiner kleinen Fabel sprach, noch ehe er mit Cecils Sekretär redete, und der ihm wahrlich Verwunderliches über William Cecil erzählte?«

»Sollte dergleichen geschehen sein«, erwiderte Diego und seufzte, »dann nur, weil es höhere Pflichten geboten.«

Ich seufzte ebenfalls. »Und das bedeutet leider, dass alles, was der Vertreter einer auswärtigen Macht über Cecils Gespräche zu berichten wusste, nun nicht mehr glaubhaft ist.«

Diego legte eine Hand auf meine Schulter; ich rührte mich nicht, obwohl mein Nacken schon wieder schmerzte. »Das wäre ein Jammer«, sagte er ernst. »Denn es war die Wahrheit. Gebt auf Euch acht, Tomàs.«

»Wir könnten bis morgen warten und mit dem Schiff nach Abingdon zurückkehren«, sagte Frobisher, als ich ihn in den Ställen fand. »Ich habe mich erkundigt.«

»Lieber Stunden auf einem verfluchten Gaul und eine gottverlassene Herberge unterwegs als eine Nacht bei Hofe«, knurrte ich.

Natürlich hatte ich mir nicht eingebildet, ernsthaft mit einem papistischen Spanier befreundet zu sein, aber er hatte meiner Base Jane und mir geholfen, als wir dringend Hilfe benötigten, und es war leicht gewesen, ihn zu mögen. Außerdem war ich nun so klug wie vorher, was Cecil betraf, und das gerade, nachdem mir Mall den genauen Zeitpunkt genannt hatte, an dem der Hof von Amys Tod erfuhr. Wenn Cecil zwei Tage vorher bereits Gespräche mit dem spanischen Botschafter geführt hatte, bei denen er Robin und der Königin Mord- und Heiratspläne unterstellte, dann hatten wir ihn am Allerwertesten.

Aber mein einziger Zeuge dafür hatte gerade durch die Blume erkennen lassen, einen Angriff auf mich vorgetäuscht zu haben, und selbst, wenn er jetzt sagte, die Behauptung über Cecil entspräche der Wahrheit, so war das genauso vertrauenswürdig wie der Schwur einer Hure im Bordell, sie sei noch Jungfrau und dies sei ihr erstes Mal. Aber dergleichen soll ja einmal in einem Jahrhundert vorkommen. Ich fluchte innerlich, weil ich wirklich nicht mehr wusste, ob ich Diego glauben konnte oder nicht.

»Im Übrigen«, fuhr ich fort, »kann ich mich nicht erinnern, dass du mich schon überzeugt hast, dass ich weiter auf deine Anwesenheit Wert lege, also kommst du vielleicht doch in den Genuss von Windsor bei Nacht, wenn nirgendwo mehr ein Platz frei ist. Erzähl mir eines der Geheimnisse, die du herausgefunden haben willst, Frobisher, und versuch erst gar nicht, lange darum herumzureden oder es aufzubauschen.«

Meine Ungeduld war nicht gespielt. Wir hatten noch drei Tage, und wenn die Geschworenen dann nicht ein Urteil über Amys Tod gesprochen hatten, das Robin entlastete, dann konnte ich mich bestenfalls im Verfassen von Gnadengesuchen für meinen Vetter üben.

»Seid Ihr sicher, dass Ihr nicht erst die Tugenden des Pferdes, das ich für Euch gefunden … schon gut, Master Blount. Aber eine Entscheidung müsst Ihr treffen, ehe ich spreche. Wollt Ihr etwas wissen, was Euch selbst betrifft, oder etwas, was Anthony Forster angeht, und den Grund, warum er Harkness wirklich entlassen hat? Mit Verlaub, eines von beiden werde ich Euch erst erzählen, wenn wir wieder in Cumnors gastlichen Hallen weilen. Wenn ich Euch beides gleich jetzt erzähle, dann ist durch nichts gewährleistet, dass Ihr mich noch nach Cumnor mitnehmt.«

An jedem anderen Tag hätte ich vermutlich die Auskunft über Forster gewählt, denn seine Weigerung, zu erklären, was genau er am Sonntagvormittag getan hatte, gab mir immer noch Rätsel auf; Robin hätte mir den Brief geben sollen, um den ich gebeten hatte. Aber gerade jetzt war ich in der Stimmung dafür, selbstsüchtig zu sein.

»Wenn du einen Mann beeindrucken willst, Frobisher, dann erzähle ihm etwas über sich selbst«, gab ich zurück, ohne eine Miene zu verziehen. Er trat näher, und mir wurde bewusst, dass er, anders als ich, nicht Gelegenheit gefunden hatte, seit Cumnor Place seine Kleidung zu wechseln. Vielleicht hatte er auch keine zum Wechseln. Auf jeden Fall stank er, und wenn einem das an einem Ort wie dem Hof auffällt, wo zu viele Menschen in zu wenigen Gängen zusammengepackt sind wie Fische auf dem Fischmarkt, dann will das einiges heißen. Unter anderem sprach es dafür, dass er tatsächlich auf seine Schauspielerei und erhoffte Patronage von Robin Dudley angewiesen war, denn wenn ihn sonst jemand, ob nun Mrs. Ashley oder eine andere Person bei Hofe, bezahlen würde, dann hätte er heute etwas anderes an.

»Master Blount«, sagte Frobisher, »Pirto ist sehr wohl des Lesens mächtig.«

Was bedeutete, dass sie Amys fehlende Briefe hatte. So viel zu dem Eindruck sanfter Harmlosigkeit, mit dem sie sich umgab. Wenn sie gerissen genug gewesen war, Amys Papiere auf Briefe durchzusehen, die ihr nützen konnten, dann war sie wohl auch klug genug, sie so zu verstecken, dass es nicht genügen würde, sie bei der Rückkehr nach Cumnor einfach nur zur Rede zu stellen. *Ich werde zu härteren Mitteln greifen müssen,* dachte ich, und kam mir wie ein alter Narr vor. Dann wurde mir etwas bewusst, und ich runzelte die Stirn.

»Das zu wissen ist mir in der Tat wichtig«, gab ich zu, »aber warum sollte es mich mehr betreffen, als es eine Auskunft über Anthony Forster getan hätte?«

Frobisher trat noch einen Schritt näher, und diesmal streifte mich sein Haar, als er sich vorbeugte und mir ins Ohr flüsterte: »Weil sie offenbar zu wissen glaubt, dass my lady Dudley eine Korrespondenz mit Euch unterhielt, die bei ihr besser aufgehoben ist.«

FÜNFTES ZWISCHENSPIEL

Waschfrauen zu beaufsichtigen gehört ganz gewiss nicht zu meinen Aufgaben. Aber erstens gibt es immer ein paar Waschfrauen, die gerne mit dem Wissen um die Geheimnisse ihrer Herrschaft angeben, ob sie es nun tatsächlich besitzen oder nicht, und natürlich auch diejenigen, die sich mit kleinen Spioniererereien ein Zubrot verdienen wollen. Und zweitens erschien mir die Waschküche ein guter Ort zu sein, um mit dem Sohn meines ehemaligen Schließers vom Fleet-Gefängnis zu reden, ohne von drei Dutzend Hofdamen beobachtet zu werden. Ich muss sagen, dass John Frobisher selbst aussah, als ob er und alles, was er am Leibe trug, in den nächsten Waschtrog gesteckt werden sollte, doch dazu war natürlich keine Zeit.

Was John zu erzählen hatte, beruhigte mich zumindest in einer Beziehung: Wenn Robin Dudley ein Mörder war, dann zumindest keiner, der vorausplante. Statt jedes Mitglied der Dienerschaft in Cumnor zu bestechen, damit sie den Geschworenen erzählten, was er wollte, jagte sein Mann Blount jedem noch so kleinem Hinweis nach, den er fand – und was er fand, ließ mehr als eine Schlussfolgerung zu.

Zuerst hörte es sich für mich so an, als ob Anthony Forster für Amy Dudleys Tod verantwortlich sein könnte, doch dann erzählte mir Frobisher, was er über dessen sonntägliche Abwesenheit herausgefunden hatte, was meine Meinung über Forster nicht unbedingt verbesserte, aber ihn des Verdachts enthob, selbst an Amy Dudleys Ableben beteiligt gewesen zu sein. Dafür rückte die Zofe in den Mittelpunkt meiner Aufmerksamkeit.

»Ich werde dir Geld mitgeben«, sagte ich kurz entschlossen, »genügend, damit du ihr diesen Brief abkaufen kannst, ehe Blount es tut.«

John hustete, weil ihm eine übereifrige Waschfrau etwas Wasser ins Gesicht gespritzt hatte, dann sagte er: »Danke für Euer Vertrauen, Mistress Ashley. Habt Ihr denn nicht Angst, dass ich mich mit dem Geld auf und davon mache?«

»Dann hättest du zwar eine stattliche Summe, aber sie würde dir schnell zwischen den Fingern zerrinnen, und einen Patron für eure Truppe hättet du und deine Freunde immer noch nicht«, stellte ich fest. »Ganz zu schweigen von einer Lizenz oder der Chance, je an den Hof gebeten zu werden. Ich habe dich schauspielern und jonglieren sehen, John. Es macht dich glücklich. Und daher glaube ich daran, dass es dir wichtiger ist, damit weiterzumachen, als mir mein Geld zu stehlen.«

»Ihr seid eine Frau, die in Menschen liest wie andere in Büchern, Mistress Ashley«, schmeichelte er mir, und ich hätte fast aufgelacht, weil er nicht wusste, wie oft ich in der Vergangenheit falschgelegen hatte. »Aber was, wenn Pirto mir den Brief nicht verkaufen will? Sie scheint mir wirklich sehr an ihrer Herrin gehangen zu haben und die Art von Mensch zu sein, die anhänglich genug ist, um ihn aus reinem Gefühl für sich selbst behalten zu wollen.«

»Dann hätte sie ihn dir gegenüber erst gar nicht erwähnt«, sagte ich kurz angebunden, zückte meine Börse, die ich an meinem Rock befestigt trug, und zählte ihm mehrere Geldstücke in die Hand. »Das letzte ist für dich, John«, fügte ich hinzu. »Du siehst viel zu dünn aus, und neue Kleider könntest du auch vertragen.«

Ein Grinsen erhellte sein Gesicht. »Aber wenn ich gut gekleidet und proper daherkomme, dann bemitleiden mich kei-

ne freundlichen Damen mehr, Mistress Ashley«, sagte er. Ich rollte die Augen gen Himmel, aber ich konnte ihm nicht ernsthaft böse sein.

»Wenn sie trotz allem nicht verkauft«, sagte ich ernst, »dann stehle den Brief. Wenn du darüber hinaus nichts Eindeutiges über Lady Dudleys Tod herausfindest, dann lass Blount in Cumnor und begib dich nach Kew. Versuche, dich mit my lord Dudleys Leuten anzufreunden, um etwas aus ihnen herauszubekommen. Stell ihnen notfalls viel Geld in Aussicht.«

John Frobisher verabschiedete sich, und ich machte mich auf den Weg in die Küche, um sicherzustellen, dass die Königin nicht wieder ihr Mittagessen ausfallen ließ. Um was ich meinen Spion noch bitten würde, wenn all seine Nachforschungen mir nicht die richtige Waffe in die Hand legten, das wusste ich nicht. Elizabeths »Mord ist Mord« von gestern klang mir in den Ohren, und meine Überzeugung, nicht das Recht zu haben, einem anderen Menschen das Leben nehmen zu lassen, wurde immer fester, aber ich dachte auch daran, wie schlimm die Zukunft für mein Mädchen sein konnte, wenn Robin Dudley sich nicht auf ihre unerhörte Vorstellung einließ und versuchte, sie zu einer Ehe zu zwingen. Gerade weil sie ihm vertraute, würde es für ihn nicht schwer sein, alles in seinem Sinn zu gestalten. Als ich noch jung war, hatte mehr als ein Glücksritter eine reiche Erbin einfach dadurch als Ehefrau errungen, dass er sie mit Gewalt nahm und danach einen Priester zur Hand hatte. Ganz gleich, wie entsetzt die Familie einer solchen Erbin war, sie konnte nicht dagegen sprechen. Nun war Elizabeth ganz sicher keine einfache reiche Erbin, sondern eine Königin – aber eben auch eine Frau.

Ich war noch dabei, die Köche zu instruieren, als Frobisher erneut auftauchte. Ich erschrak, als ich die Blutspuren an seinem Hals sah, und zog ihn schnell in den Flur, wo wir reden konnten. Er verkündete mir aufgeregt, auf Tom Blount sei ein Überfall verübt worden.

»Und ich fürchte«, setzte er hinzu, »mit meiner Maskerade ist es auch nicht mehr weit her. Es tut mir leid, Mistress Ashley, aber er dachte, ich arbeite für Master Cecil, und was er davon hält, das könnt Ihr sehen.« Er deutete auf die Spuren an seinem Hals. »Ich musste Euren Namen nennen! Er ist aber trotzdem bereit, mich wieder mit sich nach Cumnor zu nehmen, und darauf kommt es doch an, nicht wahr?«

Warum war Blount bereit, meinen Mann an seiner Seite zu dulden? Aber solange es für John immer noch die Möglichkeit gab, Pirto diesen Brief abzunehmen, wollte ich mir darüber noch keine Gedanken machen. Ganz im Gegensatz zu etwas anderem. »Wer hat Blount überfallen?«, fragte ich John, doch seine Beschreibung sagte mir nichts. Immerhin gab mir der Überfall zu denken, und auch, dass Blount John Frobisher für Cecils Spitzel gehalten hatte. Darum änderte ich kurz entschlossen meine Pläne für den Nachmittag. Es war, sagte ich wenig später zu Catherine Carey, die in meiner Abwesenheit die erste unter den Hofdamen war, schon zu lange her, dass ich meine liebe Freundin Mildred besucht habe, und an den Hof kam sie kaum, da ihre Kinder sie so in Anspruch nahmen.

»Ihr wollt tatsächlich Sir William Cecils Gemahlin aufsuchen?«, fragte Catherine Carey mit einem Unterton, der halb zweifelnd, halb belustigt klang. Sie war Mary Boleyns Tochter, Anne Boleyns Nichte, und erinnerte mich in diesem Moment sehr an beide.

»Sie mag auch dies sein, aber vor allem besuche ich natürlich eine liebe Freundin«, entgegnete ich.

William Cecils Stadtsitz befand sich in Westminster, was von Windsor aus auch mit dem Ruderboot einige Zeit in Anspruch nahm. Immerhin standen die Gezeiten günstig. Die Themse war voller Segelboote, Barken, Flöße, Ruderboote so wie meines, aber natürlich auch großer Lastschiffe. Wenn es nicht gerade regnete, war dies die beste Möglichkeit, um in dieser Ge-

gend von einem Ort zum anderen zu gelangen. Als ich noch ein Mädchen war und im Kloster Sprachen lernte, weil mein Vater aus mir eine Äbtissin machen wollte, da las ich Beschreibungen der Stadt Venedig, doch ich konnte mir nicht vorstellen, wie Menschen ständig mit Booten so selbstverständlich wie zu Fuß oder hoch zu Ross unterwegs sein sollten, bis ich nach London kam und in die Residenzen, die der alte König rund um die Stadt bewohnte.

Auf dem Fluss weht immer ein frischer Wind, und ich hatte mir ein wärmendes Schultertuch mitgenommen. Ich war froh, dass der Tower von Westminster noch weit genug entfernt war, dass sich nicht mehr als der Umriss der London Bridge abzeichnete. Am Südende der Brücke stecken die Lanzen, auf denen die Köpfe der Verräter aufgespießt sind, die im Tower hingerichtet wurden. Seit mein Mädchen den Thron bestieg, war niemand mehr durch Axt oder Schwert gestorben, und die Witterung hatte alle alten Schädel längst unkenntlich gemacht. Aber ich fragte mich plötzlich, ob Thomas Seymours Kopf noch darunter war oder man ihn schon vor Jahren abgenommen und verscharrt hatte. Die Häupter von John und Guildford Dudley waren noch deutlich erkennbar gewesen, als Elizabeth in den Tower gebracht wurde, und damals fürchteten wir, dass ihr eigener Kopf bald dazukommen konnte.

Als der alte König die Klöster auflösen ließ, hat er Sorge getragen, die Abtei von Westminster in eine Kirche umzuwandeln, denn viele seiner Vorfahren sind dort begraben worden, und er wollte verhindern, dass dort Plünderungen stattfanden. Er selbst liegt nicht hier; seine eigene letzte Ruhestätte hat er vorsichtshalber in der Georgskapelle von Windsor Castle gewählt. Wo seine Seele sein mag, im Himmel oder in der Hölle, weiß Gott allein.

Ich betrat die Kirche, um ein Gebet zu sprechen, ehe ich Cecils Haus aufsuchte. Wenn ich je Erleuchtung gebraucht hatte, um zu wissen, was richtig und was falsch war, dann jetzt.

Mildred Cooke war die zweite Gemahlin William Cecils, und ich hatte Catherine Carey nicht belogen, als ich davon sprach, wie beschäftigt sie mit ihren Kindern war. Erst im letzten Herbst war ein drittes zu denen gekommen, die sie ihm bereits geboren hatte, und dann gab es noch einen Sohn aus seiner erster Ehe mit der verstorbenen May Cheke. Seit der Zeit, in der ich die Gastfreundschaft der Cecils genossen hatte, wusste ich, dass Mildred sich selbst um ihre Kinder kümmerte, statt sie Ammen und Gouvernanten zu überlassen, und das, obwohl ihr Gatte damals schon ein Mann von Rang und Wohlstand war. Daher erstaunte es mich nicht, dass mich eine Magd direkt in die Kinderstube führte. Inzwischen gab es zwar sowohl Ammen als auch Kinderfrauen für die beiden erstgeborenen Mädchen, aber ihr jüngstes Kind, der kleine William, war sehr kränklich und brauchte, da war sie überzeugt, seine Mutter. Obwohl die Ärzte, die man gerufen hatte, ihr nichts Gutes prophezeiten, war Mildred fest entschlossen, an die Genesung ihres Jüngsten zu glauben. »Er wird in ein paar Wochen ein Jahr alt«, sagte sie, ohne mich anzusehen, »und dann wird alles gut.«

Ich sagte nichts, um ihr Hoffnung zu machen. Mildred Cecil war als eine der gebildetsten Frauen des Landes bekannt. Wenn ein Säugling krank wurde, noch ehe er sein erstes Jahr vollendete, dann starb er in fast allen Fällen. Da machte die Natur keinen Unterschied zwischen armen und reichen Kindern. »Es muss eine schwere Zeit für Euch sein.«

Sie nickte. »Gott vergebe mir, aber gerade jetzt wünschte ich, Königin Mary wäre noch am Leben und William nicht im Kronrat, ganz zu schweigen davon, der wichtigste Minister im Land zu sein. Dann wäre er nämlich hier bei mir, und nicht bei der Königin.« Sie strich ihrem wimmernden Kind zärtlich über sein Gesichtchen.

»Das kann Euch niemand verdenken.«

»Ich bin stolz auf ihn«, beeilte sich Mildred zu sagen, weiter-

hin ohne zu mir aufzusehen. »Natürlich *bin ich stolz auf ihn. Aber manchmal ist es hart, dass die Staatsgeschäfte Vorrang haben und die Königin mehr von meinem Gemahl sieht als seine Kinder und ich.«*

Niemand war je auf die Idee gekommen, William Cecil und mein Mädchen zu verdächtigen, eine Affäre zu haben, obwohl sie in der Tat mehr Zeit miteinander verbrachten, als Elizabeth es sonst mit einem Mann tat, einschließlich Robin Dudleys. Vielleicht lag das daran, dass sich auch das böseste Klatschmaul Cecil, der in ein paar Tagen sein vierzigstes Jahr vollenden würde, aber schon vor einem Jahrzehnt wie ein Mann in mittleren Jahren gewirkt hatte, nicht als Herzensbrecher vorstellen konnte. Man hatte ihm nie, weder in seiner ersten noch in seiner zweiten Ehe auch nur im Leisesten Untreue nachgesagt; der Ruf, seinen Mantel nach dem Wind zu hängen, war ausschließlich politischer Natur. Aber eine Mutter, die sich um ihr Kind sorgte, konnte man nicht damit trösten, dass sie im Gegensatz zur verstorbenen Amy Dudley zumindest nicht eifersüchtig sein musste.

Das Kind beruhigte sich schließlich, und Mildred Cecil übergab es einer Amme, die sich mit ihm im Arm auf einen Hocker ans Fenster setzte. Zum ersten Mal, seit ich das Zimmer betreten hatte, wurde mir Mildreds ungeteilte Aufmerksamkeit zuteil. Das bedeutete auch, dass ich von nun an auf der Hut sein musste. »Was führt Euch heute zu mir, Mrs. Ashley?«

»Ich habe Euch so lange nicht mehr gesehen«, sagte ich freundlich und unterdrückte den Wunsch, sie nach den Büchern zu fragen, die sie mir damals geliehen hatte – war dies ein Zeichen ihrer Großzügigkeit gewesen, oder hatte sie eine Hausdurchsuchung bei sich befürchtet? Aber ich wollte etwas von ihr, und deswegen durfte ich sie nicht verärgern. Ich sah zu der Amme mit dem kranken Jungen hinüber und sagte mit weicher Stimme: »Und ich dachte mir, eine Plauderei würde uns beide ablenken.«

»Wovon müsst Ihr denn abgelenkt …« Mildred zog die Augenbrauen zusammen. »Ah, ja, natürlich. Nun, ich bin sicher, Ihr verzeiht mir meine Offenheit, aber das Getöse jetzt hat sich die Königin selbst zuzuschreiben. Man ermutigt einen verheirateten Mann nicht, wie sie es getan hat, und schon gar nicht einen von den Dudleys. Ihre verstorbene Schwester hat uns alle zurück nach Rom zerren wollen, und dafür brennt sie natürlich in der Hölle, aber Mary hat nie Anlass zu irgendeinem Klatsch gegeben, solange sie eine Prinzessin war. Und als sie auf den Thron kam, da hat sie sofort geheiratet. Das sollte Eure Herrin auch tun. Es ist unnatürlich für eine Frau, nicht zu heiraten. Sie könnte jetzt schon verheiratet sein, und dann wäre auch das arme junge Ding in Oxfordshire noch am Leben, denn jemanden wie Robin Dudley würde ein König gewiss nicht um seine Frau herumscharwenzeln lassen.«

Ihre Offenheit mochte als Zeichen von Vertrautheit verstanden werden, schließlich hatte ich lange unter ihrem Dach gelebt. Es konnte aber auch etwas ganz anderes sein, und ich würde auf diesen so unverblümten Angriff auf mein Mädchen mit der Waffe reagieren, die mir im Umgang mit Mildred die beste zu sein schien: Freundlichkeit. »Ich höre die Stimme Eures Gatten, so scheint mir«, entgegnete ich daher mit neckender Stimme.

»O nein, da irrt Ihr. William meint sogar, sie müsse noch eine Weile unverheiratet bleiben, bis England sich von all den blutigen Wirren der letzten Jahre erholt hat.« Mildred schüttelte den Kopf. »Ich bin natürlich kein Staatsmann, doch mir scheint, das Land könnte sich auch erholen, wenn uns durch eine Ehe Wohlstand aus dem Ausland zuflösse. Niemand von uns wünscht sich natürlich einen Spanier auf dem Thron, versteht sich, und auch keinen Franzosen, Gott bewahre. Aber was ist denn gegen einen Schweden einzuwenden? Das sind Protestanten. Und wenn die Königin erst ein Kind in den Armen hält und den Männern das Regieren überlässt, dann *werden wir alle glücklich und zufrieden sein.« Sie nickte, um ihre Überzeugung zu bestätigen. »Ja, das werden wir!«*

Ich lächelte gewinnend, um die Spitze abzumildern, die ich mir nicht verkneifen wollte. »Es überrascht mich, dies aus Eurem Munde zu hören. Ich kann mich erinnern, wie Ihr einmal das Recht von uns Frauen auf Bildung verfochten habt«, sagte ich, »als einer der Freunde Eures Gatten aus Cambridge hier zu Gast war.«

Mildred sah mich überrascht an. »Auf Bildung, *das versteht sich. Aber die Macht, die sich die Königin anmaßt, ist doch etwas anderes, und Ehelosigkeit taugt wirklich nur für die Katholiken.« Sie seufzte. »Doch will ich gerne zugestehen, dass die Herren aus Cambridge sehr häufig eine herablassende Art und Weise haben, die einen aus der Haut fahren lassen kann. In den letzten Wochen beehrte uns wieder einer von der Sorte, die verblüfft tut, wenn eine Frau buchstabieren kann, und diese Haltung ist mir schon bei Williams Schreiber zuwider. Aber mein Gemahl hat nun einmal ein großes Herz für ehemalige Studienkollegen, da kann ich nichts machen.«*

Das Kind fing erneut an, zu wimmern, und die Amme beeilte sich, es in Mildreds Arme zu legen. Nach einer Weile, in der ich ihr beim Abtupfen mit feuchten Tüchern und dem Auftragen von Salben half, entschuldigte ich mich und sagte, die Natur riefe. Ich wusste sehr genau, dass das Haus über zwei in Schränken eingelassene Nachttöpfe verfügte, etwas, um das ich Cecil immer beneidet hatte. Natürlich gab es dergleichen auch in königlichen Residenzen, aber auch Hunderte von Menschen, die keinen Zugang zu ihnen hatten und sich daher auf den Gängen erleichterten. Einer jener Schränke befand sich in William Cecils Bibliothek, verborgen zwischen den Büchern. Der Bibliothek, in der auch der Schreibtisch mit den Briefen und Dokumenten stand, die er und sein Sekretär gerade nicht mit sich führten. Das *war der eigentliche Grund meines Kommens. Seit meinem Gespräch mit ihm wollte mir nicht aus dem Kopf, dass es ihm einfach nicht ähnlich sah, nicht schon längst etwas unternommen zu haben, und dass ich vielleicht den falschen Mann für die größere Gefahr hielt.*

Die einzelnen Schubladen in Cecils Tisch waren, wie nicht anders zu erwarten, abgesperrt, aber ich hatte schon vor langer Zeit gelernt, wie man ein Schloss mit einer Haarnadel öffnete. Meine Hand war feucht, und ich rutschte ein-, zweimal aus, aber dann gelang es mir, und ich fand Stöße von Briefen. Das war ein Problem: Ich konnte nicht zu lange hier verweilen, sonst würde Mildred sich fragen, wo ich blieb. Ich konnte die Briefe aber auch nicht mitnehmen, denn das würde Cecil merken. Also begann ich mit klopfendem Herzen, die Schreiben zu überfliegen und nur nach Erwähnungen von Robin Dudley oder seiner Gemahlin Ausschau zu halten, nur nach den Namen, ohne auf den Inhalt zu achten.

Als sich auf dem Gang Schritte näherten, erstarrte ich. Hitze stieg mir in die Wangen, und ich war wie gelähmt. Es blieb keine Zeit, den Brief zurückzulegen, und keine Erklärung der Welt konnte darüber hinwegtäuschen, was ich hier gerade tat. Verzeih mir, Elizabeth, *schoss es mir durch den Kopf, und für einen Moment vergaß ich, zu atmen.*

Dann hörte ich, dass sich die Schritte wieder entfernten, und vor Erleichterung wurden meine Knie weich. Doch ich durfte dem Wunsch, mich für einen Moment hinzusetzen und durchzuatmen, nicht nachgeben. Mein Blick flog weiter über Seite um Seite, und endlich fand ich einen Brief, in dem mir ein nur zu vertrauter Name entgegensprang. Ich begann, ihn konzentriert von Anfang an zu lesen.

Zuerst war ich enttäuscht, denn ich merkte, dass das Schreiben nicht von Cecil stammte und auch nicht an ihn gerichtet war. Nein, es war die Übersetzung einer Depesche des spanischen Botschafters an seinen Herrn, König Philipp, die Cecils Leute wohl abgefangen und abgeschrieben hatten. Was der spanische Botschafter zur Politik schrieb, ging mich nichts an;

sich darum zu kümmern, war in der Tat Cecils Aufgabe. Doch dann erreichte ich den Absatz, in dem mir der Name Robert Dudley aufgefallen war.

Was ich dort las, vertrieb mit einem Schlag die Hitze aus meinem Gesicht und ließ mich zu Eis erstarren.

KAPITEL 13

FREITAG, 13. SEPTEMBER 1560

Ich erinnere mich noch gut an jenen Abend, einige Wochen nachdem ich mit Amy Dudley in Kidderminster eingetroffen war; viel zu gut. Es war ungewöhnlich warm für den Frühling und alles andere als leicht, die Jungen ins Bett zu bekommen. Mein jüngerer Sohn, Christopher, hatte darauf bestanden, vor dem Einschlafen die Geschichte von Sir Gawain und dem grünen Ritter zu hören. Edward, der ältere, war hingegen still gewesen, obwohl er früher stets Fragen nach jedem Schwertstreich gestellt hatte, den Sir Gawain führte. Doch seit er mich nach meiner Rückkehr zunächst stürmisch begrüßt hatte, schien es für ihn nur noch eins zu geben, was er von mir wissen wollte: wann Lord Robert mich wieder benötigte und ich erneut fortgehen würde. Er sprach die Frage nur einmal aus, aber ich sah sie seitdem jeden Tag in seinen Augen. Was, wie ich zu meiner Schande gestehen muss, dazu führte, dass ich ihn so gut es ging übersah.

Während ich den Jungen die alte Sage erzählte, öffnete sich hinter mir die Tür. Ich nahm an, dass Margery sich zu uns gesellen wollte, doch der schwache Rosenduft, der mich streifte, war keiner, den meine Gemahlin je benutzt hatte. Trotzdem drehte ich mich nicht um, sondern erzählte weiter. Die Jungen schauten zuerst neugierig über meine Schulter hinweg, aber weil sie nichts zu ihnen sagte, verloren die beiden schnell das Interesse an dem unerwarteten Gast. Für Christopher und Edward gab es nur noch Gawain und seine Abenteuer, bis ihnen die Augen zufielen und ich sie ihren Träumen überließ.

Ich wünschte, ich könnte dies auch von mir sagen.

Amy wartete im Gang auf mich. Sie hielt eine Kerze in der Hand, da das Haus bereits in Dunkelheit versunken war. Ihre Haare fielen offen über ihre Schultern, statt unter einer Haube geordnet und verborgen zu sein. Das blaue Kleid, das sie trug, sah in dem spärlichen Licht schwarz aus, ihr Gesicht dagegen sehr hell, genau wie die Ärmel aus Spitze. Es war ein seltsam intimer Anblick; offene Haare waren etwas, was ich nur mit Margery in der Zweisamkeit unseres Bettes in Verbindung brachte und sehr, sehr selten, mit einigen Frauen in Frankreich.

»Vetter Tom«, sagte sie, »ich war in Sorge um dich, als du heute nicht in den Garten kamst.«

Seit ihrer Ankunft hatte ich beinahe jeden Abend mit ihr einen kleinen Spaziergang durch unseren Garten unternommen. Es war ursprünglich ihr Einfall gewesen, »um frische Luft zu schöpfen«, wie sie sagte, und um über Neuigkeiten aus London zu sprechen. Sie hatte nie um Margerys Anwesenheit bei diesen Spaziergängen gebeten; aber da sie den größten Teil des Tages mit meiner Gemahlin verbrachte, hatten weder Margery noch ich das als Zurücksetzung empfunden. Manchmal folgte uns Pirto, doch nicht an diesem Abend.

»Entschuldigt, my lady.«

»Dafür gibt es keinen Grund. Du bist ein guter Vater«, fuhr Amy fort. »Das überrascht mich nicht. Robin hat mir erzählt, dass du immer Zeit für ihn hattest, wenn du deine Base besuchtest, und jungen Männern sind Kinder sonst lästig. So ging es zumindest meinem Bruder John immer.«

Der Umstand, dass mir die Erwähnung ihres Gemahls in diesem Moment unangenehm war, hätte mich warnen müssen. Ich hätte auch nach ihrer Zofe fragen können oder bemerken, dass inzwischen die Sonne untergegangen und es damit zu spät für einen Gang durch den Garten war, von ihrem offenen Haar ganz zu schweigen. *Morgen,* hätte ich sagen sollen. *Verschieben wir es auf morgen.*

»Lasst mich die Kerze nehmen«, sagte ich stattdessen und bot ihr meinen Arm.

Eine Spur letzter Röte war noch am Himmel zu erkennen, doch es war dunkel genug, um mein kleines Anwesen größer erscheinen zu lassen, als es war, und jeden Strauch zu einem Baum zu machen, der in der Nacht versank. Amy sprach von Norfolk und dass sie es nicht vermisste. Sie fragte mich, was ein Parlamentsabgeordneter eigentlich zu tun habe, wenn kein Parlament tagte. Kurzum, es war eine völlig harmlose Unterhaltung, bis sie abrupt stehen blieb.

»Oh, wie dumm«, sagte sie. »Ich hätte die Kette längst richten lassen sollen.«

»Was ist denn geschehen?«

»Mein Anhänger ...« Ich musste nicht fragen, welches Schmuckstück sie meinte. Das juwelenbesetzte R, das immer zwischen ihren Brüsten tanzte und die Blicke der meisten Männer magisch anzog. »Die Kette ist gerissen, und nun ist er zu Boden gefallen. Kannst du mir beim Suchen helfen?«

Es ist dunkel, hätte ich sagen sollen. *Selbst mit einer Kerze ist es dunkel. Lasst uns entweder nach einem Knecht mit einer Fackel rufen oder morgen früh wieder hierherkommen.* Stattdessen spürte ich ihre warme Hand auf der meinen und roch den Duft ihrer Haut.

»Seid Ihr sicher, dass der Anhänger zu Boden gefallen ist?«, fragte ich stattdessen. Meine Stimme klang belegt.

»Nein«, murmelte sie. »Vielleicht steckt er noch irgendwo in meinem Mieder. Aber wie ich schon sagte ... ich brauche Hilfe beim Suchen. Wirst du mir helfen, Tom?«

Ich sagte gar nichts mehr. Aber ich nickte. Ihre Wange berührte die meine.

Und dann spürte ich ihren Mund.

»Wisst Ihr, wovon Pirto spricht, Master Blount?«, riss Frobisher mich aus meinen Gedanken.

Ich habe Amy keine verfänglichen Briefe geschrieben. Ich wäre nie so töricht gewesen, dergleichen zu tun, selbst dann nicht, wenn nicht alles zwischen uns vorbei gewesen wäre, als ich sie nach Cumnor Place brachte. Daher hatte ich alle möglichen verfänglichen Dokumente unter den verschwundenen Briefen gewähnt, Briefe Robins oder Cecils, vielleicht sogar Briefe der Königin, nur nicht etwas, das mit mir zu tun hatte.

Er lügt, dachte ich und starrte Frobisher an, *er fischt im Trüben und versucht, wichtig zu klingen, weil er in Wirklichkeit nichts zu bieten hat.* Gleichzeitig sagte etwas in mir: *Das ist die Strafe des Herrn. Und dafür bist du nie zu alt.*

»Nun, es scheint mir, um Pirtos Lesekünste ist es nicht so weit bestellt, wie sie dich glauben ließ. Ich habe keine Korrespondenz mit my lady Dudley unterhalten«, sagte ich kalt und trat einen Schritt von Frobisher zurück. »Meine Gemahlin schrieb ihr ein paarmal. Frauengeschichten, nehme ich an; ich habe mich nie darum gekümmert.«

Frobisher betrachtete mich stumm, und ich musste daran denken, wie er behauptet hatte, ich sei ein schlechter Lügner. Seinem Blick nach zu urteilen, wollte er das gerade wiederholen. Dabei hatte ich die Wahrheit gesprochen; es gab keine Briefe von mir an Amy. Doch es gab mehr als eine Art zu lügen, und vielleicht konnte er tatsächlich so gut zwischen Wahrheiten unterscheiden, wie er behauptete.

»Wie hast du herausgefunden, dass sie lesen kann?«, fragte ich schließlich.

»Wenn man ein Pamphlet aus London mit Klatsch über den Hof herumliegen lässt«, entgegnete er, »dann liegt es nahe, dass die Person, die es mit sich nimmt, lesen kann.«

»Und du hattest ganz zufällig ein Pamphlet aus London dabei?«

»Master Blount«, sagte Frobisher würdevoll, »ich bin in meinem Gewerbe so gut gerüstet wie nur irgendein Handwerker in seinem. Ich habe immer *mehrere* Pamphlete bei mir. Wenn man die Leute unterhält und Teufel und Engel spielt, dann ist es gut, wenn dabei etwas gesagt wird, über das sich die Menschen gerade unterhalten. Wen kümmert es, wenn ein Teufel über irgendwelche gottverfluchten Lords während der Rosenkriege herzieht? Aber wenn er davon spricht, die Damen und Herren zu holen, die jetzt gerade bei jedermann verhasst sind, dann gibt es immer Applaus!«

»Hmmm ... Pirto ist also auf deine kleine List hereingefallen«, brummte ich. »Aber wieso hat sie dir dann sofort eine Lügengeschichte über angebliche Briefe erzählt?«

»Nun«, entgegnete Frobisher, »als ich sie das Pamphlet in ihrem Ärmel verschwinden lassen sah, kam mir in den Sinn, dass sie dort noch andere Papiere verborgen haben konnte, und ich machte ihr ein wenig den Hof, um das zu überprüfen. Alles im Dienst Eurer Sache, Master Blount.«

Ich war wider Willen beeindruckt. In seinem Alter hatte ich wesentlich länger gebraucht, um ein Mädchen zu bewegen, mir solche ... Überprüfungsmöglichkeiten zu gestatten. »Und dabei fandest du ...«, hakte ich nach.

»Gar nichts.« Frobisher seufzte. »Stattdessen schlug Pirto mir meine Hände weg und sagte, ich solle Master Blount ausrichten, die Zeilen, die my lady an ihn gerichtet habe, seien sicher aufgehoben, und vielleicht wolle sie doch nicht Zofe bei einer von Lord Roberts Schwestern werden, sondern ein neues Leben mit einer schönen Mitgift und einem braven Mann beginnen.« Er hielt einen Moment inne, dann fuhr er fort: »Doch von Euch dürfte sie eine solche Mitgift nicht erhalten, nicht wahr? Da my lady nicht die Angewohnheit hatte, Euch zu schreiben.«

»So ist es«, sagte ich steinern. Was konnte Amy mir geschrieben haben? Und wieso war dieser Brief nicht abgeschickt worden? Vielleicht war er das Letzte, das sie geschrieben hatte. Ein Hilferuf – oder eine Beschuldigung?

Vielleicht gab es auch keinen Brief. Alles war möglich.

Ich dachte an Amy und ihren einsamen Tod, von dem ich immer noch nicht wusste, ob er ihr Werk gewesen war oder das anderer Menschen. Ich dachte an mich selbst und an das, was geschehen würde, wenn Pirto einen an mich gerichteten Brief den Geschworenen übergab. Und ich wünschte, ich wäre ein besserer Mensch, in dem nicht der zweite Gedanke immer stärker werden würde.

Wenn ich der Bürgermeister von Abingdon wäre, der den Vorsitz bei der Untersuchung führte, und mir würde ein Brief zugespielt, aus dem hervorging, dass ein Mann unlautere Beziehungen zu der jüngst unter merkwürdigen Umständen verstorbenen Gemahlin seines Patrons unterhalten hatte, dann wäre dieser Mann für mich ohne Zweifel einer der Hauptverdächtigen. Mehr noch: Robert Dudley zu verdächtigen mochte zwar noch näher liegen, war aber heikel, solange man nicht wusste, ob die Königin ihn fallenlassen oder als mächtigen Mann bei Hofe halten würde. Die Königin selbst zu beschuldigen, das hatte unter vergangenen Monarchen Hände und Zungen, wenn nicht das Leben gekostet und war etwas, was mehr Tollkühnheit verlangte, als die meisten Amtsträger sie besaßen. Davon, dass Sir William Cecil ein Verdächtiger sein konnte, wusste in Abingdon niemand, und ich war mir selbst alles andere als sicher, weil nur sein Verhalten am gestrigen Abend in Kew, der Abstecher seines Schreibers nach Oxford und das Wort eines lügnerischen Spaniers dafür sprachen. Und schließlich: Wenn Amy Hand an sich selbst gelegt hatte, dann würde das ihre Familie nicht hören wollen, das hatte John Appleyard lautstark klargemacht.

Aber einen Tom Blount des Mordes zu beschuldigen, das war etwas ganz anderes. Zumal dieser Tom Blount offenbar etwas zu verbergen hatte. Tom Blount war ein Vertrauter, der

Lady Dudley gebeten haben konnte, das gesamte Gesinde fortzuschicken, und auch jemand, der in der Lage war, sich für einen Tag vom Hof zu entfernen, ohne dass es jedermann sofort auffiel. Tom Blount war zwar nicht ohne Macht und Einfluss, aber beides hing ausschließlich von seinem Status als Robert Dudleys rechte Hand ab, der sich doch gewiss ändern würde, wenn der gehörnte Ehemann erfuhr, was da hinter seinem Rücken geschehen war. Damit hatte Tom Blount ein Motiv. So würde ich denken, wenn ich einer der Männer in Abingdon wäre, die damit betraut waren, ein Urteil über Amys Tod zu sprechen.

Und noch dazu ...

Nein, daran durfte ich nicht einmal denken.

Aber der Gedanke ließ sich nicht so weit von mir schieben, wie ich es in diesem Moment gerne tun würde. *Ohne Ansehen der Person,* hatte Robin zu mir gesagt. Was würde passieren, wenn er erfuhr, was geschehen war? Bestand die Möglichkeit, dass er froh sein würde, das Unglück und den Tod seiner Frau einem anderen zur Last legen zu können, um seine eigenen Schuldgefühle ihr gegenüber zu lindern?

Der ehrliche Ned war diesmal weit weniger gastfreundlich, als Frobisher und ich tief in der Nacht vor seiner Tür standen, und wollte mir weismachen, alle Zimmer seines Gasthofes wären belegt. Dabei hatte ich noch kein Wort darüber gesagt, dass er mich mit seinen Halbwahrheiten über Barbara Cross und Oxford an der Nase herumgeführt hatte; dafür würde es später noch Zeit und Gelegenheit genug geben. Mir lagen schwerere Dinge im Magen, und es war spät.

Am Ende landete ich im Zimmer eines anderen Gastes, der schlaftrunken seine Einwilligung gab, nachdem ihm geschworen wurde, dass ich ein Mann von Ansehen und Vertreter meiner Gegend im Parlament war. Bis auf einen kurzen Dank meinerseits wechselten wir keine Worte, bevor er sich wieder auf seinem Lager zusammenrollte und alsbald zu schnarchen begann.

Frobisher würde die Nacht auf einer Bank in der Schenke verbringen. Ich war zu erschöpft, um mich zu fragen, ob er sich deswegen zu meiner Klette gemacht hatte, weil ihm früher als mir bewusst geworden war, dass ich selbst des Mordes verdächtig sein konnte und ein ungefährlicheres Erpressungsopfer abgab als ein Günstling der Königin. Nun, Sicherheit darüber würde ich erst haben, wenn er irgendwelche Forderungen stellte.

Ich bin zu alt für all das, dachte ich, wie schon zu oft in dieser Misere der letzten Tage. In meiner Jugend hätte ich nicht gezögert, zu handeln: Ich wäre die Nacht durchgeritten, hätte mir Pirto geschnappt und die Briefe, so es sie gab, notfalls aus ihr herausgeprügelt.

Mir wäre gar nicht erst in den Sinn gekommen, dass ich für meinen Vetter ein Bauernopfer abgeben könnte; der Glauben an unsere unbedingte gegenseitige Treue hätte mich den Schlaf der Gerechten schlafen lassen, ohne mich ständig daran zu erinnern, dass meine eigene Treue nicht unbedingt gewesen war, nicht Robin und nicht Margery gegenüber. Ich hätte auch keine Überlegungen hinsichtlich eines eigenen Bauernopfers angestellt und mich nie gefragt, ob ich aus Frobisher und Pirto Verdächtige machen konnte. Eine Zofe, die ihre Herrin bestahl, dabei ertappt wurde und in ihrem Schrecken – oder auch später mit kühler Berechnung – Amy einen Stoß versetzte. Ich hatte schon unglaubwürdigere Geschichten gehört. Den Umstand, dass Pirto gleichzeitig mit dem Rest des Gesindes zum Jahrmarkt gegangen war, ließ sich durchaus als Lüge ihrer Mitbediensteten zu ihren Gunsten erklären. Oder ich brachte ihren Galan ins Spiel, den sie herbeirief, um ihr zu helfen. Der sich ins Haus schlich, als niemand dort war. Der vielleicht sogar dabei gesehen worden war … und wen könnte man eher für den Teufel halten als einen Gaukler, der mir gegenüber selbst zugegeben hatte, diese Rolle regelmäßig zu spielen?

Es wäre so leicht, dachte ich. Und wusste doch, dass es dies für mich nicht sein würde.

Das Schnarchen des Fremden, mit dem ich das Zimmer teilte, war angenehmer zu hören als meine eigenen Gedanken, die nicht zur Ruhe kommen wollten, aber es war auch laut genug, um nur bei einem Vollrausch ignoriert werden zu können. Also schlief ich in dieser Nacht nicht. Stattdessen versuchte ich, an andere Wege zu denken, an Möglichkeiten, die es mir erlauben würden, Achtung vor mir selbst zu bewahren. *Es gilt noch immer die Wahrheit über Amys Tod herauszufinden,* sagte ich mir. *Denk weniger daran, was der Brief für dich bedeutet, und mehr daran, was es für sie bedeuten könnte. Lass nicht zu, dass dich die Furcht um dein eigenes Leben zu einem Mörder macht.* Denn darauf liefen meine düsteren Gedanken hinaus: Frobisher und Pirto würden hängen, da sie nicht das Recht hatten, den Tod durch die Axt zu finden. Ich war nicht bereit, diesen Preis zu zahlen.

Oder?

Ich dachte an meine Söhne und Margery und stellte mir vor, was mit ihnen geschähe, wenn mir Amys Tod in die Schuhe geschoben wurde. *»So viel Freude«,* sagte Margery oft tadelnd zu mir, *»wird im Leben nicht gefunden, weil die Menschen dafür nur nach oben schauen und das, was zu ihren Füßen liegt, nicht beachten.«* Nun, ich hatte geplant, mehr Zeit für meine Kinder und ihre Mutter zu haben, wenn ich erst in Wohlstand, Amt und Ehren meine Laufbahn beschlossen hatte. Stattdessen würden Edward und Christopher mit der Schmach leben, die Söhne eines bekannten Ehebrechers und hingerichteten Mörders zu sein. Ich hatte immer gehofft, dass sie einmal einen Adelstitel tragen und eine Stellung einnehmen würden, die der von Robin gleichkam; so, wie es nun aussah, würden sie von Glück sagen können, wenn sie in

Worcestershire eine Schweineherde ihr Eigen nennen durften. All die Zeit, die wir glücklich miteinander hätten verbringen können, würden wir nun nie mehr haben, wenn sich meine Befürchtungen erfüllten.

Die Gebete, die mir in den frühen Morgenstunden von den Lippen glitten, stammten aus jeder Zeit meines Lebens, sogar aus meiner Kindheit, und so waren auch einige in Latein dabei. Ich wünschte, ich wäre ein überzeugterer Protestant oder ein Katholik, dann wäre ich meiner Sache vielleicht gewiss gewesen, doch ich hatte mich nie dazu berufen gefühlt, für die eine oder andere Seite zu brennen. Gott vergebe mir.

Als wir uns in den frühen Morgenstunden ächzend erhoben, stellte sich heraus, dass ich den Raum mit einem Gelehrten aus Oxford teilte. »Herbert Maudlin«, stellte er sich vor, und ich dankte ihm ein weiteres Mal für seine Gastfreundschaft.

»Ihr habt ein Vertrauen in Gott und die Welt, um das ich Euch beneide«, sagte ich. »Ich hätte, trotz all meiner ehrenhaften Worte, auch ein Straßenräuber sein können.«

Er schüttelte lächelnd den Kopf. »So viel Vertrauen habe ich nicht. Ich habe Euren Namen erkannt, Master Blount. Schließlich bin ich Euretwegen hier.«

Ich versuchte, nicht zusammenzuzucken, und hoffte, dass mich solche Sätze nicht auf Dauer zwischen Fieber und Schüttelfrost hin und her jagen würden.

»Mein Freund Edmund Campion hat mir von dem armen Teufel Felton erzählt, der hier des Mordes an einem Knecht bezichtigt wird«, fuhr Maudlin fort. »Außerdem habt Ihr ihn beeindruckt mit Eurer Art, an Schwierigkeiten heranzugehen. Er hat mir Eure Sentenz zitiert, und ich dachte, warum das nicht gleich bei diesem Fall ausprobieren?«

Erst da erinnerte ich mich, was der junge Mann, dem ich in Oxford begegnet war, versprochen hatte. Offenbar waren es nicht nur leicht dahingesagte Worte gewesen, und sie beschämten mich. Edmund Campion, der Felton noch nicht einmal zu Gesicht bekommen und die Geschichte nur aus zweiter Hand von mir gehört hatte, dauerte ein unbekannter Tagelöhner genug, um einen Rechtsgelehrten für ihn zu finden, der ihn verteidigte – während mir die Furcht um meinen eigenen Hals Überlegungen eingab, die einem Straßenräuber besser anstünden.

»Habt Ihr Felton schon gesprochen?«

Maudlin schüttelte den Kopf. »Nein. Ich bin erst am gestrigen Abend hier eingetroffen. Wollt Ihr mich begleiten?«

Das hatte ich eigentlich nicht vorgehabt, doch ich sagte mir, dass der Tod von Harkness immer noch einer Klärung bedurfte, ob er nun mit Amys Tod zusammenhing oder nicht. Außerdem schob es noch eine Weile den Moment hinaus, in dem ich herausfand, aus welchem Holz ich gemacht war, wenn ich Pirto gegenübertrat. Etwas jedoch musste ich vorher noch erfahren: Was das zweite Geheimnis war, das Frobisher herausgefunden haben wollte – Anthony Forsters sonntäglicher Aufenthalt.

Als ich in die Wirtsstube trat, sagte mir der ehrliche Ned mit einem schiefen Grinsen, mein Diener habe sich schon vor etwa zwei Stunden auf den Weg nach Cumnor gemacht, um ihnen dort meine Ankunft anzukündigen und ein Bad für mich bereiten zu lassen.

»Als ob Ihr eins braucht, Sir«, tönte er unangenehm vertraulich. »Das sind französische Sitten, wenn Ihr mich fragt, und spanische. Sagt selbst, als wir noch jung waren, hat es gelangt, dreimal im Leben zu baden – bei der Taufe, vor der Hochzeit, für das Totenbett. Was braucht der Mensch mehr?«

Ich hielt ihn für wenigstens fünf, wenn nicht zehn Jahre älter als mich, und natürlich hatte er unrecht; in meiner Kindheit hatte ich nie einen Franzosen zu Gesicht bekommen, aber alle zehn Tage gebadet. Im Übrigen bezweifelte ich sehr, dass

Frobisher nach Cumnor vorausgeeilt war, nur um ein Bad für mich vorzubereiten; da lag es näher, zu vermuten, er wolle sich mit Pirto besprechen, ehe ich eintraf.

Sich mit Herbert Maudlin in christlicher Nächstenliebe zu üben konnte warten. Es mochte unwürdig sein, sich Gedanken über Sündenböcke zu machen, aber Gefahren zu ignorieren war dumm. Also sagte ich Maudlin, ich müsse erst dringende Geschäfte in Cumnor erledigen, doch würde ich versuchen, später am Tag nach Felton zu sehen, mit dem ich ohnehin noch einmal reden wollte.

Ich brach ohne Frühstück von Abingdon auf. Der morgendliche Nebel war sehr dicht; es sah so aus, als ob er sich erst spät heben würde. Es war die Art von Nebel, die in sorgenlosen Zeiten zur Jagd einlädt, weil man nahe an das Wild herankommt, um es dann mit den ersten Sonnenstrahlen erlegen zu können. Auf meinem Gaul sitzend, wünschte ich mir, ich würde einem Eber oder Hirsch hinterherjagen und nicht dem Brief einer Toten an mich. Manchmal trug die Morgenluft Geräusche zu mir, von krähenden Hähnen über Amseln bis hin zum Muhen von Kühen, und hin und wieder bildete ich mir sogar ein, Hufschlag vor mir zu hören, doch ich holte niemanden ein, weder Frobisher noch einen anderen.

Morgen würde es bereits eine Woche her sein, dass Amy gestorben war. Ich fragte mich, ob ihr letzter Sonntagmorgen auch so still gewesen war, dass man jedes Geräusch hören konnte. Nicht, als die gesamte Dienerschaft zum Jahrmarkt zog, das verstand sich von selbst, aber später, als sie mit Mrs. Owens alleine im Haus war. Ob sie darauf gelauscht hatte, dass jemand kam, oder darauf hoffte, dass sic ungestört blieb, während ihre Feder auf dem Papier kratzte, das nun im Besitz ihrer Zofe sein sollte?

Meine schlimmsten Befürchtungen schienen sich zu bestätigen, als mich niemand in Cumnor erwartete und der junge

Latimer sehr überrascht tat, mich in den Hof reiten zu sehen. *Frobisher ist gleich weiter zu Pirto gegangen,* sagte ich mir und befahl ihm, sich um das Pferd zu kümmern. »Ich werde es heute Abend mit einer Nachricht an my lord Dudley nach Kew schicken«, fügte ich hinzu, »also sieh zu, dass ein Bote bereitsteht. Und damit meine ich nicht Frobisher.«

Latimer runzelte die Stirn. »Frobisher ist doch nach London gezogen, auf Euer Geheiß, Master Blount«, sagte er. »Ist er nicht mehr dort?«

Ich verzichtete darauf, klarzustellen, dass Frobishers Ausflug nach London nichts mit meinen Befehlen zu tun hatte. »Nein«, sagte ich kurz angebunden. »Er ist mir vorausgeritten – soll das heißen, dass er noch nicht hier ist?«

»Ihr seid der Erste, der heute Morgen hier eintrifft«, gab Latimer zurück. »Seht selbst.« Er wies auf die anderen Tiere im Stall, die in der Tat alle ausgeruht wirkten; keines von ihnen hatte draußen gestanden oder war gerade erst abgesattelt worden, selbst die zwei Maultiere nicht. Das schmeckte mir ganz und gar nicht.

»Ist Pirto hier?«, fragte ich.

»Selbstverständlich, Sir«, entgegnete Latimer verwundert. »Wo sollte sie sonst sein?«

»Ich möchte, dass sie mir etwas zu essen bringt«, sagte ich und hoffte, dass dieser Wunsch nicht nach einer Aufforderung zum Verhör klang. Das Letzte, was ich gebrauchen konnte, war, dass Latimer Pirto riet, sie solle lieber fortrennen. Wobei – eigentlich bestand diese Gefahr nicht. Wenn sie sich noch im Haus befand, dann würde sie höchst erfreut sein, mir ihre Forderungen so schnell wie möglich mitteilen zu können. »Mir knurrt der Magen.«

»Gewiss. Wollt Ihr in der Küche essen, Herr? Master Appleyard hat jetzt my ladys Zimmer, wie Ihr wisst, und ich glaube, er schläft noch. Wir hätten Euch natürlich längst einen eigenen Raum bereitet, aber Master Forster hat gesagt, wir sollten damit warten, bis Ihr wieder zurück seid, damit Ihr selbst wählen könnt.«

John Appleyard. Ich würde ihm noch beibringen müssen, dass Robin nicht die Absicht hatte, ihn zu Amys Alleinerben zu machen. Außerdem musste ich in Erfahrung bringen, ob die Geschworenen inzwischen schon mit allen Bediensteten hier gesprochen und was sie herausgefunden hatten, und ob sie heute noch einmal zurückkehren würden. Aber all das konnte warten, bis ich mit Pirto gesprochen hatte, denn bis ich sie zu Gesicht bekam, konnte ich nicht umhin, mir vorzustellen, wie sie und Frobisher mitsamt Amys Brief auf dem Weg nach London waren. Schließlich hatte ich keine Ahnung, wann Frobisher Abingdon wirklich verlassen hatte, denn den Auskünften des ehrlichen Ned konnte man nur bedingt trauen; er mochte mir um Stunden voraus gewesen sein.

»Ich werde im Speisezimmer auf sie warten, Latimer«, sagte ich, denn ich wollte möglichst wenige Zeugen haben. Für gewöhnlich nahm niemand sein Frühstück im Speisezimmer ein, ganz im Gegensatz zum Abendessen; keiner würde uns jetzt dort stören. Wenn Latimer mir allerdings gleich mitteilte, dass Pirto ebenso wenig auffindbar war wie Frobisher, dann würde mir nichts anderes übrigbleiben, als beide suchen zu lassen. Wenn ich beide suchen ließ, dann würde ich einen Grund dafür angeben müssen. Und damit machte ich sie zu Verdächtigen, ob ich nun wollte oder nicht.

Das Speisezimmer war seit dem gestrigen Abend gut aufgeräumt worden; die Holzvertäfelung der Wände war poliert, die Schemel waren noch ordentlich unter den Tisch geschoben, und der Lehnstuhl am Kopfende stand so gerade, dass Forster gewiss heute noch nicht seinen Hintern darauf plaziert hatte. Ich zog einen der Schemel hervor und ließ mich schwer auf ihn fallen.

Ich dachte an Amy, die mich einmal einen guten Mann genannt hatte, und an meine Kinder und versuchte, zwischen einer Lüge abzuwägen, die Frobisher und Pirto an den Galgen bringen würde, und der Aussicht auf meinen eigenen Untergang. Im Grunde wusste ich, was ich wählen würde. Die Erkenntnis schmeckte bitter in meinem Mund. Ein Grund mehr, um tatsächlich etwas zu essen, obwohl ich kaum Hunger hatte.

Als Claire Latimer das Speisezimmer betrat, beladen mit Brot und Äpfeln, entschlüpfte mir ein Seufzer. »Pirto ist nicht auffindbar, wie?«, fragte ich.

»Doch, Sir«, gab Claire Latimer verblüfft zurück. »Sie hilft nur Mrs. Odingsells gerade beim Ankleiden, deswegen hat mein Bruder mich gebeten, Euch zu bedienen.«

Ich wusste nicht, ob ich über diese Auskunft erleichtert sein sollte oder nicht. »Hat Mrs. Odingsells nicht ein eigenes Mädchen?«

»Milly hat heute einen freien Tag, Sir, weil ihr Vater gestorben ist.«

Ich nickte, schnappte mir einen der Äpfel und fragte, wo sich Mrs. Odingsells' Zimmer befand. »Lass das Brot für mich stehen.« Den Apfel aß ich auf dem Weg. Sein frischer, fast zu saurer Geschmack wirkte wie ein leichter Schlag ins Gesicht, den ich mir verdient hatte. Warum ging ich eigentlich vom Schlimmsten aus? Pirto war nicht mit Frobisher über alle Berge. Es mochte sogar sehr wohl sein, dass sie mit ihrer Bemerkung einfach nur ihr Glück erproben wollte. Sie wusste, dass wir nach weiteren Briefen Amys suchten, und sie war offenbar nicht so harmlos, wie ich zuerst angenommen hatte. Da war es doch möglich, dass sie nur vorgab, im Besitz eines solchen zu sein. Sie war schließlich mit Amy in Kidderminster gewesen und konnte das ein oder andere beobachtet haben, das sie zu dem Schluss kommen ließ, ich sei ein möglicher Empfänger für ein kompromittierendes Schreiben. Oder, noch besser: Frobisher, mein unternehmungslustiger Frobisher, hatte das Ganze erfunden, um sich mir gegenüber als gewitzter Ermittler und vertrauenswürdiger Mann darzustellen … nein, das wohl kaum. Ich mochte nicht sicher sein, was ich von ihm zu halten hatte, aber dumm war er nicht, und eine solche Lüge hätte sich zu schnell aufgeklärt. Auf jeden Fall aber galt es nun, nicht wie eine arme Seele kurz vor dem Jüngsten Gericht aufzutreten, sondern als Mann mit ruhigem Gewissen, dem nichts etwas anhaben konnte.

Ich hätte schon früher etwas essen sollen.

Mein Klopfen blieb unbeantwortet, also hämmerte ich noch einmal heftiger gegen die Tür und rief: »Mistress, seid ihr da?«

Edith Odingsells' Stimme, die seit unserer Kindheit nicht angenehmer geworden war, schallte zurück: »Seit Ihr das, Tom Blount? Ich dachte, Eure Gegenwart würde uns weiterhin erspart bleiben. Kommt in einer Stunde wieder. Ich bin nicht bereit, Euer hässliches Gesicht zu ertragen, noch ehe ich gefrühstückt habe.«

Bei der Vorstellung, unsere Eltern hätten uns tatsächlich miteinander verheiratet, schauderte es mich erneut.

»Ihr müsst mein Gesicht überhaupt nicht ertragen. Ich will mit Pirto sprechen. Schickt sie heraus, und Ihr seid mich los.«

Durch die Eichenholztür konnte man gesprochene Worte nur verstehen, wenn jemand seine Stimme hob, wie wir es gerade getan hatten, aber nicht, wenn getuschelt wurde, und gerade jetzt passierte das.

»Pirto will nur in meiner Gegenwart mit Euch reden«, rief Edith Odingsells schließlich. »Was habt Ihr dem armen Mädchen nur getan?«

Genug war genug. Ich öffnete die Tür. Mrs. Odingsells war bereits vollständig in ihrem üblichen Witwenschwarz angekleidet, und sie wirkte so hellwach wie eh und je. Nur ihre Haube war noch nicht ordentlich auf ihrem Haar festgesteckt, was den sich darunter hervorkringelnden, grauschwarzen Locken einen seltsam spielerischen Anstrich gab. Was Pirto betraf, so stand sie mit gesenkten Lidern und gefalteten Händen in einer Ecke und wirkte fast so andächtig, wie ich sie vor Amys aufgebahrter Leiche erlebt hatte.

Vor Edith Odingsells nach einem Brief von Amy zu fragen, war unmöglich. Nicht zu fragen mochte allerdings Pirto bestätigen, dass sie mich in der Hand hatte; ein Mann, der mit der Gemahlin seines Vetters nur freundliche Worte getauscht hatte, würde nicht zögern, sie in rechtschaffenem Zorn zu fragen, was zum Teufel sie gegenüber Frobisher andeuten hatte wollen. Ich musste einen Mittelweg finden.

»Pirto, es ist schön, dich hier zu sehen«, sagte ich mit väterlicher Freundlichkeit. »Wenn Mrs. Odingsells dich in ihre Dienste nimmt, dann ist für deine Zukunft ja gesorgt. Das ist ein Glück, denn ich glaube nicht, dass Lady Sidney oder die Gräfin Huntington eine Zofe in ihre Dienste nehmen möchten, die bald heiraten wird.«

Edith Odingsells hatte begonnen, an ihrer Haube herumzunesteln, ließ nun aber die Hände sinken und funkelte mich misstrauisch an; meine Freundlichkeit überzeugte sie offenkundig nicht im mindesten. »Über eine Einstellung haben wir noch nicht gesprochen«, wies sie mich zurecht. »Und was höre ich da über eine Ehe, Pirto? Natürlich freue ich mich für dich, wenn es so ist. Aber wenn du Heiratspläne hegst, dann solltest du wirklich jetzt um Erlaubnis bitten, wo my lord Dudley anderes zu tun hat, als sie dir zu verweigern. Und verschwende deine Zeit nicht damit, Tom Blount zu fragen. Du warst Lady Dudleys Zofe, und damit unterstehst du ihm nicht, also brauchst du auch nicht Angst vor ihm zu haben.« Sie wandte sich wieder zu mir um. »Er schüchtert einfach nur gerne Menschen ein, auch wenn er keine Gewalt über sie hat.«

Zu einem anderen Zeitpunkt hätte ich mich wohl zu einer Entgegnung hinreißen lassen, denn das gesamte Gesinde im Haushalt Robin Dudleys unterstand sehr wohl meiner Autorität, aber das Gefühl, den Kopf verlieren zu können, tut Wunder für die Selbstbeherrschung. Ich blieb bei meinen Prioritäten.

»Ja, unsere Pirto will in den heiligen Stand der Ehe eintreten, und ich freue mich für sie«, sagte ich und lächelte sie so herzlich wie möglich an. »Mir ist jedenfalls keine andere Deutung dessen möglich, was sie Frobisher erzählte, der sich demnach wohl als der glückliche Bräutigam betrachten darf. Oder hattest du etwas anderes im Sinn, Pirto? Wenn ja, kannst du es mir erklären, gleich hier und jetzt.«

Es war kein Glücksspiel, auf das ich mich gerade einließ, denn ich diesem Punkt war ich mir meiner Sache sicher. So wenig, wie ich wollte, dass Mrs. Odingsells von möglichen Briefen Amys an mich erfuhr, so wenig konnte Pirto daran gelegen sein, einfach so damit herauszurücken. In dem Moment, in dem sie eine solche Beschuldigung vor Zeugen laut aussprach, wurde diese für sie wertlos, da sie sich nicht mehr als Geheimnis verkaufen ließ. Nein, ich rechnete damit, dass sie nun einen Vorwand finden würde, mit mir allein zu sprechen, um mir ihre Forderungen zu unterbreiten.

Aber wieder überraschte mich das Frauenzimmer.

Pirto schlug die Hände vor ihr Gesicht. »Ich kann doch nicht an Ehe denken, wo my lady noch nicht einmal in ihrem Grab liegt!«, stieß sie hervor – und brach in lautes Schluchzen aus! »Ich kann an gar nichts denken als an my lady in der Kapelle! O mein Gott!«

Auf Tränen war ich nicht gefasst gewesen, doch ich hätte es sein sollen. Als verheirateter Mann wusste ich schließlich über diesen höchst ungerechten weiblichen Ausweg aus beinahe jeder Konfrontation Bescheid. Doch das half mir nun auch nicht weiter, während Pirto schluchzte, dass es einen Stein erweicht hätte, und ab und zu erstickt »meine arme Lady Amy« ausrief. Ich merkte, wie trotz meines besseren Wissens, dass Tränen die heimtückischsten aller weiblichen Waffen darstellten, all meine Schuldgefühle wieder an die Oberfläche krochen.

Edith Odingsells warf mir einen erbosten Blick zu. »Da seht Ihr, was Ihr anrichtet, Ihr grober Kerl«, zischte sie.

Meine Gemahlin Margery pflegte zu sagen, dass auf einen groben Klotz ein ebenso grober Keil gehöre, und der Gedanke an sie gab mir einen Fingerzeig, wie ich diesem Angriff begegnen konnte.

»Soll das heißen, dass my lady immer noch in der Kapelle liegt?«, fragte ich und stemmte beide Hände gegen meine Hüften. »Seit *sechs* Tagen? Lasst Ihr sie tatsächlich vor aller Augen verwesen? Was für eine Schande!«

Das half. Pirto hörte auf zu schluchzen, obwohl sie ihre Finger immer noch fest gegen ihre Wangen gedrückt hielt. Mrs. Odingsells presste die Lippen zusammen.

»Nun, Ihr seid es doch, der die Beerdigung zu …«

»Himmelherrgott noch mal!«, fluchte ich, und es war nur zum Teil gespielt. »Jedes Kind weiß doch, dass man Leichen einbettet, wenn es länger dauert mit der Beerdigung, und ich musste nun einmal damit warten, das zu veranlassen, bis die Geschworenen ihre Untersuchungen beendet hatten, und anderen Geschäften nachgehen. Aber Ihr, Mistress Odingsells, *Ihr* wart hier!«

Edith Odingsells Augen verengten sich. »Bis sie entschieden haben, ob sie überhaupt auf geweihtem Boden beerdigt werden darf, das meint Ihr doch, also redet nicht um den heißen Brei herum, Tom Blount.«

»Ich rede um gar nichts herum, Mistress. Ich habe mich allerdings darauf verlassen, dass Euer Schwager Anthony genügend Verstand hat, um my ladys Leiche nach der Untersuchung unter die Erde zu betten, bis das ordentliche Begräbnis stattfinden kann, und nun sagt Ihr mir, dass sie vor aller Augen dem Verfall ausgesetzt ist? Und keiner hier hat den Anstand besessen, das zu verhindern?«

Pirto ließ die Arme sinken. Ihre Augen waren deutlich gerötet, ihr Mund leicht geöffnet. Ich muss zugeben, dass es ein nicht unbefriedigendes Gefühl war, zur Abwechslung Schuldbewusstsein in anderen Gesichtern geschrieben zu sehen, statt es selbst mit mir herumzutragen. Selbst Mrs. Odingsells blickte unbehaglich und betroffen drein.

»Ich war seit vier Tagen nicht mehr in der Kapelle, das muss ich gestehen«, murmelte sie, »und so ungern ich es zugebe – Ihr habt recht, Blount. Wir sollten uns gleich darum kümmern. Pirto, geh zu Hal Latimer und sag ihm, er möge umgehend ein vorläufiges Grab für my lady Dudley ausheben.«

»Gewiss, Mistress Odingsells.« Pirto knickste und machte Anstalten, den Raum zu verlassen.

»Warte auf mich, Mädchen. Ab sofort wird dies alles unter meiner Aufsicht geschehen«, sagte ich, zufrieden damit, dass ich nun wieder die Zügel in der Hand hielt. »Ich traue sonst keinem mehr zu, es richtig zu machen.«

Edith Odingsells schnaubte wütend durch die Nase, doch ihr fielen offenbar keine Einwände mehr ein.

Ich zog in Erwägung, Pirto gleich auf dem Gang nach Frobisher und dem Brief zu fragen, doch entschied, die Qualen der Unsicherheit für mich arbeiten zu lassen, und legte ihr nur schweigend eine Hand auf die Schulter, während ich sie vor mir in Richtung Gesindequartiere gehen ließ. Außerdem gab mir das noch etwas mehr Zeit, mir meine Worte zurechtzulegen. Welchen Grund konnte es dafür geben, dass sie es vorzog, nicht mit mir allein zu sprechen? Meinte sie, den Preis in die Höhe treiben zu können, je länger sie mich im Ungewissen ließ?

Und wo, verdammt noch mal, war Frobisher?

KAPITEL 14

SAMSTAG, 14. SEPTEMBER 1560

Hal Latimer und Fred Hughes aufzustöbern, um ihnen mitzuteilen, dass sie ein vorläufiges Grab für Amy ausschaufeln sollten, war nicht weiter schwer. Hughes machte darauf aufmerksam, dass der Sarg, an dem er seit Montag schreinerte, zwar gerade fertig geworden, doch noch nicht genügend poliert und daher nicht bereit war, es sei denn, ich würde dafür geradestehen, dass ein unpolierter Sarg bei der richtigen Beerdigung eingesetzt würde.

»Lady Dudley wird mit allen Ehren bestattet werden«, sagte ich knapp. »In der Nacht vor ihrer endgültigen Beisetzung wirst du Zeit genug haben, den Sarg zu polieren. Und nun fort mit euch zweien. Pirto, du begleitest mich ins Speisezimmer.«

Claire Latimer hatte mein Frühstück noch nicht abgeräumt, im Gegenteil: Ich fand noch dazu einen Krug mit Most vor, aus dem ich einen tiefen Schluck nahm, während Pirto mich schweigend beobachtete. Dann setzte ich mich auf einen der Schemel, brach mir etwas von dem frischen Brot ab und kaute genüsslich, bevor ich mich an sie wandte.

»Warum hast du mich angelogen, als ich dich gefragt habe, ob du lesen kannst, Pirto?«

»Sir, Ihr habt mir Angst gemacht, und der Kummer um my lady hat mir fast den Verstand geraubt. Da wusste ich kaum, was ich sagen sollte«, murmelte sie und klang so verschüchtert, so aufrichtig bekümmert, dass ich versucht gewesen wäre, ihr zu glauben, wenn ich das alles nicht schon einmal erlebt hätte. Immerhin gab es wichtigere Dinge, die ich sie fragen musste, also beschloss ich, mich nicht an diesem einen Punkt aufzuhalten.

»Hast du in der letzten Nacht oder heute Morgen Besuch erhalten?«

»Nein, Sir«, flüsterte sie, obwohl kein Grund dazu bestand, die Stimme zu senken, wir waren schließlich allein.

»Aber gestern oder vorgestern, da hast du doch mit Frobisher gesprochen. Jedenfalls hat er mir eine Botschaft von dir ausgerichtet.«

»Ja, Sir, aber doch nur, weil ich dachte, Ihr wolltet wissen, dass ich noch ein paar Briefe von my lady gefunden habe. Wo Ihr doch danach gefragt habt. Ich habe immer weiter gesucht, Sir, und deswegen habe ich sie gefunden. Mehrere. Ich bin ein gutes Mädchen.«

»Wenn du so ein gutes Mädchen bist, Pirto, warum hast du die Briefe dann nicht seiner Gnaden, dem Bürgermeister, oder einem Geschworenen übergeben? Oder deinem Herrn?«

Sie schüttelte stumm den Kopf. Ich wollte mich schon an die nächste Frage machen, als sie, immer noch flüsternd, sagte: »Anthony Forster ist nicht mein Herr, Sir. Ich war Lady Dudleys Zofe, nicht ein Mitglied seiner Dienerschaft, und damit ist ihr Erbe mein Herr.«

»Nun«, sagte ich und tunkte mein Brot in den Most, »du weißt, dass du mich als my lords Stellvertreter hier betrachten kannst.«

»Gewiss, Master Blount.« Das Lächeln, mit dem sie mich betrachtete, war die Sanftmut selbst. »Aber ich dachte doch, dass my ladys Bruder ihr Erbe ist. Das erzählt er jedenfalls jedem hier.«

Fast hätte ich mich verschluckt. »Kreuzdonner!«, fluchte ich. »Willst du damit sagen, dass du *John Appleyard* my ladys Brief gegeben hast?«

Sie trat an den Tisch heran und schenkte noch etwas Most in den Becher ein, der vor mir stand.

»Ihr wisst doch, Sir, ich bin nur eine hilflose Frau, und da muss ich natürlich glauben, was die hohen Herrn behaupten.«

»Appleyard«, wiederholte ich dumpf. »Er hat den Brief also.«

»Nun, Sir, ich habe nicht nur *einen* Brief gefunden, sondern mehrere. Aber seid unbesorgt, ich habe Master Appleyard nur von ihnen erzählt«, sagte sie freundlich. »Mit dem Übergeben wollte ich warten. Schließlich seid Ihr ja wirklich my lords Stellvertreter … in *allen* Dingen. Und ein dummes Ding wie ich weiß doch nun wirklich nicht, wem die Briefe nun mehr zustehen.«

Ich wünschte, der Most wäre Branntwein und ich könnte mich ganz schnell betrinken. Außerdem wollte ich mir nicht eingestehen, dass ich mich von einer Zofe so ausmanövrieren ließ. Aber genau das tat sie gerade. Wenn ich jetzt noch Anschuldigungen gegenüber Pirto erhob, dann würde John Appleyard sagen, dass ich das nur wegen Amys ominöser Schreiben tat, die keiner von uns beiden bisher zu Gesicht bekommen hatte. Wenn ich mich weigerte, Pirto zu bezahlen, dann hatte sie bereits einen anderen Käufer auf Lager, und es war einer, den ich nicht einschüchtern konnte. Appleyard mochte darauf hoffen, dass die Briefe etwas gegen Robin enthielten, aber er würde sich auch mit mir zufriedengeben, denn wenn ich ein Verdächtiger wurde, dann würde der Rest der Welt ohnehin sicher sein, dass Robin mir den Auftrag erteilt hatte. Im einen wie im anderen Fall winkte ihm Amys Erbe. Das Einzige, was Appleyard zurückhalten konnte, war die Sorge um den Ruf seiner Schwester und die Furcht, dass die Königin vielleicht doch zugunsten Robins eingriff, statt ihn fallenzulassen.

Nun war ich nach all den Jahren in Robins Diensten alles andere als ein armer Mann; es wäre mir durchaus möglich, Pirto mit einer Mitgift auszustatten, die sie zufriedenstellte, ohne deswegen zu tief ins Säckel zu greifen oder gar etwas aus unserem Heim in Kidderminster veräußern zu müssen. Aber ich erkannte ein Faß ohne Boden, wenn ich eins sah. Wenn ich einmal nachgab, dann würde Pirto sich ihr Schweigen für den Rest ihres Lebens bezahlen lassen. Aus der Mitgift würde bald eine Lebensrente werden und eine Ausstattung für ihre Kinder und Enkel. Ich stellte mir Edward oder Christopher vor, wie sie als Männer nach meinem Ableben durch meine Abrechnungen gingen und feststellten, dass ihr Vater Schweigegeld bezahlt hatte. Sosehr mich diese Vorstellung quälte, so war sie doch immer noch besser als die davon, wie Edward und Christopher als die Söhne eines hingerichteten Mörders aufwuchsen, wenn Pirto den Geschworenen Beweise für meinen Fehltritt mit Amy vorlegte.

Verflucht noch einmal. Das alles wären nur wilde Phantasien, wenn Robin sich nach dem Tod von Königin Mary mit seinem erneuerten Glück beschieden und das Dasein eines Landedelmannes in Norfolk gepflegt hätte, an Amys Seite. Niemals wäre es zu jenen unklugen Zärtlichkeiten zwischen ihr und mir gekommen, denn ich wusste sehr wohl, dass Amy nicht von unkontrollierbarem Verlangen nach mir getrieben worden war, sondern von Einsamkeit und vielleicht auch dem Wunsch, ihrem Gatten seine landesweit bekannte Untreue heimzuzahlen.

Doch noch während ich in Gedanken mit Robin haderte, meldete sich eine innere Stimme, die wie meine Gemahlin Margery klang und mich daran erinnerte, dass ich Robins Ehrgeiz begrüßt und ermutigt hatte; dass mich niemand daran gehindert hätte, in Kidderminster zu bleiben und die Dudleys sich selbst zu überlassen. Der verstörendste Gedanke indessen war dieser: Wenn Robin mir die Wahrheit gesagt hatte und er schon nach seiner Rückkehr aus dem Tower wusste, dass er seine Frau nicht mehr liebte, hatte es für Amy nie die Möglichkeit gegeben, ein glückliches Leben mit ihm zu führen. Ich erinnerte mich daran, wie sie mir zugeflüstert hatte, mehr als einmal: *»Ich will doch nur das, was mir zusteht.«* Doch was stand ihr zu? Ein Leben an der Seite des Mannes, der versprochen hatte, sie zu achten und zu ehren, gewiss. Auch Kinder, wenn der Allmächtige sie ihr beschied. Doch Amy, die Amy, die ihren Vater angelogen und behauptet hatte, ein Kind zu erwarten, um Robin heiraten zu dürfen, die Amy, die ich gekannt hatte, wäre damit allein nicht zufrieden gewesen, wenn ihr Gemahl sie nicht mehr liebte. Nein, das wäre sie nicht.

Ich unterdrückte den Impuls, mich zu bekreuzigen. War Amy an einem Kampf zerbrochen, den sie schon verloren hatte, bevor sie überhaupt von ihm wusste?

»Niemand heiratet, um geliebt zu werden«, hatte meine Base Jane einmal zu mir gesagt. *»Wir Frauen heiraten aus Gehorsam unseren Eltern gegenüber, und ihr Männer, um eure Familien fortzusetzen und nicht länger zu sündigen. Ich darf sagen, dass John und mich nun Liebe verbindet, und ich bin glücklich, seine Gemahlin zu sein, doch als ich ein junges Ding war, da hätte ich ihn wohl nicht gewählt. Aber die jungen Leute heute, die scheinen mir Liebe nicht als etwas zu sehen, was sie erhoffen, sondern als etwas, was ihr Recht ist, gleich hier und jetzt. Und fehlt die Liebe, dann ist ihnen alles andere nichts mehr wert. Ich verstehe es nicht, Vetter.«*

»Noch etwas Brot, Sir?«, fragte Pirto, ganz die eilfertige Bedienstete, für die sie jeder außer mir hielt. Ich wandte den Stimmen der Vergangenheit den Rücken; sie halfen mir jetzt nicht weiter. Selbst Gewalt würde mir nicht weiterhelfen. Ob ich ohne den Hinweis auf John Appleyard aus Pirto herausgeprügelt hätte, wo sie die Briefe versteckte, würde ich nie herausfinden. Bisher hatte ich nie Hand an eine Frau gelegt, aber bisher hatte ich mich auch noch nie in einer solchen Lage befunden.

Nun gut, dachte ich. *Wenn einem nur Fetzen gegeben sind, um daraus einen Mantel zu schneidern, dann muss man eben versuchen, mit einem Flickenteppich zurechtzukommen, und nicht länger darüber lamentieren, dass er kein Pelzmantel ist.*

»Nein, danke«, entgegnete ich kühl. »Was nun my ladys Briefe betrifft, so scheint mir, dass sie dem Herrn Bürgermeister zustehen, ist er doch derjenige, welcher der gerichtlichen Untersuchung von my ladys Tod vorsitzt. Ich bin sicher, John Appleyard sieht das genauso. Lass uns also gleich losziehen, um sie ihm zu übergeben.«

Dies war nun wirklich ein Glücksspiel, und vielleicht wusste Pirto das. Aber sie kannte mich nicht, nicht wirklich, ganz gleich, was sie in Kidderminster beobachtet hatte oder nicht. Sie wusste nicht, ob ich bereit war, die Gerechtigkeit über alles zu stellen, zu riskieren, dass ich selbst als Verdächtiger dastand und meine Zukunft als Robins rechte Hand opferte, oder es mir nur wichtig war, dass sie kein Geld und keine Stellung bekommen würde, weder von mir noch von Appleyard, wenn der Brief – die Briefe – in der Hand des Bürgermeisters und der Geschworenen waren. Sie konnte auch nicht wissen, ob ich ihr jetzt oder später etwas antun würde oder nicht.

Pirto starrte mich an, und ich schaute zurück und betete zu Gott und allen Heiligen, die wir unter Edward nicht mehr hatten, unter Mary haben mussten und unter Elizabeth behalten oder aufgeben durften, dass mein Gesicht und Körper so ruhig blieben, als sei ich ganz und gar aus Marmor gehauen. Frobisher hatte behauptet, ich sei ein schlechter Lügner; das würde sich nun erweisen.

Pirtos Zungenspitze erschien zwischen den Zähnen, und sie befeuchtete sich die Lippen. Sie sagte noch immer nichts.

Wir musterten uns und warteten.

Das wäre wohl noch eine Weile so weitergegangen, wenn nicht just in diesem Moment Anthony Forster erschienen wäre. »Blount«, sagte er mit rauher Stimme, »Blount, ich muss mit dir sprechen.«

Er schien auch keine ruhigere Nacht als ich gehabt zu haben: Seine Augen waren noch verquollener als die Pirtos, obwohl ich mir nicht vorstellen konnte, dass er geweint hatte. Er trug sein Wams noch nicht, nur das Hemd, und das frisch gestärkte Weiß ließ seine Haut noch etwas bleicher aussehen, als es das Schwarz seiner Hosen tat. Forsters Bart und das Haar wirkten zerzaust, was bei einem Mann wie ihm, der sonst immer darauf achtete, nur ordentlich gekämmt in der Öffentlichkeit zu erscheinen, höchst ungewöhnlich war.

Er bemerkte Pirto und wies zur Tür. »Lass uns allein, Mädchen.«

Das war das Letzte, was ich wollte. »Später, Forster«, gab ich zurück. »In einer Stunde stehe ich zu deiner Verfügung.«

»Du bist hier unter *meinem* Dach«, sagte er grollend, »und hast noch nicht einmal die Höflichkeit besessen, mich zu begrüßen, als du hier eintrafst? Ich musste es von meinen Dienstboten hören! Du wirst *jetzt* mit mir sprechen, Blount!«

Pirto knickste, drehte sich um und huschte aus dem Zimmer. Ich hätte ihr nachrufen können, sie solle stehen bleiben, aber stattdessen reagierte ich instinktiv, stieß den Schemel zurück, auf dem ich gesessen hatte, und setzte ihr nach. Dabei kam ich nicht weit: Anthony Forster hielt mich zurück, und nicht mit einer Hand auf meinem Arm – er packte mich bei beiden Schultern und stieß mich heftig gegen die Wand, wie einfache Dorfbewohner es oft bei einem Fußballspiel taten. Nun war ich kein junger Hitzkopf mehr, aber in den letzten vierundzwanzig Stunden hatte sich in mir genügend Groll aufgestaut, um ein noch viel gewaltigeres Fass durch eine solche Handgreiflichkeit zum Überlaufen zu bringen. Dass der Groll eigentlich nicht Anthony Forster galt, spielte überhaupt keine Rolle.

Also bat ich nicht um eine Erklärung und bot auch selbst keine. Was Forster bekam, war meine Faust in seinen Magen. Er stöhnte auf und krümmte sich, und ich wollte die Gelegenheit nutzen und Pirto folgen, ehe sie ihre letzte Chance beim Schopf ergriff und John Appleyard Amys Briefe verkaufte. Was ich vergessen hatte, war, dass Anthony Forster genau wie ich selbst sein gerütteltes Maß an Erfahrungen im Kampf hatte.

Als wir eine Viertelstunde später immer noch damit beschäftigt waren, uns zu prügeln, wusste ich es besser, aber zu diesem Zeitpunkt hatte ich Pirto vergessen und war – ich schäme mich, es zu gestehen – nur froh, eine Entschuldigung zu haben, all dem Zorn, der in mir brannte, endlich nachgegeben zu haben: ohne Wortspiele, ohne Vorsicht, ohne Zurückhaltung.

Irgendwann lagen wir beide schwer atmend auf dem Fußboden. Ich meinte, mich dunkel erinnern zu können, dass Forsters Gesinde zwischendurch Anstalten gemacht hatte, ihm zu Hilfe zu kommen, und von ihm angebrüllt worden war, sich zum Teufel zu scheren und uns allein zu lassen. Ich spürte das Blut in meinem Mund und spie es auf die Binsen am Boden. Nein, ich bereute keinen der Schläge, weder die, die ich ausgeteilt hatte, noch die, die ich einstecken musste. Doch nun begann mein Verstand allmählich wieder, die Oberhand zu gewinnen. Ich begriff, dass Forster die unangenehme Tatsache, dass Amy unter seinem Dach gestorben war, nicht so zugesetzt haben konnte, dass er eine Prügelei genauso dringend brauchte wie ich. Während ich ihn nun neben mir keuchen hörte, erinnerte ich mich auch daran, dass Frobisher mit einer Erklärung von Anthony Forsters Abwesenheit am Sonntag geprahlt hatte, die er mir heute hier geben wollte.

»Forster«, begann ich.

»Ich will keine Entschuldigung«, unterbrach er mich und hustete. Ich war nicht der Einzige mit einer aufgeplatzten Lippe. »Was ich will, ist ein Versprechen, dass du die Familie Cross in Frieden lässt, alle von ihnen.«

Wenn er sich Federn ins Haar gesteckt und an Ort und Stelle in heidnische Gesänge ausgebrochen wäre, hätte er mich nicht mehr überraschen können. Nicht zuletzt deswegen, weil ich mir auf einmal blind vorkam, denn die Vermutung, die mir seine Forderung eingab, die hätte ich schon eher haben können. Schließlich hatte Mrs. Owen erwähnt, dass Barbara Cross hier gearbeitet hatte, und Agnes Cross' Selbstsicherheit, ihre Unbeliebtheit beim Gesinde sprachen dafür, dass sie Privilegien genoss, die in keinem Verhältnis zu ihrer Stellung als Dienerin einer alten Dame standen, die in Alter und Tod hineindämmerte und seit langem nicht mehr die Hausherrin war. Dazu kam die Abwesenheit seiner Gemahlin, die Anthony Forster mit ihrem Unwillen darüber erklärt hatte, durch Amys Anwesenheit zur zweiten Frau im Haushalt degradiert worden zu sein, eine Erklärung, die ich ohne weiteres akzeptiert hatte. In der Tat hatte ich versucht, alles, was ich entdeckt hatte, mit Amy zu verbinden, statt in andere Richtungen zu schauen.

»Anthony Forster«, sagte ich langsam, »ich war nie in dieser Lage, aber wenn man einer seiner Mägde ein Kind macht, dann, so scheint es mir, ist es leichter, einmal öffentlich Buße zu tun, das Mädchen mit einem guten Kerl aus dem Gesinde zu verheiraten und die Sache damit hinter sich zu bringen, als ein Verbrechen zu unterstützen und sich den Rest seiner Tage von ihrer Familie ausnehmen zu lassen.«

Er setzte sich auf. »Was für ein Verbrechen?«, fragte er, ohne meinen Verdacht zu leugnen. Hier befand ich mich auf dünnem Eis, denn es mochte sehr wohl sein, dass Edmund Campion mir in Oxford nur einen Floh ins Ohr gesetzt hatte mit seiner Vermutung, was Barbara Cross und eine Engelmacherin betraf, statt die Wahrheit erkannt zu haben. Aber mit einer Magd einen Bastard zu zeugen, war eigentlich nicht genug als Erklärung für Forsters merkwürdiges Verhalten. Die meisten Männer in dieser Lage, die wie Forster gut genug gestellt waren, um als Gentlemen zu gelten, leugneten entweder, dass es ihr Kind war, oder – wenn sie Kind und Mutter versorgt wissen wollten – taten, was ich gerade beschrieben hatte: Sie nahmen eine Kirchbuße in Kauf und fanden einen Ehemann für das Mädchen. Es sorgte für Klatsch und war der häuslichen Harmonie sicher nicht zuträglich, doch es tat ihrer Stellung in der Gesellschaft keinen Abbruch. Wenn Barbara Cross, wie Campion vermutet hatte, aber zu einer Engelmacherin gegangen war, und wenn Anthony Forster das unterstützt hatte und sich dies beweisen ließ, dann waren sie dem Gesetz unseres Landes nach beide des Mordes schuldig, und Forster hatte mehr als genug Grund, alles zu tun, um dafür zu sorgen, dass so etwas nicht ans Licht kam.

»Du brauchst nicht länger um den heißen Brei zu reden.« Weiter vorzutäuschen, dass ich bereits alles wusste, mochte ihn veranlassen, noch mehr zu verraten, doch es ließ sich nur aufrechterhalten, wenn ich nicht den Fehler machte, eine falsche Vermutung als Tatsache hinzustellen. Also hielt ich mich an ominöse Allgemeinplätze. »Mein Diener Frobisher hat mir bereits alles erzählt. Forster, was aus deiner Seele wird, kümmert mich nicht, und auf deine weltlichen Güter habe ich auch kein Auge. Mich kümmert nur, was mit my lady geschehen ist und ob deine Taten my lords Feinden Waffen gegen ihn liefern können. Also lass uns die ganze traurige Geschichte von Anfang an durchgehen, und wenn wir das getan haben, dann braucht mich keine Cross mehr irgendetwas zu kümmern.«

Anthony Forster hob eine Hand. Auf seinen Knöcheln war noch etwas von meinem Blut; er wischte es an seinem Hemd ab.

»Dein *Diener* Frobisher, wie? Nun, dann ist es ein Jammer, dass er nicht mehr hier ist, dein Frobisher, um irgendjemandem irgendetwas zu bezeugen. Ich konnte nun wahrlich nicht zulassen, dass dieser Geck in deinem Auftrag hinter mir herspioniert. Verdammt, ich habe dir gesagt, dass meine Geschäfte am Sonntag nichts mit my lady zu tun hatten und nur mich etwas angingen. Du hättest dich damit zufriedengeben sollen.«

Es war offensichtlich sein Tag, um mich zu überraschen. Ich starrte ihn an. Was zum Kuckuck meinte er mit *nicht zulassen?* Hatte er Frobisher bei dessen Eintreffen hier vielleicht Geld gegeben, damit dieser gleich weiterritt? Und was zum Kuckuck hatte Frobisher über Forster herausgefunden?

»Nur weil du mein Gastgeber bist, brauchst du meinen Dienern doch keinen Sold zu zahlen«, sagte ich beißend, um ihn meine Vermutung entweder bestätigen oder verneinen zu lassen.

»*Ha!* Keinen Penny habe ich an deinen sogenannten Diener verschwendet«, sagte er verächtlich. »Für wie dumm hältst du mich eigentlich? Er hätte das Geld eingestrichen und mit dir darüber gelacht. Nein, da du mir nun einmal diese Laus in den Pelz gesetzt hast, blieb mir keine Wahl, als zu stärkeren Mitteln zu greifen.«

Stärkere Mittel war ein Ausdruck, der mir ganz und gar nicht gefiel. Auf einmal sah ich einen Frobisher mit durchschnittener Kehle vor mir, und die Vorstellung traf mich tiefer als erwartet. Vielleicht hatte ich dem Gaukler mit meinen Verdächtigungen die ganze Zeit unrecht getan? Vielleicht hatte er stets nur das Beste gewollt; Katherine Ashley einen Gefallen tun, mir helfen, Robins Patronage für seine Mitgaukler erringen – vielleicht hatte er wirklich nie etwas anderes gewollt. Immerhin hatte er im Gegensatz zu Pirto und Agnes Cross nie auch nur eine verklausulierte Forderung im Zusammenhang mit Amys Tod an mich gestellt, nie angedeutet, er würde sein Wissen an den Meistbietenden versteigern, wenn ich ihm und seiner Truppe nicht die gewünschte Mitgliedschaft in Robins Haushalt verschaffte.

»Forster …«

Ich wusste nicht, ob ich mich empören oder ihm drohen wollte. Den ganzen letzten Tag lang hatte ich mich mit dem

Gedanken getragen, Frobisher gemeinsam mit Pirto einem üblen Schicksal auszuliefern, um mich zu schützen. Nun sah es auf einmal so aus, als ob der Tod Frobisher tatsächlich eingeholt hätte, wenn auch nicht durch mein Zutun. Und ein weiterer Gedanke ließ sich nicht unterdrücken: Dass ich mir in diesem Fall zumindest keine Sorgen mehr darüber machen musste, ob er seine Mutmaßungen über Amy und mich weitererzählte. Mir wurde speiübel.

In diesem Augenblick verstand ich, dass es nicht genügte, zu überleben.

Es genügte nicht, Stellung und Gut zurückzuerringen oder zu vermehren.

Man musste das Überleben auch wert sein.

»Mach dir keine Sorgen, Blount. Deinem Singvogel ist nicht der Hals umgedreht worden«, sagte Anthony Forster. »Er ist nur hinter Gittern, und da bleibt er, bis du hier endgültig verschwunden bist. Geh nach Kidderminster zurück, vertritt deine Gegend im Parlament oder verbring den Rest deiner Tage auf dem Land, das ist mir gleich. Aber wenn du irgendjemandem etwas über Barbara Cross erzählst, dann fischen sie deinen Frobisher am nächsten Morgen aus der Themse.«

In Frankreich, auf dem Schlachtfeld, hatte ich Männern gegenübergestanden, die bereit gewesen waren, mich zu töten. Nicht aus Hass, sondern aus dem Wissen heraus, dass es sonst sie waren, die das Zeitliche segnen mussten, und daher umso entschlossener. Genau die gleiche Gewissheit stand in Anthony Forsters Miene geschrieben. Dass er Frobisher gefangen gesetzt hatte, um mich erpressen zu können, bewies natürlich, dass er wirklich etwas Schwerwiegendes zu verbergen haben musste. Ich fragte mich, ob es helfen würde, ihn darauf aufmerksam zu machen, dass Frobishers Ableben für mich eher von Nutzen wäre. Dann dachte ich an jemanden, den man tatsächlich tot aufgefunden hatte, den Knecht Harkness, und an Felton, der dafür baumeln würde, wenn dem Scholaren aus

Oxford nicht ein Kunststück gelang. Was, wenn Harkness' Tod ebenfalls nichts mit Amy, aber umso mehr mit Forster zu tun hatte? Wenn Anthony Forster dafür verantwortlich war, dann war er nicht der Mann, der Frobisher jemals freilassen würde. Nein, sehr viel wahrscheinlicher war es, dass er einem nutzlosen Singvogel dann tatsächlich die Kehle durchschnitt.

Gaukler wurden als Vagabunden betrachtet. Sie hatten keine Rechte. Deswegen hatte Frobisher ja Robins Patronage für sich und seine Leute haben wollen. Als Mitglieder eines Haushalts waren sie sicher. Diener schuldeten ihrem Herrn Treue, aber ihr Herr schuldete ihnen seinen Schutz.

Eine Woche als mein Diener, das war unsere Vereinbarung gewesen. Und Frobisher, ganz gleich, wie oft er mich belogen hatte, hatte sie gehalten.

»Du glaubst also, dass mir sein Leben mehr wert ist als die Aussicht darauf, dich dafür dem Henker zu übergeben?«, fragte ich langsam, um Zeit zu gewinnen. Ich fragte mich, ob Forster für mich selbst ebenfalls Pläne hatte. Er musste wissen, dass ich Robin sein Verhalten nicht verschweigen würde. Wenn sowohl Robin als auch ich selbst mich in ihm getäuscht hatten und er bereits einen neuen Patron gefunden hatte, spielte das natürlich keine Rolle für ihn.

»Du hast gerade erklärt, dass es dir gleich ist, welche Schuld ich auf mich geladen habe, wenn es weder my lady betrifft noch my lords Feinden Waffen gegen ihn in die Hand gibt. Aber das Leben dieses Gauklers ist dir gewiss nicht gleich.« Er spuckte aus. »Nicht, wenn du bereit warst, deine eigene Seele zu verdammen, um mit ihm die Sünde von Sodom zu begehen.« Forster musterte mich verächtlich. »Du hast die Stirn, mir über Verbrechen zu predigen, und treibst es selbst mit Männern.«

Heute war nicht mein Tag.

Heute war ganz entschieden *nicht* mein Tag.

»Was?« Mehr als diese eine Silbe fiel mir dazu nicht ein.

»Ich kenne dich schon seit Jahren, Blount. Du hast für Gaukler nichts übrig, und Dichtkunst langweilt dich. Du würdest nie einen als Diener einstellen, es sei denn, da gibt es noch einen anderen Grund. Und dann brauchte man sich nur anzuschauen, wie unruhig der Lackaffe wurde, als du nicht da warst. So führt sich kein Diener auf, der ist froh, wenn er zwei Tage nichts zu tun hat. Dein Frobisher dagegen, der reiste dir hinterher, und Hal Latimer sagte mir, er wäre so unruhig gewesen, als hätte er Hornissen im Hintern. Da war mir alles klar. Im Übrigen hat er es auch nicht geleugnet, als ich es ihm auf den Kopf zusagte.«

»Was?«, wiederholte ich noch einmal.

»Ganz recht, Blount, dein Lustknabe hat eure Sünde wider Gott und die Welt zugegeben.« Forster funkelte mich triumphierend an. »Wenn du auch nur ein Wort gegen mich sprichst, wenn du gar auf die Idee kommst, mich vor den Geschworenen und my lord als Sündenbock für my ladys Tod hinzustellen, dann werde ich nicht der Einzige sein, der in Schimpf und Schande von dieser Welt scheidet.«

Es war ein Glück, entschied ich, dass unsere vorherige Prügelei die schlagkräftige Art von Wut aus mir herausgesogen hatte. Der Zorn, der jetzt in mir aufstieg, war von anderer Art und kühl wie ein blankes Messer in einer Winternacht.

Gleichzeitig schien mir, dass Gott mir einen Spiegel vorhielt: Anthony Forster war mir nur einen Schritt voraus in seinen Taten, während ich nur Überlegungen gewälzt hatte; er hatte getan, was auch auf mich zugekommen wäre, wenn ich diesen Weg weiterverfolgt hätte. Er war eine Warnung für mich.

Das änderte nichts daran, dass ich nun vorhatte, ihn für das, was er getan hatte, zahlen zu lassen. Doch ich würde es tun, ohne meinerseits Menschen zu opfern, das schwor ich mir.

Ich würde auch mit Frobisher ein ernstes Wort reden, aber das war das Unwichtigste meiner Vorhaben. Er musste wirklich Angst um sein Leben gehabt haben, wenn er eine solche ungeheure Behauptung bestätigte. Wenn ich nur mit einem ganzen Pack Knechten von Kew aus aufgebrochen wäre, dann hätte Forster es sich zweimal überlegt, ehe er einen meiner Leute angriff. Nun, die Rechnung dafür würde ich ihm präsentieren, so sicher, wie die Sonne im Osten aufging, doch vorerst musste ich ihn in Sicherheit wiegen.

»Anthony Forster«, sagte ich, »du hast mich durchschaut, ich gebe es zu. Aber du weißt auch, dass ich hier nicht fortgehen kann, bis die Geschworenen ihre Untersuchung beendet haben und zu einem Urteil gekommen sind, was my lady betrifft. Was das angeht, so habe ich my lord gesagt, als ich ihn in Kew aufsuchte, dass ich selbst noch weitere Untersuchungen anstellen muss, also kann ich nicht auf einmal behaupten, ich hätte bereits alles getan, was ich vermag. Ich kann also nicht sofort nach Kidderminster zurückkehren. Gib mir noch ein paar Tage Zeit. Und gib mir einen Beweis, dass Frobisher noch am Leben ist, denn sonst, fürchte ich, muss ich annehmen, dass du ihn nach seinen Auskünften umgebracht hast, und das würde mich mit Sicherheit zu einem verzweifelten Mann machen. Zu einem verzweifelten und sehr gesprächigem Mann.«

Forster stützte sich mit einer Hand vom Boden ab und stand auf. »Wirklich?«, fragte er spöttisch.

»Ganz bestimmt«, bestätigte ich. »Wenn du darauf rechnest, dass ich in meiner Trauer trotzdem nicht mein eigenes Wohl und Weh aufs Spiel setzen würde, nun, dann muss ich dir sagen, dass es bei einem toten Frobisher niemanden geben würde, der irgendein Fehlverhalten meinerseits bezeugen könnte. Du weißt doch selbst, wie das ist, bei deiner … Beziehung zur Familie Cross.«

Die Siegesfreude, die gerade erst bei ihm aufgekeimt war, verschwand wieder aus seinem Blick.

»Nun gut«, sagte er. »Dann bleib eben noch, bis die Untersuchung abgeschlossen ist. Aber kein Wort mehr zu einem Cross!«

»Und das Lebenszeichen?«, fragte ich.

»Was soll das sein?«, gab er ungehalten zurück. »Ein Tuch, mit dem er seinen Arsch abgewischt hat?«

»Morgen ist Sonntag«, sagte ich so gelassen wie möglich. »Ich will doch hoffen, dass du und dein Gesinde am Gottesdienst teilnehmt, wenn schon nicht, um my lady zu ehren, die morgen genau eine Woche tot ist, dann doch, um das Bußgeld für Fernbleiber zu vermeiden. Nimm Frobisher zum Gottesdienst mit, meinetwegen mit Bewachern links und rechts, die dir treu ergeben sind. Ich werde ihn nicht ansprechen oder gar«, ich zögerte kurz, »an mich reißen können, weil ich genauso wenig Aufmerksamkeit erregen möchte wie du. Aber ich werde wissen, dass er noch am Leben ist.«

Forster kniff die Augen zusammen, dann nickte er abrupt.

Ich wartete, bis er verschwunden war, ehe ich mich meinerseits erhob. Es mochte kindisch sein, aber ich fürchtete, dass ich mich nicht mehr so schnell aufrappeln konnte wie er, und ich hätte mir lieber die Zunge abgebissen, als ihn um Hilfe zu bitten. Natürlich lag es in meinem Interesse, dass er mich für besiegt hielt; das hieß nicht, dass er glauben durfte, ein unentschieden ausgegangener Faustkampf mit ihm habe mich in einen tatterigen alten Mann verwandelt.

Jetzt noch Pirto hinterherzulaufen wäre sinnlos gewesen, und John Appleyard wollte ich erst gegenüberstehen, wenn ich einen vernünftigen Plan dafür geschmiedet hatte. Außerdem brauchte ich dringend frische Luft, also machte ich mich auf den Weg in den Garten und versuchte dort, zwischen Heilkräutern, die wohl seit Klosterzeiten hier wuchsen, und ein paar Hecken meine Gedanken zu ordnen.

Der Stand der Sonne erinnerte mich daran, dass der Tag des Urteilsspruchs näher und näher rückte. Ich hatte nicht mehr viel Zeit, um Amys Briefe in die Hand zu bekommen; abgesehen von dem, was sie möglicherweise für mich bedeuteten, war zu hoffen, dass sie auch einen Hinweis darauf bargen, was tatsächlich zu ihrem Ende geführt hatte. Forster hatte Frobisher gewiss nicht weit von hier versteckt; entweder in Abingdon oder in irgendeiner Schäferhütte auf dem Weg dorthin, und wenigstens ein oder zwei Knechte aus seinem Gesinde mussten darüber Bescheid wissen. Aber sie waren Forster als ihrem Herrn verpflichtet, nicht mir, also hatte es keinen Sinn, zu versuchen, sie auszuhorchen, und für Überredungskünste fehlten mir leider die Begleiter und die schlagkräftigen Argumente. Geld half meistens, ja, aber ich befürchtete, dass Forster Vorkehrungen getroffen hatte, seine Männer gegen eine solche Versuchung zu wappnen. Frobisher aufzuspüren musste wahrscheinlich bis morgen warten. Außerdem hatte ich einen Weg zu finden, um John Appleyard, dem ich keine guten Nachrichten von Robin übermitteln konnte, dazu zu bringen, mir die Briefe zu geben – die ihm Pirto nach unserem Gespräch nun mit Sicherheit verkauft hatte –, statt seinerseits Profit daraus zu ziehen. Das war etwas, was eigentlich nur ein Zauberer fertigbringen konnte, und ich war keiner. Und schließlich gab es noch Felton und den Rechtsgelehrten aus Oxford. Beiden konnte zwar geholfen werden, wenn ich ihnen von meiner Entdeckung erzählte, was Anthony Forster und Barbara Cross betraf, und sie an meiner Vermutung teilhaben ließ, dass Harkness' Tod damit in Zusammenhang stehen könnte. Aber gerade jetzt konnte ich Forster nicht in der Öffentlichkeit eines Verbrechens mit Todesfolge beschuldigen. Wenn er nicht so vom Verfolgungswahn geplagt wäre, dann hätte er sich das selbst ausrechnen können, statt sich Frobisher zu schnappen. Forster war Amys Gastgeber gewesen; wenn er für einen Mord verurteilt wurde, ganz gleich, an welcher Person, dann würde das gesamte Land felsenfest davon überzeugt sein, dass er auch Amy auf dem Gewissen hatte und dass Robin dahintersteckte. Andererseits hatte ich mir geschworen, Forster nicht einfach davonkommen zu lassen; auf irgendeine Art und Weise musste er seine Strafe finden, und die Gründe dafür wurden von Stunde zu Stunde mehr.

Wenn ich für all diese Fragen und Probleme die richtigen Antworten und Lösungen gefunden hatte, dann musste ich mich außerdem noch entscheiden, ob ich Diego Vargas trotz seines Überfalls noch glaubte, dass William Cecil dem spanischen Botschafter erzählt hatte, Robin und die Königin planten, Amy umzubringen. Und ob ich es riskieren konnte, Robin schriftlich davon zu unterrichten.

Selbst ein Mann, dem Gottes Erzengel täglich Weisheit zusangen, hätte Schwierigkeiten gehabt, all das in achtundvierzig Stunden zu lösen. Ich hatte nie behauptet, mehr als ein tapferer Sünder mit einem Maß gesunden Menschenverstand zu sein. Zaubern konnte ich auch nicht. Was also sollte ich tun?

Die Schlussfolgerung, die ich zog, zog ich schnell, doch sie brannte mir im Magen wie glühendes Eisen: Ich brauchte einen Verbündeten, dem ich die gesamte Wahrheit beichten musste, damit wir Erfolg hatten, und ich brauchte diesen Verbündeten sofort. Wenn ich mir nur einen verlässlichen Mann aus Kew mitgenommen hätte, stünde ich jetzt besser da. Selbst Frobisher wünschte ich mir nun an meine Seite, trotz seines losen Mundwerks und seiner geteilten Loyalitäten. Bisher hatte er sich immer aufgeweckt und einfallsreich angestellt, und genau das brauchte ich jetzt: einen Verbündeten, den Forster nicht einschüchtern konnte, den Appleyard nicht einschüchtern konnte, ja, der auch von Robin nicht eingeschüchtert werden konnte und der trotzdem auf gar keinen Fall im Dienst Cecils stand. Jemand, der sich gründlich in Cumnor Place auskannte. Jemand, von dessen Ehrlichkeit und Unbestechlichkeit ich überzeugt war.

Leider traf all das nur auf eine einzige Person zu. Ich kannte sie seit meiner Kindheit, und die herzliche Abscheu zwischen uns war nie so groß gewesen wie seit meiner Ankunft in Cumnor Anfang der Woche.

Mit der bitteren Überzeugung, dass meine Prügelei mit Anthony Forster nur ein Vorspiel gewesen war für das, was nun folgen musste, machte ich mich auf die Suche nach Edith Odingsells.

KAPITEL 15

SAMSTAG, 14. SEPTEMBER 1560

Der verstorbene Odingsells war der Bruder von Anthony Forsters Gemahlin gewesen. Mir war nicht bekannt, ob er Forster vor seinem Tod nahegestanden hatte; was Edith Odingsells betraf, konnte ich mir jedenfalls nicht vorstellen, dass sie für ihren Gastgeber mehr als ein Minimum an Familienloyalität übrighatte, und selbst die galt gewiss eher seiner Gemahlin. Das sollte mein Ansatz sein, doch ich kam nicht dazu, ihn zu nutzen, weil Mrs. Odingsells, die ich bei Mrs. Owen fand, mich gleich als Erstes fragte, ob ich nicht damit beschäftigt sein sollte, Amy in ein zeitweiliges Grab zu bringen, nachdem ich die arme Pirto deswegen derartig angebrüllt hätte.

»So sind sie, die Männer«, sagte sie zu Mrs. Owen, die milde lächelte und wohl einen der Tage hatte, an denen sie nichts verstand, was zu ihr gesagt wurde. »Nutzen jede Gelegenheit, um sich aufzuspielen und uns Frauen herumzukommandieren, aber in neun von zehn Fällen ist es ein Getöse um nichts. Aber natürlich kann man immer darauf wetten, dass sie Gelegenheit finden, sich zu prügeln, ganz gleich, wie eilig sie es angeblich mit anderen Dingen haben.« Sie wandte sich von Mrs. Owen ab und musterte mich und meine Blessuren von oben bis unten. »*Wie* alt seid Ihr jetzt?«

Ein Fehler, dachte ich, *ich bin dabei, einen weiteren fürchterlichen Fehler zu machen.* Sie war ein grässliches kleines Mädchen gewesen, das zu einer unangenehmen Frau geworden war, und ihre Gewohnheit, zu allem und jedem ständig die Meinung zu sagen, ganz gleich, wie angemessen der Zeitpunkt war, machte sie noch lange nicht zu der Verbündeten, die ich suchte.

Doch es gab niemand anderen.

Also biss ich die Zähne zusammen, sprach Mrs. Owen meinen Respekt aus und teilte Edith Odingsells mit, ich müsse dringend mit ihr reden, alleine. Ich rechnete mit einer höhnischen Bemerkung darüber, dass ich sie bereits vor einer Stunde hätte alleine sprechen können. Stattdessen wanderten ihre Augenbrauen in die Höhe. Sie legte das Buch nieder, aus dem sie Mrs. Owen gerade vorgelesen hatte, erhob sich, küsste die alte Dame auf die Wange, packte meinen rechten Arm und zerrte mich aus dem Zimmer.

Sie sagte kein Wort, bis wir ihr eigenes Gemach erreicht hatten.

»Tom Blount, nichts Geringeres als Euer Leben muss auf dem Spiel stehen, wenn Ihr in so einem Ton ein Gespräch unter vier Augen mit mir sucht. Also, was habt Ihr getan, Ihr Unglücksmensch?«

»Das Leben von manch anderem steht auf dem Spiel«, entgegnete ich wütend, aber dann gemahnte ich mich, dass es keinen Sinn hatte, weiter Zeit zu verschwenden, und erzählte ihr die Wahrheit, so kurz und knapp dies möglich war. Wenn ich die Geschichte von ihrem Schwager Anthony und der Magd mehr betonte als den Umstand, dass Amy mir möglicherweise einen Brief geschrieben hatte, in dem von unverwandtschaftlichem Verhalten die Rede war, dann nur, weil das eine sie gewiss mehr betraf als das andere.

»Da seid Ihr Euch also großartig vorgekommen als Tröster in der Not, aber Ihr seid nun nicht bereit, die Zeche dafür zu zahlen, wie?«, sagte Mrs. Odingsells und bewies einmal mehr, dass Frauen von Prioritäten nichts verstanden.

»Ich habe zumindest keinem Mädchen das Leben ruiniert und es gezwungen, sein Kind zu ermorden«, sagte ich grimmig, doch sie rollte die Augen gen Himmel.

»Woher wollt Ihr das wissen?«, fragte sie scharf. »Wisst Ihr denn so genau, was aus jeder Frau geworden ist, die so unklug war, Euch zu erhören? Ich wette, Ihr wisst es von keiner einzigen, außer von Margery und Amy Dudley. Wenn in Frankreich ein kleiner Bastard greint, der Euer hässliches Gesicht geerbt hat, oder nie geboren wurde, weil seine Mutter verhungert wäre, wenn sie nicht zu einer Engelmacherin gegangen ist, um weiterhin ihr Gewerbe ausüben zu können, wisst Ihr dann darüber Bescheid? Doch wohl nicht. Also versucht erst gar nicht, Euch auf irgendein nicht vorhandenes hohes Ross zu setzen, oder wir sind geschiedene Leute.«

Ich biss mir gerade noch auf die Zunge, ehe ich sagen konnte, dass wir zum Glück nie Eheleute gewesen waren. In einem Punkt hatte sie recht: Ich wusste es wirklich nicht. Aber das spielte hier und jetzt keine Rolle. Im Übrigen war mein Gegenüber zum Glück endlich von meinen Charakterfehlern zu den entscheidenden Fragen übergegangen, die sich uns stellten.

»Ich kenne das Cross-Mädchen nicht«, sagte Edith Odingsells nachdenklich. »Mein Seliger war noch am Leben, und die Forsters haben stets uns besucht, nie umgekehrt. Aber ich weiß wohl, dass meine Schwägerin Agnes Cross nie wohlgesinnt war, und ich weiß, dass sie nicht my lady Dudleys wegen zu ihrer Schwester nach Suffolk gegangen ist.«

»Hat sie sich Euch anvertraut?«

Edith Odingsells schüttelte den Kopf.

»Wie könnt Ihr dann da sicher sein?«

»Tom Blount«, entgegnete sie ernst, »seid nicht dumm. Auch wenn so etwas für einen Mann unmöglich ist, *versucht* wenigstens ein einziges Mal, Euch in eine Frau hineinzudenken. Wenn Alice Forster es übelnimmt, auf einmal nicht die höchstgestellte Frau in ihrem Haushalt zu sein, warum sollte sie dann zu ihrer Schwester gehen, wo sie auch nur die Zweite sein kann? Ihr mögt Elaine nicht kennen, aber ich schon. Was meint Ihr denn, warum ich hier lebe und nicht in Suffolk, wenn ich die Wahl zwischen zwei Schwägerinnen habe?«

Das klang nachvollziehbar und passte im Übrigen zu meinen eigenen Theorien. Aber ehe ich das sagen konnte, fuhr sie fort: »Nur kenne ich auch Anthony Forster, und obwohl ich wahrlich bereit bin, zu glauben, dass er seinen Hosenlatz nicht zugeschnürt halten konnte, kann ich mir nicht denken, dass er eine Magd, die schwanger wird, nicht genauso behandelt, wie Ihr das tun würdet. Dies ist eine ungerechte Welt, und niemand würde ihm einen Bastard übelnehmen, wenn er seine Buße dafür einmal gezahlt hat. Dem Mädchen, ja, aber nicht ihm. Es wäre so viel einfacher für ihn gewesen. Aber eine Engelmacherin aufzutreiben und zu bezahlen, das Mädchen vorgeben zu lassen, es sei besessen, all die Neugier der Menschen zu riskieren und ein paar Jahre später dann irgendwelche Knechte links und rechts umzubringen? Das will mir nicht in den Kopf.«

»Er hat es nicht geleugnet, als ich es ihm ins Gesicht gesagt habe«, meinte ich ärgerlich. »Außerdem hat er Frobisher wohl kaum aus Nächstenliebe irgendwo eingesperrt.«

»Oh, natürlich, dann muss es stimmen ...« Sie schnalzte amüsiert mit der Zunge. »Aber Ihr habt auch nicht geleugnet, dass Ihr der Männerliebe frönt, als er Euch das unterstellte. Dann muss dies wohl auch stimmen. Die arme Margery!«

Sie konnte lächeln, Edith konnte es wirklich. Aber natürlich musste es ein hämisches Lächeln sein und eins über mich. In der Tat, die Prügelei war harmlos gegen ihren Spott gewesen.

»Wollt Ihr mir wirklich weismachen, Forster hätte nur aus herrschaftlicher Fürsorge gefordert, dass ich mit keinem Menschen namens Cross mehr spreche?«

Edith Odingsells ließ sich auf einen Schemel sinken und betrachtete mich beinahe mitleidig. »Nein, natürlich nicht. Ich meine nur, dass er vielleicht etwas anderes verbergen will als das, was Ihr meint, genau, wie Ihr nicht wolltet, dass er von Eurem Ehebruch mit unserer Toten erfährt und lieber in Kauf genommen habt, dass er Euch unterstellt, es mit Eurem Diener zu treiben. Das war übrigens ein Glück für Euren Gaukler: Wer weiß, ob Forster ihn sonst am Leben gelassen hätte. Wenn Ihr mich fragt, und das tut Ihr, dann solltet Ihr zuerst versuchen, Frobisher zu finden. Er hat möglicherweise den Schlüssel zu allem, und selbst, falls nicht: denkt einmal in Eurem Leben zuerst an andere und dann an Eure eigene Haut. Und überlasst die Briefe mir. Es scheint mir doch, dass diese Angelegenheit die Schläue des Fuchses erfordert und nicht die Kraft des … Rindviehs?«

Mein erster Atemzug glich mehr dem Schnaufen eines Maulesels. Der zweite war auch nicht der mächtige Windstoß, den ich beabsichtigte. Doch beide halfen mir, nicht gleich laut herauszubrüllen.

»Ihr habt mich um Hilfe gebeten«, nahm sie mir, ehe ich loslegen konnte, den Wind aus den Segeln. Und sie lächelte dabei.

Das hatte ich in der Tat, und zuerst hatte es mich überrascht, dass sie mir diese Hilfe ohne weiteres gewähren wollte. Bei einer anderen Frau hätte ich vermutet, dass sie plante, mich durch ihre Hilfestellung in mein Unheil rennen zu lassen, aber das entsprach einfach nicht Edith Odingsells' Art. Wäre sie ein Mann, dann wäre sie einer, der seine Gegner niemals in den Rücken stach, sondern nur von Angesicht zu Angesicht die Waffen kreuzte.

Meine Bitte von Anfang an abzulehnen oder sie ohne Wenn und Aber zu erfüllen, nur eines von beiden kam bei ihr in Frage, und genau darauf hatte ich schließlich gesetzt. Was ich übersehen hatte, war, dass es auch Edith Odingsells' Art entsprach, mich trotzdem so gründlich wie möglich zu foltern, während sie diese Hilfe gewährte.

Andererseits war nicht auszuschließen, dass sie größeres Glück dabei haben könnte, die Briefe in die Hände zu bekommen, als ich das bisher hatte. Schließlich würden weder Pirto noch John Appleyard auf eine Intervention von ihr vorbereitet sein.

»Und wie«, fragte ich, nur um zu hören, ob sie tatsächlich einen Plan hatte, »stellt Ihr Euch das vor?«

Was ich wissen wollte, war, wie sie die Briefe an sich bringen wollte. Worauf sie antwortete, war, wie ich Frobisher finden sollte. Natürlich. Ich hätte wissen müssen, dass sie selbst die kleinste Gelegenheit nicht verstreichen lassen würde, mir Befehle zu erteilen.

»Ganz einfach: Egal, wann Euer Frobisher hier eingetroffen ist und abgefangen wurde, Anthony Forster war heute noch nicht in Abingdon, und er muss lange genug mit ihm gesprochen haben, um dem Gerücht über Eure Liebe aufzusitzen. Außerdem bin ich schon eine ganze Weile wach, und das einzige Pferd, das ich gehört habe, war Eures. Das heißt, dass der Junge hier in der Nähe sein muss. Das Haus ist ein ehemaliges Klosterhospital, Blount. Wisst Ihr, was es unter solchen Hospitälern geben musste, was heute noch genutzt wird? Höhlen, um im Winter Eis einzulagern, damit man im Sommer Lebensmittel kühl halten kann. Meine Schwägerin Alice lässt ganz hinten im Garten irgendwo das Gemüse und die Äpfel aufbewahren, damit alles etwas länger frisch bleibt. Ich möchte wetten, dass Ihr dort auch Frobisher findet.« Sie nickte mir gönnerhaft zu. »Nun geht, geht! Da könnt Ihr den Retter spielen und, nebenbei bemerkt, endlich herausfinden, was Anthony Forster wirklich am Sonntag getrieben hat. Selbst wenn Frobisher Euch in London belogen hat und er es da noch nicht wusste, nach seiner Gefangennahme durch Anthony weiß er es bestimmt.«

»Und die Briefe?«, beharrte ich.

Sie sah mich nun mit ernster Miene an. »Lasst mich ganz offen sein: Als ihr Bruder hat John Appleyard mehr Anrecht auf sie als Ihr, und eigentlich geschähe es sowohl Euch als auch Robin Dudley nur recht, wenn die Welt erfährt, was auch immer darin steht. Aber …« Sie zögerte. »Er wird sie nur nutzen, um einen größeren Anteil am Kuchen für sich herauszuhandeln, nicht, um seiner Schwester Gerechtigkeit zu verschaffen.«

»Und Ihr glaubt, dass ich …«, begann ich, eigenartig gerührt, dass sie nach all den Jahren doch in gewissen Punkten eine gute Meinung von mir haben sollte.

»Nein, ich glaube nicht, dass es Euch um Gerechtigkeit für die arme Amy geht«, unterbrach sie scharf. »Habe ich gesagt, dass ich Euch die Briefe geben werde, wenn ich sie habe? Ich werde entscheiden, was zu tun ist, wenn ich weiß, was darin steht. Damit müsst Ihr leben. Und nun trollt Euch. Der Eingang zu den Felsenkellern liegt am rechten Ende des Gartens, hinter einer Holzablage. Wie Ihr vorhin zur Abwechslung einmal richtig erkannt habt, gibt es nicht mehr viel Zeit zu verlieren.«

Ich konnte das Weib noch immer zum Teufel schicken und selbst zu Appleyard gehen. Aber mir war noch immer keine bessere Taktik außer Gewalt eingefallen, um ihn davon zu überzeugen, die Briefe herauszurücken, wenn er sie denn schon hatte. Vor allem an einem Tag wie heute, wo bereits eine Prügelei hinter mir lag, mochte es sehr wohl sein, dass ich ihm kein gleichwertiger Gegner war. Verflucht und dumm, dass ich mir keine eigenen Knechte mitgenommen hatte, nur, um mir keine Mitwisser oder Cecil-Spitzel aufzuhalsen!

Außerdem muss ich gestehen, dass die Vorstellung, ihn oder Pirto gegen Edith Odingsells antreten zu lassen, mich mit einer gewissen Schadenfreude erfüllte.

Angenommen, sie hatte recht, was Frobishers Versteck betraf, dann brauchte ich mir um meinen Weg zum Ziel keine Sorgen machen. Eine Tür ließ sich abschließen; Anthony Forster hatte gewiss niemanden als Wache abgestellt, um Neugierige nach dem Warum fragen zu lassen. Natürlich gab es immer noch die Möglichkeit, dass er bei einer Befreiung Frobishers entschied, seine Geheimnistuerei aufzugeben und seinem Gesinde befahl, mich mit meinem Diener gefangen zu setzen oder uns gar die Kehle durchzuschneiden, aber im Grunde glaubte ich nicht, dass er dazu bereit war. Mein plötzliches Verschwinden würde er Robin erklären müssen. Wenn er etwas nicht gebrauchen konnte, dann noch mehr gerichtliche Untersuchungen auf seinem Grund und Boden und die Feindschaft von Robin Dudley. Nein, er würde vermutlich versuchen, mich mit der Drohung zu erpressen, der Welt alles über meine eigenen sündigen Neigungen zu erzählen. Dass er dabei mit seinen Vermutungen genau in die falsche Richtung zielte, war beruhigend.

Was ich jetzt noch brauchte, war ein Brecheisen. Oder den Schlüssel, aber um den konnte ich kaum bitten.

Warum eigentlich nicht, dachte ich, als mir mein unausgeschlafener, vielgeplagter Verstand eine verrückte Idee eingab. *Warum eigentlich nicht.*

Claire Latimer war noch dabei, das Speisezimmer von den Spuren meines Kampfes mit ihrem Herrn zu reinigen, und errötete, als ich eintrat. »Es gibt ein Gastmahl heute Abend«, sagte sie, »für Lady Norris. Sie hat einen Boten vorausgeschickt, um ihr Eintreffen anzukündigen.« Es lag ein Hauch von Vorwurf in ihrer Stimme, oder vielleicht bildete ich mir das auch nur ein. Jedes längere Gespräch mit Edith Odingsells pflegte diese Wirkung auf mich zu haben: Hinterher bildete ich mir immer ein, Anklagen in den Stimmen aller Frauen zu hören.

Nun hatte mir Robin zwar gesagt, dass er nicht nur John Appleyard, sondern auch Amys Freunde nach Cumnor eingeladen hatte, damit sie alle Gelegenheit fanden, Fragen über Amys Tod zu stellen und an ihrer Beerdigung teilzunehmen. Aber es überraschte mich, dass die erste Freundin, die eintraf, ausgerechnet Lady Norris war. Lady Norris und ihr Gatte hatten Amy kaum gekannt; die Freundschaft zu Robin und den übrigen Dudleys war erst nach der Krönung der jetzigen Königin entstanden. Rycote, wo die Norris lebten, wenn sie nicht bei Hofe waren, war von Robin als nächster Wohnort für Amy vorgeschlagen worden, als ich andeutete, mein Heim in Kidderminster sei vielleicht nicht mehr geeignet. Amy hatte sich geweigert. *»Ich bin nicht so unwissend,* wie *er glaubt. Die Norris sind ihre Günstlinge. Der Vater von Henry Norris war einer von den fünf Männern, die mit Anne Boleyn als ihre Liebhaber hingerichtet wurden, deshalb bevorzugt die Königin sie. Sie war sogar schon in Rycote zu Gast gewesen. Wenn ich schon nicht bei Hofe leben kann, dann an einem Ort, wo* sie *noch nie ihren Fuß hingesetzt hat. Niemals werde ich ihre abgelegten Kleider tragen!«*

Doch wenn Lady Norris als erster Trauergast nach Appleyard auch eine überraschende Wahl war, so war sie doch willkommen; ihre Anwesenheit würde sicherstellen, dass Forster andere Dinge zu tun hatte, als sich um Frobisher oder mich zu kümmern. Immerhin war er der Gastgeber und sie eine Edeldame, die bekanntermaßen in der Gunst der Königin stand.

»Mein Kind«, sagte ich so wohlwollend und besänftigend wie möglich zu Claire Latimer, »du darfst gewiss sein, dass sich der Vorfall von vorhin nicht wiederholen wird. Ich möchte dich nur um etwas bitten. Du hast vielleicht gehört, dass ich befohlen hatte, my ladys Leiche bis zur Grablegung einzubetten?«

Sie nickte und biss sich auf die Lippen. »Wir hatten gewiss keine Respektlosigkeit im Sinn, Sir, es ist nur so, dass die ganze Zeit Leute aus dem Ort kamen, um my lady in der Kapelle zu sehen, und Master Forster sagte, wenn wir ihnen das verweigern, dann wird der Klatsch über ihren Tod nur noch schlimmer.«

»Gewiss, aber genug ist genug. Leider sind tote Körper dem Verfall unterworfen, und ich will nicht, dass man my lady so in Erinnerung behält. Nun werden bis zur Beerdigung in Oxford immer noch ein paar Tage vergehen, und deswegen brauche ich deine Hilfe. Ich habe gehört, in diesem Haushalt gibt es irgendwo eingelagertes Eis?«

Eigentlich hatte ich geplant, auf eine erfolgreiche Befreiung hin sofort zwei Dinge folgen zu lassen: Erstens, sofort und ohne weitere Umschweife von Frobisher zu erfahren, was er über Anthony Forster wusste, und zweitens, ihm auch ohne weitere Umschweife zu zeigen, was ich davon hielt, dass er sich Forster gegenüber als mein Lustknabe präsentiert hatte. Gewiss, es war vielleicht ursprünglich Forsters Idee gewesen, aber abgesehen von allem anderen war es die Art von Beschuldigung, die mich meinen gerade erst erreichten Parlamentssitz kosten und mir Kerker und Schande einbringen konnte, wenn ein einflussreicher Feind Wind davon bekam. Gerüchte hatten immer die unangenehme Folge, dass etwas hängen blieb.

Neben einer verängstigten Magd zu stehen und einen Mann aus einem Felsenkeller zu ziehen, der so durchfroren war, dass er noch nicht einmal mehr mit den Zähnen klapperte, geschweige denn einen seiner sonstigen überschwenglichen Grüße entbot, ließ mich das zweite Vorhaben zurückstellen und machte das erste vorerst unmöglich.

Claire Latimer, die den nun nutzlosen Eimer für das Eis, das wir angeblich holen wollten, in der Hand hielt, murmelte die ganze Zeit: »O Gott, Sir, das wusste ich nicht! Vielleicht sollten wir den Herrn holen oder Hughes? Hughes muss Bescheid wissen. O Gott, ich werde entlassen! Master Blount, Ihr hättet nicht – ich wusste das nicht, o Gott!«

Frobisher hingegen sagte überhaupt nichts. Er klammerte sich nur an meinem Arm fest, als ich ihn die Treppe aus dem Eislager hochzog, und versuchte, sich auf den Füßen zu halten. Die eine Hälfte seines Gesichts war aufgeschwollen und sein Griff nicht sehr kräftig. Ich spürte meine Schultern mehr, als sein Fliegengewicht es wert war, als ich zog; die Prügelei mit Forster musste mich doch stärker mitgenommen haben, als ich geglaubt hatte, aber ein Blount zeigte so etwas nicht.

»Du wirst nicht entlassen werden«, stieß ich schließlich keuchend hervor, um Claires Klagen zu unterbrechen, »wenn du uns umgehend etwas Branntwein besorgst, gleich jetzt.«

»Aber, Sir ... ich stehe nicht in Euren Diensten, oder in Lord Dudleys«, erwiderte sie, womit sie natürlich recht hatte, »und was auch immer hier vor sich geht, der Herr wird nicht glücklich über mich sein.«

»Wenn er ohnehin unglücklich ist«, sagte Frobisher, und seine Stimme war leiser und rauher, als ich sie je gehört hatte, »dann kannst du auch Gott glücklich machen, eine barmherzige Christin sein und mein Leben mit einem Humpen voll Branntwein retten, Claire.«

Sie schaute von ihm zu mir, dann nickte sie.

»Bring den Branntwein in Mrs. Odingsells' Zimmer, Latimer«, sagte ich, denn ein besserer Ort, um mich mit Frobisher zurückzuziehen, fiel mir im Moment nicht ein. Wenn sie statt mit dem Branntwein mit ein paar Knechten zurückkehrte, nun, ich setzte weiterhin darauf, dass Forster einen offenen Angriff nicht riskieren würde; Prügeleien unter zwei Gleichgestellten waren etwas anderes.

Inzwischen war es später Vormittag, und Cumnor Place summte wie ein Bienenstock vor Geschäftigkeit. Uns begegneten auf dem Weg vom Garten zu Edith Odingsells' Kammer gut zehn Mitglieder des Gesindes, von denen die meisten starrten, die wenigsten überrascht wirkten und nur eine uns ansprach. Das war ausgerechnet Agnes Cross.

»Master Blount, seid Ihr sicher, was Ihr da tut?«

»Frobisher«, sagte ich zu dem Gaukler neben mir, der noch nie so still gewesen war wie in der letzten Viertelstunde, »ich habe unserem Gastgeber mein Wort gegeben, keinen Ton mehr mit den Mitgliedern einer gewissen Familie in seinen Diensten zu sprechen. Sollte einer von ihnen gerade etwas gesagt haben, so habe ich es nicht gehört.«

Sie presste die Lippen zusammen, doch sie trat beiseite. Frobisher entgegnete nichts; er nickte nur. Er stützte sich immer noch auf meine Schulter, was das Ziehen dort nicht besser werden ließ. Doch länger konnte ich keine Rücksicht auf seinen Zustand nehmen. Sobald sich die Tür von Edith Odingsells' Kammer hinter uns geschlossen hatte, machte ich mich los und sagte: »Die Wahrheit über Anthony Forster, Frobisher – sprich jetzt!«

Sein unfreiwilliger Aufenthalt im eisigen Keller schien wirklich einen Unterschied zu machen. Er versuchte noch nicht einmal, mich in einem Wortstrom zu ertränken, der mich von meiner Frage ablenken sollte, oder so zu tun, als verstünde er mich nicht. Er schaute sich nur kurz um. Als er weder Edith Odingsells noch sonst jemanden vorfand, ließ er sich ächzend auf der kleinen Truhe nieder, die in einer Ecke des Raumes stand, die Arme fest um sich geschlungen, um wieder warm zu werden.

»Anthony Forsters Gemahlin erwartet ein Kind. Das war wohl einer der Gründe dafür, warum sie zu ihrer Schwester nach Suffolk gereist ist. Er war am Sonntag in Oxford, um einen willigen Kirchenmann von Rang zu finden, der ihm bestätigt, dass sein ungeborenes Kind kein Bastard ist.«

Das war noch immer nicht mein Tag. »Was?«

»Master Blount«, sagte Frobisher müde, »ich bin nur ein Schauspieler und kein Gelehrter, aber selbst ich weiß, wie schwer es ist, heute zu entscheiden, wessen Ehe gültig ist, wenn es verschiedene Ansprüche gibt. Wir sind nicht mehr dem Papst untertan, aber wer entscheidet dann, welches Eheversprechen zählt und welches nicht, wenn man selbst kein König ist? Wie es scheint, war Anthony Forster vor ein paar Jahren so erpicht darauf, Barbara Cross in sein Bett zu bekommen, dass er ihr schwor, er würde sie heiraten und sich von seiner Frau trennen.«

»Aber das ist doch …«

»Das, was so manch ein Mann einem Mädchen erzählt, ohne es zu meinen, gewiss, und für gewöhnlich macht sich auch kein einfaches Mädchen ernsthaft Hoffnung darauf, einen Mann von Stand heiraten zu dürfen. Aber Anthony Forster hatte keine Kinder, seine Gemahlin bestand darauf, offen Protestantin zu sein, und unter Königin Mary wurde das immer gefährlicher. Außerdem soll ihn das Mädchen verrückt gemacht haben. Angeblich hat sie als Wäscherin angefangen, ehe sie zum Dienstmädchen im Haus befördert wurde, und ihr Kleid war immer so nass, dass man ihre Brüste sehen konnte, als wären sie nackt, mit Türmchen darauf, größer als die dicksten Brombeeren. Ich war nicht dabei, aber ich möchte meinen, Anthony Forster müsste so etwas gesagt haben wie: Ich bekenne mich auch zum wahren katholischen Glauben, dann ist meine Ehe mit einer Ketzerin ohnehin nicht mehr gültig, und damit bin ich frei, dich zu heiraten. Was vielleicht immer noch nur die alte Geschichte zwischen geilen Männern und willigen Mädchen gewesen wäre, aber er sagte es nicht nur vor Barbara, er sagte es vor einem Priester als Zeugen *und* wenigstens einem weiteren Mitglied ihrer Familie. Wer weiß, vielleicht hat er es damals sogar so gemeint. Wenn einen Mann die Begierde reitet, dann meint er so manches. Unser alter König Henry hat damals nicht sehr viel anders gehandelt.«

»Unser alter König Henry braucht dich jetzt nicht zu kümmern«, sagte ich. »Erzähl weiter.« Ich bemerkte ein Wolltuch, das ordentlich gefaltet auf einem Schemel für Edith Odingsells bereitlag, nahm es kurz entschlossen und warf es Frobisher zu, der es sich mit einem dankbaren Gesichtsausdruck um den Leib schlang.

»Er geht also mit dem Mädchen ins Bett, das sich als seine zukünftige Braut fühlt. Aber dann stirbt Königin Mary, Katholiken sind aus der Mode, und wir sind wieder alle Protestanten. Oder vielleicht hat Anthony Forster auch einfach seinen Durst gestillt. Jedenfalls wird er kein Katholik und bleibt verheiratet. Aber Barbara Cross erwartet ein Kind von ihm.«

»Das hatte ich mir auch zusammengereimt«, sagte ich und wiederholte, was ich zu Edmund Campion gesagt hatte. »Ich kann mir nur nicht vorstellen, dass man neun Monate lang eine Schwangerschaft in einem Ort wie Abingdon verbergen kann, auch nicht, wenn man die Besessene spielt. Außerdem, warum sollte sie ihm den Gefallen tun, wenn deine Geschichte stimmt? Warum nicht gleich damals ihr Recht einfordern? Wenn sie einen Priester als Zeugen und ein Kind als Beweis des Vollzuges hatte? Schwierigkeiten zumindest hätte sie ihm damals genug machen können.«

Frobisher hob beide Arme, die Handflächen gegen die Decke gestreckt. »Ich nehme an, er hat sie vertröstet darauf, dass er sie später doch noch als seine rechtmäßige Ehefrau anerkennen wird, später, nur nicht gerade dann, wenn eine neue protestantische Königin auf den Thron kommt. Eine protestantische Ehe zugunsten einer katholischen auflösen ist wahrlich nicht taktvoll, wenn man bedenkt, dass unsere regierende Majestät auf der Welt ist, weil ihr Vater das Umgekehrte getan hat. Das mag Barbara Cross damals eingeleuchtet haben. Vielleicht war es auch nur so, dass sie ihn liebte und sich lieber so lange wie möglich an die Hoffnung geklammert hat, dass er sie auch liebte. Frauen tun eigenartige Dinge, wenn sie lieben.«

»Und das Kind?«

»Das habe ich nicht herausfinden können«, gab Frobisher zu. »Obwohl ich darauf hinweisen möchte, dass jemand, der als besessen gilt, nicht täglich auf die Straße zu gehen und sich vor aller Welt sehen zu lassen braucht. Niemand wundert sich, dass so ein Mädchen eingesperrt bleibt, bis der Teufel aus ihr ausgetrieben wurde. Natürlich hat es keine neun Monate gedauert, aber ich habe Frauen gekannt, denen hat man vier Monate, vielleicht auch fünf kaum etwas angesehen, weil sie ohnehin wohlgerundet waren. Sie brauchte ihre Besessenheit bestimmt nur drei bis vier Monate zu spielen, und länger hat das Spektakel auch nicht gedauert, soweit ich gehört habe.«

Ich setzte mich auf den einzigen Stuhl im Raum und versuchte, mir den Rest der Geschichte zusammenzusetzen. »Und dann erwartet Alice Forster doch noch ein Kind. Damit weiß Barbara Cross, dass Forster sie niemals als seine rechtmäßige Ehefrau anerkennen wird. Agnes Cross erkennt, dass sie eine neue Stellung braucht, und das bald, weil Forster ganz gewiss niemanden im Haus haben will, der seinem zukünftigen Erben die eheliche Geburt absprechen könnte. Cross versucht also, von Amy eingestellt zu werden. Gut. Aber weswegen hat mir Ned Cross dann diese Geschichten mit Oxford aufgebunden, und warum hat mich Agnes Cross dort zu einer falschen Adresse geschickt? Wenn deine Erklärung stimmt, möchte man meinen, sie würden nur darauf brennen, Anthony Forster alles heimzuzahlen und mir einfach die Wahrheit zu sagen. Das wäre doch naheliegend.«

Frobisher kratzte sich am Kopf. »Wenn Ihr es recht bedenkt, Master Blount, dann haben sie alle gerade genug Andeutungen in ihre Halbwahrheiten verpackt, um Euch neugierig zu machen«, begann er und setzte dann schnell hinterher: »Und um dafür zu sorgen, dass Anthony Forster merkt, dass Ihr neugierig geworden seid, aber nicht genügend, um vor ihm als Verräter dazustehen. Ganz ehrlich, ich glaube, sie wollten ihm Hummeln in den Hintern setzen, ihm Angst machen, dass Ihr sein Geheimnis entdeckt und der Welt offenbart, dass er eine Ehe und eine weitere Frau mit einem gültigen Eheversprechen hat, und so sicherstellen, dass er ihnen und ihrer Barbara zumindest den Abschied vergoldet. Ohne jemanden auf seinen Fersen, der ihm gleichgestellt ist, mussten sie doch befürchten, dass er Agnes Cross einfach hinauswirft und Barbara als verrücktes ehemaliges Teufelsopfer darstellt. Vor allem, wenn er in Oxford tatsächlich einen willfährigen Kleriker gefunden hat, der ihm bestätigt, dass Eide vor einem katholischen Priester nicht gültig sein müssen.«

Die Vorstellung, unwissentlich als Erpressungsinstrument gedient zu haben, schmeckte mir ganz und gar nicht. Nicht, dass mir Forster leidtat, wie auch immer sich die Wahrheit verhielt, aber wenn Frobisher recht hatte, dann war ich wenig mehr als die Puppe von ein paar Dienstboten und einem Wirt gewesen. Meine Selbstachtung erhielt einen weiteren schweren Schlag. Ich war jedoch noch immer nicht ganz überzeugt. Auf jeden Fall konnte ich einen Branntwein gebrauchen. Ich fragte mich gerade, wo Claire Latimer blieb, als mein Blick auf einen kleinen Korb in der Ecke fiel, in dem das Stickzeug lag, mit dem Edith Odingsells in dieser Woche ständig beschäftigt gewesen zu sein schien. Unter den Wollknäueln und Tüchern lugte etwas hervor, dass mich verdächtig an eine braune Lederflasche von der Art erinnerte, wie wir sie im Heer mit uns geführt hatten. *Edith, Edith,* dachte ich, griff mir das Fläschchen, schraubte es auf und schnupperte daran.

»Und wie«, fragte ich, nachdem ich einen Schluck genommen hatte, und feststellte, dass Edith Odingsells offenbar eine Vorliebe für die Schotten hatte, »willst du das alles herausgefunden haben, wenn ich es nicht konnte?«

Ein Schatten von Frobishers früherem Grinsen huschte über sein Gesicht, während er begann, mit beiden Händen an seinem rechten Bein herumzukneten, um sich aufzuwärmen. Ich erbarmte mich seiner und warf ihm die Lederflasche zu.

»Dank meines Gewerbes und persönlichen Einsatzes, Ehrwürdigster. Mir wollte nämlich die Sache von dem Teufel nicht aus dem Kopf, der in dieser Gegend auf einmal wieder gesichtet wurde und genauso aussah, wie Barbara Cross ihn einmal beschrieben hatte: dunkelhaarig, dunkelhäutig, ein schlanker Mann. Nun darf ich sagen, dass die Natur und Gott der Herr mich mit einem nicht unangenehmen Gesicht gesegnet haben, aber wenn ich einen dunkelhaarigen und dunkelhäutigen Mann spielen müsste, dann wüsste ich, wie ich das täte. Nachdem Ihr Euch auf den Weg nach Oxford gemacht hattet, dachte ich mir, ich schaue mich um, ob ich irgendwo in Cumnor Place falsches Haar und Kräutersäfte für so eine Rolle finde. Und ich *bin* fündig geworden.«

Er machte eine Pause wie ein Pfarrer in der Kirche, der seinen Zuhörern Zeit geben will, auf den nächsten Teil gespannt zu sein. Ja, Frobisher war eindeutig dabei, sich von seinem Erlebnis zu erholen.

»Ist Euch schon aufgefallen, dass Agnes Cross von der Natur nicht so großzügig ausgestattet wurde für eine Frau? Denkt Euch die Röcke fort und stattdessen Kniehosen hinzu, und sie kann ohne weiteres als Mann durchgehen, vor allem, wenn man sie nicht aus nächster Nähe sieht.«

»Agnes Cross?«, wiederholte ich ungläubig. »Agnes Cross hat den Teufel gespielt?«

»Damals und dieser Tage«, bestätigte Frobisher, nahm noch einen Schluck von Ediths schottischem Whiskey, stand auf und begann, wie ein Frosch auf einem heißen Amboss zu hüpfen. »Damals, um die Sache mit der Besessenheit glaubwürdiger aussehen zu lassen, und in den letzten Wochen, um Anthony Forster daran zu erinnern, das nichts vergeben und vergessen ist. Und natürlich, um ihm Angst einzujagen. Mrs. Owen merkt die meiste Zeit doch gar nicht, was um sie herum geschieht, da war es für Agnes Cross sehr leicht, hin und wieder zu verschwinden, und selbst, wenn sie zufällig jemand gesehen und *nicht* für den Teufel gchalten hätte, dann hätte sie doch trotzdem keiner als Frau und Agnes Cross erkannt.«

Ich dachte an die hagere, dünnlippige Gestalt, versuchte sie mir in Hosen vorzustellen und musste zugeben, dass es nicht unmöglich war.

»Und den Rest der Geschichte hast du dir aus irgendwelchen Kräutersäften und Haarteilen zusammengereimt, die du bei ihr gefunden hast?«

Frobisher unterbrach sein Gehopse und warf mir einen verletzten Blick zu. »Nein, Euer Undankbarkeit, das habe ich nicht. Man kann sagen, dass ich mich für die Sache … geopfert habe.«

Meinem Gesichtsausdruck musste er abgelesen haben, dass ich ihn nicht verstand, also seufzte er und fragte: »Wenn Euch eine Frau beim Stöbern in ihrem Bett ertappte, was wäre Eure Ausrede?«

Der Moment der Erkenntnis war kein angenehmer. Manches stelle ich mir gerne vor, aber Agnes Cross und Frobisher in gewissen Lagen werden gewiss nie dazu gehören.

»Oh«, sagte ich und schwieg.

»Um offen zu sein, mittlerweile habe ich den Verdacht, dass sie genau wusste, was ich in Wirklichkeit dort gesucht habe, und mir absichtlich alles erzählte, was ich wissen wollte. Wie gesagt, ich denke, die Familie Cross hat versucht, das Ihre zu tun, um sich gegen Anthony Forster abzusichern, und war mit ihrer Weisheit am Ende. Als ich heute früh versucht habe, bei ihr einzusteigen und vor Eurem Erscheinen noch mehr Geheimnisse aus ihr herauszuholen, wechselte sie wieder die Seiten und hat Forster verständigt.« Er schien sich wieder wärmer zu fühlen und schaute zu mir herüber. »Wie kommt es eigentlich, dass wir just in diesem Zimmer unsere Zuflucht finden, Master Blount? Wolltet Ihr mir doch noch die Gelegenheit zum Rollenstudium verschaffen?«

»Ich brauchte Hilfe, als du verschwunden warst. Mrs. Odingsells würde mir vielleicht ein Messer in die Brust stoßen, aber nie in den Rücken«, entgegnete ich knapp, »und es gibt niemanden sonst in Cumnor, von dem ich das mit Sicherheit weiß.«

»Oder sollte es vielmehr so sein, dass sich tiefe Zuneigung

hinter feindseligem Äußeren verbirgt? Bei Mann und Frau ist das häufig …«

»*Nein«*, sagte ich heftig. »Und damit genug über mich. Es geht hier um Forster.« Um meine Worte zu betonen, schlug ich mit der Faust auf den Bettpfosten und konnte nicht verhindern, dass mir diese unüberlegte Bewegung eine schmerzliche Grimasse entlockte.

»Kann es sein, dass Euch Eure Schulter plagt, Master Blount?«

»Ja«, entgegnete ich mit gepresster Stimme. »Aber zum Teufel, wenn das alles so passiert ist, warum hat Forster so lange gewartet, statt zu versuchen, sich schon früher durch einen Pastor abzusichern und die Familie Cross loszuwerden?«

Frobisher zuckte mit den Achseln. »Da kann ich nur Mutmaßungen anstellen, aber die Sache ist doch so: Wenn seine Gemahlin keine Kinder bekommen hätte und er eines Tages einen Erben aus eigenem Blut brauchte, dann hätte er sich nur auf einmal zu erinnern brauchen, dass er Barbara Cross ja ein rechtsgültiges Versprechen gegeben hat, um sein Kind mit ihr zu legitimieren. So etwas ist in diesem Land nun weiß Gott öfter passiert in den letzten Jahrzehnten. Erst als er sicher war, dass er das Cross-Kind nicht brauchen würde …«

»Und Harkness?«, unterbrach ich. »Du hast mich nie gefragt, wie mein Gespräch mit ihm verlaufen ist, obwohl ich dir gar nicht gesagt hatte, dass er schon tot war, als Appleyard und ich auf der Humphrey-Farm ankamen.«

»Also wirklich, Sir«, tat er beleidigt und gab mir die leere Lederflasche zurück. »Ihr vergesst, dass John Appleyard lange vor Euch in Cumnor war, weil Ihr noch nach Abingdon geritten seid. Appleyard hat gleich nach seiner Ankunft über Euch und den toten Knecht losgezetert, und es dauerte keine Stunde, bis das ganze Gesinde davon wusste.«

Das mochte die Wahrheit sein, doch George Harkness war

immer noch das lose Ende in diesem Wollknäuel aus Fäden, die immer verschlungener wurden. Auch Frobishers Aussage, Harkness sei gekündigt worden, weil er von einem Treffen mit Barbara Cross und einem Kind berichtet habe, erklärte nicht den Umstand, dass er bereits am Samstag wusste, dass der gesamte Haushalt von Cumnor am folgenden Sonntag zum Jahrmarkt gehen würde. Ich stand auf und wollte gerade damit anfangen, in dem kleinen Gemach auf und ab zu gehen, als die Tür sich öffnete. Herein kam nicht etwa ein erboster Anthony Forster, den ich halbwegs erwartet hatte, sondern Edith Odingsells, die an der Schwelle stehen blieb, die Hände in die Hüften stemmte und sagte: »Ich kann mich nicht erinnern, Euch erlaubt zu haben, mein Gemach zu Eurem Hauptquartier zu machen und meinen Whiskey zu trinken, Tom Blount!«

Mir war nicht danach, vor Frobisher wie ein kleiner Junge behandelt zu werden. Noch weniger war mir daran gelegen, sie vor Frobisher nach Amys Briefen zu fragen, denn was Frobisher erfuhr, das würde auch Mrs. Ashley bald wissen. Also biss ich in den sauren Apfel und entschuldigte mich.

»Das mit dem Whiskey tut mir leid. Eigentlich sollte Claire Latimer uns etwas Branntwein bringen. Frobisher, du solltest nachschauen, wo sie bleibt.«

»Damit ich dem Herrn des Hauses wieder in die Finger laufe?«, fragte er entsetzt.

»Wenn das geschieht, dann weise darauf hin, dass ich dich geschickt habe«, sagte Edith Odingsells, die auf meine Entschuldigung hin erst verblüfft und dann verständnisvoll dreingeblickt hatte. Dumm war sie nie gewesen und musste erfasst haben, worum es mir ging, als ich Frobisher loswerden wollte. »Mein Schwager wird kaum auch mich in den Keller oder ins Jenseits befördern wollen, und das müsste er, wenn er dich jetzt wieder einsperrt.«

»Auf das Wort einer Dame zu vertrauen ist Ehrensache«,

sagte Frobisher bedeutsam und sauste aus dem Zimmer, als hetze ihm der Teufel hinterher, mutmaßlich, um so schnell wie möglich wieder da zu sein.

Sowie sich die Tür wieder hinter ihm geschlossen hatte, fragte ich: »Habt Ihr John Appleyard die Briefe so schnell abgehandelt, Edith?«

Erst als sich ihre Miene veränderte, wurde mir bewusst, dass ich sie nicht mehr Edith genannt hatte, seid wir Kinder gewesen waren. Die strenge Falte zwischen ihren Brauen glättete sich. Sie ließ die Arme sinken und klang geradezu verlegen, als sie entgegnete: »Nein. Er hat sie nicht.«

Ich hatte aufgehört, zu zählen, wie oft ich es an diesem Tag sagte, doch es fiel mir immer noch nichts Besseres ein: »Was?«

»Nein, Tom, er hat sie nicht. Und es kommt noch besser: Er wusste überhaupt nichts von ihnen. Das Mädchen hat Euch belogen, als sie sagte, sie hätte John Appleyard von den Briefen erzählt.«

»Das kann doch nicht wahr sein. Er hat Euch angelogen, da bin ich sicher, und …«

»Ich habe ihm Rizinus ins Bier gegeben«, unterbrach mich Edith Odingsells ungeduldig. »Das wirkt schnell. Ihr Männer seid doch alle gleich: wehleidig, wenn euch nur ein Nagel auf den Zeh fällt. Er war fest davon überzeugt, im Sterben zu liegen, und hat mir eine halbe Lebensbeichte geliefert.«

»Vielleicht hat er Euch durchschaut«, sagte ich, nach Strohhalmen greifend, weil ich es nicht wahrhaben wollte, dass ich immer noch so klug wie vorher war. »Euch etwas vorgegaukelt.« Und weil ich es nie fertiggebracht hatte, von Edith Odingsells einen Schlag einzustecken, ohne auch einen auszuteilen, setzte ich hinzu: »Frauen hören doch immer nur, was sie hören wollen.«

»Ich wollte die Wahrheit hören, Ihr undankbarer Knopf, und die habe ich bekommen, ohne dass Appleyard überhaupt gemerkt hat, was ich ihm da aus der Nase gezogen habe.«

»Kann es sein«, fragte ich in dem grauenhaften Gefühl, eine Maus zu sein, die dazu verdammt ist, in einem Kreisel zu treten, »dass es überhaupt keine Briefe gibt und Pirto nur Geld von mir haben wollte?«

»Nein.« Edith Odingsells schüttelte den Kopf. »Nein, das glaube ich nicht.«

Es klopfte, und wir hörten Frobishers Stimme durch die Tür, die ich ihm rasch öffnete. Er hielt einen kleinen Krug in der Hand. »Claire Latimer war schon auf dem Weg hierher«, sagte er und reichte mir den Branntwein. Edith Odingsells warf ihm nur einen kurzen Blick zu, dann fuhr sie fort, wo er sie unterbrochen hatte.

»Gott mag mir nicht die Fähigkeiten gegeben haben, Gedanken zu lesen, aber ich habe Pirto in den letzten Wochen und Monaten mit Amy Dudley beobachtet, und ich weiß, dass sie wirklich an ihrer Herrin hing. Sie war ihr nicht nur in Treue ergeben, sie hat my lady Dudley geliebt.« Mit einiger Schärfe und einem Blick auf mich setzte sie hinzu: »Wahrscheinlich mehr, als es sonst jemand getan hat, vor allem aus der Männerwelt!«

»Ich wüsste nicht, was das damit zu tun haben soll, ob sie auch über die Briefe gelogen hat oder nicht. Sie hat weiß Gott über genügend andere Dinge gelogen«, sagte ich heftig und nahm es ihr übel, dass ich nicht anders konnte, als mich getroffen zu fühlen.

»Briefe?«, wiederholte Frobisher verwundert. »Ich dachte, es ginge nur um einen.«

»Da habt Ihr es«, sagte ich rasch zu Mrs. Odingsells und legte eine Bitte in meine Augen. »Sie hat ihre Geschichte ständig geändert, von einem Brief zu mehreren, und am Ende wird sich herausstellen, dass alles aus der Luft gegriffen war.«

»Und habt Ihr Euch nie gefragt, warum sie das tat?«, gab sie zurück. »Wenn es ihr um Geld ginge, dann hätte sie schon längst ein Geschäft mit Euch oder mit John Appleyard gemacht. Und das wüsste dann jeder Mensch von hier bis nach Windsor, so laut, wie Appleyard sich darüber ausgelassen hätte. Nein, ich bleibe dabei, sie hat ihre Herrin über alles geliebt, und darin muss der wahre Kern für all die Geschichten liegen, die sie erzählt.«

Frobisher setzte sich wieder auf die Truhe, die er vorhin für sich in Beschlag gelegt hatte. »Mistress, ich glaube, Ihr habt es getroffen, wenn Ihr meint, was ich denke, dass Ihr meint. Natürlich! Nichts ist ein mächtigerer Beweggrund.«

»Mächtiger als Geldgier?«, fragte ich. »Frobisher, ich habe dich nicht davor gerettet, als Eiszapfen zu enden, damit du wieder in dein geheimnisvolles Gerede um nichts Verständliches zurückfällst. Sprich klar und deutlich.«

»Rache«, sagte Frobisher, legte eine Hand auf seine Brust und schaute zur Decke, was wohl die angemessene Pose war, wenn er in den Wirtshäusern Reden von toten Königen und lebenden Helden hielt. »Rache ist der mächtigste Beweggrund von allen.«

»Pirto hat ihre Herrin geliebt«, wiederholte Edith Odingsells. »Und sie musste mit ansehen, wie das arme Ding von ihrem Mann wie ein abgelegtes Kleidungsstück behandelt wurde, das man nicht mehr anziehen will und hierhin und dahin packt, überall, nur nicht an den eigenen Körper. Sie musste mit anhören, wie jedermann vor Amy über Euren Vetter Robin und die Königin klatschte. Und was Euch angeht, Tom Blount – Pirto hat erlebt, wie Ihr ...« Nur einen kurzen Moment zögerte sie, dann fuhr sie fort: »Wie Ihr Amy erst freundlich in Kidderminster empfangen und sie dann wieder fortgeschickt habt, wie einen heißen Bratapfel, als es für Euch unbequem wurde.«

Mir war klar, dass sie etwas anderes als *freundlich empfangen* hatte sagen wollen, doch auf meine stumme Bitte Rücksicht nahm, Frobisher und durch ihn Katherine Ashley davon nichts wissen zu lassen.

Der Tadel in ihren Worten brannte dennoch nicht weniger scharf.

»Das – das ist nicht so einfach gewesen«, sagte ich mit einem Kloß in der Kehle. »Als Gastgeber musste ich Rücksicht auf … auf meine eigene Familie nehmen.«

»Mit anderen Worten«, fuhr Edith Odingsells unerbittlich fort, »Pirto hatte alle Gründe der Welt, Amy Dudley rächen zu wollen – an Eurem Herrn und Euch gleichermaßen. Und wenn eine Frau sich rächt, Tom Blount, dann tut sie das nicht auf einen Streich, sondern Schritt für Schritt. Es wundert mich gar nicht, wenn sie ihre Rache damit begonnen hat, Euch alle beide ordentlich schwitzen zu lassen.«

Ihrer Erklärung folgte Schweigen. Dann sagte ich Frobisher, er möge Mrs. Odingsells erzählen, was er mir über die Familie Cross berichtet hatte, und trat auf den Gang, um ihre Stimmen hinter mir zu lassen und zu versuchen, die Welt zu verstehen, die zum wiederholten Mal heute für mich von unten nach oben gekehrt worden war. Ich dachte daran, wie ich Pirto nach meiner Ankunft hier in der Kapelle gefunden hatte, für ihre Herrin betend. Vielleicht hatte ich wirklich den Wald vor lauter Bäumen nicht gesehen. Die ganze Zeit hatte ich überall nach selbstsüchtigen Beweggründen gesucht und nie bedacht, dass es auch andere geben konnte, obwohl ich doch immer überzeugt gewesen war, dass Frauen nach dem Gefühl und nicht dem Verstand handelten. Frobisher hatte recht: Wenige Empfindungen senkten sich tiefer in das Herz als ein Bedürfnis nach Rache. Wer sollte das besser verstehen als ich? Der Hass auf meinen alten Lehrer hatte mich nie ganz verlassen. Unsere verstorbene Königin Mary hatte Jahrzehnte warten müssen, um sich an Erzbischof Cramner dafür zu rächen, dass er die Ehe ihrer Mutter mit König Henry für ungültig erklärt und den Bruch mit Rom vollzogen hatte, und ich war erst vor kurzem auf dem Platz gestanden, wo die Flammen dieser Rache Cramner verzehrt hatten.

Am anderen Ende des Ganges begann es zu rumoren, und wenig später sah ich Anthony Forster um die Ecke biegen und auf mich zukommen, inzwischen vollständig angekleidet und mit Hughes und zwei weiteren Knechten im Gefolge. Seine aufgeplatzte Unterlippe war inzwischen verkrustet, und in seinen Augen stand Hass geschrieben.

»Ich will nicht hoffen, dass du die Absicht hast, deiner Schwägerin ein Leid anzutun, Forster«, sagte ich, als er näher kam. »Sie hat es weiß Gott eher verdient, Patin deines nächsten Kindes zu werden, so, wie sie mir den Kopf gewaschen hat.«

Er blieb stehen. »Was?«, fragt er, und ich fühlte einen Hauch Befriedigung, dass er es war, der ganz plötzlich zur Einsilbigkeit verdammt wurde.

»Anthony Forster, wertester Freund«, sagte ich, »hättest du mir doch gleich gesagt, dass du endlich einen Erben erwartest! Ich bin selbst Vater, ich weiß, dass einem in solchen Lagen der Kopf schwirrt und man handelt, als wüsste man nicht, was man tue. Ich schäme mich, dass Mrs. Odingsells mich erst daran erinnern musste. Wollen wir unter uns Vätern alles vergessen, was am heutigen Tag geschehen ist? Ich würde gerne auf dein ungeborenes Kind mit dir anstoßen, ein Zeichen der Hoffnung in dieser düsteren, düsteren Woche. Was meinst du, Forster?«

Ein Muskel in seiner Wange zuckte, als er schluckte und mich musterte. Ich zweifelte nicht daran, dass er verstand, was ich ihm anbot: keine weiteren Handlungen gegeneinander und beidseitiges Schweigen über vermeintliche und tatsächliche Geheimnisse. Wenn Frobisher von Agnes Cross die Wahrheit erfahren hatte, dann hatte Forster mehr Gründe, darauf einzugehen, als mein Angebot abzulehnen. Wenn nicht, und wenn ich mich irrte, was Anthony Forster betraf und das Ausmaß dessen, was er zu riskieren bereit war, nun, dann konnte ich demnächst vor weltlicher und geistlicher Gerichtsbarkeit schwören, dass ich kein unlauteres Verhältnis mit einem Gaukler unterhielt, oder gleich jetzt mein Leben mit meinem Messer verteidigen. Aber in dem Fall würde Forster als Erster dran glauben.

Hughes schaute seinen Herrn hoffnungsvoll an, und ich erinnerte mich an den Vorfall in der Küche am Tag meiner Ankunft. Er würde es wahrscheinlich genießen, mich mit Hilfe anderer Knechte in ein blutiges Stück Fleisch zu verwandeln. Die anderen beiden Männer wirkten eher, als bereite ihnen die Aussicht Unbehagen, doch zweifellos würden auch sie ihre Pflicht tun. *Forster weiß genauso wenig wie der Rest des Königreichs, ob Robin im Tower oder an der Seite der Königin enden wird,* dachte ich und hoffte, dass ihn diese Ungewissheit die Folgen dessen fürchten ließ, was passieren würde, wenn er jetzt alle Vorsicht in den Wind schlug.

»My lord wartet auf einen Brief von mir«, sagte ich, um noch etwas Salz in die Wunde zu streuen. »Was darin stehen wird, liegt an dir. In dem letzten, den er erhielt, stand bereits, dass ich ihm in Person mehr über die merkwürdigen Schicksale berichten wollte, in die du dich hier verwickelt hast. Nun kann es natürlich sein, dass my lord Dudley nächste Woche selbst eine Untersuchung am Hals hat, und seine Korrespondenz gleich als Erstes in Beschlag genommen wird. Ganz gleich, ob er steigt oder fällt, Forster, alter Freund, mein plötzliches Verschwinden würdest du nicht überleben.«

»Lady Norris ist eingetroffen, und es ist bald Mittag«, sagte Forster abrupt. »Du solltest wirklich zum Mahl erscheinen, Blount. Du und meine Schwägerin. Ich glaube, wir sollten alle auf meinen neuen Erben anstoßen.«

Damit setzte er sich wieder in Bewegung. Er kam nun direkt auf mich zu …

… und ging an mir und auch an Edith Odingsells Tür vorbei. Erst als er und seine Leute alle verschwunden waren, wusste ich, dass er auf mein Angebot eingegangen war.

Lady Norris war mit dem Geleit eingetroffen, das ihrem Stand entsprach, was bedeutete, dass der Hof von Cumnor Place vor Maultieren und Pferden zu bersten schien, und sie alle mussten natürlich versorgt werden. In diesem Durcheinander war es leicht, Frobisher mit einem ausgeruhten Maultier nach Abingdon zu schicken. Ich lieferte ihm eine kurze Beschreibung des Rechtsgelehrten Herbert Maudlin, seines wahrscheinlichen Aufenthaltsortes und gab ihm eine Botschaft mit.

»Wenn du das erledigt hast«, sagte ich, »würde ich an deiner Stelle versuchen, nach London zurückzukehren, ganz gleich, ob mit dem Schiff oder über die Straße, aber ohne weitere Übernachtungen beim ehrlichen Ned oder hier in Cumnor.«

»Das kann ich nicht, Sir«, sagte er leise. »Nicht, ehe ich nicht weiß, wie Lady Dudley zu Tode gekommen ist.«

»Ich dachte, Katherine Ashley bezahlt dich nicht und du hast dich nur aus hehrem Pflichtgefühl und der Hoffnung auf Patronage an meine Fersen geheftet.«

»Master Blount, ich bin zutiefst gekränkt, dass Ihr mich immer noch nicht besser versteht.« Er schüttelte den Kopf und schaute aufseufzend zum Himmel. »Ich bin ein Künstler. Und als solcher muss ich das Ende eines jeden Stücks kennen, in dem ich eine Rolle spiele. Ich kann es nicht vorher verlassen. Und wann, frage ich Euch, werde ich je wieder die Gelegenheit haben, Teil einer solchen Geschichte zu sein?«

KAPITEL 16

SAMSTAG, 14. SEPTEMBER 1560

Lady Norris trug den gleichen Vornamen wie meine Gemahlin. Ich versuchte, nicht an Margery zu denken, während ich ihr die Radieschen reichte, die wie üblich auf dem Tisch standen, ehe das Gastmahl serviert wurde. Zum Glück hatte sie wenigstens keinerlei äußere Ähnlichkeit mit ihr. Dennoch erschien sie mir wie ein lebender Mahnruf, denn sie sah mich streng an und sagte: »Bei Hofe machen die schlimmsten Gerüchte die Runde. My lord Dudley hat immer noch keine Erlaubnis, Kew zu verlassen. Was habt Ihr hier eigentlich die ganze Woche getan?«

»Mein Bestes«, gab ich ein wenig kurz angebunden zurück. Ich kannte sie kaum; die Freundschaft zwischen den Norris und den Dudleys war, wie ich erwähnte, jüngeren Datums, genau wie der gute Stand der Norris bei Hofe. Unter der verstorbenen Mary waren sie so sehr in Ungnade gewesen, dass sie Glück hatten, nicht all ihre Güter losgeworden zu sein. Amy hatte nicht unrecht damit gehabt, dass Harry Norris und seine Gattin nun vor allem deswegen bei Hofe und in Gunst waren, weil die Königin alle Söhne und Töchter der fünf Männer protegierte, die seinerzeit mit ihrer Mutter hingerichtet worden waren. Das ging mich nichts an, doch Lady Norris sprach, als sei sie durch Geburt Teil dieser Familie, und das war sie nicht.

»Dann tut mehr«, gab sie zurück. »Wisst Ihr überhaupt, was der spanische Botschafter derzeit ganz vertraulich jedem erzählt, der ihm zuhört?«

»Was?«, fragte ich, die Ohren gespitzt. Wenn es das war,

was ich vermutete, dann war ich zumindest ein Dilemma los und musste mich nicht ständig fragen, ob ich Robin von Cecils angeblichen Äußerungen gegenüber dem Gesandten erzählen sollte. Mittlerweile war mir nämlich zu allem anderen auch noch der Gedanke gekommen, dass sich Cecil schlicht und einfach auf de Quadras schlechte Englischkenntnisse berufen und behaupten konnte, der spanische Botschafter habe ihn gründlich missverstanden.

»Was die junge Königin der Schotten und Franzosen gesagt haben soll, als sie von my lady Dudleys Tod erfuhr«, entgegnete Lady Norris. »Mary Stuart soll sich vor ihrem versammelten Hofstaat aufgebaut und verkündet haben: *Die Königin von England wird ihren Stallmeister heiraten, der seine Frau getötet hat, um Platz in seinem Bett für sie zu schaffen.* Das denkt im Ausland derzeit jeder, und ich will nicht wissen, wie viele in diesem Land bereits hinter vorgehaltener Hand darüber sprechen, also erzählt mir nichts davon, dass Ihr Euer Bestes getan habt, die Angelegenheit aufzuklären, Master Blount!«

»Kein treuer Untertan würde je so etwas denken«, sagte Anthony Forster beschwichtigend.

Und die nicht ganz so treuen Untertanen machten sich nicht die Mühe, bei ihrem Hochverrat die Hand vor den Mund zu halten, dachte ich grimmig.

»Das hofft Ihr wohl«, antwortete Lady Norris vernichtend. »Euch nennt der Klatsch nämlich als denjenigen, der my lord Robert den Gefallen getan und den Mord für ihn begangen hat. Schließlich seid Ihr hier der Hausherr, Forster.«

»Ich bin ein Mann von Ehre«, fuhr er auf.

Du bist für mich vor allem der Fast-Schwager des ehrlichen Ned. Natürlich sprach ich es nicht laut aus. »Und ein zukünftiger Vater«, sagte ich stattdessen freundlich. Wir schauten uns an, wohl wissend, woran der andere dachte, als ich mein Glas erhob und seinem Kind gute Gesundheit wünschte. Was Lady Norris davon hielt, sagte sie nicht; sie stieß jedoch mit uns an.

Claire Latimer brachte die Brühe herein, die den ersten Gang darstellte, und der Rest der Mahlzeit verlief in eisigem Schweigen, bis auf ein paar kurze Bemerkungen zwischen Mrs. Odingsells und Lady Norris. John Appleyard hatte sich entschuldigen lassen, wegen Magengrimmen. Ich unterließ es, in Edith Odingsells Richtung zu schauen, als Latimer das ausrichtete; trotzdem bin ich sicher, dass ich ein Lächeln auf ihren Lippen gesehen hätte, welches man sicher für freundliche Anteilnahme halten konnte, wenn man wollte.

Die stille Mahlzeit gab mir Zeit, mir zwischen dem gesalzenen Hering und dem gebratenen Schwein weiter den Kopf zu zerbrechen, was um alles in der Welt ich zu Pirto sagen sollte, um sie davon zu überzeugen, endlich mit der Wahrheit über die Briefe herauszurücken. Wie konnte ich sie von ihrer Rache abhalten? Überzeugen, dass Robin und ich schuldlos waren, konnte ich sie nicht.

Bis die Becken zum Händewaschen gereicht wurden und das Mahl beendet war, hatte ich immer noch keine Idee. Also tat ich, was uns zu tun in solchen Fällen übrig bleibt: Ich ging in die Kapelle, um zu beten.

Aus den Tagen bis zur Entscheidung waren Stunden geworden.

Vielleicht bildete ich es mir nur ein, doch mir schien, dass dort, wo Amy noch bis zum heutigen Morgen aufgebahrt gewesen war, trotz all der Kerzen der Geruch des Verfalles in der Luft hing. Ich hätte vor meiner Abreise nach Oxford die Anweisung erteilen sollen, sie einzubetten. Ich hätte daran denken *müssen*.

Auf einmal sah ich Amy vor mir, doch nicht die Frau, die ich in Kidderminster unbedacht in meinen Armen gehalten hatte, und nicht die Frau, die hier in Cumnor bitter von mir Abschied nahm. Nein, es war das junge Mädchen, das ich auf seiner Hochzeit tanzen sah, glücklich wie nur je eine Braut und voller Überzeugung, dass sie von Gott, seinen Heiligen und allen Menschen gesegnet war.

»Jetzt weint Ihr«, sagte eine Stimme, und ich sah, dass Pirto einmal mehr im Halbdunkel verborgen gewesen war, hinter dem Altar. »Aber wenn sie morgen von den Toten auferstände, dann wäret Ihr doch alles andere als glücklich, Sir. Ihr und Lord Robert. Wenn Gott ein Wunder täte wie an Lazarus und sie träte jetzt lebend in diese Kirche, dann wärt Ihr binnen einer Woche wieder in Kidderminster oder bei Hofe oder in London, und Lord Robert, der käme vielleicht einmal her, würde sie bitten, doch Vernunft walten und ihn gehen zu lassen, und würde dann aus ihrem Leben verschwinden. Wollt Ihr wirklich behaupten, das würde nicht geschehen?«

Ich öffnete den Mund, um mich zu rechtfertigen. Schließlich musste ich sie davon überzeugen, dass es keine Rache auszuüben gab. Dann dachte ich daran, dass ich noch in der gestrigen Nacht erwogen hatte, sie für mich zum Sündenbock zu machen, und schloss ihn wieder.

In der Tat, ich war zu alt für dies alles.

»Nein«, sagte ich. »Das will ich nicht. Genauso würde es kommen.«

Das Kerzenlicht ließ Pirtos Gesicht heller aussehen, als es war, wie das Antlitz einer Marmorstatue.

»Ich habe mit den Geschworenen gesprochen, als Ihr fort wart, Master Blount«, sagte sie. »Wie der Rest des Gesindes. Wisst Ihr, ich hätte ihnen von den Briefen erzählen können. Oder davon, was my lady einmal zu mir gesagt hat: Vielleicht ist es Robin, Pirto, vielleicht ist es seine Schuld, dass wir keine Kinder haben. Nun, das werden wir ja sehen. Es würde ihm recht geschehen, wenn ich ihm das Kind schenke, das er einmal haben wollte, und es ist nicht seins, nicht wahr?«

Ich will nur das, was mir zusteht, hörte ich Amy im Dunkeln flüstern. Das Entsetzen, das mich ergriff, war so stark, dass es mich taumeln ließ. Ich stütze mich mit beiden Händen auf dem Altar ab und fühlte, wie alles in mir aufschrie. *Ein Kind,* dachte ich, *mein Kind! Sie war schwanger, und mein Kind ist mit ihr gestorben.* Ich rang nach Atem, und mein gesunder Menschenverstand setzte wieder ein. Sie konnte nicht schwanger gewesen sein: Jetzt war September, und sie hatte Kidderminster im Mai verlassen. Jeder hier in Cumnor hätte darüber Bescheid gewusst. Doch die Kälte der Verzweiflung, die an meiner Wirbelsäule emporkroch, war dadurch nicht gebannt.

»Sie war nie …«, murmelte ich.

»Nein«, erklärte Pirto kalt. »Nein. Und da wusste sie, dass es an ihr lag. Es brach ihr das Herz. Danach wurde es bei ihr immer schlimmer mit den Beschwerden. Ich habe gehört, dass es bei Königin Mary ähnlich war. Sie wollte unbedingt ein Kind von dem Spanier haben, und eine Zeitlang dachte sie, sie bekäme eins, und sie ließ das ganze Königreich für sich und ihr Kind beten. Aber dann kam kein Kind, nur die Scheiterhaufen, und wir hörten, dass sie stattdessen eine Krankheit unter ihrem Herzen trug und dass es dieses Leiden war, das die Königin Mary von innen verzehrte. My lady wurde zuletzt auch verzehrt. Vielleicht war sie wirklich krank, und vielleicht war es nur ihr Herz, aber als sie begriff, dass sie nie ein Kind haben würde, da hatte sie keine Hoffnung mehr. Überhaupt keine. Ihn würde sie nicht mehr zurückbekommen, Euch hat sie nie wirklich gehabt, und nun nicht einmal mehr ein Kind. Wisst Ihr, wie das ist, überhaupt keine Hoffnung mehr zu haben, Master Blount?«

Ich schüttelte den Kopf. Es hatte nie einen Moment in meinem Leben gegeben, in dem ich die Hoffnung auf eine gute Zukunft verloren hatte, auch nicht, als ich das meiste meines Hab und Guts verlor, als John Dudley tot und seine verbliebenen Söhne im Tower waren, oder im Dreck von Frankreich, als das Blut von Robins Bruder uns ins Gesicht spritzte.

»Sie kannte sich selbst nicht mehr«, wiederholte ich mit

belegter Stimme etwas, was jemand über Amy gesagt hatte, als ich nach Cumnor kam; ich erinnerte mich nicht, wer. »Ohne Hoffnung kennt niemand sich mehr.«

Pirto nickte. »Deswegen habe ich den Geschworenen nichts von den Briefen gesagt«, sagte sie. »Es stehen Dinge darin, die hat nicht my lady geschrieben. Nicht die Herrin, die immer die meine war. Das war eine andere Frau. Und Ihr habt sie dazu gemacht. Ihr verdient es, dafür bestraft zu werden. Ihr und der Herr, alle beide.«

»Warum«, fragte ich tonlos, und mein Herz schien mir schwerer zu sein als jemals zuvor, »hast du den Geschworenen dann nicht gesagt, wir seien schuld an ihrem Tod? Es wäre nur eine halbe Lüge gewesen. Meinst du denn, sie würden nicht wagen, gegen Lord Robert zu urteilen, weil sie glauben, die Königin würde ihn schützen?«

»Nein, deswegen nicht.« Pirtos Stimme war klar und kalt wie ein Wintertag. »Nicht so, wie Ihr das meint. Wenn ich gesagt hätte, Lord Robert hat sie getötet, oder Ihr, oder Ihr für ihn, dann hätte es danach nur zwei Wege gegeben, und ich wollte keinen von beiden beschreiten. Wenn die Geschworenen mir glauben und ihn schuldig sprechen würden, dann wartete sicher das Beil auf ihn, doch er würde als das Opfer einer Lüge sterben. Es gibt keine halben Lügen, Master Blount, aber es wundert mich nicht, dass Ihr nicht mehr wisst, was eine Sünde ist und was nicht. Ein Mann, der unschuldig stirbt, unschuldig zumindest an dem, was ihm durch falsche Zeugen zur Last gelegt wird, so ein Mann kommt nicht in die Hölle. Seine anderen Sünden werden ihm erlassen. Ja, glaubt Ihr denn, ich lasse zu, dass Lord Robert in den Himmel kommt, wenn my lady in der Hölle leiden muss?«

Wir werden alle in der Hölle brennen, hatte Mrs. Owen gemurmelt, Worte wiederholend, die von Amy stammen sollten, und nun hörte ich ihr Echo auch bei Pirto. *Alle.* Es hätte mir klar sein müssen, dass Amy nicht Befürchtungen über sich selbst geäußert hatte, sondern einen Fluch, der Robin genauso traf wie mich und vielleicht auch die Königin.

»Niemals«, fuhr Pirto fort. »Und wenn die Geschworenen mir nicht glauben würden und ihn freisprächen, dann stünde er vor aller Welt sogar als unschuldig und gerechtfertigt da. Wäre das denn gerecht? Nein! Deswegen habe ich gerade so viel gesagt, dass sie ihn nicht verurteilen werden, doch auch nicht freisprechen. Die ganze Welt wird ihn für schuldig halten, und er kann nie von sich behaupten, er sei für unschuldig erklärt worden, weil ihn nie jemand vor Gericht deswegen angeklagt hat. An jedem Tag seines Lebens werden ihn die Menschen anschauen und denken, dieser Mann hat seine Frau getötet. Robin Dudley wird nicht als Gerechter sterben, sondern als Sünder leben, und in seiner unerfüllten Gier nach Macht und seinem Stolz wird er in Sünde sterben und geradewegs zur Hölle fahren. So ist es gerecht.«

»Pirto«, sagte ich und versuchte mich, an das Einzige zu klammern, was sie vielleicht aus ihrer furchtbaren Logik herausreißen könnte, »was meinst du damit, dass my lady in der Hölle leiden muss? Willst du damit sagen …«

»Nichts will ich sagen«, schnitt sie mir das Wort ab. »Sucht ruhig weiter nach den Briefen, Master Blount. Ihr werdet den Rest Eures Lebens suchen, und Ihr werdet sie nie finden.«

»Pirto, ich …«

»Das ist Eure Strafe. Zu wissen, dass die Wahrheit in ihnen steht, und sie niemals zu finden. Aber jeden Tag werdet Ihr Euch fragen müssen, ob nicht jemand anderes sie findet. Für den Rest Eures Lebens, hört Ihr? Und verschwendet Eure Zeit nicht damit, mich nach ihnen zu fragen, Master Blount. Ihr könnt bitten, flehen, und ja, Ihr könnt mich auf das Streckbett legen lassen, aber ich werde Euch doch nicht verraten, wo sie sind. Doch ich glaube nicht, dass Ihr das tun werdet. Denn wenn Ihr my ladys Zofe foltern lasst, was denkt Ihr wohl, was die Welt dann von Euch glaubt?«

Es war sinnlos. Ich ließ sie allein zurück, umgeben von den Kerzen, die für eine Tote brannten.

Auf dem Weg von der Kapelle zum Haus begegnete mir Claire Latimer, die mir mitteilte, dass die Geschworenen zurückgekehrt seien und mich zu sprechen wünschten. In dem Zustand, in dem ich mich nach dem Gespräch mit Pirto befand, war es mir gleich, ob das bedeutete, dass sie mich nun verdächtigten.

Ich fand sie in dem Speisezimmer, in dem für sie noch einmal die Gänge aufgetragen wurden, die auch wir schon gegessen hatten.

»Master Blount.« Der Bürgermeister sah mich prüfend an. »Stimmt es, dass Ihr my lady Dudley habt beerdigen lassen?«

»Bis zu ihrer endgültigen Beisetzung, ja«, sagte ich tonlos, und erwartete die Frage, ob es mir denn darum gegangen sei, damit etwas zu verbergen.

»Das war gewiss das Richtige«, meldete sich stattdessen Irsby zu Wort, der Mann aus Cambridge. »Unser Fleisch ist nun einmal vom Verfall bedroht, sobald es die Seele verlassen hat. Außerdem habe ich meine Untersuchung längst abgeschlossen, als wir das letzte Mal hier weilten.«

»Und zu welchem Schluss«, fragte ich, »seid Ihr gekommen?«

Irsby blickte zum Bürgermeister, der zustimmend nickte. »Ein Genickbruch«, sagte er in seiner dozierenden Gelehrtenstimme, »ausgelöst durch einen Fall. Doch was den Fall verursacht hat, das wissen wir natürlich nicht.«

»Natürlich.« Ich atmete tief durch. Was auch immer ich sagte oder nicht sagte, konnte gegen mich und Robin ausgelegt werden; also machte es keinen Unterschied, wenn ich die Frage nach einer der vielen Ungereimtheiten selbst stellte. »Aber gibt es Euch nicht zu denken, dass my ladys Haube und Haar durch diesen Sturz nicht in Unordnung geraten waren?«

»Master Blount, was plagt Euch?«, fragte der Bürgermeister verwundert und erfasste mit seiner Rechten das Amtssiegel, das er um den Hals trug. »Dergleichen Fragen erwarteten wir von Master Appleyard zu hören, doch nicht von Euch.«

»Nun, ich …«

»Selbstverständlich gibt uns das zu denken, Mann!«, donnerte einer der anderen Geschworenen. »Riecht nach einem teuflischen Bubenstück, aber …«

»Aber vom Teufel wollen wir hier nicht sprechen«, unterbrach Irsby ihn fest. »Die Magd Pirto hat eingestanden, dass sie my lady das Haar gerichtet haben könnte.«

Das ließ mich inmitten meines Schuldbewusstseins aufhorchen. Wenn Irsby Cecils Mann war, hätte er dann nicht eher alles hervorheben sollen, was nach Mord aussah?

»Ihr glaubt Pirto also?«, forschte ich.

»Wir glauben, dass sie vor Kummer außer sich ist«, sagte Irsby ruhig. »Und da scheint sie nicht die Einzige gewesen zu sein, nach den Geschichten, die sie über eure Lady erzählt hat.«

Mir wurde kalt. »Nämlich?«

»Die Klagen über Schmerzen in ihrer Brust und die Bitten, dass Gott sie aus ihrem Elend erlösen möge«, sagte der Bürgermeister. »Ihr müsst zugeben, das klingt nach einem verzweifelten Gemüt und …« Er bekreuzigte sich. »Nach der Sünde des Selbstmords.«

»Das ist jedoch noch nicht unser Spruch«, sagte Irsby eilig. »Meine Herren, ich muss noch einmal betonen, dass Sünder, die sich ihr eigenes Leben nehmen, für gewöhnlich den Strick oder den nächsten Fluss wählen. Sich von der Treppe eines Hauses zu stürzen, wo noch nicht einmal sicher ist, dass man sich dabei ein Bein bricht, geschweige denn den Hals, das würde nur ein Geistesschwacher tun, und nach allen Aussagen hatte my lady ihren Verstand sehr wohl beisammen.«

Der Bürgermeister sah zweifelnd aus, und mehrere der übrigen Geschworenen schienen der gleichen Meinung zu sein.

»Ich kannte my lady Dudley gut«, sagte ich mit fester Stimme. Einen Moment lang fragte ich mich noch, ob Pirto ihnen auch von Amys Prophezeiung über unser aller Ende in der Hölle erzählt hatte oder es im unpassenden Moment aus den Tiefen von Mrs. Owens trübem Geist hervorgequollen war, doch darauf kam es nun nicht an. Wichtig war nur, einen Schuldspruch auf Selbstmord zu verhindern. »Sie war eine fromme Christin, das werdet Ihr schon von allem Gesinde hier gehört haben, die sich nie selbst der Hölle überantwortet hätte. Doch selbst gesetzt, Schmerzen in Körper und Seele hätten ihre Gottesfurcht beeinträchtigt, so war sie überdies eine Frau, die in ihrem Leben wenig dem Zufall überließ. Ihr habt gehört, was Master Irsby gesagt hat: Der sichere Weg, seinem Leben ein Ende zu setzen, ist ein Fluss wie der hier ganz in der Nähe oder ein Strick, wie es sie im Stall zur Genüge gibt. Dies sind die Wege, die auch Ihr – Gott möge es verhüten – wählen würdet. My lady Dudley war keine Magd, sie war eine gebildete Frau und, das versichere ich Euch, bei klarem Verstand.«

Sie schauten einander an, und langsam, einer nach dem anderen, begannen sie zu nicken. Selbst der Bürgermeister ließ die Schultern sinken, als akzeptiere er mein Argument, auch wenn seine Miene weiterhin angespannt blieb.

»Master Blount«, fragte Irsby, »habt *Ihr* eigentlich selbst medizinische Kenntnisse?«

Ich schüttelte den Kopf: »Warum fragt Ihr?«

»Weil mir scheint, dass Euch Eure Schulter schmerzt«, sagte er freundlich. »Ihr solltet Euch in Behandlung begeben.«

Ich machte eine abwehrende Handbewegung und wandte mich an den Bürgermeister. »Habt Ihr weitere Fragen an mich?«

»Doch«, sagte er. »Man hat mir mitgeteilt, dass Ihr my lady Dudleys Briefe in Gewahrsam habt. Wir wollen sie gerne lesen.«

Zuerst dachte ich, dass Pirto oder Forster mir auf diese

Weise einen letzten Schlag versetzen wollten, und starrte ihn an. Der Bürgermeister erwiderte meinen Blick ohne Hohn oder Feindseligkeit. Dann fiel mir wieder ein, dass ich tatsächlich noch über Amys Briefe verfügte, seit dem Tag meiner Ankunft in Cumnor: das Schreiben an den Schneider in London, all die unpersönlichen Dokumente, die nichts über ihr Gemütsleben verrieten. Diese Briefe waren gemeint. Es bestand kein Grund, zu glauben, dass die Geschworenen von anderen etwas wussten.

»Sehr wohl«, sagte ich erschöpft und führte sie in das mittlerweile von Appleyard besetzte Zimmer, wo ich die Schriftstücke wieder in der Truhe verschlossen hatte. Der ganze Raum stank gotterbärmlich, und Appleyard war gerade dabei, Hugh Latimer einen vollen Nachttopf zum Leeren zu übergeben. Er zeterte darüber, dass wir ihn in Ruhe lassen sollten, doch als ihm erklärt wurde, worum es ging, bestand er darauf, dass die Briefe sein Eigentum seien. Zu guter Letzt ließ er sich dazu bequemen, sie den Geschworenen zu überlassen, wenn sie ihm denn nach der Lektüre umgehend zurückerstattet würden.

Mir war mittlerweile so übel, dass ich hätte speien mögen, und das nicht wegen Appleyards Rizinus-bedingtem Durchfall. Ich ließ die Geschworenen mit ihm und Amys Schneiderrechnungen zurück und ging zum Stall, um mein Pferd satteln zu lassen. Ein Leben gab es immerhin, zu dessen Rettung ich beitragen konnte, statt es zu zerstören.

Ich ritt nach Abingdon, wo mich Frobisher mit Herbert Maudlin erwartete. Wie ich vermutet hatte, waren Feltons Aussichten, nicht wegen Mord an George Harkness gehängt zu werden, auch mit einem Rechtsgelehrten aus Oxford an seiner Seite mehr als gering. Doch das, was ich Maudlin vorzuschlagen hatte, war, wie er mir sagte, eine Rettungsmöglichkeit für den Knecht. Es gab einen Fall, in dem Felton nicht verantwortlich gemacht werden konnte: bei Besessenheit durch Dämonen oder den Teufel selbst. Und der Teufel war in Abingdon gesehen worden, vor Jahren und erst vor kurzem wieder, und das nicht nur von Felton. Natürlich musste Besessenheit von mehr als einem Gelehrten bezeugt werden.

»Und Ihr meint wirklich, dass Anthony Forster dafür bezahlen wird?«, fragte Maudlin. »Ich glaube nämlich nicht, dass Arthur Heatherton umsonst aus York hierherkommt, oder Cyrus Vaughn, und die beiden sind die Experten auf diesem Gebiet.«

»Oh ja«, sagte ich. »Wenn Ihr ihm vorher sagt, dass Ihr gedenkt, sonst eine gewisse Barbara Cross als Zeugin für Feltons Unschuld einzuberufen und alle übrigen Mitglieder ihrer Familie. Schließlich war sie der letzte bekannte Fall von Besessenheit. Aber Ihr solltet es bald tun, ehe Alice Forster aus Suffolk zurückkehrt. Sie erwartet ein Kind, und werdende Väter sind unberechenbar.«

Forster würde in den Geldbeutel langen und den törichten Knecht vor dem Galgen retten; ich muss ehrlich gestehen, dass die Aussicht mich nicht nur befriedigte, weil ich Felton für unschuldig hielt. Ob Forster nun derjenige war, der George Harkness wirklich hatte umbringen lassen, oder jemand anderer, wusste ich allerdings noch immer nicht. Auch an diesem Nachmittag in Abingdon sollte ich es nicht herausfinden. Immerhin erzählten mir Maudlin und Frobisher etwas, was vielleicht nichts, vielleicht aber auch alles bedeuten konnte.

»Wie es scheint, ist Master Maudlin nicht der erste Gelehrte, den Felton in den letzten zehn Tagen gesehen hat«, sagte Frobisher. »Nein, wie Felton uns erzählte, hat es hier einen Schreiberling gegeben, einen unscheinbaren Kerl, der Harkness dafür bezahlen wollte, den Leibwächter und Führer für ihn zu spielen.«

»Ein Mann aus Cambrigde«, sagte Maudlin voller Verachtung.

»Und wo wollte er hin?«, fragte ich erstaunt. Das einzige Ziel, das ein Gelehrter aus Cambridge in dieser Gegend haben konnte, war Oxford, und die kurze Strecke dorthin war nicht für Straßenräuber berüchtigt.

»Nach Oxford. Felton hat es Harkness übelgenommen, dass dieser sich das schnell verdiente Geld selbst unter den Nagel riss, statt ein gutes Wort für ihn einzulegen.«

»Woher wissen wir, dass der Mann tatsächlich aus Cambridge kam?«, wollte ich wissen.

»Nun«, erklärte Frobisher, »um Harkness seine mangelnde Kameradschaft heimzuzahlen, hatte Felton dem Schreiberling gesagt, dass es zwischen Abingdon und Oxford in den letzten zwanzig Jahren keine Überfälle mehr gegeben habe. *Ah, aber Oxford selbst steckt voller Räuber*, hat der Fremde daraufhin gesagt und gelacht. *Zumindest für uns, die wir in Cambridge studiert haben.*« Er ahmte einen eingebildeten Schreiberling so gekonnt nach, dass ich mir ein Grinsen nicht verkneifen konnte.

»Cambridge«, schnaubte Maudlin verächtlich und belehrte mich wie alle anderen Oxfordianer vor ihm, dass wahre Gelehrsamkeit nur in Oxford zu finden sei und keinesfalls an »jenem anderen Ort«.

»Hat Felton Euch eine Beschreibung dieses Mannes aus Cambridge gegeben?«, fragte ich, und Maudlin nickte. Ich erwartete halbwegs, dass die Beschreibung auf Irsby zutraf, doch stattdessen sagte Maudlin: »Es ist doch eigentümlich, was das menschliche Gedächtnis sich merkt. Felton sagte, der Mann sei mit Sommersprossen übersät gewesen, und als ich zu ihm sagte, dass dem doch bei den meisten Menschen im Sommer so sei, da entgegnete er mir: Gewiss, bei unsereins, wir sind ja immer draußen, aber nicht bei Gelehrten wie Euch, die ständig in den Stuben hocken und feine weiße Hände haben, die nie einen Pflug anrühren würden. Dieser Kerl hatte sogar Ringe an seinen Händen, fast wie ein Edelmann, mit einem roten Stein, obwohl er sonst nur einen einfachen Wollmantel trug und Leinen, keinen Samt. Aber Finger hatte er wie ein Getreidedrescher, gar nicht wie ein Federfuchser.«

»Ringe und kräftige Hände«, wiederholte ich und dachte an Cecils Schreiber.

»Ganz recht«, gab Maudlin zurück. »Und da wirft man uns in Oxford Protzerei vor, aber das kann ich Euch sagen, Rubine trägt bei uns keiner.«

Damit war es immerhin wahrscheinlich, dass Cecils Sekretär durch Abingdon gekommen war. Ich hätte erleichtert sein sollen, doch bei mir stellte sich keine Befriedigung ein. Zum einen, weil ich selbst gerade dafür gesorgt hatte, dass Feltons Aussagen wertlos waren; wenn man ihm Besessenheit attestierte, dann war alles, was er von sich gab, auch nur Gerede unter Einfluss von Dämonen. Zum anderen, weil zu wissen, dass vor Amys Tod ein Vertrauter Cecils in Abingdon gewesen war, nichts an dem änderte, was Pirto in der Kapelle zu mir gesagt hatte. Es machte das, was Robin und ich Amy angetan hatten, nicht besser. Und es machte Amy nicht wieder lebendig.

Als ich nach Cumnor zurückkehrte, fing mich Edith Odingsells zwischen dem Stall und dem Haus ab. »Ich glaube, ich …«, begann sie, unterbrach sich dann aber selbst. Sie musterte mich prüfend. »Was ist Euch, Tom?«, fragte sie, und es lag nicht eine Spur Feindseligkeit mehr in ihrer Stimme.

»Eine Frau ist tot«, sagte ich müde. »Darauf läuft doch alles hinaus, oder etwa nicht? Ich wollte es nur nicht wahrhaben, Gott helfe mir. Dabei ist es so einfach. Ich hätte das alles sehr leicht verhindern können, wisst Ihr? Als Robin siebzehn war und alle paar Wochen seiner ganz großen Liebe begegnete. So unreif darf man doch nicht heiraten, und ich war derjenige, der dabei einfach zusah und es eigentlich nur lustig fand. Ich war derjenige, der mit dem alten Robsart die Hochzeitsbedingungen aushandelte. Es wäre so einfach gewesen, unangemessene Forderungen zu stellen und dafür zu sorgen, dass es zu keiner Ehe kam. John Dudley war nicht gegen die Verbindung, aber sie gehörte auch nicht zu seinen Plänen, und er wäre Robsart nicht sehr weit entgegengekommen, nur, um einem seiner Söhne einen Gefallen zu tun und ihn aus Liebe heiraten zu lassen. Er hätte Robin gesagt, er solle sich das Mädchen aus dem Kopf schlagen, und mein Vetter hätte eine Weile Trübsal geblasen und sich dann in eine andere verliebt.«

»Tom, Ihr …«

»Und noch in diesem Frühjahr, wisst Ihr, was ich da hätte tun sollen, statt meinen eigenen Launen nachzugeben, als Amy zu mir kam? Ich hätte mich sofort auf den Weg zu Robin machen und ihm sagen sollen, dass es seine Pflicht und Schuldigkeit wäre, sich endlich um die Frau zu kümmern, die er vor Gott zu der seinen gemacht hat. Ich hätte sie nicht nach Cumnor bringen sollen, sondern nach Hampton Court, nach Windsor – es wäre noch nicht zu spät gewesen.«

»Ist das wirklich Euer Ernst?«, fragte Edith sanfter, als ich jemals für möglich gehalten hätte, doch ich achtete kaum darauf.

»Ja«, sagte ich, und das war es wirklich.

»Tom«, begann Edith, und ihre Stimme war nun so leise, dass ich zu ihr treten musste, damit ich sie verstand, »ich glaube, ich weiß, wo Pirto die Briefe versteckt hat. Ihr müsst selbst entscheiden, ob Ihr sie an diesem Ort suchen wollt und was Ihr damit tut, wenn Ihr sie findet.«

Was ich von den Briefen noch hoffte oder fürchtete, wusste ich nicht zu sagen. Ich wusste nur, dass ich die Wahrheit herausfinden wollte, so oder so.

»Wo?« fragte ich, und Edith Odingsells sagte es mir.

SECHSTES ZWISCHENSPIEL

Die Nordterrasse von Windsor Castle war ein einziger Baugrund, weil Elizabeth den Befehl gegeben hatte, sie überdachen zu lassen. »Ich will bei jedem Wetter an die frische Luft gehen können«, hatte sie gesagt, »ohne dass du mir damit ständig in den Ohren liegst, dass ich mir eine Erkältung einfange.«

Am Samstagmorgen machte sie ihren Spaziergang zwischen Gerüsten aus Fichtenholz, von mir und zwei weiteren verstohlen hinter vorgehaltener Hand gähnenden Hofdamen begleitet. Die Uhr der Georgskapelle hatte gerade erst sechs geschlagen; daher waren noch keine Arbeiter hier. An anderen Tagen hätte ich mich selbst in mein Bett zurückgewünscht, denn allmählich fühlte ich mich zu alt für solche frühmorgendlichen Ertüchtigungen, aber in der vergangenen Nacht hatte ich ohnehin kaum geschlafen. Die beiden anderen Hofdamen waren junge Mädchen, die mir sofort gehorchten, als ich ihnen bedeutete, etwas zurückzubleiben.

»Es ist noch nicht Sonntag, Kat«, sagte mein Mädchen zu mir, da sie sofort merkte, dass ich alleine mit ihr sprechen wollte. »Noch zwei Tage, bis es Nachricht aus Cumnor geben muss. Und ist nicht alles zwischen uns gesagt, was es zu Robin und mir zu sagen gibt? Lass uns den Morgen nicht mit einem Streit beginnen.«

»Es war nicht meine Absicht, über my lord Dudley zu sprechen«, sagte ich; meine Lippen fühlten sich taub an, als ich sie bewegte. »Madam, Ihr habt schon als Kind gerne Spitznamen verteilt. An Eurem Geburtstag vor einer Woche fiel mir auf,

dass Ihr my lord Dudley zwar Eure Augen nanntet, doch Sir William Cecil Euren Geist.«

»Und was weiter?«, fragte sie, ungehalten und neugierig zugleich.

»Ohne Eure Augen wäret Ihr blind, doch ohne Euren Geist wäret Ihr tot.«

»Wenn du wissen möchtest, ob mir Cecil unentbehrlicher ist als Robin, dann ist die Antwort, dass Cecil für das Königreich wichtiger ist.« Elizabeth seufzte und sah in den Garten. »Kat, du kannst dir nicht vorstellen, wie viel Arbeit noch vor mir liegt. Ich will, dass wir wieder ein Land werden, das reich und mächtig ist, ein Land, in das Ausländer kommen, um Handel in unseren Kontoren zu treiben und Wissen an unseren Universitäten zu lernen, nicht ein Land, dessen Münzen anderswo kaum noch etwas wert sind und aus dem ständig Menschen der einen oder anderen Religion auf den Kontinent fliehen müssen. Cecil versteht das, mehr als sonst jemand im Kronrat. Er weiß, dass es nicht darum geht, sich ein Vermögen in die eigene Tasche zu wirtschaften, oder darum, es den Katholiken heimzuzahlen für alles, was während der Herrschaft meiner Schwester geschehen ist. Die meisten Männer mit Erfahrung in den letzten Regierungen wollen entweder das eine oder das andere. Cecil dagegen kann man nicht kaufen, und er ist auch kein Fanatiker.« Sie sah mich an. »Ich will keine Fenster in die Seelen der Menschen machen, Kat; wir sind nun ein protestantisches Land, aber ein Teil meiner Untertanen wird immer katholisch bleiben, und solange sie mich als ihre Herrscherin anerkennen, ist mir das recht. So manch ein Mitglied des Kronrats möchte nichts lieber als einen Gottesstaat mit nur einem einzigen Credo, aber nicht Cecil. So ein Minister ist unbezahlbar.«

»Aber mit Verlaub«, protestierte ich, »meint Ihr nicht, dass man es Verrat nennen könnte, was zwischen ihm und John Dudley geschehen ist, als Cecil Edward Seymours Dienste ver-

lassen hat, und dann zwischen ihm und Eurer Schwester, als er Dudley verließ?«

»Nein«, sagte sie bestimmt. »Oh, er wollte überleben, aber in erster Linie wollte er das, weil er wusste, dass das Land ihn braucht. Das Land braucht ihn, weil ihm England wichtiger ist als sein eigenes Wohlergehen. Und deswegen wird er mich nicht verraten. Weil er weiß, dass es für mich ganz genauso ist.«

Es war kühl genug an diesem Morgen, dass ich ihren Atem sehen konnte, während sie weit ausschritt. »Deswegen habe ich ihn meinen Geist genannt.«

»Und wenn er nun … wenn ihm nun ein Unglück geschähe?«

Sie blieb stehen und sah mich erstaunt an. »Dann helfe Gott England«, sagte sie, »denn derzeit wüsste ich wahrlich nicht, wer ihn ersetzen könnte.«

Die beiden Hofdamen kamen näher, und sie hob ihre Hand, um sie aufzuhalten.

»Gibt es etwas, was du mir sagen willst, Kat?«

Ich schüttelte den Kopf. Was ich zu sagen hatte, musste ganz offensichtlich anderswo ausgesprochen werden. Elizabeth musterte mich noch einen Moment länger schweigend, dann fuhr sie mit ihrem Spaziergang fort.

Als wir wieder ins Schloss zurückkehrten, ließ ich mir ein Frühstück auf mein Zimmer bringen, während Elizabeth ihre erste morgendliche Besprechung mit Cecil hatte. Diesmal machte ich mir nicht die Mühe, ihn abzufangen, sondern wartete meinerseits. Mildred musste ihm von meinem gestrigen Besuch erzählt haben, und mit Sicherheit hatte er inzwischen entdeckt, was ihm nun fehlte.

Die meisten Hofdamen teilten entweder einen Raum mit einer anderen Hofdame, oder, wenn sie wie Mall Sidney verheiratet waren, mit ihrem Gemahl, und schliefen abwechselnd im Vorzimmer oder im Schlafgemach der Königin. Ich war die

Einzige, die ein Zimmer für sich hatte, und es lag so nahe den Gemächern der Königin, dass ich Cecil hörte, lange ehe er an meine Tür klopfte. Man musste ihm zugestehen, dass er die Ruhe selbst war, als ich ihn hereinbat.

»Mistress Ashley«, sagte er, »ich war bekümmert, dass Ihr gestern nicht bis zur Abendmahlzeit gewartet habt, da Ihr meinem bescheidenen Heim doch nun einmal die Ehre gabt; ich hätte Euch gerne bewirtet und Euch von meinem Besuch in Kew erzählt.«

»Wäre ich meinerseits dann wieder nach Windsor zurückgekehrt, oder hätte mich eine plötzliche Krankheit ereilt oder vielleicht ein Genickbruch?«, fragte ich schneidend.

»Das ist eine sehr kränkende Unterstellung«, sagte er ruhig.

»Ihr müsst natürlich alles über kränkende Unterstellungen wissen, Mr. Secretary. Gestern habe ich eine gelesen, die mir wirklich den Atem nahm. Verzeiht einer alten Frau, deren Gedächtnis sie manchmal im Stich lässt, doch mir schien, die Worte waren folgende: Cecil sagte, er glaube, dass der Königin der sichere Ruin durch ihre Verbindung mit Lord Robert drohe. Dass Lord Robert sich zum Herrn über Königreich und Königin gemacht habe. Von Lord Robert sagte er zweimal, der wäre im Paradies besser aufgehoben als hier, und zuletzt sagte er, dass Lord Robert und die Königin planten, Lord Roberts Gemahlin umzubringen. Zu diesem Zwecke habe Lord Robert in die Welt gesetzt, sie sei krank, aber sie sei mitnichten leidend, sondern nehme sich im Gegenteil in Acht, nicht vergiftet zu werden, und glaube, ihre Ermordung stünde unmittelbar bevor. *Wenn ich gestern nicht übel träumte, als ich in Eurem Haus war, dann, Sir William, waren das die Worte, die der spanische Botschafter an seinen König schrieb, zusammen mit dem Bericht darüber, wie der Tod von my lady Amy nur wenige Tage nach diesem Gespräch tatsächlich dem Hof gemeldet wurde.«*

Cecil seufzte leise, ganz leicht. »Habt Ihr die Abschrift hier?«, fragte er, immer noch in dem gleichen ruhigen, gesetzten Tonfall, in dem er stets zu sprechen pflegte.

»Nein«, entgegnete ich. »Ich werde Euch auch nicht sagen, wer sie hat, doch diese Person hat Anweisung, sie der Königin nach meinem eigenen Ableben zu übergeben oder nach meinem plötzlichen Verschwinden. Ich bin alles andere als jung, Sir William, und Ihr solltet darum beten, dass mich mein Herz in den nächsten Jahren dennoch nicht im Stich lässt oder ein Schiff mit mir an Bord untergeht.«

Er verschränkte die Arme vor der Brust. Ich konnte seinen Blick nicht deuten. »Aber Ihr habt sie der Königin nicht gleich gezeigt«, stellte er fest. »Warum nicht, Mistress Ashley, wenn Ihr nun einmal die Partei gewechselt habt und zu Robin Dudley übergelaufen seid?«

»Für mich gibt es nur eine Partei«, warf ich ihm kühl entgegen. »Die der Königin. Und das Warum *ist eine Frage, die Ihr mir beantworten solltet, nicht ich Euch.«*

»Aber Mistress Ashley, die Antwort kennt Ihr doch bereits«, gab er verwundert zurück. »Habe ich es Euch nicht bei unserem letzten Gespräch erklärt, und wart Ihr da nicht meiner Meinung? Manche Dinge mögen hübsch anzusehen sein, aber sie sind in ihrer Wirkung schädlich. Robin Dudley gehört weiß Gott dazu. Ich musste sicherstellen, dass er niemals König von England werden wird, und das ist nun geschehen. Ganz gleich, ob die Geschworenen ihn schuldig sprechen oder nicht, die öffentliche Meinung hat es längst getan, und diese Königin ist nicht wie ihre Schwester. Wenn sie wählen muss zwischen einem Mann und der Krone, wird sie immer die Krone wählen.«

Ich faltete meine Hände in meinem Schoß zusammen. »Und was«, fragte ich, »wird sie dann Eurer Meinung nach als Nächstes tun?«

Noch immer gegen die Tür gelehnt, zuckte er mit den Achseln. »Nun, da sie ihn nie heiraten kann und die Aussicht auf eine Krone ihm damit auf immer verwehrt ist, wird er in der Versenkung verschwinden. In ein paar Jahren, wenn der Frieden gesichert ist, wird England eine vernünftige Allianz mit einem der Länder auf dem Kontinent eingehen, und die Königin wird dem Land einen Erben schenken.«

Ich dachte daran, was Elizabeth mir über ihr irrsinniges Vorhaben erzählt hatte, ehelos und doch nicht ohne Robin Dudley zu bleiben. Nun bin ich vielleicht zu alt, um so einen Plan zu billigen, doch während ich William Cecil in seiner klugen Selbstzufriedenheit musterte, erschien mir das Vorhaben meines Mädchens mit einem Mal nicht mehr nur verstörend; nein, ich hoffte – so unerhört und noch nie dagewesen es auch war –, es möge ihr gelingen.

»Und da seid Ihr Euch sicher?«

»Selbstverständlich«, sagte er. »Was sonst könnte geschehen?« Er trat auf mich zu und legte mir eine Hand auf die Schulter. »Ihr und ich, Mistress Ashley, wollen nur das Beste für die Königin. Was könnte es Besseres für einen Herrscher geben als ein blühendes Land, und Besseres für eine Frau als eine glückliche Ehe mit zahlreichen Kindern? Das ist die Welt, wie Gott sie gewollt hat. Und manchmal kostet es leider Opfer, um sie zu erreichen.«

»Ja«, sagte ich langsam, »das tut es wohl.«

»Dann gebt mir die Abschrift, Mistress Ashley.«

»Ich fürchte, Euer Opfer wird darin bestehen, mit der Ungewissheit zu leben, was aus dieser Abschrift geworden ist und ob die Königin sie je zu Gesicht bekommt, Sir William«, sagte ich kühl.

Er zog seine Hand zurück, und sein Gesicht verschloss sich. Dann nickte er, und wandte sich der Tür zu.

»Noch eines«, sagte ich, und er blieb stehen. »Habt Ihr eigentlich bei alldem je daran gedacht, dass Gott Rechenschaft von Euch fordern könnte für den Tod dieser unschuldigen jungen Frau, ganz gleich, was Ihr damit erreicht habt?«

»Oh, Mistress Ashley ... ich habe Amy Dudley nicht auf dem Gewissen«, entgegnete Cecil, ohne sich umzudrehen. »Ihr Tod kam mir zustatten, gewiss, und ich wusste von ihm, noch ehe er eintrat, doch die Entscheidung, die ihn zustande kommen ließ, die habe nicht ich getroffen.«

Mit diesem letzten Rätsel ließ William Cecil mich zurück.

KAPITEL 17

SONNTAG, 15. SEPTEMBER 1560

Es war eine helle Septembernacht. Vor kurzem hatte die stille Nachtluft den Klang der Glocken aus Abingdon zu uns getragen, die zwölf geschlagen hatten. Der Haushalt von Cumnor war endlich zur Ruhe gekommen. Der Himmel war klar und wolkenlos wie schon lange nicht mehr, und ich hätte das Talglicht, das ich bei mir trug, gar nicht gebraucht. Ich stellte es neben mir ab und begann, zu schaufeln.

Latimer und Hughes hatten die Truhe mit Amys Leiche wie befohlen unter die Erde gebracht, nicht in den Eiskeller, was sinnvoll gewesen wäre; nein, sie hatten meinem Befehl ganz wörtlich gehorcht, wie man es mit Befehlen tat, die einem von Menschen erteilt wurden, die einem zuwider waren. Das vorläufige Grab befand sich direkt hinter der Kapelle. Ich war nicht allein; Edith Odingsells hielt Wache, um sicherzustellen, dass ich nicht gestört wurde.

Zuerst hatte ich es nicht glauben wollen, aber dann leuchtete mir Ediths Verdacht mehr und mehr ein. »Nachdem der Leichenbeschauer und die Geschworenen hier gewesen waren, wusste Pirto, dass niemand mehr die Leiche untersuchen würde«, hatte sie erklärt. »Überall sonst hätte man die Briefe finden können, im Haus, im Garten, in den Ställen und natürlich erst recht bei Pirto selbst. Sie war ständig in der Kapelle, wenn man sie suchte. Sie hatte mehr als genug Zeit dazu.«

Es ist kein richtiges Grab, sagte ich mir, *und in ein paar Tagen wird man es ohnehin wieder öffnen, um Amy in ihre endgültige Ruhestätte nach Oxford zu überführen. Ich entweihe nichts.* Aber das, was ich tat, lastete doch schwer auf mir wie

Schuld und Buße, mit jeder Schaufel. Ich hatte alles getan, um ihr auszuweichen, der einfachen Tatsache des Todes dieser Frau, und nach Wahrheiten gesucht, die mich fort von dem Verfall eines Körpers führten, den ich noch vor ein paar Monaten in den Armen gehalten hatte. Nun würde ich ihr wenigstens noch einmal ins Gesicht schauen, ihr und der Wahrheit ihres Todes, und wenn es keine weiteren Erklärungen mehr gab, dann würde ich mich damit abfinden.

Der Sarg – nein, die Truhe lag nicht sehr tief, und natürlich war sie nicht abgeschlossen. Ich ertappte mich dabei, wie schon einige Male in den letzten Tagen in eine papistische Geste zu verfallen und mich zu bekreuzigen. Dann öffnete ich ihn.

Ihre Haare schienen gewachsen zu sein, und auch ihre Fingernägel, das war das Erste, was ich dachte; gewachsen, seit ich sie in Cumnor verlassen hatte, oder gewachsen im Tode, ich wusste es nicht. Unwillkürlich fiel mir Pirtos Anklage ein: Wenn ein Wunder geschehe und Amy von den Toten auferstünde, so würde ich doch nicht anders handeln, und einen furchtbaren Moment lang dachte ich, wir hätten sie lebendig begraben. Aber dann roch ich ihn wieder, den süßlichen Geruch des Verfalls. Ich berührte die Hände, die jemand über ihrer Brust gefaltet hatte und die nicht mehr starr waren, sondern erneut weich, wie bei allen Leichen, wenn mehr als zwei Tage vergangen sind. Zu weich.

Amys linke Hand fiel zur Seite, als ich sie berührte, und als ich sie wieder aufhob und auf ihre Brust zurücklegte, da spürte ich sie. Nicht den Stoff, nicht das gestärkte Leinen: mehrere sorgfältig gefaltete Blätter, unterhalb ihres Brustausschnittes.

»Verzeih mir«, sagte ich, und ich meinte nicht die Freiheit, die ich mir mit ihrer Leiche nahm.

Doch ich musste es wissen.

Nachdem ich die Briefe an mich genommen hatte, schloss ich die Truhe und schaufelte die Erde wieder in das Loch, in dem Amy nur kurz zur Ruhe gekommen war. Dann hob ich mein Talglicht und faltete die Briefe auseinander, einen nach dem anderen.

Manche stammten nicht von Amy; der erste, den ich erkannte, war tatsächlich einer von meiner Gattin Margery. Sie schrieb über häusliche Kleinigkeiten, nicht mehr. Zwei weitere kamen von Freunden aus Norfolk, die ich nicht kannte. Einer stammte von Robin, doch nicht aus diesem Jahr oder dem letzten; es war ein alter Brief, aus dem Tower, in dem er vom Tod seines Bruders Guildford berichtete. Zuerst war mir nicht klar, warum sie diesen Brief aufgehoben hatte, bis ich auf die letzte Zeile über seiner Unterschrift stieß.

Der Deine, bis wir uns wiedersehen, in Liebe.

Ich erinnerte mich daran, was Robin am Donnerstag zu mir gesagt hatte: dass er nach seiner Rückkehr aus dem Tower schon wusste, dass er Amy nicht mehr liebte. *Deswegen,* dachte ich und merkte, wie meine Kehle sich zuschnürte, *deswegen muss sie diesen Brief aufgehoben haben; es war das letzte Mal, dass er ihr sagte, dass er sie liebe, und sie es ihm glauben konnte.*

Ich hatte ihr nie geschrieben, und so war auch nichts von mir dabei. Es war seltsam, dass mich dieser Gedanke nun nicht mehr nur erleichterte, sondern auch einen eigenartigen Stich versetzte.

Dann fand ich die Briefe, die Amy geschrieben, doch nie abgeschickt hatte. Meistens war klar, dass sie nie dafür bestimmt waren, ihren Adressaten zu erreichen. Sie trugen noch nicht einmal eine Anrede, und doch wusste ich, an wen sie gerichtet waren.

Die Tochter einer Hexe ist immer auch eine Hexe. Eure Mutter ist als Hexe und Ehebrecherin hingerichtet worden. Wenn man eine Hexe ins Wasser wirft, dann ertrinkt sie nicht. Hat Euch je jemand ins Wasser geworfen? Ich wünschte, jemand würde es tun. Ich wünschte, Eure Schwester hätte Euch hingerichtet, dann wären wir alle glücklicher. Das wünschte ich.

Es gab noch mehr davon: Anklagen an die Frau, in deren Schatten sie zu erfrieren glaubte. Schließlich fand ich den Brief, der mit meinem Namen begann, dann durchgestrichen wurde, dann andere Formen der Anrede probierte, die Amy auch alle durchgestrichen hatte, bis sie dies wohl leid gewesen war und mit dem anfing, was sie mir zu sagen hatte.

~~Tom~~
~~Vetter Blount~~
~~Tom Blount~~
~~Blount~~
Ich wünschte, ich hätte Eure Söhne nicht gesehen und nicht Euch mit Euren Söhnen. Dann hätte ich es in Kidderminster getan. Aber wenn die Menschen Euch meinen Mörder in Robins Auftrag nennen würden, müssten auch diese Jungen dafür bezahlen. Ich bin bereit, jeden Preis aus meiner Börse zu begleichen, aber nicht aus der Eurer Söhne.
Forster dagegen verdient es nicht, sich nun bald einen stolzen Vater zu nennen. Wenn man ihm die Schuld gibt, umso besser. Aber eigentlich ist es mir gleich, was aus ihm wird.

Wenn das ganze Land davon redet, dass der eigene Gemahl einen tot wünscht, Tom, und das seit Jahr und Tag, dann hat man Zeit, über alles Mögliche nachzudenken, das schwöre ich Euch. Mein Bruder hat mir geschrieben, dass die Aussichten nicht gut für mich stehen, wenn Robin sich von mir scheiden lassen will; und dann wird er sie heiraten können. Es mag einen Skandal geben, gewiss,

doch bald wird es etwas anderes geben, über das sich die Leute dringender das Maul zerreißen wollen, und dann hat sie wieder alles und ich nichts.
Aber was, wenn die beiden dieses Risiko dennoch scheuen? Nun, niemand hier außer Pirto glaubt mir, dass ich krank bin, weil die Krankheit und die Schmerzen kommen und gehen, aber ich weiß, dass es so ist. Und heißt es nicht, auch die alte Königin wäre unter einem solchen Leiden dahingesiecht? Dann wird auch ihre Schwester die Zeichen zu deuten wissen. Er muss also nur warten, bis mich die Krankheit dahinrafft, dann kann er sie ebenfalls heiraten.
Was auch geschieht, er kann sie heiraten, und es wird für ihn sein, als habe es mich nie gegeben. Für ihn und für alle Welt, Tom.

Gewiss, ich spreche keine anderen Sprachen, und kein Mann wird mich je die klügste Frau des Reiches nennen oder sagen, ich habe einen Geist voller Bezauberungen. Aber ich bin nicht dumm.
Habt Ihr das eigentlich je bemerkt?
Ich bin nicht dumm.
Und darum habe ich einen Ausweg gefunden.

Sie liebt ihre Krone mehr als ihn. Das hat er selbst gesagt, als er noch versucht hat, mir gut zuzureden, damit ich nicht länger klage. Und er ist nicht der Einzige, der das sagt. Robin ist so stolz darauf, dass er sie besser kennt als sonst ein Mann im Land, und doch gibt es einen, der das Gleiche von sich behauptet. Cecil weiß immer, woher der Wind weht, das hat er gesagt, mein Schwiegervater, als er ihn mir vorgestellt hat auf meiner Hochzeit, zu der er geladen war, weil er damals gerade Edward Seymour an John Dudley verriet. Ihr und meine Schwiegermutter,

Robin und seine Geschwister, Ihr wart so sicher, dass Cecil später John Dudley an Königin Mary verraten hat. Ihr alle habt immer betont, dass er der gefährlichste Mann im Land sei. Und ich bin nicht dumm, Tom. Wenn mich die Dudleys nicht wollen, keiner von ihnen, dann suche ich mir den Mann als Verbündeten, den sie fürchten, den Mann, der genauso wenig wie ich Robin je als ihren Ehemann sehen will, und frage ihn um Rat.

Er hat mir versprochen, dass sie ihn nie heiraten wird, wenn sie zwischen ihrer Krone und ihm wählen muss. Sie ist nicht wie ihre Schwester, sagte er. Einen Mann zu heiraten, der im ganzen Land als Mörder gilt, einen Mann zu heiraten, wenn sie sich damit zur Mittäterin macht, weil jeder glauben wird, dass er es ihretwegen getan hat – das wird sie nicht. Und er versprach mir, das Seine dafür zu tun, dass sie keine andere Wahl hat, als ihn aufzugeben, wenn ich das Meine tue.

»Aber Selbstmörder brennen in der Hölle«, habe ich gesagt. Obwohl ich bereit wäre, meinen Preis zu bezahlen.

»Nicht Ihr«, hat er geantwortet, »nicht Ihr. Ihr werdet nicht Hand an Euch legen, und damit ist es nicht Eure Sünde. Ihr werdet meinem Mann ein Zeichen geben, und er wird Euch helfen. Kein Brief, nichts Derartiges, etwas ganz Einfaches, das Verwirrung stiften mag, aber keine Spuren hinterlässt. Schickt alles Gesinde auf den nächsten Markt und lasst es ihn am Vortag wissen. Doch es bleibt Eure Entscheidung, my lady. Wenn Ihr Eure Meinung ändert, dann geht mit auf den Markt, und alles bleibt beim Alten, so lange, wie es Euer Gemahl zulässt.«

Ein kluger Mann, da hattet Ihr alle wohl recht, Tom Blount.

Ihr selbst seid manchmal blind und taub, aber auch kein Tor. Wisst Ihr inzwischen, warum ich Euch schreibe? Weil ich noch immer Gerechtigkeit will. Ihr habt Robin nie zugeredet, mich wie die übrigen Dudleys bei Hof unterzubringen, und Ihr wusstet doch, wie sehr ich mir das wünschte. Als Ihr mich aus Kidderminster fortgeschickt habt, da habt Ihr nicht Eure Gemahlin gewählt, denn Ihr verlasst sie ja fast so oft wie Robin mich. Nein, Ihr habt ihn gewählt, Euren Vetter Robin, und das schöne Dasein als seine rechte Hand. Das habt Ihr gefährdet gesehen, und deswegen habt Ihr mich hierhergebracht, nach Cumnor.

Nun habt Ihr noch einmal die Wahl: Mit diesem Brief könnt Ihr Robins Unschuld vor aller Welt beweisen. Oh, es wird wohl immer noch Leute geben, die behaupten werden, er sei gefälscht, doch er wird genügen, um ihn in den Augen der meisten freizusprechen. Mehr noch, er wird ihm die Waffe in die Hand geben, um seinen größten Feind zu stürzen, und selbst wenn ihn die Königin trotz all dieses Glücks doch nicht heiraten sollte, dann lässt ihn das immer noch ohne Rivalen und als den mächtigsten Mann im Land zurück.

Aber verdient er das?

Das frage ich Euch.

Was verdient er, und was verdiene ich?

Nur dieses eine Mal, Tom:

Gebt mir das, was mir zusteht.

Amy

Edith Odingsells gesellte sich zu mir, als sie das Talglicht in meiner Hand zu einem kleinen Feuer aufflammen sah.

Der erste Brief, den ich verbrannte, war Margerys harmloses Schreiben.

In einem hat Amy sich gründlich geirrt, dachte ich, während ich beobachtete, wie die Zeilen meiner Gemahlin von den Flammen verzehrt wurden; *ich habe sie nicht Robins wegen aus Kidderminster fortgeschickt. Ich habe es für Margery getan.*

Es folgten die Briefe, die von Amys Wut erzählten, von ihrem Hass, von ihrer Einsamkeit und Verzweiflung. Ich schaute zu, wie sie vergingen, und ich hoffte, dass sich damit auch das eiserne Band auflösen würde, das sich immer enger um ihre Seele gelegt hatte.

Schließlich hielt ich das Talglicht an Amys Brief an mich, doch noch ehe die Flamme mehr tat, als eine Ecke zu entzünden, presste ich ihn gegen mein Wams, um das kleine Feuer wieder zu ersticken.

»Wollt Ihr eine Erinnerung behalten?«, fragte Edith leise.

»Dazu brauche ich keinen Brief«, entgegnete ich heiser und schüttelte den Kopf. »Nein. Aber ... Ihr habt ein Recht, ihn zu lesen.« Nach ihrer Hilfe war das unbestreitbar. Ich reichte ihr das Schreiben und wunderte mich, dass meine Hand dabei nicht zitterte.

Ich entzündete auch den Rest der Korrespondenz, während Edith las. Sie sagte nichts, bekreuzigte sich und reichte mir den Brief zurück.

Edith schwieg immer noch, als ich Amys Brief erneut über das Talglicht hielt, doch nicht entzündete. Schließlich stellte ich das Licht ab, faltete den Brief zusammen und steckte ihn in mein Wams.

»Warum, Tom?«

»Um Verantwortung zu übernehmen und den letzten Wunsch einer Toten zu erfüllen«, entgegnete ich. Auch wenn es nicht die ganze Wahrheit war, so doch alles, was ich laut ausdrücken konnte. »Vielleicht erinnert Ihr Euch«, sagte ich. »Als wir Kinder waren, da erschreckte man uns mit Geschichten über Gottesurteile. Glühende Eisen, über die Menschen laufen mussten, fließende Wasser, in die sie geworfen wurden, und dergleichen mehr. Prüfungen, die die Wahrheit ans Licht bringen sollten.«

»Ich erinnere mich. Ihr wart tatsächlich so dumm, beim nächsten Hufschmied ein glühendes Eisen anzufassen. Die Narbe müsst Ihr jetzt noch haben. Erzählt mir nicht, dass Ihr immer noch nicht klüger geworden seid«, gab sie zurück, und ich konnte ihr Lächeln mehr hören als sehen. »Ich wusste zwar damals schon, dass Ihr ein hoffnungsloser Fall seid, aber für so vernünftig, als Mann in unserem Alter keine Gottesurteile mehr zu versuchen, hätte ich Euch doch gehalten.«

»Das beweist eben, dass Ihr mich doch nicht so gut kennt, wie Ihr glaubt«, sagte ich friedfertig und unterließ weitere Erklärungsversuche.

Ich hatte meine Entscheidung nicht getroffen, um Amy eine letzte Genugtuung zu verschaffen. Es ging mir um die Zukunft, und nicht nur um meine.

Ich hatte es so gemeint, als ich zu Edith sagte, es wäre sehr einfach gewesen, zwei Siebzehnjährigen damals einfach nicht ihren Kopf zu lassen, ihre Ehe und damit alles folgende Unglück zu verhindern.

Es gibt Fehler, die man nicht zweimal begeht, und es gibt Dinge, die sich nur durch Prüfung und Leid erweisen. Ob mein Vetter Robin nun nach der Krone strebte oder nach der Frau, die sie trug, war eine solche Prüfung. Wenn er in ein oder zwei Jahren voller Verdächtigungen, höfischer Feindseligkeiten und ohne die Belohnung eines Königstitels seinen Wunsch nach beidem verlor, dann würde es gut sein, dass er keines von beiden je erhalten hatte. Wenn nicht, dann waren Jahre voller Prüfungen immer noch besser als das sofortige Geschenk uneingeschränkter Macht.

Was mich selbst betraf, so galt für mich Ähnliches. Dies war meine letzte Gelegenheit, tatsächlich nach Kidderminster zurückzukehren, statt es immer nur als vagen Vorsatz für die Zukunft im Mund zu führen und ansonsten an Robins Seite die Jagd nach der Macht zu teilen und dabei mit anderen Hunden wie Anthony Forster um jeden Bissen zu streiten. Mir schauderte bei dem Gedanken, dass ich ihm ähnlicher sein musste, als ich mir eingestehen wollte.

Vielleicht würde ich meinen Sitz im Parlament verlieren, wenn Robin in Ungnade fiel, vielleicht auch nicht, aber das Parlament wurde ohnehin höchst selten zusammengerufen; es machte meine ständige Anwesenheit in London oder gar bei Hofe nicht notwendig.

Wenn ich jetzt nicht zu Margery und meinen Söhnen zurückkehrte, dann würde ich es nie tun. Und ich würde es nie tun, wenn Robin der unbestritten mächtigste Mann im Reich wurde. Ich kannte mich.

»Ich weiß, dass Ihr mir sehr geholfen habt, um die Wahrheit ans Licht zu bringen«, sagte ich zu Edith, »doch …«

»Tom Blount«, sagte sie, schneidend wie eh und je, »wenn Ihr immer noch denkt, dass dies der einzige Grund war, warum ich Euch geholfen habe, dann seid Ihr mit den Jahren noch dümmer geworden.« Sie seufzte. »Aber bitte, wenn man es Euch denn ausbuchstabieren muss: Ich hatte als junges Mädchen gelegentliche Anflüge geistiger Verwirrung, in denen ich in Euch vernarrt war.«

Diesmal brachte ich noch nicht einmal ein »Was?« heraus. Auch wenn Weiber aus Glas wären, sie würden für mich doch immer undurchsichtig bleiben.

»Oh, Ihr braucht kein so erschrecktes Gesicht zu machen«, sagte sie schmunzelnd. »Es lag wohl daran, dass mir ständig gesagt wurde, wir würden eines Tages heiraten, und ich versuchte, mich in den Gedanken einzufinden. Vielleicht auch daran, dass Ihr halbwegs erträglich ausgesehen habt, nachdem Euch der erste Flaum am Kinn wuchs und Eure Stimme nicht mehr ständig in die Höhen und Tiefen ging wie bei einem schottischen Pfeifer. Es hat auch nicht lang angehalten, und glaubt mir, ich danke heute noch Gott dafür, dass meine Eltern es sich anders überlegt hatten, denn mein Seliger passte unendlich viel besser zu mir und wäre im Übrigen nie auf die

Idee gekommen, mich mit der Gattin seines Vetters zu betrügen. Arme Margery. Aber wir werden allmählich alt, Tom, und da hat man manchmal rührselige Anwandlungen und denkt an die Jugend zurück.«

Mit diesem neuerlichen Beweis dafür, dass mir die Gedankengänge einer Frau stets fremd bleiben werden, gab sie mir einen Klaps auf die Wange, den man ein Tätscheln nennen könnte, drehte sich um und ließ mich mit der Asche der Briefe und der Toten in der Erde unter uns in der Nacht zurück.

SIEBTES ZWISCHENSPIEL

Mit dem Brief aus Abingdon in ihrer Hand bat Elizabeth mich, den Boten zu entlohnen und in ihrem Namen zu danken. Ihre Stimme war sehr gepresst, und das war bei ihr eigentlich immer ein warnendes Zeichen, genauso wie der Umstand, dass sie ihren Sekretär und die beiden Hofdamen, die sich im Raum befanden, fortschickte, als ich hinausging, um ihrem Wunsch nachzukommen. Sie haben ihn schuldig gesprochen, *dachte ich,* gewiss haben sie Robin Dudley schuldig gesprochen. Gott helfe uns. Habe ich deswegen noch nichts von Frobisher gehört?

Der Bote hatte nur gesagt, dass sein Brief direkt vom Bürgermeister an die Königin gerichtet war, und ansonsten so eingeschüchtert ob der Ehre gewirkt, bei Hofe zu sein, dass er kaum den Mund aufbekam. Es kostete mich die Übung von Jahrzehnten in Selbstbeherrschung, ihn nicht umgehend zu fragen, was er über das Urteil wusste, sondern ihm erst seine Belohnung zu geben und ein paar freundliche Worte zu finden.

»Gott befohlen, Mistress Ashley«, sagte er und hielt seinen Hut treuherzig in der Hand, »das weiß ich nicht. Der Herr Bürgermeister hat mir nur den Brief in die Hand gedrückt und mir gesagt, ich müsse so schnell wie möglich nach Windsor reiten.« Er schaute sich großäugig um. »Stimmt es, dass hier der Geist des alten König Henry umgeht?«

Mir schwante, dass der Bürgermeister absichtlich einen Tölpel ausgewählt haben musste, der nicht neugierig genug war, um einen so wichtigen Brief zu öffnen oder an jemand anderen zu verhökern.

Als ich endlich wieder vor dem Arbeitszimmer meines Mädchens stand, fand ich die Tür verschlossen. Das erweckte in mir die schlimmsten Befürchtungen. »Euer Gnaden«, rief ich. »Euer Gnaden, öffnet mir.«

Nichts rührte sich.

»Bess«, sagte ich mit gesenkter Stimme und hoffte, dass sie nicht nur durch die Tür dringen würde.

Endlich hörte ich Schritte; sie schob den Riegel zurück, zog mich hastig hinein und schloss sofort wieder hinter mir ab. Als ich sie sah, begriff ich sofort, warum sie sich zurückgezogen hatte.

Mein Mädchen hat nichts dagegen, wenn der Hofstaat gelegentlich Zeuge ihres Zornes wird. »Es sorgt dafür, dass niemand sich seiner Haut zu sicher fühlt oder auf die Idee kommt, mich als schwaches Weib einzuschätzen«, sagte sie einmal zu mir. Aber niemals, unter keinen Umständen, hätte sie sich so von ihren Hofleuten sehen lassen, wie ich sie jetzt sah.

Tränen liefen über Elizabeths Gesicht. Das Rot auf ihren Lippen war verschmiert, und an ihren Händen sah ich die entsprechenden Spuren; sie musste sich mehrfach die Handfläche auf den Mund gepresst haben, um keinen Laut von sich zu geben, den man im Vorzimmer hören konnte.

»Kat«, keuchte sie, »Kat.« Sie stürzte vor mir auf die Knie.

Ich kniete mich neben sie und dachte verzweifelt, dass die nächsten Wochen für sie die Hölle sein würden. Tröstend legte ich meine Arme um ihre Schultern.

»Sie haben«, stieß sie hervor und presste mich so heftig an sich, dass mir die Rippen weh taten, »auf Tod durch Unfall erkannt.«

»Aber …«

»Verstehst du nicht, Kat? Das bedeutet, dass ich es nie werde tun müssen! Er wird leben, wir werden zu meinen Bedingungen zusammen sein, und …« Ihre Stimme verebbte. Sie richtete sich auf, zog mich mit sich in die Höhe und wirbelte mich

einmal im Kreis. Dabei quollen ihr weiter Tränen aus den Augen, aber an ihrem offenen Mund sah ich, dass sie nicht nur weinte, sondern auch lachte. »Ich muss es nicht tun!«

»Was?«, fragte ich nun vollends verwirrt, zu sehr, um über das Urteil aus Abingdon erleichtert oder bekümmert zu sein.

Mein Mädchen ließ mich los und rang um Atem. »Kat«, sagte sie dann, mit mühsam beherrschter Stimme, »weißt du, wer ich in diesem Land bin?«

»Die Königin«, entgegnete ich und verstand immer noch nicht, worauf sie hinauswollte.

»Natürlich, aber denk daran, was es bedeutet«, gab sie zurück. »Ich bin die letzte Instanz aller Gerichtsbarkeit, die letzte Quelle der Gnade, wenn alle anderen versiegen. Wenn man Robin des Mordes an seiner Gattin für schuldig befunden hätte, was glaubst du wohl, was dann als Nächstes geschehen wäre?«

Sie schaute auf den Ring an ihrer rechten Hand, den Krönungsring mit dem verborgenen Porträt ihrer Mutter, jener Mutter, deren Namen sie nie in den Mund nahm.

»Glaubst du, sie hat ihn um Gnade und ihr Leben gebeten?«, fragte Elizabeth mich, und ich wusste, dass sie von ihren Eltern sprach.

»Nein, Madam«, sagte ich leise, und allmählich dämmerte mir, worauf sie hinauswollte und was sie befürchtet hatte. »Sie hat auf ihrer Unschuld bestanden, aber mit ihren letzten Worten auch Eurem Vater die Treue seines Volkes und ein langes Leben gewünscht.«

»Kitty Howard hat ihn um Gnade angefleht«, sagte sie. »Das habe ich selbst gehört. Du hast es gehört. Robin hat es gehört. Wir hörten sie alle schreien, damals auf der Galerie. Schreien um ihr Leben. Aber er hat ihr Todesurteil unterschrieben. Er hat es vollstrecken lassen. Es gibt so viele Uhren in all unseren Palästen; er muss auf sie geblickt und gewusst haben, dass er sie immer noch retten konnte, durch einen ein-

zigen Federstrich retten. Aber er hat es nicht getan. Als ich auf den Thron kam, Kat, da dachte ich, das Schlimmste, was mir je geschehen könnte, sei das, was meiner Schwester Mary geschehen ist: Mit der Liebe meines Volkes beginnen und sie dann wieder verlieren, das Land schlimmer hinterlassen, als ich es vorgefunden habe, und einsam und verhasst zu sterben. Aber als mir Robin sagte, seine Gemahlin sei tot, da wusste ich, dass es da noch etwas gibt, etwas, was genauso furchtbar ist, und bis du den Boten mit seinem Brief zu mir gebracht hast …«

Ihr Blick fiel auf den Brief, der geöffnet auf ihrem kleinen Schreibtisch lag, und sie nahm ihn wieder an sich, faltete ihn zusammen, öffnete ihn erneut und presste dann ihre Handflächen von beiden Seiten gegen ihn, wie im Gebet.

»Oberhaupt der Kirche, Quell der Gerechtigkeit, einziger Herrscher in diesem Land«, sagte sie. »Für meinen Vater hat es letztendlich bedeutet, zu töten, wen er vorher liebte. Und ich bin seine Tochter.«

Es lag mir auf der Zunge, zu protestieren, dass es zu so etwas nie gekommen wäre. Robin Dudley hätte sich gewiss noch in der gleichen Nacht auf den Weg nach Frankreich oder zu den gottlosen Schotten gemacht, wenn er den Bescheid erhalten hätte, dass ihm eine Anklage wegen Mordes drohe. Aber als lese sie meine Gedanken, sah sie mich an und schüttelte den Kopf.

»Robin hätte mich auf die Probe gestellt«, sagte sie. »Er hätte um die Begnadigung gebeten. Ich kenne ihn, und er kennt die Gefangenschaft und das machtlose Flüchtlingsdasein. Er hätte alles aufs Spiel gesetzt und wäre hiergeblieben.«

Wenn sie Robin Dudley begnadigt hätte, nachdem er für schuldig befunden worden war, dann hätten sich die Menschen nicht mehr damit begnügt, darüber zu klatschen, ob sie nun – wie die junge Königin der Schotten und Franzosen so höhnisch behauptet hatte – »ihren Stallmeister heiraten würde, der seine Frau getötet hat, um Platz in seinem Bett zu schaffen«. Nein, man hätte angefangen, auch Elizabeth eine Mörderin zu nennen, der Adel hätte sich hinter Mary Stuart oder einer der noch lebenden Grey-Schwestern versammelt, oder sogar der Gräfin Lennox und ihrem Sohn, und sich erhoben. Das hatte ich von Anfang an als Ausgang befürchtet, doch bei all meinen Ängsten und Sorgen darüber, wie ich mein Mädchen beschützen könnte, war mir nie in den Sinn gekommen, was sie zu tun bereit wäre, um sich selbst zu schützen. Und was es für sie bedeutete, wirklich dazu imstande zu sein.

»Hättet Ihr …«, begann ich zögernd.

Sie breitete ihre Arme aus, und das Blatt mit seiner befreienden Nachricht fiel zu Boden.

»Ich weiß es nicht«, sagte sie, und ihre Stimme brach ein wenig. »Aber ich weiß drei Dinge, Kat. Niemand in diesem Land ist besser als ich darin, zu überleben, alles und jede Gefahr zu überleben. Den Menschen zu töten, den man liebt, bedeutet den Tod im Herzen, und was dann noch bleibt, ist ein allmählich verrottender Leichnam auf dem Thron, nicht mehr des Lebens wert. Und drittens weiß ich dies: Dieser Kelch ist noch einmal an mir vorübergegangen. Robin lebt, ich lebe, und bei Gott, allmählich werden die Menschen in diesem Land begreifen, dass eine Frau herrschen, ehelos bleiben und dennoch eine Frau sein kann!«

Sie ballte die Fäuste und fuhr sich mit den Handrücken über ihre Wangen, um sich die Tränenspuren von der Haut zu wischen. Das hatte sie nicht mehr getan, seit sie ein kleines Kind gewesen war, und etwas in mir löste sich und wollte glauben, dass die Zukunft, wie sie sich wünschte, wirklich geschehen würde, all meine Sorge umsonst war und ihre eigenen Alpträume niemals wahr würden.

»Lass mir ein Pferd satteln«, sagte sie und ging zur Tür, um sie aufzuschließen. »Ich reite nach Kew.«

EPILOG

Es überrascht mich, dass Ihr nicht zur Beerdigung von mylady bleibt«, sagte Frobisher, als wir uns auf dem Weg von Abingdon nach London befanden.

»Ich habe meinen Abschied von ihr bereits genommen«, sagte ich ruhig.

»Ist das so?«

Natürlich war mir klar, was er wirklich wissen wollte, und ich trieb mein Pferd näher an seines heran. »Ich werde es nur einmal zu dir sagen, also sperr die Ohren auf: Robin Dudley hat seine Gemahlin nicht getötet, und er hat auch nicht den Auftrag dazu erteilt. Aber dafür wird es nie einen Beweis geben. Die Briefe, die es gab, habe ich zerstört, weil sie das Andenken einer Toten beschmutzt hätten. Glaub es entweder, oder lass es sein, und wenn du es sein lässt, dann lass auch ihn sein und such dir einen anderen, der etwas für Wortgeklingel übrighat.«

»Sagt Ihr mir das um meinetwillen«, fragte Frobisher, »oder damit ich es jemandem ausrichte?«

»Ich dachte, es ginge dir nur darum, das Ende der Geschichte zu erfahren. Doch du kannst es ausrichten, wem du willst.«

Das, was ich ihm sagte, waren keine Lügen, aber auch nicht die ganze Wahrheit. Er musste nicht wissen, dass ich Amys letzten Brief an mich erst zerstörte, nachdem die Geschworenen ihr Urteil gefällt hatten; schließlich hätte er im schlimmsten Fall Robins und mein Leben retten können. Doch letztendlich lief es auf dasselbe hinaus, und außerdem glaubte ich nicht, dass es ihm oder seiner Auftraggeberin zustand, mehr zu wissen.

Frobisher räusperte sich. »Euer Großmütigkeit«, sagte er, »werdet Ihr my lord gegenüber denn von meiner, nun, anderen Verpflichtung sprechen? Wenn Ihr mich und die Truppe meines Freundes James Burbage seiner Patronage empfehlt?«

Die Selbstverständlichkeit, mit der er davon ausging, dass ich ihn überhaupt empfehlen würde, hätte mich vor einer Woche wohl geärgert, aber inzwischen brachte sie mich zu einem schwachen Lächeln. Außerdem hatte er es sich verdient.

»Hast du andere Verpflichtungen?«, fragte ich gedehnt. »Das muss mir wohl entgangen sein, bei all dem Unsinn, den du den lieben langen Tag so redest. Du hast Glück, dass mein Erinnerungsvermögen allmählich nachlässt, denn wenn ich mich erinnern würde, dann auch daran, dass irgendjemand Anthony Forster auf den Gedanken gebracht hat, ich hätte ein gottloses Verhältnis mit dir.«

Er wechselte sofort das Thema, und ich gebe zu, dass ich ein zufriedenes Lächeln auf den Lippen hatte, als ich mein Pferd antrieb.

In Kew sprach ich eine ganze Reihe von Empfehlungen aus, und die für Frobisher und seine Freunde war tatsächlich eine davon; eine andere war der junge Edmund Campion als Prediger für Amys Beerdigung in Oxford. Die dritte betraf meinen Nachfolger.

»Ich werde in Kidderminster bleiben«, erklärte ich Robin. »Wir ziehen alle unsere Lektionen aus dem Leben, my lord, und die meine aus den Ereignissen der letzten Woche könnte bedeutender nicht sein. Ich bin kein junger Mann mehr, und was ich bisher meiner Gemahlin und meinen Kindern an Zeit widmen konnte, war weit weniger, als sie verdienen. Margery und ich haben bei unserer Hochzeit einen Eid vor Gott geschworen, uns zu achten und zu ehren über allem anderen, und mir ist klargeworden, dass bisher nur sie es war, die ihren Eid auch wirklich hielt. Einer Frau jedoch das Gefühl zu geben, sie sei nichts als ein überflüssiger Stolperstein, heißt, ihr Herz zu vergiften. Ich will keine solche Last mehr auf meinem Gewissen, Robin. Was ich jetzt schon daran trage, genügt mir.«

Er wusste genau, von wem ich sprach.

»Unsere Lektionen«, wiederholte er, ohne den Blick von mir zu wenden. »Und glaubst du wirklich, dass sie schon beendet sind, Vetter?«

»Nein«, sagte ich. »Aber manche von ihnen kann man wohl nur alleine lernen, als sein eigener Herr.«

»Wie du wünschst«, sagte er, die Stimme mit einem Mal kühl, denn er verstand meine Worte sehr wohl als den Tadel, die Zurückweisung und den endgültigen Abschied, als die sie gemeint waren. Es war nicht so, dass Robin nicht zuhören konnte; es war nur so, dass er, soweit es Amy betraf, zu lange nie hatte zuhören wollen.

Er hielt die Distanz zu mir aufrecht, während ich weitere Empfehlungen aussprach, und verabschiedete sich danach nur knapp von mir. In seiner Stimme erkannte ich zu gleichen Teilen Ärger und Betroffenheit – Robin war zwar Not und Todesangst gewöhnt, aber nicht, von einem Menschen, an dem ihm lag, verlassen zu werden, und er wusste nicht, wie er damit fertig werden sollte.

Als ich mir später ein neues, frisch gesatteltes Pferd und den Packesel aus den Ställen bringen ließ, erschien er überraschend hinter mir.

»Himmelherrgott, Vetter Blount!«, sagte er. »Für eine Reise nach Kidderminster nimmst du ein besseres Tier.« Er wies auf Black Surrey, seinen wertvollsten Zuchthengst, den er selbst eingeritten hatte; Robin kannte sich von Kind an besser mit Pferden aus als alle anderen Mitglieder seiner Familie zusammen. Es war der eine Bereich, in dem man ihm nie mangelnde Geduld oder zu wenig Einfühlungsvermögen vorwerfen konnte.

»Ich werde ihn vielleicht nicht zurückbringen können.«

»Dann mag das so sein«, sagte er. »Er wird dir helfen, Stuten und deren Fohlen glücklich zu machen. Und die Menschen, die sich an ihnen erfreuen.«

Ich dachte daran, wie er mir einmal, in einem anderen Stall und vor vielen Jahren, eine Orange gegeben hatte, und obwohl sich an meinem Entschluss nichts änderte, für immer nach Kidderminster zurückzukehren und ihm nie die volle Wahrheit über den Tod seiner Gemahlin zu erzählen, wurde mir bewusst, dass meine Zuneigung zu ihm immer noch vorhanden war.

»Wir haben alle noch einmal die Gelegenheit bekommen, neu anzufangen, Robin«, sagte ich. »Auch du. Und ich wünsche dir Glück dabei.«

Er umarmte mich. »Danke. Für alles.«

So ließ ich ihn zurück. Auf dem Weg schien es mir, als sähe ich auf der Straße aus Richtung Windsor ein paar Reiter, doch ich verweilte nicht, um herauszufinden, um wen es sich handelte. Ich hatte schon zu lange gewartet.

Ich brauchte mehrere Tage, bis ich in Kidderminster eintraf. Es war Spätnachmittag, und ein Leiterwagen voll mit frisch geernteten Äpfeln fuhr gerade in den Innenhof meines Gutshauses ein. Meine Gemahlin und mehrere Mitglieder des Gesindes mussten auf ihn gewartet haben, denn ich fand sie dort vor.

Die warme Septembersonne legte weiche Schatten auf Margerys Gesicht. Einen Moment lang stellte ich mir vor, was für ein Gefühl es wäre, sie so reglos und starr zu sehen wie Amy in der Kapelle von Cumnor, und die Dankbarkeit dafür, dass sie am Leben war, überwältigte mich. Sie stemmte die Arme in die Hüften, schaute auf zu mir und schüttelte den Kopf.

»Schau dich an, Hemd und Hosen ganz durchgeschwitzt«, tadelte sie mich, doch auf ihren Lippen lag ein Lächeln. »Du musst ja wie der Teufel geritten sein, Tom. Was hast du dir nur dabei gedacht? Du bist doch kein junger Mann mehr. Gleich kommst du mir ins Haus, und ich werde dir ein Bad bereiten lassen.«

Ich schwang mich aus dem Sattel und ignorierte das Ziehen im Rücken, das unterstrich, wie recht sie hatte. Stattdessen nahm ich sie in die Arme und sagte: »Ich habe endlich gelernt, auf das zu schauen, was zu meinen Füßen liegt, Margery, und du wirst nie mehr befürchten müssen, dass ich dich allein auf solchem Grund und Boden zurücklasse.«

»Tom Blount«, sagte meine Gemahlin, »das will ich doch hoffen.«

Stammbaum der Familie Tudor

Edmund Tudor ⚭
1430–1456

Elizabeth of York ⚭ Henry VII.
1466–1503 1457–1509

Margaret Tudor ⚭
1489–1541

Henry VIII. ⚭ Katharina von Aragon
1491–1547 1485–1536

- Mary
  1516–1558

⚭ Anne Boleyn
1507–1536

- Elizabeth
  1533–1603

⚭ Jane Seymour
1509–1537

- Edward
  1537–1553

⚭ Anne von Kleve
1515–1557

⚭ Catherine Howard
1521–1542

⚭ Katherine Parr
1512–1548

Margret Beaufort
1443–1509

James IV. von Schottland
1473–1513

Mary Tudor ⚭ Louis XII. von Frankreich
1496–1533   1462–1515

⚭ Charles Brandon
1484–1545

Frances Brandon ⚭ Henry Grey
1517–1559   1515–1554

Jane Grey ⚭ Guildford Dudley
1537–1554   1536–1554

Catherine Grey
1540–1567

Mary Grey
1545–1578

James V. von Schottland ⚭ Marie de Guise
1512–1542   1515–1560

Mary Stuart ⚭ François II. von Frankreich
1542–1587   1544–1560

⚭ Henry Darnley
1545–1567

James VI. von Schottland
1566–1625
(ab 1603 auch James I. von England)

Stammbaum der Familie Dudley

Edmund Dudley ∞ Elizabeth Grey
1462–1510

Jane Guilford ∞ John Dudley — vier weitere Kinder
1509–1554 — 1504–1553

John
1527–1554
∞ Anne Seymour
1538–1588

Ambrose
1528–1590
∞ Anne Whorwood
gestorben 1552
∞ Elizabeth Talboys
gestorben 1560
∞ Anne Russell
gestorben 1603

Mary »Mall«
1531–1586
∞ Henry Sidney
1529–1586

Stammbaum der Familie Blount

Humphrey Blount
gestorben 1477

Thomas Blount ∞ Anne Croft
1456–1524

Edward Blount
gestorben 1559

zwei weitere Söhne

Thomas Blount
gestorben 1559

Edward Blount
geboren 1554

Christopher Blount
1556–1601

Robert »Robin« Dudley
1532–1588
⚭ Amy Robsart
1532–1560
⚭ Lettice Knollys
1543–1634

Henry
1535–1557

Guildford
1536–1554
⚭ Jane Grey
1537–1554

Kate
1543–1620

acht weitere Kinder

Die Familie starb 1590 ohne männlichen Nachkommen mit Ambrose Dudley aus.

Über die Familie Blount ist wenig bekannt; die einzige Ausnahme bildet Christopher Blount. Dieser heiratete 1589 Lettice Knollys, die Witwe von Robert Dudley, der ihn bis zu seinem Tod protegierte. 1601 wurde Christopher wegen seiner Unterstützung der Verschwörung des Earl of Essex gegen die Krone hingerichtet.

NACHWORT DER AUTORIN

Ich beschäftige mich schon über zwanzig Jahre mit Elizabeth I. und ihrer Zeit – und natürlich habe ich oft darüber nachgedacht, einen Roman über sie zu schreiben. Nun, mit diesem Wunsch stehe ich nicht alleine da, und weil ich Susan Kays 1985 erschienenen Roman *Legacy* ausgesprochen gut finde, kam es für mich nicht in Frage, einen weiteren biographischen Roman über diese außergewöhnliche Königin zu schreiben.

Elizabeth I. war in einer äußerst gefährlichen Zeit eine intelligente Überlebenskünstlerin – nur so konnte sie es überhaupt auf den Thron schaffen – und eine Vollblutpolitikerin im guten wie im schlechten Sinn. Es gelang Elizabeth, über vier Jahrzehnte an der Macht zu bleiben und dabei den zerrissenen, maroden Staat, den sie übernahm, in eine Epoche kultureller und politischer Blüte zu führen: eine Epoche, die nicht umsonst ihren Namen trägt. Das Bibelzitat, das Elizabeth sich als Motto ihrer Krönung heraussuchte, mag einerseits wie eine Rechtfertigung des eigenen Daseins klingen: *»Der Stein, den die Bauleute verwarfen, ist zum Eckstein geworden.«* Aber dieses Zitat sagt andererseits auch: *»Jetzt erst recht!«*

Es ist also kein Wunder, dass Elizabeth mich einfach nicht losgelassen hat. Die Figur der Carla Fehr in meinem Roman *Unter dem Zwillingsstern* ist meine Interpretation von Elizabeth im 20. Jahrhundert, mitsamt einer Gouvernante namens Käthe, einem besten Freund namens Robert und einem an Heinrich VIII. angelehnten Vater – denn einen Vater zu haben, der die Mutter und eine der Stiefmütter umgebracht hat, war für Elizabeths Persönlichkeit und ihr Verhältnis zur Ehe entscheidend. Nach *Unter dem Zwillingsstern* dachte ich, dass ich Elizabeth und die Menschen in ihrer Umgebung nun hinter mir lassen könnte … aber weit gefehlt. Sie gingen mir immer noch nach. Und das brachte mich schließlich auf die Idee, einen Roman über eine ganz kurze Zeitspanne in den frühen Jahren ihrer Herrschaft zu schreiben, in dem Elizabeth selbst eine – natürlich sehr wichtige – Nebenfigur ist, aber entscheidende Weichen für den Rest ihrer Zeit als Königin gestellt werden.

Amy Robsart ist eigentlich nur durch ihren Tod berühmt geworden. Es sind zwei, drei Briefe von ihr erhalten geblieben – Kleiderbestellungen in London, die ich auch in meinem Roman erwähne – und ansonsten nur ein paar Daten: Wann sie geboren wurde, wann sie geheiratet hat, wann sie gestorben ist. Aber wegen der Identität ihres Witwers war ihr Tod tatsächlich einer der größten Skandale dieser Zeit, und das europaweit; die junge Maria Stuart, die zu diesem Zeitpunkt noch Königin von Frankreich war, fasste die damalige Meinung der Öffentlichkeit tatsächlich mit dem von mir im *Im Schatten der Königin* zitierten Ausspruch zusammen: *»Die Königin von England wird ihren Stallmeister heiraten, der seine Frau umgebracht hat, um Platz in seinem Bett für sie zu schaffen.«* Wie und warum Amy gestorben ist, beschäftigte die Historiker noch Jahrhunderte, und das wird wohl auch so bleiben, sollten sie sich nicht meiner Meinung anschließen, die ich in diesem Buch festgehalten habe.

Aber wie bei allen meinen Büchern handelt es sich auch bei *Im Schatten der Königin* um einen Roman, nicht um ein Sachbuch, auch wenn ich mich sehr eng an die historischen Fakten halte, die wir heute noch kennen; die Briefe zwischen Thomas

Blount und Robin Dudley, die erhalten geblieben sind, waren eine entscheidende Grundlage.

Bei meiner Recherche war es natürlich wichtig, zwischen dem zu unterscheiden, was damals wirklich passiert ist und aufgezeichnet wurde, und dem, was man später daraus machte. Sehen Sie sich den Umschlag von *Im Schatten der Königin* an: Wie im Roman sind Amys Haare ordentlich frisiert und unter einer Haube verborgen. Dies hat damals schon Amys Zeitgenossen beschäftigt, die sich die Frage stellen mussten, ob sie einen Unfall hatte, ermordet wurde oder Selbstmord begangen hat. Das Bild entstand aber erst Jahrhunderte später, und der romantische Maler war der Meinung, dass offenes Haar der Toten eine dramatischere Note geben würde. Die Grafiker der Agentur Zero, die den Umschlag für Droemer entworfen haben, mussten daher eingreifen und das ansonsten sehr schöne Motiv entsprechend retouchieren. (Wenn Sie sich zum Vergleich das Originalbild ansehen möchten: Sie finden es derzeit im Internet unter anderem beim Wikipedia-Eintrag über Amy Dudley.)

Die meisten Figuren, denen wir in *Im Schatten der Königin* begegnen, hat es wirklich gegeben. Einige sind heute noch bekannt wie beispielsweise Elizabeths Gouvernante, Kat Ashley. Andere sind vergessen worden: Edith Odingsells beispielsweise. Sie war tatsächlich eine der Bewohnerinnen des Hauses, in dem Amy starb. Ich hatte ursprünglich gar nicht geplant, sie mehr als ihre belegte Aussage über Amys letzten Tag machen zu lassen. Edith O. dagegen hatte andere Vorstellungen und machte mir klar, dass ich sie immer wieder zu Wort kommen lassen musste – und es war ein großes Vergnügen, die Dialoge zwischen ihr und Tom Blount zu schreiben!

Eine andere wichtige Nebenfigur ist eine Erfindung von mir: Einen Mann wie Frobisher hat es in den »Ermittlungen« rund um Amy Dudleys Tod nicht gegeben. Allerdings erhielt in dem Jahr, in dem mein Roman spielt, die erste Schauspielertruppe eine Lizenz – und zwar, weil sie Robert Dudleys Patronage erlangte. Natürlich gab es vorher schon Schauspieler, aber ohne Patron hatten sie nur den Rechtsstatus von Vagabunden; deswegen war es für sie enorm wichtig, einflussreiche Gönner zu erlangen, zu deren Haushalt sie nominell gehörten. Später baute der Chef dieser Truppe, James Burbage, das erste feste Theater in London – weil es noch das einzige war, schlicht und einfach *Theatre* genannt –, und sein Sohn Richard Burbage wurde Shakespeares prominentester Hauptdarsteller (der erste Hamlet, Richard III., Heinrich V. und so weiter).

Ich überlegte mir zuerst, ob ich James Burbage zu Thomas Blounts Begleiter machen sollte, aber ich wollte die Leser um sein Schicksal bangen lassen, und bei Burbage hätten zumindest die Theaterkundigen gewusst, dass der Mann noch eine Zukunft hatte und tatsächlich die Patronage bekommen sollte, die er sich erhoffte.

Eine Frage, die ich in meinem Roman nicht beantworte, die mir aber von den meisten Lesern im Verlag gestellt wurde, die *Im Schatten der Königin* bereits aus seinem ersten Manuskriptstadium kennen, ist die, ob Robin Dudley Elizabeth wohl wirklich geliebt hat. Nun: Der spätere Earl of Leicester hatte lange Zeit bei den Historikern das Problem, dass man das Wort »Günstling« im Gegensatz zu »Mätresse« immer negativ oder zumindest leicht verächtlich besetzt. Erst ab dem 20. Jahrhundert kamen Biographen zu einem sehr viel positiveren Bild von ihm; Sarah Gristwood, Autorin der jüngsten Leicester-Biographie, weist daraufhin, dass er öfter an Ratssitzungen teilnahm als jedes andere Kronratsmitglied (mit Ausnahme von William Cecil und Elizabeths Vetter Francis Knollys), seinen durch Elizabeth gewonnen Status als Politiker und Diplomat stetig nutzte (und zwar konstruktiv, im Gegensatz zu seinem Stiefsohn, Robert Devereux, dem Earl of Essex, der nach Robins Tod zu Elizabeths Alterstragödie werden sollte) und sein Geld einsetzte, um einer der wichtigsten Patrone für Wissenschaftler und Künstler im Land zu werden.

Natürlich war Robin, wie die meisten Männer seiner Zeit und wie Elizabeth selbst, immens ehrgeizig. Ich hätte um alles in der Welt nicht mit ihm verheiratet sein mögen. Die Rolle des Onkels und Vaters lag ihm übrigens mehr als die des Ehemanns: Seine Nichten und Neffen vergötterten ihn nachweislich, und in einer Zeit, in der Adlige Kleinkinder eigentlich meist erst zu Ammen und dann in andere Haushalte gaben, kümmerte er sich ungewöhnlich intensiv um seinen Sohn aus zweiter Ehe.

Ob Robin Elizabeth den Hof gemacht hätte, wenn sie nicht Königin gewesen wäre? Schwer zu sagen; von dem Zeitpunkt ihrer Krönung an war er gewiss nicht in der Lage, an sie zu denken, ohne den Umstand, dass sie die mächtigste Person im Land war, mit einzubeziehen. Aber sie kannten einander schon von dem Zeitpunkt an, als Elizabeth acht Jahre alt war, bei Hof nur »der kleine Bastard« genannt wurde und kaum Freunde hatte. Ihre Beziehung hielt nach der Erschütterung durch den Tod von Amy, der jede Hoffnung, die er sich auf eine Ehe gemacht haben mochte, ein für alle Mal zerstörte, noch über dreißig Jahre bis zu seinem Tod. Ob man das von seiner Seite aus nun wahre Liebe oder wahre Freundschaft nennen kann, weiß ich nicht, aber die wichtigste Beziehung in seinem Leben war es bestimmt.

Für Elizabeth war Robin mit Sicherheit, von England einmal abgesehen, ihre große Liebe.

Tanja Kinkel
im November 2009

BIBLIOGRAPHIE

Adams, Simon: *Household accounts and disbursement books of Robert Dudley, Earl of Leicester.* Cambridge 1995.

Adams, Simon: *Leicester and the court. Essays on Elizabethan Politics.* Manchester 2002.

Ash, Eric G.: *Power, knowledge and expertise in Elizabethan England.* Baltimore 2004.

Friedman, Alice: *House and Household in Elizabethan England.* Chicago 1989

Griswold, Sarah: *Elizabeth & Leicester.* London 2007.

Jenkins, Elizabeth: *Elizabeth the Great.* London 1958.

Loades, David: *John Dudley, Duke of Northumberland, 1504–1553.* Oxford 1996.

Rosenberg, Eleanor: *Leicester, patron of letters.* New York 1955.

Sands, Kathleen R.: *Demon possession in Elizabethan England.*

Stretton, Tim: *Women waging law in Elizabethan England.* Cambridge 1998.

Tanja Kinkel

VENUSWURF

Roman

Das mächtige Rom im Jahre sieben nach Christus. Zwei Frauen, wie sie unterschiedlicher nicht sein könnten: Julilla, die machthungrige Enkelin des Augustus, und Andromeda, eine Zwergin, die von ihrem Vater in die Sklaverei verkauft wurde. Die eine will herrschen. Die andere überleben. Eine Intrige kettet sie aneinander – und ein Wunsch: endlich die Gelegenheit für ihren Venuswurf zu bekommen, jenen Moment, wenn man nicht nur beim Spiel, sondern auch im Leben alles gewinnen kann. Oder verlieren …

»Ein fesselnder, gut recherchierter Historienroman,
der Geschichte fühlbar macht.
Lesegenuss für alle Sinne – grandios!«
Für Sie

Knaur Taschenbuch Verlag

Tanja Kinkel

GÖTTERDÄMMERUNG

Roman

Zuerst scheint es nur Routine zu sein: Der Journalist Neil LaHaye recherchiert für ein Buchprojekt über Aids. Dabei stößt er immer wieder auf den Pharmakonzern Livion – und schließlich mitten hinein in ein Wespennest von politischen und wissenschaftlichen Verstrickungen, die direkt ins Pentagon führen. Doch was steckt dahinter? Die Suche nach der Wahrheit führt Neil zu Beatrice Sanchez, die in einem Sicherheitslabor weitab der staatlichen Kontrollen mit dem Unvorstellbaren experimentiert …

»Packend, bedrohlich und von erschreckender Aktualität.«
Buchreport

Knaur Taschenbuch Verlag

Tanja Kinkel

SÄULEN DER EWIGKEIT

Roman

Die junge Engländerin Sarah kommt 1815 als eine der ersten Europäerinnen nach Ägypten – und ahnt nicht, welche Abenteuer an den Ufern des Nils auf sie warten. Während ihr Mann Giovanni Belzoni zum erfolgreichen Jäger verlorener Schätze wird, gibt Sarah sich bald nicht mehr mit der Rolle der braven Ehefrau zufrieden. Fern der Heimat findet sie endlich jene Freiheit, nach der sie sich schon lange sehnt. Doch dabei begegnet Sarah immer wieder Bernardino Drovetti, dem größten Rivalen ihres Mannes um das kostbare Erbe der Pharaonen …

»Tanja Kinkels Roman ist ein echter Pageturner. Kaum eine andere deutsche Autorin versteht es, historische Fakten so unterhaltsam aufzubereiten.«
Brigitte

Knaur Taschenbuch Verlag